DESCENDANTS OF GARUDA

ガルーダの末裔

RYOKOIN UNGAI

龍興院 雲外

文芸社

目次

第3章 常在戦場・東チモール……127

第4章 イリアンジャヤ……281

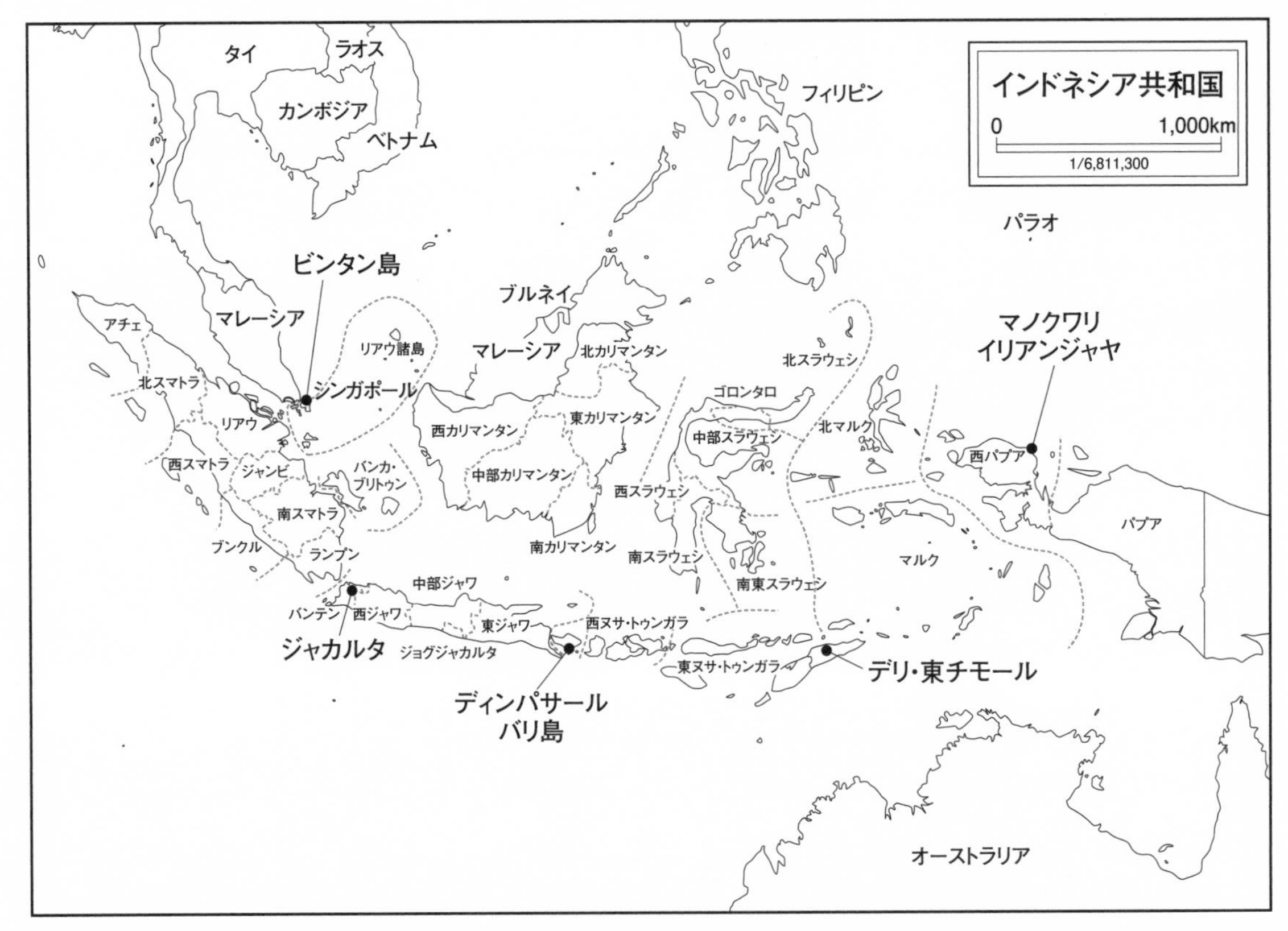
インドネシア共和国
0
1,000km
1/6,811,300
タイ
ラオス
カンボジア
ベトナム
フィリピン
パラオ
ビンタン島
マレーシア
リアウ諸島
ブルネイ
マレーシア
北カリマンタン
マノクワリ
イリアンジャヤ
アチェ
北スマトラ
シンガポール
北スラウェシ
ゴロンタロ
リアウ
西カリマンタン
東カリマンタン
中部スラウェシ
北マルク
西パプア
西スマトラ
ジャンビ
バンカ・
ブリトゥン
中部カリマンタン
西スラウェシ
南スマトラ
パプア
ブンクル
ランプン
南カリマンタン
南スラウェシ
マルク
中部ジャワ
南東スラウェシ
バンテン
西ジャワ
東ジャワ
西ヌサ・トゥンガラ
ジャカルタ
ジョグジャカルタ
東ヌサ・トゥンガラ
デリ・東チモール
ディンパサール
バリ島
オーストラリア

第1章 ビンタン島にて

ビンタンの古老

神意は測れない。天の介せる業（わざ）は人智（じんち）のはるか及ばぬところにある。

シンガポールからインドネシアに入るルートはいくつかあるが、貧乏旅行者の僕には空路でジャカルタに入る余裕はなく、船で印尼（インドネシア）へ向かうことにした。しかしマラッカ海峡やジャワ島側でも海賊が出るという話を聞き、まだ安全だと言われたビンタン島経由にした。ところがビンタン島に来てみれば、ジャカルタ向けのフェリーが出ない。船がないのだ。聞けば軍が徴発したという。

途上国ではこんな話は珍しいことではない。特に軍が力を持っている国では、地元住民のことは無視して軍人が我儘（わがまま）放題をする。アジアの途上国全体に思うことは、陸軍などに比べて海軍の方が質（たち）が悪い。いや、相当悪質と言った方が正しいだろう。

海上の事故や事件は証拠や目撃者が残りにくいからだろうが、海賊は略奪などが終われば皆殺しにするという。ついでに船も沈めてしまえば何の証拠も残らない。平和な暮らしを続ける日本では考えられないことだが、依然として海賊行為は続いており、それがなかなか表へ出てこない。

　理由は軍が関与しているからだと言われている。海賊行為に軍が直接手を下すことはないだろうが、日本のタンカーや他の輸送船でも通行料とでも言うような、賄賂・賂(まいない)の類(たぐい)は慣例となっている。つまり、金さえ出せば海峡も安全に航行できるというわけだ。海軍は海の上で全てをもみ消す……。

　ビンタン島の入国管理で、どうしたらジャカルタに行けるか聞いてみたが、なかなか話をしてくれない。仕方がないのでビンタン見物でもしながら情報を集めようと思い、税関を出てしばらくの間、埠頭(ふとう)前のベンチで地図を眺めていた。

　すると、先ほどの入管の職員らしき中年の男性が近づいてくる。穏やかな感じの男性で、僕は軽く会釈をした。タバコはないかと聞くので、マルボロを1本渡すといろいろと教えてくれた。僕はタバコは吸わないが、時により土産や便利な値段交渉のツールになるので、国境では必ず免税範囲で買うことにしている。

　彼が印尼の事情としてアドバイスしてくれたのは、軍と入管や税関は仲が悪く、これに警察が入ると大変なもめ事になり、最後は軍が武力に物を言わせて事が落着する。この国では、うまく立ち回ることが重要だと話してくれた。だから税関や入管で聞いても話しづらいことが多く、なかなか教えてくれないのだという。船の徴発を含めて海軍の横暴には、入管や税関も辟易（へきえき）としているのだ。

彼は、悪いことは言わんからシンガポールへ戻った方がいいと言う。しかしここまで来て入国もしたのに、シンガポールに戻って空路でジャカルタ入りするのは金がかかりすぎるので、何か別の方法を探すと言うと、それなら近くにあるチェンカレンという村の長老に会いに行けと言う。近隣の有力者で、礼を尽くせば必ず力になってくれるだろうと教えてくれた。

結構親切にしてくれたので、僕は頭を下げて礼を言い、半分ほど残っていたタバコと別の1箱を渡した。最後に彼は、長老には必ず相応な手土産を渡し、敬意を示せと言ってくれた。

街へ出てチェンカレン行きのバスに乗る。ビンタンとはスンダ語で「星」の意味。確かに夜は星がきれいだ。大きな産業もなく農業が中心の地域で、工場の排煙もない美しい島である。ここは昔、ジョホール王国があった島で、今でもスルタン（国王）がいる島なのだ。

海岸沿いのいくつかの村を越えてバスは進んでいく。時間は夕方で外は暗くなりかけているが、帰宅途中の人で車内は結構な乗客が乗っている。小型のバスで無論エアコンなどというものは付いておらず、全開の窓から吹き込んでくる風が多少は熱帯の暑さを紛らわせてくれる。バスはいくつかの小さな村に停車しては数人ずつの乗客を降ろしながら、チェンカレンに着いた。

雲ひとつない好天で、夜も8時を回り辺りはすっかり暗くなっている。満天の空には数え切れないほどの星が輝き、夜の闇に薄明かりを点けたように美しく、何か妖艶な感じもする。星の光は限りなくさんざめき、その光はこの地上の〝星の島〟に降り注いでいる。日本では見ることのできない南十字星が殊の外美しい。昼に比べて気温も幾分か下がり、心地よい夜風が吹いている。

で、現に戻ればこのチェンカレンにはホテルがない。大体ホテルどころか電気がない。この話の数年後、「おらの村には電気がねえ」などという歌が流行ったが、全くそのとおり、電気のない村チェンカレンである。こういうところでは野宿でも何でもいいのだが、暑い地方には付き物の、蚊が媒介するマラリヤやデング熱などの病気が怖い。それに南方特有の毒蛇もいるし、体長8ミリにも及ぶ肉食赤アリもいる。そしてどでかい怪獣のような爬虫類が、のっしのっしと闊歩している島なのだ。

さて困った。埠頭に戻ろうかとも思ったがバスもない。朝夕2便ずつ、合計4便しかないのだから、夜も9時近くになればあるわけがないのだ。車が通らないのでヒッチもできず、移動手段は絶望的。バス停は村の中心部だが、電気がないのと家がまばらなので寒村と言うに相応しく、最初はゴーストタウンかと思った。

こんなことにならないように、いつも気をつけて情報収集するのだが、とにかく英語が通じないので、まあ何とかなるさの悪い癖でここまで来てしまった。いつもこうなってから、ああ僕は成長しないなあ……と後悔する。

さて現実だ。右も左も分からないというのは、かえって開き直れるので楽かもしれない。僕はバス停から海岸の方に向かい、たき火が出来そうな砂地で幹の太い倒木に座り、静かな〝星の島〟の夜を過ごした。虎の子の蚊取り線香を焚くが、居眠りをすると、風向きが変わって線香が無駄になるので短めに切って使う。

少し暑いが、長袖を着ることにした。もちろん虫除けのためだが、シャツをバッグから出そうと、ごそごそやっていると、なんとダンボール箱の中にウイスキーの小瓶があるではないか。これはスコッチウイスキーのシングル・ストレングス。イギリスのスコットランドを旅していた時に、ハイランドの蒸留所で、神父さんの紹介だからと特別に分けていただいた物で、滅多に手に入らない一品である。僕は酒を飲まないので、自分のバッグに入っていることさえも忘れていた。

考えてみれば、バッグに詰めたまま1年半にわたって持ち歩いており、悪くなっているかもしれない。しかしこの際、眠れないので眠り薬代わりに飲もうと思い、蓋を取ると、なんとも言えない良い樽の香りがした。

このシングル・ストレングスとは、あまり知られていないが同一の樽で熟成された純粋な原酒で、全く成分調整をしていない原酒中の原酒である。

ちなみに、市場に出回っているシングルモルトは、いくつかの樽から取れた原酒をブレンドして味を均一化させ、法律上の規程である40度に加水調整した上でビン詰めされたものを言う。また、シングルカスクなどと言われるものは、同一の樽から取れた原酒を販売できるように調整してあるものを言うため、このシングル・ストレングスは成分無調整の原酒そのもので、アルコールは60度を超えるものが多く、滅多にお目にかかれない一品なのである。

そして水を確保する。僕の水筒には港の水道で入れた水が入っているが、無論そのままでは飲めない。おなかを壊すか運が悪ければ病気になる。よって必ず煮沸して、湯冷ましで飲む。

少し離れた海岸に出て流木を集めて燃やし、コッヘルを載せる。その間に少しだけ原酒を舐める……強烈だ、舌先が燃える。これは僕には無理だと思い、古老への手土産にすることにした。これは我ながらグッドアイデア。ブランドも何も書かれていないクォーターサイズの小瓶で、スコットランドの原酒。ハイランドの地元の人でも滅多にお目にかかれない一品で、僕が出せる最高の土産だ。あとは相手に値打ちが分かることを期待するだけだ。

遠くに波が打ち寄せるような音が聞こえている。そのざざーっという波の音に、少しずつコッヘルの水が煮立つような音を立て始め、だんだんにその音が大きくなってくる。じっとその音を聞いていると、暗闇の中から突然声がした。

「何をしている……」

僕はギクリとした。背後の暗闇から突然の日本語が耳に入る。姿の見えない相手の突然の言葉に僕の気持ちは動転し、手のひらにじわりと冷や汗を感じる。しかし、心が折れていないことを相手に知らせるために、強く言い放った。

「……誰だ！」

再び声がする。後方の草むらからだ。心臓が高速で脈打ち、その鼓動が聞こえる。

「どこから来た……」

「シンガポールだ、姿を見せろ！」

僕は後ろを振り向き、挑発するように大きな声を出す。焚き火の光が届かない草むらの暗闇に影が現れ、老人が姿を見せた。僕は唯一の武器である孫の手を握り返し、心構えを戦闘モードに入れた。

吹き始めた弱い風が、僕の焚き火のわずかな光を揺らす。その光が、闇から現れた老人の黒い顔と深い皺(しわ)を照らし出す。警戒した目が強烈だ。

まさか旧日本兵……。いや、日本人の話し方ではない。

老人は落ち着いて話をしているが、僕は異常な緊張に、心臓が口からはみ出しそうになっている。

老人は僕の恐れや緊張をお見通しのようで、しばらくの間考えるように黙った。老人が静かに考えている間、10秒ほど経つと、僕も少しずつ周りが見えてくる。

まだ人がいる。数人、いや5人以上はいる。老人の後ろに2人、その後ろにしゃがんでいるのが1人。焚き火の光が届かない左手に、もう1人か2人。

老人は再び問う。

「こんなところで、何をしている」

「人に会いに来たんだ。時間が遅くなったので、ここで寝て明日にする」

僕は、相手を徒(いたずら)に刺激してはまずいと思い、ゆっくりと話をした。

「夜、よそ者が来ることは滅多にない。村の者が心配する」

老人は若い者に諭すように穏やかな話し方をする。

「迷惑なら場所を変える。だけど足がないから、そう遠くへは行けない」

僕はまともに言葉も出せないくらい、喉がカラカラに渇いている。

「あなたは日本語がうまい。なぜ僕が日本人だと分かった」

「お前は竹の棒を持っている。昔、日本軍の将校も持っていた」

老人の話し方に、必要以上に敵対心を持ったことを反省して、少し言葉を変えて話しかけた。

「そうですか……。実は、この人に会いに来ました」

僕は後ろポケットの財布から、港で書いてもらった紙を出して、暗闇から現れた老人に見せる。相手に思いが伝わるように両手で丁寧に渡した。スンダ語で僕には読めない文字だが、僕から紙片を受け取った老人は、僕が渡した紙を炎の光に翳(かざ)して眺める。

「これは俺のことだ、用件は何だ」

老人は穏やかに話しているが、底知れぬような落ち着きが感じられ、僕の緊張は頂点に達した。これ以上、どう対処していいか分からなくなり、コッヘルを持ち上げてカラカラになった口に運ぶ。冷たい水を飲もうと思ったが、水はまだ熱くて吐き出しそうになった。しかし、口の中に熱湯を入れたままでも相手から目を離さない。老人は僕の緊張を和らげるように、静かに話す。

「これは俺の息子が書いたものだ。息子は港で役人をしている」

「あの人は息子さんですか。港ではお世話になりました。彼があなたのところに行けと言ったのです」

老人は僕の話を聞くと、「そうか……」と呟き、背後にいる数人にスンダ語で何かの指示をしている。周りに隠れていた男たちは、老人の話を聞くと暗闇から一斉に立ち上がり、村の方へ歩きだした。男たちには殺気立ったような雰囲気はないが、みんな手に大きめの鉈のような蛮刀をぶら下げている。僕と老人に背を向けて歩いて行く男たちは10人ほどいて、僕は自分の予測した人数よりかなり多いことに驚いていた。

それから男たち全員がぶら下げている蛮刀。暗闇なのではっきりとは見えないが、ブッシュ歩きに使うような鉈の類ではない。家から適当に持ち出した俄仕立ての武器ではなく、明らかに防衛の手段として常備されている武器に思えた。

先ほどまでの息の詰まるような緊張から解放された僕は、一瞬で気持ちがへなへなになった。

僕は港で言われたように背筋を伸ばし、老人に深く頭を下げた。老人は、挨拶は家に戻りそこで受けるという。人の前ですることが重要なのかもしれない。コッヘルの湯を水筒に移し、老人のあとに続く。足元が暗いのに、老人はさっさと歩いていく。意外に足腰はしっかりとされているようだ。

老人の家に着いて、改めて頭を下げる。4人ほどの村人も来ていて僕と老人を見ている。ここにも長幼の序があり、年長者には敬意を払わなければならない。腰を低くして土産のウイスキーとタバコ数箱を差し出すと、老人の表情が和らいだ。たぶん面子(メンツ)が立ったのだろう、老人は僕に座を勧め、話を聞こうとした。数人いた村人が静かに去ってゆく。

老人の名は難しすぎて思い出せない。苗字でも名前でもない、一つだけの名前だ。この老人は優に80歳は越えているだろう。大戦当時、占領した日本軍に協力させられ、日本語もそこで覚えたという。なんと日本語で話をするのは20年ぶりらしい。

今から20年ほど前に、旧日本軍の遺骨回収団が来て、その時に通訳をして以来だという。それから20年間使わなかった日本語で僕と話をしている。

老人からすれば、僕など雛(ひよっこ)同然だ。インドネシアは350年にわたるオランダの支配を受け、日本にも占領されていた。その長い苦労を知る老人に助けを求め、ものを教えてもらうのだ、感謝を表し礼は尽くさねばならない。

老人になんとか船でジャカルタに入れないか頼むと、タンジュンピナンという小さな港がビンタン島の反対側にあり、そこでこの男に頼めと、港で息子さんからもらった紙にその人の名前を書かれた。また、ジャカルタで万一のことがあればこの人を頼れと、別の人もご紹介いただいた。

その夜は、食事をご馳走になり、老人の家に泊まらせていただいた。

日本を出て旅を続け、ヨーロッパから始まった僕の旅は3年が過ぎ、アフリカ・中東・東南アジアを経てビンタン島に到達した。

確か１９８１年の秋だったと思う。僕は22歳になっていた。ここから僕のインドネシアの旅が始まる。

ビンタン翁とインドネシア・ガルーダ伝説

チェンカレン村の古老に導かれ、タンジュンピナンへ移動する。バスを使うのだが、この島へ来て、港とチェンカレンしか知らなかったので、改めて驚いた。この島はかなり大きい。それから結構人家に近いところに野猿の群れがいる。川もあり水も豊かだ。

人口15万ほどであまり産業はないと聞くが、豊かに流れる川の水と美しい海岸を見ていると、リゾート地区と生産拠点の2本立てで開発ができそうな気がする。シンガポールにも近いし、商品の輸送も難しくはなさそうだ。リゾートとしてもシンガポールから2時間ほどの地の利を考えれば、アジアの各地で使われている日本のODA（政府開発援助）をここで使ったら、地域のために役立つのではないかと思った。

昨夜のビンタン翁の話にも出ていたが、日本などからODAのような開発の資金援助があった場合は、とにかく労働者の質が問題になる。世の中には労働力の安い地域はごまんとあるが、重要なのはその質なのだ。ビンタン翁曰く、識字率を上げ、役に立つ労働力を生み出すこと。まずは、学校に子供を行かせて教養をつけさせる。これが国を栄えさせる最も重要な方法だと話していた。

日本の軍属に扱き使われていた時代、ビンタン翁は一生懸命働いたらしい。おかげで将校からもかわいがられ、国を富ませ強くする方法はまず教育だと学び、その後の経験でそれが重要だと実感したらしい。これも人生の大切な出会いだと話してくれた。

ビンタン翁が紹介してくれたのは、その日本軍政下の時代に日本軍への協力者として、当時の支配者であるオランダ追放に駆け回った同胞だという。

悲しい話だが、日本軍がインドへ攻め込むために物資輸送の要として作った泰緬鉄道の労働力として、20万人以上の印尼人が送られ、帰ってこられたのはわずかな人たちであったという。クワイ川に沿うこの鉄道建設には連合国側の捕虜が使われ、数万人の死者が出たと言われるが、それよりも、声も上げられないこれら非戦闘員の犠牲の上に成り立っていたのだ。泰緬鉄道の別称「死の鉄路」とは、インパール作戦で死んだ8万人の日本兵ではなく、各地から送り込まれた声も上げられない一般市民数十万人がつけた名称なのである。

ビンタン翁は言う。もう何十年も会っていないが、俺の名前で必ず助けてくれる。命を懸けて戦時下に働いた仲間は裏切ることはないと。なんとも頼もしい話だが、必ず礼は尽くせと言われた。

時々このビンタン翁は英語を口にする。オランダ語も堪能だから、ある意味外国との文化の違いとそれを融合させるような感覚を持っているのかもしれない。

翁は時々僕を「Ｂｏｙ」と呼ぶ。訳せば呼びかけの感嘆詞だが、僕を「小僧」と呼んでいるのだ。話を聞いていて、その侮蔑的な言葉の裏には、いまさらお前を恨んでも仕方がないが、日本軍のおかげで数え切れない印尼の同胞を死に追いやった。そんな悔やみきれない思いがあるのだと強く感じた。

やり切れぬ思いが駆け巡り、30年も経って日本人を助けるなどということがあっても良いものか。そして僕はその恩恵を頂いている。

電灯のない貧しい家屋の一室で、蝋燭（ろうそく）に揺れるビンタン翁の顔とその深い皺は、死に追いやった同胞たちへの後悔と、印尼を食い物にしたオランダや日本への恨みなのかもしれない。

タンジュンピナンは埠頭というより漁港だ。港でビンタン翁の書いた紙を見せると、すぐに老人を紹介された。身なりはビンタン翁に比べて格段にいい。お金持ちのお爺（じい）ちゃんだ。紙を見せると、明日船が出ると言い、金は要らんと言われた。何か贈らねばと途中の店で酒を買ったが、お前のような若造がすることではない、頭はしっかり下げろと言われた。この人も日本語が堪能で流暢（りゅうちょう）に話をする。

老人は、時折斜めに僕の顔を見る。大人として地域の有力者として、こんな小僧に感情を顕（あらわ）にはできない。しかし初対面で、頭を深く下げる僕に何かの感情があることは見て取れる。何かの強い思いがその胸にあるのだが、僕にはそれを聞くことはできなかった。

タンジュンピナンから漁船の少し大きめのポンポン船でジャカルタに向かう。しかし簡単にはジャカルタに着かない。あちこちの港に寄ってだらだらと時間を過ごし、食料を買い求めて再び船に戻る。こんなことを繰り返して、ジャカルタの漁港に着いたのはなんと7日目だった。

ジャカルタの街はかなり汚い。モロッコやアルジェリア、アフガニスタンやインド、そしてバングラデシュ。いろんな汚い国を見たが、ここも変わらず汚い街だ。汚いと言うより「きったねー」が相応（ふさわ）しい。それに臭いがひどく、異様に臭い。

ジャカルタの中心街はスディルマンという大通りが1本あり、これを中心に政府関係の庁舎が並んでいる。その周りは果てしないドヤ街。いったいどこに町の中心があるのか分からない。物価が安いのが魅力だが、得体の知れないホテルには泊まれない。田舎ならなんとかなるのだが、この大都会では僕とて乞食同然だ。

ドヤ街を進んで行くと、道に迷った。と言うより目的などなかったので、どこにいるのか分からなくなったのだ。周りは僕をジロジロと眺める土地の人たち。この国は盗難は多いが殺人は少ないという。イスラムの本来の教えを踏襲しているのかもしれないが、僕には分からない。

身寄りがないというか、頼りになる伝がないというのは大変心細い。この街についてタンジュンピナンの翁は、ジャカルタでは中国人が経済と裏の力をもっており、地元の住民からかなり恨まれている。だから中国人に見られるのは危険だと言っていた。

僕は、乞食が集まると大変なので町の中では立ち止まらない。それに貧民の子供たち。とにかくよく集まってくる。それから物売り。訳の分からない果物を売り歩いている。少しでも相手にする雰囲気を出そうものなら、しつこく迫ってくる。日本人の曖昧な態度は絶対に通用しない。

そして、いざというときのために左右のポケットには小銭が入れてある。周りに投げれば人が分散する。逃げ道を確保するためだ。それでもだめなら暴力をふるう。僕の両手は必ず空けていて、いつ攻撃に晒されても対処できるようにしている。それから武器の孫の手はいつでも出すことができる。早打ちのガンマンではないが、担いでいるバッグの右側のポケットから、右手で一瞬にして出せるようにしている。

瞬時に孫の手を出すと、大概の相手はびびる。孫の手を見て相手が敵意のないところを見せれば、僕はニターーッとうすら笑いをして、背中をかきかきする。これは武器じゃないんだよーーんと相手の緊張感を解く。

僕は臆病で小心だから、攻撃に対する対抗手段がないと安心できないのだ。誰も頼っていないから。

日本人とは中国人とはっきり違うところがあって、ようやくそれに気が付いた、靴だ。僕は日本や欧米で履かれているスポーツシューズを履いているが、印尼の中国人は全体に靴が小さく、僕の目から見ると身体に比べて靴が小さく見える。

僕は走るべき時に全力で走れるように運動靴を履いている。しばらく滞在する場所ではいつもゴム草履だが、全財産を持って移動するときは、必ずスポーツシューズを履くことにしている。「足元を見る」と言うが、逆にお金持ってますよのマークになる場合もある。僕はそんな誤解を受けるような高級な靴は持っていないが。

ドヤ街というかスラムを歩いていると、薬売りが横行している。一番多いのはマリファナ、乾燥した大麻だが、どちらかというと樹脂を固めたハシシが多い。また、高級品ではアヘンから精製するモルヒネをさらに精製したヘロインがある。

ヘロインは天国行きの麻薬だ。その快感は通常の１万倍と言われる。残念なことだが将来に希望が見出せないと、人は束の間の快楽を求める。生理的な快感だけではなく、現実の苦しさから逃亡したいのだ。

薬物に狂うのはほとんどがオヤジ連中だ。一家を背負い家族に希望を与えなければ面子が立たず、オヤジの権威は地に落ちる。逃げ出すのは男の性かもしれない。薬に溺れる男を見ると、「女々しい」というのは男をして指す言葉だと強く感じる。

スラムでは僕の運動靴を見て、売人が多く寄ってくる。いいかげんにしてくれと言いたいが、売人はごろごろしており、供給過剰ではないかと思えるほどだ。連中からすれば日本人は格好のお客さんなのかもしれない。

腹がへって、あるレストランに入った。レストランというより大衆食堂だ。地元の人以外の客が来て、店の店員も他の客もきょとーーーんとしている。僕はさしずめ珍入者なのだろう。店の人には全く言葉が通じない。仕方がないので、他の人の料理を見てあれをくれと注文する。料理が出ると、やたらに多いので説明を求めるが、さっぱり言葉が解らない。いろいろと料理を出してくるが、要は食った分だけ払うのだ。煩わしいので1つの皿に適当に盛り付けして、あとは持って行かせた。

ナイフやスプーンはない。このインドネシアでは手で食うのだ。僕はバッグから箸を出して食う。これがまた珍しいのか、他の客がじっと見る。そして僕の足から頭まで舐めるように見つめる。

あまりに重い雰囲気に、他の客の真似をして手で食いだすと、急に場の雰囲気が変わる。みんなニコニコしている。あとで分かったことだが、やはり箸を使うのは中国人で、こんな店に来ることはまずないという。僕は最初中国人と思われ、のちに日本人だと認識されたようだ。韓国人はどうなっているのか不明。

この辺はインドとは少し違う。インドは人種の坩堝と言われるほど多様な人種、文化が混在しているため、箸だから中国人とは限らない。

僕も周りの人に敵意がないことを示すため、ニコニコしながら手で食べる。テーブルの上にある小さな器の水を飲もうと思ったが、生水はダメだと思いしばらく考えていたら、隣の爺さんがこれは指を洗うボウルだと、身振りで教えてくれた。いわゆるフィンガーボウルである。手で食うから指は洗わなければならない。ビンタンの老人は食事にスプーンを出してくれた。優しい翁だった。

食事はもちろんカレーだ。飯とルー。これ以外の副食は小皿で出てくる。野菜料理やチキンが多いが結構いける。また、米はパサパサだが、これを指で小さくまとめてカレーにつける。米だけならまずいが、カレーでうまいメシに変身する。食って思うのは、やはり気候がこれだから辛いカレーを食べていけるのだ。日本人がこのカレーを食べ続けたら、1か月で胃に穴が開くだろう。

食べ終わって金を払う。紙に書かせると約30円だ。実に安い。ここは気に入ってしばらく通った。

インドネシア共通語を「バハサ・インドネシア」と言う。バハサでも英語はイングリッシュ。この飯屋で英語が話せる人間はいないかと聞いたら、近くの生地屋の親父を紹介され、早速行ってみた。タンジュンピナンの爺様用に買った酒を渡して、いろいろと情報を聞いてみる。おかしな英語だが、意味は通じる。安全で比較的安いホテルもゲットした。そこでジャカルタの恐るべき地元事情を聞いた。

ジャカルタは長く混乱している。特に警察と軍、それからヤクザが市内を分割して治安維持をしているという。ヤクザには地元系と中国系があり、勢力範囲は近年変わっていないが、時折衝突があるという。警察よりもヤクザの方がずっと役に立つらしい。

質が悪いのが軍。何の恩恵もないのに、金だけを要求するという。途上国では珍しくもないが、ここも混乱というよりデタラメが横行する国だ。警察が密輸容疑で軍の兵士数人を逮捕する。軍は釈放を要求、警察は拒否。軍が武装して警察を襲撃する。軍は手榴弾を投げて警察を破壊し、逮捕された兵士を逃がす。逃がし切れなければ警察ごと爆破する。兵士も殺して不正の証拠を湮滅する。何とも言えない悪しき習慣だ。日本人にはまさかと思う人もいるだろうが、歴とした事実なのだ。

この生地屋へは、その後も情報仕入れのために時々顔を出した。親父殿の人柄は世話焼きタイプで、身内になれば親身になって面倒を見てくれる。また、親父殿を立てれば周りに対して多少なりとも箔(はく)がつくらしい。

僕はいつも何かに導かれているような気がしている。それが何なのかは分からない。僕の思い込みと言えばそれまでで、何の根拠もない感覚だ。よく「勘が働く」と言うが、これで何度も助けられた。危ないときは極端に嫌な感じがして、絶対に手を出さない。危なそうなときは、前に進むか後退するか迷うが、最後は勘で決める。はっきり危険と分かるときは勘など必要ない。「勘」とは俗に言う「ヤマ勘」ではなく、「心の言葉」だと思っている。

行くのだ……そう聞こえる。戻れ……迷わず戻る。勘とは、文字にして甚だしい力と書く。これは名棋士・坂田三吉の言葉だと、我が親父殿から受けた薫陶である。

時々、なぜこんなにトラブルに巻き込まれるのかと思う時がある。病気もした。銃でも脅された。バスの屋根から落ちてきた荷物に頭を直撃され気絶もした。しかし、今でも元気に生きている。偶然ですよと言われる人もいるが、危険に直面したことのない人には、その恐怖や死の予感は絶対に分からない。あとからは何とでも言えるのだ。

何かの禍(わざわい)が転じて幸いになる場合がある。そして、その良かったと思える幸いも、その後禍に転じることもある。人が生きていく中で、何が正しくて何が誤りなのか、何が幸せで何が不幸かは、結果を見るまでは分からない。

大いに益のある人との出会いだと思えることも、最後には不運な巡り合わせだったと後悔の思いに苛まれることも珍しい話ではない。史記の南越伝に「禍福は糾える縄の如し」という言葉があり、淮南子の人間訓には「塞翁が馬」を訓として、心の有り様を示す。僕は父親から生きていくための多くの知恵を頂き、そのおかげで長い旅も大過なく過ごせてきた。話を聞いていた頃はただ聞いていただけだったが、1人で長旅をするとその教えのありがたみを実感する。

ジャカルタに着いて数日が過ぎ、一とおり街を見て回り生地屋の親父殿にも様々な情報を頂戴した。日本との関係や印尼を350年支配したオランダの話、戦後の問題など、まだまだ根深い感情のしこりがある。

不思議に思ったのは、前スカルノ大統領が終身大統領として国を支配していたが、このスカルノなる人物はかなりの日本贔屓だという。スカルノの第3夫人は日本人で、スポーツの祭典アジア大会を開催する時、客を泊めるホテルがないため、日本人の夫人を通じて働きかけ、日本の援助でスディルマンに「独立の塔」と「ホテルインドネシア」を建築した。

日本は戦後補償問題を早期に解決しており、オランダは現在も支配に対する謝罪はないという。多少なりとも戦中・戦後に比べれば、対日本の国民感情は改善されているようだ。

インドネシアの伝説に「ガルーダ」という一説がある。国が危機に陥っている時、天から救い主として白い鷲（わし）が降臨し、国と民を救うという。インドネシアの国章となっているこの白鷲の伝説は、ガルーダインドネシア航空の名前の由来である。

３５０年の永きにわたり、オランダの植民地として辛酸を舐めたインドネシア国民は、第二次世界大戦の混乱に乗じて白い落下傘で到来し、オランダを駆逐した日本を、一時はガルーダの降臨として捉えたという。

長い暗黒の時代が終焉（しゅうえん）を迎え、ようやく光が見えてきたあの時代、インドネシアの人々は再び日本軍によって地獄へ突き落とされる。僕はこの時代背景と過去の歴史をしっかりと捉え、認識を新たにしてこの国と向き合わなければならない。

ビンタン翁とジャカルタの親分

ジャカルタの街に来て10日が過ぎた。この10日間でジャカルタでの暮らしや遊びのノウハウを蓄積した。ただ食って遊んだだけだが、結構面白かった。もともと印尼では行きたいところがたくさんあったので無理して来たのだが、政情不安定のために入りにくいところばかりだった。

行きたかったスマトラ島のアチェは、独立気運が高まり対ゲリラ戦激化のためレッドゾーン（危険地帯）。メダンは宗教上のもめ事で要注意地域になっている。また、スマランも治安悪化とのことで注意喚起が出ていた。日本大使館の情報だから、かなりいいかげんだろうと思うけれども、行くべきではないような気がしていた。

西がだめなら進行方向のジャワ島ではどうか。ブルブドゥール寺院があるジョグジャカルタ、ここまで行った奴（やつ）はなかなかいない。そしてスラバヤと超美形の島マナド。楽園と言われるディンパサール。その先にはパプアニューギニアと夢はどんどん広がっている。

途上国ではよくあることだが、土地の有力者などに敬意を払っておくと、後々助けとなる場合が多い。特に僕のような一人旅ではずいぶん助かったことがある。が、ビンタン翁に紹介されたジャカルタの友人。きっと助けになるだろう……は、話が別だった。

ジャカルタから、ジョグジャ・スラバヤへ移動しようとしていた時のこと。船か列車のどちらかで迷っていた。両方ともかなりいいかげんだが、山賊の噂は聞いたことがなかったので、鉄道で移動することにして切符を購入。外国人価格があり、寝台しかないと言うので仕方なく寝台2等を買った。ジョグジャカルタまで48時間……予定では2日間だが、当時8000円ぐらい払ったと記憶する。僕の懐ではかなりの高額だ。

ところが、時間になり駅にいても列車が来ない。30分が過ぎ、1時間経った。みんな落ち着いている。確かに途上国では時間はかなりいいかげんだが、1時間はないだろう。もしかしたら列車は出てしまったのではないかと思ってしまう。

2時間が過ぎた頃、人がざわついている。何事かと思ったが、再び静かになる。みんな、えー頃加減の感覚なのだろうか。僕も蒸し暑い駅でひたすら列車を待つ。そして、コンコースに列車が入ったのは、それから30分後だった。

それからさらに30分が過ぎ、なんのアナウンスもなく列車は動きだした。3時間待つとさすがに疲れる。それでも不思議だ、長い間列車を待っていると、とりあえず動き出せばまあいいかぁ……の気分になってくる。

ようやくジャカルタを出る。まるまる3時間遅れで出発した列車は、ゴトゴト揺れながらゆっくりとジョグジャに向けて走りだした。

しかし印尼は僕が思うほど甘い国ではない。出発してわずか5分ほどで、列車はジャカルタ西駅でエンコして動かなくなった。鉄道の列車がエンコするか……？　ふざけた話だ。

それで代替品はいつ来るのかと思いきや、代わりはないという。どう考えても納得がいかない。普通は上り下りがあって、何両かの列車が上下して回すのだが、この路線、途中までは単線で、行程の半分はこの列車で往復するのだという。

されば、運賃の払い戻しはどうかというと、ジャカルタ中央駅に行って返金してもらえと言う。そう言われてもほとんどの乗客は大きな荷物を持って列車に乗っており、たとえ5分とは言え、かなりの距離を線路の上を歩いてジャカルタ中央駅に戻った。暑いので相当頭にくる。あの3時間はいったいなんだったんだろうと納得がいかない。

駅に着いた時には構内はすでに騒乱状態で、切符売り場は戦場と化していた。いったい何百人の人が騒いでいるのか。とにかく身の安全を確保しながら様子を見たが、切符売り場は返金対応のまずさから、騒乱から暴動になりつつあった。数分後、窓口のガラスが割られた音で一斉に人が暴れだし、窓口は壊され、構内は騒然となった。

駅構内の騒ぎが始まってから5分以上が経って、ようやく10人ほどの警察が到着。数発の威嚇射撃で騒ぎは収まった。

何人もの人間が逮捕されていたが、切符売り場も破壊され、何千枚かの切符がなくなった。そして翌日、烏合の衆の騒乱で、どれが正しく買われた切符なのか、後の騒ぎで紛失したものかの区別がつかないとの理由から、返金はされないことになり、再び駅は戦場へ。今回は事前に武装した警察が多く配置されていたため、大きな騒乱は回避されたが、正直者だけが損をした格好になった。

巷の噂では、駅長と地元やくざが仕組んだ暴動で、騒ぎにより返金されないお金は何十億ルピアかになり、連中の懐に入るという。最初はまさかと思ったが、強ち嘘でもないらしい。駅員や警察の下っ端にも応分のお金が回ってくるので、証拠や証言が取れないのだという。

そんな話を聞いて、８０００円という大損害を出した僕も、かなりの憤りを感じていた。当たり前だ、納得できるわけがない。

懇意にしている30円食堂のオヤジに切符を見せてぼやいていたら、オヤジが「ルサイニ」と発音している。そこでそれはなんだと聞くと、どうも地元ギャングの親分だと言う。この親分が、切符返金額の半分のお金を掠めたらしい。どこかで聞いたことがあるような名前だが……。そう、ビンタン翁が助けになると言った戦時下の盟友だ。しかし同姓ということもあるし、「ルサイニ」という名前はまだジャカルタでも聞いたことはないが、もしや返金の助けになるかもと思い、縋る思いでオヤジにビンタン翁のメモを見せた。

するとオヤジの態度は一変し、僕に店から出ろと言う。二度と来るなというような雰囲気だ。メシ代も取らずに追い払われた。これもおかしな話だ、僕は何もしていない。要するにこのビンタン翁の盟友は、地元では厄介者なのかもしれない……と考えるが、答えなど出るはずもなく、生地屋の親父殿に聞くことにした。

生地屋の親父殿は、30円の親父ほどのことはなかったが、かなり不快そうな顔をして説明してくれた。このルサイニ氏は裏ではかなりの実力者で、この地域の治安の安定にはそれなりに貢献していると言う。ただし、暴力団の頭目であることには変わりなく、楯突けば命がないらしい。

僕は仕方なく生地屋の親父殿に慇懃に礼を言って、店を出ることにした。また、こんなヤクザ連中と付き合うのもいやなので、早々にジャカルタも出ようと思った。懇意にしてくれた生地屋の親父殿にまで不愉快な思いをさせてしまい、申し訳ないことをしたと思いながら店を出た。

そして、生地屋の店を出た直後に僕は大変な恐怖を味わった。店を出て歩きだしてからすぐに5、6人の男に囲まれ、胸倉を掴まれた。まずバッグを奪われ、逃げられないように、腰のベルトを後ろから掴まれて身動きができない。さすがにこれでは孫の手も出せず、

2人の屈強な男に掴まれている。ただの物取りなら白昼人前でこんなことはしない。明らかに目的は別だ。

連中は独特のバハサ・インドネシアでまくし立てる。たぶんバハサのオリジナル、スンダ語だろうが、僕には全く理解できない。僕が返事をしないので、サングラスを掛けた頭目らしき男が顔を僕の眼前まで近づける。

僕は相当の恐怖を感じていたが、心は怯(ひる)んでいなかった。かなり怒りを抑えていた僕は、相手の目をサングラス越しに睨(にら)みつけ、英語で不敵に言った。

「なかなか面白い顔じゃないか……」

この一言が、チンピラの頭目を逆上させて刃物を持ち出させた。まずいことになったと思ったが、奴は刃渡り30センチぐらいの刺身包丁のようなものを持ち出し、僕の首に強く押し当てた。少し切れたと思う。彼は何かを凄(すご)むように話しているが、意味は分からない。周りでは多くの人が集まり、声も立てずに様子を窺(うかが)っている。

僕が英語しか話せないと言うと、奴はそのまま僕を強く下に押し下げ、膝をつかせた。刃物はそのまま首に押し当てている。

男は僕に、英語で何をしに来たのかと聞く。僕はおとなしく旅行だと説明した。そして、「この国では観光に来た人間を刃物で脅すのか?」と聞き返すと、男は手下らしき男に何か言い、僕の胸倉を掴んだまま、ずるずる引きずって移動しだした。

いったいどこへ連れて行かれるのか分からないが、そのまま長い間引きずられ、200メートルぐらい進んだ辺りのある汚いビルの入り口に放り込まれた。とにかく力の強い男で、僕はほとんど抵抗できないままビルの入り口に座り込んだ。男は僕に休む間を与えず、今度は僕のTシャツの肩の辺りを鷲掴みにして立ち上がらせ、前へ進ませようとした。ビルの階段は狭く、男は仕方なく僕から手を離す。ほっとするが、黙って階段を上るしかない。

4階まで来て、今度は部屋の入り口へ後ろから突き倒され、僕は簡単に1回転して座り込んだ。座り込んでから、すぐに首をさすったが、ほんの少しだけ切れて血が流れている。それに膝や腕の辺りが擦り傷で痛い。

部屋の奥には何人かの男がいる。サングラスを掛けたチンピラの頭目のような男は、僕の後ろでじっとしている。部屋は薄暗く、むせ返るような暑さが不快だ。そして奥の方から声がかかる。静かなバハサ・インドネシア。そして英語で僕に問うように話しかけるが聞き取りにくい。なぜ俺の名前を知っているかと聞いている。

僕は自分の名前を言った。

「Tsunenori Andre Furuyama. あなたの名前はビンタン島のチェンカレンで聞いた、力になってくれると。そしてこれを読めば分かる」と、ビンタン翁の書いた紙片を差し出した。隅の方から中年の男が進み出て、僕の手から紙を受け取り、その奥の男に渡した。奥の男はじっと紙片を見つめ、かなり驚いたらしく、一瞬身体を揺らした。しばらくの静寂の後、呻くように「ミカラジャ……」と発音した。

僕は初めてビンタン翁の名前を知った。チェンカレンの老人の名前は「ミカラジャ」だ。薄暗い部屋で、その一番偉そうな男が何かの指示を出した。数人の男が部屋から出て行き、僕を含めて5人の男が部屋に残り、男は僕に日本語で詫びた。

「決して暴力を振るうつもりはなかった、だが儂の名前を公で話す人間はいない。ジャカルタでは儂の名は口にしてはならぬ……」

そういうことになっているらしい。

よく分からないが、僕は彼に切符の話をした。僕の願いは小さなことだと。それから彼はビンタン翁のことを何度も聞いた。僕との出会いや息子のこと、どんな姿かなどと、およそ1時間、床に座り込んだまま、僕は知っている限りのことを話した。また、タンジュンピナンの爺さんの話もした、詳しく。

少しずつ男の正体が分かってくる。少なくともこれで殺されることはあるまい。ようやく椅子を出されて座ることが許された。この人もかなりの老齢だ。年齢は80歳を越えているだろう。彼はビンタン翁には30年以上会っていないという。自分の姿はいまさら見せられないとも話す。そして、この老人の驚きはかなりのショックだったのか、最初の落ち着きはらった声は戻っていない。少しずつ声のトーンは下がってきているが、まだ心の動揺が見て取れる。

彼は話題を変えてきた。ジャカルタは楽しんだか、ホテルはどうかと聞いてくる。

生地屋のオヤジの世話で、安全なホテルに泊まった。ジャカルタの食事は30円で、結構好きな味だと、適当にジャカルタの感想を述べた。観光名所はあるが、金のかかるところには行っていないと言うと、もう少し滞在すれば、詫びに案内してやると言う。そうは言うが強制的な響きがあり、拒否するには勇気がいる。顔をつぶせば逆上する可能性もある。詫びとはいえ、従うしかないのだと感じた。

その後、この親分は詫びにとホテルを紹介してくれて、支払い一切をしてくれると言う。はっきり言って困ったが、僕は黙って従った。

結構きれいなホテルへ連れて行かれ、部屋へ案内された。エアコンの効く部屋など久しぶりである。部屋には300USドルの現金が置かれ、19時に迎えをよこすとメモがある。正直なところ逆らうのも怖いし、かと言ってさんざん接待されたあげくに家来にでもされようものならたまったものではない。快適なホテルではあるが、どうやって逃げ出そうか考え込んでしまった。甘い汁には必ず何らかの裏がある。

19時に来ると書いてあったので、ロビーで待っていたが誰も来ない。仕方がないのでジャカルタ市内観光の案内を読んでいたら、あのサングラスのプロレスラーのような兄ちゃんが後ろに立った。相変わらずスンダ語で何かを言う。態度は改まったが、やはりあの一言が気に入らないのか、太々しい感じは免れ得ない。

「なかなか面白い顔じゃないか」

もう一度言おうかと思ったが、無意味なのでやめた。

ジャカルタから車でおよそ1時間のところにスルポンという村がある。この親分はここに住んでいる。その近くには小さなレストランがあり、ここで親分は待っていた。他に客はなく、なんとなく異様な雰囲気だ。

親分に頭を下げ挨拶をする。快適なホテルをお世話いただいたと感謝の意を表す。現金は多すぎるのでお返ししたいと言うと、笑って気にするなと言う。

食事が始まると、親分は何度もビンタン翁の話を聞いた。タンジュンピナンの老人の話もしつこいぐらいに聞いていた。親分は僕が手で食べるのをにこやかに見ている。この柔和な顔を見ていると、本当にこの老人はジャカルタを分割するほどのギャングなのかとも思ってしまう。

一とおりの食事が終わると、ディンパサールの舞踊が始まる。親分はクラブ経営もしていて、政府の役人を接待するときに見せるバリの民族舞踊らしい。きれいだがはっきり言ってつまらない。僕にはダンスを見て楽しむ風情はない。

親分は第二次世界大戦の話をする。癖はあるがこの人も日本語がうまい。斎藤少尉、山下軍曹と様々な日本人の名前が出る。その頃はビンタン翁やタンジュンピナンの爺様と協力し、必死になってオランダや日本とも戦ったという。やはり30年前でも砲火をくぐった大切な盟友なのだろう。親分曰く、ビンタン翁は情報戦のエキスパートだと言う。情報収集に関しては奴の右に出るものはいないと懐かしく思い出を話す。

何か言われるかと思ったが、食事と舞踊が終わると、明日は息子が案内すると言って家に帰った。

僕は車でジャカルタへ戻り、あのレスラーに明日は10時だと言われて部屋に戻った。酒は飲まなかったが、ひどく疲れており、横になる。時間は夜12時前ぐらいだったと思うが、突然誰かがドアをノックする。孫の手を持ちドアを開けると、女の人がいる。生粋のインドネシア人だ。用件を聞くと、ひどく訛(なま)りの強い英語でマッサージだと言う。その風体はどう考えてもエロマッサージに見える。頼んでいないと断ると、あの老人の依頼だときた。ますますまずい、この女性に手をつけたら、事細かに報告されるだろう。どう考ならない。

えても尋常な話ではない。僕は自分の意思を親分に示すためにも、毅然と対応しなければ

女性に、マッサージなど不要だから帰るように話すと、それではお金がもらえないと言うので、老人にもらったお金の中から２００USドルを渡す。女性は今帰ると怪しまれる、また何が気に入らないのかと言われ、そのうえ別の女性が来ると言い出す。多少困ったが、しばらく部屋で過ごすことにした。

何もすることがないので、彼女にバハサ・インドネシアを教えてもらう。すると面白い言葉が出てきた。

「米はナシ、魚はイカンで菓子はクエ。人はオランで、死ぬはマテ……」

バハサ・インドネシアで米を「ナシ」、魚が「イカン」、お菓子を「クエ」、人は「オラン」、死ぬのを「マテ」という。その昔、日本軍が現地語を覚えるために作った文章だという。これもあの老人からの伝授なのだ。

やはり、消すことのできない歴史とその大きな傷痕を実感する。面白いとは素直には笑えない。

ふと彼女に恋人はいるのかと聞いた。僕は外国人でいずれここを去るのだから、正直に話してもいいだろうと言うと、彼女はぽつりぽつりと話しだした。

彼女の職業は外国人相手の売春。だから多少の英語は話せる。日本語も少しなら話せるという。彼女は24歳で、7人兄弟の長女。もとは9人兄弟であったが2人が幼くして死亡。両親と祖父と共に暮らす10人家族。両親は大変な苦労をして学校へ行かせてくれたらしい。インドネシアの問題は所得が低いこと。まともな職に就いても家族10人は食えない。また、兄弟を何としても学校へやるためには、身体以外に売る物がなかったという。

彼女は落ち着いて話している。今日は相当な収入があったからだ。彼女の値段……と言うと失礼なので、売春の相場を聞くと、一晩付き合って、相手の部屋なら50USドル。ローカル相手なら10ドル、最低ラインで5ドル（30分）……なるほど。では今日は4夜フルタイムの収入があったわけだ。一般的な工場などで働く月収は、女性で2000円くらいが相場だから、社会は女をして売春に走らせているとしか思えない。何たる社会構造か……。

恋人は昔いたが、やはり彼女の職業が問題で別れた。彼女は僕に、あなたはお金があるから毎日買ってもらえないか、と縋るように聞いてくる。

僕はやんわりと、僕も貧乏だと説明した。このお金はある経緯があって、あの老人からもらった金で、実は僕のものではない。だからあなたのようなきれいな人を買うお金はない、残念だけどと説明した。

少し彼女の表情が曇る。あの老人からお金をもらうのなら、あなたも何か悪いことをしているのかと真顔で聞かれた。あの老人と知り合いだというだけで、同じ穴の狢(むじな)だと思われるのだから、やはりあの老人は地元やくざの親分なのだ。確かに30円食堂のおやじは一瞬にして顔色を変えた。生地屋の親父殿は、何かの憤りを抑えながら僕に話した。やはり付き合うべき人ではない。

僕は旅行者で、あの老人とは深い関係はない。ビンタン島での経緯で、偶然知り合った人だと説明した。彼女はあなたはまともな人ねと言う。男はみな嘘っぱちばかりを言う人種で、女が不幸になるのは、ほとんどは男の我儘のせいだと言った。僕は否定できない。今までいやと言うほど、そんな女性を見てきた。

僕はふと思う、こんな話を聞いても僕には何もできない。黙って性欲に身を任せ、彼女らの身体を貪り、金を払う方がよほど彼女たちのためになる。僕は自分をきれいな人間に見せたいだけなのかもしれない。

2時間ほどが過ぎ、彼女は帰った。少し残念だったがそれは彼女が抱けなかったからではない。少しずつ饒舌(じょうぜつ)になる彼女の話を、もっと聞きたかったからだ。惨めったらしい話でも、徹底的に聞けば心のうちが見える。人は希望を捨てることはない。

ただ、明日のことを考えると、あくびをしながら付き合うのはまずい。接待する側は客が退屈するのを恐れる。僕があの老人の息子なら、気が気ではないだろう。

翌日、今度は時間どおりに迎えが来た。レスラーが言うには、社長（息子）は会社で待つという。車で通りを走りながら、車窓を眺める。相変わらず汚い街が続くが、人が多い。どこからこんなに人が湧き出るのかと思うほど人が多い。

会社では社長が出迎えてくれた。50代ぐらいの男性で、老人の持つ冷酷な雰囲気とは違う、普通のビジネスマンの感じだった。輸出入関連の仕事をしているという。

部屋に通される前に、玄関で異様な感じがした。軍人が警備をしている。武装して銃を持ち、だらけた感じで受付にいる。息子氏なる社長は、軍の力を借りないとこの国では商売ができないと言う。日本とは事情が異なる、まだまだこの国は混乱が続いている。

社長なる人物に、私のような若造に時間を取らせるのは心苦しいので、他の方でいいので近くの村を見せていただけないかと、やんわりとボールを投げた。彼はかなり忙しいので、そうしてくれると助かると言い、では30分話をしましょうとコーヒーを出してくれた。

彼が興味を示したのは、ビンタン翁とタンジュンピナンのお爺さんの話だった。昔から父親に何度も聞かされて、その生々しい話を聞けるとは大変嬉しい。親から聞いた話は、小さい頃には何百年も昔の話のように感じており、とても現実のものとは思えなかったと言う。それがいま、親分の孫の世代の僕から、便りを受け取るように近況がもたらされた。

不思議な縁だとも言う。老人は僕を〝幸運の男〟と言い、大変な喜びようだったらしい。やめてほしいと思うのと、ビンタン翁の顔が思い出される。

彼の部屋を出る前に、社長氏は静かに話をした。私の父はあなたと会うためにかなり手荒なことをした。息子としてもお詫びがしたいと言う。また、親分は違法なことを繰り返してジャカルタでも有力な人間にのし上がったが、350年にわたるオランダの支配やその後の日本の軍政により、この国の経済や文化、教育などの人材育成は救いようのないほど悲惨な状態を呈し、その混乱を収めたのは国ではなく、親分のような地元の有力者だったと言う。ただのギャングとは思わないでほしいとも言っていた。彼は自分の父親がやくざであることをお互いに充分理解して、僕と向き合っている。

社長のオフィスを出ると車が待っていて、昨夜の女性がニコニコしながら待っていた。ジャカルタ田舎観光のお相手は、彼女が自ら買って出たらしい。

彼女の話を聞きながら、村を回った。昼食をとり、大きなモスクに戻ってきた。ジャカルタでもかなり大きなモスクだという。僕はレスラーの兄貴に中央駅に寄るように頼んだ。もう一度ジョグジャカルタ行きの切符を買うためだ。彼女には明日ジャカルタを出ると話し、社長か親分に伝えてくれないかと頼むと、彼女は強く否定した。社長はまだ、僕と親分が充分話をしていないと思っているらしい。僕はそれは違うなと思った。なぜか嫌な予感がする。

〝幸運の男〟……お前と一緒にすんな！　と言いたかったが言える立場ではない。僕は駅をあきらめホテルに戻る。大変なことになったと思った。

レスラーが僕をサングラス越しに睨む。僕は「なかなか面白い顔じゃないか……」と言わんばかりに首の傷をさする。外はうだるように暑い。

第２章

ジャカルタ親分の頼み

アニサと豚饅

翌日は何もせずにホテルでゴロゴロしていた。こんなひどい暑さの中では、エアコンがあると尻に根が生える。僕も根っからのだらけた人間なのかもしれない。

9時頃朝食をとっていると、なぜかあの女が来た。名前はアニサ。レストランに入り遠慮なしに僕の隣に座る。今日買ってくれないとどっかへ行ってしまうと言う。遠慮せずにどこでも行けばいいと言うと、久しぶりに会ったまともな男なのに、冷たいことを言うなと言って恋人気取りをする。彼女は勝手にジュースを頼み、僕の朝食に付き合う。僕は久しぶりにゆっくり飯を食った。慌てても仕方がないからだ。今日は何もすることがない。それよりどうやってジャカルタを脱出するか、これが問題だ。

たぶんアニサは細かく社長に報告しているだろう。あーだこーだと、事実が伝われば良いのだが、アニサの都合に合わせて話をされると、相手はどう解釈してくるか分からない。老人はまともな人間ではない、尋常な反応は望めないだろう。僕をジャカルタから出さないようにしているとしか思えない。

食事が終わると、彼女は部屋までついてきたので、帰ったらどうだと言うと、昼は何もすることがないと言う。でも、もしかしたら彼女を逆手に取ることもできるかもしれないと思った。部屋でくつろぐ彼女を見ていると、ミニスカートから足がチラチラ見えて、どうしても助平心が蠢（うごめ）きだす。きれいな足を見て、触りたくなるのは悲しい男の性かとも思う。

僕はアニサに聞いた。昨日話したジョグジャ行きの話に、なぜ反対したのか。レスラーもかなり僕を威圧している。僕のジャカルタでの旅は終わった、そろそろ移動したいが、あなたは僕を留めるように言われているのかと。

アニサはしばらく考えてから、今夜私を買ってくれたら教えてあげてもいいわと言う。僕は思い切り叫んだ、

「あほかあーーー!!　まじめな話だ!!」

とは言ったものの、彼女は金を必要としている。それに僕は飛び切りの助平だ。それならばお互いの要求は一致しているではないか。よし、取引成立だとばかりに、僕は彼女の腕を掴んでベッドに連れて行く。服を脱がそうとすると、アニサは悲鳴を上げる。

アニサの腕を万歳させて押さえ込み、買ってほしいと言ったのは君だ、僕は今、君の要望どおりにしている、なぜ嫌がるのか訳を言えと強く言った。

彼女は必死に横を向いて口を一文字に閉じている。僕は強く言う。買うんだから金は払

う。前のように多くは払えないが、それが君の希望だろう??

そう言って、手を離してやると、アニサは放心したように万歳したまま泣き出した。僕も感情が高ぶっているので、しばらくほったらかしにした。

10分ほどしてから、彼女はベッドに起き上がり僕を見つめている。僕は静かに話した。力ずくでやろうが優しさを装おうが、金を払ってすることには変わりはない。僕は何でも話しているし何も隠す必要はない。しかし君は正直に話さない。何か理由があるんだろうが、僕のような旅の人間なら話しても困らないだろう。老人にとって僕はただの若造で、大した存在ではないはずだ。君が困るようなことはしないから話してもらえないか、と静かに聞いた。

彼女は僕の話を黙って聞き、シャワールームへ入った。5分ほどして出てきたが、明らかにさっきとは違う。落ち着き払っている。話すと言い、事のあらましを教えてくれた。

僕がレスラーに首根っこを掴まれて連行された日は、別に大した用事もなかったらしい。しかし翌日、事情が変わる。日本の商社との取引で問題が発生したという。事の経緯は分からないが、日本商社の佐倉はチモール島から紫檀(したん)や黒檀(こくたん)などの高級木材を日本へ輸出搬送していたが、チモールでは民族運動が高まり、騒乱状態が何度も発生して輸出自体がかなり困難な状況になっているという。紫檀など僕には縁がないが、かなり高額な木材と聞いた。

「で、それが僕とどんな関係があると言うんだい？」

　アニサは考える。

「老人は輸出でお金儲けをしているの。詳しいことは分からないけど、契約上の問題が発生して、早く輸出しないと契約違反になり、莫大な賠償金が必要らしいの」

「分からんな、僕には何の関係もないよ。僕には現実的な話には聞こえないけど」

「あなたがどう思うか分からないけど、老人の考えは違うの。一昨日の夜、老人はビンタン島の知人に依頼して、チェンカレンのミカラジャさんのところへ人を送っているの。たくさんの贈り物を持って、挨拶に行ってあなたのことをいろいろと聞いたら、ミカラジャさんが、こうやって旧交を温められるのもあの日本の若者のおかげだと言っているわ。それからミカラジャさんも老人も、あなたが年寄りに敬意を払う良い若者だと思っているのよ」

　僕はまだ理解できない。確かにあのビンタン翁やタンジュンピナンのお爺さんも、僕の態度は認めていた。僕には普通のことだが、老人の目からすれば今どきの若者には珍しい存在なのかもしれない。しかし仮によい若者がいたとしても、それが輸出の話とはつながらない。僕は黙ってアニサの話を聞く。

「それに、この国は多くの民族問題を抱えているの。天然資源はあるけれどお金と技術がない。たとえそれがそろっても、今度は開発地区の民族問題があって前に進めない。あなたは老人から、この問題を解決できる人だと思われているのよ」

「冗談だろう、僕に何ができる。僕は輸出のことなんか知らないし、チモールは行ったこともないんだよ。買いかぶりだよ。僕は旅の人間で、ここの住人からすれば一般の観光客か、さしずめ流れ者といったところだ」

アニサは静かに話を続ける。

「ここからは、私もよく分からない。でもチモールの人たちはインドネシアからの分離独立を願っているの。だからもめ事が多くあるのよ。いずれにしても誰かがこの問題を解決しないと、さらに大きな問題になるみたいで、能力のある人が必要なの」

「では、僕は落選だな。政治的な混乱のある土地に行き、言葉も話せない僕が、どう考えても問題解決の能力があるとは思えない。老人だって話せば分かるさ。大きなお金がかかっているならなおのことだ。僕には関係ない」

アニサは少し語気を強めて話を続ける。

「あなたは自分のことをもっと知るべきだと思うわ。ビンタンの人は私たちとは民族が違うのよ。スンダ人とメラネシア系とは考え方も違う。あなたはあの時、殺されていたかもしれないのよ。あの地域は極端によそ者を嫌うの、特に外国人。スペイン・ポルトガル・イギリス・オランダ・日本。みなひどい人種だった。

昔のこととは言え、どれだけの人が殺されたか分からないでしょ。何世紀もの間、外国人に痛めつけられてきた人々の気持ちは、あなたが考えているほど甘くはないのよ。

それでも、あなたは村の古老と話をして安心させ、ジャカルタまでやって来た。あんな地域を通過してきた外国人はそうはいないわ。それにビンタンの古老の支持まで取り付けているのよ。あなたは若いけど、危険なところを通って無事にここにいるじゃない」

僕はふと思った。理由はないがチモールにも老人がいる。地域に影響を与えるような有力な年寄りが。だが実際の話は僕の想像をはるかに超えていた。

アニサが帰ると、シャワーを浴びて外出した。街には人が多くごった返している。経済は悪い状態ではない。発展と言うより、人が生活に必要な物資を求めるから物が入りお金が動く。陸上競技の祭典アジア大会が開かれて数年が経ち、アジアの国にも顔が立った状況だろう。これも日本の商社の力が大きいという。日本のＯＤＡは多くの役人の懐を潤した。それをつなぐのが商社マンのようだ。

途上国でも先進国でも、必要悪と言われる賭博や売春はどこにでもある。僕は賭博や薬はやらないが、売春宿が多くある地区にも入り見て回った。人がジャカルタに流入して人口がかなり増えている。当然、女も増えて相場は下がる。僕のような外国人は彼らからすればいいカモなのだ。少なくとも相場の3倍で取引しても僕の懐は痛まない。

女の相場は「ちょいの間」と言われる30分程度のところで300円が高い方。2時間ぐらいゆっくりできる場所で800円ぐらいだった。だからこんな場所には欧米系の若者が集まり、それなりに賑わっている。

連中と話すとよく言われるのが、しっかり遊べ、そして金は払ってやれ、個人的には付き合うなだった。なぜかは分からないが、現地人と結婚する若者も少なくない。大方は外国人の男と地元の女性のカップルがほとんどで、つかまらないようにしろということだろう。

この国の人は素直だと思う。ベトナムやカンボジア、タイなどに比べ、よほど人を騙そうとしない。僕もわずかな滞在だが、あの30円食堂のオヤジも生地屋の親父殿も大変人柄が良かった。僕は一度もぼったくりを経験していない。人の心が荒んでいると言うのなら、よほどフランスやドイツの方が人の心は貧しい。

もし、あのビンタンの港で翁の息子氏からタバコはないかと言われて、変な疑いを持ち相手にしなかったら、ここまで来られなかったかもしれない。その土地の人々が持つ雰囲気だろうか、いつもなら強烈に持つはずの警戒感はなかった。不思議に僕はインドネシアを好きになっている。

僕は毎日時間をつぶしていた。アニサの話どおりなら、すぐにでも老人か社長氏より呼び出しがあると思ったが、それから数日が過ぎても何の連絡もなかった。

僕は毎日通ってくるスパイのようなアニサの相手をしながら、毎日だらだらと過ごしていた。このホテルはプールもあるし、バーで飲み物を注文しても、あなたからはお金はもらえないと言う。それだけに気持ちの中ではかなりの焦りがあった。することは特になく、観光といってもいつまでもうろうろできるわけではない。何度もアニサにジャカルタ脱出の話をしたが、アニサはやめた方が身のためだと言う。3日ほど前とは言い方がずいぶん違う。

老人のところへ連行されてから1週間が過ぎて、我慢ができなくなった。いつまでもぶらぶらするのがつらくなったのだ。アニサでは話にならないので、社長氏の名刺を見て直接電話をして、お会いできないかと頼んだ。彼は電話で済むのならと言われたので、正直に話をした。アニサの話も含めて、僕をジャカルタから出さないようにしているのか、遠慮せずに聞かせてもらった。

社長氏曰く、決してそんなことはないので、ジョグジャへ旅に出てもらってもかまわない。できれば老人に挨拶してからの方が好ましいといった程度の話だった。

アニサの話とはまるで雰囲気が違う。一瞬、今までぶらぶらしていたのは何だったんだろうと考え込んだ。アニサに踊らされた自分がバカに思えてきた。

社長氏に、それでは世話になったので、老人にはご挨拶をして一両日中にはジャカルタを去る旨を伝えると、社長氏は親分の都合を聞くので後ほど連絡すると言って電話を切った。

少し気が楽になった。まあ考えても仕方がないので、急ぐ旅でもなし1週間ゆっくり無料の休養ができたと思うことにした。

夕方になって、社長からホテルに電話があった。僕はどこへも行かずにじっと待っていた。電話を逃しては時を逸すると思ったからだ。確かに社長の言い方は特段の違和感はなく自然な話だったが、僕はまだ社長を完全に信用していない。

話は、社長の手配で老人は今夜会社で挨拶を受けるという。社長氏は先ほどと変わらない話しぶりで、ようやく安心することができた。16時に迎えが来るというので、ほっとして待つことにした。

やはり迎えはレスラーだった。僕が怖がるまで脅すつもりだろう、時折僕を見て威圧する。ならばこれが最後かもしれないしと、僕は彼の顔を見て「サングラスを外したらどうだ」と英語で言ってみた。レスラーは無視して前を向く。ここで「お前は根性なしか？」などと言えば絶対に暴力を振るうだろう。逆にそれも一つの手かもしれないが、これは戦闘準備も必要だし、まだ最後の手段としてとっておく。

会社に着くと、社長の部屋ではない別室に通された。しばらく待つと、老人と数人の男が入ってくる。僕は立ち上がり、頭を深く下げ敬意を表す。老人が座るのを見て僕も席に掛けた。

「さて、ジャカルタは楽しんだかな」

老人も僕との会話は英語でする。

「おかげさまで、快適に過ごさせていただいております。大変お世話になりありがとうございました」

これが最後の面会だと、僕なりのプレッシャーを与える。

「そうか、それは何よりだ。ところで君は仕事は何をしている」

「今は旅の途中ですから、一つところには留まらず、その時々に何某(なにがし)かの職を得て旅費を稼いでおります」

「ご両親は日本か？」

「はい、日本にいて私の帰りを楽しみにしています」

「そうか、日本で健在なんだな。実は私にも日本の友人がいる。インドネシアの発展に寄与してくれる友人だ。君はこの国と日本がスカルノ時代から関係が深いことを知っているな」

「はい、存じております」

僕は極力無駄な話は避けたいと思い、簡潔に話を進めた。

「実は、君に会わせようと思ってな、こちらは森本君だ」

「古山さん、お初です。僕、佐倉の森本言います」

関西訛りの挨拶だ。老人が続けて話をする。

「君に頼みたいことがあるが、強制はできない。モリモト君から説明は聞いてくれ。今、かなり困っている、君の助けがあるとありがたい」

最後の言葉だけは日本語だった。そう言うと老人は立ち上がり、少し背伸びのような格好をして、部屋を出ようとした。僕はそのモリモトという人を見ていたが、老人が部屋を出る瞬間に僕をちらりと見た、その目つきを僕は見逃してはいない。

老人から紹介された日本人ビジネスマン……はっきり言って風体は冴えない。その容貌は、かなりの肥満体で髪がアフロヘアのように縮れて膨らんでおり、そこに正ちゃん帽のようなキャップをかぶっているものだから、耳のところから髪は大きくはみ出しており、見ているだけで暑苦しい。

僕は佐倉の……と聞いて恐れ入った。有名な大会社だからではない。僕が想像する国際派ビジネスマンのイメージとはかけ離れすぎていて、ただの豚饅頭（ぶたまんじゅう）だったからだ。どう考えても旅のパートナーには選べない。あくまで外見だが、仕事をするとしても、こいつだけは避けたいタイプだった。

老人が部屋を出て、モリモトさんと僕だけが残った。モリモトさんは自分の経歴や今回の経緯を細かに話してくれた。また、老人と佐倉の関連や日本との関係も熱心に話す。少し気になるのは、時々僕は意味が分からないところなどを聞き、それでも分からなければ補足説明を求めるのだが、彼は僕の言うことを全く聞こうとしない。相手の理解度や都合などは全く気にしていない。自己中心的説明で、理解困難なことこの上ない。

彼の話は30分ぐらい言いたいだけ言って終わった。終わってみれば、それでどうしてほしいのかが分からず、シーンと沈黙が続く。

「フルヤマさん、どうしたらいいですか?」

「どうするって、そんなこと分かりませんよ。その前に、なぜそんなこと僕に聞くんですか？　あなたがやればいいでしょう。社長も老人もいることだし。あのプロレスラーみたいなボディーガードにでもやらせればいいでしょう」

「はあ、そうでしたねぇ、それを説明せんと分かってもらえまへんな」

モリモト氏は少し考えてから、彼なりに政治的状況の説明を始めた。

「今、チモールが狙っているのはインドネシアからの独立です。チモール人はいわゆるスンダ系の民族とは違うんですよ。長くインドネシアに支配されているし、ほとんどがキリスト教徒です。だからイスラム系のインドネシア人だと交渉もできません。今はビジネスより独立なんですわ」

「ふーーん。しかし、だからと言って日本人かなぁ……。ところでモリモトさん、あなたの手首、それ包帯ですか？」

「はい。先週、もめ事に巻き込まれて怪我しました」

「怪我？　もめ事で？　どこでですか？」

「デリですよ、東チモールの州都ですわ。実は先週行ったんですが、話になりません。いったいどこで話を進めていいものやらさっぱりですわ」

「それって、輸出の話ですか？」

「紫檀ですよ。物はコンテナに積んだままで、出すに出せない。船だっていつ来るか分からないし、フォワーダーも人がいなくて、どうなっているのか全然分からない。あんな所でもたもたしてたら、インドネシア人はどうなるか分からんのですわ」

「ふん、僕も分からない。で、どうすれば、そのコンテナを出せるんですか」

「だから、フルヤマさんの手を貸してほしいんですよ。はっきり言って行き詰まってます。うちの会社とルサイニさんとこは事情が分かってるからええけど、うちも納入先があって、どでかい賠償を要求されているんですわ」

こんな小田原評定が延々２時間続いた。僕は煮え切らない豚饅に前提条件と具体策を提案した。奴は決断できない人間のようだ。結局、先週のチモール行きも行っただけで何もせず帰ってきたようで、これでは老人も会社も落胆させるだけだ。

僕はモリモト氏に、チモールの相手先や通常の取引などについていくつかの質問をした。

「モリモトさんね、いろいろ聞いたけど、どんな問題でもどこからか切り口を見つけて食い込まないと、何も進まないでしょう？　デリへ行った時に、何か情報とか掴まなかったんですか？　それともルサイニさんから他に情報もらうとか」

「フルヤマさん、言われることは分かりますけど、僕は嘱託みたいなもんですわ。佐倉の人間は政情不穏だなんて言って、すぐにシンガポールへ逃げよるし。僕なんか現地採用のペーペーですよ。なんで命懸けでこんなことまでせなあかんのですか」

「んなこと知りませんよ。そんなこと言ってるから問題解決できないんですよ。何しにデリへ行ったんですか？」

「…………」

モリモト氏の話を聞いていて、僕はだんだんあほらしくなった。

「ところで、いいかげんくたびれてきたんですが、飯でも行きませんか」

僕は、こいつは相当なバカだと思った。僕より10歳も年上なのに、何の決断力もない。なにも僕に能力があるのではなく、僕は誰も頼っていないだけなのだ。

豚饅は僕を佐倉の接待用クラブに連れて行く。ナシゴレンという焼き飯のような食事をとり、女性をはべらせて歌を歌い酒を飲む。このバカたれは酒を飲み、へたくそな歌で悦に入る。カラオケは日本版で、どんな歌でもある。日本文化のカラオケは「KARAOKE」から「Karaoke」になっている。つまり、世界でも特別なことではなく、定着してきているのだ。いずれは「karaoke」になるだろう。

僕は思う、こいつはバカで救いようがない。あとは僕が何か行動するか、逃げ出すかの選択だと思った。

豚饅は酒に酔い、本音を漏らす。

「フルヤマさん。僕ね、先週ルサイニさんから、デリへ行くならフルヤマさんを紹介するって言われたんですよ。でも何もできない男って思われてるから意地になって１人で行きました。でもあそこは大変です、やっぱ僕はだめですわ」

「だけど、理由はともあれ、１人で行ったんでしょ。根性あるよね」

僕はばかばかしいと思いながら、酒癖が悪そうな豚饅を適当になだめた。

「だけど………何も進まなくて、僕は駄目な人間なんです……」

ついに豚饅は泣き出した。隣にいるおねーちゃんも声がない。

「まあまあ、泣くことはないでしょう。何か手を考えましょう、ねえモリモトさん」

豚饅は涙目のままで続けて白状する。

「実はね、この怪我も自分でやったんですわ」

「自分で……？　狂言ですか」

「はい、行っただけで何の収穫もないし、帰るによー帰れませんでした。怪我でもしとけば、大変だったという証拠になるじゃないですか」

「あのねえモリモトさん。さっきから…………。もう帰りましょう」

まともな話は何一つなく、先は見えない。だけどこの豚饅も逃げずにここにいる。それだけは評価したい。理由はともあれ、無能ながらも踏みとどまる姿は僕そのものかもしれない。豚饅だって僕が来る前までは孤立無援だっただろう。

豚饅の説明で分かったのは、僕に1週間もの間何の連絡もなかったのは、その間にこの豚饅がデリに行っていたからなのだと理解できた。

ホテルに帰り、エアコンのよく効いた部屋にいると冷静に考え事ができる。冷たいお茶を飲み、ベッドに転がり天井を見ていると、何かが引っかかる。なんでこんなことになったんだろう。

さっきの豚饅の話では、デリの様子は大した混乱はないというが、港では通常多くいる役人の姿が見えないという。船がなければ出せないし、根本的な問題は何だろうか。地域の騒乱で物が動かせないのなら、騒乱が落ち着くまでは手は出せないだろう。しかし誰かが意図的に邪魔をしているのなら、その元凶と交渉しなければならないだろうし、それなりに金も要るだろう。さて、どうするか。

たぶん老人は、僕が逃げ出すかもしれないと思って監視するだろう。僕が選ばれたのではなく、他に人がいないだけだ。あの豚饅じゃ何も進められないだろう。豚饅の情報は自分を守るための情報だ。もっとまともな情報が欲しい。

それに第一、僕がそこに行く義理などあるのだろうか……とは言え、豚饅をはじめとして老人も僕を当てにしている。いろんなことが頭を駆け巡っているうちに、少しずつ眠くなってきた。目を瞑(つむ)り、また考える。

どれくらい経っただろう、ふと人の気配がして僕は目を開けた。アニサが僕の顔を覗(のぞ)き込んでいる。目の前の顔を見てぎょっとした。

「お前、何やってんだ！　なんでここにいるんだよう！」

「心配だから来たのよ」

「違うよ、どうやってこの部屋へ入ったのか聞いているんだ」

アニサは、僕が激怒するので困り顔でじっとしている。

「いつ来たんだ」

少し静かに聞く。

「お昼から、ずーっといたの。あなた、さっきから考え事しているから、じゃましたら駄目かと思って」

「僕が部屋に帰ってきてから、どこにいたんだ？」

「そこの椅子」

彼女は隅の椅子を指差す。

そこは四角い部屋の隅で、夜は光も届きにくいダークゾーンになっている。この女は僕が帰ってから、ズボンを脱ぎ捨てたり、靴下を放り出したり、鼻くそをほじっているところをじっと観察していたのだ。

　僕はまだベッドに寝転んだまま、アニサの顔を下から見上げている。かわいい顔をしているが、下から見ると口元が緩んでいる。鼻の穴も意外に大きい。目がうつろで暇な人間なんだなと思った……そりゃそうだろう、昼から今頃までここで何をしてたんだ？

　アニサはどうしていいか分からないような困惑した表情で僕を見つめている。ふと、手にはめているブレスレットの下に傷を見つけた。まさか自殺の痕かと思ったが、傷痕が小さい……。

　僕は起き上がり、彼女を横に座らせる。強制的にではなく、ぽんぽんと僕の横を叩いて座れと誘った。彼女が座ると、そっと手をとりブレスレットを上げた。そこには手首の傷ではなく、薬を入れた注射の痕が残っていた。

　傷を見た瞬間、彼女は反射的にそれを隠す。そして顔を横に向け遠くを見つめる。その傷痕の一つは、真新しい。この部屋に来てから薬を入れたのだ。そういえば力ずくでやろうとした時、シャワールームへ入り5分で落ち着き払って戻ってきた。あの時も薬に頼っていたのかもしれない。彼女の目がうつろなのは暇なのではなく、薬物で心が病んでいるのだ。

　きっと最初に会った日も、彼女はその日の上がりからいくらかのお金を親に渡し、僕が与えた２００ドルは、いくらかのヘロインに変わり、彼女を蝕(むしば)んでいるに違いない。なにやら空しくなり、僕は大の字になった。

アニサはそっと僕に寄りかかり、唇を吸う。舌触りは心地よいが、なぜか苦い。アニサはヘロイン中毒の典型のように狂った行為を始める。動きが激しく疲れを知らない。我を忘れて行為に没頭している。

事が始まって数分後、やられたと思った。目に映る画像が大きく歪(ゆが)んだのだ。間違いない、アニサは口移しで何かの薬物を僕に飲ませた。１年ほど前にトルコのクルド村で体験したアヘンに似ている。身体がしびれる。全身に心地よい快感がゆっくりと広がる。その感覚は快感のみが全身に広がり、不快感や痛みは全く感じなくなる。そして充実した至福感と強烈な快楽。こんな夢の世界がどこにあるのかと思うほどの快楽の世界だ。上と下の区別がつかない状態が続く。昔、映画の中で「ぶっ飛ぶＦｕｃｋ」という言葉があったが、こんな行為を言うのだと思った。

それから、どれぐらいかは分からないが、おそらく数時間にわたる狂ったような行為が延々と続いた後、深い眠りに入った。

気が付くと、昼を回っている。僕は空腹だ。アニサはそばで眠っているが、顔には満足しきった安堵感(あんどかん)が漂っている。だが顔色が悪い。こんなことを続けていればそう長くはないだろう。僕はぼんやりと昨夜のことを思い返す。あの狂った行為を続ける間も、頭の中はどこか冷めていた。僕はまだまともなのだろう。

全身の筋肉が痛い。頭は重く、またあれをやりたくなる。あんなに激しい動きを続ければ、筋肉痛どころか心臓麻痺にもなり兼ねないだろう。

この倦怠感が続いて中毒になり、遠からず廃人になる。その禁断症状は地獄の様相で、風が吹いて肌をさするだけで激痛が走るといい、苛烈な苦しみゆえに使用をやめることができない。その頃には取り返しがつかない状況になり、数秒から数分置きに悪寒や発熱を繰り返して死んでいく。

誰が付けたのか、この禁断症状をしてコールドターキーというらしい。禁断症状が始まると、出来立ての温かい七面鳥が冷たくなるまで呻き声や叫び声が続くからだと言われている。

僕は幸いにして、まだ中毒には陥っていない。中毒の症状は数回の使用で顕著に現れる。アニサの手首のキズは、5回や6回の使用ではないジャンキーの末期的病状の印だった。かわいそうだが、手の施しようがない。もう薬のためならどんなことでもするだろう。

僕はその日の午後、古老の村スルポンに出かけた。老人と会って話がしたいからだ。今度は体裁のいい話はやめて、核心の話をしなければならない。

行くにせよ、行かぬにせよ。

古ぼけたシャツ

その日、午後も3時頃になり、バスでスルポンに着いた。事前に伺うと言えば、老人は身構えるかもしれない。レスラーや他の人間の余計な意見も老人の耳に入るかもしれないので、連絡をせずに直接行くことにした。

スルポンに着いてからレストランの場所を聞き、多少まごついたが、1時間ほどで老人の家の近くまで来ることができた。遠目に見れば派手さはないが、結構な家だ。前回レスラーに連れてこられた時は夜も8時を回っていたので、取り立てて特徴のない比較的お金持ちかなという印象だったが、真っ昼間に見ると、家の周りには用もなさそうな男が数人うろうろしている。ボディーガードかもしれない。あの頭の悪そうなレスラーだけでは親分は守れまい。

躊躇（ちゅうちょ）せず自分の名前をその数人の男に告げたが、怪訝（けげん）そうな顔をしていたので、社長の名刺を見せて取り次ぐように依頼した。

しばらくして、年配の女性が僕を案内してくれた。この女性は最初僕の顔を見るなり、かなり驚いたような顔つきをした。その一瞬だが、女性の焦りや恐怖のような何かの動揺を感じた。中国人に見られているのかと思ったが、言葉は通じず、女性は少し後退(あとずさ)りしてじっと僕の顔を眺めた。僕が困った顔をすると、老女は後ろから押されるように手招きをして僕を部屋に案内した。

部屋で待つこと1時間、夕方になり老人は出てきた。細い杖(つえ)をついてゆっくりと歩く。老人は部屋に入ると足を止め、まず僕の顔を見てから自分の席へ移動する。老人の姿が見えると僕は席を立ち、老人が座るまでの間、立ったままで老人の着座を待つ。

老人はゆっくりと英語で話しだした。

「来たか、お前ならすぐに来ると思っていた。あれは役に立たんからな。佐倉もグズグズしているが、モリモトは使わん方がいい」

「いくつかお伺いしたいことがあります」

僕はストレートに話を始めた。

「なんなりと」

「まず、私がデリに行く理由があるでしょうか。私には全く関係のない話です」

「これは儂(わし)の頼みだ。今、チモールではいろいろな問題がある。特に印尼からの独立気運が高まり、あちこちで散発的に暴動が起こっている。印尼政府は印尼領内に支配力の及ばない飛び地が出来ることを警戒して、ようやく最近になって弾圧を強化し始めた。遅すぎる対応だが。この国に投資している外国の企業や、モリモトのところのような商社の方がよほど対応が早い。

儂としても、商売がやりにくくなるのは間違いないから、独立は阻止したい。それに、お前に頼みたい仕事は印尼人では解決しにくい問題だ。連中からすれば目の仇だからな」

「私は、このような問題に直面したことはありません。経験不足です。それにモリモトさんの話では、商品が出せない状況になっており、これを出すことが目的だそうですが、なぜ出せないのかも理由が分からない。これでは手の打ちようがありません。現地の様子も不明ですし、私が行っても何の役にも立たないでしょう」

老人は軽く頷き、静かに話を進める。

「なるほどな、お前が言うことももっともだ。お前に頼むのは、はっきり言うと他に良い人材がいないからだ。事は急を要する、ぐずぐずしてはおれん。人を選んでいる時間のゆとりはないんだ。残念だが佐倉もモリモトのような人材しか残していない。それに……」

老人はしばらくの間考えていた。その2、3分の間、僕は静かに話を待った。

「どうだ、フルヤマ。行ってくれるか」

「分かりません。あなたのことを思えばお困りのようですから、私でも何かの役に立つなら行きましょう。ただし、これははっきり言わせてください。あのデリという地域は戦争状態ではないんですか？　危険極まりない地域です。そんな場所へ私のような旅の若者を都合よく行かせるのは、虫がよすぎるのではないでしょうか。失礼とは思いましたが口に出しました。無礼はご容赦ください」

「そうだな、お前の言うとおりだ……まあ、話を聞け」

老人は、今までの戦後の歴史や苦労話を始めた。僕は一言もしゃべらず黙って聴き続けた。あまりに悲惨な話で、僕の育った環境があまりにもぬるま湯で、恥ずかしいとさえ思えた。老人の話を聞けば、僕の家は貧しかったけれども、愛情溢(あふ)れる両親のもとで大切に育てられ、何不自由なくという言葉が相応(ふさわ)しい環境で成長できたことを実感する。

ふと思った。「大きくしてもらった」という言葉は最近聞くことはない。育ててもらったという意味だが、感謝の意味が込められている。所詮、人間は人に育ててもらわなければ成長できないのだ。

老人は、話の背景を戦中戦後に戻した。

「儂がミカラジャや他の闘士と戦ったことは話したな」

「はい、伺いました」

「あの戦後の大混乱の中で、オランダはこの印尼を再び植民地にしようとした。当時はまだ多くの日本兵が武装解除されたままで留まっていたが、この国ではあんな連中にまで飯を食わせる余裕はなかった」

老人はじっと僕を見つめ、少し強い口調で話を進めた。

「ここから先は、お前次第だ。行ってくれるなら話をしよう」

「私の腹は決まっています。ただ、納得して行動したいんです。命は一つしかありません。私の身体は両親から頂き、命は神より頂戴しています。そしてそれを自由に使わせていただいています。だからこそ大切にしたいんです」

「なるほどな、ミカラジャが認めるわけだ……。お前は儂を警戒しているかもしれないが、儂に言わせればあの男こそ恐るべき奴だ。あの男は身内を守るためなら簡単に人を殺す。それがどうだ、儂に言わせれば、あの男は今やお前の後ろ盾だぞ。どうやってあんな男を味方につけたのか不思議だ」

「後ろ盾？　私はミカラジャさんに一度しかお会いしていませんし、ルサイニさんが言われるような関係はありません」

「儂の名を呼ぶな、いいか」

老人は強い口調で警告を発する。

僕は分かりましたと答えた。老人は静かに話をしているが、相変わらず冷酷な雰囲気は変わらない。話をする者に一切の拒絶を許さないような強烈な威圧感がある。

「戦争が終わり、再びオランダがこの国を狙ってきた。我々は日本に3年間支配されてきたが、我々が日本を追い出したのではない。日本がアメリカに負けて独立の機会が勝手に転がり込んできただけで、我々にはまだまだ戦う力がなかった。

オランダはこの国を350年にわたり支配してきた。この国を再び侵略することなど訳もないことだ。我々は各地に分散して、アメリカやイギリスから調達した武器を使い抵抗を続けたが、頼り過ぎるとオランダの二の舞になる。そこでミカラジャと儂は日本軍から取り上げた多くの武器を使った。

当時スラバヤにアルキィという男がいてな、オランダ軍のスラバヤ上陸を阻止するために、多くの武器を儂に要求してきたが、そんなものどこを探しても出てくるわけがない。旧日本軍の武器しかなく、ついでにその辺にいた日本兵も義勇軍として組織し、3000人以上の日本兵を送り込んだ。敗戦後の日本兵は食うものがなく、多くが飢餓と病気で死んでいたから、集めるのは簡単だった。それに、使い方や修理の方法も日本兵しかできなかったから重宝したんだ」

「その日本人の兵士はどうなったんですか?」

「半数が死んだ。その後、降伏した日本兵が徒党を組んで、日本の武器でオランダに仕掛けたことを、敗戦の条約違反だと連合国ではもめたらしい。

しかし勝てば官軍でな、負けたオランダの言うことを聞く奴はほとんどいなかった。敗戦国の日本にもう一度負けたなどと言っても誰が聞くものか。笑いものになるだけだ」

「………」

「お前がどこまで認識しているか分からんが、この国の領域は外国の侵略で概ねが決まった。今話しているチモールも、300年ほど前は印尼ではなく外国だった。人種も文化も宗教も違う。それがポルトガルやオランダ、イギリスの侵略で、その支配する領域が決められ、結果として今の印尼領を形成した。

当時のチモールはポルトガルとオランダが分割して支配していたが、日本がこの2つの国を追い出し、次の支配者として居座った。その後の終戦で、外国支配不在の間はチモールにオーストラリア軍が駐留していたが、ポルトガルが支配者として復帰し、旧オランダ領は印尼領になった。ポルトガルは力のなかった印尼から、再びあの地域を奪い返した。連合国側も大戦中に中立だったポルトガルを支持して、再植民地化は容易だったんだ。

アルキィはオランダを追い払った後、自分の故郷の半分が再びポルトガル領になったことに驚き、慌てて邦(くに)に戻った。そこからは、かつての戦下の盟友が敵になってしまった。奴の気持ちには、印尼の独立の次にはチモールの独立があったんだ」

ここまで話が続き、老人は少し疲れたので食事にすると言い、あのレストランに場所を変えた。2人だけで食事をしながら話が続く。

僕はなんとも言えない気分になっている。僕は昼を食べてからずいぶん時間が経つが、あまりおなかは減っていない。ただ、出された食事なので全て頂いた。しかし老人の食は細く、ほとんど食べ物に手を付けなかった。それでも老人は話を続ける。僕は老人が僕の質問に答えるためではなく、この老人が自分自身のためにどうしても話をしなければならないような、決意のようなものを感じていた。

もしかしたら、この老人は長くないのかもしれない。歳は聞いていないが80歳は越えているだろう。ずいぶん前にカイロ近郊の年寄りに言われたことがある。人は円熟すると死期を悟り、恐いものはなくなると。

ほとんど手を付けていない料理を前に、老人は話を続ける。

「命を懸けて助け合った友人が敵になるんだ。喜びや悲しみを分かち合った盟友が、お互いの命を狙い、お互いの死を願うわけだ。ミカラジャやアルキィがどう思おうが、儂は一度たりとも彼らの死を願ったことはない。

お前は若いが、儂も若い頃は利害を超えた大切な友人が多くいた。そのほとんどは戦争で死んでいった。生き残った者はわずかだ。そのわずかな大切な友人に、こんな稼業をしている儂の姿は見せられん。この思いがお前に分かるか」

老人の目は真っ赤に染まり、僕は一言も発することができない。僕はどう答えていいものか分からず、言葉に詰まったままになっていたが、老人は僕の返事を待っていた。

「分かりません……、でも」

僕は咄嗟に浮かんだ気持ちを正直に話した。この老人には飾りや見栄、ハッタリは通用しない。

「私は未熟で幼稚な人間ですが、人の心を積極的に理解しようとする気持ちと、心構えはあります」

老人は静かに答える。

「ミカラジャの気持ちが胸に痛いな……。だからこそミカラジャはお前を認めたんだ。30年も経ってな、音信不通の友人が何かのきっかけで再び出会う。お前は儂らのグァル……かもしれん」

老人は咳き込み、言葉には力がなくなる。声が嗄れて最後の言葉が聞こえなかった。

ふと気が付くと、テーブルの皿は片付けられ、代わりにお茶が出ている。いったい誰が片付けたのだろうと思うほど、老人と僕は話に没頭していた。僕は黙る老人を前に、かける言葉もなく、呆然と椅子に座っている。老人が話しやすいように何かしなければならない。だが、何も思いつかない自分に歯痒さを感じる。

数人いたはずのレストランの従業員はいなくなり、店の主らしき男が頭をカウンターに押し付けるように眠っている。薄暗い調理場の光が、カウンターに眠る男の影を浮き出させている。時間はとうに深夜1時を回り、老人にはきつい時間になっているだろう。

僕は無意識にテーブルに現れたポットに手を伸ばし、老人のカップに両手でお茶を注いだ。ポットはすでに冷たくなっていたが、何も言えずそのままカップを老人の手が届くところに差し出した。

老人は僕の注いだお茶をゆっくりと飲み、話を続けた。

「お前は正直でいい。今どきの若い者は人の気持ちを簡単に分かると言ってしまう。あの連中は人の気持ちなど理解していない」

僕には老人にかける言葉がない。

「儂が話した、他に適当な人材がいないと言ったのは、お前を見くびっているわけではない。他に使えそうな外国人はいくらでもいる。金さえ積めば奴らは働いてくれる。だがな、ミカラジャの眼鏡に適う若者はいない。あれの目は堅い、奴が認める人間は期待を裏切らない。今までに一度たりとも儂を落胆させたことはない」

「……」

「さあ、少し疲れた。話は明日にしよう。明日も同じ時間に来い」

そう言い残すと、老人はゆっくりと立ち上がった。その瞬間、ふらついて転びそうになり、咄嗟に僕は老人の身体を支えようとしたが、老人は転ばず踏みとどまった。僕が差し出した手を、右手を振っていいんだいいんだと僕を制し、杖をつきながらゆっくりと歩きだした。先ほどの冷酷な雰囲気はなく、歩く年寄りの小さな背中が闇に消えた。

あまり時間はないのではと言いたかったが、僕は口を噤み、ぼんやりと闇を眺めた。遅すぎるが弾圧を始めたというなら、多少は政情も落ち着いているかもしれない。老人はまだデリの様子を話していない。もしかしたら、チモールの治安が沈静化することを待っているのかもしれない。

しばらくしてから僕はレストランを出た。相変わらず店の主らしき男はカウンターに顔を押し付けて眠りこけている。僕は今日スルポンにバスで来た。外へ出てから帰りはどうしようかと思ったが、やはりレスラーが眠そうな顔をして待っていた。運転手の兄ちゃんも半分眠っている。

ジャカルタまでの深夜の道を車に揺られる。レスラーはほとんど眠ったままだ。運ちゃんは大丈夫かと見ると、これも頼りない雰囲気で、半目で瞼をしょぼしょぼさせており、僕はヒヤヒヤしながらホテルに向かった。ホテルの玄関ではレスラーが変わらぬ太々しさで、明日は16時だと言い残した。

ホテルの部屋に戻りドアを開ける時、僕は多少警戒した。アニサがいるかもしれないからだ。今夜の老人との会話で、もう監視も必要ないだろうと思うが、昨夜突然現れたことそのあとの薬のことなどを思うと、部屋のどこかに潜んでいたら、追い払わなければならない。あの女は僕には危険人物だ。悪い想像をすれば、女がいるところを押さえられれば、買春の罪になり淫行罪にもなる。また女の持ち物から薬物が見つかれば、僕も同罪になるかもしれない。容疑のでっち上げはいくらでもできる。

部屋に入り、隅から隅までチェックする。ブレザーケースからバスルームまで隈なく確認した。誰もいない。少し安心すると、いったい自分は何を恐る恐るやっているんだろうと思った。勝手に何もないところに恐怖を感じて、臆病な性格が露呈する。

あの女、今夜は客が付いたなと思った。横になって目を瞑る。それにしてもあの女、どうやってこの部屋に入ったんだろうと考えた。鍵がなければ入れないから、あの女は自由にこの部屋の鍵を受け取れるのかもしれない。

そうなら商売が終われば、また来るかもしれないと想像してしまう。一度懐疑的になるとなかなか疑いは拭えない。ましてやこのホテルは老人の紹介で、支払いの一切を老人がしている。もしかしたら、次に目が覚めるとレスラーが僕を覗き込んでいるのではないかということまで考えてしまった。

老人の話を思い出しながら、今夜は疲れたと思う。もう一度体を起こし、部屋の隅を見て誰もいないことを確認して、ようやく眠ることができた。


翌日、目が覚めると周りには誰もいない。少し安心して身体を起こす。モスクから流れるコーランの吟唱が聞こえている。僕にとってコーランの朗読は、何か暗い民謡のように聞こえる。民謡の中でも特別な声を絞り出すような歌だ。コーランの声を聞いていると、うまい人とそうでない人がいる。幸い今日のコーランは上手な人が読み上げている。寝覚めは悪くない。

朝食をとり、プールサイドへ足を運ぶ。夕方まで取り立てて何もすることがない。これが僕にとっては拷問だ。いつものことだが、暇を持て余すとろくな考えが浮かばない。アニサの顔は2日間見ていないが、彼女でさえいなくなると寂しさを感じてしまう。

さあ、暇だから何をしようかと考えると、昼間っから売春宿へでも行こうかとか、飲めもしない酒をやってみようかとか、くだらない考えしか浮かばない。老人から1週間待たされた時、昼からビールを飲みごろごろしていた。飲んではしんどくなり後悔して眠る。夜になって目が覚めるとさらに眠れないので、また次のビールを飲む。他にすることがなければ女の身体が頭に浮かぶ。自分は、所詮は何かしていないと落ち着かない中身のない男なのだと卑屈に思う。

プールの水が日に輝く光を見ていると、ふとクアラルンプールで知り合った商社の駐在員から聞いた話を思い出した。

日本から派遣された駐在員は２種類に分かれるという。仕事をこなせる人間とそうでない人間だ。それなりの選抜を受けた人間だから、能力はあるのだが、趣味がない人間や人付き合いの悪い人はノイローゼになる。

理由は、僕が感じている虚しさや倦怠感からくる精神的な病が一つ。そして人付き合いが悪いと何もすることがないので、時間をつぶすことが苦痛になり、休日が怖くなる。昼間っから酒を飲み寝てしまうので、ストレスがたまり体を壊す。昼寝をすれば夜眠れず、夜な夜な良からぬところを徘徊することになり、結局酒でおかしくなるか、飲み屋で働く女に狂う。

こんな出会いで結婚するカップルも少なくないが、不幸な別れをする者もいる。単身赴任の寂しさから現地の女性と交際して子供が出来、結婚を迫られて逃げ出す者や、殺人を犯すバカ者もいて、哀れな男の人生が終わる。

僕もそんなに立派な人間ではないから、身を持ち崩す人間の気持ちが分かるような気がする。アニサでさえ来ないかなと思う気持ちは、独りの寂しさに耐えられない人の弱さの証拠なのだ。

僕が本当につらかったのは、砂漠を歩いた時の孤独。暑さとか喉の渇き、空腹も苦痛だが、それは肉体的な苦しみであって、心を蝕む孤独はさらに強烈なダメージを脳に与える。自殺したくなる原因の一つではなかろうか。

「お前さあ、なんかすることないんかいな？」と誰かに言われたことがある。ロンドンで仕事が見つからず、フラットでぼんやりしていた時のことだ。

時間があれば、もっと建設的なことをすればいいのだが、気温が高く労働意欲が湧かない。何の作業意欲も全く湧かないのだ……まあ、寒くてもしないのだが。

ふとアニサの麻薬を思い出した。いいかげんにダラダラしていると虚しさが募り、あんな薬でもやってみたくなる。結局酒を飲む。

気が付くと、プールサイドで眠っていた。目が覚めてプールサイドに設置してある時計を見ると、すでに夕方で時間は16時を40分も回っている。おかしい、レスラーが来ない。プールを離れフロントで確認するが誰も来ていない。いつものルーズな印尼タイムかとも思うが、老人を待たせるわけにはいかないので、正面の玄関をロビーから覗き込んだ。何人かの客が入ってきているが、レスラーのような厳（いか）つい男はいない。ほとんどが観光の白人だ。

しばらく待ってみようと思い、ロビーでコーヒーを注文する。ロビーでは小さくBGMが流れ、懐かしい曲が耳に入ってくる。日本で聴いたことがある曲だ。スローなバラードのようだがアーチストや曲名が分からない。たぶんアメリカのロックグループの曲だろうが、不思議なものだと思った。旅を続けて日本語を使わない英語漬けの生活を続けていると、昔は全く分からなかった歌詞の意味が自然に理解できる。別に頭の中で翻訳しているわけではないが、自然な日本語として理解ができる。

ロンドンで新聞売りのバイトをしていた店主のティモシーさんを思い出す。クイーンズイングリッシュを世界一美しいと言って憚らない、僕の英語の師匠だ。

その昔、狐の時代。かくして時は蘇った。昇る朝日のように力強い若者は、大きな黒い鐘の響きを耳にした。

その昔、狐の時代。その鐘は鳴り響き、王の寺院への旅立ちの時が来たことを若者に告げる。そして、その若者は世界の果てまでたどり着き、眼を凝らし恐れ怪しんだ。

老人が歌う間は夜は明けない、だから天よ助けたまえ。その力強い右腕に触れることができるなら答えは見つかるだろう。かくして朝日が昇り夜が明けた。

抽象的な歌詞だが、訳詞の意味はずれていない。歌を聴くにつれ、3年以上も前に聴いた意味の分からない曲が、やっと今その意味が分かり、巡り巡って今の自分につながっているような気がする。

僕は部屋に退散する。シャワーを浴びてぼんやりする。今日は朝からぼんやりばかりだ。夕方6時になり、約束の時間を2時間も過ぎて、ようやくレスラーが迎えに来た。何をしておったかと聞きたいが、レスラーとはいえ老人に文句を言うようなものなので、これはやめておく。せめて遅刻の理由をいくつかでも並べられれば、多少は気分が違うのだが、当然のような顔をしてふんぞり返る。この男、所詮は腕力だけが取り柄の愚か者なのかもしれない。人格という言葉が一番似合わない男だ。

スルポンに着いたのは夜8時頃だった。ジャカルタは道路整備が遅れていて、相当な渋滞がある。レスラーは老人の自宅ではなく、昨夜のレストランへ僕を案内した。そこでは老人がすでに待っていた。遅れを詫びると老人は手を振り、掌で席を指す。僕は黙って椅子に座った。

老人は僕の顔を見て、来たかと声をかけ、デリにはこれを着ていけと何かの紙袋をくれた。非常に薄い袋なのでスーツのような衣服ではない。すぐに中を見るのも憚られるので、テーブルの上に並ぶ料理の横に置いた。

今夜はすでに料理は並べられているが、フォークやナイフはない。代わりにフィンガーボウルが置いてある、印尼式の食事だ。老人が食事に手をつけるのを待って、僕はチキンらしき料理を手で掴み、自分の皿にのせた。老人は僕に気を遣っているのか、先に食べだしたが、最初の一口だけで、あとはほとんど食べずに話しだした。やはり食は細く、お茶は飲むが食べ物には手をつけない。

老人は質問から話を始めた。

「タンジュンピナンのユリアは、まだ達者だったか」

「はい、大変お元気でした。私がご挨拶にお酒を渡そうとすると、お前のような若い者がすることではないと、叱られました」

老人は苦笑いをする。

「あれはそういう男だ。昔から若い連中に説教をする」

「はい、私にとっては良いお爺さんでした。船の代金も払っていません」

「昔と変わらんな、あいつは身内の者からは金を取らん」

「ジャカルタまでの船でも、船長は私に気を遣っていました。時間はかかりましたが、良い船旅でした」

僕は身内と聞いて、何かの違和感を覚えた。

「そうか、それも全てはミカラジャから始まった話だ。お前は運がいい」

運がいいと僕に言われても、それが僕にとっていいのか悪いのかは分からない。

老人は話を昔に戻す。

「儂は日本軍にも協力して、多くの同胞を泰緬鉄道建設へ送り出した。それがどうなったと思う。帰ってこられたのはわずかな人間だ。あちらこちらから人を集めたから、実際にどれだけの人間が送られ、いったい何人の人間が死んだのかも分からない。

オランダとの戦争が終わり、多くの親や家族が儂のところへ来て、安否を調べるように頼んできた。儂は日本軍の指示だったとはいえ、大嘘をついて前途ある若者を数えられないほどタイへ送り出した。安否は分からず誰も帰ってこない。戦争が終わってもどこに送られたのかも分からず、毎日のように親の訴えと悲しみを聞き続けた。

戦後の混乱はひどく、この国を落ち着かせるのは大変な苦労だった。スカルノはハッタや仲間と反共主義を打ち出し、国の方向を決めた。

儂らはなんとかジャカルタの混乱を収拾しようと奔走した。きれい事ばかりではない。所詮は金と力がなければ物事は進まない。

日本は戦後の混乱が落ち着くと、多くの賠償金や補償でこの国を援助してきたが、儂は日本を許す気にはなれなかった。子を失った親の悲しみを聞き続けた日々の記憶は、金では拭えないんだ。オランダは３５０年この国を食い物にしたが、今でも謝罪していない」

老人はここまで話すと疲れた表情を見せ、テーブルに並ぶ料理の中からお茶をとり、ゆっくりと飲んだ。気が付くと、僕は老人に対する恐怖心はなくなり、ただの年寄りの話し相手になっていた。時間はすでに夜11時を過ぎている。いつの間にか老人の顔から威厳と冷酷さの表情が消え、柔和なお爺さんの顔になっている。僕は以前会ったカイロの年寄りの顔を思い出し、ずいぶん穏やかな顔になったと思った。

この老人は商売のことは一言も言わない。本来ならデリの積み荷の話をして、対応策を決めていくべきなのだろうが、そこには全く到達しない。最初は僕に何かをさせるために理屈を捏ね回しているだけかと思っていたが、やはりこの老人の目的は、デリの積み荷以外の他にあるのではないかと思うようになった。

その後しばらくして、老人は疲れたと訴え、家人と共に部屋を去った。僕はどうしていいか分からず、しばらく部屋にいたが、あの老人の様子ではこのまま話を続けるのは困難だと判断し、ジャカルタ市内に戻ることにした。

外に出て、僕をホテルに迎えに来たドライバー氏に、ジャカルタへ戻るように依頼した。レスラーはいなかった。帰り道の途中、ドライバー氏は僕に何かを言うが全く意味が分からない。僕は英語で話そうとするが、彼は英語を解さずチンプンカンな会話が続く。彼は僕の顔を指し何かを言っているが、最後まで意味が分からなかった。

そのうち僕が、老人のドライバーを何年やっているのかと聞くと、Thirty five years と答えた。

35年か……僕の年齢よりずいぶん長い。

ジャカルタに到着する前に、ドライバー氏に豚饅の居どころを聞くと知っていると言うので、立ち寄ってもらうことにした。もうどうするか決めなければならない。

ふと、老人から渡された紙袋を見た。中には1枚の古ぼけたシャツが入っている。白いシャツだがかなり古く、古いというより骨董品（こっとうひん）に近い。黄ばみというか全体が薄黄色く汚れている。白のシャツなので下着のようなものだ。半袖の左腕のところに何か書いてあるが意味は分からない。相当昔にマジックでつけた印のような文字が風化したように見える。

なぜ、これを着るのか……全く分からない。古いクラシック綿シャツ。はっきり言って趣味の良い代物ではない。天才バカボンの親父シャツと言う方がイメージしやすい。

ドライバー氏は、僕のホテルではなく別の方向に車を向け、バックミラー越しに目で僕に合図しながら、

「Soon. five minutes, Mister（5分ほどで着きますよ）」と言った。

レスラーがいないと、彼はずいぶん生き生きしている。

アルキィに会え

間もなくして街の中心から、やや離れたところにあるホテルに着いた。豚饅はここに住んでいるらしい。ドライバー氏に礼を言ってスルポンへ帰るように言うと、ここで待つと言って駐車場へ車を入れた。

たぶん、ここは長期滞在型のホテルだと思うが、警備の人間がいて結構セキュリティは厳しい。取り次ぎを頼むと豚饅はすぐに電話に出た。電話に出るなり、妙に嬉しげに話を始める。

「いやあー、フルヤマさん、わざわざお運びいただいて恐縮です。僕の部屋は602号室です。すぐに下に行きますから、待っといてください」

「はい、お願いします」

「ああ、そうだ。そのまま外出しますか?」

「いや、話をしなければならないでしょう。場所はどこでもいいですよ」

「分かりました、とにかくすぐに行きます」

電話で少し話をしただけで、意見のない人というか、考えのない人だと思う。時間を考えれば分かるはずだ、すでに深夜1時を回っている。こんな非常識な時間に来ているにはそれなりに理由があるからだが、豚饅は今からどこへ行くというのだ。

そして10分ほどしてから豚饅はエレベーターで下りてきた。いったい10分も何をしているのかと思ったが、時間が時間なのでぐっとこらえた。

「いやあーーーすんません、お待たせしました。フルヤマさん、ちょっと出ましょうよ。ここじゃ話しづらいですしね」

「こんな遅い時間に、どこへ行くんですか」

「先日の飲み屋ですよ、あそこなら朝まで大丈夫ですから」

「モリモトさん、僕は酒は飲みませんし食事も不要です。それより僕がこんな夜中に何をしに来たのか気になりませんか」

「ああ、そうですね。でもフルヤマさん、そんなに恐い顔しなくてもいいでしょう。デリの話でしょうから、ゆっくり聞きますよ」

「場所はどこでもいいと言いましたが、人目を憚ります。あなたの部屋ではダメなんですか」

「いやぁ、それが女が来てましてね。ちょっとがまずいんですよ」

「ああ、そういうことですか、それなら仕方ありませんね。どこでもいいですよ」

「出ましょ、タクシー呼びますわ」
「いや、今日は老人のドライバーと一緒ですから、行きは送ってもらいましょう」
「はあぁ……、あのドライバーですか。じゃあ今日はスルポンに行ったんですね」
「はい、昨夜と今日、老人からいろいろ聞きました。だからモリモトさんのところへ来たんですよ」

豚饅と僕は場所を移した。

豚饅のホテルからわずか5分のところにその飲み屋街がある。日系の駐在員などが金を使う場所で、この飲み屋街の周りにはかなり高い金網の塀があり、入り口には門番がいて、日系の運転手付きの車しか入れない決まりになっている。だから、物売りや乞食・物乞いの類は入ってこられない特別な場所として作ってある。この場所は老人の縄張りで、豚饅もここでは顔が利く。

飲み屋のシステムはどの店も同じで、女性がいくつかの部屋にいて、部屋の外側の大きな窓から覗き、パートナーを選ぶ。つまり酌の相手を選ぶわけだ。女性を選ぶと個室に入り、そこで酒盛りが始まる、あまり新しい機械はないが日本のカラオケが置いてあり、ほとんどの曲は歌うことができる。

「ドライバーには帰ってもらいましたから、帰りはタクシーで相乗りしましょう」

「そんなの、待たせておけばいいのに。フルヤマさんは優しいですねぇ」

「あの人だって家族もいるでしょうし、睡眠も必要でしょう。いつまでもズルズルと引っ張るわけにはいかないでしょう」

「あれでも連中は給料のいい仕事なんですよ。こき使ってやる方が連中のためなんですけどねぇ。しかもこの国の連中は、甘やかせばすぐにつけあがる」

日本人であるからと言っても甘やかせばつけあがる。皆、待遇の向上を期待するのは当然だ。この人は弱い立場の人の気持ちが分かっていないと思う。

「ところでデリの件ですが、何か情報は入ってないんですか」

「何もありませんよ」

「たとえば治安の問題とか、暴動がどうなっているかとかの情報もないんですか。気になりませんか？」

「気にはなるけど、変化がないんだと思います」

「現地での取引相手とのコンタクトはどうなっているんですか」

「連絡がつかないんですよ。だから情報の取りようもないんです」

「モリモトさんはこの件、どうやって解決するつもりですか。あなたは現地採用の方でしょう？　もし見事に解決すれば、あなたの大手柄になりますよ。男を上げるチャンスではないんですか」

「……」

黙り込む豚饅を無視して、僕は話を前に進める。

「日本の本社から来ている駐在員はずいぶん待遇がいいのに、現地採用とは差があり過ぎますよね。現地採用の社員ってまるでローカル扱いで、モリモトさん頭にきませんか？　はっきり言いますけど、僕なら見返してやりますよ」

僕は、豚饅を追及するのをやめた。この男は本当に中身がない、当てにするだけアホらしくなる。それに追及し過ぎて先日のように泣き出されると、手が付けられない。悲しいのはこんな男しか他にいないことだ。人を頼る気はないが、これでも何かの役には立つのかもしれない。

豚饅の姿をじっと見つめながら、あのドライバー氏はスルポンまで無事に帰れるだろうかと思った。たぶん明日は僕のことを老人に報告し、豚饅と飲み屋へ動き、作戦会議を開いていたと報告するだろう。何をいつ始めるか、行動開始の糸口が掴めない。明日は社長のところへ行ってみようと思った。行動を起こすにはまだまだ情報が足りない。豚饅との話は早々に切り上げた。

翌日になり、僕は会社へ向かった。事前の約束はなかったが、社長は快く応じてくれた。

社長氏は半分あきらめムードで、荷が出せなくても仕方がないと思っているらしい。貨物の保険に入っていて、ウォーリスクを付保しているという。

保険にもいろいろあって、国を越える商売には、戦争や騒乱による荷物の滞留や略奪などに適用される保険があるという。ただし、ＢＬ（運送状）に記載されている保険の付保条件に、出荷してからという条項があって、この辺りがグレーゾーンで、何をもって出荷というのかは曖昧な部分なのだという。だから保険会社から損害に対する補償が出るかは不透明な状態なのだ。

ところで、と社長は切り出した。

「フルヤマさん、歳はおいくつになるんですか」

「１９５9年の9月７日生まれですから、22歳になります」

「ほう……9月7日ですか。なるほど不思議だ、全て奇数ですね、統合の星です」

「はあ？　星占いかなんかでしょうか」

「まあ、そんなもんですが、あなたは59年にお生まれになった。それが今、父と話をしている。あの年は忘れられないことがあったんです。

ラマダン（断食月）に入り、特に暑い日でした。イスラム暦の第9月は断食の月で、陽が上っている間は水はおろか一切の物を口にしてはいけません。確かあの年の9月7日は喜捨の日にあたり、裕福な者が貧しい者に食べ物などを振る舞う日だったんです。

今でもそんな風習があり、会社ではどこでも上司が喜捨の日に、陽が沈むと部下に食事を振る舞いますし、親戚や縁者でも集まりをします」

「私が生まれた年に、何かの事件があったんですか？」

「ああ、いや、いいんですよ。9という数字は自然数最大の数字でね、大きな意味があるんです。あなたは若いのに父と対等に話をしている。不思議です、私の父は滅多なことでは人と会わない。ずいぶん長く父と話をされたようですね」

「はい、昨日と一昨日に食事をご馳走（ちそう）になりながら、昔の話をされました」

「どんな内容でしょうか。差し支えなければ知りたいのですが」

「話してよいものか……、戦中戦後の話で、日本軍やオランダと戦った話です。多くの戦友や仲間の話もありました。私は戦争が終わって幸せな時代に育ちましたので、とてもためになる話でした」

「そうですか、私には昔の仲間の話はしてくれますが、戦後の話となるとあまり話したがりません。たぶん言えないようなこともあったでしょうから」

「そうだと思います。私に話すときも言葉を選んで話をされます」

会話が進むと、社長はデリの情報をくれた。デリの街中は騒乱はなく平静だという。国軍が戦車を出し、市内随所に軍の検問所を設けて相当厳しい弾圧を行っているという。行くなら今しかないと言われた。老人とは感覚がずいぶん違う、ビジネスベースでものを考えている人間だ。

最後に、行動資金としてのお金の用意と、連絡をしてくれれば船の手配をすると話してくれた。また、危険だと思うのなら行かなくてもいい、あなたを期待しているのは老人の希望だとの話もされた。

僕はその場で翌日の船を依頼した。もう躊躇する必要はない。いずれにしてもこれ以上何も得るものはないだろう。

豚饅が行くのか行かないのかは分からないが、彼にも電話で知らせた。

「明日、夕方の船でデリに向かいます。あなたはどうしますか？」

「明日ですね、行きますよ、僕の仕事ですから。フルヤマさんが一緒だと心強いですね。僕もがんばります」

何をがんばるのか分からないが、とにかく豚饅は行く気はあるようだ。

午後になって、ホテルに乗船券が届けられた。1等室で2人部屋。切符は僕の分しかないから、豚饅の分は向こうに届けられているのかもしれない。僕には分からないが、豚饅は豚饅で社長とコンタクトを取っているだろう。

そんなことを考えながらシャワーを浴びた。印尼人は一日に何回も沐浴（もくよく）をするという。それはそうだろう、この暑さでは水でも浴びなければやっていられない。よく熱帯の国では人はあまり働かないと言われるが、環境が環境だから仕方がないと思う。もしも印尼で暮らすのであれば、僕だって同じかもしれない。

シャワールームから出ると、アニサが待っていた。僕はあまり驚かなかった。この女はいくらでも自由にこの部屋へ出入りできる。あの一件以来、僕は部屋の中に人がいることを想定して行動している。いずれにしても、このホテルとも明日にはおさらばだから、あまり気にもならなかった。

「老人がお呼びよ。今からスルポンへ行きましょう」

「ああ、分かった。すぐに用意するから下で待っていてくれないか」

「あなた、明日デリへ行くでしょう。仕事が終わったらどうするの？」

「分からないなあ、たぶんジョグジャへ行って、それからイリアンジャヤへ行くと思う。まだ決めてないけどね」

「そう、行ってしまうの。仕事がうまくいくといいわね」

スルポンへ行く途中、アニサは無邪気に世間話をする。あまりうるさいので僕が彼女の手首をとり傷痕を見ると、彼女は黙り込んだ。この女ともこれで別れる。話したいことはあるが、もう何も言うまいと思った。僕が説教してもなんの効果もないだろうし、僕は彼女のために何の役にも立たないだろうと思った。

老人の家に着くと、レスラーが入り口で待っていた。相変わらず態度がでかい。太々しいとはこいつのためにある言葉だ。年齢は40歳を少し越えたところか。なんとなくこの男の虚勢を張る理由が分かる気がした。僕は彼よりかなり若い、そしていつも1人で行動しているから、人に侮られないように常に緊張感を解くことはない。要は突っ張っているのだ。僕がこのレスラーなら、僕のような若造から舐められることがないように振る舞うだろう。そう思うと、何かかわいいオヤジのような気がしたが、つい言葉が出てしまった。

僕はなかなか成長できない。

「やあ、今日もサングラスをしてるねえ。何か怖いものでもあるのかい」

「…………」

アニサは中に入らず、レスラーが顔を横に振り方向を示し僕を案内した。いつもならレスラーは不愉快そうな顔をするが、今日は平静を装っている。

老人は部屋で待っていた。今日は以前の冷酷な雰囲気が戻っている。

「来たか。明日だな、デリへは」

「はい、明日の夜の船でデリへ行きます」

「モリモトは行くのか」

「はい、同行します。いくら僕が交渉しても所詮は代理ですから。まあ相手からすれば決定権はモリモトさんでしょうから」

「うむ、そうだな、そうすればいい。ところで、どうやって事を進めるつもりだ」

「まず、取引先の事務所に行き、どこへ行けば交渉ができるか確認します。問題が見えませんので、どうすれば船に荷を載せることができるかはっきりさせます」

「アルキィに会え。奴は今でも健在だ、お前の力になってくれるに違いない」

「アルキィさん？　あの、スラバヤからチモールに戻った方ですか」

「お前はまだ印尼語ができない。あの紙切れを持っているか」

「紙切れ？　あのミカラジャさんが書いた紙でしょうか」

「そうだ、出してみろ」

僕は財布にしまってある紙片を差し出した。

「この文章が分かるか。タンジュンピナンのユリアとジャカルタの儂の名。それから友人としてと前書きし、アルキィと書いてある。ここだ」

老人はぼろぼろになった僕の紙片を指差し、各戦友の名を示した。そこにはまだいくつかの文字が書かれていたが、僕には意味が分からなかった。

「この男は旧チモール王族の末裔(まつえい)でな、今でも地域に影響力を持っている。王族はポルトガル支配の下でほとんど残っていないが、地域をまとめるには都合のいい存在だ」

「しかし、この方は私に会ってくれるでしょうか」

「心配するな、ミカラジャがお前の後ろ盾だ、会わぬはずがない。なんとしてもこの男にたどり着け、必ず力になってくれる。

それからな、儂の名は出すな。お前が帰ってきたら、その訳を教えてやろう」

「分かりました。努力します」

老人は行動資金として、社長とは別のお金を用意していてくれた。

僕は老人の家を後にすると、再びジャカルタに戻った。アニサは相変わらず横にいて、能天気な話をしている。

ホテルに戻り、正面ゲートに車が入ると、僕はアニサに別れを言った。

「これでお別れだな。元気でいろよ」

「なに言ってるのよ、またここに戻るでしょ。それに私はあなたより年上よ。なんか生意気だわ」

アニサは別れの言葉を否定するように、不快そうな顔つきで話を逸らす。

「そうだな、君は僕より2歳年上で、長女だから末っ子の僕とは感覚が違うだろう。そうだ、少し話をしないか。部屋へおいで」

「何？　今日は買ってくれるの」

「違うよ、僕は君をお金では買わない」

アニサは僕の部屋に入りシャワーを浴びた。僕は彼女がしたいように好きにさせている。僕がどう言おうと彼女は自由に振る舞うし、はっきり言ってこの人には何を言っても効果がない。でもどうしても話がしたかった。

アニサはバスローブのままで椅子に掛け、足を組んで僕に言う。

「ねえ、私の身体を見てなんとも思わないの？」

「うーーん、そそるなあ。でもミニスカートをはいているときが一番くるね。あなたは足がとてもきれいだからね」

「じゃあ、なんで手を出さないの？」

「そういう問題じゃなくて、僕は大切な人にお金でどうこうとは思わない。お金を出してさせてもらう、これってまともなのかな。暴力を使って行為に及ぶのと変わらないと思うけど」

「あなたは日本人よ、貧しい国の人々がどんな思いでいるか分かっていないわ」

「いや、分からないでもないけど、僕が思うのはそういうことではないよ。僕は多くの貧しい国を見て、家を支える女性を多く見てきた。売るものは身体しかないような国をね。それに、僕は何もしてあげられない。くだらない同情より、お金で買って自分の欲望を満たすことの方が、よほどその人たちのためになる。

ところで、君の手首だけど、あの薬はどのくらいやってるの？」

「この傷のことは聞かないで、もうどうしようもないから」

「所詮、僕の説教は何の効果もないか」

アニサはじっとしている。何か考え事をしているようだが、いずれ薬が切れれば、その苦痛に耐えられず、再び薬を身体に入れる。同じことを繰り返し、一時の快楽におぼれ、廃人になる。遠からずこの女性はそうなるだろう。

「アニサ。君に説教をしても仕方がないけど、君にもしものことがあったら家族はどうするんだい？　君は身体を売ってでも兄弟を学校へ行かせようとしている。そんな君が好きだよ。誇り高い女性はみな美しい。僕が知っている貧しい女性たちはみな美しかった。精一杯生きているし、決して誇りを失わない」

僕の言葉を聞いて、アニサは泣き声になり僕に訴える。
「あなたが好きなの。お願い、今日はずっとここにいたいの、いいでしょ」
「かまわないよ、明日にはここを出る。もう予定は何もないからね」
僕たちはそれから部屋で食事をして、いろんなことを話し合った。しかし僕がシャワーを浴びている間に彼女は間違いなく薬をやっている。悲しいが僕は彼女に何もしてあげられない。

いつだったかアフガンの村で、ある女性を看取(みと)った若者の話を聞いた。女性は彼の恋人で、身体を売ることが苦痛になり、クスリをやっては商売を続けたという。彼はクスリが切れた時の禁断症状を見て、何もできなかった。あまりのひどさにクスリを打つことしかできなかったらしい。

話を聞いた時はバカな男だと思ったが、目の前で苦しむ姿を見れば、僕だって何もできないだろう。クスリを止めても止めなくても彼女は死んでいく。結局その彼は彼女にクスリを打ち、苦痛の表情が消えた安らかな顔の恋人を見送った。

僕は思う、世の中には矛盾が山ほどあり、どうにもならないことが多い。不幸のまま死んで行く人も多い。悲惨な人生を見せつけられても僕は何もしてやれない。僕ができるのは、その現実から目を逸らすことなく直視することだけだ。己の無力を感じる。

シャワーの湯を浴びながら、ロシアの小説を思い出した。自分を美しく見せたいという欲望に負けて、女を抱けない男の心情を吐露した件を思い出す。今まで何度も自問してきた問題だ。僕は節操のない助平な男だ。答えの出ない自問はやめにする。

シャワーから上がって裸で団扇をあおる。なんとも言えず心地よい感触にしばし呆然とする。アニサがベッドで待っている。その日は翌日まで彼女と過ごした。

翌朝、デリ行きの用意をしていると、アニサがバッグは持って行くのかと聞いてきた。デリへの持ち物は最小にしたいので社長に預けると言うと、帰ってくるまで私が預かると言って聞かなかった。別に大した物もないしアニサに取られてもいいかと思い、預けることにした。

彼女が重そうにバッグを持ってホテルを出る。僕はデリでどうしたらよいものか思案していた。豚饅がなあ……全然頼りにはならないが、あいつしかいない。

豪華な船旅

翌日、昼を少し過ぎて港へ出る。豚饅は珍しく先に来ていた。くそ暑いのにスーツを着ている。ただでさえ暑苦しい風貌なのに、スーツを着ればこっちまで息苦しい。

「モリモトさん、スーツは暑いでしょう。見ているだけでしんどくなります。せめてデリまでは楽にしたらどうですか」

「はあ、そんなら脱ぎます。仕事では必ず着るんです。会社がうるさくてね。そういえばフルヤマさんはスーツはないんですか」

「そんなもの必要ありませんよ。僕は一人旅ですよ、荷物になるだけです」

「そうですね。やっぱ暑いですわ。デリまで楽にしましょう」

「運航予定がよく分かりませんが、4日目の朝にデリに着くんですよね」

「そうです、1等ですからゆっくりできますよ」

「モリモトさん、船でデリへ行くのは初めてですか」

「初めてです。いつもは国内線の飛行機に乗ります。4時間ほどですから」

僕が豚饅の立場なら、こんな場合は船旅も選んでみる価値があると思う。少しでもチモールの状況を知りたいからだ。上っ面の情報より住民の生身の感覚も重要だ。万一の時は助けになるかもしれない。どんな民族でも心を尽くせば必ず分かり合えることがある。僕は3年を超える旅から経験でこれを学んだ。

特に年長者には敬意を払わねばならない。ロンドンでもめた中国の若者がしていた説教を思い出す。中国の諺にある、「この水が飲めるのは井戸を掘った人がいるからだ。自分だけの力でこの水が飲めるわけではない」と。儒教の影響だと思うが、言葉の文化で中国を中心とするアジアでは、特にこの長幼の序を重んじる国が多い。

欧米系の言語は、目上の人に対しても呼び方が変わることはない。長幼に拘らず呼び方がYouしかない文化では、相手の年齢を気にする必要性は薄く、おのずと我々の文化とは背景が違う。

社長が手配してくれたファーストクラスは全てが優先で、乗船も一般客よりも先になる。まだ客のまばらな船内で、客室担当の女性が僕たちを部屋に案内した。何か大変品のよい感じがする女性だ。

僕は覚えたてのバハサ・インドネシアでお礼を言う。

「ティルマカシー（ありがとう）」

客室担当の女性は優しく答える。

「サマサマ……（どういたしまして）」

このサマサマを、溜め息をつくように潤んだ瞳で言われると、なんとも言えない気分になる。しかし彼女はファーストクラス用の笑顔をしているだけで、別に僕に興味があるわけではない。

豚饅は多少のチップを渡して何やら声をかける。女性は不愉快そうな顔をして部屋を出て行った。この男、いったい何を女性に言ったのか？　豚饅は印尼の女性を毛嫌いしている。不快なことを言わなければ、女性だってこんな態度は取らないだろう。

僕はだんだん豚饅の態度が気に入らなくなっている。どうにも我慢ならないのが女性に対する態度で、こんな野郎は金がなければ誰も相手にしないだろう。奴の周りには、ボケモリモトを相手にする女性がいるのではなく、お金だけが目当ての女性がいるだけなのに、本人は気が付かない。

一方では、日本人にすればわずかなお金で身体を売る印尼の女性を便利がって、己の性欲を満足させる道具にしているくせに、もう一方では印尼の女性は節操がないとか、金さえやればすぐに寝るなどと放言する。己自身はお金がなければ相手にされない男であるということを、いずれ思い知ることになるだろう。

こういう輩の周りには、愛情や優しさなどの面では満たされないから、まともな女性でさえお金しか期待しなくなる。結局、豚饅は自分が言う印尼の女性像を現実として受け止めることになる。もしかすると、彼はその原因が己自身にあることに死ぬまで気が付かないかもしれない。

僕は豚饅に出会った頃は、自分の頭の中でも彼は「モリモトさん」だった。しかし付き合いが始まってからすぐに、彼の呼称は「豚饅」に変わった。彼の印尼の女性観による。

僕は豚饅をじっと見る。嫌な野郎だが、こいつも僕の鏡として見ておかなければ同じ道を歩みかねない。僕は「誇り」という言葉を、両親と貧しい国の家族を守る多くの女性から学んできた。僕が豚饅から学ぶのは、死んでも女性を物扱いしないことだ。

僕は出航してからすぐに船内を歩き回り、何人かの人と話をした。やはり3等にはチモール人が多い。少しでも彼らの考えを聞きたくて、かなりの人に声をかけたが、ほとんどの人が警戒しているのか、僕の話に乗ってこない。それと、英語よりポルトガル語の方が通用する。2時間ほどうろついて、ようやく何人かの人と話をすることができたが、貧弱なコミュニケーションで多少分かったことは、チモール人はキリスト教徒がほとんどで、カトリックが大半である。昔からヒンズー教とイスラム教の間でもめ事が絶えなかったせいか、あまり宗教を表に出さないような気がした。

彼らの話では、教育を受けた人ほどポルトガル語が話せるという。支配の歴史が重くのしかかる。また、この国は農業が主体で他に産業がない。ポルトガル時代に工業化が進まず、経済的には最貧の状態だと感じた。お金の面で言えば、独立するにはあまりにも産業基盤が脆弱で、前途は多難だ。

やはり豚饅は、昼間から酒を飲んで寝ている。夜に目が覚めて暇なのか、うるさくて仕方がない。結局こいつも夜眠れず、また酒を飲んで酔っ払い、ようやく静かになる。酒を飲めば僕も変わらないと思うが、今はそれどころではない。独立を求める人民に政府が弾圧をしている騒乱の地に行くのだ。デリは平静だと聞いて安心するほど僕は平和な人間ではない。

僕は豚饅のひどい鼾を聞きながら、デリのアルキィ氏のことを考えていた。

ミカラジャ氏が話した盟友は4人で、アルキィ氏が最後の1人になる。この人も日本語が話せるだろう。特に日本の支配が長かった国では、驚くほど日本語の上手な人が多い。

僕はこの4人の老人には、何かの特別なつながりがあるような気がしていた。無論、ジャカルタの老人が言うような、砲火をくぐった盟友のつながりはあるだろうが、それよりもっと強烈な意識を超えた1本の線のような、何かが働いているような気がした。僕にはそれが何なのかは分からない。

そして戦後途切れたその線を、およそ30年ぶりに僕がつなぐことになる。そのつながりは、僕のような幸せな時代に育った人間には分からない思いが交錯しているだろう。もしかしたら僕という存在は、4人の老人の長年の空白を埋める和解の役割を担う第三者なのかもしれない。そんなことを考えながら、やっと眠りについた。

朝6時になると、ベッドの係が起こしに来る。少し早いのではと思うが、とにかく起こし方がひどい。猛烈な剣幕で怒りまくり、僕がぼんやりしていると何か印尼語で怒鳴りながらベッドからシーツを外し、カバー入れに投げつける。人があっけに取られていると、さらに僕に暴言とも受け取れるような言葉を撒(ま)き散らしながら部屋を去っていく。それでもここは1等なのだ。

豚饅に聞くと、最後の暴言は7時からレストランで朝食がとれる案内だという。僕が怒る前には全てが終わり、なんと手荒いハウスキーピングだろうかと思った。

豚饅と船内のレストランに行くと、バイキング形式の朝食があった。3か所に料理が離れて置いてある。ヒンズー教、イスラム教、そしてキリスト教を含めた他の宗教に属する人々の食事だ。集まればもめる可能性があるので、合理的かもしれない。この船内レストランは、なぜかヒンズー教徒用の食事が多かった。

僕は一般用の食事をとるが、豚饅が無神経にあちこちの料理を取る。他の乗客の怪訝そうな目を気にすることもなく気ままに振る舞う。豚や牛料理を持ってヒンズー教やイスラム教徒の近くに行けば何を言われるか分からないのに、ほとんど気にせずうろうろする。あれは自由と言うより、やはり無神経なだけなのだろう。僕には絶対にできる芸当ではない。イスラム教の人は、豚肉を切った包丁でさえ触らない。豚饅はそれを知らないのか、無視しているのか、僕には理解できない。

朝食後、部屋に戻って豚饅と作戦会議を開いた。

「モリモトさん、取引先の事務所は港に近いんですか」

「市内です。誰もいないんで、行っても仕方ありませんが」

「その事務所へは入れるんでしょうか。電話とかつながるんですかね」

「前回は開いてました。社員がいないので手の打ちようがありませんが、荒らされたような感じではなかったですね」

「まず、そこへ行って手がかりを探しましょう。何か分かるかもしれません。ちなみにその取引先はなんという社名ですか」

「会社はＩＴＣです。行くのはいいですが、あの事務所がある場所はあまりガラのいい場所じゃないですよ。裏通りにあるし、あまりいい雰囲気じゃないんですよ」

「でも他に何の手がかりもないし、到着したらまずそこへ行きます」

「それはいいですが、社長の手配で市内のホテルを取ってありますから、まずそこへ行かせてください。とにかく動きやすくしたいんです」

それにしても豚饅は荷物が多い。1週間分はあるだろう。僕はほとんど荷物を持たない。荷物らしい荷物といえば着替えの1日分程度で、あとは武器の孫の手のみ。これでいつでも心置きなく逃げることができる。

昼を過ぎてデッキに出た。今日は波が静かで船もほとんど横揺れしない。穏やかな湖水のような海面を見ていると、今から争乱の地へ行くのを忘れるほど静かな気持ちになる。

船内で、あるチモール人が話していた。独立が成らない限り、こんな民間の船でも安全ではないという。印尼人が乗っている限り沈められることもある。そのぐらい長い支配にこの民族は痛めつけられてきた。

彼らは言葉を慎重に選ぶ。どこで誰が聞いているか分からないからだ。僕のような外国人と親しくすれば、政府側の人間にどのように解釈されるか分からない。豚饅は考え過ぎだと言うが、中東の国々を回ってきた経験からすれば、何の罪もない人が無慈悲に殺されることを弾圧と言う。そして弾圧を受けた人々は、さらに弾圧を行う人々を恨み、憎しみの連鎖が続いていく。

僕のような平和な時代に育った人間には分からないが、その弾圧は半端な状態ではないらしい。社長の話す平静とは表面上のデモや騒乱が見えないだけで、実質的な状態は戦乱のさなかだと感じる。幸いなのはキリスト教徒が95パーセントを占めており、自爆によるテロ闘争がほとんどないことだが、危ない旅が始まったと思った。

2日目になり、僕は船内で知り合った家族を部屋に招待した。彼らは英語が堪能だ。もとは学校の教師をしていたというご夫婦と小学生ぐらいのお嬢さん。父親は40歳ぐらいの方でシルバさんと言われる。最初は相当僕を警戒していたが、僕がこの女の子に英語で話しかけ、インドのタージで知り合った日本女性からもらった知恵の輪をあげた。女の子はこれを気に入り、母親と無邪気に遊びだし、これがきっかけで打ち解けあえた。シルバさんは僕に、日本で子供に与える玩具についていろんな質問をした。

シルバさんも最初はかなり警戒していたが、僕が正直に事情を話すと、デリについていろいろなことを教えてくれた。シルバさんも、危険を承知で僕のような外国人と会話するという、ある意味目立つ行動をとるのは、彼なりに目的があるからだ。

シルバさんの心配は、デリで本格的な騒乱が発生した場合、家族をどのようにして、その安全と安心を確保するのかである。仮にデリを脱出することができても、チモールの区域内では心配は尽きないということだ。そしてさらに気がかりなのは、彼らの面倒を見てくれる人がいないこと。シルバさんに万一のことがあれば、家族はどうなるのかを大変心配されている。

僕は失礼ですがとシルバさんに断ってから、豚饅と日本語で話をした。

「モリモトさん、万一の時、このご家族の面倒をジャカルタで見られませんか」

「冗談でしょう、フルヤマさん。こんな奴らの面倒なんか見られるわけないじゃないですか」

「彼らの面倒を見るのは、あなたにとって大したことではないでしょう。なにも一生面倒を見るわけではありません。万一騒乱が発生したときに、デリを抜け出してジャカルタへ来れば、しばらくの間だけでも生活の面倒を見てやるんです」

僕はしばらく考えた。

「それに……、モリモトさん。この人は信用できます。危険と知りながらも僕とこうやって話をしている。あなたには彼の目的が分かりませんか？」

「分かりますよ、家族の心配でしょう。僕には自分の方がよっぽど心配ですよ」

次第に僕はイライラして言葉が強くなってきた。

「この仕事はあなたの仕事です。僕はあなたの男を上げるために危険を冒している。それでもあなたは他人を思う気持ちはないんですか」

豚饅は呆れたように返事をする。

「しかしねえ、フルヤマさん。今知り合った現地人ですよ。なんでそんなに信用できるんですか」

「今からシルバさんに核心に触れる話をします。僕もなんの伝(つて)もなしにデリへ行き、どれだけの成果を上げることができるか自信がありません。この方は今から行くチモールの方です。僕たちが持っている情報といえば、弾圧を強めている印尼側の情報ですよ。社長の話ではデリは平静だと言っていましたが、彼らの話とは全然違います。しっかりした情報を持ってデリへ入るのと、行ってから現地で情報収集するのでは、これからの行動に影響します」

僕は豚饅の返事に納得できず最後の言葉を言う。

「モリモトさん、あなたに本当にこの仕事をやり遂げる気持ちがないのなら、これから先は僕1人で行動します。僕だって命懸けです、あなたは降りてください」

「そんなん勘弁してくださいよ、ここまで来たのにいまさら降りろはないでしょう」

「これから私たちは騒乱の地に行きます。3週間ほど前、デリ市内で国軍がデモに向かって無差別発砲したのはご存じですか。現在の騒乱はこれがきっかけで始まったんですよ。

もう威嚇だけでは収まらないところまで来ているんです。いったいどれだけの人が死んだことか分からない。それもジャカルタには正確な情報がない。これはシルバさんとは違う別の人から聞いた話です。そんな危ないところで手探りの仕事をするんですよ、もっと真剣に考えてください。モリモトさん、あなたはどうするつもりですか」

　豚饅は黙り込んだ。たぶん、面倒を見てくれと言われてもどうしていいか分からないのだろうが、覇気がないというか不甲斐(ふがい)ないというか、これからの行動に真剣味がない。所詮1人で問題に対処しようという決意がないのだ。

「モリモトさん、やるんですかやらないんですか」

「……」

「この方は、長く学校の教師をされていた。地域の事情にも詳しい人です。長い間他国から苛(いじ)められてきた側の人です。僕はこの方に情報を頂きます」

　僕は豚饅を無視してシルバさんと話を進めた。今は約束できないが、ジャカルタに逃れてきたら、土地の有力者に話をつけるので、僕を頼ればいいと。そしてデリに行く目的といきさつを話した。

　シルバさんは、それならといくつかの独立運動グループを教えてくれ、シルバさんの名前を出して交渉の相手を探せばいいとのことだった。このシルバさんからは命の代償とも言える貴重な情報を頂いた。もしシルバさんが僕を警戒し話を拒んだら、僕のデリでの行動は鈍り、情報集めだけでも相当な時間と危険を冒しただろう。

シルバさんも危険を緊(ひし)と感じており、いずれ更に大きな騒乱が発生すると感じられている。弾圧する側の情報と、痛めつけられる側の話では天と地ほどの違いがある。話は絶対に鵜呑(うの)みにはできない、双方とも。

話が進み、気が付けば夕方になっている。僕はシルバさんに、私は若いですがと断ってから、部屋で食事をとりましょうと提案した。シルバさんは少しずつ警戒心を解き、さらに食事をしながら様々な話をしてくれた。このご家族はカトリックなので、食事に気遣いがいらない。豚饅は部屋を出て帰ってこない。奴がいない方が話がしやすい。

やはりシルバさんも、デリでの行動は慎重に行った方がいいと言う。シルバさんによれば、デリの状態は印尼政府の弾圧で、人が集まったり夜の外出はできない。また、市内随所に検問所が設けられており、戦車が至る所に配置されて市民を威圧している。検問は厳しく、疑わしいというだけで逮捕され連行される。その後戻らない行方不明者は数知れず、生死も分からないという。僕はまるでどこかの共産主義国家のようだと思った。

しかし、シルバさんが感じる問題は別にもある。チモール自体の意志統一がなされていないことで、独立支持グループと、チモール人の利害による独立反対派グループがあり、お互いに疑心暗鬼の状況が長く続いているという。だから抵抗運動も効果が上がらず散発的な騒ぎで終わってしまう。シルバさんが先に教えてくれた独立派グループも、決して協力し合っているわけではない。これ以上は、僕が相手を見て見極めることが重要だと感じた。

シルバさん一家が３等室へ戻られる時、僕はかなり心配した。この船にもスパイのような治安維持目的の情報収集員がいるかもしれないからだ。現実は僕が考えているよりはるかに悪い状況にある。

僕はどうしても心配を拭えず、こっそり３等室の雑魚寝場所に行ってみた。こういうときの僕の風体は便利に出来ている。僕は背が低いし日焼けしていて色が黒く、遠目に見れば印尼人と変わらない。ほとんど目立つことなく周りに溶け込んでしまうからだ。僕は自分の外見や体裁を気にしない方だが、不思議にこんなときは便利だと思った。それに親からもらった肉体は頑強で、多少のことでは機能障害を起こさない。

幸い３等の大部屋では、特段の騒ぎはなく平静だ。一瞬シルバさんと目が合ったが、彼も僕を無視してお互いの無事を確認する。

デリまでの航海は静かな旅だった。僕が印尼へ来る時に、海賊の話を聞いてビンタン経由にしたことを思い出す。あの時は一番安い方法を選んだが、今は事情が違う。海賊の心配はないが、こんな民間船でさえ飛んでくる砲弾や魚雷の方がよほど恐い。

その後デリに着くまでの間、何度かシルバさんに会い話をした。お互いに会話することで相手を知り人柄を見る。信用に足りるか否か。彼はそんな危ないところへ行く僕を不思議がり、僕はあんな危ない場所へ家族連れで帰る彼を不思議がる。ふと2人で笑いだしてしまった、いったいお互いに何をしているんだろうと。

しかし、わずか数秒でその笑顔も苦笑いに変わり、真顔に戻る。明日はデリに着くのだ、心が和んでも現実はすぐに我々を騒乱の事実へと引きずり戻す。

弾が飛んでこなければよいが……、ふとそう思った。


もともと僕の旅は、このような危険な地域は極力避けて移動してきた。確かに途上国には治安の悪い地域も多くあり、安全が担保されているわけではないが、地域の人々から危険な状態であるとの情報があれば、常に遠回りでもより安全なルートを選択してきた。

しかし今回は、あえて危険な騒乱の地に行くのだ。今のデリは僕の予想をはるかに超えたレッドゾーンだ。

この印尼へ入る前もシンガポールで情報を得ており、スマトラのアチェ、メダン、そしてスマランなどへも治安の問題で行くのをやめたことを思い出している。

僕が旅に出たのは何か特別な理由があったわけではない。あえて言うなら、僕は小学校の頃から漠然と世界を見て回ることを考えてきた。それは僕の出身地・福井県という地域が原子力発電所を多く抱えており、それを社会の授業で習ったことから同級生の何人かと話をした際に、周りからバカにされた思い出が事の発端だった。

当時、教科書ではピンポン球1個ほどのウランで、石炭3列車分の発電ができる。つまりこの技術は世界に大きく貢献できる新しい発電方法だと教わった。そして僕自身も何か世界に貢献できるようなことはないのかなという僕の発言に対して、同級生は口をそろえてこのようにバカにした。

「お前はアホか！　こんな田舎に住んでいて、東京にも行ったことがない小学生が、何が世界に貢献だ！」

こんな会話だったと思う。実はこのテーマ、中学・高校と同じ発言をしたが、周りの反応は小学生の反応と変わらなかった。

別に東京に行かなくても、世界に対して貢献しようという思いには関係がない。また、僕の父親は大戦中、中国へ出征しており、中国と日本との違いを話してくれて、なぜか中国に行きたいという思いもあった。

高校に入学した頃は、すでにいずれ世界を見てやるという決意のようなものが心のどこかにあり、卒業とともにその思いは現実的な計画へと変わっていった。

第3章

常在戦場・東チモール

ナシゴレンのオヤジ

ジャワ島の北岸沖をゆっくりとフェリーが進む。当初、なぜこんなに遅いのかと思ったが、情報を仕入れているうちに理由が分かってきた。デリの様子が渾沌(こんとん)としているからだ。へたをすればジャカルタへUターンという可能性もあったらしい。のろのろ運航の本当の理由は僕には分からないが、最初に3日だの4日だのと言っていたデリ着は、何か所かの寄港の後、実に6日目になってようやく到着した。

いよいよ東チモールに足を踏み入れる。フェリーが埠頭に近づくにつれ、シルバさんの話が現実味を帯びてきた。国内航路なのに、ずいぶん多くの職員のような一団が岸壁で待機している。そのほとんどの人が、接岸のために方向を変えるこの船を窺っている。港湾施設の数か所には、5、6輛の戦車が分散して配置されており、戦車の上には兵士数名の姿が見える。あまり緊張感はないような雰囲気だが、周りを威圧するには充分な存在感がある。

あの目的の積み荷を載せるはずのコンテナ船は姿が見えず、別の船舶1隻だけが接岸しており、その船も長く停泊しているようで、船荷の積み下ろしをしているような雰囲気はない。ただ平べったい空の甲板越しに、反対側の殺伐とした風景が見えている。その船が着岸している場所には人影は見えない。ここには異様なほど人が多いのだが。

僕はフェリーの接岸作業をじっと見ていた。ここに来るまでに、いろいろなことがあった。なにも僕が望んで来たわけではないが、あの老人は損得を僕に期待しているわけではないだろう。あの人は僕を介して何かを解決するために、ここに僕をよこした。

老人は裕福で何不自由ない生活だ。しかし本当は不幸なのかもしれない。お金があっても飯は一日に3回しか食べられないし、酒も飲み続けられない。己の過ちと人生の後悔はお金では解決できまい。

僕は極貧と言われる人を大勢見てきた。そしてお金持ちも見てきた。その両方ともに思うのは、どちらが幸せかは分からないということだ。仏教で言う心の持ちようで幸不幸が分かれる。同じような貧しさや、同じような豊かな生活でも、その一人ひとりが幸せと感じるかどうかは別の問題なのだ。

イタリアにシチリアという島があるが、そこで太ったお金持ちに会ったことがある。彼は唸(うな)る金に物を言わせ、ありとあらゆる美食を極めたと言っていた。そして今、彼は糖尿病を患い、医者の指示で全く味のない食事をとり続け、2年が過ぎて初めて卵焼きの白身に少量の塩をかけて食べることを許された。彼はこんなに美味(おい)しいものが世の中にあったのかと思うほど幸せだったと語った。

そんなことを思い出しながら、フェリーは岸壁に近づいていく。もう岸壁の人の表情まで見える近さだ。

今、フェリーの船体が接岸する。シルバさんに書いてもらったメモ紙を出す。彼の連絡先と独立支持グループの名称。いずれこのグループは東チモールの国を造る有力な政党となる。それが実現するのは20年後のことだが。

もしここで、僕や豚饅がこの独立支持グループや印尼国軍の弾圧によって殺されても、誰も分からないに違いない。長い時間の流れの中では、僕や豚饅の命などはどれほどのものでもないだろう。だが、僕は考えるのをやめた。今は行動あるのみだ、雑念は行動を鈍らせる。

下船するのも1等客は優先だ。シルバさんと握手してお互いの無事を祈りたかったが、かえって迷惑になるだろうと思いやめておく。僕は老人の会社の連絡先と自分のメッセージを書いた紙をシルバさんに渡している。彼と家族の無事を祈ってやまない。


下船すると、まるで中東地域の入国審査のように長い持ち物検査が始まる。僕はほとんど荷物がないのでフリーパスだが、豚饅は長い。ごちゃごちゃ荷物を持っているので、長時間調べられる。僕が検査場を出てから1時間ほどが過ぎて、ようやく豚饅は出てきた。こいつのことは放ったらかしにして、市内へ向かおうかとも思ったが、ここで見捨てるのもかわいそうなので待つことにした。

埠頭の出口には信じられないほどの多くの人が待っている。ベトナムでは入国してくる外国人を眺めるのが楽しみの一つで、空港や港の出口には理由もなく人が多い。日本では考えられないことだが、この国でも同じような現象が起きている。しかし、ここにいる人々の目的は違うだろう、平和な国ではないのだから。

タクシーを探すが、その前に多くの人が僕と豚饅の周りに群がってくる。そのほとんどは物売りの類だが、すぐに警察だか国軍だか分からない武装警察のような一団が現れ笛を吹くと、クモの子を散らすように人が消えていく。尋常ではない社会状態にあることが、さらに僕の緊張感をあおる。

豚饅は表情が硬く、怯える子供のような素振りで僕に続く。彼と僕は何が違うのか、それは偏に神を信じる心があるか否かに懸かっている。一触即発の緊張感とはこのことを言うのだろう。

アホのモリモトは僕に続いて、スーツケースをがらがら押しながらタクシー乗り場に来た。やっとの思いでタクシーに乗りホテルに向かう。僕とモリモトはタクシーの中でほっとして顔を合わせた。

「ひどいですね。僕も見通しが甘かったかもしれない。モリモトさん、大丈夫ですか」

「はあ、空港とはえらい違いですわ。とりあえずホテルで休みましょうよ」

「同感です。少し落ち着きたいですね」

わずか2時間ほどのことがひどく疲労を感じさせる、ここは大変なところだ。ホテルまでの道すがら何度も検問にあった。日本人である僕たちは比較的検査が緩いが、タクシーのドライバーは違う。ドライバーが武装警察に何度も尋問を受けている間、同じ検問所では数人の人が警察に連れて行かれる。デリは比較的平静です……そう言った社長の言葉を思い出す。弾圧する側の平静と痛めつけられる側の平静とではわけが違う。何が違うのか、今僕が感じるその違いは、まだ僕たちは銃声を聞いていないというところだけだ。その銃口が僕たちに向かないことを願う。


ホテルに着くと、まずドライバー氏にチップを渡して労う。大変でした、ありがとうと言うと、ドライバー氏は、明日はもっと危ないからホテルを出るなと言う。彼は小声で危険を知らせてくれる。こんなときも豚饅はさっさとホテルに入ってしまうが、なぜドライバー氏は危険を知っているのかが気になる。僕はメモ用紙を出して、彼の電話を聞くが彼は無視して車を出した。僕に現地語かポルトガル語ができたら、もっと重要な情報を得ることができただろうと思うと、残念で仕方がない。

ホテルの部屋はスイートで、3つに分かれている。豚饅の部屋と僕の部屋は2つの部屋の間にあるリビングルームでつながっているが、僕は危険だからとドアは開けっ放しにしておくように豚饅に命じた。こんなところでも彼はプライバシーがどうのとグズグズ言っている。これからは戦場だと思うと、物事は曖昧にはできない。僕は大声で豚饅を怒鳴りつけた。

「モリモトさん、開けておくんだ。贅沢を言うな！」

このスイートは社長のご厚意だろうが、僕にはこんな場違いな高級な部屋をあてがわれていると、先行き短い人間にせめてもの心遣いをされているようで素直には喜べない。

「モリモトさん、館内を見ますよ」

「ええ？　もう動くんですか。1週間も船で揺られて来たんですよ。ちょっと待ってください」

「脱出経路を確認します。修学旅行でやる非常口の確認みたいなものです。モリモトさん、ここはデリですよ。外の喧騒を見たでしょう。さあ、早く！」

「はい、あとで荷物を整理する時間はもらえるんですか？」

「脱出口を見つけたら、その後は僕が外を確認します。その間は好きにしてください」

外に出てから豚饅にぐずぐずされたら、たまったものではない。しかし奴のためにも、せめて館内の脱出ルートぐらいは確認しておきたい。また、うまく建物を出られても、その後どこへ行けばいいのか分からないのでは話にならない。できればその後の待避所も欲しかった。

僕の頭の中には「常在戦場」という言葉が駆け巡っている。戦国の雄、上杉謙信は家臣の心得として、常に戦場にいる心構えでそれぞれが務めを果たすように、「常在戦場」という言葉で諭したという。これも我が親父殿の教えだ。平時にあっての臨戦態勢こそが、実際の勝敗を決すると僕も感じている。勝敗は戦う前からほぼ決まっているのだ。

「モリモトさん、戦車が1階のロビーに突っ込んできて、大火事になったとします。我々の部屋は6階ですが、どうやって脱出しますか」

「はい。まず、階段で1階へ出ます。それから……」

僕はすぐに豚饅の声を遮った。

「だから1階は大火事ですよ。そこへ下りて豚の丸焼きになるんですか？　もっと真剣に考えましょう。こちら側の窓はロビー側です。だから、どう考えても早い段階で、反対側から逃げる方が得策です。ホテルの裏側は民家が続いていますし、やはり問題が発生するとしたら、正面でしょうね」

「ゲリラみたいなのは、裏から来るんじゃないんですかね」

「そう思います。その時々の状況に応じて臨機応変に行動しましょう。ところでモリモトさん、ホテルの緊急脱出ルートのマップは見ましたか」

「フルヤマさんすいませんでした。僕、マップは見てません。でもこの様子を見たら、やっぱり確認が必要だと思います」

豚饅は何を反省しているのか急に積極的になった。悪くはないが空回りも恐い。

「階段から前も見えないほど煙が上がってくれば、逃げようがないですね。それに煙だけでなく、炎や熱風が上がってくれば万事休すです。やはり早い段階に行動しないと丸焼けになります」

「屋上はダメですかね」

こんな按配(あんばい)で、僕と豚饅は2時間ほどの間、真剣に脱出法を考えた。これが後になってどう役に立つのかは分からないが、2人の気持ちに共通する緊張感が生まれ、いざというときの行動の助けになるのは間違いないだろう。

豚饅の機転で、屋上へのルートと4階の窓には消火用の頑丈なホースが設置してあるのが分かった。扉も開くので、2人で汗だくになって長さを測ってみると、地上までは微妙に届かないことも分かった。まあ、足りない部分は飛べばいいのだ。

あと重要なのは、どうやってこれを固定するかだが、豚饅が実際に設置してある工具で給水口へ接続してみて、ホースを廊下へ敷き、2人で綱引きをしてみた。豚饅と僕の体重は合計で160キロはあるだろうから、脱出用のロープとしては充分使える。その後、豚饅が汗だくでホースを片付ける。アフロ気味の髪がボサボサになり鬱陶しいことこの上ないが、彼は急に僕の顔を見て、ニヤニヤしながら話す。

「へへ、フルヤマさん。僕、なんか楽しくなってきました」

やはりこの男はどこかのネジが緩んでいる。僕は嬉しげにホースを片付ける豚饅を見ながら、ポイントは4階だと話した。反対側の窓を見ると、裏通りから民家が続き、その角々に立ち食いの屋台が出ている。清潔とは言えないような屋台だが、いざというときはこんな物でも食わねばならない。僕は廊下の窓と非常口から下の様子を真下に見ていた。あそこでこうして、ここを曲がればどこへ行くのか。頭の中でシミュレーションが続く。これは僕が旅の間常時続けてきた、危険回避のための習性なのだ。荷物は少なく必ず両手は空けておく。僕は豚饅に偵察終了の宣言をした。4階から6階に戻り部屋へ入る。

「モリモトさん、僕はホテルの周りを見に下へ降りますが、あなたは部屋にいてください。その間、部屋の通用ドアは閉めて鍵をしてください」

「分かりました、荷物を整理しておきます。それからフルヤマさん、食事はホテルですよね」

「はい、外出はしません。もう少し様子を見ます。あの事務所は近いですか」

「車で10分程度ですが、検問がひどいから時間は読めませんね」

「分かりました。僕は下に行きますが、ホテルの周りを見るだけですから1時間以内に戻ってきます。もし僕が長時間戻らなかったら、トラブルが発生したと思ってください」

「ああ、はあ……」

僕はエレベーターでロビーに下りた。相変わらず外は騒がしい。ロビーを見回せばトラブルを防止するためか、ホテルマンが多く配置されている。そのうち何人かは銃を携帯しており、何かの騒ぎを未然に防ごうとしているように見える。僕が正面玄関へ出ようとすると、2人のホテルマンが僕に近づき話しかけてくる。彼らの質問は同じだ。

「危ないですよ、外出ですか？」

「どちらに行くのですか？」

「ホテルは安全です。部屋にお戻りください」

僕は彼らの質問に笑顔で答える。大丈夫だよ、この辺りをしばらく歩くだけだからと。

そうは言ったものの、ホテルの周りならと彼らのうち1人が僕に同行した。彼は簡単な英語を話すので、ホテルの周りを偵察するだけなら通訳として使える。

僕は正面からホテルの周囲をゆっくりと回る。その間に6階と4階から眺めた風景を確認する。上からは見えなかった通りの様子を見る。あのホテルの裏手も屋台の店も見て回る。屋台では何を売っているのか聞いたら、ホテルマンはナシゴレンだと言う。ナシは米で、ゴレンは炒める（いためる）だから焼き飯ということになる。衛生的ではないということで、食べてみるのはやめにしたが、チャーハンの上に卵焼きがのっていて結構うまそうだ。

屋台の親父が僕の目を見る。立ち食い屋台のオヤジにしては異様なほどに強い眼光が走る。何か言いたそうだが、ホテルマンが立ちはだかり声をかけられない。僕はホテルマンに、この屋台は何時から何時までやっているのか聞いた。彼は現地語で屋台のオヤジと言葉を交わす。この界隈（かいわい）でもめ事がなければ、朝から夕方まで開いているという。時間は聞き直したが、どうも不定期のようだ。僕はオヤジに軽く目を合わせ、会釈をして場を去る。

僕は階上から見て、確認できなかった通りを回ってホテルに戻った。ホテルマンに5000ルピアを渡して礼を言う。「ティルマカシー」。たしか当時70円ほどだから結構なチップかもしれないが、彼はたいそう喜んでいた。

僕はロビーで彼に治安の状況について聞いた。治安が良くないというのは、市内の混乱に乗じて強盗や暴行を働く輩がいるからで、実際のところはどうなのか。

彼が言うには市民同士の問題ではなく、独立推進派の催すデモなどに警察や治安維持部隊が圧力をかけるから騒乱になるので、独立運動グループの活動がなければ市内は平静だという。ただし夜間外出は禁止されているので、夕方6時以降は問答無用で官憲に引っ張っていかれるようだ。彼と僕の語学力の問題か、詳細な部分は分からずじまいだった。

僕はホテルのフロントで、英語のできるマネージャーを呼んで治安について話を聞いた。中年で品の良い感じの男性が僕に対応する。僕は取引先との商品が出荷できないから、その問題を解決しに来たと説明した。今日ジャカルタから到着したが、市内のあまりにも厳しい行動の制約に、仕事ができそうにないから、何かの方法で取引先とコンタクトをとることはできないか質問した。

彼は地上階を管理するフロアマネージャーでシャナナさんという。彼はご自身がハーフカスト（ポルトガルとメラネシアの混血）でカトリックですと前置きしてから話しだした。

「フルヤマさん、取引先の会社は閉鎖したままでしょうか」

「今回、私には同行しているパートナーがいますが、彼の話では3週間ほど前は事務所は無人でしたが、扉は開いていたようです。住所や社名はここに記載してあります」

シャナナ氏は、現在のデリの厳しい状況をしっかりと把握されているようで、真剣なまなざしで僕の話を聞いている。

「私たちは純然たるビジネスマンで、依頼した商品が出荷できずに困っています。何とかジャカルタまで運びたいのですが、良い方法はないでしょうか？」

「フルヤマさんはどのくらいデリに滞在されますか」

「未定です。部屋は1週間ブッキングしてありますが、必要なら滞在を延長します。シャナナさん、港も動いていませんし、生活物資なども搬入する必要があると思うのですが、デリの港は以前からあんな状態ですか？」

「港から入っていた必要物資などは、陸路で入ってきています。それも充分とは言えませんので、物不足の状態です。わたくしどもの業界も、様々な商品で成り立っていますので、早く港が正常に動いてくれることを期待しています。フルヤマさん、この件は私の方で確認させていただきますので、しばらく時間をください。デリは小さな都市ですが、人のつながりはジャカルタよりも太いですよ」

なんとも言えない心強い言葉を頂いた。調べていただけるとのことなので、僕は多少の安心感を持つことができた。ただ、シャナナさん曰く、ビジネスだけの問題なら解決は難しくないが、政治の色が少しでも入れば約束はできないとの楔（くさび）も打たれた。

部屋に戻り豚饅と話をする。

「モリモトさん、フロントのフロアマネージャーが、ＩＴＣの状況を調べてくれるらしいです。何か分かればいいんですが」

「ああ、そうなんですか。地元の人なら何か分かるかもしれませんね。ところで、ホテルの周りはどうでしたか」

「表は見てのとおりですが、裏ですね問題は。上からは見えないところも確認しましたが、道はまっすぐですから角まで行けば先が見渡せます。さっき上から見たあの屋台なんですが、ナシゴレンを売っています。あの屋台のオヤジが気になるんですが、モリモトさん、こちらの言葉は大丈夫ですか」

「ここは、バハサ・インドネシアでいけますよ。住民はメラネシア系です。地元のテトゥン語かポルトガル語が公用語と言われていますが、バハサを使わないとこちらの人も大変です。商売もできません」

「なるほどなあ。じゃあ、モリモトさんは地元の人とでも話せますね。あのオヤジ、何か気になるんですよ」

「金が欲しいだけじゃないですか」

「そうかもしれませんが、話がしたいんです。あとで、裏から出てナシゴレンでも食いませんか」

「いいですよ。僕1人だったら行きませんが、フルヤマさんが気になるんだったら行ってみましょ。ところでフルヤマさん、おなかの調子はどないですか？　僕はどうにも船の食事が合わなくてだめですわ。僕のおなかはガタガタです。もともと強い方ではありませんしね。慣れるまで下痢が続きます」

「モリモトさん、船内のレストランでは結構食べておられたでしょう。おなかは強い人だと思いましたが、あなたにも例の歓迎ボウルがあるんですか」

「そうですねん、場所を変えるたびに下痢になります。やっぱ日本食ですね」

「下痢ついでに、ナシゴレン行ってみましょう。焼き飯で終わるか、面白い話があるか期待できそうな感じですよ」

豚饅は少し声のトーンを下げて話を続ける。

「ところで、フルヤマさん。デリの内輪もめについてはご存じですか」

「内輪もめ？　いえ知りません。もしかしたら反共主義者と、その反対側の人たちとのもめ事でしょうか」

「そうです。僕も詳しいことは分かりませんが、今の独立運動の流れは、戦後立ち上がった共産系のフレティリン（独立革命戦線）というグループが主流です。全体がその流れであれば一気に共産主義国家になったかもしれませんが、反共は印尼の国是ですから、大統領のスハルトは全く容認できんかったんです。

ですから、今の状態はフレティリンというマル系グループと、反共主義の印尼から後押しされた、反フレティリン派の主導権争いの結末です。結局、反フレティリンが劣勢で、印尼の武力介入を経て併合されました。

ですからフルヤマさん、これから地元の人との交渉では、相手がどちら側かうまく探らないと、敵だと思われるのはまずいですからね」

「へぇーモリモトさん、詳しくない言ってたのに、よくご存じじゃないですか。分かりました、これからは僕も意識して行動します」

僕もチモールの内乱については社長から聞かされていた。概ねは理解していたが、豚饅の意識がデリへ来てから少しずつ変わってきているような気がしたのだ。自分の行動を他人事のように無責任に話すときと、自らが意見を出して行動しようとする意識が交互に出ているような感じがする。彼にも強い危機感が生まれているのかもしれない。

僕と豚饅は、地上階の搬入口から出ることにした。警備の人間がいたが、表が静かなせいか、僕たちの出入りもあまり気にしていない。

時間は午後の4時頃になり、少し暑さもやわらぐ時間帯に入ってきている。ナシゴレンの親父は壁にもたれて、居眠りをしていた。売り物の焼き飯にはハエがたかっていて、食えば命懸けだと思った。豚饅が目と指で、ホンマにこれ食うつもりですか……とクチパクをする。僕はお前が食えと目とクチパクで威圧する。豚饅は意を決したようにオヤジを起こした。

豚饅がバハサ・インドネシアで、ナシゴレンを2つ注文する。僕は1つでいいのになんで2つなんだと言いたかったが、ぐっとこらえた。オヤジは新しそうな飯を出して調理を始める。豚饅がよく炒めろと口を出している。オヤジは時折僕の顔を見ながら、調理を続ける。うまそうな焼き飯に薄く広げた卵焼きがのる。食欲をそそる匂いが広がり、昼を食べていない僕の鼻とおなかを直撃する。ホンマにこれを……と言っていた豚饅は、躊躇せずに食べだした。

「フルヤマさん、これいけます。美味いですわー。腹ぺこやし、バカうまですよ」

「火は通ってますか」

「大丈夫ですよ。よく火を入れるように言いましたから、充分炒めてあります」

「毒味ご苦労。もう少し待ちますね。モリモトさんが死ななかったら僕も頂きます」

せっかく作った料理を口にしない僕を見て、オヤジが怪訝そうに話しかけてきて僕は驚いた。まともな英語を話す人だ。アジアの国にはそれぞれの言語特有のアクセントがあり、様々な語調がある。外国語である英語やポルトガル語も当然その影響を受けて変化する。それをエイジアンイングリッシュなどと言うが、国により強烈な方言に変化してしまう。

この人の英語はそんなレベルではなく、明らかに欧米系の企業か、長期間米英に滞在したような話し方をする。

「きれいな英語を話されますね」

「当たり前だ、国際語の1つも話せなければ他国と交渉もできない」

「なるほど、でもここはポルトガル語が公用語ではないんですか」

「あれは、支配を受けた傷痕のようなものだ。我々は望んでポルトガル語を受け入れたわけではない」

「なるほど……。実は今、仕事上のトラブルで困っています。解決策が見つからず、対処に苦慮しています。あなたなら情報をお持ちではないかと思うのですが」

「デリはトラブルばかりだが……君は中国人か？」

「私は日本人です」

「それで、君のトラブルとは？」

「はい、日本から発注した商品が、今回の騒乱で船積みができずに所在が分からなくなっています。相手先の会社も事務所が空で交渉もできません」

「で、その荷は港までは入ったのか」

「そうです。一旦はコンテナ船にローディングされたようですが、その後の状態が分かりません」

「いつ頃のことだ」

「3週間前です」

「10日前までは港はフレティリンが押さえていた。この国では話しにくいことも多い、人の目も気になる。お前は態度がいいな、俺は夜もここにいる。日が落ちたらもう一度来い」

僕は豚饅の様子を見てから、ナシゴレンを食べだした。豚饅が言うように実にうまい。味付けが日本人向きなのかもしれないが、暑い地域ではやはり香辛料が多めに入っていて辛さが際立つ。

店のオヤジに礼を言って、ホテルに退散する。豚饅はナシゴレンに満足したようだ。僕もあの味には納得した。腹が痛くならなければいいのだが。

「フルヤマさん、あんなオヤジでもなんかの役に立ちそうですね」

「夜、こっそり行ってみましょう。夜間外出禁止というのは地元住民だけの話で、戒厳令のようなものではないようですから」

「集合がまずいらしいんですよ。集まらなければいいみたいですね。歓楽街も外国人用は開いているようですよ。閑古鳥が鳴いているらしいですけど」

「夜遊びはだめですよ、仕事での外出とはわけが違います。ところでモリモトさん、こんな立派なホテルでも表の警戒は厳重そうですが、裏はガタガタですね。この辺りはやはり南方の民族性みたいなもんでしょうか」

「民族性というか、考え方みたいなもんですわ。警戒しているようで、実はあんまり危機感がないんですよ。でもジャカルタに比べれば、人は良くないですよ。ジャカルタはぼんやりしている人が多いですからね。フルヤマさんだって言ってたでしょう、ぼったくりがないって」

「そうです、だからこの国が好きなんですけど、今いるチモールの人については、ジャカルタとの違いがよく見えません」

「僕もデリではそんなに人との付き合いがありませんからよく分かりませんが、ジャカルタでは日本人同士でもよく話題になりました。バンコクやマニラではよく地元の女に騙される日本人の話がありますが、ジャカルタでは日本人に騙される印尼人女性の話が多いんですよ」

「なるほどね。でもあの屋台のオヤジも余計に金を取るというか、外国人料金を吹っかけるようなことはなかったでしょ。あれいくらでした？」

「ナシゴレンは1つ2000ルピアです。安いもんです」

「あのオヤジが言っていた、フレティリンが港を押さえていたと言うのが間違いなければ、フレティリンと交渉すれば荷物の在り処が分かるかもしれません」

「でも、あんなオヤジの言うことを真に受けてもいいんですかね」

「だから、フロントでも確認していますし、フェリーの中で知り合ったシルバさんにも情報をもらったんです。何カ所からの情報なら裏が取れますから」

時刻は18時を回っていた。外では武装警察が宣伝カーのようなもので、何かの注意を放送しながら走行している。あちこちで警告を流しているようにも感じる。

しばらくして、部屋の電話が鳴った。僕が出るとフロントのシャナナさんからで、依頼した事務所の件は明日返事が来るので、連絡が入り次第知らせてくれるとの話だった。

またシャナナさんは、僕たちに夜間外出を控えるようにとも警告した。僕がタクシーのドライバーが言っていた、明日はもっと危ないという言葉が気になり、シャナナさんに確かめたが、そんな情報は入っていないが注意するに越したことはないと言う。

それから僕はジャカルタの社長に電話をして、今日デリに着いたことや市内の様子を報告した。社長は繰り返し危険なことはしないように話している。その口調はジャカルタでの話しぶりとは違い、危機感を持った話し方だが、やはりこの人は弾圧をする側の立場で平静を口にする。弾圧を受ける側の平静とは話が違うと僕は強く感じていた。

豚饅と6階の窓からホテルの裏側を見る。時間は夕方7時を回ったところだ。まだナシゴレンのオヤジは店を出していない。夜間外出禁止状態なら店を出すのは無理だろうが、なぜ夜に来いと言ったかは分からない。とにかくデリの初日は暮れようとしている。

僕たちは部屋に戻ってテレビを見ていた。デリの放送は正直に市内の様子を伝えているか気になっていたからだ。メディアが嘘っぱちを流すようではこの国の体制も長くはない。テレビは様々な番組を流していたが、嘘っぱちを感じる。今市民が必要な情報は、デリの治安や民族の行く末だ。くだらない印尼製のドラマを見たいわけではない。いくつかのチャンネルでは若干の市内の映像を流していたが、僕たちが経験したような幾重にも続く検問や、市民を威圧する戦車の映像はない。やはりメディアにも印尼政府の統制が入っている。このホテルというより、たぶんデリでは海外のまともなニュースも見ることはできないだろう。明日の朝の新聞でそれが分かるに違いない。

辺りが真っ暗になってから、僕と豚饅は6階の窓からホテルの裏側を眺めた。表ではまだ宣伝カーが、何かの注意を流しながら走っている。うっすらと見える裏通りでは、数人の人が歩いているのが見える。それが官憲なのか一般の人なのかは分からないが、外出禁止などという割には人の往来があるようだ。

あのナシゴレンのオヤジがいた場所には誰の姿も見えないが、近くにうっすらと豆電球を灯したような屋台が出ており、2人の人影が動いている。6階から見ていると、何かこそこそと良からぬ商売をしているようにも見える。

「なんかやってますよね」

「そうですね、汚そうな屋台ですよ」

「モリモトさん、おなかはどうですか」

「大丈夫ですよ、フルヤマさんはどうですか」

「いいですよ、別に調子が悪いことはないですね」

ここで話していても誰にも聞こえないだろうが、僕と豚饅は声を殺すように小声で話している。誰もいない薄暗い廊下で、2人の男が窓枠にへばりつき顔だけを窓枠にのせるようにして外を窺っていると、なぜか良からぬことでもしているような気分になってくる。

「モリモトさん、ぼちぼち出撃しますか」

「行動開始ですね」

「あそこに行ってみて、あのオヤジがいなければ、さっさと退散しましょう」

「そうですね、あれはヤバイ雰囲気ですよ」

「行きますよ」

「分かりました、行きましょう」

僕と豚饅は、理由もなしにヒタヒタと足音を忍ばせて階段を下りる。お互いに声はかけない。１階裏手へ出ると、警備の人間が立ちはだかり、何やら声をかけてくる。普通のボリュームで話しかけられるのだが、豚饅は小声で答え、右手でぐーの形を作って相手の顔先へ突き出す。何をしているのだろうかと思ったが、拳を作り親指を人差し指と中指の間から出す、あの形を作っている。僕は思わず苦笑してしまった。警備の人も苦笑している。このサインはどのくらいの国で使えるのか不明だが、数えれば結構な国の数になるかもしれない。苦笑いをしながら、日本では廃れてしまった庶民文化の一つだと思った。

豚饅がチップを渡し人差し指を唇の前に立て、しーーっのマークを作る。すると警備員はチップに応えるかのように、小声で裏の通りを指差し道筋を指している。売春宿でも案内しているのだろうか。こいつもこんなときは気転の利く行動を取る。

豚饅は親指を立てて、警備員の横を過ぎていく。僕は多少気後れをしながら、やはり親指を立てて豚饅の後に続く。

エアコンの効いた館内から外へ出ると、一瞬むっとするような不快な湿気と気温の高さを感じる。目的の場所は目の前だ。なるべく足音をさせないように小道を横切る。豆電球の屋台に近づいて行くと、暗闇から突然、英語の囁き（ささや）が聞こえる。

「こっちだ……」

僕と豚饅はギクリとして、声がする方向を見ると、2人の男が暗闇の中に立っている。闇でよく見えないが、1人の男は銃を持っているようにも見える。2人のうち1人は僕と同じくらいの背丈しかない男で、間違いなくナシゴレンのオヤジだと認識できる。

豚饅はバハサで、店は出さないのか聞いている。オヤジは英語で僕についてこいと言う。暗闇から僕を見つめるもう1人の男がどうにも不気味だ。顔がよく見えないのが恐怖心をさらに煽（あお）りたてる。月明かりも南方特有の広葉樹に阻まれ、腰から上がほとんど見えない。

こんな騒乱の地で、顔が見えない相手から来いと言われてついていけるだろうか。豚饅は黙って闇の顔を見つめている。薄暗い裏通りで4人の男が至近距離で対峙（たいじ）している。恐怖は双方とも感じているだろう。無言の時間の流れが恐怖をさらに増殖させてゆく。

フレティリンのサリヤ

僕は豚饅の左側に立っている。豚饅と対峙する2人の男の間から豆電球の屋台が見えるが、さらに数人の男がこちらを窺っている。僕は殺気を帯びた空気から、この男たちは商売をしているのではなく、ナシゴレンのオヤジと同じ仲間なのだと思った。闇の裏通りの凍りついた雰囲気がそれを僕に悟らせる。

僕は全神経を背中に集中して背後を探る。僕の視界に映る5人の男以外に人はいない。豚饅は僕の隣でなすすべもなく立ち尽くし、その異常な緊張から足を震わせている。そろそろ豚饅の神経が限界かと思った瞬間、ナシゴレンのオヤジが声を発した。

「何をしている、こっちだ。ゆっくりしている時間はないぞ」

「どこに行くのでしょうか」

「ここでは話せない。デリの状態は分かっているな。俺たちはチモール人だ」

「長時間は無理です、ホテルでも外国人はマークされていいます。それでもいいのなら同行しましょう」

「お前次第だ。情報が納得のいくものかは約束できない」

「モリモトさん、僕が行きますのでホテルに帰ってください」

「何を話している、英語で話せ！　行くのは2人ともだ。ここで1人を帰すほどデリという街は平和ではないぞ」

オヤジが強い口調でそう叫んだ瞬間、豆電球が消され、屋台近くにいた3人の男が無言で近づいてくる。足音の聞こえない暗闇の存在が、悪意をもって迫ってくるような、冷酷な威圧感が絶望を感じさせる。

豚饅は腰が砕ける寸前まで来ている。息は上がり震えは全身に及ぶ。僕は豚饅が倒れないように彼の腕を掴んで支えた。豚饅の腕は気持ち悪いぐらいに汗でべとべとになっている。相手は得体が知れず目的の見えない連中だ、刺激すれば何をするか分からない。おとなしく話を聞いた方が得策だと意を決めた。

「分かりました、近くでしょうか」

「心配するな、すぐそこだ。だが命があるかどうかはお前次第だ」

「行きましょう。先ほども言ったとおり、ホテルから客が長時間消えると警察に通報されます」

「お前の希望で話をするんだ、こちらの言うとおりにすれば危害は加えない。場所はすぐそこだ」

僕と豚饅はオヤジについて歩きだした。後ろからあの豆電球屋台の3人が、僕と豚饅を取り囲むように間隔を置かずについてくる。豚饅は緊張が限界に来ているせいか、一言も発することなく、歩くだけで精一杯の状態だ。

僕はこの事態をどうやって脱出するか、考えを必死に巡らせていた。僕自身も恐怖は頂点に達していたが、心のどこかで殺されることはないだろうと思っていた。たぶんオヤジの口調がそう感じさせているのだろう。もし危害を加えたり拉致しようとするのなら、もっと手っ取り早い手段に出るだろう。僕ならすぐに銃を突き付ける。

そう思う間もなく、わずか30メートルほど歩いただけで、ある店舗のような家屋に入っていった。何の店かは不明だが、表の電灯は消えており、何かの濃い色がついたガラス越しに幽(かす)かに光が見える。あまりきれいな場所ではないようだ。

中に入るとすぐに2つ目の扉があり、誰が見ているのか分からないが扉は内側から開きだした。薄黒い扉が開くと、中から場に不似合いな真っ赤なミニスカートの女性が出てきて、男たちの顔を確認してから全員を中に入れて扉を閉める。

中に入った僕と豚饅の背後で扉の閉まる音が聞こえると、背後の男が僕と豚饅それぞれの身体を探る。僕の両足の前後と両側を片方ずつ背後から触っている。男は何かの武器がないか片足ずつ入念にチェックした。下から上へ、もぞもぞと男の手が登り、股間のところでピタリと止まる。そして腰の周りを触り、さらに上に着ているTシャツの背後まで舐めるように触った。

ボディーチェックを受けながら、やっと聞き取れるほどの音で古いロックのメロディーが聞こえてくることに気が付いた。小さな音だが裏にディスコでもあるのだろうか。たぶん音の元を探れば、鼓膜が破れるほどの大音量の音楽だと想像できる。

オヤジを先頭に2つ目の扉から、今度は奥へ向かう通路と左へ曲がる通路に分かれる。オヤジは左に曲がって奥に進み、僕と豚饅は後ろから押されるように後に続く。さらに暗い通路を進むと、地下に下りる階段に到着した。

通路が暗くわずかに階段の縁が見えるだけだが、オヤジは歩く速度を変えずに階段を下りだした。オヤジの首が目の前で不気味に漆黒の穴に沈んでいく。地獄に連れて行かれるような心地で仕方なくあとに続くが、さすがに僕も足元が見えないと転びそうになるので、とても普通の速度では下りられない。一歩一歩足元を片足で探りながら3段ほど下りると、オヤジは電灯のスイッチを入れた。電灯は小さな電球だけでわずかに足元が見える程度だが、下りて行く僕の恐怖心をほんの少しだけやわらげる。

後ろに続く豚饅は、何度も階段を踏み外しそうになり、そのたびに縋るように僕の肩に手をかける。僕の肩を掴む豚饅の手には力がなく、脱力状態で歩いているのが分かる。まだ豚饅は何も話さない。

15段ほどの階段を下りると、ようやく地下の通路にたどり着く。背後で蓋を閉めるような音が聞こえた。たぶん階段の入り口を閉めているのだろう。わずかだが空気の流れを感じる。地下の通路は湿った空気と薄暗い雰囲気で、マリファナのような独特の臭いがしている。薄明かりの中を進むオヤジは一旦立ち止まり、壁の暗くて見えない部分に吸い込まれるように入っていくが、今度は先ほどまでの雰囲気とは違い、後ろから無言の圧力はなく僕はそのまま立ち止まった。

壁の中でしばらく数人の会話のやり取りがあり、突然明かりがつけられる。今度は通常の明るさで、かなり眩(まぶ)しく思わず手で目を覆う。徐々に明るさに慣れてくると、部屋にいる4人の男とナシゴレンのオヤジが粗末な机に座っており、その後ろには数挺(すうちょう)の銃が立てかけられているのが目に入ってくる。どう考えても戦時下の小さな前線基地のようだ。

僕は一瞬、これはフレティリン側か反共側か考えた。だが余計な発言は命取りになる。今はどちらとも分からない武装した相手に話をしなければならない。

反共主義者なら、こそこそする必要はないだろう。現在までの状況は、反共主義者が印尼国軍の力を借りて、デリの支配権をフレティリンから奪い返したばかりだ。

老人が言っていた弾圧は進み、フレティリンはデリの騒ぎをやめて表面上は撤退している。地下の隠れたこんなアジトなら間違いなくフレティリン側だろう。

僕は豚饅の前に立ち、ナシゴレンのオヤジと銃を持つ4人の兵士のような男たちが座る机を挟んで対峙している。

僕は彼らの真正面に立って顔を突き合わせているが、彼らから強烈な敵意は感じない。根拠はないが殺されるような感じはしなかった。

「どうだ、近いだろう? 聞きたいことを聞けばいい。ただし、俺たちの話も聞くことが条件だ」

「分かりました。この方たちは私が話した商品の所在をご存じなのですか」

「そうだ。どの荷物か今は分からないが、以前港にあった物品は我々の手元で保管している」

「まず私の目的を話しますが、その前に水を頂けませんか。かなり緊張したので、私とこの人はのどがカラカラになっています。私達も普通の人間ですから、これでは落ち着いて話もできません」

ナシゴレンのオヤジは僕の背後にいる男に、現地の言葉で何かを指示する。たぶんテトゥン語だろうが、耳にする音韻はバハサとは全く違う感じがする。

しばらく待つと、先ほどのミニスカートの女性が、水に氷を入れたグラスを持ってきた。

こんなところでアイスウォーターとは奇異な感じがする。汚水のような水が出てくると思ったが、意外にグラスもきれいだった。

　僕はグラス半分の水を飲んだが、豚饅はまだ恐怖に手が震えてグラスが持てない。僕は豚饅の目を見て、ゆっくりとグラスを豚饅の口に持っていき、少しずつ口に流し込む。豚饅はごくりとそれを飲み、少し咳き込んだあと、続けてグラスの水を全部飲み干した。

　机に座っている男の1人が椅子を指し、僕に着座を勧める。僕はまず豚饅を椅子に座らせてから自分も椅子に着いた。豚饅は目がうつろで焦点が定まらない、完全に精神崩壊状態で、目の前の光景を現実のものとは認識していないような顔つきだ。血色のない青白い顔をして椅子に座っている。

　椅子に掛けている兵士の1人で、立場のありそうな男が話を始めた。彼は名乗ってから話に入る。

「俺の名はサリヤだ。君の名前は」

「Tsunenori Andre Furuyama. 彼はモリモトさんです」

「君は我々を恐がっていないな。どうだ、我々をどう思う？」

「恐がるも何も、あなた方は銃を携帯している。明らかに優位にいます。私はこの状態は危険だと思っていますし、恐怖も感じますが、あなたには私に危害を加える意図はないでしょう。やるならこんな面倒なことはしないと思います」

「なるほど、だから君は動揺していない。君の名前にはミドルネームがある。フランスの名前だな」

「クリスチャンネームです。私はカトリックの信者です。パリの近くで洗礼を受けましたので、神父さんの名前を頂きました」

「なるほど、日本人は仏教徒と思われているが、無神論者が多いと思う。君は珍しい存在だ。我々もクリスチャンが多い。俺もカトリックだ。まず、君の話を聞こう」

「それなら私の願いを話します。決して難しいことではありません。およそ1か月前に、ある日本の商社が発注した商品がデリの港で船積みされました。しかし、その貨物は発送されることなく行方が分からなくなりました。我々にも取引先があり、顧客はその荷物の到着を待っています。このままでは取引先との約束が果たせません。ついてはBLの約定どおり莫大な賠償を要求されることになります。

私の願いはその商品を探し出して、無事に日本に送ることです。あなた方にとっては、そんなに難しいことではないのではないでしょうか」

「商品とは何だ?」

「紫檀などの木材です」

「高級な木材だ。外国の人間は金に物を言わせて、この貧しい国から人民の財産を持ち去ろうとしている。ポルトガル・イギリス・オーストラリア・印尼、そして日本もそうだった。長い年月の間に、裕福な国は貧しい国の人間を食い物にしてきた。君のような若い者に、こんな話をしても意味がないかもしれないが、我々にとっての外国とは、チモールに貧しさと分裂をもたらす存在でしかない」

「取引をして輸出することには利益をもたらす一面もあるでしょう。私は印尼に来て3週間ですし、デリには今日到着しました。だからあまりこちらの事情は理解していませんので、政治向きの話は分からないことが多いのですが、私の願いは政治に関わることではありません。商品をきっちりと顧客のもとへ届けることです」

「我々は、盗賊の類(たぐい)ではない。求めているのは独立した国に戻ることだ。残念だが今は国が割れている。現状を維持したい連中と我々のように自立を望む人々のグループで、何度も衝突が起こっている。現状維持派は印尼政府の軍事力で、この国の支配継続を狙っている。印尼はこの国でどれだけひどいことをしてきたか、君に分かるか」

「存じません。支配をしているのは知っています」

「大戦後、印尼は独立を勝ち取りオランダを追い払ったが、このチモールは再びポルトガルと印尼が東西に分割してしまった。それからというもの、支配継続のために独立を望む人々を殺し続け、その虐殺の被害は数えきれないほどになっている。

君はデリのニュースを見たか」

「はい、30分ほどですが見て驚きました。平静な街の様子が映されています。デリは検問が多く、戦車なども配置されているのに、それらの緊張した映像は配信されていません。明らかに報道の統制がなされていると思います」

「そうだ、あれが印尼のやり方だ。君はまだ1日しかデリに滞在していないが、実態がニュースとは全く違うことが分かっただろう」

「そうですね、明らかに騒乱を隠そうとしています。サリヤさん、先ほどあなたは〝我々〟と言われましたが、その我々とはどのようなグループでしょうか」

「我々とは、独立革命戦線のことだ。フレティリンと呼ばれている」

「私はチモールが繁栄することを願っています。チモールが独立すれば取引は印尼ではなく、チモールと直接商売をすることができます。今回のようなケースもなくなるでしょう。サリヤさん、私の願いは聞いていただけるのでしょうか」

「君に見せるものがある。それを見ればこの国の現状が理解できるだろう。それを君が見たら、貨物をリリースしよう」

「安心しました。その何かを見るのはいつでしょうか」

「今夜はホテルに戻れ。連絡を入れる、遅くとも数日のことだ。官憲に捕まるな。それと、ここのことを誰にも話すな。話せば君と彼の命は保証しない。また、君の願いである貨物のリリースも、永久にその可能性は消える。我々が活動資金として頂くことにする」

「ご配慮に感謝します。他言はいたしません。ホテルで連絡を待ちます」

その直後、やっと彼らのアジトを出られると思った時に、別の事件が発生した。ようやく命の危機から脱出できると思った矢先、出口で足止めを食らう。

裏通りには武装警察が数人で1つのグループをつくり、何組かで各家々を調べているという。ナシゴレンのオヤジはすぐに反応し、緊張した面持ちで僕と豚饅に表に回れと指示をする。一瞬にして新たな緊張感が全身を覆い、ほんの数秒の会話で行動を起こす。

「今、武装警察がこの近くを調べている。この建物の表側は派手なバーで、客のほとんどは欧州人だ。すぐに表へ回れ。幸い君たちは日本人だ、早く店に入って他の客に紛れ込め。忘れるな、貨物の件は数日で連絡する」

「神のご加護を」

「幸運を」

ナシゴレンのオヤジはそう言うと、再び闇の階段を下りて行く。僕と豚饅は、再び現れた先ほどのミニスカートの女性に連れられ表に回る。豚饅は状況を理解し始めているのか、動きがまともになってきた。3人だけになり、入ってきた裏口とは反対側の方向へ進み、扉を開いて中に入る。聞こえるロックのボリュームが上がり、さらに2つの扉を過ぎて店に入った。

バーでは古いロックが航空機の爆音のようなボリュームで流されており、ビキニ姿の女性が2つのステージで踊っている。店には白人らしき男のグループがいくつかの場所に分かれて酒を飲み、多くの女性を侍(はべ)らせて歓声を上げている。

エアコンが強烈に効いているせいか、一気に首筋から汗が引き、ますます僕の感覚を鋭敏にさせる。豚饅は顔つきがしっかりしてきて、丸顔に似合わない鋭い目つきになっている。

女性は僕と豚饅をボックス席のような場所へ連れて行き、すぐに別の女が来るので、酒を飲めと言って姿を消した。

ジェット機の轟音(ごうおん)の中で豚饅が話しだす。あの静かな闇の小路でナシゴレンのオヤジに声をかけられてから、腑抜(ふぬ)けのようになっていた男が、ようやく息を吹き返した。

「フルヤマさん、僕ダメですわ。腰が抜けるのを初めて経験しました。これでもう終わりやと思いました」

「あんな恐怖の中をあなたは気丈に歩いていた。誰でも怖いものは怖いです。僕もどうしていいのか分からなくなりました。モリモトさん、とにかく今は酒を飲むんです、武装警察が入ってきても疑われないようにしなければなりません。曖昧な態度や訳のない逃げ腰は、つけ込まれます。モリモトさん、そのセットのウイスキーを飲みましょう」

豚饅はウイスキーをグラスに入れ、一気に流し込む。僕もショットグラス1杯分を空けた。すぐに酔いが回るが、先ほどまでの恐怖が興奮に変わり、いつもの酔いとは明らかに違う。

僕たちを導いたミニスカートの女性が消えてから5分ほどすると、別の女性2人がボックス席に入ってきた。2人とも強い香水の匂いを振りまいている。彼女らは胸に名札のようなものをつけており、番号と名前が書いてある。リサとイネス、年齢はかなり若く見え、高校生のような顔をしている。

豚饅は人を疑うようになったのか、じっと女性を観察している。僕が英語はいけるかと聞くと、もちろん大丈夫だと答えた。2人とも笑顔を見せているが、この2人の女性は何者だろうと考えてしまう。明らかにあの赤いミニスカートはフレティリンのメンバーだろう。だが彼女に代わってここに来た2人は、フレティリンとの関わりがあるのかないのか。

豚饅も観察しながら同じことを考えている。豚饅はジャカルタのクラブで席に着いた女性を物扱いしていたが、今は違う。まず敵か味方かの判断をする材料を探している。警戒心が強くなっていると思う。彼はもう泣くことはないだろう。自分が判断したことは結果が悪ければ己の反省材料になり、人を違う方向から見るようになる。それは後悔とは違うレベルで物を考えるようになった証拠なのだ。豚饅は僕を当てにせず自分の判断をしょうとしている。

女性のことはさておき、僕は周りが気になって仕方がなかった。裏はどうなっているだろうか。無事に逃げることができたなら、このバーにも官憲が入ってくることはあるまい。しかし、万一彼らが武装警察とドンパチやりだしたら、避難することも計算に入れておかなければならない。

彼らは貨物をリリースすると言っていた。あるものを見ることが条件で。あるものとは何だろう。あの話しぶりからすれば、独立に関するものだろう。それとも印尼国軍や武装警察の虐殺に関する証拠なのだろうか。

いずれにしても、僕の目的は貨物を無事ジャカルタまで運ぶことだ。それが最優先で、彼らの言うチモールの独立にはあまり興味がない。それさえできれば、僕がこの国に再び来ることはないだろう。

そんなことを考えているうちに、再び爆音のロックが僕を現実に引きずり戻した。2人の女性は、僕たちを導いた女性のようにミニスカートをはいて足を組んで座っている。天井で輝くミラーボールの色彩が彼女達の足に届き、薄暗いバーの中で、膝からずいぶん上にあるスカートの裾辺りを怪しげに照らし出す。

こんな環境でも性欲は衰えない。僕は再び煩悩の世界にいることを実感する。今まで味わわされた死の恐怖と、目の前にいる女性に感じる性欲は、明らかに僕が生きている証拠なのだ。

2人の女性は、僕と豚饅があまりにも暗いので、どうしていいか分からないでいる。僕は爆音に負けないように大声で豚饅に話しかけた。

「モリモトさん、落ち着きましたか」

「はい、大丈夫ですよ。もう迷わず逃げ出せます」

「どうでしょう。この爆音では裏でドンパチやっても聞こえませんね」

「そうだ、これじゃ鉄砲の音も聞こえないと思います」

「どうしますか、裏には戻れませんし、ここだっていつまでもいるわけにはいきません。いずれにしても表から出るしかないでしょう。騒ぎが起こる前に退散しましょう」

「分かりました、この子らに表のことを聞いてみます」

そう言うと豚饅は何やら女性と話しだした。女性はあれこれ説明をしているが、話の内容は僕には分からない。何度かのやり取りがあり、豚饅は僕に説明する。

「1人で帰るのはまずいらしいです。ここは連れ出しOKで、そのために欧米の若い者が集まっているんですわ。ケッタイな状況ですが、女連れで出ていけばおかしな疑いを受けることはないみたいです」

僕は一瞬そんなことがと思い、胸にリサと書いた女性に英語で聞いてみる。

「私はここを出たいのですが、外は警察がいるんですか」

「治安が良くないから、店がお金を渡してもめ事が起こらないようにしているの。まだ時間が早いから、今は2人だけど、遅くなると5、6人になるわ。ここは女をピックアップする場所よ。あなた、女は要らないの?」

「いや、そうじゃなくて。ホテルで夜間の外出は警察に捕まると聞いたんだけど、帰りにいざこざがあると困るんだよ」

僕の話を聞いたリサは、がっかりしたような表情で話をする。

「あーーあぁ、デモで派手な暴力沙汰があってから、外国人が逃げちゃって商売が全然なのよ。みんな警察を気にして誰も来ない日もあるのよ。ねえ、そんなこと言わずにもう少しいてよ」

「ああ、そうなんだ。でも気に入った娘がいなくてね。１人で帰ったら何か言われるのかな」

「こんな店に来て、なんで１人で帰るのか不思議でしょ？　女連れなら何も言われないけど、１人で帰るのは不自然だと思われるから警察が聞くのよ。おかしな奴じゃないかって。ねえ、あなたホテルはどこ」

「ホテルはすぐそこのラグナリゾートだけど、警備の人がうるさくてね」

「あのホテルなら大丈夫よ、１万ルピアで入れてくれるの。ねえ、私を連れて帰ってよ。私ね、ステージで踊るとみんながきれいだって言ってくれるの。あなたの部屋でも踊ってあげるわ」

僕は女性の目を見て、他に意図がないか探り続ける。この女性は日本に行けば人気者になれるだろう。こんな手合いの店なら売れっ子というところだろうが、僕は日本でこんな店に行ったことはない。

「モリモトさん、どう思われますか？　能天気な感じですが、販売目的しか意図が見えませんね」

「フルヤマさん、この娘ら、あの人たちとは関係ないみたいですね。すんなり戻れるなら女も連れて帰りましょう。まずはホテルへ無事帰ることが先決でしょう」

豚饅は意外にしっかりした口調でこう言ってから、僕をじろりと見た。

「フルヤマさんね、言っちゃ悪いけど、女を連れて帰るのは嫌なんでしょう。こんな按配なら早いとこ帰った方が正解ですよ。警察が踏み込んできてゴタゴタが起こる前にさっさと帰るんです」

「モリモトさん、あなたの言うことが正解です。女連れで帰りましょう」

「お金の心配はいいですよ、僕の仕事ですから、今話をつけます。無事ホテルに帰るために同伴してもらうことも言っておきますから」

豚饅が女性2人と交渉を開始すると、2人の女性は嬉しげに万歳をして、お互いの両手でハイタッチをして喜んでいる。久しぶりに客を捕まえて嬉しさでいっぱいの様子だ。

豚饅が僕に言った「嫌なんでしょう」が気になった。彼は僕が気後れして今の状況判断を間違えていたことを見抜いている。女が外出のための着替えをしている間、豚饅が僕に説教をする。

「フルヤマさん、ストイックすぎるんですよ。あんな場所ではえらく落ち着いているのに、こんなところでは全然ですよ。それなりに対応してくれなきゃ駄目ですよ」

「分かりました、こんな場所ではモリモトさんを見習います」

「いや、そういう意味ではないんですが、まあいいですわ。早く帰りましょう」

金を払い女を連れて店を出る。豚饅は女を買った酔っ払いの助平オヤジを演じている。店の前では警察官らしき男が蔑んだ目で僕たちを見るが、何も言わずに前に進む。腕を組んで歩く2人のあとから、リサと手をつないで通りを歩く。やわらかい手が心地よく感じる。

さっきまでは命の危険を感じていたが、ようやく生きた心地がしてきた。とにかく一旦は危険回避ができた。まだデリは初日だ、こんな按配で物事が進めば、げっそり痩せてきそうな感じがする。ホテルまではすぐだ、もう危険は感じない。

リサとイネス

店からホテルの正面までは5分とかからない。僕はリサに、本当にあんなまともそうなホテルでも連れ込みOKなのか確認した。リサは返事をせずに、質問で返してきた。

「あなた、怖がってるの?」

「怖がる? そんなことはないけど、実は女の人を買うことはあまりしないんだ」

「あなたいくつなの? 30歳ぐらいに見えるけど」

「22だよ。よく老けて見られる」

「ごめんなさい。意外に若いんだ、だから不安なのね」

「いや、そうじゃなくてね。デリはこんな状態だろ、ホテルを出た時もフロアスタッフからごちゃごちゃ言われたんだ、夜は外出するなとかね。だから、ホテルの玄関で君に迷惑がかかるんじゃないかと思うんだ」

「だから玄関でボーイに1万ルピア払ってよ。ボーイさんだってチップでずいぶん助かるんだから」

「お金のことじゃなくてね、ホテルではあんなに厳しく言ってたのに本当に大丈夫かな」

「ふーん、やっぱり怖いんだ。大丈夫だよ、ボーイさんはみんな知ってるから」

この女性はどこかアニサに似ている。彼女よりはずいぶん若いが、理屈というか考え方が似ていて、アニサと話をしているような気になる。

ホテルの玄関に着くと、ボーイがこちらの顔を確認しながら扉を開ける。豚饅は堂々とした態度でボーイにチップを渡す。渡し方がうまいのでボーイもすんなり受け取れ、笑顔で僕たちを通す。僕は多少周りが気になったが、豚饅が言うとおり後ろは見ずにエレベーターへ直行する。僕はエレベーターの扉が閉まると、ほっとした。

「モリモトさん、玄関では緊張しました。ごちゃごちゃ言われるんじゃないかって心配しましたよ」

「へえー、フルヤマさんもビビるときがあるんですね。そんなの関係ないですよ、こいつら、ボーイとはツーツーですわ」

「……」

「ああ、すいません。フルヤマさん、こんな言い方嫌いなんですよね。まあ、この娘らとかボーイも給料安いですからね。でもこの娘に聞かんかったら僕も裏から行きますけど。とにかく今日はいろいろあり過ぎです。こんな一日、人生の中でもう二度と経験できんでしょうな、部屋に戻ったらメシ食って寝ましょう。もう、くたくたです」

豚饅はくたびれたと言いながらも、イネスという女性と腕を組んだまま嬉しげに話している。この男は節操がないのか、気持ちの切り替えが早いのか分からなくなってきた。それにしても、この女性は部屋に来てからどうするんだろうと思った。一度部屋に入れてしまえば簡単には追い出せないし、たとえ店まで5分とはいえ、夜間外出禁止の街へこんな遅い時間に放り出すわけにもいかないだろう。

「この人たちはどうするんですか」

「聞かない、聞かない」

「あの、払った料金は一晩分ですか」

「聞かない、聞かない」

豚饅は手を振って、僕の質問を無視した。

部屋に入るとようやく安全を実感する。よかったと思う。ひとつ間違えれば殺されていたかもしれないと思うと、よくぞ無事で帰還したと胸を撫で下ろす。

リサとイネスに豚饅がビールを勧めるが、2人ともコーラを選んだ。コーラを喇叭飲みしている2人に豚饅が何か話しかけている。3人は結構盛り上がり、ちょっとした宴会のように騒いでいる。あんなことがあったのに、豚饅はもう女の子の相手をしている。その姿を見ながら、やはりこいつは肝が太いのではなく無神経なだけなのだと思った。

それにしても、収穫の多い一日だったと思う。まさかあのナシゴレン屋台のオヤジがフレティリンの闘士で、僕たちが雲を掴むような状態でデリに来たのに、初日で商品の在り処につながる人物と出会ったわけだ。運がいいというより恐ろしい偶然としか言いようがない。

そう思うと、サリヤ氏とナシゴレンのオヤジたちはどうなっただろうと心配になる。無事逃げてくれればいいが、万一逮捕でもされようものなら命はないだろう。それに僕たちにも災禍が降りかかるかもしれないし、商品の所在が不明になることも困る。

オヤジは武装警察の騒ぎでも僕たちの避難経路を確保し、僕たちを先に逃がそうとした。最後の僕の言葉に彼は「幸運を」と応えた。僕と豚饅は生きている心地がしなかったが、それは一瞬のことで、彼らはずっと死に直面して生きており、それでも堂々と自分の主張と民族の誇りを持って敵と戦っている。僕と豚饅は己の利益のために危険を冒したが、彼らは自己利益のためではなく、支配の排除と独立のために命を削っている。僕と豚饅の存在は彼らにとってどれほどのものでもないだろう。それでも商品は返すと言っている。彼らの態度や生き様を見ていると、僕は彼らの無事を願って止まない。

しばらくの間、ぼんやりしながらそんなことを考えていると、２人の女性がつけている強烈な香水の匂いが、僕の意識を目の前の光景に引き戻す。

豚饅は部屋から電話をかけている。4人分の食事をルームサービスで注文しているのだ。今夜はもう何も言うまいと思った。死を意識するような極限の状態を経験し、豚饅も生きて帰ってきた。彼は彼で命冥加を楽しむ権利があるだろう。

しばらくすると、部屋にボーイとメイドが1人ずつ入ってきて、食事の準備をする。入ってきた2人はちらりとリサたちを見るが、無言でサービスをする。これがスイートへの礼儀かどうかは知らないが、豚饅がさらりと2人にチップを渡すと、ボーイとメイドは何かを了解したように無表情で部屋を後にする。僕はなぜか気まずい感じがしているが、3人は嬉々としてテーブルに着く。

食事が始まると豚饅が場を取り仕切り、楽しげな雰囲気に盛り上げる。僕にはあまり会話が理解できないけれど、少しでもついていこうと努力する。努力するというより演じるという方が正しいかもしれない。僕のバハサ・インドネシアは、彼らの会話の中で単語だけが断片的に分かり、全体としてはなんとなく理解できる程度だ。

豚饅はビールを呷り、僕と2人の女性はコーラを飲む。食事の中ほどまでは盛り上がっていたが、徐々に豚饅のトーンが下がる。彼はアルコールが回り眠気を催し口数が減ってくる。

場が静かになると、僕が英語で彼女らにいろいろと話をする。彼女たちは安心しているのか饒舌に話をする。チモールの若い女性が、テトゥン語で育ち、外ではバハサ・インドネシアを操る。そして流暢に英語で会話しているのを見ると、とても最貧国の状態とは思えない。リサはかなり英語がうまいが、イネスは時々僕の言葉をリサに確認する。それでも立派にコミュニケーションが成立する。必要性なのだろうか、彼女らの語学力には恐れ入る。

そういえば、アニサも僕とは英語だった。アニサがではなく僕が英語しか話さないからなのだが、僕の語学力といえば多少のフランス語とドイツ語で、英語を除けばほとんど使い物にならない。万一のことを考えると、バハサ・インドネシアか地域のテトゥン語を覚えないと、身を守れないのかもしれない。

ふと、こんな酒の場で僕はいったい何を考えているのかと思うが、どうにも野暮なたちは治らない。

豚饅はついに居眠りを始めた。イネスが豚饅を起こしベッドに連れて行く。2人が寝室に消えると僕とリサだけが残り、なんとなく気まずい雰囲気で静かに僕の部屋に戻る。こんな雰囲気は苦手だ。たとえ金で買った相手とはいえ、ぞんざいには扱えない。できれば帰ってくれるとありがたいが、時間はすでに22時を回っており、こんな治安のデリの夜中に放り出すわけには行かないだろう。

しばらくすると豚饅の鼾が聞こえてくる。往復でひどい音だ。彼はかなり疲れているだろう、あんな経験をしたのだから疲れないはずはない。鼾の音がさらに大きくなってくると、イネスが部屋の扉をそっと閉めた。たぶん隣の部屋では、あのバーに流れていた古いロックばりの轟音になっているに違いない。僕なら蹴りを入れるが、イネスはじっと耐えているに違いない。相手が客なら辛抱するしかないだろう。

イネスの配慮だろうが、扉が閉められたことでこの部屋も完全に個室になり、彼女と2人きりになった。僕は相変わらず気が弱く、すんなり手を出せない。何かのきっかけがいるのだ。

スイートルームは3つの部屋がある。2つのベッドルームとリビングに分かれていて、中央のリビングルームによって、その両側のベッドルームが離れる状態の構造になっている。

僕はすることもなく何か話そうかと思っていると、助けを出すようにリサが声をかけてくれる。

「ねえ、仕事は何をしてるの？　こんな危ないところへ来るんだから貿易会社？」

「いや、旅をしている。特に仕事は持ってないよ」

「ふーん、そうなんだ。でも旅って、どのくらい旅をしているの」

「もう3年になるよ」

「えっ！　3年って、ずっと旅行なの？」

「そうだよ」

「分かった、あなたお金持ちなんだ」

「貧乏だけど」

「もう、まじめに話してよ」

「リサ、今朝デリに着いたんだけど、今日は大変な一日だったんだ。僕も隣の彼もかなり疲れている。もうシャワーを浴びて寝ないか」

その瞬間、遠くで機銃の音がした。連射音で距離が離れているので緊迫感はないが、間違いなく機銃の音だ。僕とリサは窓に走り、銃声のした方向を見る。窓の外は何も変化はない。しばらく街を見つめていたが、今し方の銃声は間違いではないかと思うほど静かな夜景が続く。

2人で窓際に立ち、並んで外を眺めていると、ふと隣が気になり顔を合わせると、リサの目と僕の目が交差しそのまま抱き合った。やっときっかけができた。

リサが甘えるように囁く。

「ねえ、シャワー浴びよう」

「夜中に銃声が聞こえるって珍しくないの?」

「最近はないよ。しばらく続いていたけど」

「それなら隣の部屋もあの鼾じゃ聞こえないだろうな」

「……」

「あのバーだけど、どれくらい働いているの」

「2か月……」

「警察がいたでしょ、今までに政治向きのトラブルはなかった?」

「……」

「君、元気だよね。昼は寝てるの?」

「……」

「リサ、君の香水って、少しきつくないかなあ。こうしていると結構くるんだよ」

「だからシャワー浴びるわ」

彼女は僕の腕からするりと抜け出て、バスルームへ入った。何か悪いことでも言ったかなと思いながらベッドに横になると、今日一日のことが順に頭に浮かんでくる。

危なかった。あの港の人の多さと武装警察の笛の音。威圧する戦車と銃を携帯する兵士。わずか5キロほどの道のりで、5回に及ぶ検問と警察に連行されるチモールの人々。

危険だと言って質問に答えなかったタクシードライバー。そしてナシゴレンオヤジとの出会いから地下室のフレティリンの闘士。武装警察出現でバーに逃れ、今、女性とこの部屋にいる。僕はそこまで思い出して深い眠りについた。

どれくらい眠っただろうか、エアコンの寒さで気が付くと、横にはリサが眠っている。バスローブの裾がはだけて腰の辺りまでめくれており、なんともいえないセクシーな肢体を見せている。

僕はエアコンを消してバスルームに入った。鏡で寝ぼけた顔を見ながら、寝ちまった……と思った。スイートのバスルームは広い。しばらくぼんやりしていると、周りにリサの下着が転がっているのが見えた。何か人の気配がしたと思うと後ろにリサが立っている。眠そうな顔が鏡越しに見える。彼女は後ろから僕にもたれかかり、囁く。

「ねえ、シャワー浴びよう……」

そのまま僕たちはシャワーを浴びて、ベッドに戻る。彼女はまだ消極的な態度の僕の身体を触りまくる。事が終わって、しばらくすると彼女は明日も買ってくれとせがむ。最近はオケラの日が多く、お金が入ってこないようだ。

「考えておくよ、でも僕は君が思うほどお金持ちじゃないよ」

「明日が駄目ならあさってでもいいから、店に来て」

「僕の歳は言ったけど、君って本当はいくつなの？」

「14歳……」

「えーーーーーーー!!　14歳？　まじかよ！」

僕は絶句した。一瞬にして事後のまどろみから現（うつつ）に戻る。思わず彼女の顔をしげしげと見つめる。胸のふくらみや腰の辺りを見ていると、とても14には見えないが、顔の面影は幼い少女の雰囲気がある。事はすでに終わっており、後悔にも似た思いと、この国の現実をまざまざと見せつけられた思いがする。

時間は朝6時頃で外は明るくなっている。しばらくすると豚饅の部屋から女性の悶（もだ）えるような声がかすかに聞こえる。リサはニヤニヤしながら僕に言う。

「サトゥラギ（もう一度）」

僕はベッドから起き上がり、リビングに行って冷蔵庫から飲み物を出そうとした。気が付くと豚饅の部屋との仕切りの扉が半開きになっていて、さっきより大きな女性の声が断片的に聞こえてくる。声はますます大きくなり、遠慮なしに僕の耳を直撃する。

僕は扉を隣の部屋に悟られないように静かに閉めた。2本の飲料水を持ってベッドに戻ると、リサは横になったままで僕から水を受け取り、甘えるように僕をベッドに誘う。英語とバハサ・インドネシアの混合会話が続く。

「ねえ、サトゥラギ」

「ああ、あっちはサトゥラギだね」

「こっちもサトゥラギよ」

「14歳ってか……。ねえ、リサ。君って本当は20ぐらいなんじゃないの？　老けてるっていう意味じゃなくて、君を見てると充分女って感じがするんだ」

「14歳には見えないわね、自分でも思うけど。私ね、子供がいるの」

「えーーーーーーーーー!!　14歳で子持ちってか!!」

デリは昨日から衝撃の連続だ。14歳で子持ちなら、いったいいくつの時の子供なんだろう。12か13歳か……考えるだけで混乱してくる。まあ、僕が心配しても仕方がないんだろうけど。

リサは必死になって僕の気を引こうとしている。お金というか商売のためには違いないだろうが、一生懸命に生きようとしている姿に、僕は限りない好感を持つ。

隣の部屋が静かになったようだ。僕が扉を閉めてからほとんど声が聞こえなくなったが、事が終わって、まどろんでいるような雰囲気が伝わってくる。そしてこちらもサトゥラギが始まった。

シャナナ氏

結局、11時過ぎまで眠っていた。リサとイネスが扉を開けておしゃべりをしており、2人の小声の会話に目が覚めた。2人は僕の目覚めに気が付くと、バスルームに場所を変え、ケラケラと笑い声を上げながら身づくろいをしている。そして昨夜に比べればずいぶんおとなしい化粧を終えて部屋を後にした。

ようやく誰の声もしなくなった。やはり仕切りの扉は中途半端に開いていて、豚饅は鼾もなく静かに眠っているのが分かる。

自分の部屋でやっと1人になり、さてこれからどうやって事を進めていけば良いものかと考えていると、先のことより昨日の生々しい記憶が脳裏に浮かんできて、無理やりその場面に引きずり戻されるかのように強い恐怖が甦(よみがえ)ってくる。

恐かった……。そういう実感が心のどこかに強烈に残っており、逃げ出したくなるような気持ちにさえなってくる。豚饅は僕が落ち着いていたと言っていたが、僕自身はその恐怖から気持ちが上ずり、平静さを失っていた。あんな場面で落ち着いて行動できる人間などいるのだろうかと思う。まだ僕の手には、冷や汗でベトベトとした豚饅の腕の感触が残っている。僕はしばらくの間、次々と湧いて出る恐怖感と戦い、なんとかしてその怖さをどこかに押し込めると、やっとのことで物事を冷静に考えられるようになった。

そして次にはナシゴレンのオヤジやサリヤ氏のことが頭に浮かんでくる。オヤジは数日中に連絡をくれると言っていたが、彼らの身に万一のことが発生すれば、僕と豚饅の目的である貨物の発見と搬送は振り出しに戻ることになる。

更に僕は、フェリーで知り合ったシルバさんのことを思い出していた。

偶然とはいえ、デリの初日にフレティリンの闘士たちと出会い、貨物の所在を知ることができた。また、捕虜のような扱いを受けながらも、彼らは無事に僕たちを返してくれた。

フェリーの中でシルバさんにもらった情報もフレティリンだった。シルバさんはフレティリンのキーパーソンをアキバ氏と書いていた。もう一つの方法として、このアキバ氏にシルバさんの紹介ということでコンタクトを取ることも有効かもしれない。しかし数日中にとのことだったので、まだ2、3日は行動が早すぎると思った。

午後になり、豚饅が寝ぼけた顔をして部屋に入ってきたので、今日はフロントのシャナナさんの連絡待ちで、何の予定もない旨を告げると、再び自分の部屋に戻って行った。たぶん彼はビールでも飲んで、もう一度寝るに違いない。それから夕方になって眠れず、また酒を飲んで寝ることになる。もっとも今はそれしかできないだろうが。

夕方までシャナナさんからの連絡はなく、鬱々と一日を過ごす。テレビは相変わらず平静なデリ市街を映し出し、嘘っぱちばかりを放送している。陽が傾きだした夕方6時を過ぎて、ようやく部屋の電話が鳴った。シャナナさんはロビーで話したいとのことで、1階に下りることにする。豚饅は声をかけたが反応がない。

僕がロビーに下りると、1階エレベーターの少し離れたところでシャナナさんが待っていた。相変わらずホテルのスタッフが多く配置されている。気のせいか、銃を携帯した警備員の数が多いような気がして、落ち着かない雰囲気だと感じる。今までは拳銃だったがショットガンのような長尺の銃を携帯している人も目に入り、昨日よりさらに強い緊迫感を醸し出している。シャナナさんは、僕の顔を見ると軽く笑顔で会釈する。

「フルヤマさん、わざわざお運びいただいて恐縮です」

「いいえ、私からの一方的なお願いですから、かえってお手間をおかけしたのではないかと心配しております」

「実は……、ここではちょっと話しにくいので、別室に参りましょう」

シャナナ氏は周りを気にしてか、言葉を選ぼうとするが次の適当な言葉が出てこない。考えてみればチモールの人や印尼人と話すのとは違い、目立たない方だとはいえ外国人である僕と話しているわけで、僕の方が気を遣うべきだと申し訳なく思った。

その後、僕は応接室のような場所へ通され、個室で話をすることになった。

「昨日の件ですが、実はあの地域には私を含めて当スタッフの縁者が多いのですが、さっぱり連絡が取れません。何かが起こっているようです」

「連絡がつかないというのは、電話の不通などの機能障害の類でしょうか」

「いや、電話は大丈夫ですよ、正常に機能しています。私が申し上げたいのは、先日お話ししたとおり、デリの人のつながりは結構太いものがありましてね。よほどのことがない限り必ず連絡は取れるんです。ただ、今回は異常な事態ですね。この会社が稼動しているのかいないのか、全く分かりません。この地区の人間でさえ分からないようです」

「何かが起こっていると言われましたが、私は外国人で、ご存じのように昨日デリに到着しました。目的は話したとおりで、政治向きの話とは無縁です。シャナナさん、今話された起こっている何かとは、どのようなことを指すのでしょうか」

シャナナさんは、僕のストレートな質問に多少困惑顔で返事をする。

「分かりません。申し訳ありませんが、分からないのです」

「そうですか。シャナナさんを困らすわけにはいきませんし、このお願いは今のお話を回答として受け止めます。ところで、質問ではなく知りたいという私の願いですが、お聞きしてもよろしいでしょうか」

「いいですよ、答えられる範囲であれば」

「あの会社がある地域はあまりガラのいい場所ではないと伺いましたが、なんと言いましょうか、治安的にはどんな場所なのでしょうか」

「そうですね、表の通りからはずいぶん裏にありますし、外国の方が行かれるような場所ではありません。治安という意味では私も分かりかねます」

「なるほど、分かりました。ではフレティリンについて聞きたいのですが」

「フルヤマさん、あなたにはすでにお話ししたとおり、私はハーフカストです。これはポルトガルの血も半分流れているということです。この国の現状では政治向きの話はご法度です。おやめになった方がよろしいかと」

「なるほど、分かりました。これ以上ご迷惑はかけられませんね」

シャナナ氏はずいぶん険しい顔つきになって話していたが、最後まで紳士的に話を続けてくれた。支配層であったポルトガルとの混血なら、かえって気を遣うことも多いだろうと思うと、シャナナさんに感謝の気持ちが湧き、僕はいつも年長者に行うように頭をしっかりと下げた。


部屋に戻ると、豚饅が起きてテレビを見ていた。電気はつけずにベッドの中央付近に胡坐をかき、かなりぼんやりしている。髪がアフロなので、後ろから見るとテレビの画面が全部隠れてしまう。

「モリモトさん、シャナナさんの線は駄目ですね。何か知っているみたいなんですが、話してもらえません」

「ああフルヤマさん、よう寝ました。昨日が昨日でしたからね。シャナナさんはだめですか。それじゃ昨日の人たちに期待するしかないですね」

「そうです、今は待つしかないでしょう。もし2日ほどしても何の連絡もなければ、シルバさんに聞いたアキバ氏にコンタクトしてみましょう。それまではおとなしく待ちましょう」

豚饅と夕食をとる。2階にはいくつかのレストランがあるが、その一つが外国人専用のレストランになっており、こざっぱりした清潔な感じのつくりになっている。ここにはイスラム教やヒンズー教のスタッフは携わることがないようにホテルも気を配っている。だが、それは宗教上の軋轢を防止するというよりは、イスラム教やヒンズー教の印尼人を排除するためのスペースではないかと思えてくる。

実際にチモール人はほとんどがキリスト教徒で、もし印尼が支配を手放せば、印尼人の退去とともに、かなりのイスラム教徒やヒンズー教徒がチモールを去ることになるだろう。

現在まではイスラム教徒約7パーセント、ヒンズー教徒約4パーセントなどと言われているが、この国が独立すれば、キリスト教徒が99パーセントを超える国になるはずである。少なくとも今は、このスペースには自国民である印尼人やチモール人は入ることができない差別的な空間になっている。

僕は豚饅に酒を勧めた。彼は不思議がるが何のことはない、酔わせて寝かせてしまうためだ。昼間っからごろごろしているから、夜眠れるはずもない。もし例の虫が騒ぎだし、夜な夜な街のいかがわしいところを徘徊されようものなら、たまったものではない。行方不明になるのは彼の勝手だが、救出することを考えると、アル中にしてしまってもいいから、無理やりでも部屋に閉じ込めなければならない。本格的な戦闘開始はまだ先のことだ。

僕は旅の間に時間があれば、街に出かけて人と交流し、少しでもその民族を知ろうとする。通過する国はいいが少しでも滞在するのなら、政情や治安、宗教問題など危険はどこにでもあり、その対処法を知るためにも多くの人と交流する必要があると思っている。

今まで数多の国を訪ねたが、親しくなった人たちから多くの手助けとなる情報を頂いてきた。そのほとんどの人には善意があり、また少なからず悪意もある。しかしその判断は自己責任で下すしかない。

だが今は状況が違う。何人かの人と話をしてきたが、まだ漠然とした民族の姿さえ見えてこない。そして今のデリは、街に出て自由に人と話はできないのだ。

僕は豚饅を監視しながら2日を過ごした。彼はこの2日ともあの店に電話を入れてイネスを連れ込んでいる。たぶんイネスはリサを僕に押し売りしたいだろうが、豚饅は、死んでも僕に女を連れ込んだとは言えない。夜も静かに過ごしているように見せている。

僕は遅くなると仕切りの扉を閉めてやることにしている。彼と彼女への気遣いと言ってしまえばそれまでだが、シャナナさんの言葉で、このホテルの姿勢を評価しているからだ。考えもなくべらべらしゃべるような人ではなく、自分自身の意見があり、これがもう少し環境が違えば、もっと有効な情報と意見をもらえたかもしれない。何か表現しづらそうな感じがする。

このホテルでのシャナナ氏のポジションはかなり高いだろう。表玄関である地上階を責任部署に持ち、隅々へ目を配っている。この規模のホテルではありがちな館内での売春や、スタッフが仕事を忘れて薬売りをするなどの行為が全くない。

良いホテルだと言ってしまえばそれまでだが、彼の管理に対する僕の評価は、仕切り扉を閉めても安全なレベルなのだ。

デリへ到着して4日目になり、今日もなんとか一日を過ごした。今までの僕ならとっくに堪忍袋の緒が切れて、行動を起こしていたに違いない。しかし豚饅の頼りない状態を見ていると、なぜか辛抱ができた。あの地下室の一件でも気持ちが負けなかったのは、たぶん頼りない豚饅の存在があったからだろうと思う。

一日することもなく過ごすとストレスが鬱積し、いらいらが募る。しかし無謀はできない。そんな気持ちでナシゴレンのオヤジからの連絡を待った。

その夜、やはり豚饅は女を呼んだ。今日は遠慮なしにやっている。初日に僕が強く言ったせいか仕切り扉は開けてある。隣の部屋のベッドルームへはさらにもう一つのドアがあるが、通路が開いているとあの時の独特の声がよく聞こえる。僕は覗きの趣味はないが、扉を静かに閉めようとしてぞっとした。豚饅の部屋は電気が消されており、小さなフットランプだけを点灯しているが、僕がその暗闇に手を入れてドアのノブを掴もうとした時、逆に反対側から扉が開いたのだ。うっすらと見える扉の内側には小柄な人影があり、それがリサだとすぐに分かった。

「やっぱり君か」

リサはしばらくの沈黙の後、バハサやティトン語ではないおかしな言語で話しだした。

「yapporikuka ……」

僕はリサの言葉が理解できず、逆に日本語で話しかけた。

「何語で話しているんだい？」

「英語で話してよ、そっちへ入れて」

「いずれ来ると思ったよ。なるほど、さっきのは日本語のマネか……」

「イネスは3日間もお客がついたけど、私はヒマなの」

「残念だなあ、僕はあまりいい客じゃないからね」

「あなたは女より男性の方が好きなんじゃないかってイネスが言うのよ」

「そうかもしれないな」

「もう、まじめに聞いてよ」

「僕が同性愛者でないことは、君がよく知っていることだよ。さあこっちへ入って」

「よかった、会えて」

「まだ金を払うとは言ってないよ。少し話が聞きたいんだけどいいかな」

「いいよ、今夜ここにいていいのなら、何でも聞いて」

「君はあの店から来たけど、あの店ってまだ大丈夫なの」

「お店？　今日は大丈夫よ。お客はさっぱりだけど」

「あの店の経営者って誰なの」

「知らないわ、ボスはいるけど。なんでそんなこと聞くのよ?」

「ある人を探しているんだ。あの感じの店だと、ボスもやっぱりギャングかな」

「そうね、私のお父さんは普通の人だって言ってた」

「そうだ、リサ。お店がダメなら、君のお父さんと話できないかな。お父さんは英語はどうかな?」

「私は何も悪いことはしていないわ」

「知ってるよ、そんなこと。僕らはデリに来てからまだ4日目だから、聞きたいことがいろいろあってね。この国の習慣とか治安とか、分からないことが多いんだ。だから土地に詳しい人に聞きたいんだけど」

「私のお父さんはずいぶん田舎にいるのよ、ボブナロっていうところ。今はお母さんがデリにいてくれて娘の面倒を見ているの。お父さんがデリに来たのは3年前に私を売りに来た時だけだから。私も長く会ってないのよ」

「売りに来た……11歳の娘を売るか? 売る人買う人、どっちもどっちだな」

「何ぶつぶつ言ってるの? あなたフレティリンのことが聞きたいんでしょ」

「ビンゴ! そのとおりだよ。なぜ分かるんだ?」

「外国人はみんな聞くのよ。チモールの人は話したがらないけど。でもごめんなさい、私もあまり分からないの。あの人たちがデリで騒ぎを起こしてから、夜間外出が禁止になったり、観光客がいなくなったりしているから、あまりいい印象はないけど」

「そうか……」

その後リサには様々な質問をしたが、それ以上の会話は進まずほとんど収穫はなかった。

僕と豚満はフレティリンからのコンタクトを３日間待ったが、結局連絡は来なかった。僕たちは掴みかけた貨物の情報をほぼ失い、スタートラインへ戻った。ただし貨物がデリのフレティリンの手元にあることは間違いないだろう。

フレティリン以外の情報では、シャナナさんの「何かが起こっているようだ」という言葉だけだ。もう何か別の手段を講じなければならない。

聖少女

翌朝、僕と豚饅は朝食後フロントで滞在期間の延長を手配した。7日の予定を14日に延長したが、この延長した7日間で問題が解決できるとは思っていない。しかし差し当たりの滞在場所を確保しておかないと、市街で騒乱がひどくなった場合などの最悪のケースも想定してブッキングを変更した。

僕と豚饅がロビーでコーヒーを飲んでいると、正面玄関の前を数台の軍用トラックが通過していく。そして武装警察の車両数台も、その後に続いて猛スピードで走り去る。この雰囲気はなんだろう、ここは戦場にあるホテルだろうか。

こんな疑問を感じた瞬間に、その人の持つ生きる姿勢のようなもので判断が分かれる。民間人でも殺されるかもしれないという危機感を持つか、ここは安全なホテルだから安心だと思うか、その人により対応が分かれる。

真剣な危機感を持てば、必ず街からの脱出や国外退去の手段を用意しておく。周到な人なら、さらに幾通りかの方法を準備するはずだ。最後に走っていった警察の車両を見送り、本当に危なくなったら、リサかイネスのアパートでも避難はできると思った。

僕は豚饅に社長へ滞在延期の連絡を頼んだ。自分で電話しようかと思ったが、ロビーの反対側でシャナナさんが僕に目配せしているのが見える。僕は豚饅に社長への電話を依頼して、ソファーを立ち上がった。豚饅がどこへ行くのかと怪訝そうな顔をしていたが、僕がロビーを横切って進む方向に人が待っているのを見て納得したようだ。

僕がロビーを渡り切る前に、シャナナさんは黙って歩きだし、昨日の応接室へ向かい、僕も無言で部屋に入った。

「フルヤマさん、少し状況が分かりましたのでお話ししておきます」

「はい、何かの動きでしょうか」

「ＩＴＣ社の状況です。あの会社は輸出入関連の事務処理などをする会社で、特別の施設はありません、事務所だけの会社です」

シャナナさんは、少し間を置いてから話を続けた。

「現在も事務所には人が出入りしているようですが、不在のことが多く連絡は取りづらい状態です」

「なるほど、では会社はまだ動いていると解釈していいようですね」

「稼動という意味では判断はつきませんが、あの会社の事務員の家と連絡が取れましてね。まあ、開いているだけと考えてもいいかもしれません」

「では、行けば何らかの手がかりがあるかもしれませんね」

「フルヤマさん、私はあなたをお客様ではなく大切な友人として話をしています。悪いことは言いません、あの地域は避けた方が賢明でしょう」

「そんなに状況が悪いんですか。私も多くの国を回りましたが、人が住んでいる場所で先日まで稼動していた会社です。それに商品については莫大な賠償問題が懸かっています。どうしても突き止めなければなりません」

シャナナさんは、警告するように厳しい顔つきになってきている。

「あの地区には、どうも反政府系グループの隠れ家のような場所があったようで、相当厳しい弾圧があったようです。戦闘状態が4日ほど続き、街の様子もかなり荒んでいるようですから、行くのはこちらの人に頼んではいかがですか」

「そうですね、シャナナさんには迷惑はかけられませんし、私も決して無理はしません」

「そうですか、ではお話ししましょう。今でもあの地域は政府の厳しい管理下にあります。依然としてあの地域自体が政府から反乱分子の巣窟のように思われています。今、共産主義者と思われて捕まれば命はありません。たとえ何の関係もない一般市民でも、多くの人が犠牲になっています。つまり、あなただって捕まれば命の保証はないんですよ」

「それなら、行くのは厳しいですね。私もやめた方がいいと思います。それでは事務所に出入りしている社員とは連絡はとれないでしょうか。何らかの手がかりがあるかもしれません」

「フルヤマさん、まだ状況がご理解いただけていない様子ですね。その社員の人にしても、何か疑われるようなことをすれば、どんな累が及ぶかもしれません。印尼政府にしてみれば、その人が共産主義者であれ、そうでない人であれ、彼らが地元の人にしている行為とは関係がないんです。言わば見せしめですね、あれは」

「つまり治安維持のための無差別逮捕のようなものでしょうか」

「まあ、ニュースをご覧になればお分かりのとおり、このホテルの正面を装甲車が猛スピードで通過する様子は報道されていません。もし、外国人の方が何かの情報を持って国外に出ようとすれば、印尼国軍はどんな行動に出るでしょう。残念ですが、これが今のデリの現状です」

僕はシャナナさんに礼を言い、部屋に戻り豚饅と相談した。これからシルバさんに連絡することで、何かの情報とアキバ氏に会う方法が見つかるかもしれない。ＩＴＣ社の事務所に行くには、まだ状況が厳しすぎる。

「フルヤマさん、あの店の女なんですけど、使えるんじゃないかと思うんです」

「ん？　モリモトさんが言う使えるっていうのはどういう意味ですか？」

「2人をITCの事務所に行かせたらどうでしょう。地元の人間やし、何か分かるかもしれませんよ」

「シャナさんの話ではかなり厳しいようです。あの話しぶりでは、誰でも訳もなく捕えて牢に放り込むような雰囲気ですよ」

「イネスはあの近くに住んでいるんですよ。以前にも言いましたが、ここからバスで10分程度ですからね。確かリサも同じような場所だったと思いますが」

「あのぉ……モリモトさん、今夜も来るんですかね」

「来ると思いますよ。こんな状況じゃ客だっていないでしょうしね」

「モリモトさん、市内の地図ありましたよね。あれイネスに見せてITCの場所を言いましたか」

「結構近いみたいですよ、僕が説明した会社の外観なんかも知ってましたからね」

「それなら使えるかもしれません。でもなあ……、危ないから少しは注意なんかもしておいた方がいいんじゃないですか、リサはまだ14歳ですよ」

「何！　14歳！　えーーーーーー！　嘘でしょう、マジ!?」

豚饅はリサの年齢に驚いて、訝るような顔つきで僕をじろりと見つめ、話を続ける。

「フルヤマさん、それって犯罪じゃないですか。そんな子供みたいな女の子とするなんて」

「はあ、そう言ってましたよ。ちなみにイネスはいくつなんですか」

「イネスは15歳です」

豚饅は平然とイネスの年齢を言った。14歳を子供と言う彼は、15歳の少女を買春したわけで、僕は彼の常識が理解できず語気を強めて豚饅を批判した。

「15歳！　モリモトさんの年で15歳の女性を手籠めにしたなら、それこそ犯罪ですよ。年齢はリサと同じようなもんですが、僕とリサは8歳違いで充分ストライクゾーンです。でもモリモトさんとイネスは15歳も違うんですよ。どう考えてもモリモトさんの行為は許せませんよ」

「何を言ってるんですか、僕なら自分の年のことより相手が14歳なら絶対に手は出しませんよ。そんなの地獄行きですよ。それに手籠めって何ですか、相手が望んだビジネスですよ。彼女は最近客がないから困っていると言うので、15歳と知りながらやったんですよ」

「やっぱりね。僕はあとで歳を聞いたので無罪です。あなたは15歳と知りながらやったわけですよ。はっきり言って、あんな幼気(いたいけ)な少女をモリモトさんの30爺(じじい)の下半身で汚したんですよ。あなたそれでも恥ずかしくないんですか」

「フルヤマさんね、僕らは2人とも見てますが、14歳と15歳でも身体つきが違いますよ。リサなんかどう見ても子供じゃないですか。イネスは豊満ですよ。あれならOKですが、リサの華奢な身体つきなら僕は絶対に手は出しませんよ」

「リサは華奢じゃないですよ。14歳と言っても立派な子持ちですよ」

「えーーーーーーーー!!　14歳で子持ちかいな!!」

僕と豚饅は話すのをやめた。ばかばかしくなってきたのだ。14歳でも15歳でも、食べていくために精一杯生きている。11歳で親に売られた少女は今も生きていて、14歳で身体を張って生きている。決してこの女性を貶めてはならない。

アキバ神父

その夜9時頃になって、2人はホテルに来た。リサは僕の部屋の扉を叩き、ニコニコしながら入ってくる。イネスは僕の顔を見てから、隣の部屋へ行く。この2人、どうやってホテルへ入ってくるのだろうかと思ったが、深く追及しないことにした。ボーイとツーツーの顔パスなら、シャナナさんのセキュリティレベルを過大評価していたことになる。

豚饅が嬉しげに、こちらの部屋にイネスを伴い入ってくる。

「いやーフルヤマさん、結構分かりましたよ」

「何か情報でしょうか」

「今日ですね、あのITCがある場所を2人に偵察させたんですよ」

「大丈夫なんですかね。まあ、2人とも元気そうだけど」

「やっぱここも印尼ですわ。店の親分が警察に金を渡しているみたいですね。あの地区には店の女の子たちが多く住んでいるらしいんですよ。いくらの金かは知りませんが、女の子をいちいち引っ張っていかれたら商売にならないから、目こぼし料とボディーガード代も含んでるんじゃないですか。店先の警官ともツーツーですしね」

「はあ、それならいいんですが、ＩＴＣについてはどうだったんでしょうか」

「あそこは社長と社員の何人かが逮捕されて、事実上消滅状態ですね。ただ、古株の女性社員がいて、時々は事務所に行ってるみたいですけど」

「じゃあ、遅かれ早かれ事務所は閉鎖ですね」

「ＩＴＣの線はハズレです、もう当てにはできまへんな。ところでフルヤマさん、イネスがいい情報を掴んできましたよ。あの地区のもっと奥にスラムのような場所があって、その地区の教会にいる神父がアキバという名前らしいんです」

「えっ！　モリモトさん、そりゃあすごい情報ですよ。イネス、そのアキバという名前は、デリにはよくある名前なのかい？」

「あまり多くはないけど、そんなに珍しい名前でもないわ」

「時々聞く名前ね」

「君たちは日曜は教会へは行くのかな？」

「もちろん行くわよ。母と息子を連れて行くの」

「むす、……息子？」

「僕はカトリックなんだけど、こんなデリの状態でもミサには行けるかな？」

「もちろんよ、信者の方なら神父さんは喜んで受け入れてくれるわ」

「神父さんは印尼人なの？」

「今は印尼に帰化しているけど、元はオーストラリアの人よ」

「そうなんだ。じゃあ英語でもバハサでも、テトゥン語も話せるんだ」

「そう、だからみんな神父さんのことを尊敬しているの」

「ミサにはどれくらいの信者が集まるのかな？」

「そうね、最近は40人ぐらいだと思うけど」

「へえー、フルヤマさんカトリックなんだ。で、あそこの教会へ行くんですか」

「やめておきます。人が集まるのならマークされる可能性も高いでしょう。リサ、手紙を書くからそのアキバ神父に渡してくれないか」

「いいわよ、お昼は暇だし、子供も教会は好きだから。それに、最近は神父さんもあんまり外出できないみたいなの」

「なぜかな。神父さんでさえ外出すれば危ないってこと？　チモールの人は、ほとんどの人がクリスチャンだよね」

イネスが毅然として口を挟む。

「そうです。モリモトさんとフルヤマさんは日本人だから話せるけど、痛めつけられている人々の心の支えは神父さんなんです。学校でも教えているのは印尼のことばかりだし、チモール人はスンダの人々とは違うんだって堂々と話もできない状態だから、みんな教会へ集まって情報の交換をするんです。最近はどこが危ないとか、誰が逮捕されたとかね」

豚饅がゆっくりと英語で質問をする。イネスはリサとは違い、理性的に話を続ける。

「そんなら、神父さんまで逮捕されるかもしれないってことか?」

「そうです。でももしも神父さんが何の理由もなく逮捕されたら、今度はもっとひどい暴動になるでしょうね。今までは独立のために戦っている人が中心だったけど、もし警察が神父さんに手をかけたら、今度は私たちも黙ってはいません」

「キミもあれだな、怖いとこあるんだね」

「だから神父さんには武装警察も手が出せないんです。神父さんは大丈夫だけど何か理由があれば連れて行かれます。だからフルヤマさん、武装警察に逮捕する口実を与えないでほしいんです」

僕はイネスの話に軽い質問で返した。

「でもなあ、逮捕逮捕って言うけど、いったい何人ぐらいの人が逮捕されたんだい」

やはりイネスは理性的に話をする。

「More than fifty thousands over the last decade」

英語があまり使えない豚饅が、理解できないのか小首を傾げながら聞く。

「fifty thousands……ん？」

「10年間で5万人以上ですね。イネス、その数は信憑性(しんぴょうせい)はどうなの」

「デリで言われている話だけど、実際には10万人を超えていると神父さんは言われるわ」

「10万人！　……その人たちはどうなったんだい」

「ほとんどが行方不明よ。捜す方法もないの」

「ほとんどということは、少しの人は帰ってこられた訳だよね」

「そう、政治家の家族とか有名人なんかは刑務所の中に留置されていて、わずかな人だけが釈放されたの。でもね、釈放された人たちは取り調べのことや逮捕の理由とか一切言わないのよ。たぶん警察が脅しているんだろうけど」

　僕はシルバさんの紹介であることと、助けが欲しい旨を手紙に書いてリサに渡した。手紙は少しでもこちらの意図が伝わるように数時間をかけ、何度も書き直した。僕の気持ちが少しでもうまく伝わるように書いたつもりだが、僕の英語は身体で覚えた言語で、あまり書く方は得意ではない。

　時間を見ると深夜3時を回っており、リサはベッドですやすやと眠っている。彼女の一晩の値段は知らないので50USドルを渡したが、豚饅に言わせれば相場の数倍で破格の支払いだと言う。相場の数倍なら通常価格はいくらなんだろうとしばらくの間考えて、ばかばかしくなった。この行為が10円なのか１００万円なのか僕には分からない。今、彼女を当てにしてアキバ氏へのメッセージを彼女に依頼するが、彼女は代償を要求しなかった。あまり考えていないのか、それとも神父さんということで、代償などということは頭にないのかもしれない。

ふと、１００万円以上かなと思った。僕には手が届かないような金額だが、今の彼女はそんな金額に換算できないほど重要な存在になっている。もし、シルバさんの言うアキバ氏なら大きな助けになる。一度消えかかった手がかりが息を吹き返す。

手紙に封をして神に祈りを捧げる。僕は神の存在を信じてやまない。祈りを終えてから封をした手紙を眺めていると、ふと神の存在を感じるようになったきっかけを思い出していた。

欧州のある美術館で出会った絵画で、題名は「姦淫の女」だったと思う。背景がほとんど黒で全裸の女性が何かに座り、片手に髑髏を持ち上げこちらを振り向いている。あまり人に話す機会はなかったが、僕には不思議な魅力がある絵画で、ずいぶん長い間見ていたのを覚えている。

この作者は何を言いたいんだろうとずっと考えていた。絵画の意味はそれぞれだと思う。

その価値や絵の意味は、作品を鑑賞する人に委ねられている。何人かの人間がその絵を見て、その一人ひとりがどう感じるかは作者の知るところではない。

〜ヨハネによる福音書第8章〜

イエスを試そうと律法学者やパリサイ派の人々が、姦通の現場で捕らえられた女をイエスの前に引き出し、この女の行為はモーゼの律法では石打ちの刑に値する。あなたは愛を説くが、これをどう思われるかと幾度も問いかけた。イエスは腰を屈めて地面に何かの文字を書いていたが、集まった人々が何度も問い詰めてきたため立ち上がり、そしてイエスは静かに言われた。

「汝（なんじ）、罪なき者は石をなげうて」

（生まれてから今まで、一度も罪を犯したことのない者は、女に石を投げなさい）

これを聞いて、誰も女に石を投げることができず皆引き下がった。年長の者からその場を立ち去り、やがてイエスと女だけが残った。

なぜ、僕がこの絵画を見てキリストの存在を感じるようになったのか、自分でも説明はできない。しかし神の声は確実に僕の心に触れた。

翌日、豚饅の部屋で朝食をとった。4人で食べる朝食は結構賑やかで楽しい。14歳で子持ちのリサが、15歳のイネスと共に印尼語のできない僕を会話の中へ入れようと気を遣ってくれる。僕は英語で感謝を述べる。豚饅も英語で話そうと努力している。僕は彼らの気遣いに感謝しながら、手紙が無事アキバ神父のもとに届くことを願った。

その夜、当然のようにリサとイネスが部屋に来る。大義名分があるからだろうが、堂々とした態度で部屋に入る。リサは嬉しくて仕方ないように話しだした。

「今日ね、神父さんのところに行ったの」

「ああ、ありがとう。早速行ってくれたんだね」

「神父さんが手紙を読まれて、日曜の礼拝に来てくださいって。あさってよ」

「そうか、すごく助かるよ。危なくなかったかい」

「地元の人なら昼は大丈夫よ」

「それで、神父さんは他に何か言ってなかったかい」

「あなたが丁寧な人だって。それからシルバさんの紹介なら会わなくてはいけないねって言ってたわ。それと神父さんが、心配だから誰か一緒に来た方がいいんじゃないかって」

「ん？　誰かと一緒って、どうしたらいいのかな」

「神父さんのお世話をしているシスカさんという女性がいるんだけど、その方が日曜日の朝、あなたを迎えに来るから、その人と一緒に教会に来て。あなたのことを話してあるから、ホテルの外で待っていて。彼女はホテルには入れないから」

「分かった、安心したよ。ありがとう」

「ねえ、わたし役に立った？」

「ああ、とても助かったよ。君のおかげで神父さんに会えるんだからね」

「よかった、あなた凄くつらそうだったから心配だったの。ねえ、わたし今夜もここにいていい？」

「いいかって、いつもは何も聞かずにいるじゃないか」

「もうーーー、いてほしいって言ってほしかったの」

「ああ、そういうことか。じゃあ、今夜はこの部屋で食事をしようか」

「うん、うれしい」

「ああ、そうだ。ミサにはこれを着て行くからね」

僕はジャカルタの老人から預かった、古いシャツを取り出してリサに見せた。古く薄汚れたシャツだが、何かの意味があるのだろう。そうでもなければ、こんなみすぼらしい雑巾にもならないような古着を渡すはずがない。

「何これ。ずいぶん古いシャツじゃない。何十年も前の下着みたいだけど」

「そうだよ、かなり古いものだけど、これを着る時が来たと思うんだ」

「分からないわ、こんな物に着るべき時ってあるの？」

「僕もうまく説明できないけど、今が着る時だと感じるんだよ。今回の仕事はね、このシャツを渡されたある老人に頼まれたんだ」

「……」

「まあ、あさってだから一度洗ってから使うよ」

「へへ、明日までに洗ってあげるよ」

「ああ、そういう手もあったか。じゃあリサ。そのシスカさんに、このシャツを着た男が僕だと話しておいてくれないか。それとシスカさんは英語は話せるのかな」

「テトゥン語だけよ。でも大丈夫よ、シスカさんはお年寄りだけど、しっかりした人だから、ついてくるだけで教会に来れるわ。それから移動はバスよ、黙ってシスカさんの後に続いて。それと、貧しい人だからバスのお金は払ってあげて」

「ありがとう、リサ」

「よかった、明日もこれで会えるね」

豚饅とイネスも今夜は静かで、こちらの部屋には来そうにない。リサは早くから眠っている。

これでデリへ来てから10日ほどになる。ほとんど外に出ていないのに、話は進んでいる。フロントのシャナナさんが言われた、デリは小さな都市だが、人のつながりはジャカルタよりも太いという言葉を思い出した。身近なところにヒントがあり、気付かないようなところで事が進んでいる。僕たちの目には触れないところで多くの人が消されており、事が進んでも気は緩められない。日曜は初めてホテルの外に出て、デリの街に入る。僕と豚饅がここで消えても誰も気が付くことはない。


日曜日の朝になり、約束の8時前にロビーに出た。相変わらず物々しい警備は変わらない。2、3人が固まり、銃とトランシーバーを携帯して目を光らせている。エレベーターを降りると、警備のスタッフの目が僕に向く。あまりにもみすぼらしいシャツ1枚の僕の外見は、高級なイメージを作ろうとしている雰囲気にはそぐわず、目立ちすぎる。

僕は一転してエレベーターに戻った。一旦6階へ戻り、階段で裏手へ出る。警備のスタッフに2000ルピアほどのチップを渡して、あのナシゴレンのオヤジがいた場所と僕たちが連行された通りを眺めながら表へ回った。

歩きながら通勤する人たちを見ていると、われながら溶け込んでいるなあと感じる。老人から預かったシャツに古いジーンズを切った短パン、そしてゴム草履。これに汚れた帽子を目深にかぶって孫の手を持つ。これが僕のスタイルだが、今日は孫の手は持たない。シスカさんはすぐに僕を見つけた。リサは洗濯をする前に僕が着ているシャツをシスカさんに見せている。バス停にいるシスカさんは僕の目を見て軽く頷き、身体を通りに向ける。僕は黙って彼女の後ろに並んだ。

年齢は70代中頃だろうか、痩せていて肌にはかなり皺が目立つ。しかし、立っている姿はよぼよぼのお婆さんではなく、毅然と胸を張る女性の美しさのようなものを感じる。僕は何も聞くことはできないが、後ろに寄り添っているため彼女の緊張が伝わってくる。こんなお婆さんでさえ弾圧の空気を感じていて、神父さんの客を無事に教会へ連れて行こうとする心構えを感じる。

バスに乗り込み料金を払う。それを僕の左側で見ていたシスカさんは、僕が着ている老人のシャツの左袖をじっと見ている。袖に書いてある何かの文字がシスカさんの目をとらえている。何の意味があるのだろうか、聞いてみたい衝動にかられた。

バスの中はかなりの高温で、車が巻き上げる外の埃（ほこり）と前車が出す排気ガスの臭いで、不快極まりない状態になっている。バスの乗客は20人ほどだが皆一様に黙っている。最初は暑いから誰も話をしないんだろうと思ったが、すれ違う武装警察のパトカーや軍の装甲車を見て、これは戦時下の言論統制のような雰囲気だと思った。ヨーロッパ中を震え上がらせたゲシュタポや、戦前戦中の日本で思想統制などを行った特別高等警察のような公安のスパイがいるのかもしれない。時々ちらりと周りを窺う乗客を見て、僕はあまりにもチモールの現状を知らなすぎると思った。

走り始めて5分ほどで突然バスが止まった。停留所でもないのになぜだろうかと前方を見ると、軍が検問を行っている。平日の通勤渋滞の時間は決してできないだろうが、それでも検問のせいで、この日曜日に大渋滞が発生している。装甲車などが道の両端に配置され、結構大規模な検問だ。

シスカさんの表情に緊張の色が走るが、僕の目を見て頷き、大丈夫よと無言のメッセージを送ってくる。だが、僕はまずいと思った。教会に礼拝に行くと言っても信用してくれるかどうかは疑問だし、パスポートなどは携帯していない。

前方の検問は身分証明書を確認したりトランクの中を確認したりで、1台あたりかなりの時間をかけている。バスは一旦止まってからだらだらと進み、わずか1台分の距離を進むのに15分以上を要した。

バスの乗客は皆緊張しているが、同時にあきらめたような雰囲気にもなっている。こんな検問は珍しくないのかもしれないが、僕が質問を受けたらすぐにボロが出るだろう。シスカさんの顔を見ながら僕は焦った。しまったと思った。行動が性急すぎたかもしれない。10日ほどの間に安全なホテルにいたせいで危機感がボケた。

僕はバスの周りを見回した。シスカさんとは無関係ということにして、このまま窓から脱出して通りを横切れば検問は逃れられるだろう。しかしその先はどうする？　僕の苛立ちは手のひらの汗に変わり、必死になって平静を装うが、額にも冷や汗が流れてくる。誰が見ても焦りは隠せない。これから何が起こるか僕には分からない。

焦りと苛立ちのまま、バスはのろのろと進む。車内は風が通らず、暑さと排気ガスの臭いが不安感を煽り立て、僕の思考力を麻痺させる。

検問まで30メートルほどのところに近づくまで、さらに1時間を要した。誰もバスから降りようとしないし、目立つ行動をしない。僕の目には車内の誰かが監視しており、彼らはそれを知っているのだと思い込んでしまう。

どうしようか、どうしようかと考え込み、僕の緊張は限界に近づいていた。やるなら今しかないと思い、僕が窓から脱出するため腰を上げようとした瞬間、シスカさんの手が僕の膝を押さえた。

シスカさんは僕の目をじっと見て小声で話す。

「God bless you（神の祝福を）」

「Oh, well, my……（その、僕は……）」

シスカさんの声に、僕は腰に入った力が抜けへなへなになった。席に深くもたれかかり、緊張が一気に崩れた。

もう開き直って検問に入るしかないと意を決した時、セルモーターの甲高い音とエンジンがかかる轟音が聞こえた。装甲車が動き始める。武装警察はサイレンを鳴らし、慌てて移動を始める。車内の乗客は何事が起こったのかと様子を窺っている。

僕はへなへなのまま、検問が解かれる様子を見ていた。シスカさんが十字を切って僕を見つめる。

ようやく解かれた検問に、バスの運転手は思い切り加速する。窓から入ってくる風に涼しさが戻り、助かったと思った。他の場所で捕り物があったのか銃撃戦があったのかは知らないが、とにかく焦りと排気ガスから解放された。

教会近くのバス停まで、検問のへなへなから、わずか7、8分で到着した。バス停に降りて地面に足をつけると、ようやく生きている実感が戻る。シスカさんは僕の腕を後ろからぽんぽんと叩き、もう大丈夫だよと知らせる。

シスカさんと汚れたドヤ街を歩いていると、ようやく気持ちが落ち着いてきた。教会に着くと、時間はすでに10時30分を回っていた。スラムの中にある小さなカトリック教会だ。シスカさんは教会の人らしく裏手へ回るが、手で正面を指し、僕に入堂するように促す。教会の正面には花壇の上に聖母像があり、その横にある入り口まで行って中を窺ったが、物音や人の声は聞こえてこない。僕は静かな教会の扉を半分押し開けて中に入った。古い木造の住宅を造り替えただけの教会ではミサが始まっており、福音書の朗読だろうか、信者の人々は全員が起立して神父さんの声に聞き入っている。僕は目立たないように後ろからそっと教会堂の中に入り、信者の方が立っている場所へ紛れ込んだ。

神父の説教はたぶんテトゥン語だと思うが、僕には分からない。朗読が終わり、全員が着座すると神父さんの説教が始まる。最初は優しい語調で始まった説教は、徐々に語気を強め、テトゥン語から英語に変わる。テトゥン語がなぜ英語に変わったのか、僕には分からない。だが、神父の声に耳を傾ける信者たちは微動だにしない。英語になった神父の口調はさらに強くなり、その言葉が僕の胸を貫いた。

イエスは言われました。「汝、罪なき者は石をなげうて」

人々は静まり返ります。そして再びイエスは腰を屈め地面に何かを書き始めました。イエスの周りでは、誰も女に石を投げることができず皆引き下がり、年長の者からその場を立ち去り、やがてイエスと女だけが残りました。

イエスは身を起こし、１人残っている女に言われました。

「婦人よ、あの人たちは今どこにいるのですか。あなたを罪に定める者はいなかったのですか」

彼女はイエスに答えます。

「主よ、誰もいません」

そしてイエスは彼女に言われました。

「私もあなたを罪に定めない。行きなさい、これからは決して罪を犯してはなりません」

「モーゼの律法で死罪に当たる『姦淫の罪』を犯した女性は、イエスの『許し』を得ます。今、私たちは２０００年の時を超えてイエスと姦淫の女、そして律法学者やパリサイ派の人々と共に朝の宮にいます。あなたはその同じ場所にいる『誰か』なのです。

石打ちの刑とは、咎人（とがびと）を断崖から突き落とし動けなくなったところを、手に持った石を投げつけて殺すという残酷なものです。イエスの前に半裸のままで引きずり出されたこの女性の目には、何が映っていたでしょうか。叫び罵る律法学者や戒律至上主義者たち。そして好奇の眼差しを容赦なく浴びせる群集と絶望。『汝、罪なき者は……』私に罪がないと誰が言えるのでしょうか。その場所にいた群衆と私たちは気付くのです。己の心の闇に……。

そして姦淫の罪を犯した女性は歩きだします。新たな光に向かって」

僕は上手な説教だと思った。ミサに来ている信者30人ほどが静まり返り、一心に神父さんの説教に聞き入っている。こんなに貧しくて危険な地域でも、神の教えは人の心を救っている。

それにしても……と僕は思った。なぜこの話が今ここで僕の耳に入るのだろうか。しばらくの間じっと考え込んだ。この福音書の話は、絵を鑑賞していた美術館で出会った老女から聞いたものだが、僕は初めて聖堂の中で神の声を聞いた。

考え込んでいる僕の眼前に、突然献金用の袋が差し出され、慌てていくらかのお金を入れる。気が付くとミサは終わり、集まった人々が三々五々教会を去っていく。僕はぼんやりと十字架に架けられたイエスの像を見上げていた。

気が付くと、神父さんが近くに立っておられ、僕に静かに話しかけられた。

「どうされましたか、フルヤマさん。手紙は受け取りましたよ。私がアキバです」

「はい、神父さん。先ほどのお話を思い出していました。私が神の存在を感じるようになったお話です」

「そうですか、神はいつもあなたの傍らにおられます。さあ、こちらに来てください。私もあなたに話があります」

僕は神父さんに連れられ、祭壇の横にある通路から神父さんの部屋へ移動した。神父さんは部屋に入りテーブルに着くと短い祈りを捧げる。僕がこの危険な地域に無事到着できたことを神に感謝されて祈りを結び、僕も続いてエイメンと答える。

「さて、フルヤマさん。あらかたのことはリサとイネスから聞いています。あなたの丁寧な手紙も読みました。何か日本へ送る商品についてお困りのようですが」

「はい。手紙に書いたように、約1か月前に船積みされた荷物が行方不明になりました。すぐに代替の品物が用意できるような性質の商品ではありませんし、日本ではデリの様子が分からないために、納品先とトラブルになっています」

アキバ神父は、若い者に諭すようにお話を続けられる。

「なるほど、しかし目的はそれだけですか？　ご存じのように、今のデリは争乱のただ中です。それにこの地域は、その中でも最も貧しく危険な場所です。住民の95パーセント以上が水道の水も飲めないような地区に、それだけの目的で来られたとは思えないのですが」

「実は私は取引の当事者ではありません。ある経緯があって、この問題を解決するように依頼されました。まあ、頼まれ事とでも申しましょうか」

「頼まれ事だけでこの地区に足を踏み入れるのなら、とんでもない間違いですよ。まず住民がどんな扱いを受けているか知っていれば、誰もここには来ないはずです」

神父さんは少しずつ口調と顔つきが厳しくなってきている。

「フルヤマさん、お金が理由なら命を粗末にしてはなりません。あなたの命も神より授かりし尊いものです」

「はい。私の命は神より頂戴し、身体は両親から頂いております。そしてその命と身体を大切に使わなければならないとパリの神父さんから教わりました。それから神父さん、私がここへ来たのはお金の問題ではありません。何と言いましょうか、いわばある老人との約束です。それと、これは偶然なんですが、デリへ来てすぐフレティリンの闘士と出会いました。彼らが……」

「しっ！」

アキバ神父は僕の声を遮った。顔には緊張の色が走っている。しばらくの間20秒ほどだろうか、僕は声を遮られ、そのまま黙って神父の顔を見ていた。

神父さんの住まいには、身の回りの世話をしているシスカさんのような信者の女性が数名来ている。みんな印尼政府の弾圧で夫を亡くした老女ばかりだが、アキバ神父は彼女たちでさえ信用していない。

「ここは、まともな感覚では話ができない場所です。いいですかフルヤマさん。たとえ教会の中でも、反体制的な言葉に聞こえるだけで武装警察が飛んできます。それが体制を揺るがす一派と何の関係もない場合でも、警察へ連行されます。今、この国で警察に連行されるということは、行方不明者になるということです」

僕は不用心に言葉を発したことを反省し、神父さんに謝った。

「分かりました、注意します」

アキバ神父はテーブルに「F」の文字を書き、僕の目を見る。僕が頷くと再びテーブルに「Scarlet Khaki Yellow」と書いて頭文字を指した。「SKY」(緋色(ひいろ)、黄褐色、黄色)。何を意味するのか分からないが、色の名前のイニシャルで「SKY」がフレティリンを意味するのだと解釈した。

「その……リサのあれはフルヤマさんですか」

「リサのあれ……？　ああ、そうです、僕のカスタマー担当はリサです」

「先ほどの話を」

僕は用心深く話をしろという神父さんの意図を酌み取り、少し小声で話を続けた。

「これは偶然なのですが、デリに到着した日にホテル近くの屋台でナシゴレンを食べました。その時、店の主人があまりにもきれいな英語を話されるので、しばらく話をしましたら、私たちのトラブルについて話を聞いてもいいと言われましてね。その夜、別の場所で、SKYの人たち5人と話をしました。その中の1人が、私たちの荷物を保管しており、あるものを見る条件で荷物を返すと言われました。2、3日以内に連絡をいただけることになっていましたが、その時、近くで騒動があり、逃げ込んだ店にリサとイネスがいたんです」

「なるほど、ようやく分かってきました」

「残念ながら、1週間以上経っても未だ連絡はありません。彼らの身に何かの問題が発生したのかもしれません」

僕は、あの地下室で名前を明らかにした、ただ1人の男性の名前をテーブルに書いた。「Saliya」。僕が文字を書いた瞬間、神父さんは驚いた表情で僕の書いた文字を、僕の側から見るように身体を乗り出した。僕はもう一度テーブルに大きく指で「Saliya Sky」と書いた。その文字を読み取ったアキバ神父は、力を失ったようにどっと後ろの椅子に戻り、深く腰を掛けた。

僕は神父さんのあまりにも落胆されたような表情が心配になり、少し間を置いて話しかけた。

「神父さん、どうかされましたか」

「その方は、あなたに何を見せると言ったのでしょうか」

「分かりません。ただ私が思うのは、彼らは非常に純粋な目的のためだけに自分を犠牲にしています。荷物をリリースする条件は金銭的なことではなく、あるものを見ることだけでした。これは憶測ですが、そのあるものとは、目的のための何かの証拠ではないでしょうか」

「……」

神父さんは言葉を失い、僕がテーブルに書いた文字の辺りを見つめながら静かに話を続ける。

「フルヤマさん、私たちの教会は小さな建物ですが、今夜はチャペルにお泊まりなさい。夕方になったら、たぶん彼らがあなたに見せたかったものをお見せできると思います」

「分かりました。実は私にはパートナーがいまして、ラグナリゾートというホテルに泊まっています。彼もSKYと会った時は同席していました。実際には彼が取引の当事者なんです」

「あなたは幸運だ、デリに到着してすぐに彼らと出会えた。それに無傷でここにいらっしゃる。あなたが彼の名前を知っているということは、彼があなたを信用したということです」

「それも、本当に偶然なんです。詳しい説明は難しいのですが、到着した夜に予期せず彼らに出会いました。彼らもこちらが何者かは分からないままに会いましたから、かなり緊張した状態での対面でした」

「なるほど、それならホテルにいらっしゃる方も教会へ来られた方が良いのではありませんか。取引の当事者なら、彼らが本当に見せたかった物を見なければなりません。

先ほど話したように、この地域は決して安全ではありませんが、方法はあります。イネスのエスコートで彼女の家に行ってもらいましょう。イネスのアパートはすぐ近くですから。それに、昼間なら大丈夫ですよ」

「分かりました。彼に電話をします」

「いえ、ここには電話はありません。イネスに頼みましょう」

神父は僕との話を終えると、手伝いの老女を呼び何かを指示した。しばらくするとお茶が出され、神父は聖堂に戻られた。

お茶を頂き、しばらくして僕も神父さんの部屋から聖堂に戻った。両膝をついて神に祈りを捧げる。ゆっくりとした時間が流れ、僕は久しぶりに教会で祈りを捧げた。

古い欧州の教会は石造りで荘厳だが、殺風景で冷たさを感じる。この教会の長椅子はところどころが傷んでいて座り心地は悪いが、聖堂全体が小さく、あの冷たさは感じない。神と正対する時間が静かに流れ、あの検問の焦りや地下室の恐怖は何だったんだろうと思うほど、心静かに過ごすことができる。聖堂の椅子に座り数時間が流れた。

見なければいけないもの

何かの気配に気が付き、後ろを振り向くとイネスと豚饅がじっと僕を見ていた。

「ああ、モリモトさん、検問はなかったですか」

「ありませんでした。タクシーで10分ほどで着きました」

「あれ、どうしたんですか。元気がないようですが」

「フルヤマさん……いや、いいんです」

「何ですか、無事到着したんですよ。なんかモリモトさんらしくありませんね」

「いや、長い時間お祈りしている姿を見ていたら、少し考えが変わりました」

「考えねえ、モリモトさんには信心は似合いませんよ」

同行してきたイネスが静かに僕に声をかける。

「フルヤマさん、神父さんがお呼びです。ずいぶん熱心にお祈りをされていたので、声をかけられませんでした。神父さんを長くお待たせしているので、急がれた方がよろしいかと思います」

アキバ神父は簡単な地図を書き、ここから10分ほど歩いたところに、その「あるもの」

があるという。豚饅は、何度もそれは何かと神父さんに訊ねたが、神父さんは答えなかった。途中まではイネスが同行し、その後は2人だけでその場に行くように指示を受け、教会を出た。

豚饅は何を見せられるのだろうとおどおどしているが、イネスは無言で前を歩いた。

「フルヤマさん、何があるんですかね。少し恐いんですが」

「分かりません。SKYの人がお金に関わらないものを見せると言ってるんだから、たぶん弾圧の証拠でしょう。外国人で一般の人なら、中立の立場で見ることができるようなものではないですか。僕は弾圧で亡くなった人たちの墓石か、名前が記されている碑のようなものではないかと思うのですが」

「SKYってなんですか」

「ああ、そうですね。説明しなければ分かりませんね。ナシゴレンのオヤジさんたちですよ。神父さんはあのグループの名前を……「F」のね、これを口にすると武装警察が飛んでくるらしいんです。SKYはあの人たちのことだと思ってください」

「もしかしたら、発送する予定の貨物じゃないですか。そんなら助かりますけど」

「いや、それは違うでしょう。それなら貨物を渡す条件なんて意味がない。あの人たちの目的は弾圧をやめさせ独立することですよ。無条件で貨物をリリースするのなら、何も見る必要はありません」

「そうですね。それにしても何なんですかね、僕まで来いって」

「モリモトさんが本来の当事者だからですよ。神父さんは僕に、お金のためにこの地区に来るのなら命を粗末にするようなものだと言われました。でも、ここまで来たら見るしかないでしょう。見ることが条件ですから。何があっても約束どおりしっかり見ることです」

「フルヤマさん、いつもながら肝が太いわ。僕なら来ませんよ」

「僕だって恐いですよ。でも来ないなんて言ってるモリモトさんだって来てるじゃないですか」

「だって、僕も自分の仕事だという自覚はありますからね」

教会を出てスラムの中を7、8分歩いたところで、イネスが踵(きびす)を返した。彼女は無言で方向を示す。そこはスラム街の外れのところで、雑木林の中に軽い上り坂のような道が続いている。上り坂の頂上、と言っても平坦(へいたん)に近い坂だが、その向こう側は見えない。

海の近くなのだろうか、潮の匂いを運ぶ風が気持ちよい。かすかだが異臭もする。貧民街ではもっと臭いところを過ぎてきたので、あまり気にもならなかった。イネスは近くで待つと言って顔を伏せながら道を戻った。

僕と豚饅は無言でその道を歩き始めた。風は潮の匂いとかすかな異臭を運びながら、前方の坂の頂上付近から吹き降ろしてくる。

　頂上まで半分のところに差しかかった時、頂上の向こうから人の姿が浮かんできた。ゆっくりと歩く姿は高齢の男性に見えたが、まだ遠くて分からない。僕と豚饅は道の右端を歩いて行く。頂上から下ってくる人の姿が鮮明になるにつれ、よぼよぼのお爺さんだということが分かった。身なりはみすぼらしく、近くのスラムの住人に違いない。少し腰をかがめて歩く姿はビンタン島チェンカレンの古老に似ている。

　すれ違いざまに老人は僕の顔を見上げ、目と目を合わせた。僕が咄嗟に足を止め会釈をすると、老人はほんの少し笑顔を見せたが、その表情は疲れきっているような顔つきで、まるで死にかけの病人のように見えた。そして再びゆっくりと歩きだしたが、その目が僕の左袖に釘付け(くぎづ)になり、もう一度足を止めた。

　僕は異様な雰囲気に再び老人を見ると、老人は僕の袖に向けた目をもう一度僕の目に合わせた。その目は老人や死にかけた病人の目ではなく、何か獲物を探る獣の眼のようにギラリと光っている。老人は何かを言おうとしたが言葉が出ない。僕も同じように何かを言いたかったが、言葉を見つけられなかった。
　2、3歩先に進んだ豚饅が、何をしているんだとこちらを振り向き、僕と老人を見て前進を促す。僕はもう一度老人に軽く会釈をして歩きだした。

「あの爺さん、どうかしましたか」

「いや何でもないんです。僕の左袖に何かの文字が書いてあるでしょ。これを見て教会のシスカさんも、先ほどの老人も、じっと見たんですよねえ……。この字の意味は分かりませんが、もしかしたら古い人だけが知る政党かなんかのマークじゃないかな」

「そんなシャツだからじゃないですか。汚いし古いし」

「教会に戻ったら神父さんに聞いてみましょう」

豚饅と僕は坂の手前に来て、ようやく道の向こうがどうなっているかが分かってきた。道はまっすぐに続き、少し雑木林が増えてきて森のようになっている。時間は夕方になっており、日のあたる場所と違って森のようになっている前方は薄暗がりになっている。まだ先は見えない。

木々でこんもりとした辺りに近づくにつれて、潮の香りより異臭の方が心なしか強くなったような気がする。

「モリモトさん、何か臭いませんか」

「少し臭いですが、あのドヤ街よりはましでしょう」

「いや、これはスラムの臭いとは違いますよ。なんか特殊な工場があるのかもしれません。もしかしたら銃火器なんかの秘密工場ですかね」

森のような場所に近づくにつれて、さらに異臭は強くなったが、我慢できないようなレベルではない。相変わらず風は海がある方向から吹いてくる。

森に入り少し辺りが暗くなり、豚饅と僕は黙って歩く。なんとなく嫌な雰囲気だが、もうその何かに近づいているはずだ。

豚饅は少し僕に遅れて歩いているが、突然彼の足が止まり、震えるような声を発した。

「あれ……、フルヤマさん、あれ……」

「あれって……」

僕は豚饅の顔を見て、彼の視線の先を見た。僕のわずか2メートルほど先の道端に何かの看板があり、殴り書きのような文字が並んでいる。その看板の前には木材で組み上げた細い台のようなものがあり、上に何かが並んでいる。何か黒い塊のようなものが。

辺りは薄暗く、それが何であるかを理解するのに数秒かかった。僕より先に事態を認識した豚饅が、吐き気を催すように呻き声を発した。

「うえーーー!!!　何だよこれは！」

「首だ、人の首！」

「首って、なんで首があるんですか！」

豚饅は初めて見る生首に気が動転している。僕はある程度の覚悟はできていたが、さすがに至近距離に突然生首が現れて、心の動揺は隠せない。

「臭いの原因はこれです。この臭いは死臭です。モリモトさん、この看板、何て書いてあるんですか。バハサではありませんか」

「フルヤマさん、よくそんなこと言ってられますね！　首ですよ!!　もう、僕は吐き気がしてきました。早く行きましょう、ああ、来なきゃよかった！」

「彼らと神父さんが見ろと言った、あのものです。貨物をリリースする条件です。僕らはこれを見なければなりません」

「僕は見たくありません。人の首に地下室に、もうたくさんだ!!」

「モリモト！　見るんだ！　これが印尼政府の弾圧だ!!　さあ、看板を読め！」

「嫌です！　いやだあーーー!!」

僕は豚饅の胸倉を掴み、首と看板の眼前に無理やり近づけた。豚饅は半泣きになり、口と鼻から涎（よだれ）とも洟（はな）とも言えない泡を噴いている。

豚饅にはこれが限界かなと思った。僕だって気分は最低になっている。ただ、貨物をリリースする条件がこれなら、約束どおりしっかりと彼らとの約束を果たしてやらねばならない。僕が豚饅から手を離すと、彼はへなへなと座り込み、肩を落として泣き出した。

僕は座り込んでいる豚饅の前で、首の正面に立ち、じっと顔を見た。風が首の後方から吹いており異臭を運ぶ。その臭いは強烈で、鼻にその臭いを感じるたびに吐き気がする。また、風が後ろから吹くたびに、髪の毛を前に流して表情が見えなくなっている。

僕は蛮勇を奮って一つの首の髪をそっと持ち上げた。

「サリヤ……」

サリヤさんはあの地下室での話の後、連絡をくれなかった。彼は約束を果たそうにも、この変わり果てた姿になり、連絡ができなかったのだ。

サリヤ氏の目は閉じている。首は何かに突き刺されており、しっかりと固定されている。

僕は次々と並ぶ首の顔を一つひとつ確かめた。首は全部で9つあり、みな苦悶（くもん）の表情を見せているが、そのうちの5つはあの地下室にいたフレティリンの闘士たちだった。ナシゴレンのオヤジは口を横一文字に閉じ、目を開けて上空を見上げている。

彼らは僕と豚饅に危害を加えることなく、貨物のリリースを約束した。独立という純粋な目的のために、命を懸けて精一杯生きていた男たちだった。僕は正直触りたくなかったが、せめて神のもとに召喚される前に目を閉じさせてやりたかった。もうこの世では何も見る必要はない、まっすぐに神のもとに行けるように。

僕は涙を禁じ得ない。ナシゴレンのオヤジの目はなかなか閉まらなかったが、睫（まつげ）を引いて無理に閉じさせた。他に目を開けたままの首が3つあり、僕は手を合わせ、祈りを捧げてから、その一人ひとりの目を閉じさせた。僕の手は何か腐った体液のようなものでベタベタになっていたが、眼前にいる闘士たちがあまりにもかわいそうで、汚物を触るような真似はできなかった。僕は並ぶ首の前で大声で泣いた。

それからどれくらい時間が過ぎたか分からない。僕と豚饅が泣き止んだ頃はすでに辺りは暗くなり、雑木林は鬱蒼（うっそう）としている。2人とも長い間座り込んでいて、ようやく自分を取り戻したところだ。

豚饅はどうにかこうにか立ち上がり、へろへろになった腰つきで看板と首の前に立ち、書きなぐられた文字を読み取ろうとしたが、暗くて読めなかった。

そして何を思ったか、豚饅はポケットに入れていた小さなカメラを取り出し、ストロボを焚いて数枚の写真を撮り、僕に宣言した。

「僕はこれを証拠として持ち帰ります。何もできませんが、連中との約束です」

そして僕たちは無言で歩き続け、スラムの入り口でずっと待っていたイネスに合流した。

教会では神父さんが食事を用意してくださったが、僕と豚饅は何も食べられなかった。

ムルデカ

僕と豚饅はチャペルの十字架の前で横になった。豚饅は悪夢に魘（うな）され、ひどく汗をかいて何度も目を覚まし水を飲んだ。僕は豚饅の悲鳴ともつかない呻き声を聞きながら、浅い眠りの中で考え続けた。

それにしてもひどい話だ。人の首を切って住民に晒すことがチモールの人々にどのような影響を与えるのか、印尼政府は考えないのだろうか。弾圧は行き過ぎている。これから拳を上げられた人々が、その拳を突き返す日は遠からずやって来る。最初は小さな力でも、いずれは大きな意思となり、巨大な勢力となるだろう。その突き返される拳を己自身が作っていることなど、印尼政府は気付いていない。

所詮、一つの民族を、他国が支配し続けることなどできはしない。それは歴史が証明している。フランスはインドシナでベトナムに追い払われ、イギリスはインドから追放された。日本は朝鮮半島やアジアの国々で無駄な足掻（あが）きを続け、多大な災禍を相手の国民に与えてきた。放っておいても支配している国は追い出されたのである。印尼はオランダに350年間支配され、苛（いじ）め尽くされてきたが、その愚かな行為を今度は自らが繰り返している。

そんなことを考えていると、見失った貨物のことが頭に浮かんだ。この先どうしたらいいだろうか。とにかくサリヤさんとの約束は果たした。僕と豚饅は弾圧の実態を手に触れて実感した。しかしこちらは約束を果たしたものの、責任を果たす人間がこの世にいなくなった。シャナナさんの言葉を思い出す。

「弾圧というより見せしめですね、あれは……」

確かにあれは見せしめだ。そして見せしめにも程がある。警告を通り過ぎると叛乱を助長する。この国の印尼による支配も長くないだろう。

僕の脳裏には、何度も晒しものになった首の生々しい残像が戻ってくる。いくら洗っても手に残った首の感触が甦り、拭い去れない滑った体液の感覚と、首になった闘士たちの顔や目が脳裏に浮かび、生涯消すことのできない忌まわしい記憶となった。

長い時間眠れなかった。時間は2時を回っている。ふと、人の気配と視線を感じて身体を起こすと、神父さんが僕たちを見ていた。神父さんは僕に、目でこちらへと誘う。僕は豚饅を起こさないように、静かに神父さんの後に続いた。

「眠れないでしょうね、お2人とも。あれを見たんですからね」

「眠れません。僕の手と指には首の感触が残っています」

「フルヤマさん、お酒は飲まれますか」

「いいえ、酒は飲みません。しかし、今日は飲みたいですね」

「実は、カトリックの神父はアルコール中毒が多いんです。ご存じでしたか」

「存じません。アキバ神父はお酒を飲まれるんですか」

「こんな貧民街の教会に外国の方が泊まることは滅多にありませんし、ましてや日本の方と話すことなど考えもしませんでした。それに……こんな日ですからお話ししますが、カトリックの聖職者は結婚もしませんし、女性のことを思い浮かべてもいけません。それは戒律に反します。しかし、神父であっても生身の人間ですからね、1人で生活するのは大変寂しいですよ」

「神父さんが結婚されないのは存じています。しかし結婚して子供を持つことも、人の気持ちを知る上では有効だと思うのですが」

「まあ、プロテスタントの方では牧師さんが結婚して家庭を持たれます。私にとって、1人で暮らすことは一種の捧げものですね、神に対する」

「なるほど。僕には無理な話ですね。とてもじゃないが、生涯1人で生活するなんて考えられないですね」

「やはり、夜1人でいるとアルコールを口にしますね。特に歳を重ねると、どうしても1

人の寂しさを紛らわせたくなる」

アキバ神父は僕にウイスキーを勧めた。酔いが回り、アキバ神父は涙を流す。その理由は僕には分からない。長い年月が彼の顔に影を落としている。印尼の弾圧による信者の災禍か、孤独な生活の寂しさなのかは分からない。何も話さず酒を飲み涙する神父。僕には何もしてあげられなかった。

もともとアルコールに弱い体質の僕は、すぐに眠くなり、静かに神父さんの部屋を後にする。ようやくチャペルの床で眠ることができた。


翌朝、やっと食事が喉を通る。教会の朝食は貧しいものだが、リサの娘にイネスとその息子が加わったおかげで、僕と豚饅の暗闇のような気持ちを少しだけ楽にした。それでも僕の手には、昨日の首の感触やべとべとになった手の感覚が残っている。

「さて、フルヤマさん。私にも自信はありませんが、ＳＫＹの希望は昨日のあれを見ることではなかったと思います。大変残念ですが、これが支配の実態です」

「ショックでした。正直かなりこたえました、あれが人のすることでしょうか」

「あの道はこの地域の人が仕事に出る通りです。嫌でも見せつけられます」

リサが娘をあやしながら、会話に入ってくる。

「私がここへ来てからずっとよ。いったい何人になるか分からない」

リサの話を聞いて、豚饅は黙り込む。

「…………」

アキバ神父はその経緯を説明する。

「あんなことを始めたのは、10年ぐらい前だったと思います。以前は別の場所でしたが、4年ほど前から昨日の場所に移したようです。どうも外国メディアの目に留まらないような場所にしたようですね」

僕は昨夜の経験からいくつかの質問をした。

「その、何と言いましょうか。昨日のあれは監視というか、見張りみたいな人はいないのでしょうか」

「いつもはいるようです。たぶん、住民の中に通報者がいるのだと思いますが、実は日曜の午後は誰もいません。ましてや夕方からは外出も制限され、あんなところに行く人はいませんから、監視もないんだと思います。ですから昨日はお2人で行っていただきました」

「……」

「さて、フルヤマさん。あなたが困られていた商品の件ですが、これで私はあまり役に立てなくなりましたね」

「いいえ、まだ教えてほしいことがいくつかあります。この紙切れを見てください。いくつかの文字が書かれていますが、印尼語で私には理解できません。どのような意味があるのでしょうか」

僕はビンタン島の入国審査の後からずっと持ち歩いている、ボロボロの紙切れを神父さんに見せた。

「この部分なのですが、この方はチモールで影響力の強い方だと伺っております。神父さんはこの人をご存じないでしょうか」

「ほう……」

チェンカレン村のミカラジジャ氏が書いた紙切れだが、インドネシアに入国してからずっと持ち歩いているものだ。考えてみれば印尼の旅はこの紙片によって続けられている。

アキバ神父はリサに僕が渡した紙片を見せて何か話している。神父さんに用事を頼まれたリサとイネスは、それぞれの子供を抱いて部屋を出て行った。

「何人かのお名前が書いてありますが、どなたが書かれたものでしょうか」

「ビンタン島にチェンカレンという村がありますが、そこに住むミカラジジャさんという古老が書かれたものです」

「紙の最後に書かれている方は、たぶん近くに住むお年寄りの名前だと思いますが、なぜこの人にお会いしたいのでしょうか」

「経緯は話せば長いのですが、このミカラジャさんから、ジャカルタで困ったらということで昔の友人をご紹介いただきました。しかしその時は、この方の名前が記載されているとは存じませんでした」

「それで、フルヤマさんがお会いしたいという理由は何でしょう」

「これはビンタン島を出てから分かったことですが、この4人の老人は印尼独立時の盟友だったようです。その後、この4人の方はそれぞれの道へ進まれたようですが、今回の貨物の件でデリへ来るにあたり、その中に書かれている、ある老人からこの方へ力添えを頂けとのアドバイスを頂きました。

デリに来てから、ＳＫＹの人たちやホテルの人にお願いして情報を集めましたが、ご存じのように、その方々もすでに相談できない状態です。私としても他に良い手だてがなく、今回こそこの方に力添えを頂けるようにお願いしたいのです」

「フルヤマさん、理由は分かりました。ただし、この方は私たちにとっても大切な方です。あなたが言うようにこの地域では中心的な存在であり、この方に万一のことがあれば、その損失は1人の人間という問題ではありません。それと、大変残念ですが、昨夜あなたが見たものはこの方の親族です」

「親族！　……ああ、まさか息子さんでは」

「いいえ、この方の息子さんはかなり昔に亡くなられています。昨日の方は甥（おい）に当たる人ですが、あなたが名前を知っている人です」

「そうでしたか……」

僕は落胆の色を隠せない。息子を亡くし、さらに甥のサリヤ氏まで首を切られて晒し物になっている。そんな老人に、こちらの勝手な商売の都合で物を頼めるだろうか。

そうしているうちにリサとイネスが戻り、神父さんにテトゥン語で何か話をしている。リサの話を聞いた神父は一瞬驚いたようだったが、リサの目を見つめてから僕に振り向かれた。

「フルヤマさん、事が動きました。あなたが面会したいと言われる方は、一時的にチモールを退去されました」

「退去ですか」

「そうです。あまりにも危険な状態ですので、周りの方が安全な場所へ移動させたようです」

「どちらへ行かれたのでしょうか」

「フルヤマさん、それは私たちにも分かりません。知ることも危険なことです。ただ、不思議なのですが、あなたはその方に会ったことがあるのでしょうか」

「いいえ、その紙片に書いてある文字を読んだだけですが」

「なぜかは分かりませんが、あなたに会ってもいいと言われているようです」

「私に？　ということは、リサは会ったんですね。まだ近くにいらっしゃる」

「いや、身に危険が迫っているようで、すでに移動されているようです」

「分からないなあ。でも理由は別にしてお会いできるということですね」

「そうです、本人がそう言っているようです。会うという話は伝言です。別の方から伺いました。道で会った若者のシャツについている標（しるし）に興味を持たれているとのことです」

「この標ですか……？　そうか、あの道ですれ違った老人ですね」

豚饅が理解したように話に入る。

「あの爺さんだ」

「神父さん、この文字はなんでしょうか。僕の左袖の何かの文字です」

「これですか、私は初めてです。何か文字を重ねているようなマークですね」

「シスカさんも気にされましたし、あのご老人もこの袖を見て立ち止まりました。このシャツは、その紙片に書いてある老人の1人から着て行けと言われたものです」

神父さんはシスカさんを呼び、僕の袖の文字について質問した。シスカさんの答えは

「ムルデカ」だった。神父さんとシスカさんの何度かのやり取りで、この文字の意味が分かってきた。

「ムルデカ」とは、1927年に印尼の初代大統領スカルノが結成した印尼国民党の運動呼称で、翌年に行われた青年の誓いにより、唯一の祖国、唯一の民族、唯一の言語を宣言した政治運動のことらしい。

そして当時、印尼の民族独立運動は最高潮を迎え、この4人の老人たちも命を削って独立のために働いた。しかしオランダの植民地政策により弾圧が強化され、スカルノをはじめ多くの運動家が長期にわたり投獄される冬の時代に入る。その民族運動「ムルデカ」を意味する文字が、シャツの袖に書かれている。

「相当昔の話ですね。この紙片に書かれている方々は『ムルデカ』という言葉のもと、印尼の独立のために戦った盟友だったんですね」

「そのようですね、年配の方しか分からないでしょうが」

「フルヤマさん、モリモトさん。今日はリサとイネスの家に行ってください。そして夕方になったら、2人のエスコートで店に行ってください。無事に帰れるはずです。2人にはもう話してありますから」

「神父さん、お会いできるという話は実現するでしょうか」

「はい、必ず。それにフルヤマさん……あなたは神に導かれています。こんな物騒な地域でも無事にお見えになり、約束を果たされた。ここは、外国人が足を踏み入れるなど考えられないほど危険な地域ですよ。

それから、あの老人が危険を冒してまでお会いになるということは、何か特別な意味があるのではないかと思います。貨物のことだけではないでしょう。今はまだ分かりませんが」


教会を出て、僕と豚饅は少しの間、立ち話をした。

「モリモトさん、さっきあの爺さんだって言いましたよね」

「そうです、フルヤマさんが持っている紙切れに書いてある4人目の老人ですよ。あの坂道ですれ違った」

「だからシャツの袖に書いてあるマークをしっかりと見ていたんですね。あの方にとっても30年ぶりに見る標でしょうから」

「フルヤマさん、何か目的にぐっと近づいた気がするんですが、更に危険な状況になった気もします。あの爺さんもここを退去したのなら、僕らも移動しなければならないでしょうね」

「同感です、早くあの老人の行き先を確認して、さっさと移動しましょう。会ってくれるとまで言われているんですから」

僕と豚饅は、それぞれリサとイネスのアパートに向かった。

リサのアパートは狭くて汚れていたが、リサとお母さんは精一杯のもてなしをしてくれる。リサの娘を腕に抱き、あやしながら神父さんの言葉を思い浮かべる。

「あなたは神に導かれている……」

僕には分からない。ただ、不思議なのはビンタン島に始まったこの旅が、危険の連続で生きた心地がしないような経験を何度もしたが、今でも目的に向かって進んでいることだ。その気になれば逃げ出すことなどわけもなかっただろう。そして僕は病気にもならず心も折れていない。また、一度も逃げ出そうとは思わなかった。それよりも目的への思いは強くなっている。貨物を探し出すことよりも、インドネシア独立の盟友4人の、最後の1人に到達することを願っているのかもしれない。

夕方になり、リサが料理したデリの食事をとる。決して豊かとは言えないが、娘のために甘い物も出ている。14歳の母親は優しく娘に食事を与え、祖母と交替で食事をとり、また娘の面倒を見る。

ふと、この娘の父親はどうしているんだろうと思ったが、聞くのをやめた。聞いても何もしてあげられないし、嫌な思い出かもしれない。

「フルヤマさん、この娘の父親のことを聞きたいんでしょ」

「違うよ……。いや、君はどうして僕の聞きたいことが分かるんだい？」

「そう顔に書いてあるわ。たぶんあなたが想像していることとは違うわよ」

「僕の想像か……。そうだね、君は僕の想像していることを想像しているんだ。だって、君みたいな若い女性が幼い娘と生活していれば、父親はどうしているのかと聞きたくなるよ。それから、君とその人の関係は分からないけれど、第三者としてはその男性が無責任に感じる」

「そうねえ、今の話は私でも充分考えられる内容ね」

「何度も聞かれたかい」

「うん、何度もね」

「僕は聞かないよ。それは君の問題だ」

「ふふ、あなたは今までに会ったことのない男性だわ」

「これが14歳の台詞(せりふ)かなあ……」

夕食が終わり、リサの娘はあくびをする。そろそろ「おねむ」の時間だ。母親の仕事柄、夜は祖母と過ごす娘は、直感的に僕がどんな存在なのか知っているのかもしれない。娘は仕事に出かける母を引きとめようと泣き喚く。リサは涙ぐんで娘の額に口づけをして、祖母の目を見て出かける。

外は真っ暗だ、イネスがタクシーで待っている。後ろの席には豚饅が憔悴しきった顔で座っている。僕は後部座席に3人掛けで座り、リサは助手席に座って何やらテトゥン語でドライバーと話している。

ホテルにはすぐに到着した。検問もなく、僕たちが一日過ごした貧民街からわずか10分ほどだった。ホテルの玄関で僕と豚饅が降りると、何事もなかったようにタクシーが去って行く。ホテルのロビーに戻ると、なぜかやっと家に帰れた気がする。神経の限界まですり減らした2日間から、一気に緊張が解けて疲れがどっと出る。部屋に入りベッドで大の字になると、知らない間に眠っていた。

「きれいな英語を話されますね」

「当たり前だ、国際語の一つも話せなければ他国とは交渉もできない」

ナシゴレンのオヤジの顔と、デリには似合わないきれいな英語が耳に蘇る。

「モリモトさん、僕が行きますのでホテルに帰ってください」

「何を話している、英語で話せ！　行くのは2人ともだ。ここで1人を帰すほどデリという街は平和ではないぞ!!」

　言葉が出せないほどからからに乾き切った喉と、口から心臓がはみ出るほどの鼓動。危険に足を踏み入れてしまった後悔が順に頭を駆け巡る。

「今、武装警察がこの近くを調べている。この建物の表側は派手なバーで、客のほとんどは欧州人だ。すぐに表へ回れ。幸い君たちは日本人だ、早く店に入って他の客に紛れ込め」

「忘れるな、貨物の件は数日で連絡する」

「神のご加護を」

「幸運を」

　ナシゴレンのオヤジやフレティリンの闘士たちに悪意はなかった。彼らは僕などと比べものにならないぐらい必死に生きていた。

「モリモト！　見るんだ！　これが印尼政府の弾圧だ!!　さあ、看板を読め！」

「嫌です！　いやだあーーー!!」

「……」

「サリヤ……」

　泣き喚く豚饅と異様な臭い。薄暗くなった林の陰に不気味に浮かぶ晒し首の台。次々と強烈な印象が画像になって頭を駆け巡る。

メッセージ

ふと、死臭がして目が覚めた。長い夢だったと思ったが、眠りについてわずか10分ほどだった。ひどく汗をかいて、寝苦しさと異様な臭いから目を覚まし、時計を見ると時間はまだ22時を回ったばかりだった。

隣の豚饅も静かにしている、物音一つ聞こえてこない。あの男も疲れきっているのだろう。ようやく安心できる場所に着いたのだから……。だが、おかしい。

あの男なら鼾をかいて寝るか、悪夢に魘(うな)されるはずだが静かすぎる。僕は先ほど感じた死臭がどうしても気になり、隣の部屋を覗いた。

薄暗いが、なんとなく人の気配がする。ああ寝ているなと思い扉を閉めようとすると、ベッドの上で何やらもぞもぞ動きだす。よく見ればベッドには豚饅と、その両側にイネスとリサが寝転がっている。やはり、豚饅はどこまで行っても豚饅だった。

どうにもならん男だが、こいつがいたから危ない場面でも冷静でいられた。何とかしなければという思いは、こんな奴でも守ろうとする気持ちが力や知恵を搾り出す。

僕は昨日の教会までの単独行動でつくづく思った。あの検問までの1時間ほどの間、どれだけ焦ったか。刻々と迫る検問に全身から冷や汗が流れ落ちる。大げさかもしれないが、あの間に僕はバケツ1杯ほどの冷や汗をかいたように感じている。シスカさんはいるものの他人同然で、万一のときにはお互いに無関係を装わなければならない。1人で神経の限界に立たされ、シスカさんの一言でへなへなになった。やはり人は人のために生きてこそ、その力が発揮できると思う。

扉を閉じてベッドに戻る。目を閉じていると豚饅の気持ちが分かるような気がする。あの光景を思い出すたびに、1人ではいられない。絶対的な現実で、忘れられない脳裏に焼きついた光景。じっとしていれば、思い出したくもないあの恐怖の場所へ無理やり引きずり戻される。誰かそばにいてほしい、生命に溢れた生の感覚が欲しい。そう思いながら、いつ知れず眠りについた。

朝方になり、強すぎた空調の寒さに目が覚める。部屋の明かりは点けたまま眠ったはずだったが、室内は暗くなっており、バスルームから光が漏れて人の気配がする。一瞬身構えたが、リサに決まっているので寝返りを打った。たぶん豚饅が起きだしてイネスにちょっかいを出し始めたので、居場所がなくなりこっちへ忍び込んで来たんだろう。

しばらくするとバスルームの扉が開き、漏れた光が部屋を少しだけ明るくする。人の動く気配がすると、扉は再び閉められ部屋は闇に戻る。絨毯（じゅうたん）を擦るような小さな足音が、少しずつ闇の中で床を探るように近づいてきて、ベッドのところで摺り足の音が消える。近づいた人の気配は僕がかぶっている毛布を持ち上げ、ベッドにそっと入り、後ろから僕に寄り添うようにわき腹越しに手を回してくる。一瞬、まさかイネスじゃないだろうなと思い、寝返りを打って顔を確かめると、やはりリサがニコニコしていた。

僕はほっとした。もしイネスだったらどう対応していいか分からないし、豚饅はその程度のことはやりかねない。

先週部屋でゴロゴロしていた時の、豚饅の変態的発言を思い出していた。この２日間の強烈な経験が、あの男の発言を忘れさせていたが、リサの匂いが僕にそれを思い起こさせた。

「フルヤマさん、今度取り替えっこしませんか」

「取り替える？　何をですか？」

「女ですよ。この前は華奢だと言いましたが、あれ、結構いいケツしてますよ」

「アーーーーーーーーーーーーーーホウ!!」

僕はリサで良かったと思い彼女を抱きしめた。今、腕の中にいる小さな女性が僕を抱きしめてくれる。何とも言えない安堵感が、そのまま僕をもう一度眠りへ引き込む。リサの体温が愛おしく感じられ、心静かに眠ることができた。

どれくらいか、しばらくして肩にかかった首の重さと、僕の首筋に感じる滑（ぬめ）った感覚で目が覚めた。外は明るくなっている。リサは僕にしがみついたまま眠っていたが、口元から涎がこぼれて僕の首筋が濡（ぬ）れている。リサを肩からそっと下ろすと、リサは静かに寝返りを打つ。今日も生きていることを神に感謝した。


午後になりフロントから電話が入る、シャナナさんからの連絡だ。僕は豚饅を伴って1階へ下りた。

ロビーの警戒は変わらず、さらに厳重になったような気がする。2人か3人で固まり、皆腰に拳銃とトランシーバーを携帯している。そのうちの1人はライフルを肩に掛けていて、周りを見回す雰囲気は軍人がユニフォームを着替えてここにいるだけで、まるで戦場のホテルのようだ。いや、ここは戦場だと認識した方が無難だ、不用意な行動が自分の首を晒し台に乗せる。

「フルヤマさん、不在のときは必ず連絡を頂けませんか」

「そうですね、私が不用意でした。今後は連絡を入れます。実は一昨日は、夕方には戻る予定でしたが、いろいろあって戻るに戻れない状況でした。今後は気をつけます」

豚饅は少し疑念を持ったようにシャナナさんに聞く。

「なんで僕たちが不在だと分かったんですか」

「それは、朝夕ハウスキーピングが行きますし、やはり終日ご不在だと、万一の場合も考えなければなりません」

「万一？　今までそんなことがあったんですか」

「頻繁ではありませんが、そんなに珍しいことでもないんですよ」

「えっ、じゃあ、外出したままチェックアウトもなしで戻らないということですか」

「そうです。後々連絡でもあればいいのですが、そのままのケースが多いですね。私ども部屋の荷物や、お客様の連絡先とのコンタクトなどで大変です」

「分かりました。ねえフルヤマさん、これからはこの人に出先を言いましょう」

「そうですね。でも、その行き先が分かれば苦労しないんですがね」

「それと、滞在はこの先どうされますか。予定は昨日まででしたが」

「そうか、すいません。すっかり忘れていました。モリモトさん、どうでしょう。もうしばらくは滞在でしょう」

「もう１週間延長しましょう。シャナナさん、部屋は大丈夫ですか」

「ありがとうございます。このとおり、治安の問題で部屋の稼働率は15パーセント程度ですから、当分の間は部屋が用意できないことはありません。それと、今日お運びいただいたのは、フルヤマさん宛てにメッセージが届いているからなんです」

「メッセージ？　誰からですか？」

「シルバさんという方です」

「ああ、あの方ですか」

「ん？　シルバさん？　誰かいな」

「ジャカルタからのフェリーの中で知り合った人ですよ。僕がモリモトさんにジャカルタで面倒を見られないか頼んだ人です」

「ああ、あの人ね」

「どんなお話でしょうか」

「はい、電話は直接私が伺いました。連絡は昨日のことです。詳細は不明ですが、フルヤマさんが探している方が場所を移動されたようで、その行き先の話です」

「そうか、忘れていました。モリモトさん、神父さんもシルバさんからの紹介でした」

「この紙に電話番号が書いてあります。こちらへ連絡をお願いします」

「シャナナさん、雲を掴むような質問なんですが、どこでしょうか、この番号は」

「たぶん、どこか公共の場所だと思いますよ。学校とかシティホールみたいな」

「あなたはご存じなのではありませんか」

「何か私を疑っているんですか？　そんな言い方はやめてください。私が学校とかシティホールと思ったのは、この方の話しぶりです。教養のある人の話し方でしたからね。たぶん、ハイスクールの教師か市役所の人のような感じがしました。それに、電話があるということは、スラムのような場所ではありません」

「それは大変失礼しました、お詫びします。シャナナさんが私とモリモトさんの立場を心配されて、あえて隠されているのではないかと思ったものですから」

「いえ、気にしていません。あなたも注意をされるようになったんだと思います。ところで、すぐに電話をされたらどうですか。万一、テトゥン語なら私が通訳のお手伝いをします。この電話をお使いください」

「ありがとうございます、でも部屋から電話します。あの方は英語も堪能な方でしたし、あなたにも迷惑はかけられません」

「分かりました。それでは、お部屋の方からどうぞ」

僕は豚饅と部屋に戻り、シャナナさんから受け取ったメモ紙に書いてある番号へ電話をかけた。しかし誰も受話器を取らず、5分ほどしてからかけ直したが不在のままだった。

「モリモトさん、やはりシャナナさんは、この電話の場所がどこか知っているのではないでしょうか。そんな気がするんですが」

「なぜですか？　電話を受けただけなら、ホテルマンとしてはあんまり詮索しないんじゃないですか」

「いや、あの方は賢い人ですよ。それに僕たちの目的も知ってますからね。僕がシャナナさんなら、相手を確かめた上で危険でなければ探りますがね。それより情報が入ると、僕たちはすぐに無謀な行動を取るんじゃないかって心配しているような気がするんですよ」

「それは言えますね。今考えれば、かなり滅茶苦茶な行動してましたからね」

「しかしどこへ行かれたのでしょうか。チモール島の中なら目を付けられているでしょうし、国外脱出も簡単にはできないと思いますが」

「いやいや、国境はザルですよ。それにデリから出て行けば、さしあたりどこでもいいんじゃないですか。あの爺さんなら、どこの田舎でも紛れ込んで隠れるのは簡単でしょう」

「そうでしょうか、隠れるのなら街の中で人の多いところの方が有利でしょう」

「そうかなあ、本当に危ないと思ったら、僕なら脱出しますけどね。たぶんブルネイかマレーシア。それかパプア辺りまで行けば安心ですがね」

「パプアって、あのパプアニューギニアですか。イリアンジャヤですよね」

「そうです、一度だけ行ったことがありますが、のんびりしたところですよ」

「ふーーん、でも隠れるのに適した場所なんですかね」

「いや、そういう意味では向いてないかも……。連中は髪の毛が縮れているんですよ。スンダ系とは違うし色も黒いですからね。隠れ蓑(みの)には駄目かな」

「髪の毛かあ……色が黒いねえ……。話す言葉も違うんでしょうね」

「そうです、言語は全く別ですし、あの縮れ方はまるでジンジロ毛ですね」

「じゃあ、僕が見ても違いが分かりますね」

「すぐに分かりますよ。まず土地の人間は半裸ですから全身真っ黒ですし、頭の毛がジンジロ毛だし」

「まあいいか、別に行くわけじゃないですから」

「フルヤマさん、もう少ししてから電話してみましょう。ここまで来たら焦っても仕方ありません。今日中に連絡がつけばいいぐらいの気分で行きましょう」

僕と豚饅はベッドとソファーに寝転がり、ゴロゴロしだした。豚饅の言うとおり焦っても仕方がないのだ。

豚饅がテレビのスイッチを入れてから5分ほどして、部屋の電話が鳴った。交換から相手の名前が知らされる。シルバさんからの電話だ。

「フルヤマさんですか」

「いやーーシルバさん、元気そうで良かった、フルヤマです。先ほど2回電話したんですよ」

「フルヤマさん、私の娘が持っている物は何ですか？」

「日本製の知恵の輪です（A wire puzzle made in Japan）」

「良かった、元気そうですね。フルヤマさん、黙って聞いてください。長く話せません。お伝えしたいことは教会で女に話しました。彼女から聞いてください。気をつけてください、幸運を祈ります」

「女って？」

「……」

シルバさんは、すぐに電話を切った。何か追われているような緊迫感が声の調子から感じられたが、彼の話は一方的で、何も聞くこともできなかった。

電話を切ってから、僕がふうーっと溜め息をつくと、豚饅が心配そうに話しかけてきた。

「どうかしたんですか、えらい短い電話でしたね」

「なんか、この方もやばそうな雰囲気ですね。一方的に話して切られました」

「何を話されたんですか」

「僕に伝えたいことは、教会で女に話したと言っています」

「教会の女って、リサかイネスのことですかね」

「たぶんそうだと思いますが、もしかしたらシスカさんたちのことかもしれません」

「フルヤマさん、ちょっと危ない感じですね」

「……？」

「どんな感じでしたか」

「えらく焦っていましたね。結構緊張した感じだったし、ただ黙って話を聞けと言って。それから、気を付けろですね。ああ、そうだ。僕の確認のために、娘さんにあげたものは何か聞かれました」

「何かやったんですか？」

「フェリーの中で娘さんに知恵の輪をあげたんですよ。それで親しくなれたんですが、まあ、これはモリモトさんにも話していないことですけど」

「フルヤマさん、ちょっと……」

　豚饅は、僕をテーブルに近寄せて、紙を出し筆談を始めた。彼が不審に思うのは、今の電話の会話だけなら、探している人物が移動したことなどシャナナさんは知っているはずがない。なのにシャナナさんは、僕たちが探している人物の行き先について話をしている。

シャナナ氏もその行き先が気になっているとしか思えないということだ。

確かに僕もおかしいと感じている。神父さんの話でも、その老人、アルキィさんは地域の中心的存在だというし、まして甥が反体制側のフレティリンの闘士なら、もしシャナナ氏が印尼寄りの存在であれば、軽々しく話はできない。

豚饅は言う。ホテルの内線など盗聴はわけもないことで、万一電話の会話が聞かれていれば、毎日のように忍び込んでくるリサやイネスまで危険な目に遭わせることになる。

豚饅は苦笑しながら、今夜はアホになって遊びませんかと紙に書く。少しイネスたちと情報のすり合わせをしないと、誰が僕たちにとって有益で、誰がそうでないのかが分からなくなるからだ。それに、少しでもこちらの動きは知られずに情報の交換をしたい。

この部屋の中だって会話は聞かれているかもしれないし、豚饅の意見はあのクラブの爆音の中なら、そう人に聞かれることはないだろう。このホテルの部屋よりは安全だということだ。

豚饅は筆談を終えると、紙を細かく切って火をつける、そしてトイレへ流した。まるでスパイ映画のようだが、決して大げさではない。僕と豚饅はそれ以上の危険を経験したのだ。

夕方になり、僕と豚饅はテレビでニュースを見た。やはり何も変わっていない。ニュースはジャカルタの様子やデリの平穏な映像を流している。ロビーへ下りていくつかの新聞を見たが、デリの危険な様子を報道している新聞はなかった。

そうしているうちに、豚饅が珍しく日本の新聞を見つけた。たぶん日本の商社関連の人が置いて行ったものだろうが、5日ほど前の日付になっている。日本経済新聞だったが、東チモールのことなどどこにも書いていない。

僕と豚饅は、早い時間から2階にあるレストランに入った。外国人専用で印尼人もチモール人も入れない場所だ。値段は高く設定してあり、その分、僕のような若い連中は入りにくい空間だ。ここに来たのは2度目だが、ドレスコードのようなものはないものの、僕のような短パンとゴム草履の風体では入るのに多少の気兼ねがいる。

「モリモトさん、なんか周りが気になりますね」

「うん、変に意識してしまいますね。でもこのレストランに来たのは正解ですよ」

「正解？　なぜですか」

「客がいないし、僕たちはいつも部屋で食事をとることが多かったですからね。さっきの話じゃありませんが、習慣的な行動は狙われますよ」

「つまり、話や行き先を探るのが簡単だということですか」

「そうです。フルヤマさん、今夜は助平オヤジになってください。あんまりマジになって話し込まないようにしましょう」

「助平オヤジね。じゃあモリモトさんを見習います」

「いや、そうじゃなくて、ただ助平を演じればいいんですよ」

「難しいですけど、実は僕も飛び切りの助平ですから地で行きます」

「ああ、まあそれでいいです。飯にしましょう」

僕と豚饅は、夕方の5時頃からビールで酒盛りを始め、20時頃までエロ話をしながら時間を過ごした。

ホテルの稼働率は低く、シャナナさんの話では15パーセント程度と言っていたが、僕の感触では5パーセント未満といったところだと思う。このホテルに到着した時にはフロントやロビーには結構人がいたが、この1週間ほどの間に激減しているような気がする。バーやレストランには人が少なく、閑古鳥が鳴いているとはまさにこのことだろう。レストランの客は、19時頃になってようやく欧米系の初老の夫婦が席に着いただけで、ウエイトレスも暇を持て余している。

もしかしたら、僕たちが気付かないうちにデリの状況はさらに悪化しており、再び内乱の危機が迫っているのかもしれない。

「モリモトさん。どうでしょう、このホテル、客の数がえらく減ってませんか」

「そうだなあ、このレストランも暇すぎますね」

「僕たちが把握している状況より、もっと悪化しているんじゃないでしょうか」

「悪化ですか、具体的にはどんな状態なんだと思うんですか」

「つまり反政府側が、街中で再び騒乱を起こすような状況ですよ」

「あり得ますね。でも僕らの想像より、店で女に聞けばもっと分かると思いますよ。今夜は裏から出ましょう」


僕と豚饅は、リサたちの出勤時間に合わせて21時頃にホテルを出た。部屋に戻るのを装うためにエレベーターで4階に上がり、そのまま階段を下りて裏口に出る。豚饅はいつもどおり警備の人に何かを話してチップを握らせ、へらへらしながら外に出た。

表側からリサの店に回る。夜間外出が制限されているが、以前と変わらず人通りはある。表側から店へ回り、初めてこの店の看板を見た。派手なピンクとブルーのネオンで「M・Love Queen」と書いてある。この手の店にはありそうな名前だ。

店の前には警備と称する警察官が数人ウロウロしており、僕と豚饅が近づくと、その警察官たちはどこへ行くのかと僕たちを繁々（しげしげ）と見る。黙って店に入るが、もし店の前を通過すればどこへ行くのかと聞かれるだろう。店の入り口は防音のため二重扉になっているが、すでに店内は激しいダンスのリズムが轟音のように流れており、扉の外でも充分に聞こえてくる。

店に入ると、ステージの上では2人の若い女性が水着姿で踊っている。客はわずかで、3人の船員のような男たちが女性を侍らせ歓声を上げている。僕と豚饅はステージがよく見える席に着いた。

ウエイターが来ると、豚饅はイネスを指名する。こちらを向いたウエイターに僕が「リサ」っと叫ぶと、ウエイターは10分待てと叫ぶ。爆音でよく聞こえないが、ウエイターはあっちを見ろとアゴをステージに振って下がって行った。

レーザーのような光が激しく交錯して、ステージで踊る女性がリサだと気が付くのに数分かかった。

「フルヤマさん、あれリサじゃないですか」

「あれって、ステージの女性？」

「そうです、白の水着はリサでしょう。なんか白い水着って下着みたいでかなりエロいですね。いやーーぁいい女だなぁ」

僕はステージというより、少し段の高いフロアで激しく踊るリサをじっと見た。リサはダンスに熱中している。彼女は僕の存在には気付かず、夢中になってひたすら踊っている。躍動する彼女は輝いていて、しばらくのあいだ、僕は吸い込まれるようにリサのダンスに見入った。

ジャカルタの老人が見せてくれたディンパサールの舞踊は退屈した。だが、リサの激しいダンスは見飽きない。時折見える彼女の顔には踊る喜びのような表情が感じられ、その姿は美しい躍動に満ちている。僕はリサに見とれながら、豚饅がついでくれたウイスキーを少しずつ飲んだ。

しばらくして、豚饅の隣の席に着いたイネスが、僕の目を見て微笑み、その視線をステージに向ける。まるで「あなたの彼女よ、きれいでしょう」と言わんばかりにイネスもじっと視線を向ける。

僕はホテルで飲んだビールに加えて、ここへ来てから飲んだウイスキーでかなり酔いが回っている。酔っ払った頭でリサのダンスを眺めながら、初めて会った夜の彼女の言葉を思い出していた。

「ねえ、私を連れて帰ってよ。私ね、ステージで踊るとみんながきれいだって言ってくれるの。あなたの部屋でも踊ってあげるわ」

夢中で踊る彼女は本当にきれいだと僕は無条件で認めた。轟音と躍動するリサのダンス。薄暗いホールの中で炸裂(さくれつ)する激しい音楽と閃光(せんこう)が交錯して、まるで別世界にいるようで、僕の目は豚饅とイネスの存在を忘れ、リサの姿に釘付けになっていた。

豚饅の隣にイネスが座ってから数分が経ち、気が付くと音楽の曲調ががらりと変わる。爆音のロックはスローなメロディーに変わり、激しい音楽の合間のチークタイムに入った。

リサのダンスに釘付けになっていた僕の心と目の緊張感が解かれ、ほっとしていると、リサともう1人の女性がステージから下がろうとしている。

その時、別の席で歓声を上げていた船員らしき男がリサを呼び止めた。グラスを持って立ち上がり、リサにこっちへ来いと声をかけている。その男はかなり酔っており、あまり質の良い連中には見えない。リサはちらりとこちらを窺い、曖昧な微笑を見せてステージの裏へ入ろうとしたが、男はさらに大声を出してリサの足を止めた。他に客はなく、爆音の音楽はない。

鼻を赤らめた男がグラスを持ったまま、リサに向かって歩きだした。周りが男とリサに注目している。イネスはリサを助けてと顔を僕に向ける。豚饅は面倒は御免だと視線を僕に向ける。

僕は立ち上がり、男に向かって歩きだした。あとから豚饅が何か言っているがよく聞こえない。ふと手元に孫の手がないことに気付いた。先制攻撃あるのみだが、この男ともめても何の得もない。とにかくリサに絡むのをやめさせようと思った。リサはどうしていいのか分からず立ち尽くしている。

男は仲間のいるボックス席に向かって何かを話している。向かってくる僕に不敵な笑いを浮かべ、来るなら来いとこちらに身体を向けた。男までわずかな距離のところで、僕はリサにステージ裏へ行くように目配せした。男は敵意をむき出しにして僕を凝視している。僕は男の目前に止まり、騒ぐなと話した。

「ここは酒を飲む場所だ、騒ぎを起こすな」

「俺は女に声をかけただけだ。お前には関係ない」

「僕には迷惑だ。あのダンサーは僕の彼女だ、邪魔をするな」

「邪魔なのはお前だ。俺はあの女を買うんだ。止められるものなら止めてみろ」

「あの女は身体を売らない、お前が嫌いだとさ」

「おい、小僧。ここが迷惑なら表へ出ろ」

「分かった、表で話をつけよう。さあ出ようぜ」

僕は不思議に動揺していなかったが、どうしようかと思いながらも成り行きで表へ出ることにして、男に目で入り口を示した。その途端、男が僕のＴシャツの襟首をがっちりと掴んだ。僕はその手のひらを両手で返し、ここはまだ店の中だと男の顔に吐き捨てると、男は僕の首を引き寄せ、耳元で呟いた。

「老人はマノクワリにいる、ヒンズーの寺院だ。早くデリを出ろ、お前たちも危険だ。あまり時間はない。いいな、マノクワリだ」

「……」

男はニヤリと笑って僕にグラスを押し付け、僕はそれを呆気に取られて手に取る。

「珍しい奴だ、俺に喧嘩を売るとはいい度胸だ」

僕は完全に男に飲み込まれた状態で男のグラスを空けた。男が仲間に何かを話し、他の連中も席を立ち、金を払って店を出て行く。僕は呆然とそれを見送ったが、一瞬の出来事に動きが取れず、その場に立ち尽くしていた。

豚饅の「大丈夫ですか」と言う言葉でようやく我に返り、豚饅に伴われて席に戻った。席ではイネスが心配そうに僕と豚饅を見守っている。

バーの音楽はチークタイムのスローメロディーが終わり、別の女性2人がステージに上がり、また爆音に乗って踊り出す。耳に入るメロディーは懐かしい歌で、かなり昔に日本で聴いた曲だった。確かタイトルは「ナオミの夢」。

「ひとり見る夢は素晴らしい君の踊るその姿……」

リサの輝くように踊る姿が頭をよぎった。

男とのもめ事の後、僕は酔いで動きが鈍った頭を何とか働かせながら考えていた。

あの男は何だったんだろう。僕と豚饅がこの店に来るのを知っていたとしか思えないタイミングで、どう考えても不自然すぎる。まさか豚饅が僕たちの行動を誰かに知らせているとは思えないが、イネスの線は考えられるだろう。事前に連絡をすることは不可能ではないはずだ。

しかし電話がないのだから、いいタイミングで渡りをつけるのは楽ではない。それに豚饅が目的もなく行動を漏らすとは思えないし、やはり毎晩のように来ているイネスに、昨夜のうちに今日店に行くことを知らせていて、イネスの情報から神父さんが老人の居場所を知らせようとしたとしか思えない。先ほどのイネスの心配そうな顔つきは、あの船員たちのことを知っていたとは思えないし、やはりアキバ神父はＳＫＹの人間と近い関係にあるのだろう。そう考えるのが自然に納得できる。

飲めもしない僕がビールとウイスキーを呷り、ふらふらしながらバーにいて、他の客ともめていた。いろいろな考えが交錯して、何を信じていいのか分からなくなった。

目の前でイネスと豚饅が何か話をしている。音楽の轟音で聞こえないのか、お互いの耳に口を寄せて話している。

気が付けば、リサが着替えてこちらに向かって歩いている。10メートルほどの距離を不安そうに、こちらと周りを交互に見回しながら近づき、僕の横に座った。

「さっきの男はどこへ行ったの？」

「帰ったみたいだよ」

「なんか、たちの悪そうな人達だったから心配になったの。あなた大丈夫？」

「ああ、なんともないよ。連中はすぐに帰ったよ」

「良かった。あなたは変に見栄を張るような人じゃないけど、暴力沙汰になるかと表の警官に知らせたのよ」

「ありがとう。でもね、外に出て話をつけることにしたんだけど、連中は意外にすんなり帰ったよ」

「あれぇーー、あなた飲めもしないくせに、今夜は飲んでるでしょう？」

「うん、少し飲んだ。結構酔っ払ったな。ああ、情けないなあ」

「情けない？　なぜなの」

「いや、いいんだ。それより、これから早い時期にデリを出ることになると思うよ」

「ふーーん、そうなんだ。じゃあ間もなくお別れね」

「そうだね、仕事が片付けばジャカルタに戻る。それからまた旅を始めるよ」

「私、あなたのことが結構好きだわ。でも仕方ないわね」

「リサ、君のダンスは本当にきれいだった。みんながそう言うのがよく分かった」

「今夜こそあなたの部屋で踊ってあげる」

それから、僕は豚饅に耳打ちした。

「モリモトさん、さっきの酔っ払いはＳＫＹの人間ですよ」

「えっ？　あれがですか」

「そうです、もめてるように振る舞ってますけど、僕の耳元で『老人はマノクワリにいる、ヒンズーの寺院だ』と言いました。それと、僕たちも危険だってね」

「マノクワリか、昼の話ですね」

「どこなんですか？」

「昼言ったでしょう、イリアンジャヤですよ。ジンジロ毛が闊歩しているところです」

「そこのどこかの街ですか」

「マノクワリはイリアンジャヤの州都です」

「つまり、その州都のヒンズー寺院に老人が隠れているんですね」

「そうなりますが、なんで連中は僕たちがここにいるって知っているんですかね。おかしいですよ、どう考えても変です」

僕は豚饅の目をじっと見て話す。

「モリモトさんでしょ」

「僕は何も知りませんよ」

「昼の話では、今日はアホになって遊びましょうだったけど、イネスは知ってたんじゃないですか」

「あっ、そっかぁ……、じゃイネスが神父さんに知らせたんだ」

「そうです、それしか考えられません。それに神父さんは老人の居場所を把握していますね」

「いやぁーーー、参ったなぁ。実は昨夜イネスにせがまれましてね。店に来てぇーんとか言われると、僕、よー断れんのですわ」

「そんなことどうでもいいですが、この先どうしますか」

「行きましょう、マノクワリへ。あの爺さんなら貨物を戻せるでしょう」

「分かりました。じゃあ今夜がデリの最後ですね」

「いや数日中ですね。移動手段は明日確認しましょう、船か飛行機か。あそこまで行くのは想定してなかったですからね」

「モリモトさん、ここは考えどころですよ。ホテルのコンシェルジェなんかにフライトのブッキングを頼もうもんなら、僕らの行動は丸見えになりますからね」

「そうですね。まだどんな移動手段があるか分からないし」

「ホテルのコンシェルジェに、あえてジャカルタ行きをブッキングしたらどうですか？　それに合わせる形でホテルを出て、港か空港に行けば、カモフラージュになるでしょ。それにフライトならジャカルタ経由にでもすれば、誰も気が付かないと思いますよ」

「そうだなあ、それに賛成です。それにこれはイネスやリサにも言えませんね」

「いや、フェリーにせよ飛行機にせよ、僕たちがブッキングすれば他に知られる可能性が高いですから、イネスに頼んだ方がいいんじゃないですか。どうでしょうモリモトさん、イネスなら信用できるでしょう」

「分かりました。明日はジャカルタ行きをホテルでブッキングして、イネスにマノクワリ行きを手配してもらいましょう」

「それがいいですね。あの酔っ払いも、僕たちが危険だと言ってましたからね、早くデリを脱出した方がいいでしょうね」

「デリも最後か……。少し名残惜しいですが、イリアンジャヤなら僕たちにとっても、ここよりは安全ですよ」

「安全ねぇ……ここより危険なところなんて印尼にはないでしょう。そうだ、モリモトさん。イネスが手配したチケットはどうやって受け取るんですか」

「それもありますね、フェリーか飛行機かでも受け取り方も変わります。分かりましたフルヤマさん。チケットを購入するお金のこともありますし、それは僕に任せてください」

豚饅はイネスに話をしている。僕はリサに数日中にはデリを出てジャカルタに戻るかもしれないと話をした。

その夜、24時を回ってホテルに戻った。女同伴だとやはりすんなり通してくれる。僕はひどい酔いと疲れから、部屋に入るなりすぐに眠ってしまった。

朝方目が覚めると、ソファーに鎮座したリサが不機嫌そうに僕を見ている。今夜が最後かもしれないのになんで寝るんだと言わんばかりの脹(ふく)れっ面(つら)だ。

「今日、デリを出るんでしょう？　よく眠れた？」

「まあ、怒るなよ。今日か明日だよ」

「今日かもしれないんでしょ」

「ああ、そうだね」

「私ね、あなたが偉そうにしないし、教会でも熱心にお祈りしているのを見て、この人は信用できると思ったの。娘がいると言っても嫌がらなかったし。そんな人がいなくなるのに、どう気持ちの整理をしたらいいか分からない」

「僕なんかどこにでもいる男さ。君みたいなきれいで若い女性なら、これからいくらでも素晴らしい男性が見つかるよ」

「まあ、仕方ないわね。メソメソしててもあなたは行ってしまうし。でもなぁ……」

「でも、なんだい？」

「なぜか分からないけど、あなたが好きなの。あなたはお金持ちでもないし、別にハンサムでもないけど、初めから気になってたの」

「そうだね、お金は持ってない。それにハンサムなんて言われたことはないね」

「あなた、よく考えるよね。時々どうしようか考えるときがあるでしょ。それもあんまり考え込むんじゃなくて、すぐに決断するでしょ。たぶんそんなところが好きなんだと思うの」

「ありがとう、リサ。でも自分のことはさっぱりなんだ。優柔不断でなかなか決められなくてね。誰かのために行動しているときっていうのかな、人のために生きているときがなんでも決断できるんだ」

「また、会えるかな？」

「リサ、君は神を信じるかい」

「ええ、信じています」

「だったら、必ず会えると思うよ」

　リサは黙って部屋を後にした。ドアを閉める時、これからあの14歳の母親はどうやって暮らしていくんだろうかと心配になった。ふと、少しでもお金を渡せば良かったと思ったが、考えるのをやめた。多少のお金は僕も持っている。でもそれは一時的な助けにしかならず、リサのためにも何の役にも立たない。僕は彼女と娘、そして彼女の家族が幸せに暮らせるように神に祈った。

第4章

イリアンジャヤ

マノクワリへ

豚饅の行動は早かった。朝早い時間にジャカルタ行きのフライトをホテルのコンシェルジェで手配し、本日チェックアウトする旨をフロントに連絡済みだと伝えてきた。

僕がマノクワリ行きについて聞くと、言葉を遮って親指を立てる。前の豚饅とはえらい違いだなと思わず笑ってしまった。

豚饅の計画では、フライトは夕方でディンパサール経由のジャカルタ行き。検問や渋滞を考えると、昼には出た方が賢明だろう。ジャカルタ便の30分前にマノクワリ行きのフライトに乗ってしまう。さすがにホテルの手配まではできていないので、到着してから探すことになる。治安などの問題はないのであまり心配もしていないが、その前にすんなりマノクワリ行きに乗れるか多少の不安が残った。

僕は荷物のような物はほとんどないので、すぐに準備も終わりホテルの中をうろうろしていたが、豚饅は時間ぎりぎりまで荷造りをしていた。ホテルの中は僕たちが最後の客であるかのように閑散としている。銃を携帯したホテルのスタッフも、客がいないロビーで異様な雰囲気を醸し出している。嵐の前の静けさでもないだろうが、早くここを出るべきだと感じた。

昼頃を見計らいタクシーに乗る。ヒマなのか監視のつもりなのか分からないが、シャナナさんも見送りに出てきた。豚饅がわざとらしくジャカルタ行きの航空券を見せ、時間についても話をしている。シャナナ氏は丁寧に答え、タクシーのドライバーに安全と思われる空港までのルートを指示している。

たぶん検問などが少ないであろう道筋を選んで話をしているんだろうが、時々こちらをちらりと見る仕草が疑わしく思えて仕方がない。この人は味方なのかそれとも敵なのか僕には分からない。もし何でもないホテルのマネージャーであれば、疑っている自分が愚かしく思えるし、さりとてただ無用心に信じることもできない。ふと疑心暗鬼という言葉が頭に浮かんだ。そして山岡鉄舟の歌が脳裏を掠める。

「晴れてよし　曇りてもよし不二の山　元のすがたは変わらざりけり」

少なくともシャナナさんは、僕たちに実際の損害や脅威を与えたことはなかった。疑念は消せないが、疑っている自分自身にも疑問を感じる。僕は我が親父殿から様々な薫陶を受けたが、色眼鏡で人を見ることも厳しく戒められた。

僕はシャナナさんに、お世話になりましたと頭を下げた。握手をして笑顔で見送ってくれるシャナナさんは、腹に一物を持っているような人間には感じられなかった。

珍しく渋滞の少ない日で、デリの天候は快晴だった。多少の湿気はあるが不快な感じはしない。空港へ向かい少しずつ市内から遠ざかりつつあるが、僕も豚饅もまだ緊張感は維持しており、豚饅は時々後ろを見て、特定の車に尾行されていないか確認をしている。確かに渋滞はないが、道路はそれなりに混雑している。

およそ2時間かけて空港エリアに到着した。空港までは検問には遭わなかったが、街頭宣伝カーのような車と何台もすれ違い、特大のスピーカーで何かを訴えている。そして空港に入る寸前から実に3度の検問を経て、ようやく空港ビルに到着した。

そこはやはり厳戒態勢を敷いており、多くの軍関係者らしき人間や武装した警察官が配置されている。武装警官は警察犬を伴っており、これが警察かと思うほど物々しい様子で警戒している。また、連れている警察犬が凄い。徹底的に仕込んであるのだろうが、周りを窺う目が充分な威圧感を持っており、我々のような一般人にはかなりの精神的圧迫を感じさせている。

僕と豚饅は、日本人であることと航空券があることから比較的早く検問を抜けたが、毎回豚饅の荷物が引っかかり、余計に20分ほどの時間を取られた。特に豚饅は何かおかしな薬のような物を持っており、毎回時間をかけて説明していたが、僕が見ても怪しげな薬物に見える錠剤で、一見正露丸のようにも見えるので僕が豚饅に捨てるように言うと、中国まで買いに行った肝臓の薬らしく、何があろうが絶対に捨てないと宣言していた。

出発ロビーに入ると、やっとここまで来たと思い胸を撫で下ろす。とにかくあとはマノクワリ行きに乗ってしまうことだ。チェックインカウンターに進むと、かなりの旅客が待っている。ここでも荷物の検査が厳しいので、ひたすら待つしかない。国内線でありながら、国際線の検査よりも厳しいチェックを受けている。

「ところでモリモトさん、マノクワリ行きの航空券は手に入れたんですか」

「まだです」

「はあ……？　まだって、どうするんですか」

「イネスが持ってくることになっているんですよ」

「イネスはここに来るのは難しいでしょう。誰か他の人間じゃないんですか」

「そうなんですが、イネスも詳しいところは言わないんですよ」

「イネスも万一のことを考えて、意図的に知らせないんでしょう。もしも上手くいかなければ、ジャカルタ行きに乗っちゃいましょう」

「そうですね、あと2時間ほどありますから、1時間ぐらいで決めましょう」

「モリモトさん、ホテルでずいぶん時間かけて仕度してたでしょう。てっきりあの時間はイネスが来てると思って、わざとホテルの中をうろうろしていたんですよ」

「ああ、気を遣わせてすいませんね。でも、今回は荷造りだけです」

「ところで、あのおかしな薬はどうしたんですか」

「持ってますよ。あれは片仔廣（へんしこう）という漢方薬ですよ。変な薬じゃないですよ」

「しかし、毎回見つかるたびに手間がかかりますから、捨てるかもっと巧妙に隠したらどうですか」

「フルヤマさんね、これは肝臓の薬なんです。これがないと僕の身体はガタガタになりますから捨てられませんよ」

「ガタガタねぇ。知らなかったなあ。モリモトさんって何か持病でもあるんですか」

「持病はないですけど、酒やらあっちの方やら、肝臓に負担がかからないようにしているんですよ」

「あっちって、しなきゃいいでしょうが。それに酒だって飲まなきゃ肝臓も喜びますよ」

「ダメです！　何のために生きているのか、それは酒と女です」

「ああ、ダメだ。そこまではっきりしているのなら、僕の忠告も豚耳東風だなぁ」

「馬でも豚でも、まあいいじゃないですか。フルヤマさん、荷物見といてください。僕、ちょっとトイレ行ってきます」

ロビーは空調が効いているが、相変わらず豚饅は額に汗をかいて便所へ歩いて行く。ワイシャツの背中が汗でべっとりと濡れており、肥満体の身体にシャツがへばりついている。あの男はあのべとべとの状況に不快感を覚えないのだろうか。加えて髪型がアフロなので、見ているだけでこちらまで暑苦しくなる。

僕は汗だくになっている豚饅の背中を見送りながら、どうやって航空券の受け取りをするのか考えていた。もし自分がメッセンジャーの役割をするのなら、何らかの形で相手にサインを送る。僕や豚饅の風体をよく知っている人の方が適しているだろうが、僕も豚饅も現地の人に比べれば、事前に説明しておくだけで充分判別はつくはずだ。問題はどうやって受け渡しをするかだが、今のところはこちらを窺っているような特別な人間は見当たらない。僕は何とかこちらから探せないか周りを探っていた。

出発ロビーといってもチェックインカウンターに向かって7、8人も並べば後ろがつかえてしまうほどのスペースだ。周りを見れば結構な数の乗客が狭いロビーで搭乗手続きを待っている。多少混雑している方が受け渡しには都合がいい。ロビーの隅には土産物屋のような店と、レストランだか喫茶店だか分からないような店がある。

ふと1人の女性が土産物屋からレストランに移動した。現地の人間のようだが、頭をジルバップというスカーフで覆っており、間違いなくイスラム教の女の人だ。僕は何となくだが、この人が航空券受け渡しの女性ではないかと思った。

女性はそのまま喫茶店に入り、壁に背を向けて椅子に腰を掛けた。どこかで見覚えがある顔のような気がする。はっきりとは思い出せないが、どこかで会ったことがあると感じていた。女性は一度もこちらを見ないので僕の思い過ごしかもしれないが、しっかり顔は見えるようにこちらを向いている。僕は女性をじっと見つめ、何かのサインがないか観察した。

「フルヤマさん!」

「うわーーーーーーー!! びっくりした。突然大声を出さないでくださいよ、僕は臆病なんですから」

「臆病? 冗談でしょう、フルヤマさんが臆病だなんて信じられません」

「気が弱いんです。あー恐かった」

「気が弱いって、地下室で僕が気絶した時だってあの連中と堂々と話をしていたじゃないですか。そんなの嘘ですよ」

「気が弱いか強いかは分かりませんが、僕は結構なビビリですよ」

「だって珍しくぼんやりしていましたからね、まだ気を緩めたらあきまへん。ところで、便所は警官と性根の悪そうな犬以外、誰もいませんでしたね」

「困ったな、どうやって受け取るのかな。モリモトさん、あの女性見たことありませんか？　喫茶店のジルバップの女の人」

「見覚えないですね、どこで見たんですか」

「分かりませんが、何となく見たような気がするんです」

「あれ別嬪（べっぴん）じゃないですか。見てたら覚えてますよ、勘違いじゃないですか」

「デリへ来る時に、フェリーの客室に案内してくれた女の人じゃないかな」

「違いますよ、あの女はもっと小柄でしたよ。まだ10代だったと思うけどなあ」

「やっぱり違うか。実は僕も顔が思い出せないんですが、確か童顔でしたね」

「そんなに気になるのなら、あの女の近くでコーヒーでも飲みましょか」

「ええ、気になります。航空券の渡し役ならあの人のような気がするんです」

「まあ、時間もありますし、チケットが手に入らなかったらジャカルタ経由にしましょう」

「分かりました、コーヒータイムにしましょう」

豚饅はスーツケースをガラガラ押しながら喫茶店に移動を始め、僕は豚饅の汗だくの白いワイシャツの後ろを歩いて店に入った。豚饅は遠慮なしに女性の隣のテーブルに着いてウエイトレスを呼ぶ。僕は女性の顔がよく見えるように豚饅の反対側に座った。

ウエイトレスが豚饅のビールと僕のコーヒーをテーブルに置き、去っていくと、豚饅は隣を気にしながら、「やっぱ暑いわ」と言いながらビールを飲みだした。僕たちが女性の近くに座り、何となく場の違和感が消えた頃に、女性の方から話しかけてきた。顔をこちらに向けずに囁くような小声の上に、癖のある英語でかなり聞きづらかった。

「バーでは残念なことをしたわ」

「なるほど……、あなたでしたか」

「誰ですか」

「モリモトさん、声が大きいです。僕の顔だけ見て話してください」

「分かりました」

「航空券は手元ですか」

「ここにあるわ、私はここをすぐに出るから椅子から拾ってください。それからあなた方の航空券をこちらへ」

「こちらの分が必要ですか」

「キャンセルせずにフライトが遅れれば目立つことになるでしょ。憂いは全て消すのよ。仲間の多くは詰めの甘さで命を落とした。同じ失敗はこりごりだわ」

「分かりました。モリモトさん、手元の航空券を下から彼女に渡してください。彼女が出た後に、椅子に別の航空券があります」

「了解」

豚饅が股間の辺りで、ごそごそとセカンドバッグから細長い航空券を出し、顔をこちらに向けたまま女性に航空券を渡す。正面から見ていると滑稽な仕草に見えるが、女性はそれを受け取ると、次の言葉を残し場を去った。

「仲間の命と引き換えに今のあなたたちの命があります。大切にしてください。それから老人を危険に晒さないように」

豚饅は上ずった顔で無視を決め込む。僕は軽く目配せをして彼女を見送った。

立ち去った彼女の椅子には薄いブルーの封筒が残されており、豚饅はウエイトレスが来て飲み物を下げる前に封筒を手にした。

「モリモトさん、航空券を確認してください。スペルの間違いなんかがないか見てもらえますか」

「ちょっと待ってくださいよ……」

豚饅は再び股間の辺りで封筒を開け、下目遣いでチケットを確認する。しばらくじっと２枚の航空券を眺めてから、ニヤーーッと笑い、親指を立てた。

「さあ、これですんなりマノクワリ行きに乗れれば一安心です」

「でもフルヤマさん、あの女ってどこで会ったんでしたかね」

「地下室ですよ。ナシゴレンのオヤジたちに連れていかれた、リサたちの店の裏口から入った時に、真っ赤なミニスカートの女性がいたでしょう」

「あの時か……、あの時は恐怖の極限状態でしたからね、正直ほとんど覚えていないんですよ」

「地下室に下りてからも、水を持ってきてくれましたし、裏側の騒ぎでも店の中まで案内してくれて、別の女が来るから酒を飲めって叫んだ女ですよ」

「いや、記憶にありません。足が地に着かないとはあんな状況でしょう。なんかフルヤマさんについて行くだけで精一杯でしたから、女がいたことも覚えていないんです」

「仕方ないですよ。僕だって膝が震えていましたし、あんな経験は二度とできないでしょうから」

僕と豚饅は航空券を手に入れ、ようやくつらい経験をしたデリを後にした。飛行機が離陸するまで安心できなかったが、チェックインするまでビールを飲んでいた豚饅は、離陸する前にぐっすり眠り込んだ。機体が水平飛行に移る頃、僕も眠気を覚え、マノクワリまでの数時間、眠ったままだった。

天候にも恵まれフライトは快適だった。小型のプロペラ機だが強く揺れることもなく、小さい航空機に特有の、不愉快な機体の落下するような上下の揺れや横揺れがほとんどなかった。目を閉じてから数時間、客室乗務員の着陸のためのシートベルトの確認まで、ぐっすりと眠った。最終着陸態勢になってようやく目が覚め、ゆっくりと窓の外を眺めたが、真っ暗で何も見えない。ジャカルタやデリとはえらく違い、マノクワリは相当な田舎だった。

ランディングしてみても、やはりど田舎の空港で、飛行場の周りに何も施設が見えない。閑散とした雰囲気で生暖かい空気の中、虫の鳴き声だろうか日本の秋のような感じがする。

到着フロアでは、通常の国内線の到着のように荷物のチェックもなく、実にあっけなく空港の外に出ることができた。あのデリの物々しい雰囲気を思えば、やっと騒乱のない場所に到着したという安堵感で胸を撫で下ろす。

空港の外にはそれなりに街灯などが灯（とも）っているが、閑散とした雰囲気でタクシー乗り場には１台の車も止まっておらず、虫の鳴き声だけが響いている。現地時間で午後９時を回ったところで、豚饅と地上階の到着ロビーの外に立っていると、ふと誰かが近づいてくることに気が付いた。

２人の男性らしき人間がこちらに向かって歩いてくる。近づくにつれて少しずつ輪郭が分かるようになり、２人の姿が街灯の明かりに照らし出されて現地の人らしいことが分かった。手には何か細い槍（やり）か杖のような棒を持っている。２人は速度を落とさずそのまま近づいてくる。手に持つ棒のような物が何かの武器に見えて、思わず僕は身構えた。手に孫の手を持ち、相手に見えないように反対側に隠し、じっと連中が通り過ぎるのを待つ。近づいた男の姿は半裸で、腰にも棒のような物を着けている。ちょうど腰の正面に細い瓢(ひょう)箪(たん)を上に向けて飾りのように着けているが、飾りとはいえ歩くたびにぶらぶら動いて不快そうにも見える。

2人の男は、僕と豚饅が入っている街灯の明かりの半径5メートルほどの照らし出された円の内側を掠め、悠々と眼前を通過してゆく。一瞬こちら側を通過した男と目が合い、少し笑っているような表情が窺えた。

「モリモトさん、あの人たちは現地人ですね。髪も縮れてましたよ」

「そうですよ。ジンジロ毛でしょ」

「あれ、民族衣装なんですかね。何か瓢箪みたいなのを前に着けてましたけど、鬱陶しくないんですかね」

「ああ、あれはペニスケースですよ。確かコテカとかいう名前でしたね。何族か知りませんが、こっちの人で成人男性はみんな着けてますよ」

「へえーーー、ペニスケースか。習慣とはいえ、鬱陶しそうだな」

「慣れでしょう。聞くところでは、あれを着けると姿が勇敢に見えるらしいですよ」

「勇敢ねえ……、暗くてよく見えませんでしたが、やっぱ入れてるんですよね」

「そりゃあそうですよ、アレを入れるためのケースですからね。フルヤマさん、そんなことより宿を探しましょう。ツーリストインフォメーションがまだ開いてますから、聞いてみます」

「ああ、それならヒンズーの寺院も聞いてください。いくつぐらいあるのか」

「分かりました。ちょっと待ってくださいね」

豚饅は閑散とした到着ロビーに戻り、ツーリストインフォメーションの窓口で、ホテルの手配を始めた。僕は豚饅のスーツケースに手を置いて、虫の鳴き声を耳に生暖かい風に吹かれながら、タクシーが来ないか待っていた。

先ほど眼前を通り過ぎた男たちは、ずいぶん離れたところを歩いている。背中だけが街灯に照らされ、時折見えたり暗闇に消えたりしている。

このイリアンジャヤは、デリやジャカルタでも情報が少ない地域で、豚饅の行ったことがあるという話だけで来てしまったが、僕は土地の情報が全く分かっていなかった。

「フルヤマさん、何か民宿みたいなところですが宿はありましたよ。タクシーも頼みましたから、今夜はなんとかなりそうです」

「タクシーって来るんですかね。なんかどこにも街がないように思えますけど」

「まあ、今夜は休んで明日ですね。それからヒンズーの寺院ですが、TI（Tourist information 観光案内所）では分かりませんでしたね、把握していないようです。マノクワリの街に入ればいくつかあるようですから、とにかく明日行ってみましょう」

「分かりました。しかし、なんか寂れたところですね。ここって民族とか宗教とかどうなんですか」

「詳しくは分かりませんけど、小さな部族が混在していて、特に大きな集団はないようです。それに部族ごとに独自の文化や宗教があるようで、これがパプアというような民族はいないみたいですね」

「ふーーん、チモールなんかとは別の民族なんですね」

「実は僕も中途半端な知識なんですが、ここももめ事があるらしいですよ」

「政治的なことですか」

「そうです。ここはもともとオランダの植民地なんですが、印尼が独立する時には印尼領には入ってなかったんですね。それが併合を求める印尼とオランダとの間でトラブルになり、結局スカルノがオランダと国交を断絶してイリアンジャヤへ軍を進駐させたんです。

　それから既成事実にするために、ジャワから100万人を超える人を入植させたんですよ。ここの人口は70万ぐらいですから、選挙やら住民投票をしても負けないようにね」

「なるほどね、結局ここも独立問題があるんですね」

「そうです。チモールの騒ぎで、こっちの表立った騒乱の話は目立ちませんが、実際には独立運動もあるみたいですよ」

「でも、中心となる有力な部族がいないと独立も難しいでしょうね」

「とにかく各部族もばらばらですから、まとまりがないですね」

そんな取り留めのない話をしていると、僕と豚饅が立っている場所からずいぶん遠くに車のヘッドライトが上下しながら近づいてくるのが目に入った。豚饅がＴＩでタクシーを依頼してから15分ほどしか経っていないが、意外に早く到着した。

タクシー乗り場に移動すると、先に到着したタクシーのドライバーが窓越しに大声で叫ぶ。

「Mr. Morimoto?」

これに豚饅の「Yea, I'm Morimoto」で、ドライバー氏と豚饅の交渉が始まった。何やら現地の言葉とバハサを織り交ぜながら話をしているが、なかなか話がまとまらない。数分の話の後、ようやく乗りましょうかの声がかかった。

「宿はここから15分ほどです。なんかコテージみたいな宿のようです」

「結構ドライバーと話をしていましたね、運賃ですか」

「いいえ、こんな田舎に似合いませんが、女を買わんかと言ってるんですよ」

「ああ、そういうことですか」

「外国人もそんなに珍しくないようですよ」

「モリモトさん、女遊びはほどほどにしておいてくださいよ。ここで貨物をリリースしてもらえれば、仕事は終わりです。早いとこジャカルタに帰りましょう」

「分かりました。明日からヒンズーの寺巡りですから、今夜は早く休みます」

タクシーは真っ暗な道をかなりの速度で飛ばしている。道路は舗装されておらず、時々激しく揺れる。僕はドアの取っ手をしっかり握って、タクシーの暴走に耐えた。

走り始めて10分ほどだろうか、明かりが点々と見える小さな村に近づいている。辺りは暗いが、宣伝カーもなければ検問もなく、追尾してくる車もない。やはりデリとは違い、僕は少しずつ緊張が解かれていった。

コテカの正装

宿は一般的な家庭だが、比較的金持ちの離れのような場所だった。結構快適で、部屋にはシャワーもある。当然だが水は飲めない。豚饅が部屋代を払い、ミネラルウォーターとビールを数本持って部屋に戻ってきた。

「フルヤマさん、食い物がありませんが飲み物は確保しました。これで何とか眠りましょう」

「充分ですよ。シャワーがあってベッドがあれば、何も言うことはありません」

「それから明日ですが、さっきのタクシーに朝7時に来いと言っておきましたから、そのままマノクワリの寺院へ行きます」

「なんかモリモトさん、段取りがすごく良くなりましたね。ちょっと驚きました」

「いやあーーー、いつも重要な場面ではフルヤマさんに頼ってるでしょ。いいかげんに僕も役に立ちたいですからね」

「いい感じですね。もう少しですからがんばりましょう、モリモトさん」

「ああ、それと遅い時間にお願いしたんで、明日は朝食もありません。朝出てから途中で何か食いましょう」

「分かりました」

「それから、あとでこれを身体に塗ってください。結構臭いますが虫よけの薬です。ここらはマラリヤやリバー病の蚊が多いみたいですから、家主がくれました」

僕はシャワーを浴びてから、豚饅が持ってきた虫よけの薬を身体に塗りつけた。確かに異様な臭いがする。土地の人の生活の知恵だろうが、アルジェリアの田舎でもらった、同じような虫よけの薬草に似ている。確かにあの薬は効果があり、ほとんど蚊に刺されることはなかったので、今回も異様な臭いを辛抱した。

翌朝、約束どおりタクシーが7時頃に待機していた。大幅にいいかげんな時間で来るだろうと思っていたが、意外に正確なので驚いた。

眠そうなドライバー氏に声をかけて出発する。豚饅はなぜか前の助手席に座り、やたらドライバー氏に声をかけている。たぶんマノクワリ市内のホテルとヒンズー寺院について聞いているんだろうが、僕には全く理解できない。

「フルヤマさん、まずマノクワリの一番近いヒンズーの寺院に行きます。そこで話をしてみましょう。それから昨日のよりマシなホテルがあるみたいですから、僕らが寺に行っている間に、このオヤジに手配させせますわ」

「分かりました。それとモリモトさん、気になるんですが、あの老人の名前を相手にすんなりと出してもいいんですかね。なんか危険な感じがしますが」

「そうですね、気を付けます。その辺りのことは都度フルヤマさんに相談します。あのデリの女も言ってましたが、最後の詰めで失敗したくないですからね」

昨夜の宿からマノクワリ市街までは結構な時間がかかった。時間にして約2時間。途中、朝食のためにドライブインに立ち寄ったが、正味1時間以上かけて市内に入った。

豚饅とドライバー氏は、何やら現地の言葉で話しながら市内の道を進んで行く。時々英語が入る会話だが、僕には入り込む余地がない。いつになったら着くんだろうかと思いながら、後部座席でおとなしく到着を待った。

タクシーにはエアコンやクーラーなどという立派な物は付いていない。道路が舗装されていないため、前に他の車両が走っていると、相当な埃が巻き上げられ、かなり視界が悪くなる。それに埃が車に入らないように窓を閉めると、玉の汗が流れる。僕たちが乗るタクシーは前車の埃を避けながら、車内は不快指数100の状態でマノクワリに到着した。

市内に入ると、ドライバー氏は時々地元の人に寺院の場所を確認しながら車を進めていく。寺院に近づくにつれ、街の様子はだんだんスラムの様相を呈してきた。ここもあのデリのキリスト教会の地域といい勝負だ。貧困に苦しむ人々が、貧しさから逃れようともがく街だ。

この辺りはカウヤと呼ばれるスラムで、車が通れる道はそうない。ドライバー氏は間もなくだと言いながら、道の周りで遊ぶ裸の子供たちや、ゴミだか生活用具だか分からない障害物をよけながらゆっくりと車を進めた。

ふとドライバー氏が車を止め、豚饅の顔を見て前方を指差した。スラムの、もう車が進めないほど道幅が狭くなった通りの、すぐ右側にその寺院はあった。治安の問題だろうが、高めに作った塀とその上に張り巡らされている鉄条網が、この地域の現状を物語る。入り口は小さく、さらに入り口の門の上はもっと厳重に鉄条網が張ってある。

僕と豚饅から見える壁は寺院敷地の一面だけで、この寺院の奥行きがどのくらいあるのかは分からない。一方向から見ただけだが、人を匿(かくま)うにはうってつけの場所ではないかと思った。

僕と豚饅はタクシーを待たせて寺院の入り口らしき場所まで歩き、扉を敲(たた)いた。扉の上には数行の見たこともない文字が書かれている。

「モリモトさん、この文字ですがヒンズー教の文字なんですかね」

「そんなもんあるんですか。たぶんここのローカル文字じゃないですか。アラビア文字には見えませんしね」

「返事がありませんね」

「ここは印尼の中でも最も発展が遅れている街です。まあ気長に待ちましょう」

豚饅は数分置きに扉を敲き、しばらく待つ。それを数回繰り返してから、ようやく扉が開けられた。扉は半開きでほんの少し隙間を作った程度だが、中から粗末な衣服を着た中年の男性がこちらを窺っている。

僕は男性と目が合い、まず深く頭を下げてから、英語で話しかけた。扉の隙間から見ている男性は、英語を解さないのか困ったような表情を見せ、再び扉を閉めた。

「なんか僕たちは拒絶されているみたいですね」

「いや、今のは下っ端ですよ。たぶん言葉が通じないので、誰か別の人が来るんだと思いますよ」

それから5分ほどが経ち、僕は少し疲れて門の前に座り込んだ。豚饅は殊勝な感じで扉の前に立ち尽くして、再び扉が開くのを待っている。デリと変わらずこの街も暑い。それにあのカトリック教会の地域のようにゴミ溜めのような悪臭がする。体力には自信があったが、なぜかこの日はくたびれていた。豚饅は辛抱強く待ち続けたが、あまりの暑さにふっと溜め息をついた時、扉が再び開いた。今度は大きく開かれ、お坊さんのような初老の男性が毅然とした姿を見せる。

豚饅は手もみするように低姿勢でお坊さんに話を始めた。２人の会話はバハサ・インドネシアで僕には分からない。

僕は豚饅がその僧侶らしき人と話をしている間、ずっと寺院の前に座り込んだまま暑さを凌いでいた。通りの向こう側には、貧しい人たちの子供だろうか上半身裸の子供7、8人が遊んでいる。東洋人が珍しいのだろうか時折数人で僕の方を窺っているが、その中で、年の頃なら10歳くらいの女の子が、通りを渡ってこちらに向かってきた。少女は僕の前で仁王立ちになり、たどたどしい英語で話しかけてきた。

「ねえ、おじさん。私を買ってよ」

「はあ？？？　君を買う？」

「そうだよ、何でもしてあげるよ。お金がなくて困っているんだ、ホテルでもどこでも行くよ」

「君、10歳ぐらいだよね。学校は行かないの？」

「もう16だよ。ねえ、おじさんお金あるんだろ、買ってよ」

「そう、16歳なんだ……。でも学校は行かないの？」

「学校なんて行ったことないよ。お金がないから行けないんだ。友達も学校には行かない」

「ごめんね、僕もお金はあまり持っていないから、君を買うことはできないな」

「おじさん、私の妹や弟たちも何も食べられないんだよ。買ってくれないと今日も食べられない」

「僕もあまり食べてないんだ。見れば分かるだろ、僕はこんな服しか持っていないんだよ」

「じゃあ、これを買って」

「これは何だい？」

「痛みがなくなる薬だよ。2つあるから買ってよ。ねえ、お願いだからさ」

少女は右のポケットから、何か大きなサイズのボタンのような物を取り出して、手のひらにのせ、さっと僕の目の前に差し出した。濃いグリーンの四角い、何か特大サイズの画鋲（がびょう）のような物にも見える。少女は左右を窺い、何か悪いことでもしているように、僕に早く取れと目で訴える。

「こらあーー!!　あっちへ行けぇーーーーー!!!」

「あーーーー、もおーーー！　モリモトさん、子供に怒鳴ったらダメですよ」

「フルヤマさん、こんなの相手してたら切りがないですよ」

「この子も一生懸命なんです、手を上げるのはやめてください」

僕は豚饅を睨み、余計なことは言うなと目で強く牽制（けんせい）した。

「君、手を見せてごらん」

僕は少女の両手を見た。何か薬物の痕跡がないか、見える範囲で確かめた。

「分かった、あまりお金はないけど、これでいいかい」

「うん、これならいいよ」

少女は小躍りして僕が出した5ドル札を受け取ると、その大きなボタンを僕の手にのせて、反対側の通りへと走って行く。遊んでいる子供のうち、小さな2人を左右の手で引きながら、嬉しそうに場を去って行った。少女の手にはアニサの手首にあった薬物注入の痕跡はなかったが、僕が与えた5ドル札が食べ物に変わることを願った。

「フルヤマさんて、甘いというか人がいいなあ……。あんなの相手してたら、印尼じゃ生きていけませんよ。それに何か買うなんて珍しいですね」

「まあ、紛い物でも何でもいいんですよ」

「何を買ったんですか。また親が病気だとか妹が売られるとかのお涙頂戴話に絆されて、情けをかけたんじゃないでしょうね」

「まあ、そんなもんです。これ、何なんですかね」

「軍の横流しですね、何かの薬物です。全体がビニールで覆われてますけど、下の部分が尖ってるでしょ、ここに針があるんですよ。ここを直接肌に当てて押すと針がビニールを突き破って肌に刺さり、薬が体内に入る仕組みです」

「ほぇーーー、モリモトさん詳しいですね。やったことあるんですか」

「まさか、やりませんよ。僕は女と酒で充分です」

「でも軍の横流しって、なぜ分かるんですか」

「以前に見たことがあるんですよ。軍は現場で使いやすいように衛生兵の薬も工夫されてましてね。それにデリなんかの騒乱の現場では、衛生兵だってどこでどれだけの薬を使ったかなんて分からないでしょ。だからいくらかくすねて小遣い稼ぎをするんです。以前は薬どころか手榴弾も売られてましたからね」

「なるほどなあ、ありそうな話ですね。さっきの女の子は痛みがなくなる薬だって言ってましたね」

「あれ、女の子ですか……」

「女の子ですよ、だって私を買ってくれなんて言ってましたからね。何でもしてあげるって言いましたよ」

「じゃあ、あれでも女だな。痛みがなくなるんならモルヒネかな」

「モルヒネって、麻薬というよりは麻酔薬ですよね、手術なんかに使う」

「たぶん本物でしょうね。以前見た軍の横流しもこんな感じでしたからね。それにフルヤマさんが言ってる麻酔薬というより、麻薬と言った方が正しいでしょう。麻薬を薬として使っていると言った方が正解です。だから売れるんです」

「まあ、5ドル払いましたから、とりあえず持っときます」

「ああ、そうだ。寺の件ですが、さっきの坊さんの話では、その何て言うのかな、この寺は末寺みたいな立場で、別の場所にもっと上の本山クラスの寺院があるみたいなので、そっちへ行ってみましょう」

「そうですね、その方が情報が収集しやすいですね。行きましょう、本山へ。ところでモリモトさん。お坊さんには老人の名前を言ったんですか」

「いや言いませんでした。なんか警戒されているような雰囲気でしたから、そんな話にはなりませんでした。それにあのぼんさん、厄介払いしてるみたいな感じでしたね」

「モリモトさんは現地の人と話すときに、なんとなく相手を威圧するっていうか、軽蔑するような雰囲気ありません？　相手が拒絶しているのはそのせいですよ」

「フルヤマさん、きついこと言いますね……。でもあるでしょうね、はっきり言ってかなり軽蔑してますから」

「そうです、これはモリモトさんへの非難じゃなくて、交渉の邪魔になるから少し態度を変えた方がやりやすくなるということです」

「そうですね、これからは多少対等の関係を装うとします」

僕と豚饅はタクシーへ戻り、お坊さんに書いてもらったメモをドライバー氏に見せて次の寺院へ向かう。

15分ほど市街を走ると、先ほどのスラムよりもいくらかマシな地域に入って行く。ドライバー氏が言うには、マノクワリでは、イスラム教やプロテスタント、カトリックは結構いるが、ヒンズー教徒はほとんど見たことがないという。ふと、老人が隠れるヒンズー寺院は、少ないから隠れやすいのか、それとも少ないから逆に目立つのか考えてしまった。いずれにしても、あんな閉鎖的な雰囲気の寺院なら、中も調べようがないかもしれない。

タクシーで移動しながら、僕は少し熱っぽいことに気が付いた。以前アルジェでマラリヤに罹ったことがあるが、そんな感じではない。風邪のひき始めのような感じで、朝から感じている身体のだるさはそのせいかもしれない。まだ微熱程度だが、僕はさらに悪化するような気がして豚饅に話した。

「モリモトさん、実は熱があるんですよ。少しだるいですね」

「蚊に刺されましたか」

「いや、それはないですね。悪くなるような気がするので大事をとります」

「それなら、先にホテルへ行きましょう。フルヤマさん、今日はホテルで休んでください。寺院は僕が回っときますから」

僕はすんなり豚饅の提案を受け入れた。身体のだるさに加えて寒気まで感じ始めたからだ。豚饅がドライバー氏に指示をすると、タクシーは別の方向に向かいだした。

タクシーの車内は蒸し暑く、身体はだるい。少しずつ話すのも億劫（おっくう）になってきている。自分自身が身体へ負担をかけまいと、じっと目を瞑り不快感に耐える。風邪だと思うが、もうしばらく様子を見ないと分からない。とにかく横になりたかった。

ホテルに着くと、豚饅はチェックインを済ませて、僕を部屋に連れて行きベッドに寝かせた。

「フルヤマさん、ずいぶん顔色が悪いですね。このホテルは小さいですが、フロントは英語も通じますし、フルヤマさんは風邪で寝ていると言っておきました。あとで薬が届きますから、このままゆっくり休んでください」

「モリモトさん、すいません。とにかく悪くならないようにします」

「これから僕は、タクシーで出来るだけヒンズー寺院の情報を集めます。具合が悪いときは仕方がないですからね、今はゆっくり眠ってください。ああ、それから不用意なことはしませんから安心してください」

豚饅はそう言い残すと、何だか嬉しげに部屋を出て行った。もしかしたらジャカルタからの行動で、多少僕が口うるさくしていたので、彼にとっては久しぶりの一息かもしれない。それともあの様子では、何かで貢献して男を上げるチャンスだと思っているのかもしれない。いずれにしても、僕は体調が回復するように安静にするしかなかった。

豚饅が部屋を出てから15分ほど経って、僕がうとうとし始めた頃、ルームサービスで薬が届いた。ホテルのウエイトレスだが、全く英語が通じない。それに持ってきた薬は何語で書いてあるか分からない代物で、気味が悪いため服用せずにベッドの脇に置いて、そのまま眠りについた。

結構長い間眠っていた。5、6時間の間ぐっすり眠った気がする。気が付くとずいぶん身体も楽になっている。このホテルは、性能はあまり良くないがエアコンも付いていて、タクシーの不愉快な暑さで悪化しそうだった風邪も、ぐっすり眠ってかなり良くなっている。窓の外を見ると真っ暗になっていた。

午後7時を回って豚饅がホテルに戻ってくる。なぜか溌剌(はつらつ)として嬉しげに今日の成果を話し出す。

「いやーーーー、フルヤマさん。顔色が良くなりましたね。へへへぇー！」

「へへって、何ですか。えらく嬉しそうですね」

「いやあ、結構分かりましたよ。それにフルヤマさんも元気になって、間もなくこの仕事も完了しそうですね。いやあー嬉しいなあー」

「おかげさまで、かなり楽になりました。ところで、そんなに喜んでるんなら老人の居場所が分かったんですか」

「グーグーですよ。ゲットしましたよ、あの爺さんの居場所」

「やったあーー!! モリモトさん、居場所をゲットしたのなら凄いことですよ。で、どこの寺院なんですか」

「やはりあの最初に行った寺院ですよ、カウヤとかいうところです。本山では老人の話までは出ませんでしたが、デリの客人ならあの寺院にいると言っていましたからね」

「なるほど、いい話だ。向こうも老人の名前とかは言わないんですね」

「そうなんです、それも結構思わせぶりというか、意味深なんですよね」

「モリモトさん、イリアンジャヤでも独立問題があると言ってましたよね。たぶんこちらの人も、独立に対する弾圧をよく知っているんでしょう。だから危険につながるような余計なことは言わないんだと思いますよ。僕も今の話なら信憑性が高いと思います」

「でしょ! でしょ! でしょぉーーーー!」

豚饅は満面の笑顔から急に真顔に戻り、声のトーンを下げて続ける。

「えーーー……。で、ですね……」

「ん? 何ですか、急に?」

「ちょっとだけ問題があるんですよ。少し」

「問題？　いいじゃないですか、言ってくださいよ。モリモトさん大手柄なんだから」

「あの……、実はコミュニケーションプロブレムがあるといけないと思ってですね、あのタクシードライバーを連れて行ったんですが。現地語のやり取りでね、まず第一段階として高僧のところに挨拶に行かないと、寺院に入る許可をもらえないらしいんですよ」

「挨拶ですか、なんか寄付でも欲しいんですかね」

「挨拶ですからね、まあ多少のお布施はいいとしても、問題は正装せにゃならんのですわ」

「せいそう？　正装って、スーツとかネクタイなんかのことですか」

「いや、そうじゃなくて現地の正装ですよ。これがたまらんのですわ」

「現地の正装って……、まさかあのチンコパイプですか？」

「そうです。全裸で腰だか尻だか分からないけど小さな布を巻いて、前はペニスケースです」

「へえ……ヒンズー教にそんなもんあるんですかね。僕の認識では、ヒンズーの信者はあまり肌を見せてはいけないようなイメージがあるんですが」

「いや、あのチンコケースは教義の問題じゃなくて、現地の文化ですからね。その高僧以外は、他のぼんさん含めて印尼からの移民じゃなくて、皆現地人ですからね。まずは現地の仕来りで、礼を尽くさにゃならんのですわ」

「まあ仕方ないでしょ、そうしましょう。でもあんなチンコパイプ売ってるのかな。それとも自分で作るというか、自分で調達するんですかね」

「それはあのドライバーにでも調達させますけど、実は僕も嫌なんですよ」

「でも最後の段階になって、チンコケースごときで失敗もいやでしょ。仕方ないですよ」

「まあ、フルヤマさんならそう言うと思いましたけど……やっぱ抵抗ありますね」

「それって、こちらの人が日本に来たら、丁髷結えって言うようなもんですからね。モリモトさん、ここは辛抱、辛抱」

「とにかくドライバーにはなんとか調達させます。でもフルヤマさん、まだあるんです。ヒンズー寺院というのは裸はダメで、服を着て入るんですが、それも足を見せるのはダメらしいんですよ。つまり寺院の外でチンコケースで正装をして畏まったら、次は服を着替えて靴を脱ぎ、初めて寺院に入れるんです」

「やはり肌を見せるのはダメなんですね。なんか脱いだり着けたり着たりで、忙しいですね」

「これであの爺さんのところに行けます」

「明日ですね、手順は了解しました。ところでモリモトさん、飯にしませんか。元気になったら急に腹が減りました」

身体の具合はかなり良くなっている。ジャカルタからデリへの移動や、貨物の件で様々なことがあり、疲れが出たのかもしれない。僕と豚饅はホテルの外へ出て、小さなレストランで食事をとった。

市内の一般的な人は、デリやジャカルタの人たちとさほど変わらないが、もともとこのマノクワリに住んでいた現地の人々は、昔ながらの文化で暮らしている。当然だが男性は例のペニスケースを着けている。見慣れてしまえば肌が黒いので、裸でもそんなに違和感もなくなるが、やはり僕や豚饅が裸になれば、色が白いので相当目立つことになる。

しかし、最後の老人まであと一歩のところに来ており、ここで恥ずかしいだの嫌だのと言っている場合ではない。最後の詰めなのだ、必ず老人から貨物の在り処とそのリリースの了解をもらわねばならない。僕たちの目的はその貨物の回収にあるのだ。

「モリモトさん、デリの教会で神父さんから聞いたように、あのアルキィさんという老人は、僕たちを待っているんでしょうね」

「そうです、でも会うと言っているのはフルヤマさんにですよ」

「あのジャカルタの老人がくれたシャツを着ていましたからね。ところでモリモトさん、やっぱりお布施は要りますよね」

「そこなんですよ、どうしていいか分かんなくてドライバーにも調べろって言ってるんですが、何せヒンズー教自体がマイナーな存在ですから、地元の人もあまり知識がないみたいなんですよ。

まあ、待っていても仕方ありませんし、日本式で封筒に100ドルほど入れて渡したらどうですか。それにあのシャツも渡すんです。ヒンズーの寺院はあまりありませんから、必ずアルキィさんの手元に渡るはずです」

「現金って失礼じゃないですかね」

「いやぁ、結局は寺院も運営資金が要りますから、僧侶の誰かに『私たちはヒンズーの知識がないから日本式で寄付をさせてもらいました、失礼の段はお許しください』、なんて言っておけば、僕たちは外国人だし、気持ちが通じればOKじゃないですか」

「そうですね、それしかないですね。もしヒンズーのフォーマルなやり方が分かれば、そうすればいいし、分からなければ日本式で行きましょう」

「そうだ、待っているとすれば早い方がいいでしょう。高僧への挨拶っていつのどこなんですか」

「明日です。特に時間なんかは決めてませんけど、早いうちに行きましょう。行くのは本山の方です。ここから30分ぐらいですよ」

そして豚饅は少し小首を傾げるような仕草をして話を続けた。

「ところで気になるんですがフルヤマさん。さっき誰か部屋にいませんでしたか？　変な意味じゃないですよ、女じゃなくて、誰か男性の話し声が聞こえたような気がするんですが……」

「誰もいませんよ。モリモトさんが部屋を出てから、ホテルのウエイトレスが薬を持ってきましたけど、言葉は通じないし、それ以外はずっと眠っていました。

モリモトさんも少し疲れたんじゃないですか。話し声って向かいの部屋とか隣の部屋じゃないですか」

「そうかもしれませんね。でも、なんか気になるんですよねぇ」

「ジャカルタを出てから、いろいろありましたしね。やっぱり疲れですよ」

「いや、大丈夫です。こんな中身の濃い経験は滅多にできません。それが最終段階に入っているんですよ。疲れてる場合じゃありませんよ」

「なら良かった。気持ちが萎えてなければ前に進めます。なんかモリモトさんも頼り甲斐が出てきましたね」

「いやあーーそう言われると何か嬉しいですよ。よーし、貨物を取り戻すぞーー！」

僕と豚饅は各々（おのおの）の部屋で休むことにした。しかし、体調が悪かったとはいえ昼間寝てしまうと、なかなか夜は眠れない。じっとベッドに横たわりながら、窓の外を眺め南十字星を見ていた。日本では見ることができない星だ。長い間見慣れた星だが、眠れずじっと見ていると、何百年もの間、多くの人が目印にしてきた理由が分かる気がする。

人は年を重ね、いずれ死んでいく。やはり変わらないものを求め、心の拠り所にするのも仕方がないような気がしてくる。僕のように若い人間は差し当たり死んでいく心配はないが、いずれ肉体は衰え死に至り、我々は跡形もなく消滅するのだ。それを受け入れなければ始終死ぬ心配をしなければならない。デリでの恐ろしい経験は、さらに生きる意味のようなものを僕に教えてくれた。なぜかナシゴレンのオヤジの顔が目に浮かぶ。

「オヤジさん、僕はまだ生きています。親から頂いた健康な身体と神に頂いた命は、最後まで太く長く使わせていただきます」

なぜか、声に出して独り言を言ってしまった。僕はイエス様を信じ帰依しているが、やたら形にこだわることはしない。神への思いと親への感謝は形ではなく心なのだ。だから他人にも決して宗教を薦める気持ちはない。

しーんとしたホテルの夜半、突然豚饅がドアを叩く。

「フルヤマさん、やっぱおかしいですよ。話し声が聞こえるんです」

「気持ち悪いなあ、それってこれですか？」

両手を前に出し、手のひらを前に垂らすあのポーズを取ってみた。

「いや、そんな感じじゃなくて。なんかブツブツ人の話し声がするんです」

「ますます、お化けの話ですね。モリモトさん、ついに来ましたか？」

「来たって、頭がいかれたってことですか？」

「そうじゃなくて、人は疲れるとやたら怖くなったり疑ったりするんですよ」

「なんかフルヤマさん、お坊さんみたいですね」

「実は僕も人に注意されたことがあるんですよ。気持ちに余裕がなくなると、何でもないことに腹を立てたり、あるはずもない疑念を持ったりするんです。特に親父からはよく注意されました。お前はアホかってね」

「いや、そんな話じゃなくて、声がするんです」

「だから人がいないのに声がするんでしょ。そりゃ、これしかありませんよ」

「いや、心霊現象じゃありません。誰かが話しているんです」

「気味が悪い話ですね。モリモトさん、今夜はここで寝たらどうですか」

「あの……悪いけどそうさせてください」

豚饅はいそいそと部屋へ戻ると、僕の部屋のソファーへ毛布を持ち込み、鼾をかきだした。横になってから5分と経っていない。それもかなり大きな往復鼾だ。それに時々ぴたっと鼾を止めて口をくちゃくちゃして音を立てる。おかしな話だが、逆に僕が豚饅の部屋に移動しようかと思った。

豚饅が何を怖がっているのかは分からないが、たぶんこれも疑心暗鬼なのだろう。人は原因不明の現象に出くわすと、異常に恐怖を感じ、不必要に辺りを警戒する。それが昂じれば無意味な他者への攻撃にもなりかねない。地響きのような豚饅の轟音を聞きながら、人の心の闇を垣間見たような気がした。

僕は多くの紛争の地を旅してきたが、人は物を盗めば盗まれる心配をしなければならないだろう。人を殺せば、己自身が殺される心配をする羽目になる。デリの弾圧や騒乱も、みなこんな人の心の闇から生まれ出るのではないかと思った。

薄暗い部屋で、豚饅の鼾を聞きながら考え事をしていると、ふと誰かがいるのかもしれないと思えてくる。部屋は狭く、隠れる場所などありはしない。もし監視や追跡をする人間なら声など立てるはずもない。ゆえに豚饅が聞いた話し声は間違いなく、僕たちとは関係のない人の会話なのだ。

ジャカルタの友人

翌朝は、やはり豚饅の鼾で目が覚めた。相当強烈な雑音である。これだけの轟音を響かせながら、どうして本人は眠ることができるのだろうかと考えてしまう。僕は早朝6時頃豚饅を揺り動かし、強引に鼾を止めた。豚饅は涎を腕で拭きながら目を開ける。

「モリモトさん、うるさすぎますよ。ひどい轟音です、これじゃあ眠れませんよ」

「すんません。自分じゃどうにもならんので、許してください」

ベッドに戻ると、5分もしないうちに轟音が再開する。起こしても全く効果がない。無論寝ているのだから、本人にしてもどうにもならないのだが。

僕は毛布を頭からかぶり、爆音から退避して、今日会えるかもしれない老人のことを考えていた。ようやくここまでたどり着いたが、あのデリの女性が言った「老人を危険に晒すな」という一言が気になる。

ジャカルタの老人が話していたように、アルキィ氏は旧王族の末裔で、地域をまとめるには都合のいい存在であり、それが印尼にとって邪魔な人間であれば、捕まえて晒し首にでもしてしまえば独立運動を阻止するためには有効な手段だろう。

万一、僕と豚饅がアルキィ氏に会おうとしていることを、誰か印尼側の人間が察知していたなら、泳がせて一網打尽にしてしまえば都合がいいに決まっている。

幸いにしてこのマノクワリでは、僕たちを知る人はいないし、誰かに監視されているような兆候もない。ただ豚饅の言う、ぶつぶつ人の話し声がするという心霊現象が引っかかる。いずれにしても人の話し声は霊的な現象ではなく、誰かがどこかの部屋で話をしているのを勝手に思い込んでいるだけなのだ。この安ホテルの壁は薄く、大きな声で話せば丸聞こえになるし、普通の会話でも内容は分からないがぶつぶつ聞こえることになる。それが何の関係もないただの宿泊客であれば、やはり豚饅の思い過ごしにすぎない。

ホテルは小さな建物だが、地上階にはカフェもあって、簡単な食事ならとることができる。僕と豚饅は朝食のトーストをむしゃむしゃ食べながら、今日の予定を話していた。

「モリモトさん、タクシーのオヤジは何時頃来るんですか」

「もう来る頃ですよ、そこいらに停まってるんじゃないかな」

「ふーん。なら、あのチンコパイプも手に入れてきてますかね」

「何とかするでしょ。だって僕たちは上等な客ですからね。あのオヤジからしたら、何日間か貸し切りになるわけだし、結構な収入ですよ」

「やっぱり売ってるんですかね、あれ」

「どうかな、コテカ屋なんかあるんですかね。やっぱり自分で作るんでしょ」

「じゃあ、あのドライバーが作って持ってくるのかもしれませんね。それと、その高僧に会う時は、全部脱いでケースをつけてから、あとはどうするんですか」

「お金を渡して、あとはフルヤマさんに任せます」

「僕に任せるって……。あーあ、どうしようかな。やっぱり、あの客人に会いたいので寺院に入れてくださいってお願いするしかないでしょうね。それに、全然関係のない人が出てきたりしたら笑うしかありませんね」

「まあ、そのときはそのときで考えましょう。僕は固いと思いますがね。あの首を見た坂道で会った爺さんの顔は忘れませんよ」

僕と豚饅が朝食を終える頃、見計らったようにあのドライバー氏がロビーで待っていた。手に何かの紙包みを持っていて、豚饅に挨拶をしてその包みを手渡した。

「フルヤマさん、コテカゲットです。行きましょうか」

「ちょっと待ってください。行くのはいいんですけど、それ、試着してみないんですか？もし現場で使えないと大変ですよ。こんなの1回で終わらせましょうよ」

「そりゃそうだなぁ……、じゃあ部屋でトライしてみましょう」

僕と豚饅は部屋へ戻り、それぞれの部屋でペニスケースを着けてみることにした。

部屋の前で渡された瓢箪は、どう見ても誰かが使ったような中古品に見える。あまりにも不衛生な代物なので、もう一度豚饅に聞いてみる。

「モリモトさん、これ使いさしじゃないですか。なんか垢が付いてるんですけど」

「そうだな、それにこれ、かなり臭いですね。あのオヤジ、その辺の現地人つかまえて調達した可能性もありますね」

「なんか、こんなのに直接入れたら病気になりそうですね」

「一回洗いましょうか……それにしても細いな、僕のじゃちょっと窮屈かも」

「でしょ？　だから現地で困らないように、やってみる方がいいですよ」

「そうだ、フルヤマさん。とにかく洗ってから、防毒マスクつけて着用しましょう。しばらくの間だし、何かの病気があっても感染は防げますよ」

「防毒マスクって何ですか？」

「コンドームですよ。僕、余分に持ってますから、2、3枚あげますよ」

「コンド……、そのアイデア悪くないかも」

僕は手渡された中古品らしきコテカを、部屋のシャワールームで充分に洗った。洗浄用の古くなった歯ブラシで中の届くところまでごしごし磨き、それでも納得できず、石鹸水を中に入れ何度も振ってきれいにした。確かに見える範囲での汚れはなくなったが、昨日まで他人の一物が入っていたかと思うと、どうしても気持ちが悪く、生理的な嫌悪感は否めない。

このケースには細い紐（ひも）が両端についており、腰に回す紐と、肩か首に巻きつけるであろう先端用の細い紐が長く伸びている。空港で見た現地人の男性２人は結構大きな瓢箪をしていたが、タクシーのドライバー氏が調達したコテカはかなり細い。とにかく親指がすんなり入るので、防毒マスクを装着して無理に突っ込めば、根元まで納まりそうな按配である。

僕は予行練習のため、ゴムを着けてコテカの中に入れてみた。通常の状態でゴムを着けるのは大変で、何とかゴムを広げて装着しパイプに入れてみる。入れてみればゴムに遮られてあまりパイプの内側に密着するような感触はないが、やはり気持ち悪いの一言に尽きる。根元がパイプの端に当たるため、動けば肌に傷が付きそうだし、釣り上げ用の紐がなければパイプの重みで根元から真下に向くため、窮屈と言うより何か折れそうな感じがする。兎（と）にも角（かく）にも装着は成功した。

「なんとか装着できましたね」

「僕もすんなり入りました、しばらくの辛抱です」

「僕はなんとか入れたんですけど、すんなりってサイズの問題ですか」

「何を言ってるんですか、僕のは結構な代物ですよ」

「そんな物、大きくても小さくてもどうでもいいんですよ。そうじゃなくて、お互いのコテカのサイズですよ」

「ああ、そういう意味か。見たところ同じような大きさでしたが」

「同サイズのコテカで、すんなりと窮屈なら、やはりモノのサイズによりますね」

「やっぱその話ですか。僕のは一人前です」

　僕と豚饅は下品な会話をしながら、タクシーで街を移動する。間もなく目的とする人物に到達できるかもしれないという、気の緩みがあったのかもしれない。

　このマノクワリという街はスラム以外は渋滞がほとんどなく、スムーズに移動できる。街には現地の人と、印尼の政策で植民のために移住してきた人が混在している。途上国の異文化を取り入れた人々と、土着民が同居している地域である。半裸のコテカをした人と洋服を着た人が、街ですれ違っても違和感がない街なのだ。

　まだ朝が早いせいか気温も高くなく、僕と豚饅を乗せたタクシーは予定より5分ほど早く本山に到着した。

　本山に着くと、豚饅は正面ではなく横の通用門のようなところに向かい、扉を叩きしばし待つ。全てがゆっくり動いているせいか、5分ほど経っても誰も出てこない。豚饅はそれを数回繰り返し、実に15分ほどの時間を経過してから寺の僧侶らしき人が出てきた。

豚饅は低姿勢で僧侶に話をする。しばらくのやり取りの後、豚饅が戻ってくる。

「さてと、装着しましょうか」

「入れるんですか」

「すんなり入ります」

「違いますよ、寺院の中に入れてくれるのか聞いたんです！」

「とりあえず入れてくれますが、まずは現地のぼんさんに挨拶です。防毒マスクをしっかりと装着して、コテカを着けましょう。正装ですからね、凜（りん）として行きますよ。フルヤマさん、しゃきっと行きますよ」

「はあ……」

僕と豚饅は意を決し、タクシーの横で裸になり、ゴムを着けコテカを装着した。腰の紐を後ろに回し前で軽く結ぶ。先端は下に向かないように首に紐を掛けて、落ちないようにする。そして豚饅が用意した、細い布を腰に巻いて寺院の入り口に行く。

豚饅は太っている上に毛深いので、コテカの下が腹と毛に隠れて見えないが、僕は下のぶら下がった部分も丸見えになる。僕はゴム草履を履いているが、豚饅は黒い革靴を履いており、まるで裸の王様のようで、2人とも非常に見苦しい姿になっている。特に腰を中心に日に晒すことがない部分は色が白いため相当目立ち、恥ずかしいことこの上ない。その上、歩くたびにパイプがおなかにペコペコ当たって気になって仕方がない。

なんとか俄拵え（にわかごしらえ）の正装をした僕と豚饅は、寺院の通用門で現地の僧侶らしき人に頭を下げ、事情を説明した。僧侶は畏まった僕たちの態度に納得して、寺院内の高僧への取り次ぎを約束してくれた。

その後、タクシーまで戻りコテカとゴムを外し、服を着直して再度通用門へ向かう。ここまでの手順を経て、ようやく中へ入れてもらうことができた。寺院の中に入る前に、礼儀として靴を脱ぐ。僕はゴム草履を脱ぎ、豚饅は革靴を脱いで寺院の通用門をくぐった。

境内では、白い衣服に白い帽子を頭にかぶった僧侶姿の男性が部屋へ案内する。結局寺院ではなく、社務所のような場所で高僧が現れるのを待つことになった。

当初、地元のお坊さんに正装で挨拶してから高僧に会うのかと思ったが、最初からその高僧に会うらしいと豚饅が通訳する。豚饅は近くにいる僧侶にお布施について尋ね、寺院で本尊に供えるように言われた。時折豚饅と言葉を交わす僧侶は、豚饅と僕の姿を舐めるように見つめ、首を縦に振って納得したような顔をする。

敷地内の社務所の反対側には寺院の本殿があるが、信者の数も少ないのか小さな造りになっている。屋根には多神教らしく様々な神の装飾が施してあり、いくつもの小さな像が色取り取りの色彩で飾られている。

待つこと30分、やっと１人の僧侶が反対側の寺院からこの社務所に入り、僕たちの前に姿を現した。僕たちを案内してくれた僧侶と同じ階級なのだろうか、同じような形をした白い衣服を身につけている。

僧侶は社務所の中に入ると、先ほどの僧侶と何かの話をしてから、こちらを振り向いた。何か現地語で僕と豚饅に話しかけるが、さっぱり理解できない。豚饅が通訳してくれと最初の僧侶に目配せすると、僧侶はバハサ・インドネシアで言葉を伝えた。豚饅が何度か僧侶とやり取りすると、ニヤリと笑って僕に内容を伝える。

「フルヤマさん、神妙な態度が気に入られたみたいです。今からこのぼんさんについて、あっちの方に移動します」

「良かった、いよいよですね」

僕と豚饅は、社務所に来た僧侶の後に続いて本殿へ移動を始めた。社務所から見ると小さな本殿に見えたが、近づくにつれその奥行きの深さと敷地の広さが、思ったよりはるかに大きいことが分かってきた。

僕たちが入ろうとしている本殿の入り口には、何かのカラフルな像が鎮座しており、その色合いから、確かに暑い地域で生まれた宗教だと感じられる。

本殿の中にはもっと多くの神像を安置する台座が並び、原色で強烈な色合いの何体もの像が並び、さらに奥へ続いている。これらの像は人の首を手にぶら下げていたり、金持ちのような人を踏みつけていたりして、仏教で言う四天王のように邪鬼を踏みつけ、悪を懲らしめるために意図的に恐るべき姿に造られているような印象を受けた。

さらに僧侶に導かれ奥に進むと、本殿の中の一番奥の突き当たりになった真正面には四角い台座があり、その前の床には半径2メートルぐらいの円が描かれており、何かの幾何学模様が描かれていた。そしてその円の中心に花が置いてある。

その台座を越えると、シバ神なのだろうか、御本尊らしき像があり、その横に高僧が立たれていた。落ち着きのある人物で、静かな雰囲気の中、歓迎するようににっこりと微笑まれた。

僕と豚饅は高僧に深く頭を下げ、御本尊の前に進み、床に描かれた円の中央に立ち、ヒンズー教徒の真似をして、合わせた両手を頭より高く上げて礼拝した。そして豚饅はお布施を入れた封筒を像の前に置き、僕はジャカルタの老人から預かったシャツをお供えした。

高僧は初め現地の言葉で挨拶をされ、その後バハサ・インドネシアに変えられた。豚饅が何とかバハサ・インドネシアで返答しようとしているが、うまく答えが見つからず言葉に詰まった時、その高僧は僕に向かって英語で話をされた。

「あなたはフルヤマさんですね。あなたのご用件を伺いましょう」

「はい、このたびはお会いできる機会を頂きましてありがとうございます。実は、自分たちの力ではどうにもならない問題があり、お力添えを頂きたく、本日お参りさせていただきました」

「私にできることであれば」

「実は2か月ほど前に、私どもの取り扱う商品がデリの港から消えました。以来探し続けておりますが、こちらの寺院におられる方がその商品の在り処を知っているということが分かりました。

　私どもの願いは、その方にお会いして、私どもが探している商品について協力をお願いしたいのです。あなたの客人にお会いできるようにお許しを頂けないでしょうか」

「あなたがお会いしたいという人物は、私たちの客人です。そしてあなたのことをご存じで、会うとも言われています。明朝、王の寺院へ足を運んでください。その方に会えるはずです。必ずお2人だけで来てください」

「ありがとうございます。ご配慮に深く感謝いたします」

「それから……、あなたのジャカルタの友人もすでにこちらにお見えです」

「え？　僕たちの友人が来ている？　それは誰でしょうか」

高僧は10秒ほどの間、じっと僕の顔を見つめられ、踵を返して御本尊から離れていかれた。僕と豚饅はどうすることもできず、ただ深く高僧に頭を下げて寺院を後にした。

タクシーに戻ると、ドライバー氏は寺院での首尾について豚饅と話をしている。バハサ、英語、そして時々現地語が混じり、僕には話題だけが分かる会話だった。

「モリモトさん、高僧が言ったジャカルタの友人って誰ですかね」

「知りませんよ。そんなこと分かるわけないじゃないですか」

「えーー？　ジャカルタの友人って、僕の知り合いといえばモリモトさんとあの老人の関係者だけですよ。だから友人なんて言われたら、モリモトさんの関係者しかないですよ」

「分からんなぁ……。今頃ジャカルタでは、僕らはまだデリにいると思っているはずなんですがね」

「知るはずもないのに友人が来ているなんて、おかしい……」

「まさか、デリから誰かが来ているんでしょうか」

一瞬にして豚饅の顔に緊張が走る。豚饅は今回のデリ脱出には慎重に事を進め、僕たちの行動はそう簡単に覚られるはずはない。万一情報が漏れるとしたら、イネスか教会の関係者しか考えられない。

「フルヤマさん、確か神父さんの話では、晒し首の監視役は住民の中に内部通報者のような者がいるかもしれないって言ってましたよね」

「そうです。通報者だから、密偵みたいに内部に詳しいスパイのような人間がいるのかもしれません。神父さんは教会の中でも気を許せないと言ってましたからね。まさかとは思いますが、僕たちの行動はずっと監視されているんでしょうか。そうだとしたら、デリの女たち……。それに神父さんたちも危険だな」

「いや……ちょっと待ってください。でもですよ、あの坊さんも名前を言わないだけで、誰かが来てることは言ってるわけだから、そんなにヤバい人間じゃないでしょう。何か特別な訳があるんじゃないですかね」

「ダメです、最悪の事態を想定して考えましょう。今、老人を危険に晒すことはできません。神父さんやイネスたちを裏切ることになりますからね。それに貨物のことも、また遠のいてしまいますし。あのお坊さんはどんな人か分かりませんが、例えば誰かがフルヤマの友人でジャカルタから来ましたなんて言えば、信じるかもしれません。あのお坊さんはあなたのジャカルタの友人もすでに来ているって言ってるんですから、僕たちにとって良い人間か悪い人間かは分かりませんが、誰か僕たちに関連する人間が来ていることは間違いありません。それが僕には、どうしてもいい人間なんて思い浮かばないんですよ」

「そうだなあ、誰なのか……でもね、フルヤマさん。名前は言わないけど僕たちの友人だという人間の誰かが来てることは話しているわけだから、少なくともあの坊さんは、その人を危険な人物だとは思ってないんじゃないですか。でなきゃ、言わないでしょう」

「でも、それなら名前ぐらい出せるでしょう。それに、僕がその人は誰か聞いてから、10秒ぐらい黙って見ていたでしょう。なんか不可解ですよ、あの態度」

「確かにあの坊さんの態度は不思議だな。来てるって言ってるんだから、名前ぐらい言ってもいいだろうしな」

「さっきも言いましたけど、僕の知人という線はないですよ。モリモトさんの関係者しか考えられませんが、そんな人、思い当たらないでしょ？　第一、ここに僕たちがいるなんて知るはずもないでしょうしね。困ったな。僕たちの行動を知ってるのは、このドライバーだけですからね」

豚饅は少し声を荒らげて話をする。

「まさか、こいつか？　マノクワリの空港に来るのもえらく早かったしな」

「いや、目的の人物に会う日や場所まで知っているのなら、もうとっくに捕まえてるでしょ。僕がその治安維持の警察みたいな立場なら、何十人かの警察部隊で、あの寺院に入って徹底的に調べますよ。やっぱり、このオヤジは関係ないですよ」

「やっぱ考え過ぎかなあ……」

僕と豚饅は結論が出ず、ホテルに戻ることにした。コテカを紙包みに戻しドライバーに返して、明朝の予定を話してから部屋に戻った。

「フルヤマさん、今夜もここで寝ていいですか？」

「何をビビってるんですか。モリモトさんの往復鼾の方がよっぽど怖いですよ。なんだったら、部屋を換えてもいいですよ」

「へへ、そうしてくれると嬉しいです。いやあーいつもながら頼りになるなあー。あっ、そうだフルヤマさん、もう一つ、あの坊さん何かおかしなことを言ってましたね。フルヤマさん、気が付きませんでしたか？」

「おかしなことですか。何だろう、あまり気にもしませんでしたが」

「明朝、王の寺院に来てくださいって言いましたよ。カウヤの寺じゃなくて王の寺院だから、どこなのかな？　まずいですね、行き先が分からないですよ」

「そうだ、モリモトさんすいません。僕としたことが大切な内容を聞き洩らしました。モリモトさん、このホテルの人に聞いてもらえませんか。意外にすんなり分かるかもしれませんよ。そんなふうに普通に言ったんですから」

「そうですね、ついでにビールも買ってきます」

「少しですよ。あまり飲み過ぎると、ますますおかしな話し声が聞こえてくるんじゃないですか」

「そうですね、3本までにしときます」

豚饅は喜々としてフロントに向かった。そして嬉しげに4本のビールを持ち、1本は僕の分だと手渡してきた。

「いやあー、フロントで聞いたら簡単な話でしたよ。要はカウヤの寺院は王族から経済的な援助をもらっていて、カウヤは王の寺院とか王族の寺みたいに言われているらしいんです」

「なるほど、それなら気にしなくても大丈夫ですね」

それからしばらくの間、豚饅と僕はビールを飲みながら明日の件を話し合った。

夜になり、ベッドに入る。豚饅と部屋を交換して寝ることにしたが、しばらく目を閉じていると、誰かが見ているような気がする。別に声はしないが、何となく視線を感じる。奇異な感じだが、特段危険だとは思えない。豚饅の聞いた人の話し声は聞こえないが、何かがあるのかもしれない。

そんなことを考えながらも、ぐっすりと眠ることができた。

サンクチュアリイ

朝になり目が覚めてみれば、ゆっくり眠れたと思った。体調はいいが、どうしても昨夜感じた視線のような気配が気になる。

この安ホテルの壁は模様もないただの白い壁で、シミなども見えない。どこかにカメラがあるような感じもしないし、調度品もないため、何かの監視のための用具などが隠されているような場所もない。やはり原因が分からない雑音を人の声だと思い込み、勝手に恐怖している豚饅の影響を受けていたのだろう。

誰にも邪魔されずゆっくり眠れた目覚めの状態で、窓を開け朝の空気を吸っていると、何かあるのかもしれないと思い込んでいた自分がバカバカしく思えてくる。人の心は何の理由もなく勝手に恐れたり、激しい敵対心を生み出したりする。これも心の闇の部分なのだろうか。

朝8時を過ぎて豚饅が僕を起こしに来た。彼は部屋での話し声や奇怪な現象がなかったかしきりに僕に聞いてくるが、何もなかったと答えるしかない。カフェでは昨日と変わらない食事をむしゃむしゃ食べながら、豚饅が複雑な顔つきで、あの部屋には誰か自殺者の霊がいて、夜な夜な出てくるのだという妄想を熱心に話す。話の内容があまりにもくだらないため、僕は話題を変えた。

「モリモトさん、あの部屋で僕はぐっすり眠れましたよ。そんな頓珍漢な話より、今日はどうやってあの寺院へ行くのか考えましょう」

「どうやって行く？　あのタクシーで行けばいいでしょう。何かあるんですか」

「あのリサたちの店で、船員みたいなゴロツキが僕の胸倉を掴んで、老人はマノクワリにいるって言った時、お前たちも危ないって言ったんですよ。だから同じタクシーを使うのもどうかと思うんですが」

「え？　昨日、あのタクシーのオヤジは大丈夫だと言ったのはフルヤマさんじゃないですか。やっぱフルヤマさんもおかしいと思うんですか？」

「いや、最悪の想定で行けば、あの運ちゃんも疑った方がいいってことですよ」

「実は僕も気になるんですよね。あの運ちゃん、やたら寺院のこととか、僕らが何をしに来たのか聞くんですよね。まあ、おせっかいなだけかとも思うんですが、ちょっとしつこすぎますね」

「やっぱりモリモトさんもそう思いますか。どうでしょう、タクシーのオヤジが来たら、今日は一服だなんてダラダラ言って、明日来いって言ったらどうですか」

「そうしましょう。今日は少し時間をずらして、別のタクシーで行きますか。万一ってこともありますしね」

「僕もその方がいいと思います。あのドライバーがどうかは別として、今日は違うタクシーにしましょう」

朝食を終えて現れたドライバーに、豚饅はいくらかのお金を渡し予定変更を告げる。それから2時間ほど部屋でゴロゴロしてから、僕と豚饅はホテルの裏手から外に出た。ホテルから少し離れた場所でタクシーを拾い、寺院に向かう。

このマノクワリは、あまりきれいな街とは言えないが、デリのような宣伝カーや武装警察、それに検問がないため渋滞もなく平穏な街に見え、のんびりした雰囲気さえ感じられる。

独立運動があるのにデリと何か雰囲気が違うのは、印尼の中でも一番東側にあるという位置の問題なのかもしれないと思った。国の内側でもめ事が発生するのと、一番端での独立騒ぎでは、政治を預かる人間としては考えや施策が変わってくるだろう。やはり内側の飛び地は作りたくないのが人情かもしれない。

今日は昨日よりさらに早く、ホテルから20分程度で寺院に到着した。僕と豚饅はかなり貨物に近づいたことで、多少の興奮を感じていた。

「フルヤマさん、ついに来ましたね。これであの老人から貨物返却の約束をもらえば、騒乱の地から商品を取り戻して堂々と帰れますよ。ああ、なんか嬉しいなあ」

「そうだなあ、結構怖かったけど、やっと終わりに来たって感じがしますよ。あとは問題が発生しないようにジャカルタに帰りたいですね」

「そうです、最後の詰めですからね、締まって行きましょう」

昨日の寺院の通用口から挨拶をして中に入る。僕と豚饅は履物を脱ぎ、ビニール袋に入れて鞄の中にしまい込み、浮き立つような気持ちを抑えながら案内してくれる僧侶の後に続いた。高僧の了解なのだろうか、実にすんなりと案内が進む。

社務所の中に入ると、別の僧侶が僕たちを寺院に連れて行く。あのカラフルな多くの像が並ぶ寺院の中を進んで行くと、なぜか途中で社殿の外に出る。何事かと思えば敷地の反対側に僕たちを連れて行き、そこで僧侶は別の場所への移動を告げる。

僕と豚饅はそのまま僧侶に続いて、反対側の隠し扉のような粗末な出口から外に出されてしまった。僧侶は僕たちに靴を履くように言い、辺りを窺い、待ち構えていたボロボロの車へ僕たちを押し込んだ。およそ僧侶とは思えない行動で強制的に車の中へ放りこまれた。そしてドアを閉める瞬間、一言「サンクチュアリイ」と呟いた。

運転をする男は僕たちが車に乗り込んだのを確認すると、そのまま僧侶の顔を見ずに車を出した。豚饅は何事か車のドライバーに聞いているが、男は何も答えない。豚饅の問いに多少首を振るだけで、何も答えず車を走らせた。

「フルヤマさん、あの僕たちを車に押し込んだ坊さん、何か言いましたよね」

「サンクチュアリイですから、聖域とか神殿のような意味ですね、英語ですよ」

「神殿なら、やっぱり他の寺院でしょうか」

「どうでしょう、難しいですね。僕はお祈りやミサなんかで教会に行きましたから、ある程度は意味が分かるんですが、寺院や教会なんかの内陣を指すこともありますし、治外法権というような、中世の教会の中で犯罪人なんかでも逮捕できないような特権のことを言う場合もあるんですよ」

「あっ！　分かった！　確かパリ近くのツールという町に古城が多くあるんですが、確かシュノンソーという城に、同じ言葉で表記された部屋があって、英語でも『王の寝室』と書かれていましたから、やっぱりあれは王族の神殿という意味でしょうね」

「なんか、王の寺院から王の神殿に行くみたいな感じですかね」

　それから1時間ほどの間、蒸し風呂のような暑さの車内は沈黙のままで、ある豪邸に到着した。大きな屋敷で、正面玄関には門番のような2人の男がいる。彼らは僕たちの車を見ると、慌てて大きな門を開けて車を中に入れた。

「フルヤマさん、ここ、どこなんですかね。何か物々しい雰囲気ですね」

「ここって、凄いお金持ちの館みたいですけど、老人の隠れ家みたいな場所なのかな。ただの金持ちの家というより、なんか政治家の別荘みたいにも見えますが」

「なんか、またえらいところに連れてこられたな。奥行きが知れない場所にいるような気がしますが」


屋敷の中はかなりの木が植えてあり、しっかり茂って周りを遮る森のような状態になっている。門を入ってから車は建物のない場所をゆっくりと進み、途中、何人かの使用人のような人達の横を過ぎて館に到着した。


館の玄関では中年の男性と、その後ろに下僕のような若い男性と2人の女性が控えている。僕たちの乗る車が玄関に到着すると、若い男性が車に走り寄り、左手を後ろに回して腰の位置に手を置き、畏まるように右手でドアを開けた。その主人らしき男性が名を名乗らず、僕に英語で話しかける。

「フルヤマさんですね。突然こちらまで来ていただきました。事前に案内していなかったことはお詫びします。ここもあまり安全ではないのです。さあこちらへどうぞ、主人とお客様がお待ちです」

「分かりました。モリモトさん、行きましょう」

僕と豚饅は、ここがどこで誰の館なのかいろいろ聞きたかったが、ぐっとこらえて男性の後に従った。館はかなり大きな建物で、いくつかの渡り廊下を過ぎて屋敷の中心の建物へ入って行く。そこで待合室のような場所へ案内され、ここで待つように言われた。

しばらくすると、玄関で待っていた女性が入ってきて、何かのトロピカルジュースを置いて行く。女性は裸足で身体に密着するような民族衣装を着ているため、身体のラインが見えてかなりセクシーに見える。豚饅がバハサ・インドネシアで声をかけるが、女性は愛想笑いを浮かべて部屋を後にした。

「モリモトさん、何を聞いたんですか」

「ここは誰の屋敷か聞いたんですよ」

「本当ですか？　なんか口説いているように見えましたけど」

「まさか、こんなところで使用人を口説くなんてできませんよ。僕もそんなアホじゃありません」

「なんか、貴族か宗教上の偉い人の家みたいですね」

「たぶん旧王族じゃないかな。ここら辺はインドネシアに併合される前は、小さな旧藩国みたいな王様が結構いましたからね。今でもある程度の特権が認められているんですよ」

「そういえば、ジャカルタの老人がアルキィさんは旧王族の末裔だなんて言ってましたから、そうなのかもしれませんね」

「貴族でもないでしょうけど、住民は今でも旧王家に尊敬の念を持ってるみたいですからね。ちょっとした治外法権みたいな場所になるのかもしれません」

　僕と豚饅が部屋に入り、雑談を始めて20分ほどが過ぎてから、玄関前で僕たちを迎えた中年男性が部屋に入ってきた。男性はシムと名を名乗り、これからの面会について説明を始めた。バハサと英語を流暢に操る、かなりの教育を受けた人に感じられた。

「確認させてください。あなたがモリモトさん、そしてあなたがフルヤマさんですね」

「はい、間違いありません」

「ヒンズーのお坊様からのご紹介で、私どもの主人にお会いいただきます。たぶん何の説明もなかったので困惑されていると思いますが、私どもの主人と主人のゲストも、あなた方の到着を心待ちにしておりましたので、面会を楽しみにしていらっしゃいます」

「いくつかお伺いしてもよろしいでしょうか」

「はい、あまり時間はありませんが」

「ここは誰の屋敷なのですか」

「今では政治体制が変わりましたのでこのような場所に住んでいますが、あなたにお会いいただくのは国王です」

「分かりました。何か礼儀のようなものはあるのでしょうか」

「日本式で結構ですよ。あなたの会う方は年齢も立場も上ですから、ゲストとして礼を尽くされればよろしいかと思いますが」

「言葉はバハサ・インドネシアでいいんですか」

「言葉はどの言語でも構いませんが、バハサ・インドネシアは好まれません」

「なら、フルヤマさん、お願いしますね」

「分かりました、英語で行きましょう」

　僕と豚饅はシムさんに導かれながら、面会の間らしき部屋へ進んだ。歩きながら豚饅がぶつぶつ話をする。

「いやあー王様に会えるなんて、手柄話になりますね」

「そうですね、まさか王様に会うとは思いませんでした」

「まさか、王様のおなりぃーなんて出てくるのかな」

「今から面会するんですから、無礼な話はここらへんにしておきましょうか」

「はあ……」

4人目の老人

案内された部屋は、接見の間と言うより屋外に開かれた大きなテラスのような場所だった。風通しをよくするために左右と正面が大きく開かれている。その正面は玄関のような入り口になっていて、3段ほどの階段の手前には、人が立つための平らな1畳ほどの石が置かれている。

一旦外に出て、靴をスリッパのような外履きに替え、テラスの見える位置に進む。案内するシムさんは、昇殿の許可が出たら履物を脱いで部屋に入るように説明し、右手を差し出して前に進むように僕たちを促した。

テラスの内側はコの字にずらりと椅子が続き、中央奥には3つの大きな椅子が並んでいる。その中央の椅子に国王らしき男性が座り、左側の椅子にあの坂道で会った老人が僕達を待っていた。椅子に座って待つ2人の間には袖机のような小さな台があり、その上にはジャカルタの老人から預かった古いシャツが置かれている。

奥の入り口には執事らしき男性と女性2人が畏まり、広い接見の間の中央奥に更に男性が2人立っている。そしてその周りには無人の椅子が並び、広すぎる空間に自分の居場所を見つけられないような居心地の悪さを感じる。

僕はテラスの正面にある入り口のような階段の前に進みながら、豚饅に話しかけた。豚饅は何か怯えるように小声で答え、少し遅れて僕に続く。

「モリモトさん、これから先は僕が話をします。英語でやりますから」

「任せますぅ………、僕、そう言いましたよねぇー。あぁよかった、あの爺さんですね」

僕と豚饅がゆっくりと正面階段に進むのを、国王とアルキィ氏が見守る。何か楽しむようなにこやかな雰囲気で僕たち2人の姿を見つめておられ、相手を探るような緊張感はない。

僕は相手が相手だけに、知る限りの敬語で話をした。なぜかロンドンの英語の師匠ティモシーさんや、お世話になったブラウン神父の顔が頭に浮かぶ。僕の英語は全てティモシーさんやブラウン神父から学んだものだ。

僕と豚饅は、国王とアルキィ氏の真正面の階段の一歩手前でお2人に正対して、深く頭を下げた。

「陛下、本日は面会のお許しを頂き感謝いたします。私はフルヤマと申します。そして、こちらの男性はモリモトさんです。日本より参りました」

「歓迎します、フルヤマさん。あなたを待っていました。ここまで来られるのに大変苦労されたようですね。ここでは堅苦しい挨拶は必要ありません。さあ、こちらにあなたが探していたクンナ・アルキィさんがいらっしゃいます。今日はゆっくりとお過ごしください」

国王はこんな簡単な挨拶をされると、数秒の間、僕と豚饅を優しい眼差しで見つめられ、アルキィ氏に現地語で何かを話されて場を外された。僕はこの時、初めてアルキィ氏のフルネームを知った。

生ぬるい風が吹く正午頃、僕たちが立つ階段の前は直射日光が当たる場所で、頭の先がジリジリ焼けるような感じがする。テラス前の庭園の木々は疎(まば)らだが、広葉樹の大きな葉が方々に広がり、わずかな距離を進めばこの日光の直撃から逃れられそうな木陰になっている。

僕はアルキィ氏に何かを言おうと思ったが、国王の背中を見送ったアルキィ氏は、その視線をジャカルタの老人から預かったシャツに注ぎ、何も話さずシャツの一点を見つめている。あのシャツはこの老人にとってもジャカルタの老人にとっても、長い独立の歴史を物語る重い証拠の品なのかもしれない。

数分の時が流れ、僕の額からは引っ切りなしに汗が流れだした。たぶん、豚饅は全身汗でびっしょりになっているはずだが、僕は横を見ることもできずアルキィ氏の言葉を待ち続けた。

どこまで広がっているのか分からないほどの広さを持つ庭園には、甲高い声で多くの鳥が鳴いている。先ほどの僕たちを待つ時のにこやかな雰囲気とは違い、１人になってシャツを眺めながら何かを考え込むアルキィ氏の横顔には、もう笑顔はない。

僕はアルキィ氏が甥であるサリヤさんを亡くされ、晒し首になっていたことを思い出していた。老人は今、落ち着いてはいられないだろう。サリヤさんの死に、僕と豚饅が無関係ではないからだ。

僕たちが汗を流し続ける間、その老人はじっとシャツの文字を見ている。さらに何分かの時が流れ、アルキィ氏は突然我に返ったように視線をシャツから外し、ゆっくりとこちらを向いて、僕たちが進む方向を示した。振り向いたアルキィ氏は、また別の穏やかな表情をしている。僕たちは履き替えたスリッパを出船にそろえて階段を上り、アルキィ氏の近くに進み、英語で話しかけた。

「アルキィさん、英語でよろしいでしょうか」

「ああ、日本語でも構わないよ。よく来てくれたな、ずいぶん時間がかかったようだね」

「はい、ここまで来るのにいろいろなことがありました。こちらのモリモトさんは英語が上手ではありませんし、私はバハサ・インドネシアを話すことができません。日本語でお願いします」

アルキィさんはゆっくりと話をする。言葉を選びながらゆっくりと。

「日本語は久しぶりだからね、ゆっくり話してくれないか」

「承知しました。アルキィさんとお呼びしてもよろしいでしょうか」

「そうだな……。君たちは若いからね、アルキィで構わないよ。そこへ掛けてくれ」

「ありがとうございます」

「アルキィさん。最初に、サリヤさんのことは大変残念なことをいたしました。心よりお悔やみを申し上げます」

アルキィ氏は僕と豚饅に、王の椅子と反対側の席を示し腰を掛けるように手で指し示した。僕と豚饅は腰を掛ける前にサリヤ氏の件についてお悔やみを申し上げ、頭を深く下げる。老人は何も言わず黙って僕の言葉を聞いていたが、少しずつ口を開きだす。

「うん……、まあ座れ。あれはあれでな、よう戦った。残念だがな」

「正直に申しますと、サリヤさんは大変恐ろしい方だと思いましたが、僕たちには何の危害を加えることもなく話を聞いてくださいました。脅すようなこともなく、貨物の返却を約束していただきました」

「そうか、あれも知らないうちに立派な男になったんだな」

「お会いしたのは派手なバーの地下室で、堂々と話をされました。僕は初めての人と話をするときに、緊張感で上がったりしますが、サリヤさんは大変落ち着いて話をされました」

「うん……」

「話が終わった後、バーの裏側で騒ぎがあり危険が迫っている時も、真っ先に僕とモリモトさんのことを心配されて、先に逃がしてくださいました。サリヤさんのおかげでこうして今お話をすることができます」

「そうか、君たちを先に逃がしたんだな……。それがあれの生き方だ、褒めてやらないとな。君たちも命は粗末にするな、ご両親が悲しむ」

「はい、大切にいたします。ビンタン島のミカラジャさんからもそう教えられました」

「ミカラジャだと！　……。なんということだ。久しぶりに聞く名だ。ミカラジャ……永い間、耳にしていない名前だ。なるほど、そういうことなんだな。それでアディルと知り合ったんだな」

「アディルさん？　ですか」

豚饅が説明をするように少しだけ口を挟んだ。

「ルサイニさんの下の名前ですよ」

「それがルサイニさんの名前ですか……。初めて知りました」

「それはそうだろう。長い間死んだことになっていたからな。奴の名は口にするなと言われただろう」

「はい、名前を言うと叱られました。ジャカルタに帰ったら、その理由を教えていただくことになっています」

「うむ。それはな、皆が知っている公然の秘密でな。あれも大変だったんだ。でも、もう心配は要らないな。フルヤマ、君もその訳が分かっただろう。もうそんな心配の必要はなくなったんだ」

「はい……。訳と言いますと、名前を口にするなという理由ですか？」

「そうだ、死んだことにしておけば、命を狙われることもないからな」

「なるほど、それが理由だったんですね……」

「フルヤマ、君がどこまで知っているか俺は知らんが、アディルは長い間、命を狙われていたんだ。それが20年ほど前のラマダンの日に、ある中国マフュアに撃たれて危うく死ぬところだった。ボディーガードがいただろう、大きな男が」

「大きな男ですか？」

「フルヤマさん、あのごっついボディーガードですよ、サングラスの」

「ああ、あの人か。あの人がどうしたんですか？」

「あのボディーガードはな、自分の身体でアディルを守ったんだ。アディルもあのボディーガードも数発の銃弾を受けたが、２人とも命は助かった。それ以来、アディルは中国人マフュアを恐がって、死んだことにしていたんだ」

「そう言えば、ルサイニさんの息子さんが同じような話をしていました」

「同じ話をか？」

「そうです。僕が生まれたのは1959年の9月7日なんですが、その日は喜捨の日で、何か忘れられない事件があったと言われました」

「そうだ、思い出したぞ。撃たれた日は喜捨の日だった。多くの貧しい人に紛れてその男は近づき、至近距離から拳銃を撃った。そして、その日に君は生まれている。

　しかしまあ、なんと不思議なもんだ。その日に生まれた子供が今になってその話をしている」

「その中国人マフュアはどうなったんですか」

「アディルがどんな男か知っているな」

「はい、ヤクザの親分だと聞いています」

「そうだ、ろくな稼業じゃない。君はそれを知っているんだな……。そんなことをやっている男が撃たれたら、周りはどうすると思う」

「それは……。やはり、殺すでしょう」

「そうだ。その男は周りの男たちに捕まり、無残な殺され方をした。そしてその死骸は中国人のところへ送り返された。見せしめのためにな。

だがな、俺を含めてアディルやミカラジャは、どれだけの人を殺してきたか分からない。独立のための戦いとはいえ、どれだけのオランダ兵を殺したのか。それだけではないぞ、戦争とはいえ、日本軍に協力して多くの若者を戦地に送り、そのほとんどは日本軍に奴隷同然に扱われて死んでいった」

「……」

「あの頃はな、俺もミカラジャもアディルもそうだ、死んでしまうことは分かっていながら、数え切れない若者を地獄に送り出していたんだ。

それから日本兵だ。君がどう思うか俺には分からないが、戦後すぐに多くの日本兵と共にオランダと戦い、そのほとんどが死んでいった。半分以上は死に、それ以外は行方不明だ。本当にひどい時代だった」

「……」

「今になって殺したなどと何の意味もないことだ。

フルヤマ、君がここに来ることができたのは神のお導き以外にはないだろう。君は俺とアディルの間にある、30年分の深い溝を超えているんだ。やはり神のお導きがあったからこそ、生きてこの場所にいるんだ」

「深い溝ですか」

「そうだ、俺とあの男の間には埋められないほどの深い溝がある。それは支配する側と、支配される側の深い溝だ」

　堪能な日本語とほんの少し話した英語で、この人の聡明さが感じられる。僕はなんて優秀な人なのだろうかと思った。何十年も話していない日本語で、これほどの表現ができるのだろうかと、深くこの老人の能力に驚いていた。

「あの……、同じことを神父さんに言われました」

「神父？　アキバのことか」

「そうです。アキバ神父から、あなたは神に導かれていると言われました」

「そのとおりだ。神のご加護なくしてあの教会には行けないだろう。今のデリなら一番危ない場所だからな。ムスリムにとって、喜捨がどのような意味を持つか分かるか」

「分かりません。貧しい人を助けることが大切なのでしょうか」

「そうだ。金持ちはな、所詮人を食い物にして豊かな暮らしをしている。オランダがこの国の貧しい人々を長い間苦しめてきたことは知っているな」

「はい、ミカラジャさんやユリアさん、それにルサイニさんからも聞きました」

「何だ、君はユリアにも会ったのか。驚いたな、あの男がまだ生きているとは……。いい話を聞いたぞ。ユリアは最後まで誰も裏切らなかった。仲間がばらばらになった時も、最後まで間に入って分裂を避けようとした。あいつが一番苦しんだんだ。あの男がなぁ……。そうか、生きているとは知らなかった」

「実は、シンガポールからビンタン島に入った時、ジャカルタに行く船がなくて大変困りました。その時、港で役人をしているミカラジャさんの息子さんから、チェンカレンという村に行けば力になってくれる老人がいると聞いて会いに行きました。その時にミカラジャさんからユリアさんを紹介されたんですが、この紙を見てください、ミカラジャさんが書かれた仲間の名前です」

アルキィ氏は、僕の差し出したボロボロの紙片を手にとって、ミカラジャさんが書いた文面を見た。当初、名前だけが書かれているのかと思ったが、そこには名前以外の何文字かが書かれており、ミカラジャ氏の何かの意思が記されているらしい。

「なんということだ……。アディルにユリア、それにミカラジャだと……。この歳になって、あの連中の名を聞くとは……」

老人はそう呟くと、再びじっとその筆跡を見た。しばらくの間、老人の目は文字を追い、そのままの姿勢を変えることなく静かに瞑目（めいもく）した。

老人は思い出している。オランダや日本と戦った印尼独立戦争、そして生死を共にした友人との別れと反目、多くの人を死に追いやった後悔、息子や甥を亡くした悲しみ。様々な思いがあるのだろう、長い間じっと目を瞑ったままだった。

僕と豚饅が老人の瞑目する姿を見守り、豚饅が何度かの溜め息をついた時、老人は再び口を開いた。老人の目は明らかに潤んでいる。何かを言わんとするが言葉が出ず、困惑した表情を見せる。心を乱す老人を前に、僕と豚饅は何も言うことができない。

「それにしてもこの言葉は……。フルヤマ、君という男は相当ミカラジャに気に入られているんだな。あの男は滅多なことでは若い者を認めない奴だが、ここには『この若者は我が命の代理』と書いてあるぞ。

あんなに誇り高くて恐ろしい男が、君のような若い者を代理としている。この名前を聞くのも、あれが認めた男に会うのも30年ぶりだ」

「あの……、僕は外国人ですし、年齢もミカラジャさんたちとはずいぶん離れていて孫のような存在です。第三者として皆さんの間に入るにはちょうど都合がいいのではないでしょうか。だからミカラジャさんも認めてくれたんだと思います」

「フルヤマ、君はあの男がどんな人間か知らんのだ。アディルは何と言った」

「はい、ルサイニさんからはいろいろな話を聞かせていただきましたが……。それは、ミカラジャさんという人は仲間を守るためなら簡単に人を殺すと言われました。それから、あの人が選ぶ人間は期待を裏切らないとも言われました」

「そうだ、それを一番よく知っているのがアディルだ。フルヤマ、君は戦争を知らない。あの地獄の中で、確かな人間を選び戦いを有利に運んだのは、ミカラジャの選んだ男が、我々の期待どおりの仕事をやってのけたからだ」

「……」

「君は自分のことがよく分かっていないな。あのデリの、あんな危ない場所をくぐり抜けてきたんだ。俺でさえいることが難しい場所だぞ。俺の家族も命を失った。

君と会ったサリヤは、その夜のうちに捕らえられ首を切られた。君と会ってからバーを出てすぐのことだ。なのに君は無事ここにいる。神のお導きがなければ君も命はなかった」

「……」

「今のデリはな、まともな話をできる場所は少ない。印尼政府は誰彼かまわず捕まえては牢にぶち込む。そのほとんどは帰ってこられないんだ。

俺と会った道で、あの首を見ただろう。

今まで見せしめになった首の数は1000や2000ではないぞ。それにその中には君みたいな外国人も多く含まれている」

「……」

「今どき、あんな危ない場所に行く外国人はほとんどいない。それに、あんな場所でサリヤたちに会うのは殺されに行くようなものだ。

君がどれほどその危険を認識していたかは知らんが、君たちはあちこちから目を付けられていたんだ。ホテルの宿泊客のリストなど警察ですぐに調べがつく。ましてや外国人ならパスポートなどで簡単にマークできる。

フルヤマ、君を恨むわけではないが、あの夜、サリヤたちは大変な失敗をした。君たちが警察に目を付けられていることを全く把握していなかった。調べようともしなかった」

「やはりサリヤさんたちが亡くなったのは、僕たちがその原因なのでしょうか」

「そうではない、君を恨む気持ちもない。それよりも君は多くの人に助けられた。それを忘れるな。あのバーで働く若い女たちも、フェリーで知り合ったシルバも、皆君の友人なんだ。君は短い間に多くの者を味方につけた。アルカティルという男の名を覚えているか」

「いいえ、存じません」

「君たちをサリヤに会わせた男だ」

「あのナシゴレンを売っていた男性でしょうか」

「そうだ、あの男は君をすぐに信用した。しかも君たちのことを調べずにあの地下室へ連れて行った。ミカラジャが聞いたら呆れる話だ」

「残念ですが、あの方の首も台に並んでいました」

「ん？　首はみな髪が前にあった、それに夕暮れで顔は見えなかったはずだが」

「それは、サリヤさんとの約束でした。あれを見ることが商品を返す条件だったので、お一人おひとりの顔を確認しました」

「そうか……、君はサリヤとの約束を守ってくれたのか」

「そうです。連絡はありませんでしたが、約束は約束です」

「君は恐くなかったのか。あんな場所の夕方だ、それも人の首だぞ。殺し合いの経験もないような若い者が、まともに首を見ることができるとは思えないが」

「大変恐ろしかったです。でもサリヤさんたちは、僕なんかよりずっとまっすぐに精一杯生きておられました。せめて目だけは閉じさせてやりたかったんです」

「今、何と言った」

「はい、神のもとへまっすぐに行けるように、目を閉じさせました」

「君は、あの男たちの目を閉じさせてくれたのか」

「はい、９つの顔を全部見ました。お一人おひとりの冥福を神に祈り、開いていた目を閉じさせました」

「君には何と礼を言えばいいのか……。あそこには監視の人間もいたんだ」

「僕もカトリックです。サリヤさんも信者だと言われました。僕にできることはそれしかなかったんです」

「……」

アルキィ氏はしばらくの間、絶句する。感情が言葉につながらず、物を言うにも言いかけた口からは言葉が出ない。

「ああ、何を話していいか分からなくなってしまった。しばらく時間をくれないか」

アルキィ氏は長い間思いを巡らせ、潤んだ目から涙がこぼれそうになっている。赤く腫らした目を僕たちに見せまいとして、老人は俯(うつむ)いたままポツリと口を開いた。

「もう昼だな……、食事にしよう」

老人はそう言うと、僕が渡した紙片とシャツを手に取り、ゆっくりと立ち上がった。その姿は、スルポンで見たジャカルタの老人の姿に似ている。僕が手を貸そうと立ち上がると、右手で僕を制し、複雑な笑みを浮かべて場を去った。

僕と豚饅は老人の背中を見送った後、どうすることもできず、その大きなテラスに取り残された。時間は1時を過ぎた頃で、気温はさらに高くなっている。豚饅の額からは大粒の汗が流れ落ち、暑苦しいアフロの髪からもひっきりなしに汗が流れている。

老人が場を去り、しばらく時間が過ぎてから執事のシムさんが王座の裏手から現れて、僕と豚饅に履物を返した。

「暑いですね。どうですか、シャワーでも浴びていただき、しばらくお待ちください。部屋にご案内いたします。それから昼食を用意しますので、1時間ほどお待ちください。あの、それとモリモトさん。あなたの近くにおられた方はどちら様でしょうか」

「僕の近くにいた人？」

「そうです、もう1人おられたように思うのですが」

「誰もいませんよ。僕とフルヤマさんだけですが」

「そうですか……？　そうですねぇ……、確かに今日のお客様はお2人ですからね」

シムさんは、少し小首を傾げてテラスの入り口に向かう。豚饅はシムさんの少し奇怪な話を聞いて、何かを恐がっている。

僕はまさかとは思うが、ホテルの心霊現象を思い出した。しかし僕が眠った豚饅の部屋には、なんの不思議な現象もなかった。そんなことは今の今まで忘れていたが、シムさんの一言が気になる。

僕と豚饅は2人で部屋をあてがわれ、シャワーを浴びることにした。とにかく暑い。マノクワリに到着してから最高気温ではないかと思うほど気温は高くなっている。

豚饅は、老人との会話が貨物の話まで行かなかったことに不満そうで、だらだら文句を言いながらシャワールームに入る。僕は老人との話で気分が落ち込み、豚饅とも話をする気にはなれず、黙って豚饅の愚痴のような文句を聞いていた。

豚饅がシャワーを浴びる間、僕はあてがわれた部屋の窓から外を眺めていた。なぜか小さい頃の夏休みを思い出し、穏やかに時間が流れていくのを感じる。部屋の気温は高く、とにかく暑い。外の景色が夏の明るさで輝いている分、部屋の中が暗く感じられ、昼過ぎなのに夕方のような感じさえする。

「フルヤマさん、マンディー終了です、やっと生き返りましたわ。フルヤマさんもどうぞ。水は注意してくださいね」

「モリモトさん、今日は長いですよ。そんな感じがします。あんな雰囲気なら、貨物の件を切り出すのも楽じゃないですね」

「なるべく早く出てください。ちょっと恐いんですよ」

「誰か別の人のことでしょう。お化けなんかいませんよ」

僕は豚饅の言葉を無視してシャワーを浴びた。シャワールームは、ホテルのようなお湯も出る立派な設備だが、水浴にした。この国の人々が日に何度もするというマンディーは、一気に汗が引いて気分が爽快になる。確かに水は冷たく、多少の寒ささえ覚えるマンディーは、この暑い国では必要な習慣なのだろう。先ほどまでの、うだるような暑さでいらいらする気持ちを落ち着かせて、冷静な気持ちにさせてくれる。

僕がシャワーを終えると、部屋には飲み物が出された。出された器は3つあり、たぶんアルキィさんが間もなく来るのだろうと思ったが、結局この部屋にアルキィさんは現れなかった。

出された飲み物は、先ほどのトロピカルジュースのような物ではなく、何かお茶のような飲み物で、甘さがない分、舌に味が残らず、口の中がすっきりとする。

僕と豚饅が出されたお茶を飲みながらしばらくの間待っていると、先ほどのシムさんが部屋の入り口に立ち、軽く会釈をされた。

「モリモトさん、フルヤマさん、食事の用意ができました。別室にご案内します」

「シムさん、食事は国王も同席されますか」

「いいえ、国王は同席いたしません」

「分かりました」

「アルキィさんがこちらで国王以外の方と食事をされるのは、大変珍しいことなのですよ」

「すいません、あまり存じませんもので知りたいのですが。アルキィさんは国王とはどのようなご関係ですか」

「遠い親戚といったところでしょうか。さあ、アルキィさんがお待ちですよ」

僕と豚饅がシムさんに促されて部屋を出ると、通路にアルキィさんが待っていた。アルキィ氏はシムさんに俺が連れて行くと目配せして、僕と豚饅を別室に連れて行く。老人はいくつかの建物を渡り廊下で越えて、屋敷の裏側になった陰の多い涼しい部屋に僕たちを案内した。

アルキィさんに続いて部屋に入ると、テーブルには食事が用意されており、奥の椅子にアルキィさんが座り、僕と豚饅に席に着くように手で示した。

食事はテーブルに4人分用意されており、多少奇異な感じがしたが、やはり国王が同席されるものと思って、そのままアルキィさんに指示された椅子に座った。

僕たちが座ってすぐ、アルキィ氏も違和感を覚えるのか不快そうな顔つきになった。アルキィさんは、入り口近くに畏まる執事の男性を呼び、食事について何事か聞いている。アルキィさんの会話は、執事の返事に納得できないのか、何度も同じような質問を現地語で聞いているような印象を受けた。

「どうにもならんな、国王はまだ老人でもないのに、食事の用意は老人2人分と君ら若い者2人分だと言っている」

「国王は同席されないとシムさんが言われましたが」

「そうだな、今日は気を遣ってすぐに座を外されたはずだ」

「あの……その件ですが。実は、言いそびれましたが、ヒンズーの寺院でお坊さんから、ジャカルタの友人が来ていると言われました。少し危険な感じがするのですが、この食事といい、何かおかしくないでしょうか」

「あの坊様がそう言ったのか……、そういうことか……」

老人は一瞬の沈黙のあと、表情を変えて食事を始めた。悲しむようでもなく、厳しい顔つきでもない。暗くはないが複雑な表情だった。

「まあいい、あとで説明してやろう。さあ、食事だ」

アルキィさんと僕たちは、4人分の食事が用意されたテーブルで昼食を食べ始めた。何か違和感があり、どうしても落ち着かない。豚饅は空席の料理を時折じっと見つめる。僕も豚饅も、4人分の食事が用意されていることが気になって仕方がないのだ。

「さて、何から話そうか。アディルはどんなだったかな?」

「僕たちは1か月ほど前にジャカルタを出ましたが、大変お元気でした」

「そうか、会いたかったな。30年以上だ、どうしても会いたかった」

「私は外国人ですし政治向きの話は分かりませんが、今ならお会いできるのではありませんか。ルサイニさんも会いたいと言われていました」

「……」

豚饅が少しだけ口を挟んだ。

「それって、やっぱり無理じゃないんですか。チモールの独立問題もあるし」

「アルキィさんからすれば、僕の考えは甘いかもしれませんが、第三国のような、どこか別の場所で会うことは可能ではないですか。できると思うんですが」

僕の一言で老人は黙り込む。その硬い表情を見て、やはり自分の考えが甘かったのかもしれないと思った。あまりにも簡単に物を言ってしまったと後悔の念が浮かぶ。

僕の言葉で、テーブルから食器の音が消え、3人の動きが止まった。黙り込む3人のテーブルに静かに流れる風を頬に感じるが、食べ物の匂いまで消えてしまっている。

皆が固まって数分、もしかしたら10秒ほどかもしれない。ひどく長く感じた時間の後、眼前の老人はゆっくりと顔を上げ、口を開いた。

「それがな、もう会えないんだ」

「……やはり独立の問題でしょうか」

「ジャカルタの友人など誰も来てはいない。アディルは亡くなったんだ。少し前のことだ」

「ええっ！　死んだんですか」

「亡くなった……」

「自分でも分かっていたようだが、かなり弱っていたらしい。歳も歳だからな」

「いやっ……、信じられないなあ、ジャカルタから連絡でもあったんでしょうか」

「連絡？　私と彼の間にそんなものはない」

「じゃっ、どうして分かったんですか！」

「寺院の僧侶が言っていたジャカルタの友人とは、アディルのことだ」

「……」

「あの……亡くなってから来たということでしょうか」

「そうだ」

「そんなことってあるんですか」

「君らにはまだ見えていないが、人は死んで全てが終わるわけではない。先ほどのフルヤマの話で、俺もやっと理解ができた。

アディルは亡くなってから、ずっと君たちについてきている。死んでな……、それでも俺とアディルは直接会えなかった。君らを介してやっと近づいた」

「……」

「……」

「今、奴は近くにいるだろう。アディルは幸せ者だ、やっと重い荷を下ろした」

豚饅はその話を聞いて怯えるように背後を見るが、僕にも豚饅にも何も見えない。ただ、アルキィ氏の話を聞いてから、この老人はジャカルタの老人とようやく和解したような気がした。

「僕はルサイニさんが、こちらにおられるというのはよく分かりません。どうしても感じることができないんです」

「無論だ、俺にも見えるわけではない。しかし、俺の気持ちの中にもアディルと昔のように話し合いたい気持ちはある。君のような若さがあれば、それもできたかもしれないな。しかし、お互いにあまりにも立場が違いすぎた。今の今まで奴と俺は敵同士だった。もしどこかで出会えば殺し合いをしたかもしれないんだ。

あの頃、何度アディルに助けられたか……。俺はアディルやユリア、それにミカラジャのためなら命も惜しいと思わなかった。その思いがアディルにもあることを強く感じるんだ。今、ここでな。

フルヤマ、アディルは日本兵の話をしたか」

「はい、アルキィさんがスラバヤでオランダ軍と戦った話を聞きました」

「戦争は終わり、日本軍も降伏した。俺たちはすぐにでも国造りをしなければならなかっていたんだ。

たが、オランダがもう一度この国を占領しようとして、海軍を再びスラバヤ沖に集結させ

俺たちは何としても上陸を食い止めようとしたが、戦争は俺たちが勝ったのではない。日本が勝手に降伏しただけで、俺たちの手元には満足な武器や弾薬もなく、上陸を止める力などほとんどなかった。

その頃、アメリカやオーストラリアが援助を申し出てきたが、頼れば日本の次に印尼に居座ることになる。

兵員は不足し士気は最低の中で、ミカラジャが食うに困っていた日本兵を集めてスラバヤに送ってきた。満足に上陸を阻止できないような状態の中で、オランダに勝てたのは、誰も思いつかなかったミカラジャの考えによるものだ。投降した日本兵と共に戦うなどという考えはミカラジャでなければ思いつかず、それを実行したのもあの男だ。

俺はミカラジャやアディルに深く感謝した。オランダ軍の姿が消えた時、あいつらの助けがなければ俺も死んでいたと思ったからだ。

「あの……、ルサイニさんのお話をさせていただいてもよろしいでしょうか」

俺は今でもあの男たちに感謝している、深くな」

「アディルは俺たちのことを何か言ったのか」

「はい。ルサイニさんは、もし昔の仲間が自分の命を狙ったとしても、あの方は一度もあなたやミカラジャさんの死を願ったことはないと言われました」

「あいつがなぁ、そう言ったか……。俺も同じ気持ちだ。チモールはいずれ独立する。もうそれは止められないだろう。その独立が早くなるか、遅くなるかの違いだけだ。印尼政府はそのことをよく知っている。

俺たちは350年の長きにわたり、多くの国から支配と差別を受け、そして独立を勝ち取った。

殴り倒す者は強い。だが、そこから立ち上がる者はさらに強いんだ。俺やアディルはそれを身体で知っている。今、印尼政府がどれほど弾圧しようとも、チモールの独立を止めることはできない。

俺はアディルが生きているうちに独立が成り、昔の仲間として会いたかった」

「残念です……。ジャカルタに戻ってアルキィさんのことを話すことができたなら、ルサイニさんがどれだけ喜んだかと思うと、残念でなりません」

「気にするなフルヤマ、君はその役目を充分果たしてくれた。やはりミカラジャの目に狂いはなかった。

今までに、あまりにも多くの血が流れ過ぎた。俺たちの行為は、神に許しを求められないほど重い罪があるだろう。

人は生まれてから死ぬまでに、必ずしなければならないことがある。これをせずして人は生きている値打ちがないんだ。フルヤマ、君にそれが分かるか」

「何でしょうか。分かりません……」

この老人がどんな答えを求めているのか僕は考えた。しかし、いくら考えても何も思いつかない。しばらくの間、老人への答えを考えていると、ふと我が親父殿が教えてくれた話を思い出した。

「分かりませんが……、それは子供を持ち、育てることではないでしょうか」

「なぜ、そう思う」

「はい、あまり深く考えたことはありませんが。父親からの教えです。

私の命は神より頂き、身体は両親より頂いております。そしてそれを自由に使わせていただいています。

もしも、神と両親に感謝を形で表すことができるとしたら、己が頂いた命と肉体を途切らすことなく永続させ、伝えて行くことが命ある者の務めのような気がするんです。

結婚して夫婦で2人以上の子供を育てる。つまり2つの命で2つ以上の命をつなぎ、成人させることが、人が生きている間にしなければならないことだと思います」

「そのとおりだフルヤマ。君の父親の教えどおりに生きていくことだ。君は若いが、ミカラジャの眼鏡にかなった数少ない若者の１人だ……。最後の１人なのかもしれないな。さあ、この紙とシャツを君に返さないとな。それから君の希望どおり、貨物も君に返してやろう。ジャカルタの会社宛に送るから帰って待つがいい」

「ありがとうございます、深く感謝いたします。お話を聞けて嬉しかったです」

「アディルもそう言うだろう。君に会えたことがミカラジャやユリア、それにアディルにとって幸運だった。これは神の思し召しだ。

残り少ないガルーダの末裔が間もなく消える。君はその意思を引き継いでいく者だ。まだ気を緩めるな、無事にジャカルタへ帰ることを祈っているぞ。アディルと共にな」


僕と豚饅はようやく仕事を終えた。その仕事を一番喜んでくれる人はいなくなったが、決して無駄な旅ではなかった。僕と豚饅はジャカルタに向かった。

第5章

ジャカルタへ

無念の亡霊

僕と豚饅は、その日のうちにジャカルタ行きのフライトをブッキングした。翌朝の便でディンパサール経由、夕方にはジャカルタに到着する。

ホテルに帰ると、豚饅は祝杯を上げようとしたが、僕は厳しく窘(たしな)めた。まだ旅が終わったわけではない、続いているのだ。アルキィさんが言うように、まだ気を緩めるわけにはいかない。

少なくともあのバーでの一件や、その後の僕たちの動きでも、自分が感じている以上に危険な状態にあったことを、僕たちは気が付いていなかった。自分が殺され晒し首になっていた可能性と、今ここで元気にしていることとは、ほんの数分の違いだったのかもしれない。

それに、僕は理由もなく急いでいた。確かに漠然とではあるが、ジャカルタの老人が本当に亡くなったのか実感がなかったこともあり、早く確かめたいという気持ちがあった。しかし本当は何の理由もない。ただ何となく不安が胸をよぎり、早く帰らないと大切なものが消えてゆくような気がしていた。何かが去って行く。なぜそう思うのか自分自身にも分からないが、この旅を終わらせて元の自分の姿に戻るためにも、旅を始めた場所に早く帰りたかった。

豚饅に厳しく酒を禁止し、とにかく早く寝るように諭した。僕の顔には安堵感や笑顔はなく、ひたすら残りの仕事、つまり無事ジャカルタに帰ることのみを考えていた。

僕は取り換えた元の自分の部屋に豚饅を残し、お化けが出ると豚饅が怖がる部屋に戻った。シャワーを浴びてベッドに座る。少し疲れたかと思いベッドに横たわると、アルキィさんが言うようにジャカルタの老人がそばにいて、微笑んでいるような気がする。ホテルの外は珍しく天気が悪くなっている。少し強めの風が吹き、窓ガラスを叩いてカタカタと音を立てている。

僕は台風でも来るのかと思い、外を眺めるために窓際に立った。その瞬間、照明が消え辺りが真っ暗になった。自分の部屋もホテルの外もほとんどの明かりが消えた。ジャカルタでは珍しくない停電だが、デリからこのマノクワリまでの間、一度も停電や断水がなかったため、こんな事態に対する対処は考えていなかった。

１人で行動しているときは、ほとんどの事態に対応可能なように準備をしていたが、今回は予想していなかった事態に少なからずうろたえてしまう。不意を衝かれて動きが取れない。いつもなら天気はいいので、月明かりや星の瞬きが多少なりとも手元を照らしてくれるので、しばらく待てば目が慣れてくるのだが、この部屋は真っ暗に近い状態になっている。

僕は、こんなときは寝ればいいと開き直って、ゆっくりとベッドに戻り腰を掛けた。風とカタカタと鳴る窓の音だけが聞こえてくる。確かに豚饅でなくともこの暗闇は気持ちのいいものではない。少しずつ目が慣れるにつれて部屋の中を何度も見回した。ほとんど何も見えない状態の中で、窓からかすかに差してくる光の反射で、殺風景な白い壁だけが目に入っている。

僕はゆっくりとベッドに横になった。エアコンは切れてしまったが、まだ暑く感じない。寝ようと思い目を瞑ると、吸い込まれるように眠りに入り、夢を見た。

小さな部屋で老人と話している自分がいて、なぜか息苦しいような感じがする。場所はスルポンの老人の家近くのレストランの中のように感じるが、不思議に室内にいるのは間違いない。老人が僕に向けて何かを話しているが、声が全く聞こえず苛(いら)つく自分を感じる。

完全な無音状態の中で、目の前にいる老人だけは楽しげに話をしている。笑顔で活発に話を続ける老人は、顔をこちらに向けているものの、一切目を合わせない。音が聞こえないので、記録された映像を無声で見ているような感じがする。

僕はふと、この老人は僕の存在に気が付いていないのではないかと思い始めた。身振りと手振り、それに口は活発に動いているが、全く僕を見ないのだ。もしかしたら何かを言いたくて一生懸命に話しているが、伝え方が分からないようにも思えてくる。

僕はじっと楽しそうに話す老人を眺めていたが、誰かの気配を感じて横を向いた。どんどんと何かを叩く音がする。老人もその音に反応し音のする方向に顔を向け、一瞬静止したあとお互いに顔を合わせた。その時、老人と初めて目が合った。間違いなくジャカルタの老人だ。老人は話が途切れたことが残念でならないような表情をした後、少し微笑んで消えた。

どのくらいの時間見ていた夢か分からないが、豚饅のドアを叩く音で目が覚めた。まだ停電は続いており、ドアを開けると蝋燭をつけた豚饅が立っている。

「フルヤマさん、大丈夫ですか。なんか機関銃みたいに話す声がしてましたけど」

「はあ……、夢を見てました。ルサイニさんが何か話しているんですけど、音が聞こえないんですよ」

「やっぱりそうですか……。いやあ、今日のブツブツは結構大きな声でしたよ。さっき電気が消えた時に、階段でロビーまで下りて蝋燭をもらってきたんですが、階段のところからも聞こえるような声でした」

「何語で話してましたか」

「分かりません。たぶんスンダ語でしょうけど、滅茶苦茶早口で、何言ってるんだか分かりませんでした」

「僕が見た夢もそんな感じでしたね」

「やっぱ、あの爺さんが言ってたみたいに、僕たちについてきてるんですかね」

「間違いないですね。アルキィさんやヒンズー教のお坊さんが言っていた、ジャカルタの友人ですよ」

「しかし、よくもそんな話をして平気な顔でいられますね。恐くないんですか」

「んーーーん、あまり恐くなかったですね。もう来ませんよ」

「えっ？　なんで分かるんですか」

「理由はありませんが、もう言いたいことは全部言ったみたいに満足しているような感じでしたから」

「そんならいいんですけど、やっぱ恐いですわ」

「それよりモリモトさん、お酒は飲んでないんですか」

「飲んでませんよ、外出もしていません。でもビールを持ってきましたから一緒に飲みませんか」

「持ってきた……。まあ、ここで飲むぐらいならいいですけど……」

「へへっ、やっぱ頼りになるわ」

僕と豚饅は暗闇の中、蝋燭を前にビールを飲み始めた。暗闇に2人の男が1本の蝋燭を中心に対座し、缶ビールを飲む。僕はこの酒盛りにジャカルタの老人も参加するのではないかと思った。もう来ないだろうと思ったのは間違いないが、今話をしている2人の男はジャカルタの老人の代理のような存在で、話題は間違いなく老人が聞きたがっている内容に違いないからだ。

暗闇の中、2人の男が旅の経緯やその思い出を話しだす。

「フルヤマさん、アルキィさんが最後に話した『ガルーダの末裔』って何ですかね」

「東南アジア一帯にある神鳥伝説ですよ。インド辺りから印尼まであちこちにありますよ」

「印尼の国章ですからね。そんなこと知ってますけど、何が末裔なんですか」

「いやぁ、分かりません。そんなこと僕に聞くのなら、あの時アルキィさんに聞けばよかったのに」

「だって、やっと商品の話になって、返すって言ってる時に、そんな質問できるわけないでしょう。あの爺さんの気が変わったらどうするんですか」

「そりゃそうですけど、そんなに簡単に言葉を変えるような人ではないですよ」

「だけど、知らなかったっていうことは、フルヤマさんも意味不明なんですね」

「以前ね、ルサイニさんに話を聞いた時、そんな話をされていたんですよ。何かあの当時の独立と建国のために戦った仲間たちは、ガルーダの子孫だってね。

だから、アルキィさんたちはもう歳じゃないですか。その当時の仲間でまだ生きている人も少なくなって、そう遠からず残りの人たちも亡くなっていくって意味だと思いましたが」

「もう……フルヤマさんも結構えー加減だなぁ。あの爺さんは、その意思を引き継ぐ者はフルヤマさんだって言ってるんですよ」

「そこのところは、ちと……」

「でしょう……。だから、ルサイニさんとフルヤマさんの間でそんな話があったのかと思ったんですよ。僕の全く知らない話が」

「意味は分かんないし、そんな話もなかったですね。ただ、スルポンでルサイニさんから今回の話を聞いた時に、我々にとってお前はグルゥかもしれないと言われたことはありました。ルサイニさんは、深夜でかなり疲れている上に咳き込んでしまったので、そのグルゥがガルーダだったのかは分かりません」

「まあーー！　いいところを聞き逃しましたね」

「何を期待してるんですか」

「そりゃそうですよ、それが分かればあの爺さんが話した意味も分かるじゃないですか」

「あの時はですね、疲れている老人を前に、あれ以上時間を引き延ばすことはできなかったんですよ。あの人って、なんか強烈に威圧感があるでしょ。相手に絶対ノーを言わせないような雰囲気ですよ」

「まあ、これの親分ですからね。あんな世界で生きていこうと思ったら、半端な覚悟じゃやっていけないでしょうしね」

豚饅は、頬を指で切るヤクザを示す仕草をしてみせた。

豚饅が言葉を言い終えた時、2人の間にある蝋燭の炎が左右に揺れだした。先ほどまでの燃え方とは明らかに違い、豚饅はすぐそれに気付き僕の目を見る。豚饅は少し姿勢を変えて、生唾を飲み込む。その表情には鳥肌が立ち、明らかに恐怖を感じているのが分かる。

「何なんですかね、この蝋燭は……」

「お戻りですね」

「お戻りって、やめてくださいよ」

「何となくですが、すぐ近くにあの老人がいて、話を聞いているみたいな気がするんです」

「やっぱ、いるんですか？」

「おられるでしょう、近くに」

「……」

「モリモトさんと僕の話は、あの老人の代わりに僕たちが経験したことでしょ。ジャカルタの老人もアルキィさんも、僕たちを介して長年持っていた深い溝を越えたような気がするんです。やっぱり僕たちの話は聞きたいでしょうから」

僕が言葉を発した瞬間、何かの音が聞こえた。金属の細いパイプを1本だけ折るような音がして、洞穴の中で聞こえるように長く響いた。音はどこから来るのか分からないが、明らかに豚饅にも聞こえている。豚饅の表情がますます硬くなる。

「フルヤマさん、これってヤバくないですか。なんか取り憑かれそうな感じがするんですけど」

「大丈夫ですよ。僕ならモリモトさんに取り憑いたりしませんよ。今の音は何かのサインでしょうね。たぶん、そのとおりだって言ってるような気がします」

「昨日から思ってたんですが、フルヤマさんって結構霊感ありますよね」

「そんなものありませんよ。こんな経験は初めてですよ」

「なんでそんなに落ち着いていられるのか不思議です。こんなんじゃ1人で寝られませんよ。今夜は一緒に寝ませんか」

「気色の悪い話はやめてください。僕はそんな趣味はありませんよ。

モリモトさんね、僕が恐がっていないのは、誰も頼っていないからなんですよ。何て言うのかな、あちこち1人で旅してますとね、結構恐そうな場所ってあるじゃないですか。これの……」

豚饅は、僕の両手を前に垂れる亡霊の仕草をじっと見ている。彼は視線を僕の顔から少しずつ上に上げ、深く食い入るように僕の背後の闇を見つめている。

「僕も旅を始めた頃は、何かの音を勝手に思い込んで、出たぁっ！　なーーんて恐がってましたけど、今まで一度も恐ろしいものが出てきた例（ためし）はありませんよ。それって、結局自分の思い込みって言うか、想像でしょ」

「だって、お戻りだって言ったじゃないですか。僕は恐がりなんですよ」

「僕も恐いですよ。でもね、恐がりだすと人の気持ちって果てしなく恐怖が広がるでしょ。恐くて恐くて仕方ないんだけど、何もないんですよ。あとで落ち着いて考えれば、あの恐怖は何だったんだろうってね。

それよりモリモトさん、僕の背後に何か見えるんですか？」

「ええ……何となくですが」

「だから、そんなもんありませんって……」

僕は豚饅の恐怖を和らげようと、蝋燭を持ち上げて、豚饅が見つめる自分の背後の暗闇を照らしてゆっくりと見回してみた。やはりそこには何も見えず、ただの白い壁と天井が見えているだけだった。

ほら、何も見えませんよと蝋燭を豚饅の方に向けると、泡を噴きそうに口を半開きにしている豚饅の顔が蝋燭に映し出され、その背後にはジャカルタの老人の顔と、無数の戦争で散って逝った人達の無念の表情が見えていた。一瞬にして酔いが醒めるような、ぞっとする恐怖が2人を襲う。

数秒の静寂と多くの無念の表情。ジャカルタの老人も表情は強張(こわば)っている。僕は理由はないが、一瞬の恐怖以上には恐れなかった。ここは皆さんのいる場所ではありませんよと、静かに心で呟く。

沈黙と恐怖がこの部屋を覆って数秒が過ぎ、ドンという音とともに電力が回復した。部屋が明るくなり、全ての闇の存在が四方へ散っていく。エアコンの音が鳴り出し、静かに空気の流れが回復する。

「モリモトさん、結構来てましたね」

「あわわ、あれは……」

「大丈夫ですよ。死にゃしませんって」

「でも、あれがいましたよね」

「ええ、何人もの人が来ていました。皆、無念そうな表情でしたね。モリモトさんの背後にジャカルタの老人がいて、その周りには何人もの辛そうな顔が見えていました。あの人たちは、ここで亡くなった日本兵じゃないかと思いますよ」

「やめてくださいよ。こんなん耐えられませんわ」

豚饅は泣き出しそうな声を上げ、ビールを流し込む。

「いやあ、びっくりしたなぁ。あんな顔が見えたのは初めてですね」

僕はそう言ってから、まだ火のついている蠟燭を吹き消した。

「だから1人じゃ寝られないんですよ。もう一回来たらどうしたらいいんですか」

「また来たらねぇ……。確か南無阿弥陀仏(なむあみだぶつ)って名号を唱えればいいって聞いたことがありますけど」

「フルヤマさん、カトリックでしょ。そんなん言って効果あるんですか」

「僕はカトリックですけど、家は浄土真宗ですから、南無阿弥陀仏なんですよ。モリモトさんの家は何宗なんですか」

「知りません、あんまり興味がないもんで……」

「それじゃダメだな、効果ないですね」

「ええーーー！　なんでダメなんですか」

「いやあ、僕は宗教家じゃないですから詳しいことは分かりませんけど、ああいった名号というか念仏は、信仰心がないとただの雑音なんですよ。どう表現したらいいか分かりませんけど、その念仏の力はその人が持つ信仰心が支えているみたいですよ」

「ええ！　じゃあ僕が唱えてもダメじゃないですか。僕はどうしたらいいんですか？」

「まあ、その時はオバケに食われるしかないですね」

「もおーーー！　やめてくださいよ。僕はフルヤマさんから離れません」

「その方がよっぽど恐いですよ。モリモトさんに犯されたら僕は立ち直れません」

「そんなことしませんから、今夜だけはここにいさせてください」

「はあ……。まあいいですけど、鼾は勘弁してください」

「寝られませんから鼾なんかしませんよ。それよりフルヤマさん、もっと飲みませんか」

「いいですよ、あんまり飲めませんけど。ところで、ジャカルタには電話しましたか」

「電話って、何をですか」

「荷物の件ですよ。返却されるって」

「ああ、まだしてません。明日空港でします」

「その方がいいですね。それよりディンパサール経由でしょ。ディンパサールの空港で、トランジットの間に電話した方がいいんじゃないかな」

「なんでですか」

「アルキィさんの話ですよ。僕たちは気が付いていないけど、結構危険な状態だったって言ってたじゃないですか。盗聴もないとは言えませんし、大事をとってバリから電話しましょう」

「そうですね、そうしましょう。早く帰りたいですわ」

「モリモトさん、男が上がりますよ。誰もできなかった貨物を捜索して取り返したんだから。カッコ良すぎるんじゃないですか」

「まだ、そんな気分じゃないですね。無事にジャカルタに着いてから偉そうな顔をします」

「それから……、思うんですけど。ジャカルタの老人が亡くなったことを僕たちが知っていることは、社長には言わない方がいいですよ」

「え？　なんでですか」

「だって、僕達がそんなこと知ってるはずがないでしょう。ましてや、そばにいたなんて言ったら狂人扱いされるかもしれませんよ」

「そ、そうですね、やめておきます……」

まんじりともしない夜が更けていく。豚饅はいつになっても気になるらしく、眠い目をこすりながら朝まで起きていた。

アニサとの別れ

翌朝早い時間、僕と豚饅は睡眠不足でぼんやりしながらフロントへ行き、チェックアウトした。玄関のようなロビーにはあのドライバーがニコニコしながら待っている。飛行場までの道には、と言うよりこのマノクワリにはどこに行っても検問がない。そう思うだけで気が楽になるが、暑さでだらけそうになる自分の気持ちを引き締めて空港に向かう。

タクシーで空港まで移動する間、豚饅はほとんど眠っていた。助手席に座り軽い鼾をかいている豚饅を横目に、タクシーのドライバー氏は何事か僕に話しかけるが、さっぱり言葉が分からない。僕が英語で質問しても分からないらしく、運転中にもかかわらず両手を挙げてギブアップの身振りをしてみせる。

道は相変わらず舗装のない道路ばかりで、前車が巻き上げる埃でもうもうとしており、窓を少しだけ開けた状態で空港に着いた。汗だくになりながらも眠りこける豚饅を叩き起こして、ドライバーに金を払う。豚饅は寝惚(ねぼ)けてはいるが、気持ちに余裕があるのか、いくらかのチップを渡して握手をしていた。

空港の出発ロビーには、少ない搭乗待ちの旅客と数人の掃除の人がのんびりと働いている。ゆっくりと時間が流れており、デリの空港とは大違いで、武装警察や目つきの悪い警察犬の姿もなく、ここはまだ安全な場所だと実感する。

僕は、もしかしたらデリの空港で航空券を渡してくれた、あの女性がいるのではないかと周りを確かめた。もしここに僕たちが気付いていない危険があるとしたら、またあの女性がいるのではないかと思っていたからだ。

しかし、ロビーは閑散としており、僕たちに気を留める人もいない。空港前のバスターミナル横の道には、この場所へ到着した夜と同じように、コテカを着けた現地人男性が当たり前のように通り過ぎていく。空調が効いたロビーは快適な空間で、もう少しで旅が終わりそうな穏やかな気分になってくる。

何事もなく時間が過ぎ、中型のプロペラ機に搭乗すると、ようやく安心した。豚饅は離陸する前から鼾をかいている。機体が水平飛行に入りシートベルト装着のサインが消えると、空いている席へ移動する。豚饅の鼾は凄(すさ)まじく、20メートル圏内の乗客には迷惑この上ない存在である。彼の鼾は往復で、時々口をクチャクチャさせて涎を垂らし、最後に尻を片方上げて屁(へ)をぶっ放す。できれば同じ飛行機には乗りたくない男だ。僕は豚饅と無関係を装い、静かにディンパサール到着を待った。

フライトは約5時間、2時間ほどのトランジットの後ジャカルタへ飛ぶ。穏やかなフライトで、昨夜の睡眠不足から僕も知らないうちに眠っていた。

数時間後、ランディングの衝撃で目が覚め、ああ着陸したなと思った。あとになってから自分でも考え過ぎだと思ったが、一瞬だけまさかマノクワリに逆戻りしていないか疑ってしまった。その可能性も考えられないことではないからだ。しかし、実際には何の障害もなくバリに到着していた。

トランジットとはいえ、まるまる2時間ほどの時間があり、機外に出て初めてのディンパサール空港をうろつく。豚饅は昨日の夜話したように、時間待ちの間にジャカルタへ電話で報告を入れている。遠目に見ても、自信たっぷりに電話をしているのが分かる。肥満体でアフロヘアの冴えない男だが、凛と胸を張る姿は国際派のビジネスマンのイメージに少し近づいたようにも思えてきた。

僕は豚饅の姿を横目に見ていたが、いずれ来ようと思っていたバリの風景を見ることにした。ありがたいことに、ここにも目つきの悪い警察犬はいない。空港施設の窓から眺める風景は、観光客のための表向きの顔かもしれないが、飛行場の周りは南方のゆったりした雰囲気に満ちている。多少残念だったのは、僕が眺めた初めてのバリは、南海の楽園と言うには程遠く、かなり商業化されている印象を受けた。

僕に言わせれば印尼の離島はみんな南国の楽園なのだが、このバリはハワイにも似て、国際的な観光地としては海外からは人気の高い場所になっている。たぶんこれからはさらに観光化が進み、高級ホテルなども建ち並ぶリゾートになっていくのだろう。日本から見れば、サイパンやグアムなどと並ぶ有力な観光地になるはずだ。印尼政府の開発次第だろうが、治安さえ維持できればアジア一のリゾートになるかもしれない。

それにこのバリは、僕の理解ではヒンズー教徒が95パーセント以上を占めている地区で、他の宗教とのもめ事が少ない地域だったように思う。加えてバリのヒンズー教は、外国人が思うような階級差別の宗教イメージとは違い、いわゆる不可触賤民のような階級は存在せず、穏やかな階級区別といった感がある。次にここへ来るときは、今回のような消えた貨物探しや独立問題、宗教対立などに一切関係のない旅がしてみたかった。

豚饅は電話を終えると、こちらに向かって颯爽と歩いてくる。その姿は以前の豚饅頭とは違い、仕事を終えたビジネスマンが、その結果に自信を漲らせながらまっすぐに力強く歩んでおり、やり終えた仕事の満足感と次の仕事への意欲のような表れが感じられる。ジャカルタ出発前に飲み屋で泣き出したダメ男とは、まるで別人である。

「フルヤマさん、社長に電話しましたよ。商品の件は喜んでくれましたが、やっぱりルサイニさんは1週間ほど前にお亡くなりでした」

「やはりそうですか。社長はどんな感じでした?」

「亡くなってから1週間経ってますからね、変に落ち込んでるような雰囲気はないですが、やはり親父さんを亡くされたショックは隠せませんね」

「そうでしょうね、父親ですからね……。分かりました。さて、ジャカルタへ着いたらどうしますかね」

「どうしますかねって、まずは社長へ報告でしょう」

「それはモリモトさんに任せますよ。僕は元の自分に戻ります」

「だけど、老人はフルヤマさんに仕事を頼んだんですよ。社長だって知ってるんですから、このままじゃまずいでしょう」

「ええ、一度は僕も挨拶に行きますよ。あのシャツも返さないといけないでしょうし、チェンカレン村でミカラジャさんにもらった紙も渡すつもりです」

「しかしなあ、社長は経緯なんかをいろいろと聞きたいと思うんですがね」

「それはモリモトさんからゆっくり話してあげてください。僕とモリモトさんが離れて別行動をしたのは、デリの教会へ行った時とマノクワリで僕が熱を出した時ぐらいですからね。最初から今日のことまで全て話せるじゃないですか」

「いや……、やっぱりアルキィさんのこととか、ビンタン島の2人の老人のことなんかはフルヤマさんじゃないとまずいですよ。手柄はしっかりと頂きますけど、とにかく帰ったら社長のところへ行きましょうよ」

「分かりました、モリモトさんに同行します。まずはこの旅を終わらせます」

「そうこなくっちゃ。ジャカルタの空港には迎えも来ますからね。今日は飲みますよ」

「はあ……。ところでモリモトさん、ジャカルタに着けば今夜はご自分の部屋に戻られるでしょう。もう1か月ほど経ってますしね。

でも僕の気分は、とっくに自分の旅のスタイルに戻り始めているんですよ。ジャカルタに帰っても、あそこは自分の落ち着く場所でもないし、今の時点で今夜はどこに寝ようか、もう考えているんですよ」

「そんなこと心配しなくてもいいんですよ。とにかく今日は大きな顔で凱旋（がいせん）です」

僕と豚饅は、ジャカルタ行きの最終案内を聞いて搭乗ゲートへ向かう。豚饅は大きな満足感をもって帰還する。しかし僕は商品を見ていないし、消えてなくなった物を取り返したといっても実感がない。また、戻っても喜んでくれるはずの老人もすでにこの世にはなく、仕事が終わったといっても何かケジメのつかない宙ぶらりんな感覚でいた。

フライトは多少の揺れはあったものの順調に運行し、ジャカルタ上空に到着した。僕も豚饅もよく眠っていた。相変わらず鼾がうるさいので、離れた窓側の席で寝ていたが、最終着陸態勢に入る頃には僕の隣に移動し、嬉しげに話をする。

「フルヤマさん、ジャカルタですよ。いやーー嬉しいなあ……。一時はどうなるかと思いましたが、よー帰ってこられたと思います。フルヤマさんのおかげですよ」

「いやぁ、僕なんか大したことしてないですよ。それより今になって思えば、凄い経験をしましたよね。こんなこと二度と経験できないだろうな」

「ホンマ、僕1人なら何もできなかったと思いますわ。前のデリでは何もできんかったと情けない気持ちでしたが、今回は堂々と帰れます」

　ジャカルタを初めて上空から見る。大きな都市だが、まっすぐな道路が少ない開発途上の首都で、道がはっきりしない多くの場所はスラムになっている。時間は夕方の7時を回り、空港の全景も少しずつ見えづらくなっている。滑走路の2本のラインになった誘導灯のレールの上に機体が乗りかかる時、やっとこの旅が終わったと思った。

　タイヤのゴムが滑るような短く甲高い音と、鈍いランディングの音を身体で感じる。機体の陸を進む速度が落ち、窓から見える路面の様子がはっきりしてくると、乗客は勝手にシートベルトを外して立ち上がり、頭上のコンパートメントから各々の荷物を取り出そうとしている。客室乗務員が危険だと何度アナウンスしても、誰一人耳を貸さない。

　僕は感傷的な旅の終焉から現実に引き戻された。機内アナウンスなどどこ吹く風の乗客は、ガヤガヤと立ち上がり、手荷物を持つと我先にと通路に並びだす。こんな中型の小さな飛行機では、前に並ぼうが後ろに並ぼうがそんなに違いはないのだが、ものの見事に左右の通路に整然と並んでしまった。

僕が豚饅の横で、座ったままその様子を眺めていると、またぞろ豚饅の印尼民族評が始まった。旅の間に豚饅が差別的な発言をすると僕があからさまに不快な顔をするので、言葉を飲み込んできた豚饅だったが、無事の帰還に気が緩んだのかもしれない。

「こいつら、ホンマに烏合の衆ですわ。我先に出ようとしやがって、少しはルールとかマナーを守ろうって気がないんですかね。大体、こいつら仕事の時は何やっても遅いくせに、こんな時だけきれいに並んでやがる」

「まあまあモリモトさん、無事のご帰還ですからいいじゃありませんか」

「こいつらね、早く出ようとする割には通路歩くのが遅いんですよ。頭にきますよ。後ろにいたら身体は臭いし、ホンマ……まあいいかぁ」

「でしょ、いいですよ。結局、空港を出るのは僕の方が早いですからね」

僕は預けた荷物などないので、そのまま預け入れ荷物のピックアップ場所を素通りして到着ロビーへ出られるが、豚饅は大きなスーツケースを預けていたので、到着ロビーの出口付近で彼を待っていた。しばらくして、スーツケースをがらがら押しながら豚饅が近づいてくる。

2人でアライバルホールへ出て行くと、多くの出迎えの人が待っている。出口から出てくる乗客の顔を確かめようと、みな身体を伸ばし、顔を左右に振りながら一人ひとりの顔を確認している。僕と豚饅は出迎えの人々の列が切れる場所で、あのレスラーを発見した。今日はサングラスをしていない。彼の顔を見るのも1か月ぶりだ。サングラスをしていない目つきは意外に優しく、太々しさも今日はおとなしい。

「Welcome back. Mr.Furuyama and Morimoto san（おかえりなさい。フルヤマさん、モリモトさん）」

「Hi, you call my name today?（今日は僕の名前を呼んだね）」

「Hey, this way. My boss have been expecting you（ああ、こっちだ。社長がお待ちだ）」

初めてレスラーと言葉を交わしたが、意外にまともな英語で少し彼を見直した。腕力だけが取り柄の愚か者でもないようだ。豚饅も初めて見るレスラーの素顔に驚いている。レスラーは豚饅のスーツケースを無言で取り、がらがら押しながら僕たちの前を歩いていく。

アライバルホールの外に出ると、ニコニコしながらいつものドライバー氏が待っていた。

「スラマット・マラム（こんばんは）」

僕はほとんど話せない貧弱なバハサで彼に挨拶し、彼は笑顔で応えてくれる。

「Welcome home. Mister（お帰りなさい）」

「なんか、やっと帰ってきたって感じですね」

レスラーは豚饅のスーツケースをトランクに入れると、なにやらバハサで話している。

「このオヤジがフルヤマさんに話があるみたいなんですけど、僕は前の席に乗りますが、いいですかね」

「いいですよ、老人のことでしょうし」

僕とレスラーが後ろの席に乗る。豚饅は助手席に乗って、車を出したドライバー氏と楽しげにバハサで話をしている。

「老人が亡くなったことは聞いたな」

「ああ、バリでモリモトさんが電話で確認している」

「老人は亡くなる前に、お前のことを何度も心配していた。無事に帰ってこられたらゆっくり話がしたいとな」

「そうだろうな。老人が直接会えない昔の戦友と会ってきたからね。いろいろと聞きたかっただろうね。老人の名前を呼んではいけないという理由も、チモールの老人から聞いている」

「そうか……そうならあまり話すこともないな。老人は全て話せと言っていたが、知っているなら充分だろう」

僕は二言ほどで黙り込んだレスラーに、日本語で話すと断りを入れてから豚饅に話しかけた。

「モリモトさん、この人はあまり話すこともないと言ってますね」

「まあ、いいんじゃないですか。もうすぐ会社ですよ」

空港から1時間ほどで会社に到着する。玄関前に車が入ると、社長と陸軍の兵士数人が僕たちを出迎えるために受付まで出てきてくれた。

「フルヤマさん、期待どおりの仕事をしていただけましたね。大変感謝しています」

「モリモトさんが貢献してくれたおかげです。礼ならモリモトさんに言ってください。それより、お父さんのことは大変残念です。深くお悔やみを申し上げます」

「父のことはすでに高齢でしたから仕方ありません。神のご意思です。まずはオフィスへどうぞ」

僕と豚饅は社長と会社の応接室へ入った。お茶が出され、大方の経緯を話してしばらくの間歓談する。社長は僕たちの仕事を労い食事に誘ってくれたが、ディナーは明日の夜にすることにした。僕自身がかなり疲れていたからだ。豚饅は残念そうだったが、社長のドライバーにホテルまで送ってもらう。

「モリモトさん、すいません。なんか僕のせいでディナーを延期させてしまって」

「かめしませんよ、実は僕も結構疲れているんです。今夜は部屋に帰りますけど、ちょっとだけ付き合いませんか」

「酒ですか」

「ええ、しばらくで結構ですから。少し飲みましょうよ」

「それなら、あのホテルのバーにしませんか。僕には快適な場所なんですよ」

「いいですよ、やっぱフルヤマさんは、女がいると落ち着かんのですね」

「なんかね、接待用の顔だと、こっちが気疲れするんですよ」

豚饅は珍しく若い者に諭すように優しく話をした。

「まあ、そっちの方はゆっくり社会勉強してください」

僕と豚饅は、社長が僕のために予約してくれたホテルに到着した。ジャカルタ出発まで、老人が支払い一切をしてくれたあのホテルで、部屋も同じだった。

僕は部屋に小さな袋だけの荷物を置くと、そのまま1階に下りてバーに入った。バーは結構な客が入り賑わっている。がやがやと楽しげに聞こえる様々な言語を聞きながら豚饅を探していると、ここは平和な場所だと感じる。バーの突き当たりのコーナーから全体を見回すと、カウンターの端にアフロの髪型を見つけた。

カウンターの隅でなぜか硬い表情になっている豚饅の横に座ると、すでに水割りを飲んでいる豚饅がポッリと切り出した。猫背になったままで静かに話し出す。

「フルヤマさん。実はアニサの件なんですが、社長から聞いたんですよ」

「アニサがどうかしましたか」

「あの女、ヤク中みたいなんですよ。フルヤマさん、知ってました？」

「ええ、手首のブレスレットの下に注射の痕がありましたから、中毒なんだろうとは思ってましたけど、もしかして危ないんですか」

「もう末期の症状みたいですよ」

「そうですか……、たぶん苦しんでるんだろうな」

「どうしますか」

「どうするって、何もしてあげられないですからね」

「放っておいてもいいんなら構わんのですが。社長はね、アニサとフルヤマさんはまるで恋人同士だと思ってるみたいで、結構心配されてるんですよ」

「たぶん、アニサの都合で話しているでしょうから、誤解があるかもしれませんね」

「それって、フルヤマさんの本音ですか？　この際ですから聞いときますけど、フルヤマさんはアニサのことを気に入ってるんじゃないんですか」

「ええ、気に入ってますよ。なんか放っておけないんですよ」

「そんなら、明日アニサのところへお連れしますから、顔を出してやってください」

「そんなに危ないんですか……」

「かなり危険な状態みたいです」

「分かりました、行きましょう。実はバッグも預けてあるんですよ。モリモトさんとデリへ出発する日は、朝まで僕の部屋にいたんですけど、僕のバッグを帰ってくるまで預かるって聞かなかったもんですから」

「あの……、商売してるって知ってはりますよね」

「知ってますよ。初めて老人に会った時に、あのレスラーからずいぶん手荒なことをされましてね。あとで、ミカラジャさんの紹介だって分かった時にこのホテルを世話されて、夜中にアニサが来たんですよ、老人の依頼だってね」

「それからなんですか？」

「いや、その時は老人の手配した女に手を出したら何を言われるかと思って、そのまま帰しました」

「フルヤマさんらしいわ、僕ならさっさとやっちゃいますけど」

「何度も言いましたけど、僕はお金を払ってさせてもらうっていうのは嫌なんですよ。それって暴力でするのと変わらないんじゃないですか。なんかお金を払って女性の身体の一部を借りて、センズリかいてるみたいな気分になるんですよ。惨めったらしくて嫌ですね」

「まあ、女に対する感覚の違いでしょうね。でもなぁ……、この1か月ほどフルヤマさんと付き合っていろいろ考えましたわ。まあ、フルヤマさんが言ったように物扱いするのもどうかってね」

「でもモリモトさん、僕とアニサが恋人関係だって、モリモトさんは知らなかったでしょ」

「知りませんでした」

「じゃあ、なんで恋人関係だと思うんですか。その、社長が言うのとは別にして」

「いやあ、老人が言ったんですよ、あれは変わってるなってね。あの爺さんも理解できないところがあったみたいですよ」

「あれって、僕のことですか」

「そうですよ。あの頃はミカラジャさんの話で、ずいぶんフルヤマさんに興味があったみたいですよ、変わった奴だってね。そのフルヤマさんの話をしている時にあの爺さん、ぽろっと言ったんですよ、アニサは幸せそうだなって。アニサって結構英語も話せるし、老人や社長のパシリみたいなことをしてたんですよ」

「はぁ……、そんな話があったんですか。ところで、そのパシリって何ですか」

「使いっぱしりですよ。まあ、雑用係みたいなもんですわ。アニサってちょっと能天気なところがありますし、老人には重宝したんでしょうね。フルヤマさん、アニサのことが好きなんでしょ？」

「好きですね、あんな感じの女性はみんな好きです」

「またぁ……、そんな一般論みたいな言い方をして。他の女はいいですから、アニサのことは好きなんですね」

「なんか、モリモトさん。そこのところはどうしてもはっきりさせたいみたいですね」

「これはフルヤマさんから学んだことですよ。だってフルヤマさんとアニサが僕が思っているような関係じゃなかったら、フルヤマさんにとってはかなり迷惑な話ですよね。だから社長の話があった時でも、フルヤマさんが迷惑じゃないか考えながら話を聞いてました。だからフルヤマさんがあの女が好きだって言ってくれれば、社長からの話をするのもアニサと会わせるのも意味がありますけど、よく聞いてみればどうでも良かったなんて、やってられませんよ」

「そういう意味ですか……。だから、放っておけないんです。なんて説明したらいいか分からないんですけど、結局男って目の前にいる女性をどうやったら幸せにできるかって考えるんじゃないかと思うんですよ。だから結婚するとかは別にして、売春してる女の人でも、なんか一生懸命に生きてる姿を見ると好きになっちゃいますね」

「フルヤマさん、改めて礼を言います。こんなに僕に影響与えた人はいないですよ。自分でもよう頑張ったって思うんです」

「なんか照れくさいですね」

「フルヤマさん、ありがとうございました。男が立ちました」

　豚饅は大した酒も飲まず、ホテルを後にした。

　翌朝5時頃、僕は豚饅からの電話で叩き起こされた。やはりアニサは末期状態にあるらしい。

「フルヤマさん、アニサがもうダメみたいです。社長から電話で危ないって連絡がありました。今から出ますんでロビーで待っててください」

「分かりました、すぐチェックアウトします」

「いや、ホテルはそのままでいいですからロビーに出てください。20分ほどで着きますから」

　僕はベッドから転げ落ち、シャワーを浴びた。冷たい水で一気に目が覚める。アニサをどうしていいか分からないけれども、とにかく急ぐしかなかった。

　バタバタしながら身体を拭き服を着る。着る物は2日分しか持ち歩いていないから、昨日の下着とTシャツを着てロビーへ出ると、豚饅が髪をボサボサにして待っていた。

「急ぎましょう、フルヤマさん」

「分かりました」

「フルヤマさん、こんな時に何ですけど、手遅れかもしれません」

「……」

「社長は、間に合わないって言ってました。とにかく行きましょう」

「モリモトさん、僕がぶざまな態度を見せても許してください。僕、自信がありません。ああ、昨日行っとけばよかった……」

「……」

それから30分ほどしてアニサの家に着いた。スラムの惨めな家だった。

統合の星

ドライバーは運転席に座ったままで、アニサの家を指差した。僕は自制心を失い始めており、なぜ車から降りないんだと勝手に腹を立てていた。長くジャカルタでドライバーをしている彼は、事情をよく知っていて降りたくないのかもしれない。

この国に住んでいれば、末期のジャンキーが苦しみながら死んでゆくような状況に遭遇することも有り得ない話ではない。誰も遭遇したくない場面に違いないだろう。相手に対する愛情や友情があればなおのことだ。

豚饅が車を降り、躊躇する僕のドアを開ける。

「フルヤマさん、着きましたよ」

「はい……」

車を降りると、アニサの家の前には早朝にもかかわらず多くの人が集まっている。僕はそれを見ながらアニサの家に向かって歩きだした。

ゆっくりと進みながら、どうすればいいのか考えていた。後ろからドライバーがついてくる。たぶん豚饅に言われて通訳の代わりをするつもりだろうけど、雰囲気に押され、気持ちが萎縮しながら僕の背中に隠れているような気配がしていた。

僕はアニサの家の前にいる婦人に声をかける。

「スラマット・パギ（おはようございます）。ナマサヤ、フルヤマ（フルヤマといいます）。I'd like to meet Anisa（アニサに会いたいのですが）」

僕についてきたドライバーが、バハサ・インドネシアに訳そうとすると、それを遮るようにレスラーの低い声の英語が耳に入ってくる。

「フルヤマ、早くしろ！　時間がないぞ」

僕が家に近づくと、家の中からは苦痛に呻くような声が聞こえてくる。痛みに耐えられず絶叫しているようにも聞こえるが、もう声に力がない。家から母親のような女性が現れ、僕の顔を見る。涙目になった表情には余裕はなく、僕の手を引いて家の中へ導いた。

部屋に入るとベッドの周りには兄弟や姉妹、それに父親らしき人物がアニサを見つめていた。

レスラーが何事か声をかけると、ぞろぞろと部屋を出て行く。人影が消えるとベッドの上に横たわるアニサの姿と、その向こうに置いてある僕のバッグが目に入った。

1か月ぶりに見るアニサは、まるで干からびたミイラのようで、幾分か身体が小さくなったように感じる。目の前に横たわる女性が、あの足のきれいなミニスカートがよく似合うアニサには見えなかった。肌はかさかさに乾いて、ところどころ掻き毟ったような痕があり、薄く血が滲んでいる。可愛らしかった目は異様にくぼみ、ほとんど開けることができず、目尻に涙が少しだけ溜まっている。

僕は身体に触れないように近づき、刺激を与えないように耳元へ口を寄せると、レスラーが後ろから呟く。

「もう少し待てば痛みが治まる。まだ音だけで痛みになる、もう少しだ」

僕はどうしていいのか分からず、レスラーの言うとおりに静かに待った。

10分ほどの時間が過ぎ、アニサの表情から苦痛の歪みが少しずつ消えていく。僕がアニサの表情を食い入るように見つめていると、レスラーが僕の肩に手をかけ、こっちへ来いと顔を振る。レスラーについて部屋の入り口に移動すると、彼は小声で僕に話しかけた。

「次の痛みが来た時が最期だ。いいな、時間はないぞ、静かに話してやれ。

俺は多くのジャンキーを見てきた。薬しか痛みを止める方法はない。今、薬を取りに人を行かせているが、時間が時間だから間に合わないかもしれない。苦痛が始まってからは注射は無理だろう、それこそ地獄の苦しみだ。間に合えばいいんだが……」

僕は、何も言うことができず黙って頷いた。豚饅が後ろでじっと見ている。僕は静かになったアニサに小声で話しかけた。

「アニサ……。僕だよ、君のところへ帰ってきたよ」

「……」

アニサはほんの少しだけ僕の言葉に反応した。顔を僕に向けるような仕草をして、必死に意思を示そうとしている。

「仕事は終わったよ。商品を取り戻したんだ、君が言ったようにね。それに無事にジャカルタへ帰ってこられた。これからは君のそばにいるよ、ずっとね」

「……」

アニサの手が少しずつ動いて僕の手に触れる。僕がそっと手を握ると、アニサは2度握り返してきた。僕が小さい時に、母親からされたように2回握り返してくる。いつだったか、アニサに僕が母親からいかに愛されたかを話したとおりに、2度握り返してきた。

僕はアニサが僕を感じていると確信して、アニサの頬にそっとキスをした。アニサは、握ったままの僕の手を強く握り返してくる、2度。アニサと僕の魂のふれあいが静かに続く。静かに、そっと。

僕はアニサの唇にキスをした。静かに時が流れている。だが、アニサが静かになってわずか5分ほどしか経っていないのに、彼女は再び呻きだした。無慈悲な現実を痛烈に感じる。

「グゥゥ……」

力のない犬の呻き声のようなアニサの悲鳴が耳を衝く。豚饅もレスラーも、母親さえも声がない。みんな苦しんでいる。アニサの苦痛に呻く声と、家族の慟哭が胸を引き裂いていく。

「フルヤマさん、僕、もう見ていられません」

「フルヤマ、申し訳ないが薬はまだ届かない。もうお前の気持ちしかないんだ」

僕はレスラーの強い言葉に、跪いていた姿勢を変えようとして、足の付け根に何かの違和感があることに気付いた。何があるのかと思いポケットを触ると、あのマノクワリの少女から買ったモルヒネがポケットに入っている。反射的に手をポケットに入れて、そのモルヒネを出す。僕はアニサが中毒になっている薬物の名前も知らないし、手のひらにあるモルヒネが、アニサの痛みに効くのかも分からない。しかし呻き続けるアニサにしてやれることは、これしかなかった。

「モリモトさん、もうこれしかないですね」

「早く打ってください、フルヤマさん！　僕はもう耐えられません」

僕は蛮勇を奮い、あのボタンの尖った部分をアニサの腕に強く押し付けた。アニサはさらに悲鳴を上げる。

「グゥゥゥ……グゥゥゥゥ……」

犬の断末魔のような呻き声が続き、次第に静かになる。アニサの顔から苦痛の表情が消え、静かに寝息を立て始めた。わずか数分のことだったが、アニサと僕はお互いを確かめ合い、愛し合った。

弱り始めたアニサの呼吸を感じながら手を握り、耳元で囁く。

「Forgive me ……（僕を許してください）」

アニサは残りわずかな力を振り絞り、僕に応えた。顔を僕に向け、唇がわずかに動く。

「Nothing forgive you. Nothing ……（許すことなんか何もないよ、何にもね……）」

アニサの唇は少しだけ動いた。声はほとんど聞こえなかったが、僕にはそう聞こえた。

それからすぐにアニサの呼吸は小さくなり、弱り続けて停止した。最期の息が止まると、それまでじっとアニサの様子を見つめていた母親や兄弟姉妹が泣き崩れ、家中が涙と悲嘆に暮れた。

僕はアニサの唇に自分の唇を合わせ、別れを言う。

「I love you Anisa. Good bye ……」

傍らにあるバッグを肩に掛けると、レスラーは顔を振って外に出ろと言う。豚饅は僕の顔を見つめている。僕の瞼からは涙が溢れて止まらない。豚饅は泣き声になりながらも僕の腕を取り、僕が歩けなくなる前に家の外に連れ出した。

家の外では、あのドライバーがドアを開けて待っている、顔は伏せたままで。これからの時間は家族の別れになる。僕は黙って車に乗り込んだ。

車に揺られながら、ホテルに着くまでに何度も自問する。僕はアニサのために何ができたんだろう。彼女は最期に何が言いたかったんだろうと、答えのない自問を続けた。

ホテルに到着すると、レスラーも豚饅も一言も話さず車を出した。僕はアニサの死を見送ったばかりで、気持ちの整理がつかない。部屋に入っても落ち着かず、遣り場のない思いに苛々（いらいら）しながらベッドに腰を掛けていた。考えがまとまらず理由もなく立ったり座ったりを繰り返す。

周りを見れば、よりによってあの時と同じ部屋だ。いろんなことを思い出してしまう。小さなコーヒーテーブルの上には、老人が返すと言って置いていた３００ドルがあり、そのうちの２００ドルをアニサに渡した。今考えてみれば不必要な大金を渡してしまったかもしれない。アニサだって金がなければ薬は買えなかっただろうにと、何の意味もなく呵責（かしゃく）の念に苛（さいな）まれる。

僕は誰にも責められてはいないが、自分にうじうじと言い訳をして、考えることをやめようとする。やめようとしても、脳裏に浮かぶミイラのようなアニサの姿と苦しむ声が耳を覆い、再び自問を始める。すると呼吸が止まった瞬間の顔つきが目に浮かび、同時に泣き崩れる家族の声が聞こえてくる。もう一度アニサの顔を見ると、幾分か苦痛の表情が消えているように見えるが、それが生気のない、全く動かない死に顔なんだと無理やり思い知らされる。僕は長い間くよくよと考え込み、ベッドの上で眠っていた。何もしてやれなかったとアニサに詫びながら。

どれだけの間、うじうじとしていただろうか。眠りから覚めては考え込み、ぐずぐず言い訳をしながら眠りにつく。こんなことを繰り返しながら、夕方になってようやく起き上がった。外は日没前で薄い血を敷いたような空が広がり、コーランの吟唱が遠くから聞こえてくる。

僕はベッドに大の字になった。充分眠ったせいで気持ちは落ち着いている。静かに時間が流れていくのを感じていると、いつだったかアニサが眠りかけた僕の顔を覗き込んでいたことを思い出した。

また、アニサの死に顔が目に浮かんだ。部屋の隅の椅子を眺めると、そこにアニサがいて、じっと僕を観察しているような気がしてくる。

「お前、何やってんだ。なんでここにいるんだよう……」

今日は静かに聞いてみる。

数日後、アニサの葬儀が行われた。

社長もレスラーも、そして豚饅も静かに彼女を見送った。貧しい家の葬式らしく、何人かの若者が担架のようなものにアニサを乗せて家を出る。アニサの身体は布に包まれて家を後にした。

先頭には黄色い旗を持った別の若い男性が数人進んでいる。インドネシアでは、出棺してから火葬場まで絶対に棺（ひつぎ）を止めてはならないという。信号も全て無視して棺のような担架は進んでいく。黄色い旗は葬儀の標（しるし）で、この旗を見れば信号が青であれ全ての交通はストップする。

アニサの棺を見送って、社長から話があるのでと声がかかった。会社の応接室に入り、しばらく話をする。

「フルヤマさん、葬儀で食事も飛んでしまいました。改めてお礼を言います。これは父から渡すように言われたものです」

社長は白く分厚い封筒を僕に差し出した。

「これはお金でしょうか」

「中身は見ていません、たぶんそうだと思います」

「分かりました。ありがたく頂戴します。それから、このムルデカのシャツをお返しします。お父さんからデリへ持って行くように言われたものです。それと、この紙もお父さんの思い出の品と一緒に置いてください。ミカラジャさんが書かれたメッセージです」

「ムルデカですか……、ほう……」

社長は、貴重なものを受け取るように手に載せる。

「今回はこのシャツが大きな役割を果たしました。このシャツを着ていたおかげでアルキィさんから声がかかったんです。会ってもいいと」

「そんなことがあったんですか」

「印尼独立戦争のさなかに、アルキィさんご自身で書かれたものだと老人が……いや、お父さんが言われたんです……。

あれ？　こんな話はしなかったですね。言われたんじゃなくて、なんでこんなこと知ってるんだろう。おかしいですね、なぜかそう思うんですよ」

「不思議ですね、30年も前の話をあなたが知っているんですから。父はあなたのそばにいたんじゃないですか、マノクワリで」

「社長はなぜそう思われますか」

「うーん、理由はありませんが、亡くなった夜にそんな夢を見ましてね。なんか重荷を下ろして自由になって、今なら行けるとお2人の後をついていったような気がしました。本来なら、昔の仲間に自分自身で会いたかったはずだと思いますから」

「なるほど、本当に不思議ですね。実は、アルキィさんに会う前に、ヒンズーの寺院から国王の屋敷へ移動したんですが、寺院の裏口から出る前、お坊様からジャカルタの友人がすでにお見えですと言われたんですよ。その時は何のことだか分かりませんでしたが、アルキィさんにもアディルは亡くなったなと言われて、少しだけお父さんのことをそばに感じるようになりました」

「やはりそうですか……。父の姿は大変身軽だったように思います。やはりミカラジャさんの目には狂いはなかった」

「こんな時に何ですが、今回の旅はそんなに苦労をしたような記憶はありません。でも、お父さんやアルキィさん、それにデリでアルキィさんを紹介してくれた神父さんからも神のお導きだと言われました。

「その……、ミカラジャさんの目とはどういう意味でしょうか」

「人を見る目だと思います。選ばれた人は、本人からすれば実感はないでしょうが、何かの仕事を成し遂げる能力ですよ」

「そうでしょうか……能力って、僕自身はあまり感じませんが」

「私はフルヤマさんを見ていて思うんですが、私にとっても恐ろしい存在だった父が、あなたのような若い人を何度も呼んで話をしていました。私にはしないというか、できない話をね。私はビジネスマンです。ですから私がフルヤマさんに期待したのは、商品を発見して取り戻すことでしたが、父の目的は違っていました」

社長はビジネスマンらしく冷静に話を続ける。

「ジャカルタを出る前にあなたの誕生日を聞いて分かったんです。あなたは統合の星に生まれている。統合とは、ばらばらになってしまったものを再びまとめ上げる意味もあります。父は多くの戦友が数十年もの間、敵同士になっていたことにひどく胸を痛めていました。あなたは敵同士になった昔の戦友を、つなぎ合わせて和解させたんです」

社長の表情は、ビジネス上の問題が解決できた安心感と父親を亡くした喪失感が混じり合った複雑な表情に変わってきている。

「あなたは神に導かれ、その生まれた星のとおりに動いた。もし、ミカラジャさんの目に狂いがあれば、今頃は逃げ出しているか行方不明になっていたでしょう。

どう思いますか、フルヤマさん。あんな条件の悪い土地で、反政府側が略奪していた商品を取り戻したんですよ。そして反目し合う人間を和解させた。それが、ミカラジャさんが選んだあなたの能力です」

「……」

「それに、あなたは今どきの若い方には珍しく、年長者に敬意を払っています。これはあなたが自然に持っている人柄です。たぶんご両親の育て方が素晴らしかったんでしょうね。

ミカラジャさんの息子さんは、港で入国管理の役人をしておられます。あの方がまずあなたの態度に好感を持った。だから私の父でさえ恐ろしいと言ったミカラジャさんを紹介したんだと思いますよ。

父は、あなたのお父さんのことも話していました。お父さんは長男ですね」

「はあ……そうですが、なぜそんなことが分かるんですか」

「父がそう言いました。なぜかは私にも分かりません。あなたのお父さんには多くの兄弟姉妹がいますよね。そして大戦の間、出征されていませんでしたか」

「そうです。確か7人兄弟の長男で、大戦中は中国で戦っていたと聞いています」

「私の父は、あなたのお父さんは戦争で大変な苦労をされ、そして戦後の苦しい時代に多くの兄弟姉妹の面倒を見て、貧しい生活をしながらあなたやあなたの兄弟を育ててきたんだと言っていました。そうでなければあんな息子は育たないとね」

僕はかなり驚いていた。僕の親父の話もそうだが、この社長は相当人に気を遣う人で、あまりべらべらとしゃべるような人ではないと思っていたからだ。意外に饒舌になる社長と、その話の内容に圧倒されていた。

「それから、ハッサンのことですが、もうすぐ故郷のアチェに帰ります」

「ハッサン？　誰ですか」

「父のボディーガードです」

「ああ、あの人はハッサン……と言われるんですか」

「そうです、彼は長年父のボディーガードをしていました。彼は父が死んだことで、郷里に帰って家庭を持つことにしたようです」

「家庭を……？　家族を……ですか」

「彼は父に全てを捧げていました。妻や子供を持つことよりも、私の父が彼の全てだったんです。あなたは彼も和解させた。

デリへ行く前に、あなたが生まれた日に忘れられない事件があったと言ったでしょう。

あの事件については、私はその場所にいた当事者ではありませんので、ハッサンや父から聞いた話ですが、これも父の意志なので話しておきます」

「どんなお話でしょうか」

「事件のことは聞かれましたか？」

「はい、アルキィさんから伺いました。喜捨の日に、お父さんとハッサン氏が中国人マフュアから銃で撃たれたと聞きました。それ以来、お父さんは暗殺を恐れて、その時に撃たれて死んだことになっていたと聞いています」

「そのとおりですが、もう少し話の続きがありましてね。その中国人マフュアは、その後ハッサンの手下に拷問されて殺されました。今考えても恐ろしい話です。

その中国人の顔や風体が、まるでフルヤマさんにそっくりらしいんです。似ているというより、あなたそのものだったようです」

「そんなに僕に似ていたんですか」

「そうです。あなたがスルポンに行かれた時、父はあなたがその日に来るということを知りませんでした。あの撃たれた日は、多くの貧しい人に紛れて1人の中国人が近づき、父に2発の銃弾を撃ち込みました。ハッサンは倒れた父の前に立ちはだかり、さらに2発の銃弾を受けましたが、2人とも命は助かりました。

それを目の当たりに見ていたのが、父の家に長く仕えている老女です。それ以来、あの老女は中国人を大変恐れていました。また銃を持って殺しに来るんじゃないかってね。あの日、あなたがスルポンの自宅を訪れた時に、あの老女は殺されたはずの、あの中国人マフュアがまだ生きていて、再び父を襲いに来たんだと震えあがっていました。以来、父の家に来ることはなく、自宅でひっそりと暮らしています」

「そんなことがあったんですか……。しかしなぁ、あのお婆さんがどう思われたか分かりませんが、僕には迷惑な話ですよ。僕はその中国人のことは知りませんし、似ていると言われても実感も湧きませんしね。でも、確かにスルポンに伺った時に、あのお婆さんが僕の顔を見てひどく驚いたのは間違いありません」

「これは、フルヤマさんが来る前の話ですから、あなたに問題があるのではありません。その頃の父の仕事の問題です。

その中国人……と、そういうことになっていますが、実は日本人だった可能性もあるんです。暗殺しようとしたことで捕まった中国人は、ハッサンの手下にひどい拷問を受けました。その時に口から出た言葉に、広東語と北京語を話す手下が分からない多くの言葉があって、あとで報告を聞いた父が、それは日本語ではないかと言ったんです。それ以来ハッサン自身も、中国人や日本人という人種に対する何かの敵対心のようなものがあって、不必要に中国人や日本人に対して攻撃的な態度を取り続けました。

以来、20年以上にわたって敵対してきた日本人のあなたと和解することができたんです。彼は命を懸けて守ってきた父が亡くなったことで、大変落ち込んでいましたが、あなたがジャカルタに帰ってくることをきっかけに、自分の家庭を持つことにしたんです。

彼は、あなたが父とアルキィさんたちを再び和解させたことで、もう一度自分の人生を考え直す機会を得ました。口には出しませんが、あなたに感謝しているはずです」

「……そうなんですか。実は空港に迎えに来ていたハッサン氏が、僕の名前を呼んだんです。『Mr. Furuyama. Welcome back』ってね。少々驚きましたよ、ずいぶん変わったなって感じたんです。あの人もつらい思いをされたんですね」

「あの老女は、父の危機を感じて何度も父に忠告したようで、父自身も多少の疑念はあったようです。父はあなたにお父さんのことは聞きませんでしたか」

「僕の父ですか、なかったですね。ただ、ご両親は日本かと聞かれましたが」

「それで、あなたは父に何と答えられましたか」

「あの時、僕はお父さんをかなり警戒していました。家来にでもされるんじゃないかってね。ですから、ここには留まれないという意味を込めて、日本で僕の帰りを楽しみにしていますと答えました」

「なるほど……。たぶんそれで父は安心したんじゃないかと思います。まさかあの中国人マフュアがやはり日本人で、その生まれ変わりがもう一度殺しに来たなんていう老女の疑念を払拭したんだと思います。

まだ、あなたが和解させていないのは、あの老女だけです。それは私の仕事ですね。永い間話していませんので、今後のこともありますから、一度ゆっくり話してみようと思います」

「なんかいろいろなことが絡まっていて、分からないことが多かったんですが、今日は不思議に思っていたことも理解できて、すっきりしました」

「それとフルヤマさん、これは私からのお礼です」

社長は、老人が残した封筒とは別の紙包みを僕に差し出した。

「これは、お金でしょうか」

「そうです。これはビジネスですから、私たちが外国の方を雇うときの日当を計算してお金を入れてあります。あなたへの感謝を込めて」

「それなら、お父さんからお礼は頂いていますので、このお金はアニサの家族に渡していただけないでしょうか。お父さんからのお金で僕には充分です」

社長は少し照れたような苦笑いを浮かべて、話を続ける。

「あなたなら、そう言うと思いました。それでは、あなたの希望どおりに」

「その代わりと言っては何ですが、このお菓子を皿ごと頂けませんか」

社長はさらに苦笑いを続けて、テーブルの上にある菓子皿を僕の方に押した。

僕は、社長にお礼とお別れを言って会社を後にした。アニサの葬儀の後だが、気持ちはすっきりとしている。

しばらくジャカルタの街を歩いていると、僕の手にある菓子皿を見つけて多くの子供たちが集まってきた。僕は年かさの女の子に皿を渡して、みんなに分けるように身振りで示した。女の子からお菓子をもらう子供たちが元気にはしゃいでいる。

嬉しそうに走り回る子供たちを見ていると、確かに独立と建国のために命を削ったガルーダの末裔たちは間もなく消えて行くだろう。しかし新たな世代のガルーダの子孫が生まれている。僕が出会った４人の老人が残した建国の思いは、途切れることなく続いて行く。


ホテルをチェックアウトしてジャカルタ中央駅に入ると、ハッサン氏が僕を待っていた。彼は僕の顔を見ると、サングラスを外して穏やかな表情を見せた。右手を差し出し、握手を求め、僕を抱きしめて日本語で言った。

「ありがとう、元気で」

「あなたもお元気で」

そう言うと、彼は駅の出口に向かい、まだ開いていないキオスクのような店の小さなカウンターにサングラスを置き、一度も振り返らずに駅を出て行った。僕は彼の後ろ姿を見送り、人混みに紛れて見えなくなるまでじっとその姿を見ていた。


再びジャカルタ中央駅から特急に乗る。運賃はやはり8000円ほどで、ジョグジャカルタ行きだ。今度はジャカルタ西駅には止まらずに列車は走り続けた。

僕は豊かな経験をさせてもらったジャカルタに感謝し、いろいろな思い出を胸に、新しい旅に出た。

◆

その20年後、東チモールは21世紀最初の独立国になる。

森本氏は、このチモールでの商品探しの8年後に日本に帰国。そしてある週刊誌に生首の写真を売り、金を得た。

何の因果かは分からないが、彼は写真を売ってから1年後に糖尿病を患い他界、享年39歳。

生首を写真に撮ってから9年目のことだ。合掌。

完

あとがき

「かわいい子には旅をさせよ」という言葉がありますが、一人で旅を続けると全てのことは自己責任であり、決して他人のせいにはできません。長期にわたる国を越える旅は、人との出会いや新たな自分自身の発見の連続であり、また危険との隣り合わせの生活でもあります。責任感が強くなり自立心も強くなります。ただ私の両親、特に母親は長く生きた心地がしなかったと生前話をしておりました。

このインドネシアの旅の経験は、特に大きく私を成長させてくれた旅であり、現在の私に大きな影響を与えてくれた経験です。

龍興院　雲外

※この物語は、自身の経験から発想して書いた小説でありますが、基本的にはフィクションであり、登場人物等はすべて架空の存在です。

また、現在、差別的表現または差別用語とされる言葉は、当時の時代背景を考慮し、あえて当時のまま記載している箇所もあります。

そして、児童買春に関する記述もありますが、以前はともかく、現在はどこの国でも「犯罪」であることを付け加えておきます。

著者プロフィール

龍興院 雲外（りょうこういん うんがい）

1959年、福井県鯖江市生まれの鯖江市育ち。県立鯖江高等学校を卒業後、単独徒歩日本縦断を行い46日間で達成。その後、多少の旅費を稼ぎ欧州・北アフリカ・中東・中近東・アジア各国を放浪。約100カ国を巡る。帰国後結婚と同時に佐川急便大阪店へ入社、営業部・国際事業部を経て佐川急便香港へ赴任。３年の駐在後、インドネシア・ジャカルタへ転勤。その後これらの経験から小説を書き、現在に至る。

ガルーダの末裔

2024年１月15日　初版第１刷発行

著　者　龍興院 雲外
発行者　瓜谷 綱延
発行所　株式会社文芸社
〒160-0022　東京都新宿区新宿1－10－1
電話　03-5369-3060（代表）
03-5369-2299（販売）

印刷所　株式会社フクイン

ISBN978-4-286-24746-5　JASRAC 出 2307657 － 301

JN116663

風船ことはじめ

Matsuo Ryunosuke
松尾龍之介

◉弦書房

装丁＝毛利一枝

〈カバー表・絵〉
一七八三年、フランスでモンゴルフィエ兄弟が揚げた熱気球。

〈カバー裏・絵〉
右＝反射式覗き眼鏡。これで銅版画を見ると立体的に見えた。
左＝『北斎漫画』の中の風船図

〈扉・絵〉
『紅毛雑話』（一七八七）の挿図

目次

IX

はじめに――たかが風船、されど風船

「風船」という言葉は、「紙風船」とか「ゴム風船」、「風船売り」などで、誰もが幼いころから馴染んでいることだろう。

風船は日本独自の文芸、俳句の中にも生きている。どの季節に属するかといえば「春」である。たしかに四季をめぐらせてみれば、寒さが遠のいたあとの春風駘蕩の中でこそ、風船は最もふさわしい。

幼いころの私の家には、年に一度、富山の薬売りがやって来て、帰るときに紙風船を子供へのお土産として残してくれた。おじさんは別に怖い人でもないのだが、子供たちは襖の影からのぞき見して、彼が去ったのち我先に母のもとに駆け寄った。

風船はぺたんこに畳まれており、穴から息を吹き込むと可愛いらしい絵や模様が描かれた立方体が生まれるのであった。他にこれという玩具もなかったので、紙風船はとても大事にされ、枕元に畳んで寝たものである。

小店などで買ってもらった紙風船は半透明のパラフィン紙でつくられていて、薬売りの風船よりも大きく赤・黄・青そして透明の四色の紙が縦縞模様の球体をつくっていた。しかしパラフィン紙は遊ぶにつれて皺寄ったところから色が淡くなり、ついには白っぽい皺だらけの風船へと変わっていった。

吹き込み口には銀色の円形の紙が貼ってあり、そこから息を吹き込むと、内側に入れてある細々とした五色の紙きれが球の中をくるくるとかけめぐる。私はいまでもその光景を思い出すと、紙風船をふくらませてみたくなる。

遊び終わった風船を折り目にそって畳んで行くと、最後はラグビーボールのような形になって、真ん中が凹む。そのまま水の上に置けば、ちょうど船のように浮いて流れていくに違いない。私は長い間、風船に「船」の字がついているのは、折り畳んだ格好が船に見えるところから来るとばかり思っていた。

しかしそれは違っていた。風船はまったく意外なことに江戸時代の蘭学者が翻訳した言葉であった。それはオランダ語の「リュクトシキップ」で、「リュクト」は気、または空、「シキップ」は船を意味する。だから「風船」となった。はじめの頃には「気船」という訳語もあったが、これはのち蒸気船とまぎらわしいので消えていった。

「風船」は人間がはじめて空を飛んだときの乗物として、華々しく歴史に登場した。しかし時代が下ると「気球」という言葉に取って代わられ、その結果、「風船」は子供が遊ぶ道具へと変化してしまった。

江戸時代に伝わった「リュクトシキップ」は、原図は精密な銅版画であったが、模写されていくうちに日本人好みに変形されて、「和船」のようなものへと変化していく。したがって江戸庶民に

上桧木内の紙風船上げ（毎年２月10日開催、提供：秋田県仙北市観光課）

とっての「風船」のイメージは「天駆ける船」であった。それがどうして空が飛べるのかという原理などまるっきり無視されていた。

あるとき私は、秋田県の仙北市西木町に「紙風船上げ」という冬祭り（毎年二月十日）があることを知った。その場所たるや山また山、岩手県との境に近い。そんなへんぴな場所で熱気球を揚げるのだという。興味津々で調べてみると、そこにはきちんと「いわれ」が説かれてあった。

「この行事のはじまりは、江戸時代の科学者・平賀源内が秋田藩に招かれ阿仁銅山の技術指導に訪れたときに西木町に宿をとり、冬の遊びとして伝えられたとされている」

源内が一七七三年、秋田の銅山を訪れたのは事実である。でもその年は、モンゴルフィエ兄弟が熱気球を揚げる十年も前のことで、しかも源内自身はそれから五年後の一七七九年に亡くなっている。つまり源内の頭の中には「風船」の概念は白紙であると見る方が正しい。

ところが困ったことに「いや、そうではない。源内は『雲中飛行船』なるものを発明している」とする江戸時代の本が残されている。源内が亡くなってから九年後に書かれた『平賀鳩渓（きゅうけい）実記』がそれである。

「源内が長崎から戻り、向こうで手を尽くして求めた道具を知人に贈った。その中に空中を乗る大船がある。オランダ人の細工で長崎にも届けられたことのないめずらしいものである。それを源内は密かにオランダ人に便りを出し、買い取り、船体は解体して運べるような荷物にし、江戸に持参して神田あたりの大名へ土産として差し上げたという。この船には五六人まで乗ることができる。空中で風がなくなった時には、風根というものをたたらで吹上げる。その風の根は皮でつくられており、普段は畳まれている」

幸いにもこのくだりには自ら「いかさまです」と吐露する個所がいくつもある。

まず源内が個人的にオランダ人と連絡をとることはできない。彼はオランダ語に通じていなかった。仮に連絡がとれたとして、奉行所にも届けられたことのない大きな船を、いったいどうやって人目を盗んで陸揚げできたであろうか。

さらにそこには空を飛ぶ原理が書かれていない。「風根」は風を発する元という意味合いだろうが、そんなもので船が空を飛ぶわけがない。

この雲中飛行船は、『平賀源内全集』にも、源内関係の研究書でも無視されているにもかかわらず、意外にも航空史関係の本には思いのほかこのくだりが引用されている。それは日本にもこういう先達が居たことを切望したい故のことであろうが、ひいきの引き倒しはここらへんで終わりにしてもらいたい。

では、秋田に突如としてあらわれた「紙風船」をどのように説明すればいいのだろうか。これが本書のテーマである。

私は長い間、長崎の洋学史や日蘭交渉史と関わっているうちに、ひとつの解釈が可能であることに気がついた。そこにはヨーロッパからの気球伝来が深く関わっていた。

気球が誰によって発明され、どのように発展し、やがて長崎に現れ、さらにそれがどういう理由で秋田の山中に伝わったのか、そのことを数々の歴史的なエピソードを交えながら読者に提示してみたい。

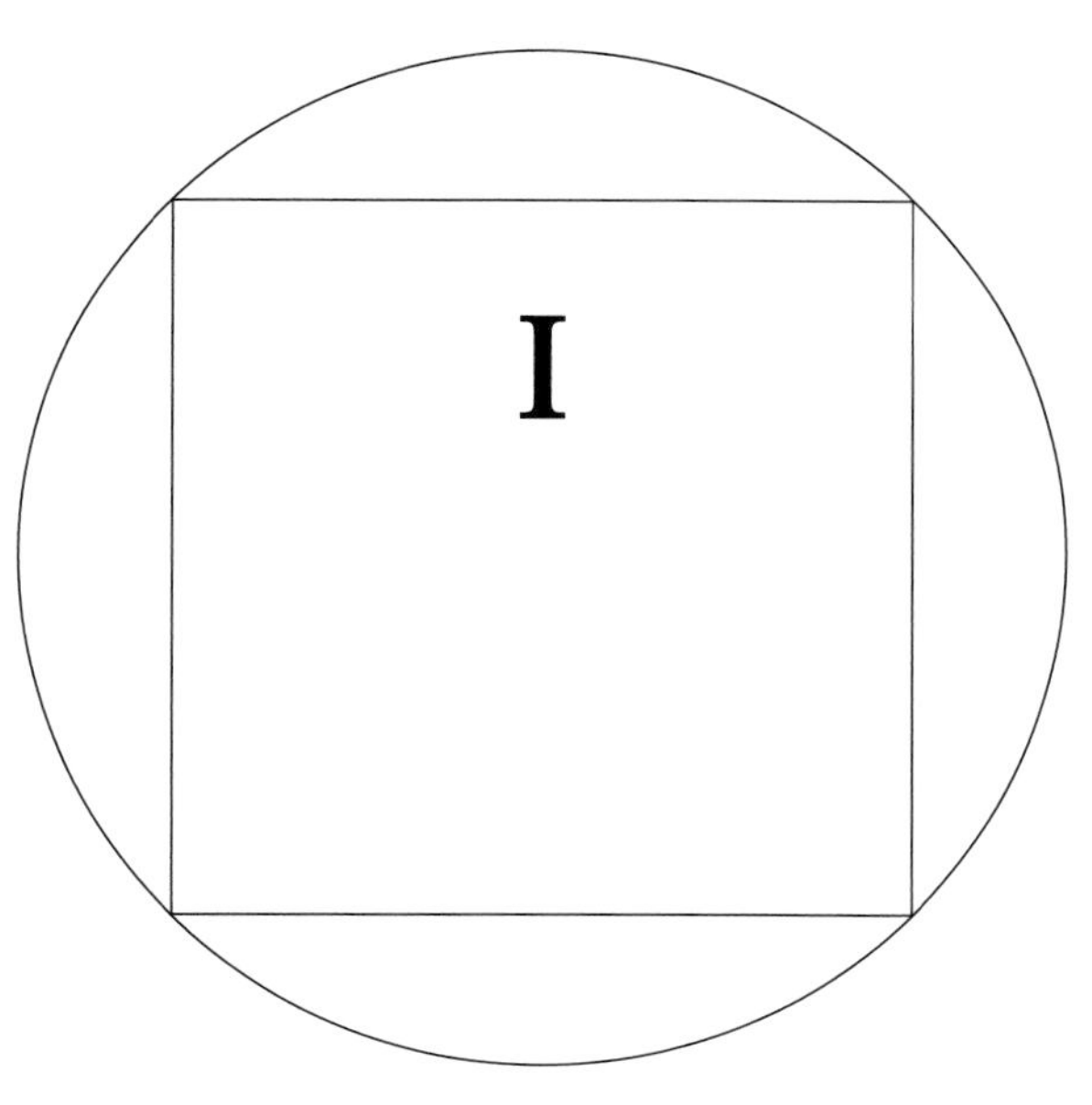
I

1　最初の気球飛揚

［一七八三～一七八九］

我が国の一万円札に福沢諭吉が印刷されているように、アメリカの百ドル紙幣にはベンジャミン・フランクリンの顔がある。（二〇二三年現在）

フランクリンは、一七七六年のアメリカの独立宣言に関わったのみならず、外交官として大西洋を渡り、フランス国王ルイ十六世から独立戦争に必要な戦費の借款に漕ぎつけた。それなしではアメリカの十三州がイギリスから独立を勝ち得るのは難しかったとされている。

ボストンのローソク屋に生まれ、学歴もないのに、周囲の自然現象に好奇の目を光らせ、少しでも疑問が生まれると独力で調べあげ、あるいは実験を繰り返し、独創的な結論を下しては周囲の人々を驚かせた。ついには実験の結果、電極にプラスとマイナスがあることを発見し、また落雷が放電現象であることを証明、避雷針の発明へとつながった。人類を落雷事故から救ったのである。

彼は大西洋上の船の上でもじっとしておれず、常に空や海や空気の移り変わりに心を奪われ、太陽や月の動きを熱心に観察し、航路や航海術に関して自分の思いついた改良点を発表しては船長を驚かせた。

そんなフランクリンが、アメリカ十三州の独立を勝ち得るためにフランスに滞在していた一七八三年六月五日、南フランスのアノネイという小さな町で、父が製紙工場を営んでいたモンゴルフィエ兄弟が、紙袋に煙をつめて世界で初めて熱気球を揚げるのに成功した。

そのニュースはパリの人々を驚かせ、国王は「そんな歴史に残るような重要な実験が田舎で行われるとはけしからん、是非パリで気球を揚げるべし」、ということで兄弟にパリに出てくるように命じた。

熱気球のニュースは知識人の集団であるフランス・アカデミーを大いに刺激した。「いっそ我々の手で気球をつくろうではないか」と呼びかけると、たちまち一万フランが集まった。フランクリンもこれに乗った。こうして若いシャルル教授がその製作に当たった。

シャルル教授は少し前にイギリスの科学者・キャベンデッシュが発見した「水素」の存在を知っていた。水素は空気よりも十分の一も軽いので、熱気球よりも効率が良いだろうと考えた。

モンゴルフィエ兄弟が揚げた熱気球（1783 年）
──『気球の夢』より

当時水素を得るには、鉄くずを薄い硫酸に浸し、化学反応によって生まれてくる小さな泡を集めるしかなかった。時間がかかるのである。

作業場として、ルイ十四世の騎馬像のある円形のヴィクトワール広場が選ばれた。高価な絹を用いた直径四メートルの縦縞の球（バルーン）をつくり、内側に当時は非常に高価なゴムを塗布し、気体が洩れないように工夫した。

気体を満たし続けて二日目、ひと目見ようと人々が殺到し、囲いが破られそうになったので、半ば膨らんだバルーンは引っ越しを余儀なくされた。それは誰にも知られないように深夜、密かに行われた。

騎馬隊と歩兵に警護された気球は三キロほど西に離れた、現在エッフェル塔がある「シャン・ド・マルス広場」に移動した。もし気球を囲む松明の火の粉が水素に引火すれば間違いなく大惨事になったであろう。一行はラッキーだった。

もとよりフランクリンはこの実験には人一倍関心を寄せていた。自国の独立を認める条約の締結を目の前にしながら、彼は終始おちつかず、とうとう会場を抜け出して広場をめざした。人類史上画期的なシーンを見逃してなるものかという気持ちだった。

一七八三年八月二十七日。広場は五万人の群衆で埋め尽くされていた。広場から溢れ出た人々はセーヌ川河畔に添って長々と列をなした。そして何時はじまるともわからない実験を辛抱強く待っている。

水素の注入は三日目に入っていた。シャルル教授は最後の点検に入った。何度も紐を引っぱり気球の浮力を確かめた。そうして水素が十分に詰まっているのを確かめると右手を上げた。気球を引き留めていた紐が放たれた。

午後五時、二発の号砲が響いた。風はほとんど無かった。聴衆の目が気球に注がれる。紐から放たれた気球は天に導かれるかのように真っ直ぐにのぼっていく。聴衆は固唾を飲んでその一点を見詰める。途中さっと小雨が来たが、地上を濡らすほどもなくすぐに止んだ。

雨に塗れた気球はキラキラと輝き、フランクリンはそれを見てうつくしいと思った。彼はこの成功がこれからの世界にもたらす様々な利便性について思いを馳せていた。二分三十秒後に気球は雲に隠れて見えなくなった。

人々は安堵してめいめいに顔を見合わせた。そしていっせいに解散しはじめた。その時フランクリンの近くで次のような声が聞こえた。

「ふん、こんなものがいったい何になるのかね…馬鹿馬鹿しい」

すかさずフランクリンが口をはさんだ。

「君ね。生まれたての赤ん坊が何の役に立つというのかね?」

それから一週間後、イギリス国王ジョージ三世が、アメリカの十三の植民地の独立を認め、「パリ条約」(一七八三)を締結した。それまではアメリカ東海岸に細長くすがりつくように存在していた十三州は、ミシシッピ川以東とイギリスがフランスから獲得した土地とを入手でき、ようやく幅のある領土を獲得することができた。「アメリカ合衆国」の誕生である。

独立戦争以来フランスに滞在していたフランクリンはすぐには帰国しなかった。まだまだ見届けたいものがある。

シャルル教授の水素気球のニュースは、南フランスのモンゴルフィエ兄弟を落胆させた。もはやパリの人たちは、自分たちの気球には興味が失せたのではないかと心配した。

でも華の都に来てみれば正反対だった。国王自らが兄弟の熱気球に対して援助を申し出た上に、気球を揚げるにはヴェルサイユ宮殿の広場を使用することまで許された。二人にとっては晴れ舞台である。

兄弟は気球に人間を乗せることを提案したが国王が反対した。空中では何が起こるかわからないからと危惧したのである。そこで三種の動物が選ばれた。ニワトリとアヒルとヒツジである。空を飛べない二種類の鳥と、人の代りとしてのヒツジ。聖書中ではしばしば人は牧羊に喩えられる。

九月十九日、広場に大量の藁が持ち込まれた。十分間ほど藁を燃やし、熱い空気でいっぱいに満たされた気球は、動物の入った箱を左右に揺らしながら、四、五百メートルの高さを風下に流された。町の人々はいっせいに外に出て、煙をたなびかせながら漂う熱気球を見上げた。やがて冷めた気球はゆっくりと郊外の森に落下して、動物たちは無事だったことが報告された。

条約の締結を終えたフランクリンは、医者から休養を命じられていたので、その日は部屋の窓から熱気球を望んだ。

彼はかつてストーブを改良したときに、暖められた空気が希薄になることに気がついた。軽くなった空気は上にのぼる。それが熱気球の原理だと読んでいた。これに対して兄弟たちは煙の中に正体不明の希薄なガスがあるとする説を吹聴していた。そんなことからフランクリンはシャルル教授の肩を持ち、機会あるごとに彼に持論を語りそれがのち実験で立証されて、気体の体積は温度に比例するという「シャルルの法則」となる。

いよいよ人類最初の飛行の日が近づいた。

パリの人々は寄るとさわると、水素気球が先か、はたまた熱気球が先かとそのことばかりを話題にした。二つの異なったタイプの気球の建造は急ピッチで進められ、そしてわずかの差で勝利をおさめたのは熱気球の方であった。

ここで再び国王が突拍子もない提案を持ち出した。「搭乗者は死刑囚とし、彼が失敗したら打ち首にすればいい」というのである。これに対して真顔で怒ったのがピラトール・ド・ロジェという貴族でアカデミー会員であった。彼はすでに係留した熱気球で上昇・下降を練習して、操縦にかけては天賦の才能を見せていた。

彼は「歴史に残る栄光を受刑者に与えるとはいったい何事か。是非、私を搭乗させてほしい」と自ら訴えた。

ロジェは王妃アントワネットの側近ダルランド侯爵に近づき、王妃を経由してルイ十六世を説得するのに成功、こうして最初の「鳥人」は、ロジェとダルランド侯爵に決まった。兄弟は搭乗することはできなかった。

今回の離陸地点は、ブローニュの森にある皇太子のいるラ・ミュエット城が選ばれた。フランク

ロジェとダルランドの２人が搭乗した熱気球（1783年）
――『気球の夢』より

リンの住居の近くだった。

広場には離陸するための大きな台が組まれ、巨大な袋が左右の二本の柱の間に括られている。袋の下部には囲いのある回廊がつくられており、そこに二人の人間が乗る。バランスをとるために正反対に立つので、互いの顔は見えない。回廊の真ん中に特別につくられた鉄鍋が吊るされており、その中で藁を燃やし、熱い空気を袋に送り込む仕組みである。

十一月二十一日、ぱんぱんに膨れあがった気球にはブルーを下地に、国王の大きなイニシャル「L」が交差し、周囲には星座の十二宮などが金色で美しく彩飾されていた。フランクリンはさすがに美術の国だけはあると感心した。

午後一時五十六分、巨大な熱気球が地上を離れた。係留ロープが放たれると、気球は巨人が重い腰を持ちあげるかのようにゆっくりと飛揚しはじめた。フランクリンは行く手に、剪定されたばかりのプラタナスの並木が待ち構えているのに気がついた。そのまま進めば梢に触れて気球は転覆し、二人は投げ出されるのではないかと気が気でなかった。しかしロジェが気球の外側に垂れていた綱を引っぱることで姿勢を傾け、枝に触れることなく無事に通過した。

こうして最初の人間を乗せた熱気球は空に昇った。

地上の光景に見惚れていたダルランド侯爵は、城の屋上にいる知人たちに帽子を振った。相手もまた帽子でこたえた。伯爵はしばし我を忘れた。「藁をくべないと高度が下がるじゃないか」

「おい、君は何をしているのだ!」と、ロジェがどなった。我に返った伯爵は初めて作業に打ち込んだ。

通りにも、家々の窓にも、屋根の上にも多くの人々がいて空を見上げていた。ある者は声をあげ、ある者は手を振り、またある者は感動の余り涙を流していた。

熱気球は二十五分をかけて九キロほどを飛び、無事に軟着地した。ここに人間が鳥のように空を旅することが証明された。

その興奮が冷めやらぬ十日後、こんどは水素気球の番がやって来た。

熱気球成功のニュースが伝わっていたので、フランスのみならずヨーロッパ中から人々が押しかけてきた。その数じつに四十万人。パリの人口の半分である。フランクリンはこれほどの群衆が一ヶ所に集った光景に驚き呆れた。

十二月一日好晴に恵まれたその日、セーヌの対岸にあるチュイルリー宮殿前の広場には、モンゴルフィエ兄弟も招かれていた。兄のジョセフは気球を係留しているロープをカットするという栄誉を与えられていた。

午後一時四十五分、号砲と共にシャルル教授と助手のロベールを乗せた気球はするすると上昇した。熱気球よりも早い。六百メートルの高度に達したとき、二人の搭乗者はゴンドラの両側から大きな白旗を振ってみせた。群衆はそれに気づいて怒濤のような拍手をもってこたえた。

シャルル教授とロベールが乗った気球（1783年）――『気球の夢』より

気球は七百メートルの高度を保ちつつ、ゆっくりと北の方へ流されていった。フランクリンは望遠鏡を持ち出して気球を追った。まず気球に乗った二人の影が見えなくなり、ついでゴンドラが消え、最後には気球そのものが点となって視界から消えていった。

二時間後、四十三キロ離れた平原に気球は無事に着陸できた。旅は快適だったし、身体に何の異常も見られなかった。調子に乗ったシャルル教授は「今度は自分ひとりで行かせてくれ」と、ロベールに降りてもらい単独で空にのぼっていった。ところが軽くなった気球は急上昇し、教授は気を失ってしまった。

我に返ると気球は三千メートルの高さにあって、一度沈んだ夕日を再び浴びていた。教授は気球のバルブを抜いて下降しはじめた。途中、何度も乱気流に翻弄されて生きた心地はしなかった。それでも砂袋の砂を棄てながらゆっくりと着地することができた。その後、シャルル教授は二度と気球に乗ろうとはしなかった。

以上、こまごまと気球飛揚について書いてきたのは、アメリカ十三州の独立が「航空事始」と同年だったことを強調したかったからである。

特に航空の将来を積極的に見通していたフランクリンのような人物がその場に居合わせていたことは、のちライト兄弟を生み、「空の帝国」といわしめたアメリカの将来をすでに暗示していた。

他方、フランスはどうであったか。航空業界のトップを切ったものの、やがて熱気球も水素気球も、思うところに自由に飛べる乗り物ではないことが判った。言いかえるとそれは風の向くまま運ばれていくだけのものであった。

フランスでの気球熱は一気に高まり、そして急激に冷めていった。その果てに苛酷な現実が姿をあらわした。アメリカの為に借金をかさねたルイ十六世は、アメリカの独立によってこれという恩恵に預かることもなかった。

経済的に追い詰められた国王は国民に重税を課すよりなく、その結果フランスの旧体制に不気味な亀裂が入りはじめる。フランス革命が起きるのは気球が揚がってわずか六年後（一七八九）である。

2　天明の天変地異

［一七八三〜一七八五］

西洋で気球が揚がった一七八三年は、日本の天明三年に当たる。

この年浅間山が爆発した。四月からはじまった小さな噴火は七月になってついに大音響を立てて、空高く岩石や火山灰を噴き上げた。

灰は一万二千メートルもの高さに達し、成層圏をただよい日光をさえぎり、農作物に大きな被害をもたらした。「天明の飢饉」である。東北地方では数十万人の餓死者をだした。数十万人である。成層圏までのぼった灰は、地球の自転により北半球全体に及んだ。それはめぐりめぐってヨーロッパでも冷害を起こし、飢饉がひろがりフランス革命の遠因のひとつともされている。

時の老中は田沼意次（おきつぐ）である。彼は紀州藩士として低い地位から身を起こし九代将軍家重と十代将軍家治に仕えた。老中になった一七七二（明和九）年、目黒の大円寺から失火して、振袖火事以来の大火災をこうむった。焼死者の数は一万五千人とされている。最初から貧乏くじを引いた政治家だった

秋には台風が襲い江戸の永代橋が崩れ、火事で立て直したばかりの多くの家屋が流された。このままではいけないというので、朝廷では年号を変えようとした。こうして「迷惑」に通じる「明和九」という年号が削除されて、「安永」に変わった。本当の話である。

もちろんそんなことで災害はおさまらない。

干ばつは続き、飢饉が発生し疫病もひろがった。一七七七年には京都で大水が出、翌年にかけて伊豆の大島が噴火した。さらにその夏になると鹿児島の桜島が噴火した。「安永」は九年間で「天明」に変わり、その三年目の飢饉がもっともひどかった。

そのようなきびしい天変地異に襲われながらも、田沼政権はよく奮闘した。吉宗の財政失策のツケを取り返すために、利益の出る事業ならなりふり構わず何でも手を出した。大商人の財力を借り

ながら、次から次へと積極的な政策に出た。

鉱山の採掘、貨幣の改鋳、幕府直営の座を増設し、俵物と呼ばれる海産物（フカヒレ・ナマコ・干しアワビ）を中国への輸出品とした。印旛沼や手賀沼などの土地を干拓し、アイヌが住んでいた蝦夷地の開発にまで手を伸ばそうとした。

彼が新しい計画をたてるたびに、その利益にあずかろうと業者がむらがり、賄賂が横行した。それが後世から「田沼といえば賄賂」という烙印を押される結果をまねいた。しかし時代の空気というものは明るかった。庶民は生き生きしていた。

思想や学問は自由で、「川柳」が流行し、大田南畝は狂歌でもって世間を風刺して喝采を浴びた。「早蕨の握りこぶしを振り上げて山の横面はる風ぞ吹く」という反権力的な歌が、堂々とまかり通った。

江戸蘭学も田沼時代に花ひらいた。前野良沢、杉田玄白、桂川甫周、中川淳庵により『解体新書』が翻訳され、意次の舶来品好みは、平賀源内をしてエレキテルを考案せしめたとされている。大衆文化に目をむけると三味線が大流行し芸者が増え、淫靡の風を帯びて節度を失ったともいえる。浮世絵師・鈴木晴信は、それまで墨一色だったものを多色刷（錦絵）にして、浮世絵の流れを変えた。

ひと言でいえば田沼時代は町人の勢いが盛んになる一方で、武士階級の暮らしは厳しくなった。白川藩の松平定信のような出自の良い（吉宗の孫）武士階級からみれば、商人と結託した意次のやり方は不愉快極まりなく、苦々しい思いで見つめていたに違いない。

そんな田沼時代に三回来日し、計三年半を長崎の出島で過ごした商館長（カピタン）がいた。名前はイザーク・ティッチング。オランダの貴族の出で、ラテン語・フランス語・ドイツ語・英語ができた。加えて東洋で中国語、日本語も学んだ。コスモポリタンである。

日本研究家としてはシーボルトが有名であるが、彼よりも三十年ほど早く、日本をあるがままに理解しようとつとめたのがティッチングであった。

オランダの対日貿易は十七世紀をピークとしあとは凋落していった。その原因をオランダ人は日本人のせいにした。つまり通詞（つうじ）（通訳）や長崎奉行の狡猾さ、無知あるいは怠惰のせいにした。

ティッチングは違った。一七七九年に初めて来日した彼は、吉雄耕牛、松村元綱、楢林善兵衛、同じく重兵衛、堀門十郎などの優れた通詞に近づき、彼らのオランダ語の上達や、博学ぶりを認めた。彼らと親しくなることで、日本の書物をオランダ語に翻訳することもできた。

長崎奉行・久世丹後守広民とも互いに尊敬できる仲となり、握手まで交わした。ティッチングは自分のカピタン部屋を日本風に改造し、日本語を学び、漢文にまで手を伸ばした。その評判はたちまち知識人の間にひろまった。

一七八〇年、春の江戸参府では将軍家治に謁見したのち、オランダ人の定宿（じょうやど）「長崎屋」に薩摩の島津重豪（しげひで）や、福知山の朽木昌綱などが訪れた。オランダ趣味を好む蘭癖大名と呼ばれた人々である。重豪とは小鳥などの博物学を論じ、昌綱とは古銭の蘊蓄を語り、互いに飽きることを知らなかった。

それまでの参府は最新の医術をもたらす医師の方が注目されたものであった。今回は商館長その人が注目された。そしてティッチングの博覧強記に敬服した。日本の知識階級はそれまで中国にのみ目を向けてきたが、それがヨーロッパに移ろうとしている。この変化は小さいようで極めて大きい。

安永年間（一七七二〜八一）に宇治の平沢旭山、仙台の林子平、豊後の三浦梅園などがそれぞれに長崎遊学を通して海外事情に目を向けはじめていた。ティッチングの来日はそんな気運に一致していた。

一七八〇年ティッチングはいったんバタビアに戻り、翌一七八一年、再び商館長として来日した。一七八二年、二度目の江戸参府をすまして長崎に戻ったが、秋になってもオランダ船が姿をみせない。何が起きたかわからないまま出島で越年した。

そんな境遇にあっても彼は時間を空費するような人ではない。「船がやって来ないということは…」と、通詞たちに説いてまわった。「このところ日本との貿易が利益を生まないので、バタビア総督府が貿易の中止を検討しはじめたのだろう」と通詞や役人たちを脅しにかかった。

そしてここぞとばかりにオランダ人が日本貿易で如何に厳しい要求に耐えて来たかを並べ立てた。平戸から出島に強制的に移転を命じられた際にも、自分たちがどんなに巨額な負債を抱えたか、そんな昔の話まで持ち出して日本人に迫った。

貿易が廃止されたら困るのは通詞であり奉行であった。ティッチングは日本側に輸入品をもっと高価で購入すること、輸出品である銅をさらに増やすよう要求した。

ここでどうしてオランダ船が来なかった本当の訳を明かそう。

それは日蘭両国だけの問題ではなかった。アメリカの独立戦争がからんでいた。すでにフランクリンの活動に見たように、アメリカ十三州はイギリスと敵対するにあたり、ヨーロッパからの支援を頼みとしていた。なぜならそれらの国々には、共通して三回にわたる英蘭戦争を通してヨーロッパの覇者となったイギリスへの反感がはたらいたからである。

オランダも中立を見せかけながら、最初から十三州への武器弾薬の密輸に関わっていた。やがてそれが発覚しイギリスはオランダに宣戦布告する。したがって今回の戦争を「第四次英蘭戦争」と書いている年表もある。戦いはオランダ本国を攻めるよりも、オランダの海外植民地を強力な海軍でもって攻撃した。

オランダ海軍はフランス海軍の援助にすがり、辛うじて喜望峰とセイロンを守りぬいたが、その他のアフリカ西岸やインド東岸の植民地はことごとく失ってしまった。そんなわけでオランダは日本に船を出す余裕などまったくなかった。

一七八三年、交代の商館長ロンベルフを乗せた蘭船が一艘だけ入港し、ヨーロッパで戦争がはじまったことを告げた。ティッチングは「総督府は貿易を中止すれば日本が困るだろうと、戦争で船が不足しているにもかかわらず必要な商品を送ったのである」と恩を着せて、ここでも商品の値上げを要求した。

奉行久世広民は幕府にそれを諮らせることを約束した上で、ひとつの提案を持ち出した。「バタビアから船大工を呼び寄せることはできないだろうか」と問うてきた。ティッチングは自分の耳を疑った。

「何だって！　外国人の出入りをこれほど嫌がる国がいったい何故？」

長崎貿易で使われる銅は大坂で精錬されたのち船で運ばれて来る。ところが途中で船が破損して沈むことがある。その額は決して馬鹿にならない。そこで奉行は性能の良い西洋船を思いついたのである。

ティッチングは奉行に「私と一緒に日本人技術者をバタビアに送るという手もあるが…」と持ちかけると、「日本人が海外に出るのは難しい」と断られた。結局、両者が折りあったのはバタビアで西洋船の模型をつくり、詳細な説明書を添えた上で、ティッチング自身が携えて来るというところに落ちついた。

ここで読者は、この年つまり一七八三年に、パリで気球が揚がったことを思い出して欲しい。熱気球が十一月、水素気球が十二月であった。その記事は直ちにフランスの新聞を飾った。

半年後、一七八四年六月、シャルル教授の気球のニュースを報じたフランスの新聞がバタビアに届いた。届けたのはインドを目指すオランダとフランスの連合艦隊であったと思われる。アムステルダムからバタビアまで通常なら七ヶ月かかる。だから半年で届いたというのは早い。

時あたかもティッチングがバタビアから日本に立とうとしていた。彼が交易品の値上げを幕府に要請した件は高く評価され、もう一度日本に行って事務上の手続きを済ますように命じられたからである。それさえ済めば日本で越年せず、その年の船で戻っても良いという特典まで与えられた。

こうしてティッチングは日本人に西洋船の模型と説明書、そしてフランスの新聞を届けることになった。日本への航海は途中で僚船が難破したほど荒れに荒れたが、彼を乗せた船は一七八四年八月に長崎に無事に着いた。

ところが予想外の出来事が彼を待っていた。

まず田沼意次の嫡子・意知（おきとも）が私怨から殺害されていた。ティッチングが「抜群の才能と自由思想を持つ青年」と高く買っていた人物だった。父の政策を引き継ぐ有能な意知は、田沼政権に反感を抱く人々から見れば妨げ以外の何ものでもない。犯人をそそのかした末に、意知を江戸城内で刺殺させたのであった。

もうひとつ、心通わせていた奉行・久世広民が長崎を去り江戸に栄転していた。そんなこんなでティッチングは三ヶ月で早々と事務処理を終えると、十一月、乗ってきた蘭船でバタビアに去った。彼が運んできた西洋船の模型がどうなったか、今となっては分からない。

ただし二年後（一七七六）すなわち田沼政権の最後の年であるが、日本に前例のない船が突如として登場する。それは西洋船、唐船、和船のそれぞれの長所を巧みに取り入れた船体で、帆には和洋折衷のものを装備している。「三国丸」と称されたその船は、今日ではティッチングが運んできた模型の影響であろうと見られている。

ところでバタビアに戻ったティッチングは、今度はインドのベンガル長官を命じられ、日本で収集した版本、写本、貨幣、美術品などを携えてベンガルに赴任した。

ティッチングは在日中から久世奉行の肝入りで、自分への通信物は検閲されないという特権を手に入れていた。したがってその後も日本とベンガルとの間の通信が続けられ、自らの日本研究を継続することができた。鎖国体制に小さな穴が開けられたことになる。

手紙は日本人に読めないようにすべてオランダ語でやりとりされ、長い間の手紙のやりとりで朽木昌綱侯のアルファベットの筆跡は、次第にティッチングのそれにそっくりになったという話が残っている。

翌一七八五年、江戸参府に出た商館長ロンベルフは秋田藩主・佐竹曙山（しょざん）、薩摩藩主・島津重豪、福知山藩主・朽木昌綱などの蘭癖（らんぺき）大名や、蘭学者たちが集まった席でフランスの新聞をひろげて見せた。

フランスの新聞が、気球に人を乗せて飛翔したことを伝えた記事を、ロンベルフが読み上げ、それを宇田川玄随がオランダ語で筆記したメモ（早稲田大学図書館蔵）　――『長崎蘭学の巨人』より

ロンベルフは記事をオランダ語に翻訳したものをゆっくりと読みあげた。

"Boven aan de Bal, staade Goerde Rijs van ondern Beduyt het volgende …"（メモは誤字や脱字が多く、判読は極めてむずかしい）

吉雄耕牛が商館長に何度も問いただしながらその要旨を翻訳する。わかりやすく言えばこうなる。「空の上の良き搭乗。一七八三年、十二月一日。カール氏とロバート氏とはチュイレリースという所から出発して、午後三時にパリから九時間の距離にあたるネスルとエドンスヴィルの間に降りた。当地の牧師に迎えられ、証明のために署名してもらった。使用した気球は破損しなかった…」

耕牛自身が良くわからなかったのだから、聞く方はなおさ

らのことであったろう。どうやら人間が空の旅に成功したというくらいしか伝わらない。あとで「人間が空を飛んだという話は…本当か?」と、朽木侯が耕牛に念を押しにやって来た。耕牛は半信半疑である。「でしょうなァ」とスッ惚けるほかはなかった。

その場にいた江戸の蘭学者・宇田川玄随だけは記事の内容に大いに関心を持ち、ロンベルフが読み上げた蘭文を一心不乱にオランダ語で筆記した。現在それは早稲田大学の図書館に保存されている。宇田川家は以後三代に渡って、好奇心の固まりのような人物を次々と輩出する。

3 江戸の蘭学者・大槻玄沢（げんたく） [一七八五～一七八六]

大通詞（おおつうじ）・吉雄耕牛は江戸のオランダ人の定宿「長崎屋」で、門弟の杉田玄白から年内に大槻玄沢という弟子を長崎に遊学させて、ハイステルの『瘍医新書』を学ばせたいのでよろしく頼むと挨拶された。当時の江戸の蘭学者はまだまだ長崎のオランダ通詞には頭が上がらない。

朽木侯までがやって来て丁寧に口添えをする。侯は玄沢の遊学費の後援者でもあった。玄沢は仙台藩の支藩・一関の生まれで二十九歳。江戸に出て蘭学を学んだ。その場に玄沢が居合わせてなかったのは、父の法事のために帰郷しているから、というのであった。

一七八五年、耕牛は参府から戻ると、通りの向かいの本木良永を訪ね玄沢の遊学の件を告げた。翻訳なら良永に如く人物はいない。父の跡を継ぐ元吉（のちの正栄）もその場に控えている。

「その大槻という男、江戸ではよほど前途を嘱望されているようだ」と耕牛が言うと元吉が、「そんなにオランダ語が出来るのですか？」と興味を示した。「なに、我々と比べれば子供のようなものだ」と耕牛が高らかに笑った。話しはとんとん拍子に進み、長崎滞在中は本木家の二階の部屋を玄沢に提供するところまで行った。

長崎に戻った耕牛にはもうひとり会いたい人物がいた。

京都越後屋本店の長崎支所をつとめる中野家の五男で中野忠次郎という。家は奉行所の真向かいにあった。裕福な育ちであったが生まれたときから蒲柳の質で始終身の周りに漢方薬の匂いを漂わせている。

彼はオランダ通詞の名門志筑家の養子に入り、ペンネームは「志筑忠雄（しづきただお）」を名乗る。オランダ語にかけては頭抜けて優秀だった。しかし出島に行くのを嫌がり、今でいう「引き籠り」になってしまった。

しかしこの忠次郎、蘭書を次々と読破して西洋の文物については誰よりも詳しい。それが半端ではなかった。

ほとんどの通詞が忠次郎のような落ちこぼれは無視したが、耕牛は違った。入手のむずかしい蘭書を斡旋したりして、子飼いの者として可愛がった。その忠次郎が人間が空を飛んだというニュースに対してどんな反応を示すかそれが知りたかった。

案の定、忠次郎はさほど驚いた様子は見せなかった。

ニュートン力学に魅せられて『暦象新書』を翻訳中だった忠次郎は、ヨーロッパではガリレオが空気に重さがあるのを予見し、その弟子のトリチェリが、一メートルほどのガラス菅に水よりも十倍ほど重い水銀を詰めて、大気圧の実験を行い「真空」の存在を確かめたことも知っていた。のみならず彼は自宅の二階の部屋で同じ実験を自らの手で再現し、真空の存在を目の当たりにしていた。ついでに言えば「真空」という言葉もこの忠次郎の造語である。


ドイツでは「三十年戦争」(一六一八〜四八)が終り、マグデブルグの市長でオットー・フォン・ゲーリケが、真空に関する新しい実験を行い、ヨーロッパ中から注目をあびた。

彼は一六五七年、銅製の半球を二つ合わせて一個の球体をつくり、空気ポンプでその中を真空にした。それを左右から八頭ずつの馬で引っぱっても、球体は離れようとはしなかった。そののち馬から離して銅球に空気を戻すと、いとも簡単に元の半球に別れた。それは「マグデブルグの半球」と呼ばれ、それまで長い間アリストテレスが否定してきた真空の存在を立証した。

それから十数年後、イタリアのイエズス会のフランシスコ・デ・ラーナ神父が「空飛ぶ船」という不思議な絵を残した。忠次郎はそのイラストも蘭書の中で目にしていた。船の四隅に巨大な銅球が浮いている。四つの球は真空でその浮力でもって船が空中に浮いている。その船に乗れば人間も空を飛べるという発想であった。

忠次郎は、以上の話を耕牛に説明した末に「ですからその商館長の話も、決して荒唐無稽とは言えないでしょう」と、すました顔で答えた。

「人間が空を飛ぶ時代に入ったということだな」と耕牛が念を押すと、「はい…そういうことです」と大きくうなづいた。

耕牛の世代には空を駆けるといえば羽衣を持った天女か、中国の山中深くに棲む仙人か、はたまた背中に羽の生えたカラス天狗くらいしか思いつくことができない。ドイツ語やラテン語まで手を伸ばした老通詞も、この世代差による発想の違いには愕然とした。

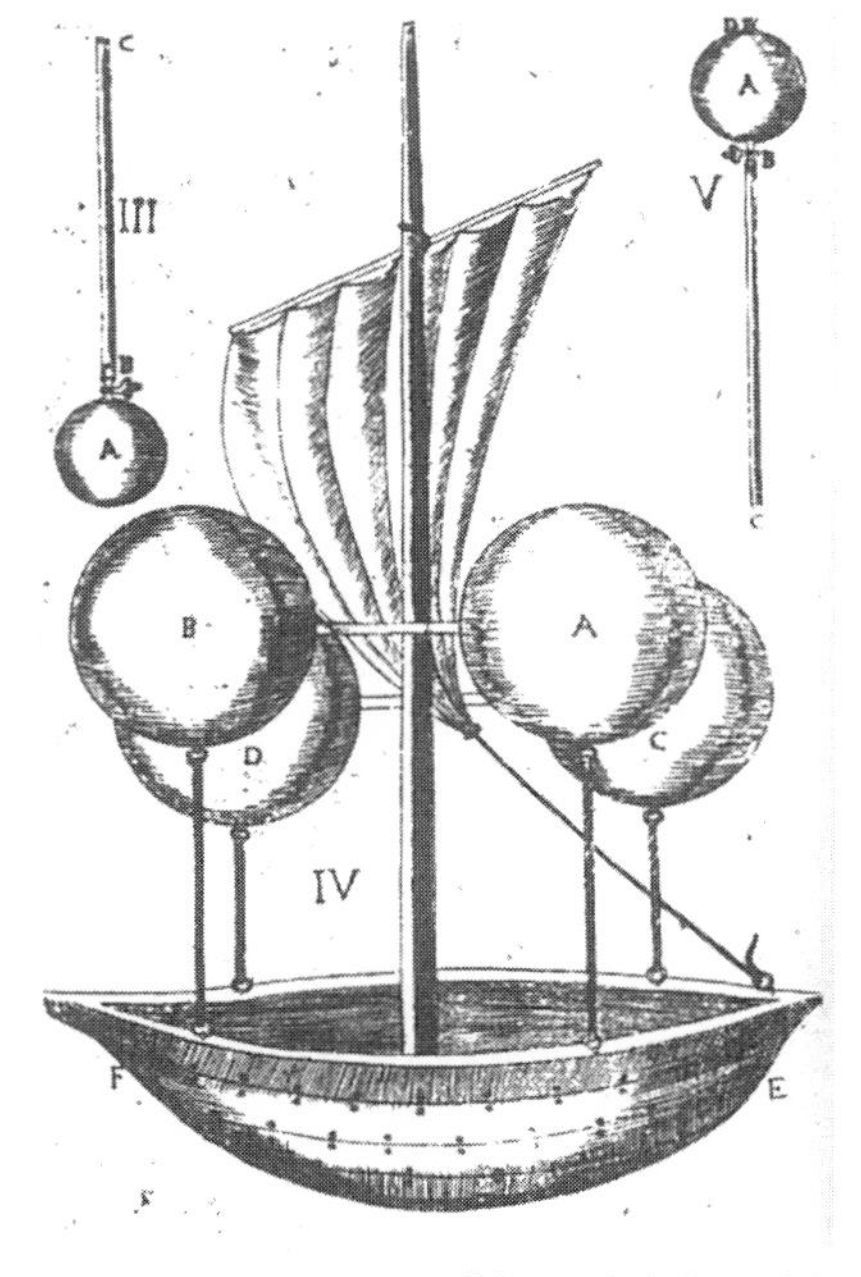

フランシスコ・デ・ラーナの「空飛ぶ船」(1670年)
――『長崎蘭学の巨人』より

一七八五年の八月、オランダ船が入り、出島と長崎会所が最も忙しい季節が過ぎ、諏訪神社の大祭も終ると、江戸からの遊学者のことなど誰もが忘れかけていた。

十一月十五日の夕暮、大槻玄沢が日見峠にさし掛かった。

大坂から同船した長崎の友永恒蔵という人物と一緒だった。つづら折りの石坂を一里ほど登ると頂上に着いた。そこから町が見下ろせるかと思ったら山が邪魔をして何も見えない。「大丈夫。もう少し下ると見えてきます」と恒蔵が教えてくれた。

途中で玄沢が「何だか異国の匂いがする。書物に書かれていたとおりだ」と玄沢がうれしそうに鼻をふくらませると、「なに、これは出島のオランダ人に売る豚を飼っている匂いですよ」としらけた答えが返ってきた。

麓に着いたときには日も暮れていたが、西国のそれは江戸よりも半刻（一時間）ほど遅かった。諏訪町の友永家で旅装を解かせてもらい、一休みしたのち外浦町の本木家を目指した。

すっかり更けた大通りは灯されていてどこも明るい。まだ遊んでいる子供たちの声まで聞こえてきた。本木邸に到着したのは九時を過ぎており、息子の元吉が出てきて、挨拶もそこそこに部屋に案内された。何処かそっけない応対に「着くのが遅過ぎたのかな？」と戸惑いながらも、その夜は旅の疲れですぐに寝入ってしまった。

翌朝、食事時に元吉からじつは妹の結婚式の最中で、十分なもてなしができないのでしばらく他家に泊まるように勧められた。玄沢もそれを聞いて恐縮し、すぐに荷物をまとめた。

行き先は内通詞の稲部松十郎の家で西上町にあり、友永家の親類に当たるという。本木を含めたこの三家は親しい関係にあるのが後で分かった。ついでにいえば、内通詞というのは奉行所から雇われた通詞ではなく、平戸時代からオランダ人の身の回りの世話することで手数料を得ていた人々である。

平戸町の吉雄邸を訪れたのは、到着して十日後のことである。その一角にある「阿蘭陀座敷」は全体を緑青色のペンキ塗りの二階屋で、欄干の背後にはガラス窓が見える。中に入ると床は四角い石が敷かれており、ひんやりとしていた。

階上に登るとそれまで目にしたこともない舶来品が目に入った。天球儀、地球儀をはじめとした様々な航海用具、望遠鏡、顕微鏡、円卓、インク瓶、燭台、ギヤマンの壺、オランダ琴、壁にはオランダ人の肖像画、タルモメートル（温度計）など玄沢の好奇心を刺激するものばかりであった。

「なに、本木家の祝儀にぶつかったのか？　それは生憎だったな」

耕牛は彼のためにさっそく酒宴を開いてくれた。朝顔の花のかたちをしたギヤマンの杯に、耕牛がユネバー（ジン）を注いでくれる。含むとすぐに口の中がカーッと熱くなった。

「もう、出島には出かけたのか？」

「まだです。できればオランダ船も見たかったのですが、出払った後だそうですね。残念です。それを知ったときにできた歌がこれです」と言いながら、玄沢は矢立から筆を出し一首をしたためた。耕牛が読み上げる。

「なになに、『音に聞く船はおらんだ是非なくも唐（とう）のはなしを…』

「先生、そこは『とう』ではなく、『から』と読んで欲しいのですが」

「わかった。『唐（から）のはなしを聞くばかりなり』と。なーるほど、空っぽねェ…」

杉田玄白の弟子は学者然とした堅物ではなく俳句や狂歌に通じた粋人でもあった。その証拠に三日とあけず髪結いに通い、身なりにも気を使う。耕牛は江戸で磨かれた社交性を玄沢に見て取った。

天明六年十二月二日は西暦で一七八六年の一月一日に当たる。

この日、耕牛邸では「オランダ正月」が催された。もちろん玄沢も招かれている。見ていると奉行所の役人や、長崎会所の関係者などが入れ代わり立ち替わり顔を出す。奥方たちも現れる。夫婦連れという光景が玄沢の目にはめずらしいものとして記憶された。

酒宴は午前からはじまり夜中の二時まで続いた。玄沢は翌日出島に出かける予定も忘れ、飲み過ぎてオランダ座敷で寝入ってしまった。

翌朝、我にかえった玄沢が本木の屋敷に駆けつけると、良永はすでに出島に出かけた後だった。代わりに元吉が顔を出して、「玄沢さん、うちの母が『こんど江戸から来られた方は、お酒に強いのねェ』と、呆れていましたよ」と言うと、「いやァ、これは…」と、玄沢は頭をかいた。

「大丈夫ですよ。『次にしよう』と父が言ってました」と元吉が告げた。これを機に元吉と玄沢はにわかに親しくなった。元吉は玄沢より十歳若く、十九歳の稽古通詞だった。若いわりに本草学にくわしく、漢詩や俳句は二人に共通した趣味だった。

一週間後、玄沢は良永に随行し念願の出島に入ることができた。それからというもの良永が当直の夜は自分も一緒に通詞部屋に泊まり込み、商館長に会ったり、調理室で豚が殺されるところを見たり、クロボウ（肌の黒い人々）が「鬼」ではなくアジア系の人々であることに気がついたりした。

十八日、風頭（かざがしら）山の火葬場で耕牛の指導で行われた死骸の解剖も見ることができた。こうして十二月も押し詰まった二十七日、玄沢はようやく祝言が終わった本木家に戻ることができた。

明けて一七八六年。正月の三日からして玄沢は忙しい。今度は唐人屋敷に招かれた。某船主の二階の広間で噂に聞いた卓袱料理を振舞われた。高価な燕巣や竜眼は初めて口にするものだった。白い磁器に入った唐酒はすこし酸味がした。江戸では味わえない豪勢な料理は玄沢を感激させた。日が暮れると、あちらこちらから胡弓や月琴の音が漏れはじめ異国情緒をたっぷりと味わうこととなった。

すっかり良い気持ちになって本籠町、船大工町と戻るうちに、右手に丸山遊郭の灯りが目に入った。彼は火蛾が明かりに吸い寄せられるように丸山の大門をくぐった。

じつはこの丸山町と寄合町は、江戸を立つ前から玄沢にとってあこがれの地であった。「行く人は恋の淵瀬にはまる（丸）山唐も大和も寄合の里」という狂歌がそれを裏書きしている。その夜から彼は猛然と「恋の淵瀬にはまる」決心をした。懐には十分な金子がある。

正月が過ぎると良永による『瘍医新書』の会読がはじまった。それは夜に行われるのが常だったので、昼間は相変わらず社交に駆けずり回った。平戸町の耕牛、そして江戸町の大通詞・楢林栄左衛門、また小通詞の西吉郎平（きちろうべい）、内通詞の川原平兵衛などと足繁く動きまわり、ついにあの引き籠りの中野忠次郎にまで交際をひろげた。

忠次郎は玄沢より三つ年下だったが、その博識振りには驚かされた。オランダ語や世界地誌についての知識を交換してみたが、自分をはるかに凌いでいた。

玄沢は会読の夜を除けばいそいそと丸山に通う。文字通り「良く学び、良く遊べ」の日々である。しかし良いことは長続きしない。

二ヶ月とたたない三月一日、江戸の玄白から手紙が届いた。玄沢の仙台藩への移籍の見込みがついたという。耕牛とも親しい仙台の藩医・工藤平助の斡旋で、玄沢が藩医に採用されたので、即刻江戸に帰るようにという指示であった。

長崎に来てからまだ四ヶ月しかたっていない。オランダ語の会読もはじまったばかりだ。しかし、仙台藩主から召抱えられるということは士分に取り立てられることに他ならず、これほど目出度いことはない。

たとえオランダ大通詞といえども町人であって武士ではない。玄沢のこの出世に長崎中の誰もが祝儀を述べた。さァ、それからというもの報告や別れの挨拶で玄沢はあわただしい。

そんな中、江戸への同行を申し出たひとりの通詞がいた。馬田（ばだ）清吉である。

樺島町の商人の子に生まれ、馬田家の養子となり十年間通詞をつとめた。その後、大通詞・西善三郎の蘭日辞書の編纂を手伝っていたが、その善三郎が亡くなってしまった。ちなみにこの善三郎は『蘭学事始』の中で、長崎屋で前野良沢と杉田玄白の訪問を受け、オランダ語を学ぶのは難しいので止めた方が良いと忠告した老通詞である。

目的を失った清吉は玄沢と出会い、思い切って江戸に出ようと決心した。江戸の方が自分の蘭学を活かせるのではないかと思った。玄沢も彼の学力を買い、二人は同行を申し合わせた。

三月十三日の夜、最後の会読があわただしく終了した。玄白が願っていた成果にはとても及ばなかった。二十日、耕牛と一緒に船で対岸に渡り、彼の弟作次郎の別宅で盛大な送別会が催された。

そして三月二十六日、彼は長崎を出立した。多くの見送り人が顔を揃えた。

懇意になった元吉が矢上の宿まで見送ってくれた。「大槻さん。そのうち私も父に代わって必ず江戸に参ります。その時にまた…」。二人は再会を誓った。

玄沢が旅立ったのち馬田清吉が密かに長崎を離れた。

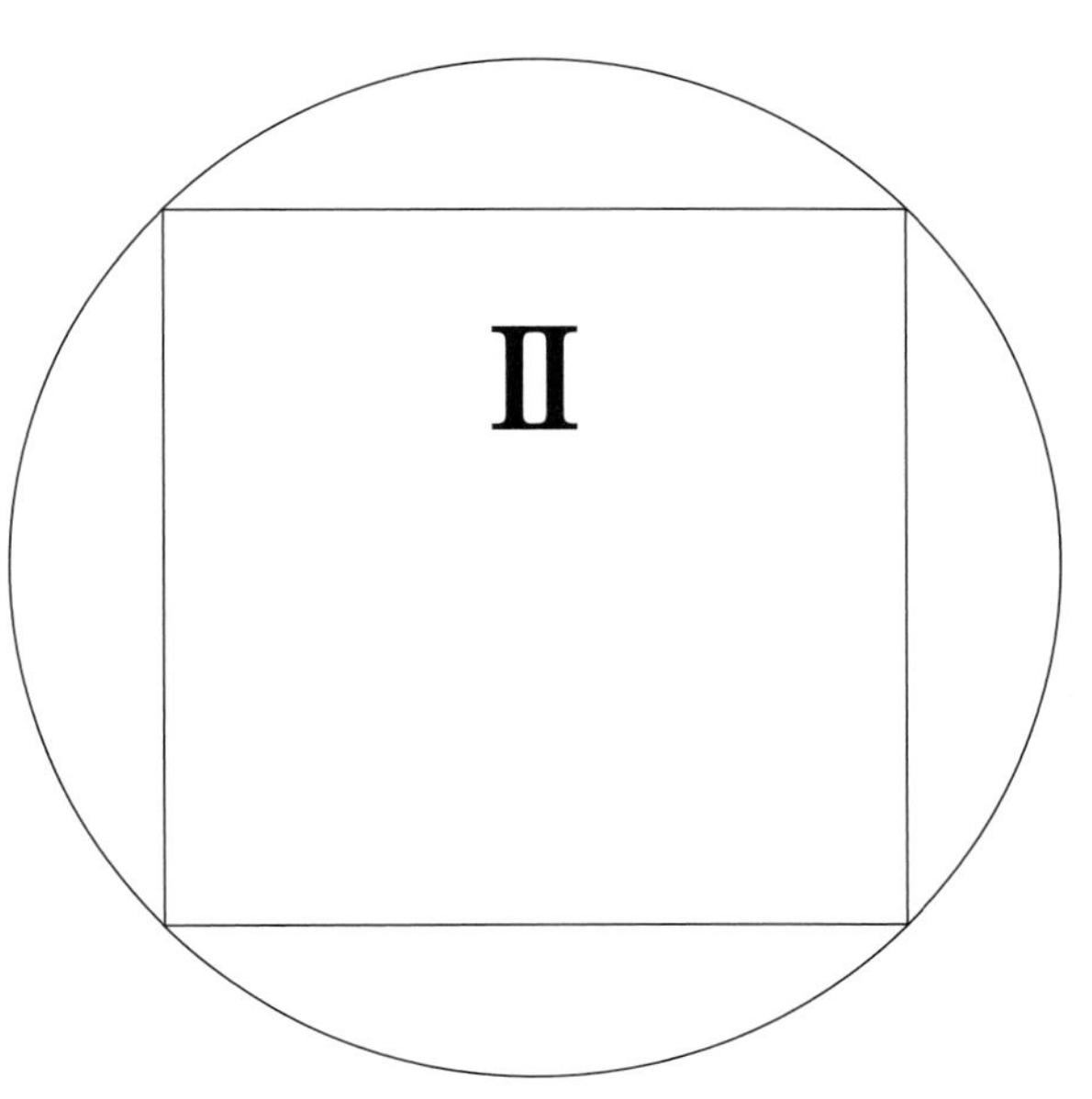
II

4　リュクトシキップ

［一七八四～一七八八］

最初に気球を揚げるのに成功したフランスでは、風のままに漂うしかない気球を如何にして操縦できるのかという問題に直面していた。もっとも手っ取り早い方法としては、気球を馬車に係留すればそれでもすむ。でもそれでは空を飛んだことにはならない。

そこでコンドルのような大型の鳥を飼いならして手綱で結んで、引っぱってもらうというアイデアが浮上した。これなら確かに空を飛ぶことになる。しかし鳥類を馴らすことは容易ではない。

こうして登場するのが「リュクトシキップ」である。リュクトは「気」、シキップは「船」である。つまり気球と帆船を合体させたものだ。

フランスの新聞『ジュルナル・ド・パリ』は、一七八四年三月二十五日、精密で美しい銅版画入りの「リュクトシキップについて」という記事を付録に掲げた。発案者はドゥーミエという人である。鍛冶屋だったともいう。

二人の人間が乗り組んだ小型の帆船を思い描いて欲しい。船の真ん中に帆柱であり帆が張られてある。ここまでは海を行く帆船と少しも変わらない。ただ帆柱のてっぺんに気球が取り付けられており、その浮力でもって帆船は空中を漂うことができる。

気球はモンゴルフィエ兄弟が考えた熱気球ではない。シャルル教授がつくった水素気球に間違いない。気球のサイズは空気力学の計算から割り出されたものではなく適当に描かれている。説明によれば帆柱は鉄製で約八メートル。補強のために全体にロープを巻く。こうすれば柱が折れたときロープが支えの役割を果たしてくれるという。

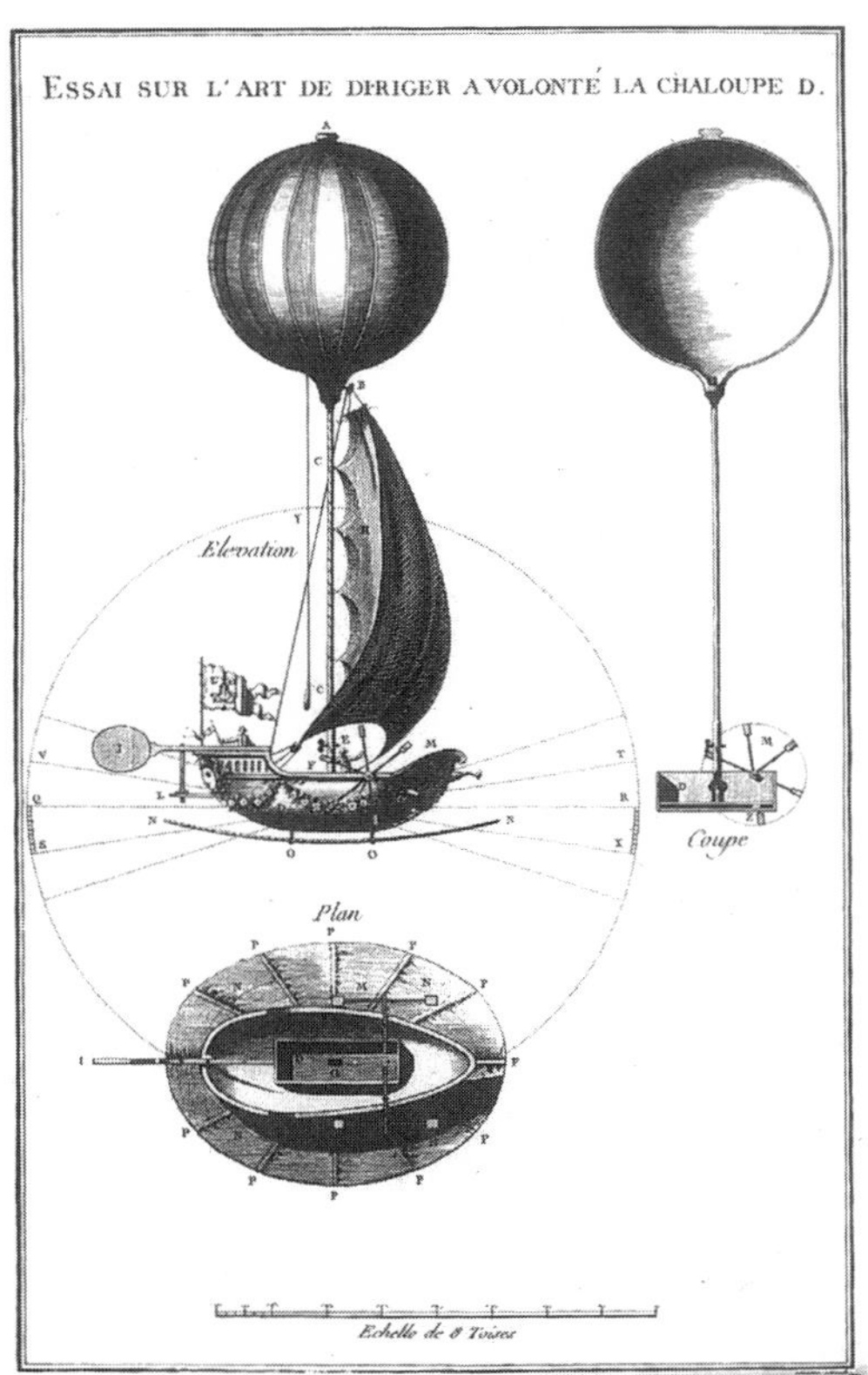

リュクトシキップ（飛行帆船）の銅版画（1784年）　青森大学教授クリストフ・ヘフケン氏によって発見される
——『文経論叢』より

帆は滑車でつながれており、操縦者は海軍などで十分な経験を積み、帆を自在に操る知識が要求される。

船体は二重構造になっていて隙間には鉛の重りが二つ入っており、この重りをロープで前後左右に移動させて船体のバランスをとる。後方には舵があるので、帆と共に進行方向を定めることができる。

船体の両側には回転翼が取り付けられており、それを廻すことで加速できる。のみならず左右の回転数を変えることで進路の変更にも役にたつ。高度を上げたいときは、鉛の重りを移動して船首を上げ、降下したければ船首を下げる。こうすれば思うがままに操縦することができるという発想であった。

ところでこの図の中で読み取るのがむずかしいのが、船体の下に取り付けられたものだ。側面図で見れば橇のようにしか見えない。だが上面から見るとそれは船の周囲に楕円形を描いている。これは緊急の際、「リュクトシキップ」の地面への衝突を和らげるための装置で、ショックアブソーバーの役目を担っている。

このように海を航行する帆船の操縦性をそのまま空中に持ち込むというアイデアはきわめて説得力がある。しかし蝶々が翅を羽搏かせて飛ぶからといって、人間がその真似をしても決して飛ぶことはできない。それは水の粘度と空気の粘度がまるっきり異なるからである。ドゥーミエはこの点で大きな間違いを犯していた。海の上で通用するものは、空の上では通用しない。

しかし彼のアイデアを秀逸なものとして賞金を与え、記事に載せた新聞社も同じ誤りに陥っていた。つまり「リュクトシキップ」は、人間が新しいものに直面した場合、古い発想からなかなか抜け出られないことを如実にもの語っている。

ドゥーミエは一七八三年の十二月、シャルル教授の水素気球が成功したのち、言いかえるとフランス人が気球に最も熱い視線を向けていたときに、「リュクトシキップ」の原案を新聞社に持ち込んだ。社の方でもこれは素晴らしいと飛びついて、それに基づいた挿画をつくらせた。細部の打ち合わせが行われ銅版画ができあがるのに三ヶ月を要した。こうして『ジュルナル・ド・パリ』に掲載されたイラストは、人間が空を自由に航行できる時代が到来したと、見る人を思いこませるのに十分だっだ。

一七八四年五月、オランダの新聞『ファーテルランデシュ・クーラント』がその記事を翻訳して掲載した。それが翌年（一七八五）オランダ船に積まれてバタビアに届けられ、ジャワ島のオランダ人たちも人間が空を自在に飛べる時代に入ったとこれまた思い違いをした。

さらにそれが長崎に届けられたのは翌一七八六年のことである。これが通常の伝来の早さであり、最初の水素気球のニュースが九ヶ月で長崎に届いたのは異例の早さであったことが良くわかる。

その年の商館長・パルケレールは複数枚の新聞を大通詞吉雄耕牛に渡した。耕牛はそれを見て、昨年の長崎屋での出来事を思いだした。

「そうか。紅毛人はこんな乗り物で空を飛ぶことができたのか」。一目瞭然だった。「人が船に乗っている。帆が見える。艫には舵がついてる。なるほどこれなら飛べる。空中を思うままに飛べるはずだ。それにしてもこの球体の内側はスッカラカンのがらんどうだ。これこそが忠次郎が口にした『真空』か。しかし、がらんどうのお陰で空が飛べるなど妙な世の中になったものだ。わしにはお手上げだ…」

こうして耕牛の指示で忠次郎の元にもその一枚が届けられた。彼はその頃、『暦象新書』の中編にさしかかっていた。

その日は朝から何もする気になれず床に伏していた。

人々は「若葉の候」といって山の緑をめでるが、忠次郎にはそれができない。彼にはむしろ憂鬱な季節なのだ。楠の若葉が勢いを得て盛りあがるのを目にすると、むくむくと成長する生き物を見るような恐怖心さえおぼえた。

喉が乾き、身を起こすと家人が置いていったオランダの新聞が目に入った。紙面の上半分は何かの絵があって、下半分は活字で埋められている。見出しの"Lucht schip"という活字が目に入った。

「リュクトシキップ、リュクトシキップ……。なに？　リュクトシキップだと！」

新聞紙を引き寄せると、その図があらわれた。

「おーっ、これだ。これだ。何と細かく精密に描かれたものだろう。側面図と上面図、そして球の断面図。随所にアルファベットが打たれ、それに関する解説が記されている」

忠次郎はしばらくの間うっとりとしてその図に見惚れていた。

どれくらい時が流れただろう。やがてむっくりと起き上がって机に向かった。直径が二丈ほどある気球の大さが気になったのである。「これでは小さ過ぎる」、というのが彼の直観だった。そうなったらもうジッとしていられない。

「直径が二丈の球体の中の空気の重さは…球体の体積だからアルキメデスだ」彼は書棚から蘭書を引っぱり出して球体の体積を求める公式を紙に写した。

「えーと、四分の三掛けるの円周率、掛けるの半径の三乗か…ちょっと面倒だな」しばらくの静寂。時おり庭の鹿威しがカッポーンと石を叩く。

「これで球体の体積が出た。次に一寸立方の空気の重さを九毛二弗とすればだな、ちょっと待てよ。うーん、こうなって、こうだから…、よし、出た。大体のところ三万八百匁。これを斤に換算すれば二百四十斤（約百四十三キロ）」

「おかしいじゃないか…。この船には二人の男が乗っている。その体重と船の重さを足しただけでも二百四十斤はあるだろう。だとすれば残りの柱や球などの重さを加えればそれ以上になって、この船が空に持ちあがるとはとうてい考えられない」

この時点で忠次郎は、日本で初めて空気力学の計算を成しとげたにもかかわらず少しも喜べなかった。

ドゥーミエが水素気球を想定していたのに対して、忠次郎は真空の気球を想定していたからである。水素を発見したのはイギリスの科学者・キャベンディッシュであるのはすでに書いた。その性質が明らかにされたのは一七八一年以降で、日本人がそれを知るにはさらなる時間が必要だった。

忠次郎は「リュクトシキップ」の図を見て困惑し混乱したが、そんな人間は彼ひとりであって、他の人々はおどろき、図を前にして自分も早く空を飛んでみたいと素直に願った。

ここにひとりの例を挙げると、長崎貿易にかかわる長州藩の「蔵屋敷」に生まれた吉村迂斎（うさい）がいる。彼は忠次郎幼少時の漢学の師でもあり、漢詩にかけては唐人屋敷の唐人たちが舌を巻くほど優れた漢詩を数多く残した。その彼が日本人として初めて航空機の詩をものしている。

初めて空船の図を見る　　吉村迂斎

和蘭の奇巧　思い超然
重載して穏やかに浮かぶ　霄漢の船
吐納風有り　橐籥（ふいご）に随う
往還水なく　雲烟を度る
乍ち疑う　万里遥かに鵾飛ぶかと
羨まず　太虚軽やかに仙歩むを
我已に多年　帝座を懐う
駕し来たって縹緲　天に朝せんと欲す

オランダ人は奇抜なものを造る
この重くても空中に浮かぶ船
ふいごの風の出入りで調節し
天を翔けるに何の障害もない
万里を瞬時に飛ぶ大鳥のようだ
太虚を歩む仙人もなんのその
永く天にあこがれて来た私は
これに乗って天まで登ってみたい

ところで一七八七年に長崎を発った大槻玄沢は、帰路は東海道ではなく中山道をたどった。遊学が予定より早く切り上げられ懐には十分なお金がある。出世の見通しも明るい。木曽路は足取りも軽く歩けたに違いない。

杉田玄白の家に戻ると仙台藩からの呼び出しを待った。五月に奉行所から呼び出しがあり仙台藩医師を申し付けられ、切米十両十五人扶持を申し渡された。もっともその年の藩は天明の飢饉の最中でもあり、それは体裁だけのものであった。

いま玄白の最初の弟子が独立しようとしている。先ず引っ越しからはじまる。いったん京橋へ、それから本木材町に移った末に「芝蘭堂（しらんどう）」という私塾を立ち上げた。

長崎から江戸に来た元オランダ通詞の馬田清吉が助手をつとめた。やがてここから多くの優れた江戸の蘭学者たちが輩出される。

玄沢が落ち着いたころ田沼政権崩壊の兆しが見えはじめた。政敵・松平定信が幕閣に参入した。ようやく定信に出番がまわって来たのだ。

もとはといえば、彼は御三卿のひとつ田安家に吉宗公の孫として生まれ、将軍家治の跡継ぎも期待されたこともある。ところが意次の政治を強く批判し、その影響を怖れた家人からもうとまれ、白河藩の松平家に養子に出されてしまう。定信の意次に向けるまなざしは憎悪にあふれていた。

田沼家の嫡子・意知の早い出世振りに危機感を抱き、定信が暗殺を図ったのもそこにある。意次に対して私怨を抱く人物を探し出してそそのかした。こうして佐野善左衛門が江戸城内で殺傷事件を起こし、その傷がもとで意知は死亡する。善左衛門は切腹を命じられたが、彼のものとされる遺書が市中に出回った。

そこには、「田沼殿は私欲をむさぼり、無道の行跡ばかり」からはじまり、「諸役人と腐れ縁を持った」、「蛮国の金で貨幣を造った」、「大奥を手に入れ結託した」、「系図を都合よく借用した」、「死罪になるはずの人間を死刑にせず法を乱した」、「男色を以て立身出世し、武功の家をあなどった」などが十七ヶ条にして書き連ねてあった。それは定信が長年抱いていた憤懣そのものだった。

また、市中には「七つ目小僧」を描いた浮世絵の戯画が出回った。説明には「これは遠州相良の城（田沼の城）に住む化け物、目が七つ、口が三ヶ所、諸人の金銀財宝をむさぼり、多くの人を悩まし、額に角三本、親の因果が子（意知）にたたり、このたび当地において打ち止められました」

とある。明らかな世論操作である。

このとき意次はいさぎよく退くべきだった。そうすればその後の惨めな没落も見ないですんだであろう。実際の彼はそれから二年間も老中の座にしがみつき、それを離そうとはしなかった。

そして将軍家治が亡くなると同時に田沼政権もあっさりと瓦解した。

意次に対してとられた処分は「閉門」にはじまり、遠州相良の領地二万七千石を没収、そして相良城も跡形もなく破壊された上に、下屋敷に蟄居を命じられた。翌（天明八）年七月、意次は七十歳で亡くなった。

徳川十五代の中でこの時の政変ほどクーデターと呼ぶにふさわしいものはない。出自の良い保守派がこのまま意次にまかせると、鎖国という祖法はもちろん、体制さえ揺るがせかねないことを恐れ、血筋の良さと直情径行な性格を持った定信をかついでまんまと政変に成功したのであった。

ここに大田南畝という人物がいる。田沼時代に育ち、十九歳で平賀源内の序文を得た『寝惚（ねぼけ）先生文集』を出版、一躍文名をあげ、狂歌におよんでは縦横無尽な才能を見せた。ところが定信が登場し、彼の周囲に弾圧が及ぶと、幕府の採用試験を受けて真面目な小役人になった。

世間は狂歌で名を上げた人物は出世できまいと踏んでいたが、及第して二年目に支配勘定へと昇進した。

5　桂川家の人々

［一七八五〜一七八七］

松平定信が老中首座として登場する一七八七年、江戸参府で長崎屋に入ったのは、商館長・ロンベルフである。このロンベルフは二年前にも水素気球による「人間初の空の旅」を報じた商館長で、よくよく気球に縁のある人である。

今回は一同の前に「リュクトシキップ」が載った新聞を披露した。朽木綱昌侯はそれを一目見るなり、ロンベルフに「所望したい」と申し出た。この人は海外の貨幣を収集したりして、いかにもマニアックな殿様である。

その場に法眼である桂川甫周（国瑞）がいた。彼は若くして『解体新書』（一七七四）の翻訳にも参加し「天性鋭敏にして抜群の秀才」と、将来を嘱望された人物でもある。この桂川家は、もとをたどれば九州である。

先祖は判田姓の博多商人で外国貿易の盛んな平戸に移り住んだ。二代目・判田三郎兵衛はオランダ通詞を勤め、その親族の娘のひとりがオランダ商館長との間に混血児コルネリアを産み、コルネリアはのち日本から追放され、ジャワ島のジャカルタ（オランダ人はバタビアと呼ぶ）から故郷に向かうオランダ船に毎年便りを託した。それが有名な「ジャガタラ文」である。

三代目の判田甫安は平戸に生まれ、長じて医学を学びに長崎に遊学する。

一六六一（寛文元）年、出島のオランダ人医師たちから医術を学び、六年後、修学証明書をたずさえて帰国して松浦藩医となる。ちなみにこの証明書には三名のオランダ医のほかに、証人として志筑孫兵衛（志筑家初代）、西吉兵衛（二代目）、横山与三右衛門（横山家二代目）、加福吉左衛門（加福家初代）、本木庄太夫（本木家初代）、名村八左衛門（名村家初代）など、平戸から出島に移るオランダ通詞が名を連ねている。

甫安が学んだ当時のオランダ医学は、ヴェサリウスの解剖学やパレの外科、そしてハーベーの血液循環説など、医学史上新しい時代の幕開けを告げるものであった。

やがて彼の名声は京の公家たちからも知られるようになり、招かれて法橋（医師の称号）に叙せられると同時に、彼が住まいとしていた「嵐山」を名乗ることを許された。

その「嵐山甫安」の下に大和の国から出て来た森島小吉という十三歳の聡明な少年が入門を許された。その後、師と同行して平戸に移った。小吉はその後十四年間を平戸で過ごし、師について医術を学び、また長崎遊学も経験し、二十七歳のときに独立して「判田甫筑」を名乗った。

別れる時に師から、「嵐山流を継いでこれを天下にひろめるのは汝である。嵐山の麓から流れ出る桂川を汝の姓とせよ」といわれた。

こうして「初代・桂川甫筑」は平戸から京を経たのち、江戸に出て六代将軍・家宣から八代将軍・吉宗まで侍医をつとめる。七十四歳で法眼となり、八十七歳という高齢で亡くなっている。

三代目を桂川甫三が継ぎ二人の男子が生まれた。兄が四代目・甫周で『解体新書』の翻訳に活躍したが、その弟というのがちょっと変り種だった。名門桂川家に生まれながらも、「シラミの殿様」という異名を持っている。

兄の下で学問に精をだし、汚れた着物のままで平然と通した。むしろ背中をシラミがもぞもぞと這ってなければ集中して本が読めないという、周囲の人々にとってははなはだ迷惑な存在であった。名前を森島中良（なかよし）という。「森島」は大和から出てきたときの姓で、あえてそうしたのは桂川家に遠慮したからであろうか。はたまた自分は違うぞという矜持から出たものであろうか。中良は人と会っても高ぶらず、へつらわず、冗談ばかりいって誰とでも仲良しになる。いったん語りはじめると話は森羅万象にかかわり、日本を飛び出して世界にいたる。

平賀源内の二代目を自称し、「二代目風来山人（源内の筆名）」や「二代目福内鬼外（同）」を名乗り、はたまた「森羅万象」、「竹杖為軽」、「天竺老人」など人を喰った筆名をつかっては浄瑠璃、講談はたまた黄表紙、滑稽本など数多くの戯作本を世に送り出した。

そんな中良が一七八三年に執筆中の本があった。『紅毛雑話』という。内容は彼の語り口同様、ここと思えばまたあちらという具合に猫の眼のように変わる。

はじまりは、「オランダの開国」と称して「オランダは日本では十一代垂仁天皇、唐土では漢の平帝のとき。今年すなわち天明七年はヨーロッパでは千七百八十七年にあたる。西洋には年号はない」とある。

のっけから年号を西暦に変えて読者の度肝を抜く。キリシタン禁制の厳しい時代ならこれだけでもご法度であった。

次の話題は「オランダの正月」で、「ヤニュワレーという。出島のオランダ人は通詞を招いて華美なる酒宴をもうける。兄（甫周）の友人である大槻玄沢が語るには、オランダ人たちは棕櫚（しゅろ）縄の巻いたものでカピタンを初めとしてめいめいを叩いてまわるのだという。思うにわが国にもある『卯杖（うづえ）』のたぐいであろうか」と東西の厄払いの行事を比較している。

次に出てくるのは「料理の献立」で、これまた玄沢が出島で出された豪華な料理がオランダ名で二十一種類も並んで登場する。異国料理のグルメ本である。

次が「龍の薬漬け」。龍は全長二十センチほどの南方産のトビトカゲで背中に畳まれた翼がある。だから「龍」なのである。そのアルコール漬けを兄の甫周がチュンベリーという出島の医師から贈られたもので、中良自身がそのイラストを描いているがなかなかの腕前である。

このように『紅毛雑話』をつくるに当たっては、大槻玄沢をはじめとする江戸の蘭学者が進んで話題を提供した。最も貢献したのが兄の甫周である。彼はオランダ語は読めるし、ティッチングから貰ったオランダの家庭用百科事典を自分のものとしていた。百科事典だから話題にはこと欠かかない。

「雁の渡り」、「北海の大魚」、「タバコ」、「黒坊」「ミイラ」、「オランダから日本までの海路」、「顕微鏡」、「疫病のはじまり」、「鰐」、「ライオン」などなど。卑近な馬鹿ばなしもあれば学術的な話もある。平明な文体で書かれ、イラストも山ほど挿入されている。儒学を説いた漢書とは天と地ほども違っていた。

『紅毛雑話』は、それまではオランダ通詞や蘭学者のような専門家でないと入手できなかった海外の情報やグローバルな知識を人々に提供した。それは江戸蘭学者たちの手柄であり、奉行所に属していた長崎のオランダ通詞にはできないことである。

ここで「リュクトシキップ」にもどる。長崎屋でそれが話題となったことを兄から耳にした中良はすぐに飛びついた。さっそく福知山藩邸に使いを出して『紅毛雑話』に載せたいという意志を伝えたところ朽木侯も快く応じてくれた。

中良はそれを版元に渡し、銅版画を版木に彫りなおしてもらった。その間、松平定信が老中首座についた。田沼意次の自由で猥雑な風潮の中、勝手気ままに戯作本を書いてきた中良には新しい老中のことが少なからず気がかりだった。

でも彼には御典医という兄がいるし、長崎屋に集まる蘭学者たちもなにくれとなく後援してくれる。彼は「リュクトシキップ」の記事を第一巻の終わりに挿入した。現代文になおしてみる。

○飛行(ひぎょう)の器(うつわ)

この器は、近ごろフランスのパリという都で新たに造られたものである。フランスでは「チュイレリース（チュレリー公園のことか?）」という。オランダでは「リュクト（空）シキップ（船）」、また「リュクト（空）スロープ（小舟）」、または「リュクトバル（球）」という。

モントゴルヒイル（モンゴルフィエ）という人の工夫で「カルレスエンロベルト（シャルル教授とロベルト）」という人が製作した。

『紅毛雑話』（1787年）の挿図　「スロープ」は「シキップ」と同じ船のこと　──『紅毛雑話』より

船の長さは三メートルを越え、幅は一メートル以上。深さも同じ。乗組員は二人。船底を二重につくり、隙間に鉛の重りを二つ入れる。その使用法は様々あるという。鉄の帆柱に帆を張り、高さは十メートルを越える。柱の外側を菰で巻き、てっぺんの小さな蝉（滑車）に球を取り付ける。（原注）球は皮でつくり、内側に気を籠めるという。帆柱の蝉をゆるめれば気がもれて船は下がる。この球については本文はなにも触れてないのでさまざまな意見を参考にした。

乗組員が舵をとり、帆綱をあやつって、上下左右こころの趣くままに飛行することができる。もし、空中に風がないときには帆を帆柱に畳み、船の左右にある風車をまわせば、車の歯が風を切るので進退自由である。

ここに載せた図は、朽木侯秘蔵のものをお願いして模写したもので、その図の下に書かれている説明文を翻訳した。

明らかにミスとわかる個所があるものの、ちょうど長崎の志筑忠雄が魅せられたように、江戸の蘭学者たちも負けていない。

ことに「リュクトシキップ」の操縦に関するあたりは細かく正確に読み取っている。注目すべきは球を皮製として内に気を籠めるという点である。それはおそらく甫周の知識だと思われるが、球を真空と考えた忠雄よりも正確であった。忠雄はデ・ラーナの真空の気球を知っていたが故に誤ったのである。


さてここからはヨーロッパの話である。「リュクトシキップ」の記事を目にしたモンゴルフィエ兄弟や、最初の気球乗りピラトール・ド・ロジェもまた刺激されて、様々な試みを行った。

モンゴルフィエ兄弟の兄ヨーゼフは、熱気球の横にいくつかの穴を開けて筒を取り付け空気を放出すれば気球が前進するというアイデアを出した。これは「ジェット式推進」の祖である。ただし実現はされなかった。

ロジェは熱気球と水素気球を合体させる案を出した。こうすれば気球の高度が安定すると共に燃料も節約できる。ただし水素に火が燃え移ると大惨事になる。実際彼はそのような合体した気球をつくりドーバー海峡をフランス側から渡ろうと試み、気球が揚がったところで水素が爆発し、航空史上最初の犠牲者となった。

そんな科学者たちを尻目に当時の民間からプロの気球乗りが現れた。そのひとりジャン・ピエール・ブランシャールは、十六歳にして世界最初の車輪付きの乗り物つまり自転車の前身にあたるものを発明し世間を驚かした。その後、気球のショーマンとして活躍するうちにドーバー海峡を横断

ドーバー城からフランスのカレーまで飛翔した水素気球。翼や尾翼など余計なものが多い（1785年）
――『長崎蘭学の巨人』より

しようと思いついた。

この計画のパトロンはアメリカ人ジェフリース博士である。

二人はまず無人の気球をイギリス側から揚げてみて、予想通りフランスに到達するのを確かめた。そして一七八五年一月、断崖の上に建つ中世の古城「ドーバー城」から盛大な拍手に送られながら飛揚した。二人はローマ時代につくられたイギリス最古の灯台を見下ろしながら海上に出た。

気球はフランスを目指さなければならない。そのためにゴンドラと同じサイズの大きな舵が船尾に取りつけてあった。のみならず巨大な四枚の鳥のつばさのようなオールと、手動式のプロペラまでが取り付けられていた。

気球が浮かんだのち二人はそれらの器具を次々と試みた。気球がうしろ向きになったので大きな舵をいっぱいに切った。何にも起きなかった。気球はうしろ向きのままでフランスの海岸の方に飛び続けた。

次に翼のようなかたちをしたオールを漕ぎはじめた。それは空を切るだけで手ごたえは何もなかった。二人は馬鹿馬鹿しくなって匙を投げた。最後にブランシャールが起ち上がってプロペラをフル回転させた。これも徒労に終わった。

そうこうしているうちに気球は海峡の中頃に達した。そこは海面の温度が低いために気球が下がりはじめた。もはや向きなどどうでも良い。

二人は気球に付随した余計なものから順々に海に投下しはじめた。オール、プロペラ、舵、そして幾つかのバラスト。すべてを失くした。海峡を行く船から気球を見上げる人々には二人は気が狂ったかと思えた。幸いなことに気球は墜落しなかった。一定の高度を持ちこたえた。やがて対岸のカレーの町が見えてきた。

ところが崖の高さは気球の高度よりも高い。このままいけば激突はまぬがれない。二人は無言のうちに同じ行動をとりはじめた。洋服を脱ぎ、シャツを脱ぎ、そしてズボンまで脱いで裸同然になった。しかしそれは杞憂に終わった。気球は崖に添った上昇気流に乗って高度を上げ、町の上空を越えてカレー郊外の森に無事に着地した。

この冒険で気球には舵も櫂も帆もなんら役に立たないのが証明された。強力な動力がないと目指すところに飛ぶことはできないのである。

十八世紀半ばから十九世紀にかけてイギリスで産業革命が起き、人間は蒸気機関という大きな動力を得る。それを積んだ蒸気機関車や蒸気船が世界を一変させた。だが蒸気機関を積んで空を飛ぼうとしても、それはあまりにも重すぎた。

やがて外燃機関が内燃機関に進化して小型で強力なエンジンが生みだされると、最初から目的地めがけて飛行する乗り物が登場する。それがライト兄弟の「フライヤー（飛行の器）一号」で、「浮力」ではなく「揚力」で飛んだ。推進力はブランシャールが一生懸命に廻したプロペラであった。

6　松平定信と寛政の改革　［一七八七〜一七九三］

孔子にはじまる儒学は仏教よりも先にわが国に入っていたが、南宗の時代に朱熹（しゅき）という学者が出て、それまでの学説をさらに先鋭化した「朱子学」を打ち立てた。それは個人的な「仁」や「徳」よりも上下関係の「義」を重んじたもので、はやくも鎌倉時代に武士の間に浸透していった。

徳川家康は幕府を盤石なものとする上でこの朱子学に目をつけた。林羅山という学者を登用して朱子学を講義させた。羅山は長命で家康・秀忠・家光・家綱の四代にわたり仕え、江戸期のみならず、現代にいたるまで大きな影響を及ぼしている。

羅山は若い頃、京都の天主堂で日本人イエズス会士ハビアンと宗論を闘わしたことがある。彼は新しい世界観をまっこうから否定した。

「キリシタンは地が丸いというがそんな理屈がどこにある。天地という言葉通り天の下には地があるに決まっている。地球儀のように地の下にさらに天があってたまるものか。道理をわきまえないにも程がある」と相手をののしった。

朱子学によれば天地人すべてにおいて上下関係を絶対視する。天は尊く地は卑しい。同様に身分が高い人ほど尊く、身分を持たない民ほど卑しい。それは「士農工商」という身分制度の中の工人や商人、つまり町人を最も卑しめる結果となった。実際に武士は町人に対しては「切り捨て御免」がまかり通った。

かつて織田信長や豊臣秀吉が、楽市楽座から発展させた貨幣経済を蔑み、かわりに農業を経済の根本にすえた。士族の給料にしても、秀吉の時代までは貨幣で支払われていたものがコメに変わる。ところがコメの価格は上下する。貨幣ならば長期の蓄積が効くがコメはそうはいかない。豊作の年には価値が下落し、不作の年には跳ね上がる。その間に入った札差と呼ばれた商人たちは利鞘を稼ぐことで利益を蓄積していったが、利潤の追及を軽蔑する大名や士族はそれが出来ない。次第に生活が苦しくなって行ったのは理の当然だった。

出自の良い松平定信も例外ではなかった。

彼は自分の祖父である吉宗の倹約令と農業復興策とを手本とした。最初に手をつけたのが向こう三年間の節約令である。それも大奥の化粧の使い方にまで及んだというのだから細かい。田沼時代にいったん贅沢を経験した人々にとってはまことに窮屈なことであった。「白河の清きに魚のすみかねてもとの濁りの田沼恋しき」と狂歌にからかわれたのも無理はない。

また飢饉のさいに関東周辺の国から江戸に流れてきた無宿者や浪人たちを里に戻し帰農させた。帰る金のない者には旅費まで提供した。一人でも農民を増やそうとする意気ごみがうかがえる。

当然ながら田沼意次が打ち出した政策は取り潰しにかかった。商人たちの座や株仲間を次々と解散させた。最初にやり玉に上がったのが鉄座、真鍮座、朝鮮人参座である。賄賂の根源を断つのがその目的だったが、そのかわりに幕府の収入が減っていった。

また田沼時代の政策のひとつに蝦夷地の調査があった。ゆくゆくは蝦夷地を開発しようとする遠大な計画で、そのために青嶋俊蔵・最上徳内・佐藤玄六郎の調査隊が送り込まれていた。ところがその半ばにして田沼政権がくずれ去った。

あわれなのは調査隊の面々である。犠牲者を出しながらも完成させた調査報告書を幕府に提出しても、幕府はそれを受理することさえしなかった。「勝手に帰農でもするがいい」と捨て置いた。先頭に立って計画を推進させた幕府きっての蝦夷通・土山宗次郎においては死罪をこうむった。宗次郎は勘定奉行組頭である。それを死罪にしたのみならず、死骸を試し切りに提供させた。そんなところに、定信が如何に田沼派を憎んでいたかがはかり知れる。

しかしこの北方調査は決して無駄ではなかった。松前藩の内情やアイヌ人の反乱、そしてロシアが交易を求めて南下している情報が明るみに出て、幕府も松前藩から東蝦夷地を取り上げ直轄地とし（一七九九）、その結果、最上徳内、近藤重蔵、間宮林蔵による蝦夷・千島・サハリンへの探検につながった。

一七八八年、司馬江漢という絵師がふらりと長崎の町に現れた。

生涯に彼ほど絵柄が変化した人もめずらしい。狩野派からはじめて浮世絵にうつり、中国の写実的な絵画南蘋派を学ぶうちに平賀源内に近づき、秋田蘭画を通して遠近法を学んだ。やがて江戸に戻ると大槻玄沢とも交わり、蘭書から銅版画のつくり方を教えてもらった。

自分で組み立て式の「のぞき眼鏡」を考案し、銅版画を有料で見せはじめた。これが大当たりをとった。レンズを通して見る風景画は絵とは思えない立体感があり人々は感嘆の声をあげた。

懐が温かくなった江漢は長崎行きを思い立った。以前、源内から「油絵」を見せられて以来自分も工夫を重ねていた。彼はのぞき眼鏡を携えて路銀を稼ぎながら東海道を西に向かった。途中、富士山によほど感銘したのか何枚もの絵をのこし、のちの葛飾北斎に影響を与えた。

反射式覗き眼鏡（神戸市立博物館蔵）
――『江戸時代の洋学者たち』より

この自信過剰で新しい知識をひけらかす珍客に長崎の人々は戸惑った。いったいこの人は何者で何をしにやってきたのだろう。もしかしたら絵師を装った公儀の隠密ではないかとささやきあった。人々はまるで腫物にさわるかのようにして彼を迎え入れた。

長崎で最初に彼の世話をしたのは内通詞の稲部松十郎だった。彼と一緒に長崎半島の岬道を歩いて野母崎の観音寺で一泊した。途中、浜木綿や野紺菊が咲きみだれ、海上はるかにうっすらと五島列島が見えた。さっそくスケッチを残した。

出島に入るに当たり思いがけない問題が生じた。彼の髪型である。江漢は医者や儒学者に見るような総髪をしていた。とても松十郎付きの商人とは思えない。そこで出島に入りたい一心で月代を剃り髷を結ってもらった。

呼び名も商人らしいものに変えた。江漢の「江」の字をとって「江助」とした。しかしいざ中に入ると会う人ごとに「江漢先生、江漢先生」と声を掛けられて何にもならなかった。商館長ロンベルフにも面会し、オランダ船にも乗せてもらった。

絵画に関しては彼が予想したほどの収穫はなかった。それよりも吉雄耕牛や本木良永と会食し、宇宙・天体・世界についての最先端の知識を得たことの方がはるかに興味を誘われた。特に本木家からは翻訳された天体論（地動説）や天体図、地球図などを見せてもらいそれを模写することができた。

吉雄邸の饗宴では、牛乳入りのお茶を出されたが江漢は手をつけなかった。しかし牛肉はおいしかったとみえて良く食べた。その場に四歳の男の子が同席していて、牛肉をつまんでは「クウベイス」と口にした。オランダ語である。びっくりしていると「お馬さんはパールド」ともいう。江漢がさつま芋の天ぷらを与えたところ、頬張って「レッケル（うまい）、レッケル」という。多少はオランダ語をかじっていた江漢もこれにには仰天した。

一七八九年、定信は棄捐令を出した。

「棄捐」とは「私財を投げ打って人を助けること」で、今回それを強いられたのはコメの相場で大儲けをした商人たちであって、助けられたのは旗本・御家人であった。すなわち商人から借りていた債権を帳消しにし、利子の縮小を命じた。旗本や御家人たちは歓喜したが、それも束の間、その後は商人が金の貸出しを渋ったのでかえって生活が苦しくなる者が増えた。

定信はかねがね長崎を国の患部のひとつと考えていた。彼が蔑視する商売にさらに輪をかけたものが長崎貿易である。そこで一七九〇年、大鉈を振るった。

「オランダ船の来航は一隻に限り、商売銀は七百貫目まで、輸出銅は六十万斤までとする」という「半減商売令」が出された。これを受け入れないなら長崎住民を江戸に強制移動させるとして、オランダ商館長・シャッセをおどした。これを契機に、シャッセの頭に薩摩との密輸が浮上する。それまで毎年行われてきた「江戸参府」も、四年に一度に変更された。

それだけではない。半減商売令を翻訳するにあたり、誤訳があったとしてオランダ通詞が粛正された。吉雄耕牛・楢林重兵衛・本木良永の三名と小通詞など計八名である。まず耕牛に三十日間の「戸締め」が言い渡され、門に五寸釘が打ち込まれた。他の二名は三十日の「押し込み」つまり外出禁止であった。

耕牛は四十二年間大通詞を勤め上げたベテランである。奉行や通詞仲間からも十分に信頼されていた。何も起きるはずはなかった。その彼に入牢が命じられた。

すぐに家族や門弟たちにより宥免運動がはじめられ、一週間ほどで出牢できたが、それでもなお「町預り」のままで判決を待たなければならなかった。このとき定信に誤訳を指摘した者は誰であったか。それは定信の側にいた蘭学者・石井庄助（元・馬田清吉）とその背後にいた江戸の蘭学者たちに他ならない。

翌年（一七九二）三月に最終判決が決まり、三名の通詞は職を剥奪された上に、五年間の蟄居となった。五年間である。その間に定信政権は崩壊するが、三名の罪が許されることはなかった。

一七九一年、オランダ船が入港しなかった。意図的ではない。途中で難破して行方不明になったのである。蘭船の入港が一隻と決まったとたん日蘭貿易が不能になったのは定信政権の責任である。その頃、ジャワ島でもオランダ東インド会社の経理が思わしくないのが本国の株主によって指摘され、政府による調査が開始された。そして会社名はそのままで行政権は国家の手に委ねられた。日蘭貿易の危機のはじまりである。

同年五月、二隻の異国船が予告もなく紀州に姿を現した。それは新興国アメリカの「レディ・ワシントン号」と「グレイス号」で、ボストンを出帆し中国貿易を図ろうとして失敗、日本に立寄ったものであった。堺に入港する予定が風に流され紀州大島の樫野浦に入港した。二隻は十一日間そこに停泊したが、現地の役人が交渉を嫌がったのと、積荷のラッコの毛皮の需要が見込めなかったので、北太平洋を東へ出帆した。これが日米交渉のはじまりであった。

さらに定信はきびしい言論統制を敷いた。林家が主宰していた学問所を官立の昌平坂学問所とし、朱子学以外の儒学を禁じた。蘭学は益するところもあるので取り締まることはせず、よからぬ蘭書があれば幕府の書庫に納めようとした。そのため大槻玄沢を通して石井庄助と森島中良の二人を召し上げていた。

田沼時代に世相を風刺した狂歌で華々しい活躍を見せた大田南畝もすっかり鳴りをひそめ、学問所で採用試験を受けたのちは小役人に徹した。

十二月、憂国の士・林子平が仙台で逮捕された。

子平は三度の長崎遊学を経験し、オランダ商館長や吉雄耕牛からロシアの南進論を聞き、危機感を抱いていた。「江戸の日本橋から唐、オランダまで境なしの水路」と認識し、『海国兵談』を刊行し海防の必要性を説いた。それが定信の逆鱗に触れ蟄居を命じられた。その中で西洋の様々な兵器にかかわる個所があり、「リュクトシキップ」が武器として紹介された。

「空中を自在に乗りこなすこの船は一見したところ恐ろしいものに思われるがそんなことはない。もし我が戦場に飛んできても、鉄砲でもって帆柱の上にある風袋めがけて発砲すれば気が抜け出て船は落下する。そこを生け捕りにすればいい。ただ、これを初めて目にする者たちは怖気づいてしまうだろうから、前もってこんな兵器もあるということを諸軍に知らしめる必要がある」

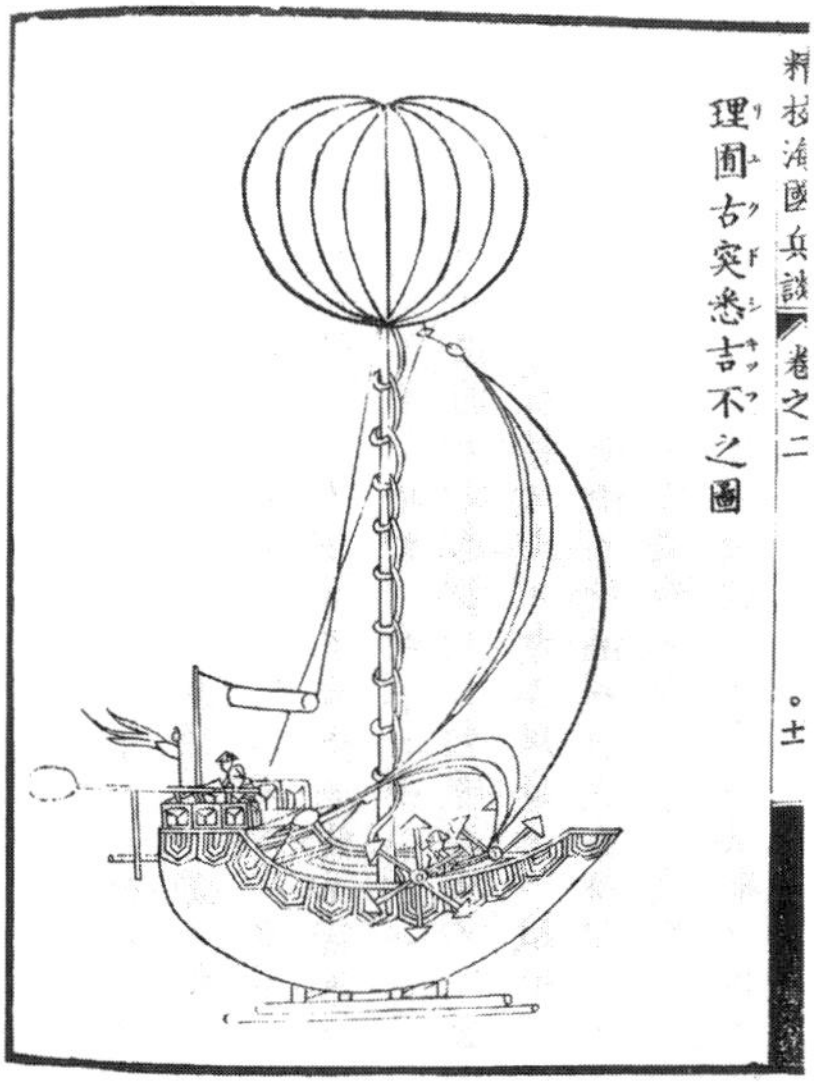

と説いた上で、あきらかに森島中良の『紅毛雑話』の図から模写したイラストを載せた。よく見ると原図のショックアブソーバーが、平行した二本の棒として描かれている。それはまるでヘリコプターのスキットのように見

『海国兵談』に描かれた「リュクトシキップ」で、気球の描き方が、のち北斎に影響を与えた
――『長崎蘭学の巨人』より

える。

一七九二年、ロシアの南下が現実のものとなる。

ロシア使節アダム・ラクスマンが大黒屋光太夫ら三名を連れて根室に上陸し通商を要求した。使節が江戸に直航すると聞いて定信は動揺した。江戸湾にはなんの防備もない。とりあえず長崎に行くように信牌（しんぱい）を渡した。ラクスマンはそれで満足したのかいったん引きあげていった。もしここですぐに長崎に向かっていたら、まったく異なった日露交渉史が展開したに違いない。

一七九三年、幕府と天皇との間に軋轢（あつれき）が生じ（尊号事件）、その責任をとって定信が引退した。あっけない「寛政の改革」の幕切れだった。

同年、フランスでは国王ルイ十六世と王妃マリー・アントワネットがギロチンで処刑され、ルイ王朝が消えた。

反革命派のイギリスはこの時とばかりにスペイン・オーストリア・オランダ・プロシャに呼びかけて「第一回対仏大同盟」を結んだ。フランスは、国家は国王ではなく国民が守るという意識に目覚め国民皆兵制の下で、傭兵の多い同盟国を相手に善戦した。そんな中から大砲をうまく活用した近代的戦術の天才、ナポレオン・ボナパルトが頭角をあらわす。

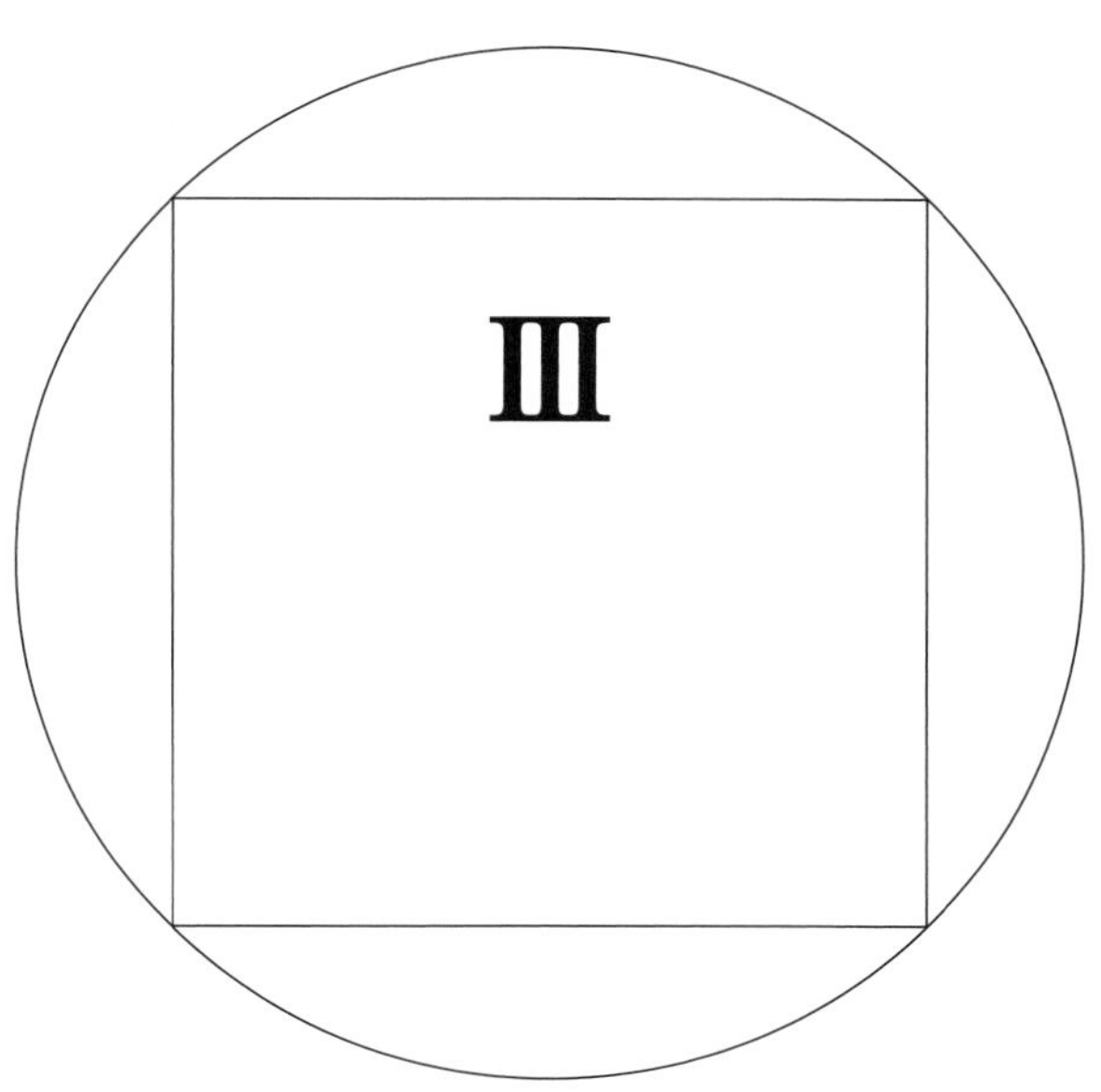
III

7　エリザ・オブ・ニューヨーク号　［一七六八〜一七九七］

アメリカ十三洲は大西洋に面して南北に細長く伸び、背後には屏風のような山脈が続いている。勢い人々は西部に向かうよりも独立戦争で使用した艦船を使って、貿易あるいは捕鯨業で稼ぐ方が手っ取り早かった。

当時の捕鯨に従事する若者たちの間では、「もしも悪魔（クジラ）が出てきたら真っ二つにぶった切って、隙間を前に進め」という言葉が流行ったという。いかにも新興国家らしい話である。

こうして東海岸に添ったセイラム、ボストン、ニューヨークなどの港町が繁栄しはじめる。これから語ろうとするアメリカ人、ウィリアム・ロバート・スチュワートはニューヨークに生まれた。そこはかつて「ニュー・アムステルダム」というオランダの植民地であったが、英蘭戦争を経てイギリスの領土になった。だからオランダ語を話す人も多く、スチュワートも子供のころからオランダ語を身につけた。

一七六八年、スチュワートが十五歳のときアメリカが独立し、船主たちは紅茶やコーヒーを求めてアジア貿易に乗り出した。父が営んでいた「スチュワート&ジョーンズ商会」もハドソン川の運行に使用していた一隻を試みに中国の広東に向かわせた。その船に十七歳になったばかりのスチュワートが貨物係として乗船していた。

彼は中国で毛皮の需要があるのに気がつき、一七八六年、南米のフォークランド諸島に出かけアザラシの皮を大量に仕入れ、Uターンしてマカオに運んだが、税関の申告が正しくなかったという理由で収監される。賄賂が十分でなかったのかもしれない。

幸いオランダ東インド会社の知り合いが保釈金を払ってくれて獄を出ることができたが、その後の十年間というものはアジア各地で艱難辛苦を舐めることになった。その結果彼が身につけたのが、生きるための知恵であり愛嬌であり、そして何ごとにも物怖じしない大胆さであった。

一七九五年、オランダ最後の総督ウィッレム五世はイギリスに亡命、ここに二百年の歴史を持つネーデルランド共和国（オランダはその一つの州）は消え、フランス革命の影響の下に「バタビア共和国」が生まれた。

その後ウィッレム五世はイギリスと同盟を結び、オランダの植民地をイギリス海軍の保護の下に置いたが、ジャワ島の東インド総督府がこれを拒絶、それを機にイギリス海軍は喜望峰やベンガルやコロマンデルのオランダ植民地を次々と奪い、オランダ船と見れば拿捕しはじめた。

そんなわけで長崎へのオランダ船もその年と次の年と二年続けて出帆できず、出島商館長ヘンミーは幕府からなんども叱責をくらった。

一七九七年、バタビアの港に一隻のアメリカ国旗を掲げた小型船が立ち寄った。船の名前は「エリザ・オブ・ニューヨーク号」（以下エリザ号で通す）、乗っていたのはスチュワート。アメリカ船はイギリス船と遭遇しても攻撃されない。何故ならヨーロッパの戦争にたいして中立を宣言していたからである。

「これだ。これだ。これを利用しない手はない」と、総督府はスチュワートを歓迎し、エリザ号をチャーターできないだろうかと申し込んだ。スチュワートは二つ返事で引き受け、すぐさま長崎に入港する際の細かい手順を学ばされた。それを誤れば怪しまれて日蘭貿易ははじまらない。

その夏、エリザ号はアメリカ国旗を南風にひるがえして長崎に向かった。

右舷に琉球を認めると入港の準備に取りかかった。まず総督府から提供された万国旗を船首やマストに結びつけて満艦飾にした。でもキリシタン国であるポルトガルとスペインの旗は含まれていない。最後に大きなオランダの三色旗を船尾に立てた。

長崎半島の突端、権現山の頂きには常に遠見番が目を光らせていた。そして久しぶりに白帆を認めたものの、船には三本あるはずのマストが二本しかない。喫水も浅く船も小振りだ。彼らは首を傾げた。

それでも船尾にオランダの旗が認められたので白帆注進の合図を掲げ、早船を長崎湾に向かわせた。

その日の出島は蜂の巣をつついたような大騒ぎとなった。

「どうして船が小さいのか？」「なぜ幕府の注文品にこたえる商品がひとつも運ばれてこなかったのか？」「肌の真っ黒い人間はどこの国の人間か？」そして通詞たちがもっとも気にしたのは船内

で飛び交っていた聞き慣れない言葉である。通詞たちは「これは異国船ではないのか」と疑った。三年前に父を亡くした本木正栄（元・小吉）だけが、それがイギリスの言葉であろうと見当をつけたが口外はしなかった。

商館長ヘンミイはバタビア総督府からの書類に目を通し事情を理解した上で、役人と通詞たちを前にして口を開いた。

「諸君、落ち着き給え。ヨーロッパでは戦争がはじまり、わが国はイギリスと目下交戦中である。そのため大型船を危険にさらすことはできない。だから小型の船を派遣することになった。でもこのような状態はいつまでも続かない。次回こそはいつもの船で注文にこたえる品々が届くことを願っている」

「もうひとつ、船に乗り合わせた肌の黒い人々はジャワ島の現住民であることを私が保証する」と答えたが、これは偽りであった。

オランダ人の下僕として出島にいる「クロボウ」たちは、日本人が日焼けした程度の黒さであったが、エリザ号の黒人たちはスチュワートが雇ったインド人だったので、日本人が初めて目にする肌の黒さだった。

幸にもヘンミイの弁解は長崎奉行にも受け入れられ、こうして異国船の入港か、という大きなピンチを乗り越えることができた。

松平定信が老中を退いた年（一七九三）、ロシア使節に連れられて帰国した大黒屋光太夫と磯吉が江戸城の吹上御苑に呼び出された。そのころ海外に十二年滞在した日本人はめずらしく、その経験談を将軍や役人の前で披露することとなった。

二人はロシア人の服装で現れてさまざまな質問に答えた。その中で、「ロシア人は日本のことを良く存じておりました。なかでも『中川順庵』と『桂川甫周』というおふた方の名前は広く知られておりました」と言った。

順庵はすでに故人だったが、甫周はその場にいたので、役人が「その桂川先生とはこの方であるぞ」と指し示すと光太夫と磯吉は驚き、甫周の方もまた面目をほどこすことができた。

じつは甫周は若いころ長崎屋でチュンベリーという出島商館付きの医師と懇意になり、先輩の順庵と一緒に医学を語り、日本の植物を語り合った。チュンベリーはヨーロッパにもどり、『日本植物誌』を出版したときに、「まえがき」に二人の名前を載せた。それが元でロシアまで彼らの名前が知れ渡っていた。

ともかく日本人の名前が国を出てヨーロッパをめぐり、再び日本に戻って来たことに会場の誰もが感嘆の声を上げげた。その後、甫周は将軍の命により、光太夫と磯吉の話を聞き取り『北槎聞略（ほくさぶんりゃく）』（一七九四）という書籍にまとめた。

これに刺激されて海外事情への欲求が生まれ、幕府天文方（天文地理学に関する役所）の重要性が増した。天文方というのは八代将軍・吉宗が渋川晴海をして改暦に当たらせたときにつくられた部署である（一六八四）。

ところで吉雄門下にあった杉田玄白は耕牛が処分されたのを耳にして、いよいよ自分たちの出番が来たことを確信し、大槻玄沢の下に使いを出した。

一七九四年十一月十一日は西暦の一月一日に当たる。玄沢は江戸の蘭学者に呼びかけて大宴会を開いた。それは彼が吉雄邸で経験したオランダ正月をそのまま真似たもので、三十名ほどが集まった。大黒屋光太夫も招かれたひとりだった。玄沢はそれを「新元会」と称した。「新」も「元」も「はじまり」である。

つまりそれは「蘭学は江戸に発する」と宣言するに等しかった。事実彼らは、蘭学は将軍吉宗が禁書をゆるめ、野呂元丈と青木昆陽に命じてオランダ語を学ばせたところにはじまるとして長崎のオランダ通詞を無視した。

そんな江戸蘭学者の間に、にわかに辞書の必要性が叫ばれはじめた。

辞書といえばオランダ通詞・西善三郎がマーリンの『蘭仏事典』をもとに蘭日辞書をつくろうとしたが未完のまま亡くなった。前野良沢がその意思を継いだがこれまた業半ばにして終わった。江戸に出てきた鳥取藩医の蘭学者・稲村三伯は、玄沢に辞書づくりの意思を告げたところ、「じつは松平定信に仕えている石井庄助（元・馬田清吉）が同じこころざしを持っている」と教えてくれた。そこで三伯は同好の士を誘い庄助の塾に入り、訳語を受けながら少しずつ原稿をまとめはじめた。

やがて庄助は老中を辞めた松平定信に同行して白河に移らなければならなくなった。その際、玄沢は思い切って自分が持っていた蘭仏辞書を庄助に授けた。庄助は白河在中にそれをできる限り和訳し、やがて江戸に持ち帰った。

それをさらに三伯をはじめとした江戸蘭学者たちが引きつぎ、三年ほどを費やしたのち本邦初の蘭和辞書が完成した（一七九六）。

玄沢はそれを「東西韻会前蘭後和」と仰々しく名づけたが、要するに「蘭和辞書」のことで、のち「江戸ハルマ」ともよばれる。それは単語をＡＢＣ順にならべる時に、オランダ人フランソア・ハルマの蘭仏辞書によったからである。ただし文法的知識に関しては十分とはいえなかったし、発行部数がわずか三十部と限定されていた。

ところで江戸にもどった司馬江漢は蘭学者グループと仲たがいをした。彼は玄沢や甫周の悪口を言い、蘭学者たちは江漢のことを「高慢うそ吉」とか、「唐絵屋の猿松」などと嘲り笑った。その結果江漢は蘭学グループから離れ、数学者で同時に経世家でもあった本多利明に近づき、その下で本木良永の天文書を学び、物理や天体のしくみに魅かれていった。

一七九七年、商館長ヘンミイはスチュワートに日本でのしきたりを教えるという口実で、じつは危機に瀕した日蘭貿易を救うための最後の手段に彼を引きこもうと図った。薩摩との密貿易である。

薩摩藩主・島津重豪は一七七一年参勤交代の帰りに長崎に立寄り、出島の近くに薩摩藩の蔵屋敷を建てた。以来長崎貿易に参入している。一七八二年、商館長ティッチングが推薦してくれたオランダ通詞・松村元綱を藩に抱え込むことにも成功した。元綱は耕牛と双璧とされるほど世界地理に明るい大通詞である。表向きは蘭書の解読となっていたが真の目的はオランダとの密貿易に役立てるためであった。

ヘンミイから密貿易の話を聞いたスチュワートは一向に悪びれる様子もなく、「で、いつ頃から続けているのですか?」と、にこやかに問うてきた。そのあまりに馴れ馴れしい態度にヘンミイは腹が立ったが、信用を得るために告白した。「私の前任の商館長のときからだ。我々の課題は日本から少しでも多くの銅を運び出すことにある。でなければ会社は成り立たない」

「任せてください。あなたの味方ですよ」このアメリカ人は底抜けに明るい。

「私は来春江戸に参府にいかねばならない。そのとき薩摩と連絡をつけておくから帰る途中、薩摩沖で銅を積み込んでほしいのだ」

「しかし来年、私の船が長崎に来るという保証はありませんよ」

「大丈夫だ。私が総督府に君の船を寄こすように手紙を書いて置くから」

「オーケイ。乗りましょう」スチュワートは運が大きく開けそうな予感がした。

長崎貿易には役所を通した正式の貿易の他に、個人貿易(脇荷貿易ともいう)があることにも気がついた。実際、彼は通詞たちから山ほど注文をもらってビックリした。しかも九月、幕府から輸出銅を増額するという明るい知らせが長崎に届いた。つまり半減商売令が緩和されたのであった。

それまでヘンミイは、会社からは出島商館を廃止するとおどされ、幕府からは注文通りの商品が来ないと叱責され鬱々としていた。いつしか商館の帳簿は偽りで埋め尽くされ、記帳そのものまで放置されるにいたった。

秋になって体調をくずし、幕府に参府の延期を申し込んだが聞き入れてくれない。無理を承知で長崎を出たが、あと一週間で江戸に着くという深夜、出島のカピタン部屋の近くから失火したという知らせが届いた。北西の風にあおられたちまち島のおよそ半分を焼失したらしい。

江戸には二十日間ほど滞在した。長崎屋への訪問者はできるだけ断った。帰路に着いた参府の一行が江戸郊外までさしかかったとき、薩摩藩主重豪がお忍びで籠に近づき人払いをしたのち堀門十郎という通詞と三人だけで密談が交わされた。堀は松村元綱が亡くなったあと薩摩に抱えられた通詞である。

引き続き東海道を下るうちにヘンミイは食事が喉を通らなくなり、ついに大井川と天竜川の間の掛川の宿で急逝した。行年五十一歳。遺体は近くの天然寺に「旅人」として埋葬された。

大通詞中山作三郎（武成）がヘンミイの所持品を調べたところ行李の中から名村恵介という通詞がヘンミイに宛てた手紙が出てきた。「蘭船二隻のうち一隻は沖で交易する」と書かれてあった。密輸があばかれた。

8　ヘンデレキ・ヅーフ

［一七七七〜一八〇〇］

ヘンデレキ・ヅーフは一七七七年、オランダのアムステルダムに五人兄弟の次男として生まれた。

ちょうどベンジャミン・フランクリンが十三州独立のためにフランスに来て、パリで外交をはじめた頃に当たる。

当時のフランクリンはヨーロッパの貴族の間で流行っていた鬘を使用せず、フランスが入植した北アメリカ（現・カナダ）で獲れるビーバーの毛皮帽をかぶり、田舎の素朴なアメリカ人として好意を持たれるように演出した。

そのフランスで気球の飛揚に成功したのはヅーフが六歳のときで、父が新聞を片手に「お前たち。これからは人間が鳥のように空を飛べる時代がきたぞ」と、興奮して語ったのをおぼえている。

ヅーフは第二外国語として英語ではなくフランス語を選んだ。最初に就職した会社はフランス軍がオランダを占領したあおりを喰って倒産に追い込まれた。

市の評議員をしていた父が、東インド会社が出島に派遣する者を募集していると教えてくれたので応募するとすぐに採用された。もはやたいして利益の上がらない日本貿易のために、命がけで日本に行くことなど誰もが尻込みしていた。

そうとは知らない二十一歳のヅーフは、「出島に二年勤務すれば一生楽に暮らしていける」という噂を信じてジャワのバタビアにおもむいた。

会社がヅーフに与えた肩書は書記であった。そして出島にはレオポルド・ウィッレム・ラスという書記がいるので彼を荷蔵役に昇進させ、自分は新しい書記になるように命じられていた。会社は前年オランダ船が座礁して戻らなかったので、出島の火災も商館長ヘンミイが亡くなったことも知らない。出島に欠員をひとり補充するようなつもりで新人・ヅーフを送りこんだ。彼のために新たにチャーターされたアメリカ船はデルボーを船長とする「フランクリン号」であった。

一七九九年、バタビアを出帆したときは穏やかだった天候が、台湾海峡を通過したところで急に荒れはじめ、三日三晩、船は山のような波にもてあそばれた。三日目に船長が「船が見える」というので甲板に出て見ると、アメリカ国旗の船が同じ嵐に巻き込まれている。それは他でもないスチュワートのエリザ号だった。エリザ号はフランクリン号のあとを追って長崎を目指した。

ヅーフが出島で目にした光景は失望の連続だった。商館長がいないので帳簿は放置され、オランダ人は昼間から酔っぱらっては仲間や日本人との間にいざこざを起こしていた。医者は治療を施すよりも、ただの理髪師と呼んだ方がいい。夜になると丸山から呼ばれた遊女たちの嬌声が聞こえ、ヅーフは両耳をふさいだ。ついには神経症を病み寝込んでしまった。

五年の服役を終えた吉雄耕牛は出島で若い通詞を指導していたが、ヅーフの様子を察して二歳年上の遊女を紹介した。この「年上」というところが耕牛の老獪なところで、はじめは女性を拒否していたヅーフもいつしか馴染んで不安から解放された。

一方、ラスは昨年のクリスマスに、薩摩との密輸にからんで通詞・名村恵介が出島で磔刑に処せられて以来、長崎奉行に対して極端なまでにおびえている。奉行との対等な交渉などできるはずもない。挙句の果てにヅーフが乗ってきた船でバタビアに帰りたいと口にしはじめた。

「ラスさん、それはいけません」と、ヅーフはさえぎった。

「あなたは荷蔵役に昇進したのです。副商館長なのです。しかもあなたの出島滞在は十年を越えているではありませんか。あなたを除いていったい誰が今の出島を支えることができるでしょうか」と、ラスを持ち上げた。

「大丈夫です。私が船で戻り来年新しい商館長を連れてきますから…」とはげました。ヅーフは現状をバタビアの上司に報告し、指示を仰がなければと決めていた。

一方、スチュワートのエリザ号は港内に入ることは許されなかった。いったん出港した船は入港できないのが規則である。だから外港の木鉢の浦に入った。エリザ号の修理費用はすべてオランダ商館の持ち出しとなった。

ヅーフは、スチュワートは自分と一緒にバタビアに帰るべきだと考えている。エリザ号には銅が積みこまれている。それはバタビアに運ばれてしかるべきである。そんな自分の意見をフランクリン号の船長に伝えると、「君のいう通りだ」と肩を持ってくれた。

そこでヅーフはそれを書類にしてスチュワートに届けた。でもスチュワートからは何の返事もなかった。二ヶ月後、帆柱が補強されると、スチュワートはさっさと長崎を出て行き、それっきり行方不明になった。


一七九九年、ヅーフがフランクリン号でバタビアに戻ると、「君はどうして混乱がおさまるまで出島に滞在しなかったのか」と叱責された。しかし出島の実情が明らかになるにつれて彼の立場が理解され、最後はヅーフの要求通りウィッレム・ワルデナールが新しい商館長に任命された。

ワルデナールは三十六歳、小肥りで喘息持ちである。それまで健康上の理由で出島行きを拒んできたが、昨今の人手不足で断ることもできなかった。

ワルデナールはヅーフの父がアムステルダム市の評議員であるのを知っている。父の血を引いているなら出島の処理もうまくやれるかも知れない、できるだけ早く彼を育ててあげてバタビアに戻ろうと思っていた。

一八〇〇年の夏、今回もまたアメリカのチャーター船「マサチューセッツ号」である。幸いにも日本への航海は荒れることもなく順調に進んだ。

「ワルデナールさん。出島の商館長を二年勤めれば一生食べていけるって、本当ですか？」若者らしい質問にワルデナールは苦笑した。

「誰がそんなことを…。たしかに会社の景気が良かったころはそうであったかも知れない。だがね、今はそうではない。日本との貿易はさびれて行く一方だ。それをかろうじて支えているのが銅と樟脳というわけだ」

「銅はどのような使われ方をしているのですか？」

「世界中の貨幣を見ればわかるだろう。銅貨のない国はない。それから目下、ヨーロッパでは武器の素材としてもひっぱりだこだ。だからでき得るかぎりこれを日本から運び出す。これが我々の使命だ」

「わかりました」

「君は荒れ放題の出島を目にしたわけだが、バタビアだって実情は似たり寄ったりだ。会社の実績が落ちればかならず腐敗と汚職がはびこる。ヘンミイがいた出島も似たようなものだったのだろう」

「そうですね」

「これまでVOCという旗印で世界に君臨してきた『東インド会社』も閉鎖を余儀なくされた。我々の母国もフランス軍が来て『オランダ共和国』になった。東インド会社が『アジア領土委員会』に委託されたのは君も知っての通りだ」

「はい。これからはますますフランス軍の影響が強くなるのでしょうか?」

「それだけではない。イギリス軍もまたアジアに進出しようとしている。今度の戦争はヨーロッパだけでは終わらない。世界を巻き込んだ戦争になると私は見ている」

ヅーフはきびしい現実を突きつけられたような気がした。

長崎半島突端の遠見番が接近中のオランダ船を捉えた。

港内からやってきた早船がマサチューセッツ号に近づく。早船には年番通詞・馬場為八郎が乗っていた。甲板に立った為八郎は開口一番、「これはバタビアからの船か?」と念を押した。「そうだが、何か問題が起きたのか?」とワルデナールがたずねると、「じつはもう一隻オランダ船が来ている」。

「何? もう一隻? 何処に?」。「すでに入港している」と港の方角を指す。「いつのことだ」。「もう、ひと月半前から…」「船長は?」、「スチュワート」。

二人のオランダ人は言葉を失った。

ワルデナールは、スチュワートの船がバタビアに戻らなかったので遭難したと思っている。ヅーフはスチュワートが自分を無視して出帆したので、これまた長崎には戻らないと確信していた。二人にとって受け入れられないことが現実に起きている。

マサチューセッツ号が入港手続きをすまし、高鉾島を左に舵を切るとやがてスチュワートの船が見えてきた。オランダ国旗を掲げている。しかも船尾の文字がエリザ号ではない。英語で「エンペラー（将軍）・オブ・ジャパン」と描かれてある。明らかに幕府におもねている。それにしてもオランダ国旗の下に英語の名前を記すとはなんという神経だろう。

両船がすれ違うとき、スチュワート船長がにこやかな顔で「ハーイ！」と手を振ってきた。まるで仲間に呼びかけているようだ。

ヅーフの要求を振り切って長崎を出帆したスチュワートは、はじめからバタビアに向かう積りはなかった。彼はフィリピンのマニラを目指した。マニラはオランダ船の往来の途中にある。立寄るのはいとも簡単だった。

ただし積荷の売買はそうはいかない。かけ引きがともなう。わけありのスチュワートの銅は相場通りでは売れない。しかしスペイン人にとっても銅は喉から手が出るほど欲しい。両者は互いの腹の中を探りながら話を進めた。

スチュワートは銅を売りはらって逃亡する気はない。そんなことをすれば犯罪者として追跡されるだけである。商談がまとまれば再び長崎に戻るつもりでいた。口実はすでに決めてある。銅を失ったことにすればいい。嵐にあって遭難し、銅はすべて海底に沈んだことにすればいい。

そこでマニラで「海難事故証明書」の発行を依頼した。それによってスチュワートの銅の価格は割が悪くなったが、それでも巨額の取引である。やがて両者にとって満足の行く価格に落ち着いた。

さっそくスチュワートはマニラでエリザ号を解体し、新たな船につくり上げた。そして翌年、南西の風を受けて出帆した。エンペラー・オブ・ジャパン号はオランダ船よりも早く長崎に着いた。奉行所としては顔みしりのスチュワートが乗っているので入港させたが貿易は許さなかった。バタビアからのオランダ船を待っていた。

出島に上陸したばかりのワルデナールの下に通詞の中山作三郎が飛んで来て「あの船は本当に会社の船だろうか?」と質問した。

「君たちのあせる気持ちはわかるが、私も着いたばかりで調べたいことが山ほどある。二、三日の猶予が欲しい」と答えた。

ラスへの聞き取りや経理の帳簿などの調査がすみ次第、ワルデナールは通詞たちを呼んで奉行の役人たちに答えた。

「よく聞いてほしい。スチュワートの船は我々とは関係がない。したがって貿易は許されない。大きな債務を負わせられた我々としては、彼の荷物をすべて売り払い負債の補填にあてたいと考えている。また私はスチュワートと直接話がしたいのでその許可が欲しい」

こうしてスチュワートが出島に呼び出された。スチュワートは口笛でも吹くような顔で鞄を提げてあらわれた。ワルデナールは自己紹介からはじめた。

「私が商館長ワルデナールだ。君はその後エリザ号をどう扱ったのか、また長崎に戻って来た理由を私に説明する義務がある」と問いただした。

スチュワートは「結構ですとも」と、相変わらず人を魅了する声で答えた。
「話せば長くなるので要点だけを伸べよう。私はバタビアに戻る途中フィリピン沖で嵐に襲われ船が転覆し、九死に一生の思いでマニラに流れついた。この海難事故証明書が何よりの証拠だ」といいながら、一枚の大きな証書を鞄の中からとり出した。

ワルデナールはスペイン語がわからなかったが、国王の大きな印鑑だけはわかった。「マニラ」という言葉にその場にいた通詞たちがいち早く反応した。マニラは幕府の仮想敵国である。かつてそこから多くの宣教師が日本を目指し、処刑されたり追放されたりした。禁教はなお続いている。それが何であれマニラからのものは一切許されない。証明書はなかったものとしてただちにスチュワートに返却された。

ワルデナールは厳粛な顔をして、
「いいかね。君はエリザ号を座礁させ沈没させたことで、我々に莫大な損害を与えた。君の船の積み荷を売ってもとてもそれを弁済するには足りない。だから君をマサチューセッツ号に乗せてバタビアに連れ戻したいと私は考えている」
「それは願ってもないことです。私もこの遭難証明書を持ってバタビアに行くつもりでした」と、いけしゃあしゃあとした答えが返ってきた。

こうしてスチュワートと荷蔵役ラスはマサチューセッツ号に乗せられ、またエンペラー・オブ・ジャパン号にはマサチューセッツ号の副船長が操舵をにぎり、二隻揃ってバタビア目指して帆をあげた。

9　キリシタン国から来た漂着民　［一八〇〇～一八〇二］

八代将軍徳川吉宗は改暦を望んでいた。実際とズレが生じた暦ほど支配者の威厳をおとしめるものはない。

当時の天文学で最もすすんでいた長崎から、西川如見と盧草拙などを呼び出して下問したり、西洋天文学を学ぶためにキリスト教に関係のない禁書令をゆるめたりした。

また神田佐久間町に天文台をつくらせ、渋川春海を幕府天文方に任命した。のみならず暦のつくれるオランダ人を本国から招くように要請したが、これは実現にはいたらなかった。

そこまで改暦に力を入れた吉宗であったが、結局、暦をつくる実権をにぎっていた京都の土御門家の強い反対にあい失敗に終わった。

しかし禁書令がゆるめられたことで、オランダ語の解剖書が『解体新書』として杉田玄白らにより翻訳され、また少し下って長崎ではオランダ通詞本木良永により西洋の天文・地理書が翻訳された。『天地二球用法』（一七七四）の中では、コペルニクスの地動説がはじめて紹介された。そんな本木家から様々な資料を江戸に持ち帰ったのが司馬江漢であったのはすでに触れた。

一八〇〇年の秋、オランダ通詞の「巨星」というべき存在だった吉雄耕牛が亡くなった。耕牛までの世代のオランダ通詞は医術に通じていた。異国から学ぶものは何よりも先ず生命にかかわる医術が最優先された。だから通詞たちはそれぞれ流派を立て、「西流」、「楢林流」、「吉雄流」などと呼ばれていた。

しかし、次世代の志筑忠雄（中野忠次郎）になると異なる。

彼は医術には無関心で異国の地誌、風習、歴史などに興味を持った。とりわけ最も惹かれたのがアイザック・ニュートンで、宇宙を物質と真空（忠雄の造語）に分け、物質間に引力（忠雄は『求力』と訳す）を想定したその力学であった。かつて本木良栄が翻訳した地動説（忠雄の造語）もこれによって理解することができた。こうして彼はニュートンの弟子ジョン・ケイルの『天文学入門』全六巻の翻訳に取り組んだ。

この西川如見、本木良永、志筑忠雄の三人が長崎天文学派とよばれているのに対して、大坂でもう一つの天文学派が生まれようとしていた。背景には「天下の台所」とされる裕福な商人たちがいた。

豊後の杵築で藩医をしていた麻田剛立（ごうりゅう）はその職を嫌って脱藩し、大坂で医業を営みつつ天文学を研究する塾を開いていた。そこから高橋至時と間重富という門人が生まれる。二人は中国の天文書から「ケプラーの法則」を理解した。それはより正確な暦をつくる上での重要なステップである。

そのことが幕府にも届けられると老中松平定信がうごいた。彼は祖父吉宗が改暦に失敗したのを知っていたので、祖父の仇を打つべく、大坂から高橋至時と間重富を江戸に招き、天文方で改暦に従事させた。

そんな至時の下に弟子入りしたのが伊能忠敬で、やがてこの二人は緯度一度の長さ、つまり地球の大きさを自らの手で測定しようと企画する。こうして忠敬は最初の一歩として蝦夷地測量に出発した。

また定信は天文方を監督する若年寄の席に、堀田正敦(まさよし)を抜擢した。

正敦は伊達家に生まれ、樫田藩の堀田家に養子に入っている。ということは伊達家の藩医である大槻玄沢にしてみれば、堀田正敦は主君の兄だから、江戸での事実上の主君になる。玄沢はこれを幕府中枢に近づくための絶好の機会としてとらえた。

耕牛が亡くなったとき、その子・権之助は十五歳だった。

司馬江漢が長崎に来て吉雄邸で食事をした時に、同じ食卓でオランダ語を発して江漢を仰天させたあの幼児はすっかり大人びていた。生前から父が志筑忠雄を評価していたので、父の死後は忠雄について蘭語を学んだ。

当時忠雄は四十歳。塾長に当たるのが三十五歳の末次忠助で、数学・天文学・弾道計算に長じていた。忠助は密貿易でお取り潰しになった長崎代官・末次家の血縁者で、興善町の乙名でもある。

二十歳の西吉右衛門は、初代のオランダ大通詞・西吉兵衛の末裔で、彼の実家には多くの蘭書が集められていた。忠雄はその西家から文法書を借りて学び、自分のものとしてはじめて文法に添ったオランダ語の教育がはじめられた。

塾には権之助より二歳年下の馬場佐十郎がいた。佐十郎の兄は馬場為八郎である。権之助は優秀な佐十郎とすぐに仲良くなったが、その酷いあばた面に慣れるには、しばらく時間がかかった。


出島ではワルデナールとヅーフが風紀を粛清し、経理上の混乱を整理するのに努力を続けていた。ヅーフが帳簿をくわしく査定した結果、会社の負債が一万八千両、アメリカ人スチュワートによる損害が一万四千両、商館長代理のラスによる負債が千五百両にのぼることが判明した。二人はそれを回復しなければならない。

一八〇一年、バタビアから小型のチャーター船「マーガレット号」が入港した。幕府は今回も注文した通りの商品が手に入らず商館長を叱責した。すでにチャーター船の来航が四年も続いている。

さすがの幕府も日蘭貿易の存続を危ぶんだ。幕府にとってもそれは不都合であるから、貿易を助ける意味で銅と樟脳の輸出の制限をゆるめた。ワルデナールとヅーフの喜びはいうまでもない。加えてヅーフは、書記役から荷倉役（副商館長）へ昇進し、園生（そのよ）との間に女の子が生まれた。

それはマーガレット号が出帆準備をしているときのことであった。

長崎の西の海に浮かぶ五島の福江島に二本柱の異国船が漂着したという知らせが入った。ワルデナールは、遅れて到着したチャーター船ではないかと思ったが、それにしては乗員が九名であまりに少な過ぎる。

福江島の南海岸には多くの見物人が集まっている。確かに二本マストの異国船が漂着している。

ときどき人影があらわれる。島の住人が小舟を寄せたが鉄砲を放つので近づけない。つぎに五島藩の役人が舟で取り囲んだが、一定の距離を保ったままで日が暮れてしまった。夜に入って一人の藩士が名乗りをあげた。

平田利右衛門である。彼は異国船が寝静まるのを待って舟を出してもらった。丸腰である。周囲は反対したが利右衛門は聞く耳をもたない。「よろしいか。わしが合図をするまで誰も近づくなよ」と念を押した。

利右衛門は舟の中でもずっと瞑想していた。船頭が舟を横着けしたところで、鍵縄を投げて船縁を登り、甲板に降り立った。見張り役が気がついて悲鳴を上げた。

船内が騒がしくなった。ある者はこん棒を片手に、ある者は鉄砲を抱えてとび出てきた。利右衛門は悠然と甲板の真ん中に立っている。相手の騒ぎ方で彼らが兵士ではないのに気がついた。

いきなり背後から黒い影が飛びかかった。利右衛門はこん棒をかわし、一瞬で相手を投げ飛ばした。黒いかたまりが船縁まで転がってグーとうなった。左右から同時に飛びかかった二つの影も、彼の身体に触れた瞬間に投げ飛ばされた。

見たこともない光景に残りの者たちはひるんだ。利右衛門が進み出て鉄砲の筒をつかんだ。持ち主が力んだところを、簡単に転がしてしまった。なおも格闘は続いたが、もとより利右衛門の相手ではない。やがて息切れした五つの影は利右衛門を囲んで床に頭を着けた。どこに隠れていたのか女性と子供たちも集まり利右兵衛門の前にひれ伏し、身体を震わせていた。

「もう、いい。もう、いい。それよりお前たちはどこから来たのだ?」と呼びかけたが言葉が通じない。利右衛門は、「いいか、ここは日本だ。日本…」といって床に漢字をなぞった。するとひとりの男が反応した。「我は林為政。漳州人」と書いた。これがきっかけで彼らの素性が判明した。

林　為政　漳州生まれの中国人。三十五歳。筆談ができる。
マリア　アンボン島生まれ。二十一歳女性。両親と一緒にチモール島に移り、一年前にチモールのソサイと結婚し、マレー語ができる。
ソサイ　チモール生まれの男性。二十六歳。マリアの夫。
クラワンデル　チモール生まれの奴隷少年。十三歳。
ヨシナ　チモール生まれの奴隷少女。十二歳。
アウフスチーナ　チモール生まれの少女。九歳。
ローシー　チモール生まれの少女。十歳。
カイタアノ　カナリン生まれのパプア人。黒人。二十歳。
アントニー　安南（ベトナム）生まれの中国青年。二十五歳。

彼らは五島藩と長崎の役人を乗せた小舟に取り巻かれ、船ごと長崎に送られた。奉行所ではマレー語のわかるワルデナールを呼び出して取り調べをはじめた。
その後、異国人たちは踏み絵をさせられ、出島の町人部屋に監禁された。彼らの係官として通詞の名村多吉郎、本木正栄、馬場為八郎が任命された。

マリアの話によれば、彼らが乗っていたポルトガル船というのは、もともとマカオ（ポルトガル領）を出港し、貿易のために赤道直下のアンボン島にやって来た。その後チモール（ポルトガル領）に寄り、自分たちはチモールから乗船した。

その時、船内には全部で四十名が乗っていたが、途中大風に遭い帆を失い、漂う間に腐れた水のために次々と人が倒れていった。生き延びた者は船の運用はできないので、成り行きにまかせて漂うより他なかったのだという。

そんな彼らを救うために三名の通詞が考えたことは、口裏を合わせることであった。彼らの証言の中に「マカオ」や「ポルトガル」が顔を出せば死罪になるのは必至である。そうならないために幕府への報告書からそれらの言葉が出ないように気を配った。正栄は漂流船にあった航海日誌を見つけ出し、ポルトガル語で書かれた部分を削除した。為八郎はワルデナールに向かっても同様のことを説明して協力をお願いした。

一八〇二年が明けるとワルデナールは江戸参府に出かけなければならない。大きな負債を理由に江戸参府を勘弁して欲しいと幕府に申請したが通詞たちに反対され仕方なく妥協した。留守は荷蔵役のヅーフにまかせ、自らは出島付きの医者と書記役のオランダ人三名で出発した。

数日後、幕府から異国人の処分について命令書が届いた。中国人の二名は唐船で、残りの七名はオランダ船でバタビアに、一刻も早く船で帰すようにというのである。

本木正栄がヅーフと一緒に、町人部屋に行きそのことを告げると、マリアが激しく抗議した。

「やなこった。ぜったいに断る。自分たちは絶対に別れたくない。バタビアなんかに帰るものか」

と、地団駄を踏み、壁をたたき、大声を張り上げた。それは町なかまで響きわたり、奉行所も何事が起きたかとおどろいた。

それからというもの、部屋の前を通るオランダ人や日本人に向かって唾を吐き、ののしり、あらん限りの悪態をついた。「この日本人の大馬鹿野郎。私たちをバタビアに戻すって。冗談じゃない。私たちはチモールから乗船したポルトガル人だよ。最初っからそう証言しているのに何よ。私たちの言葉を誰かが歪めたのだろう」

正栄を指さして、「あんたもその片棒を担いでいるひとりだろう。私はあんたが航海日誌を破っているところを見ているのよ」と唾を吐きかけた。正栄にはマレー語が良くわからない。ただ自分が侮辱されているのはわかった。

「私たちは広東に行きたいだけなのさ。バタビアに連れていかれてどうなるというのよ。今のバタビアには船一艘入ってこないじゃないのよ」

この指摘は当たっていた。マリアのいう通りだった。

「近頃ではオランダ人に代わってイギリス人が幅を効かせているのだよ。そのうちバタバビアもイギリス人にひっくり返されるに決まっている」

ヅーフと正栄はわめき続けるマリアをあとに足早にカピタン部屋に戻った。すぐにジンとハムとチーズを運ばせた。二人は一刻も早くマリアから受けた屈辱を忘れたかった。顔を赤くした正栄が、「これじゃ藪蛇だ。こんなことはもう二度とごめんだ」と叫んだ。そうだ、そうだと他の通詞たちも合点したところで、ヅーフが真剣な顔をして、「ちょっと失礼。いま口にした『ヤブヘビ』とはいったいどんなヘビですか?」と口を挟んだものだから日本人は一斉に笑った。

多吉郎が、「それはヘビではないのです。何といえばいいのだろう…。そうだなァ。ここに藪があるとします。よせば良いのに、棒切れでその藪の中を突ついたところ、蛇が飛び出てきたのです」と言葉の通りに説明した。すると、「駄目だ、駄目だ。そんなことじゃいよいよわからないだろう」と正栄が乗り出した。

「つまりですね、余計なことをして思わぬ結果を招いたというたとえ話なのですよ」と念をおした。ヅーフは、「言葉はむずかしい、でも面白いです」と答えた。正栄は日本語にここまでこだわるヅーフに、いつか俳句を教えてみたいと思った。

江戸に着いて登城の準備をしていたワルデナールに出島から手紙が届いた。封を切ると、マリアや漂流民たちが大暴れしたので、五島から利右衛門を呼ぶと脅したところ、たちどころに大人しくなったと書かれてあった。

将軍との謁見が終ったワルデナールの下に、医師や天文方が続々と押し寄せてきた。天文方は二十五名もの生徒を引き連れて来た。医師団の中には、常連の大槻玄沢、桂川甫周、津山藩医の宇田川玄真などが含まれていた。

そして「リュクトシキップ」の図を入手したあの福知山藩の朽木侯までもが、夜、こっそりとお忍びで現れた。しかも美しい婦人を同伴していたので、ワルデナールは奮発して銀の指輪を彼女にプレゼントした。

10　水素気球の伝来　［一七九八～一八〇三］

アメリカが独立してから、イギリスとフランスはずっと戦争を続けている。

一七九八年、ナポレオンはイギリスとその植民地であるインドとの中継地・エジプトを制圧しようと、オスマントルコ領のエジプト遠征を企て、それに成功した。この時、彼は一個の気球を偵察に役立てようと運んだが、気球は移動に手間がかかる割には実際には役に立たなかった。

しかしフランス軍は地中海の海戦では、ネルソン提督ひきいるイギリス海軍に完敗した。本国から孤立したナポレオンは少数の部下を率いてエジプトを脱出、帰国するとすぐにクーデターを起こし独裁権を掌握した。

その後ナポレオンは破竹の勢いで、イタリアそしてオーストリアを征服した。続いてロシア皇帝と手を結ぼうとしたが、パーヴェル一世が暗殺されたために計画が狂い、イギリスと講和を図ろうとした。イギリスはイギリスで、国内の労働運動が激化して、政権交代が起きフランスと講和を決意した。

一八〇二年、英・仏との間に「アミアンの講和条約」が結ばれ、暫定的な平和がおとずれた。その結果、五年振りにオランダ本国から「マチルダ・マリア号」が、新聞や書籍を積んで東洋を目指した。

バタビアでは本国からの船に加え、さらにアメリカ船「サミュエル・スミス号」をチャーターし、できるだけ多くの砂糖を届けようとした。八月、二隻の船が長崎に姿をあらわした。遠見番は久しぶりの二隻の光景に歓喜の声をあげた。

両船は午後五時に入港し、ワルデナールはその日のうちにヨーロッパに平和がもたらされたとする風説書を書いて奉行所に渡した。

翌日、会社の書類に目を通したところ、バタビアでは旧総督が亡くなりシーベルフが新総督に任命されたので、それを出島の商館員たちに通達し祝宴を開くよう指示されていた。

その後、ヅーフが二船の荷物を調べたところ、砂糖が濡れているのがわかった。海が荒れてニッパヤシで編まれた篭はやすやすと海水を通してしまった。サミュエル・スミス号にいたっては中甲板すべてが糖蜜でべとべとになっていた。通詞や商人たちはこれでは価格は通常の半値以下になるだろうと予想した。

ワルデナールは失望した。せっかく今年から幕府への返済ができると思っていたが、こんな状態ではとても果たせそうもない。「来年から船は順調に来航すると予想されるので、借金の返済は来年以降に引き伸ばしてもらいたい」と、奉行に懇願した。

八月に入り、ワルデナールは新提督の就任を公表し、その祝賀会に日本人を招いた。その日、出島の旗竿に三色旗がはためき、通詞たちが次々と出島の石橋を渡る。内通詞、稽古通詞、小通詞、大通詞を含めると五十名を超えた。こんなに多くの通詞がいたのかとヅーフもあらためて驚いた。

水門からマチルダ・マリア号の船長が上陸したところで、日本人の挨拶がはじまり、商館長がバタビアで新しい総督が就任したことを表明した。ついで年番通詞の加福安次郎が進み出て、「新総督シーベルフ様、バンザーイ！」と叫び、そろって万歳三唱をした。

ワルデナールは、日本人が揃って祝ってくれるのが嬉しくてたまらなかった。その後、町の人々から借りていた盆提灯が倉庫から持ち出され、いたるところに飾られた。まるで出島が提灯の明かりで埋もれたかのような光景であった。

日が暮れると、オランダ国旗がはためく広場に太鼓が持ち込まれ、ドンドコドンと鳴り出すと、誰が吹くのか笛の音も添えられて盆踊りがはじまった。両手が挙がったり、下がったり、押したりの単純な所作の繰り返しである。やがてズーフは踊りをおぼえ輪の中に飛び込んだ。それを見たワルデナールも加わった。小太りの人物の踊りは見た目にも愛嬌がある。

「おや、おや、商館長が踊っているぞォ」と誰かが叫ぶと、いっせいに拍手がわき起こった。その夜の出島は格別で夜遅くまで灯が消えることはなかった。


そのころ江戸の幕府天文方では中国天文学の限界に気がつきはじめた。難解な計算をもってしてもなかなか実測と一致しない。一八〇二年の日食は新しい寛政暦と十七分ものズレを生じていた。

伊能忠敬はその頃までに蝦夷と本州の東海岸の測量を終え、子午線一度を二十八里二分と確信したが、師の高橋至時はその数字になお疑問を抱いていた。至時は西日本については間重富に測量させようと、長崎出張を命じた。

こうして重富は京都・長崎間の日食の時間差から経度を求めようとしたが、悪天候のため観測は失敗した。せっかく長崎まで来たのだからと出島に入って、商館長に天文学について尋ねてみたが、ワルデナールは溶けた砂糖のことで頭がいっぱいで、答える余裕などなかった。

その出島でばったりと出会ったのが志筑門下の末次忠助である。彼は町乙名として出島にも出入りしていた。最初重富は、冗談ばかり口にする忠助が信用できなかったが、ニュートンの宇宙観を聞かされ、中国よりも西洋の天文学の方が進んでいることに気がついた。それと同時に、それまで素人として見下していたオランダ通詞・志筑忠雄の存在を再認識した。

ニュートンの地動説（忠雄の造語）にはそれまでにはなかった引力による裏付けがあり、志筑から「楕円」（忠雄の造語）を学び、地球が自転による「遠心力」で赤道あたりが膨らみ、橙のような形であることも教えられた。

秋になり北西の風が吹きはじめると、さんざん悪態をついた異国人七名が、マチルダ・マリア号に乗せられバタビアに帰された。残る三名も唐船で帰された。

ところで一八〇二年、ヨーロッパからの届けられた書籍には、蘭学史上大きな役割をになった書籍が積まれていた。

パリの天文台長ジェローム・ラランデの『暦書』の蘭訳本五冊と、ノエル・ショメールの蘭訳『家庭用百科事典』七冊である。前者は、若年寄・堀田正敦を通して至時の手に渡り、至時はこの書物を研究することで西洋の最新の天文学を知った。彼はオランダ語は読めなかったが、データ、つまり緻密な図表や数式からおよその察しがついたとされている。

たとえばラランデの『暦書』から子午線一度の数字を読み取り、日本の里程に換算したところ、伊能忠敬が報告した二十八里二分に極めて近いことがわかり、ただちにそれを忠敬の下に知らせ、二人して喜びあった。

その後至時は、自らの寿命が長くないことを悟り、残された六ヶ月を『ラランデ暦書管見』十一冊に全力をそそぎ、一八〇四年、三十九歳で亡くなった。

後者のショメールの『家庭用百科事典』は、日本人のさまざまな質問に答えるためにカピタン部屋に並べられた。さっそくこれに目をつけた若い稽古通詞がいた。

馬場佐十郎である。彼は天然痘の項目を熱心に読みとろうとしていた。自分が幼いころ天然痘にかかり命拾いはしたものの、顔一面に酷いあばたが残った。それを気にするなという方が無理な話で、彼は生涯をかけて天然痘を追及する。

『家庭用百科事典』には天然痘がエジプトにはじまり、処置法としては瀉血が有効と書かれてあった。ズーフは、新しく届いたオランダの新聞記事を持ち出して、佐十郎に「イギリス人が天然痘には牛痘（ワクチン）が有効なことを発見した」というくだりを読んであげた。そして「近いうちに詳しい書物が届けられるだろう」とも言ってくれた。佐十郎はそれをしっかりと頭に刻みこんだ。

昨年（一八〇二）の冬、ケイルの『天文学入門』を『暦象新書』と題して脱稿した志筑忠雄の下を末次忠助が訪ねてきた。部屋には何時たずねても漢方薬の匂いが充満している。忠助は、「先生、今日は面白いものを持ってきましたよ」といいながら風呂敷をほどいてみせた。

銅版画であった。広場から浮かび上がったばかりの二人乗りの気球が描かれていた。絵の下の説明には「一七八三年、チュイルリー宮殿前から飛揚したシャルルとロベールの気球」と書かれてある。

それは「リュクトシキップ」とはまったく違っていた。二人の人間が船のようなものに乗っているのは同じであるが、帆柱は見あたらない。船には舵もなければ水車のような回転板もなかった。巨大な袋の上半分に網がかむっていて、とても大きい。忠雄は袋の中になんらかの「気」が籠められているのを察した。きっと西洋人は真空よりも軽い気を見つけたのではないかと思いをめぐらせていた。

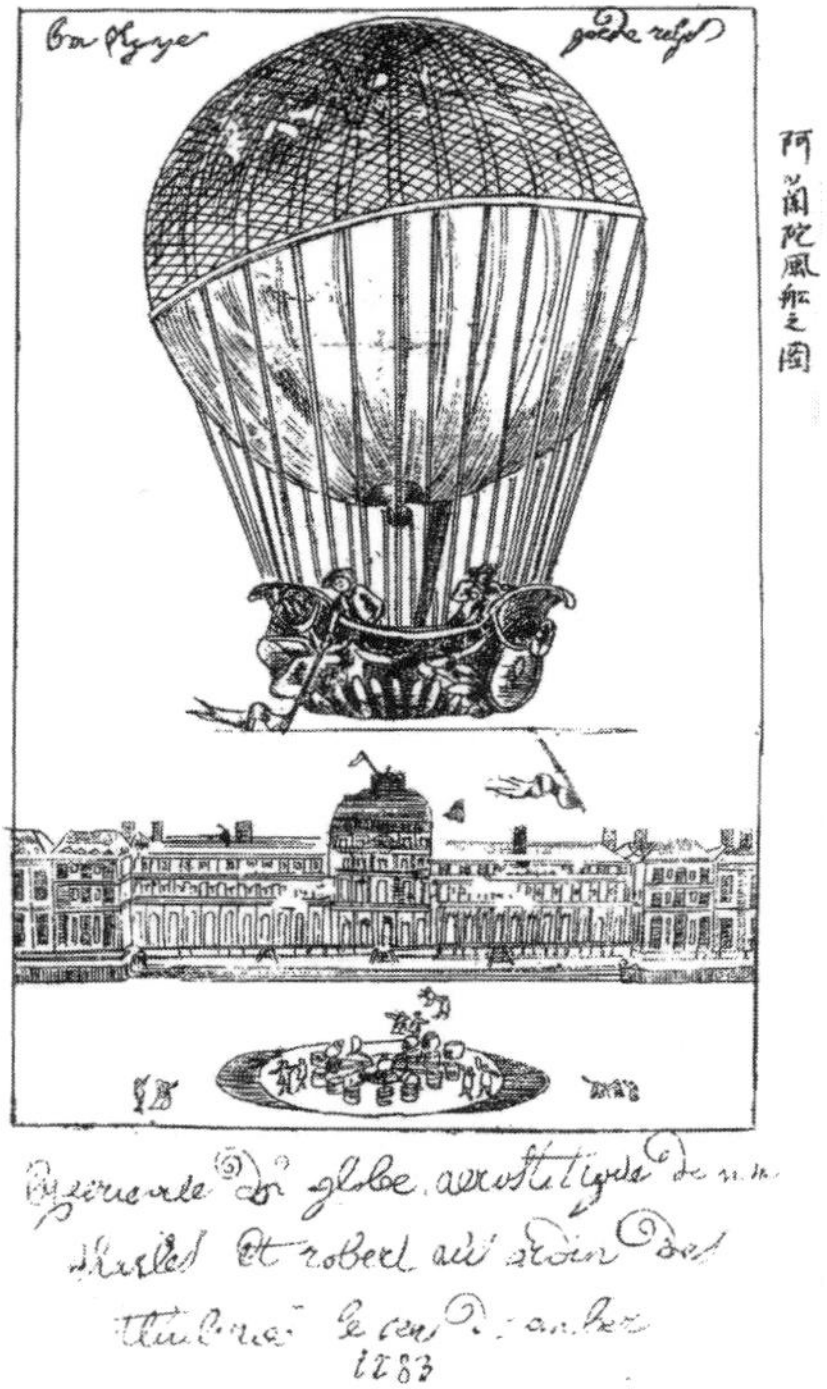

いつまでも忠雄が黙っているので忠助の方から口を開いた。

「これはヨーロッパに帰ったティッチングが朽木侯に宛てて送ってきたものです。来年、本木正栄が江戸に持っていくというので、その前に借りてきました」

「ありがとう。礼を言うよ。

1783年シャルルとロベールの水素気球を描いた銅版画を日本人が模写したもの。下はフランス語
——『初めて世界一周をした日本人』より

正直、『リュクトシキップ』には頭を悩ましたよ」

「いったいアレは何だったのでしょうか?」

「うん、おそらくあれは想像画で…実際にはこの絵の通りだったのではないだろうか」

「いずれにしろ西洋では人間が空を飛んだわけですよね」

「それは間違いない。私が調べなおすと、煙で揚げる気球もあったようだ。そのうち実物をオランダ船が運んでくるかも知れない」

「だといいですね。早く見たいものです。ホンモノを…」


一八〇三年五月、再びヨーロッパで戦争がはじまった。オランダの植民地はイギリス海軍の攻撃対象となり、二隻のオランダ船がバタビアを目指していたのに、喜望峰まできたところで拿捕されてしまった。そうとも知らないバタビア総督府ではその年もアメリカ船「レベッカ号」を雇い入れて日本に向かわせた。

レベッカ号は途中で激しい嵐に襲われ船尾が激しく破壊されつつも、なんとか長崎に入港することができた。そして商館長の交代を認可する書状が届いた。喘息持ちのワルデナールの願いがようやくかなえられた。そして次期商館長に、二十七歳のヅーフが任命された。

二日後、港外に三本柱の大きなヨーロッパ船が現れたという知らせが入った。ワルデナールはヨーロッパからの船が遅れて到着したのかも知れないと希望を抱いて、ヅーフを伴い、検使や通詞らと一緒に小舟に乗った。

伊王島のそばに停泊していた船の全長は四十五メートル。大きい。艫に「長崎丸」という漢字が輝いている。「何だ、これは？」。ワルデナールは悪い予感がした。乗船した彼を笑顔で迎えたのは、なんとアメリカ人のスチュワート。

三年前（一八〇〇）、ワルデナールとヅーフが出島に入った年、彼はアメリカのチャーター船「マサチューセッツ号」に乗せられて、バタビアに連行され、向こうで軟禁されていたはずである。総督府としてもこの「抜け荷」に関与したアメリカ人をどう扱っていいのか迷っていた。軟禁状態とはいえ、スチュワートのことだから要領よく自由気ままに振舞っていたのであろう。

一八〇二年、そのスチュワートが突如、行方不明になった。係留中のアメリカ船を乗っ取り、モーリシャス島の方角に消え去った。彼の向かった先はインドのベンガル（カルカッタ）で、マニラで手に入れた資金で「長崎号」を艤装し、商品を調達した。彼には長崎を離れるときに本木正栄をはじめとした通詞たちから請け負った個人貿易が果たされないままであった。

こうして翌年（一八〇三）、スチュワートはオランダ船ではなく、アメリカ船で堂々と長崎にもどってきた。

ワルデナールはスチュワートの顔など見たくもなかった。

「君はオランダの貿易委任状を持っているのか？」と口火を切った。「いや、自分の責任でやって来た」とスチュワートが澄まして答えた。

そこでワルデナールは日本人の方に向きを変えて、「よろしいか。この船はオランダのものではない。したがって私はこれ以上何ら関わらないし、関わる必要もない！」そう言ったきり、黙秘を決め込んだ。

仕方がないので通詞たちが質問を続けた。

役人たちは船内の積荷を見せてもらった。貴重な薬草、高級な革製品、象牙、香料、寒暖計、晴雨計、望遠鏡、エレキテル、地球儀、オルゴール、真空ポンプなど。いずれも目もくらむような豪華な品々ばかりだった。中甲板にはラクダ、オランウータン、水牛、ラバ、そして色んな南洋の鳥たちもいる。

長崎商人たちはこの数年小さな商船しかよこさないオランダ貿易にうんざりしていた。勢いスチュワートの積み荷に熱い目線を向けた。そしてスチュワートとの貿易が行われるように役人たちに働きかけた。なかでも名村多吉郎と正栄はその中心になってあれこれと立ち働いた。

しかし奉行所の返事は「否」であった。これまで通りオランダ以外の国とは取引はしないというのである。スチュワートへの通達は長崎奉行・肥田豊後守自らがワルデナールをともなって出かけ、「長崎丸」の甲板で行われた。

スチュワートは思いのほか素直に応じた。気の毒に思った正栄が「あなたはここに来る前にバタビアに申し出るべきだった」というと、「私はアメリカ人だ。なぜバタビアに行かなければならないのだ」と言った。正栄は返す言葉もなかった。

結局、「長崎丸」は十日間の滞在ののち碇をあげた。その日、ワルデナールは商館長日記には、「神よ。一刻もはやくスチュワートの船が長崎から立ち去りますように…」と祈るような言葉をつづった。

一週間とたたぬ間にまたもや異国船が姿をあらわした。それはスチュワートが、「自分が長崎を開港させるのであとに続けば貿易ができる」と言われてやって来たベンガルの貿易船であったが、スチュワート同様に入港を断られ帰帆した。

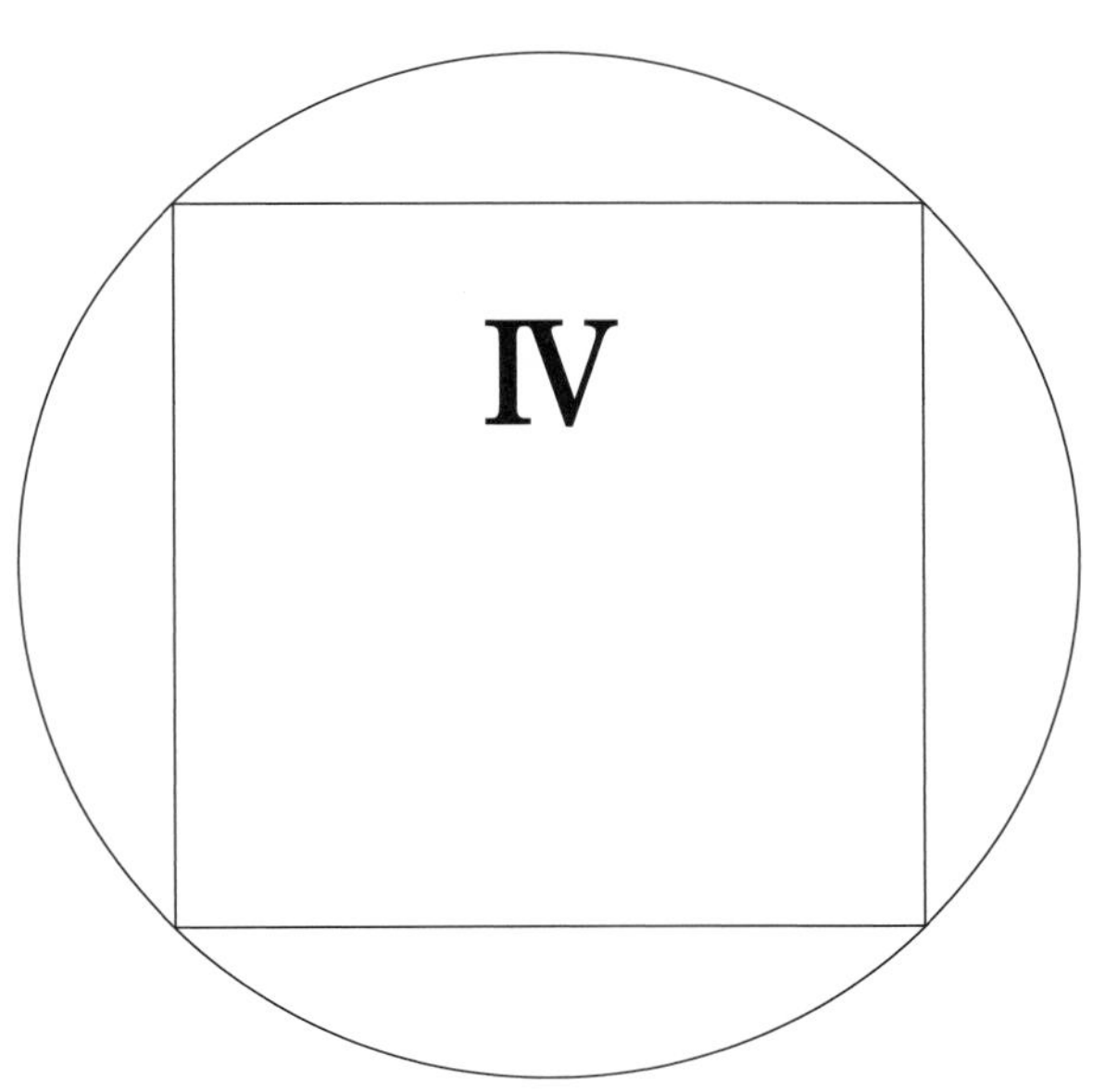
IV

11　ロシア使節レザノフ　［一八〇三～一八〇四］

ヅーフが新しい商館長の座に落ち着いた頃、本木正栄が質問した。

「アメリカはイギリス人の国ではなかったのか？」

亡くなった正栄の父、本木良栄は天文地理に明るかった。

「その通りだ。はじめは北アメリカの東海岸にイギリス人、フランス人、オランダ人が入って土地を耕し、農業や漁業にはげみ次第に繁栄した。そのうちボストンやニューヨークなどの十三の州の人々が同盟をむすびイギリスと対立し、何度か戦った末についに独立国となった。新しい国は『レパブリック（共和政治）』と呼ばれている」

「レパブリック？」

「国王がいない国のことだ」

「国王がいないなら、いったい誰が国を治めるのか？」

「大統領（プレジデント）だ。国王のように家柄や血筋によるのではなく、国民の入札によって決められる。最初に選ばれた大統領はワシントンで、今は三代目のジェファーソンだ」

「スチュワートがやってきたニューヨークは『新オランダ』だったのではないか」

オランダ人にとって、英蘭戦争でオランダが敗北し、「ニューアムステルダム」と呼ばれていた土地がイギリスに割譲され、「ニューヨーク」になったことは知られたくなかった。そこで日本人にはニューヨークを『新オランダ』と教えていた。

「どうして新オランダから、スチュワートのようなアメリカ人が来たのだ」と質問がきた。ヅーフは困ったが、「ニューヨークには色んな人が住んでいる。あのスチュワートにしても英語もオランダ語も使えたではないか」と言い訳をした。

すると正栄が真顔になった。

「たとえばこんなことが考えられないだろうか。スチュワートはじつはイギリス人で、本当は日本を伺いにやって来た間者ではなかったか」

「うん、うん」とうなずきながらヅーフは、正栄が言いたかったのはそこにあったのかと気がついた。日本人はイギリス人を敵視しているのである。

幕府が国を閉鎖する以前、イギリスはオランダと一緒に肥前平戸に商館を構えた時代があった。ところが商館の経営がうまく行かず自ら撤退し、インドに拠点を移した。そのインドには木綿があり砂糖があり、硝石があった。半世紀ほどが流れると、イギリスはすっかり貿易で力をつけ、再度日本に通商を申し込むために「リターン号」を寄越した（一六二三）。

しかし幕府は、イギリス国王がキリシタン国であるポルトガルの女王と結婚したことを理由に追い返した。その情報はライバルのオランダ人がもたらした。長崎の役人や通詞たちはその上に立ってイギリス船を警戒している。ヅーフはくわしい経過は知らなかったが、日本人がそんなにイギリスを毛嫌いしているのは物怪(もっけ)の幸いで、利用しない手はないと思った。

「そういえばワルデナールさんも口にしていました。長崎号でやって来たスチュワートが身に着けていた制服のライオンが描かれた金ボタン、あれはイギリス海軍のものだ」と。正栄は大きくうなずいた。

一八〇四年、長崎に入港した船は、バタビア共和国から派遣された「マリア・スザンナ号」と「ヘジナ・アントアネット号」の二隻で、共に総督府がチャーターして長崎に向かわせた船であった。二隻は英仏間で戦争が再発したこと、近くロシアが日本に使節を送るであろうという幕府にとって重要な情報を届けた。ヅーフは通詞たちと相談した上で、ロシア船来航のことを「特別風説書」として幕府に上申した。

松平定信がロシア使節ラクスマンに信牌を渡したのは、もう十二年も前のことで遠見番を初めとして、もはや誰もロシア船が来ることはあるまいと思っていた。その間ロシアでは、エカテリナ二世が亡くなったり、商人たちの対立があったり、ナポレオンとの戦争が起きたりして、日本のことなど眼中になかった。

しかしアレキサンドル一世が帝位に着くと(一八〇一)、極東アジアと北アメリカ(アラスカ)にまたがる「露米会社」を強化して、中国との毛皮貿易に力を入れる国策が立てられた。

その露米会社の総支配人ニコライ・レザノフは、海軍大尉・クルーゼンシュテルンが立案した世界周航の船「ナゼジダ号」に乗せてもらい長崎をおとずれ、松平定信の信牌を盾に、日本との貿易をはじめたいという夢を描いていた。

日本の情勢も大きく変化していた。

ロシア人の南下につれて定信は、北方防備を松前藩だけに任せるわけにもいかず、東蝦夷地を幕府の直轄地とし、函館奉行を置いた。長崎では、志筑忠雄がケンペルの『日本誌』の一部から『鎖国論』(一八〇一)を訳出し、幕府の政策を肯定し諸外国とはいっさい通行しない政策を肯定した。

一八〇三年、レザノフの遣日使節の件が決まると、それまでイルクーツクに留め置かれていた日本人漂流民十名が首都ペテルブルグに呼び出され、皇帝アレキサンドル一世と謁見した。その場で帰国の意思を問われると、仙台藩の四名の漂流民が名乗りをあげた。津太夫・儀兵衛・左平・太十郎である。

その日は皇帝一家の水素気球見物が予定されており、帰国する四名も馬車に乗せられネワ川を渡り、陸軍幼年学校の広場に移動し、そこで見物席に座らされた。ロシア側としては、漂流民を通して母国の威信を示したかった。その結果、仙台漂流民の四名が日本人として初めて気球を目にすることになった。

この日の興行はフランス人によるもので、ゴンドラに乗っていたのはガルネラン夫妻であった。このガルネランという元軍人は、気球にパラシュートを提げて空中で切り離し、史上最初のパラシュート落下に成功した人物である。

男尊女卑の国からきた漂流民たちには、これだけ大きなイベントに女性が参加しているのが不思議でならなかった。きっと女性にしかできない役割分担があるに違いないと思ったが、それが何なのかは最後までわからなかった。

黒山の人々がとり囲んだ広場の真ん中に二メートルほどの小舟が据えてあり、その上に大きな球体がゆらりゆらりとうごめいていた。球は七、八メートルもあり、上半分は網がかむさり人々の手でしっかりと地上に引き止められている。綱を放てば今にも舞い上がる勢いに見えた。

やがて国王一家が着席すると、ゴンドラの中のガルネランが立ち上がって、何やら大きな声で叫んだ。それが興行を前にした口上であることは漂流民たちにも想像することができた。

やがて綱が放たれると、気球におくれて夫妻を乗せた小舟が浮き上がった。しばらく左右に揺れていたがやがて安定した。二人は立ち上がって船縁から小旗を振っている。周囲の人々からしきりに、「シャリ、シャリ」という言葉が聞こえた。ロシア語で「球」のことである。漂流民たちは口を開けたままで見とれていた。

一八〇三年七月、ナゼジダ号は碇をあげた。バルト海を抜けたコペンハーゲンで、新たにドイツ系の自然科学者三名がナゼジダ号に乗り込んだ。

一人は博物学者・画家のティレジウス、二人目は天文学者のホルナー、そして医者であり博物学者のラングスドルフ。彼は好奇心のかたまりで世界周航の話を聞き、矢も楯もたまらなくなって二人について来た。そしてレザノフに是非自分を航海に加えるよう熱心に談判した。

レザノフはいったん断ったが、ラングスドルフがオランダ語に堪能なことを知ると思いなおした。

クルーゼンシュテルも同意してくれたので、当分の間は無給という条件で乗船させた。ラングスドルフは喜々として乗り組んだ。

艦隊は大西洋を南下して赤道を超え、翌年、南アメリカの最南端ホーン岬を迂回して太平洋に入った。再び赤道を超えて、サンドウィッチ諸島（ハワイ）を経てカムチャツカのペテロパブロフスクの港に入った。すでに一年が過ぎようとしていた。

航海中、レザノフとクルーゼンシュテルンは指揮権をめぐって激しく対立した。この港町でもレザノフ派は日本人を含めて上陸したが、クルーゼンシュテルン派は船内にとどまった。このままでは日本行きも危ぶまれたが、クルーゼンシュテルンが公式に詫びを入れることでようやく折り合いがついた。

ナゼジダ号は、カムチャツカで二ヶ月ほど過ごしたのち太平洋を南下、日本を目指した。長崎に着けば四名の仙台の漂流民たちは、日本人として初めて地球を一周することになる。ただし「鎖国」の中ではそれはなんの意味も持たなかった。むしろ災いした。

一八〇四年十月九日（文化元年九月六日）秋、長崎くんち（諏訪大社の祭礼）の直前であった。地役人や通詞たちは「選りに選ってくんちに合わせて来るなんて…」と、渋い顔をつくった。

ナゼジダ号は伊王島の沖に碇をおろした。レザノフはこの

クルーゼンシュテルン（1770～1846）
――『初めて世界一周をした日本人』より

季節にしてなお緑におおわれた山々を見て、うつくしい半円劇場の舞台に立っているような錯覚におちいった。一刻も早く上陸したいと思った。

日本の役人たちがナゼジダ号に乗船したのは夜の八時ごろで、天の川がくっきりと見てとれた。艦長自らが挨拶に来て、一行を船室まで導いた。

レザノフは皇帝侍従の華麗な礼服で身を固め、自らの身分の高さを誇っていた。そして自分は皇帝の命で江戸に行き、将軍に国書を渡すのだと役人に表明した。通訳は大通詞・石橋助左衛門とラングスドルフが行った。

日本人一行の中にはヅーフ商館長も含まれており、レザノフはロシア駐在のオランダ公使の紹介状をヅーフに渡しながら、「御助力を頂けたら有難い…」とフランス語でささやいた。ヅーフは「この国の規則はきびしく、私には何の力もありません」と身をかわした。ヅーフの日本人へのお辞儀はレザノフにはこの上なく卑屈なものに思えた。

日本側はロシア側の士官をのぞいた武装解除を要求し、ロシア側からは新鮮な野菜や水の要求があった。「来航趣意書」と「国書の写し」を受け取り、日本人が奉行所に引き上げたときは夜中の二時を過ぎていた。

翌日奉行所に届けられた「国書の写し」はロシア語・満州語・日本語の三か国語で書かれており、日本語はひどい文章で正確な意味が分からない。かといってロシア語も満州語も理解できる者はいなかった。

結局、ラングスドルフがロシア語をオランダ語に翻訳し、それを通詞たちが日本語に訳したものが幕府に提出された。

その秋は江戸・長崎間の奉行の交代はなく、江戸からやって来た肥田豊後守と成瀬因幡守の二名がロシア使節に対応し、江戸からは宣諭使として目付・遠山金四郎景普（かげくに）が派遣された。九州諸藩では、佐賀藩二万五〇〇〇名、福岡藩四五〇〇名、大村藩七〇〇名など、総勢三万八〇〇〇名がそれぞれの持ち場の警護に当たった。

ナゼジダ号は九州に接近するときに暴風雨におそわれ帆は破れ、船体を傷めた。船内は水浸しとなり、高級な献上品まで濡らしてしまった。レザノフは船体の修理と自らの体調不良を理由に上陸の許可を幕府に願い出た。こうして、かつてスチュワートの船が修理をほどこした木鉢の浦に三百坪ほどの土地が提供された。

ロシア人を一目見ようと大勢の長崎市民が竹矢来の外側を囲んだ。上陸したレザノフが片手をあげると大きなどよめきが起きた。しかしレザノフは歩いて行くうちに気分を害した。そこには貧弱な樹木が一本あるのみで石ころだらけで、とても散歩する気にもならない。

「日本人は私を馬鹿にしている…」そう思った。

レザノフは艦にもどり、二度と上陸しなかった。でも艦長のクルーゼンシュテルンは部下たちと上陸して、六分儀で木鉢の緯度を三十二度四十三分十五秒と測量することができた。やがて港口で風待ちをしていたオランダ船二隻が

レザノフ（1764～1807）
――『初めて世界一周をした日本人』より

出港し、入れ替わるようにナゼジダ号が入港した。その間も艦の水漏れは止まらず、むしろひどくなった。

決断を迫られた長崎奉行肥田豊後守は、大村藩との境にある梅ヶ崎の埋立地を選び、そこに九棟からなる宿舎を建てさせた（現・オランダ坂下）。レザノフの部屋は六畳とはいいながら清潔で、小さな庭園まで造られていた。町年寄の高島四郎兵衛（高島秋帆の父）が「不自由なことがあれば、なんでも私に申し出てください」とあいさつに来た。ナゼジダ号は隣の唐船修理場で補修工事に入った。

その頃、江戸から出向を命じられた大田南畝が奉行所の隣の岩原官舎に伏していた。彼は大坂で上田秋成に面会したのち室（むろ）の津から乗船した。途中暴風雨に遭い、身体を濡らし風邪をひいた。長崎街道を籠で通したが、病状はさら悪化し、長崎に着いてからも一ヶ月という間、立山奉行所の隣の岩原屋敷に寝たきりであった。

そんな彼の耳元に「ドーン、ドーン」と、オランダ船の出港の合図の大砲が響いた。南畝は、「やれやれ、いつまでも寝ているわけにもいくまい…」と、重い腰を上げた。

仕事柄ロシアに関する事務が多く、腹に湿布薬を貼ったまま梅ヶ崎を訪れた。通詞の名村多吉郎から「こちらは大田直次郎さま」と紹介されると、レザノフが「おおたなおじろう…」と繰り返ながら、二人は握手を交わした。

南畝は異人に触れたことが嬉しくて、「生きているとこんなめずらしい目にも出会うものか」と病気もいっぺんに吹き飛んでしまった。しかし、周囲の人々がよろこんで飲んでいたコーヒーには、あまりの苦さに辟易した。

梅ヶ崎のロシア人宿舎の人数は二十名と制限されていたが、人員の交代は許された。四名の仙台の漂流民たちも健康を損なっていたので上陸を許された。

漂流民に向ける番人たちの目は冷たく、それに耐えかねた最も若い太十郎が、「自分たちは改宗を強要された。それを断固断って帰ってきたのに、どうしてこんなにも白い目で見られなければならないのだ」と手紙で訴えたが、何の変化も見られなかった。

太十郎は悲観したあげく、喉に刃物を入れて自殺をはかった。幸い近くにいたロシア人に止められて致命傷には至らなかった。

12　和紙でつくられた熱気球

［一八〇四～一八〇五］

小通詞の馬場為八郎はアルファベットの筆跡が美しいことで、いち早くレザノフに記憶された。またラングスドルフともすぐに仲良くなった。

一八〇四年、梅ヶ崎の宿舎は冬を迎えようとしている。

為八郎が出島のヅーフからの贈り物と称して、一着の和製のガウン（どてら）をレザノフに届けにきた。「じつは、ここまで来るのが大変だったのです」と彼が言う。

「どうして?」とレザノフが問うと、「はい、ガウンの綿の中にオランダ人の手紙が隠されているかもしれないというので、途中でバラバラにされそうになったのです。幸いにも奉行肥田様の計らいで、無事にすみました」という。

「ですから贈り主はヅーフであるのは間違いないのですが、無事に届いたのは奉行のお陰であったことをどうかお忘れなきように…」と念を押された。

「何という面倒くさい国だろう」とレザノフは開いた口が塞がらなかった。

レザノフがヅーフにお礼として、ワイン・鏡・大理石のテーブルを贈ろうとしたら、こんどは奉行を含めて誰もがうんと言わない。ヅーフ本人からも、「ロシア人からお礼をもらえば、我々に疑惑の目が向けられるので、気持ちだけで十分満足している」という答えが通詞を通して帰ってきた。レザノフはあきらめるしかなかった。

梅ヶ崎と出島とは海を隔てて五百メートルほどで遮るものは何もない。レザノフが望遠鏡を持ち出し、出島に向けると火事で焼け残った商館長部屋のベランダに人影を認めた。互いに手を振って挨拶を交わした。すると、翌日、ベランダを隠すように竹矢来がつくられた。

ある日のこと、レザノフの部屋で障子を目にしたラングスドルフが、為八郎をつかまえて、「これは本当に紙なのか?」と聞いてきた。「紙がどうかしましたか…」「こんなに繊細で丈夫な紙は今まで見たことがない。これが日本の紙なのか?」「はい、『和紙』と呼んでいます」

翌日、為八郎はラングスドルフのために、和紙の見本帖を携えてきた。ラングスドルフは紙を引っ張ったり、折ったり、舐めたりしていたが、やがて「素晴らしい。世界一の紙だ」と絶賛した。その時ラングスドルフは、モンゴルフィエ兄弟のことを思っていた。フランスのリオン近郊にある家は、王室に紙を納めるのが仕事で、紙がふんだんに使えた。「和紙はもしかしたら、かれらが用いた紙よりも優れているかもしれない」、そう確信すると、彼はレザノフの説得にかかった。

「閣下、この国は世界で自分たちが最も高い地位にあると思っているのでしょうか。私たちはまるで人質にとられたような気がします」

「まったくその通りだ、我々は捕囚となんら変わりない。私が歩ける広場は幅が四〇歩、長さが一〇〇歩しかない」

加えて西国大名が長崎に遣わした警護の兵士たちは、港のいたるところに陣地をつくり、夜はかがり火を焚いて不眠不休で見張っている。

「そこで相談ですが…ここはひとつ、我々の存在を周囲の人々にアピールしてはいかがでしょう」

「どうやって?」

「気球を揚げるのです」

「なに気球? 気でも狂ったのか、君は。私がサンクトペテルブルクで目にしたような興行をこんな場所でやれるはずがないではないか」

「いいえ、閣下、あれはシャルリエール（水素気球）なのです。気球にはもうひとつ、モンゴルフィエール（熱気球）があります」

ラングスドルフ（1774～1852）
──『初めて世界一周をした日本人』より

「モンゴルフィエール…何だね。それは？」

「最初に揚がったのは、じつはモンゴルフィエールの方なのです」

「でも、それを君がどうやってつくれるというのかね？」

「これですよ。これ…」と言いながら、ラングスドルフは障子を指でパンと弾いた。その後二人は、しばらくモンゴルフィエ兄弟の話に熱中した。

「わかった。責任は私が持つ。それをここで揚げてみようではないか」

話は決まった。ラングスドルフはすぐに取り掛かるほど軽率ではなかった。日本人の行動から察して、いきなり気球の制作に取り掛かるとたちまち疑いがもたれ、許下されないのは明らかだった。

そこで倉庫から献上用のエレキテルを持ち出した。それはかつて江戸で平賀源内が大うけをとった頃とは比べものにならないほど進歩していた。

円盤の上に数人の踊り子の紙人形が倒れている。人形は、貴族から百姓まで色とりどりのロシアの風俗をまといっている。どういう訳か全身が真っ黒いクマの人形まで混じっている。

把手を回すと静電気が発生して、人形の足裏にある金属が磁力で惹きつけられニョキニョキと立ち上がり、くるりくるりと廻りはじめた。誰の目にも人形に命が吹き込まれ、動きまわり、踊りはじめたように映った。

まず通詞と役人たちがエレキテルの虜になった。彼らは目を見開いて、奇声を発し、拍手をして何度も繰り返しを要求した。

女性の人形は真紅のスカートをひろげ、帽子をかぶった兵隊は鉄砲をかついでいる。その鉄砲に指を近づけると、パチッと火花がでる。そのつど、「キャッ」とか「アチッ」と、子供のように騒ぎ、喜んだ。

中にはわざわざ家から子供を連れて来て見学させ、子供のためになりましたと、お礼を置いて行く連中まであらわれた。こうしてラングスドルフがすっかり人気者になり、人々から「ランゾウ(乱造)」と呼ばれ、親しまれるようになった。

機は熟した。ラングスドルフは為八郎が持ってきた和紙を作業場でひろげ、チョークで下書きをし、それに添ってハサミを入れた。彼のやっていることに疑惑の目を向ける人は誰もいない。「また何か面白いことをやって見せるのだろう」と逆に期待された。最後に煙が逃げないように、石鹸とチョークと粘土をまぜたニカワを表面に塗布した。

作業にとりかかって十二日目に熱気球は完成した。直径四メートルの球形に近い。重さを計ると二十・五キログラムあった。気球の底の部分を竹の輪で補強し、その輪の下に竹ザルを吊り提げるような装置を工夫した。最も熱心に手伝ってくれたのは為八郎だった。

彼は手伝いながら、「でもどういう理由で風船が揚がるのですか」と、何回も尋ねた。ラングスドルフは笑いながら、「だって煙は高いところに昇るではないか」としか答えなかった。『シャルルの法則』は一八〇二年、ゲイリュサックにより発表されたばかりである。それを持ち出したところで日本人には理解できまい。彼らは空気が分子と真空からできているなど知るわけがないと思っていた（志筑忠雄だけは理解していた）。

その日がやって来た。一八〇四年十二月十六日、海風がおさまる夕暮れを見計らってラングスドルフは広場の真ん中に火鉢を運び出した。それは為八郎のアイデアだった。その中に藁や薪を入れて燃やすと、たちまち煙が立ちのぼった。

ロシア人の番兵たちの手を借りて、しぼんだままの気球をかかげてもらい、竹の輪の入口から煙を入れはじめた。なかなかすんなりとはいかない。漏れる煙も多い。ラングスドルフは何度も自分の顔が煙にまみれ、そのつどむせた。目は真っ赤になって涙が出た。しかし半ばまでくると、あとは早かった。気球は斜めになり、そしてまっすぐに立ち上がった。

ロシア人宿舎を見下ろす丘に位置していた大村藩士は何事がおきたかと、ぞろぞろと崖の縁に集まってきた。

数名の手が気球を押さえている間に、ラングスドルフは気球の下部にザルを係留した。ザルの真ん中にはアルコールを注いだ容器が固定されている。アルコールに火をつけると準備はすべて終わった。

ラングスドルフはロープをにぎり、気球の口を押えている警護兵に「放て！」と命じた。警護兵の手から気球が離れた。ザルが揺れている。ロープを手にしたラングスドルフが気球の真下に入った。あとは少しずつロープを伸ばしていけばそれでよかった。高度六十メートルほどのところでロープがピンと張った。

「ウラーッ!!」。宿舎から出で来たレザノフが大きな声を発した。梅ヶ崎の隣りで修理中のナジェンダ号からも「ウラーッ!!」と隊員たちの声が響いた。唐突な叫び声に日本人はびっくりしたが、「あれはきっと『やったァ!』なのだろう」と思った。

気球は凪の空の中にぽっかりと浮かんでいた。

出島のオランダ人もそれと気がついた。ヅーフを含め、「モンゴルフィエールだ。なんと大胆なことを…」誰もがそう思った。港を取り巻いた陣地の藩士たちも白い気球に釘付けになった。

「おーい、オロシャ人がハタ（長崎では凧のことをハタという）を揚げたぞォ!」市民たちも外に出て、誰もが梅ヶ崎の方向を仰いだ。

出島から駆けて来た末次忠助が奉行所の向かいの中野家に駆けこみ、「先生。先生。オロシャ人が妙なものを揚げました。今ならまだ見ることができます」と、肩で息をしている。

忠雄はゆっくりと机を離れると、二階の窓から梅ヶ崎の方角を仰いだ。なるほど夕暮れの見慣れた山並みを背にロープで結ばれた気球がただよっている。糸で結ばれているので凧のように見える。

「あれが真空ではなく、煙で揚げる気球なのか」と、つぶやいた。

三日後、幕府の役人や藩の高官たちがロシア人宿舎を訪ねて来て、「我々はハタを見損なったので、もう一度見せてもらうわけにいかないだろうか」と頭を下げてきた。

ラングスドルフは平身低頭する日本人を見て胸のすく思いがした。

「それには閣下の許可が必要です」とじらした末に、「おそらく大丈夫でしょう」、そう答えてレザノフの許可を取りに行き、準備にとりかかった。

梅ヶ崎でラングスドルフが揚げた熱気球（1804年）
――『長崎蘭学の巨人』より

その日はわずかながら風があった。気球の中に煙を入れるのに再び手間取った。それでも気球は膨れあがり、ロープに繋がれたまま登っていった。気球に見とれている日本人に向かって、「よろしいか。我々はこれと同じ仕掛けの大型の気球で、空を駆けることもできるのです」と、ラングスドルフは胸を張った。

しかし気球の敵は風である。その日の風は気球を風下に運び、やがて糸が斜めになった。さらに悪いことにロープが宿舎の屋根に引っ掛かり、糸が手繰れなくなった。気球はロシア人宿舎の南側の大浦と呼ばれる入り江にあった。そして次第に熱を失い、落下して水没した。日本人たちは責任を感じたのか、自分たちが乗ってきた船に飛び乗って、気球の回収に出た。

しばらくするとずぶぬれになった気球がラングスドルフの前に運ばれてきた。誰もが悄然としていた。レザノフは、「これで終わりだ。元通りにするのは無理だろう」と思った。しかし為八郎がラングスドルフに向かって、「大丈夫です。和紙は濡れても乾かせば元通りになります」と自ら動きはじめた。

まもなく日本の正月がやってきた。レザノフは通詞たちの晴れ着に興味を持った。どれも糊が効いており美しい。為八郎の裃のピンと張った箇所を見せてもらうと、中に竹の細い棒が通っていた。「身分の高い人は竹ではなく、クジラの骨を使います」という。

気球が墜落してから二十日が経過した。ラングスドルフの気球は再びよみがえった。彼は和紙を追加して高さ五メートルを超えた縦長の気球に仕立てた。今回は着色されて見違えるようにうつくしいものに仕上がった。彼は、今度こそ気球を自由に揚げてやろうと目論んでいた。

片面に双頭の鷲の絵、もう片面にロシア皇帝の頭文字「A」が、上部には十二宮の星が、下部には唐草模様が描かれ、一七八三年、パリで揚がったモンゴルフィエ兄弟の気球を彷彿とさせた。ザルの左右には幕府とロシア海軍の小旗が取り付けられており、レザノフの想いへの気遣いであった。

一八〇五年一月八日の正午近く、極彩色の熱気球が揚がった。

ラングスドルフは、あらかじめロープの途中に切れ込みを入れておいた。幕府からの御叱りを予想して、故意ではなく事故に見せかけるためである。ある程度昇ったときに、予想通りにロープが切れた。ラングスドルフは「しまった！」と、驚いてみせた。演技であった。

こうして気球は人の手から離れて自由になった。

レザノフは次第に小さく、高くなっていく気球にわが身を託した。「こんな妙な規則だらけの国など金輪際ごめんだ。できることなら、自分もあの放たれた気球のように自由にサンクトペテルブルグまで飛んで行きたい」と思いながら空を見上げていた。

時間が止まったようであった。気球は周囲の山々の高さを超えた。少し前から気球のてっぺんから煙が漏れはじめた。上部の糊が十分に乾いていなかったようだ。「もはやすべてを気球にゆだねるしかない」と、ラングスドルフは観念した。

熱気球は北東に四百メートルほど離れた本籠町の酒屋の裏屋根に落下した。そこで横倒しになり煙を吐いたので、「火事だ。火事だ」と大騒ぎになり、寄って集って水を掛けた。屋根の上で水浸しになった気球は大八車に乗せられて奉行所に運ばれた。

レザノフの下に奉行所からの第一報が届いた。「再び風船を揚げるときには、風が海に向かっているときを選んで欲しい」という穏やかなもので、レザノフもラングスドルフも胸を撫でおろした。遅れて第二報が入った。「風船には火薬の仕掛けが見つかった。これでは火災になるのは必至である。以後、決して風船は揚げてはならない」とあった。ラングスドルフは、「火薬ではない。あれはアルコールだ」と苦笑した。

13　日露通商交渉　［一八〇四～一八〇五］

レザノフが長崎に来てから四ヶ月が過ぎた。江戸からの通達はなかなかやって来ない。予定では、とうに江戸に着いて将軍に謁見し、豪華な贈り物を進呈しているはずである。

小通詞の本木正栄がやってきた。彼はレザノフに対して最初からあけっぴろげな態度を見せる通詞だった。四名の日本人漂流者たちが世界を一周したことに気がついた時には、「どうして自分が選ばれなかったのか」とレザノフの前で嘆いてみせた。「彼らは世界を見て来ただけでも、満足すべきだ」と、世界を知りたいという知識欲をむき出しにしてみせた。

レザノフの「こんな拘束状態をいつまで私に与えるつもりですか」という質問に対して、「拘束？　私たちはあなた方が来るのを十二年間も待ちつづけていたのです。十二年ですよ。なんですか、これくらいのことで…。それに交渉が終われば、あなた方は再び自由な世界に戻れます。それにくらべて私たちには、生涯、国を出ることが禁じられているのです」と憤懣やるかたない表情を見せた。

そういわれるとレザノフには反論のしようがない。レザノフはいよいよ憂鬱になり、言葉少なになって、ついに一月二十日の朝、起き上がろうとして目の前が暗くなりそのまま倒れてしまった。

日本人の警護兵がすぐに医者を呼んでくれた。ところが奉行所から戻った役人が勝手に外国人を治療してはならないと言う。レザノフが重体になり死亡したときの保険として、「長崎奉行には責任はない」という一筆がなければ、治療は許されないと、こう口にする。

その場にいた日本人医師はそわそわしはじめ、自分が治療をほどこしたことは口外せず、与えた薬は全部返してほしいと言いはじめた。レザノフは、人が生きるか死ぬかという瀬戸際に、この長崎奉行の責任逃れには開いた口が塞がらなかった。

正栄がやって来て、「奉行はあなたの要請で医者を派遣するという書類がないと医者が呼べない」と重ねていう。仕方なくラングスドルフに命じてオランダ語で書類を提出させた。その際、「今日中に医者が来ないのなら、自分はロシアの薬を飲んで治すつもりだ」とつけ加えた。

正栄が戻ってきたのは夜の九時だった。「喜んでください。明日、腕の良い医者が来ることに決まりました」と言うので、「明日では遅いのです。もういいです。自分の薬を飲みます」と告げると、正栄は烈火のごとく怒った。「いけません。それはいけません。そんなことをすれば、あなたは私たちの法律に触れることになります」レザノフは、「それでも結構！　あなた方の治療はもう要らない」と喧嘩別れになった。

翌朝、日本人医者たちがレザノフのもとを訪れ、長い時間を一緒に過ごした。彼らはレザノフに対してやさしく親切で、レザノフの部下たちもその光景を見て安心した。レザノフは、「この国の人々は本来優しくて誠実なのであろう。ただこの国の法律が厳しいだけなのかもしれない」と思い直した。

もちろん幕府はその間何もしなかったわけではない。老中と三名の家老が協議して、外交方針を決定しようとしていた。もはや松平定信のような大物はおらず、定信が敷いた路線の上をやっとの思いでなぞるのが精一杯だった。

その対露方針というのは、ロシアが日本人漂流民を護送してくれたことには感謝するが、通商は拒絶する。したがってロシア皇帝からの国書や贈品はいっさい受け取らない。長崎に滞在中に要した食料や船の修理にかかった資材費用はすべて幕府が持つ。もし漂流民の引き渡しに不満があるなら、ロシアに連れて帰っても構わない、というものだった。そして一月中に目付・遠山金四郎景晋（かげみち）を全権大使として長崎に派遣し、ロシア側に回答することを決めた。

一八〇五年の一月も終わろうとする頃には、長崎の役人や通詞たちにも使節の江戸参府はあり得ず、通商がうまく行くとは思えない様子が伝わってきた。

通詞目付の三島五郎助と息子の通詞良吉が来て、「江戸から大使が出発したことをレザノフに告げた。「いつ頃長崎に着くのですか」と問うと、「一ヶ月はかかるでしょう」と答えがきた。

一方、通詞の馬場為八郎が修理中のナゼジダ号を訪ねてきて、修理にはあとどれくらいかかりそうかを質問した。クルーゼンシュテルンは「まもなく終わります」と答えたが、日本人が修理の終わる日を確かめにきたのは、もはやナゼジダ号の出港が近いのであろうと確信した。

レザノフはそのことを知らされたとき、大きな不安に襲われた。

二月に入った。ナゼジダ号の大型ボート修理のために銅板七十枚が運びこまれ、役人たちが入れ替わり立ち代わり現場に足を運んだ。レザノフはそれを見て、自分が日本から追い出されようとしているのを感じた。

大通詞の石橋助左衛門と本木正栄がやって来た。

二人は今回の幕府の決断については以前から知っていたという。「どうして教えてくれなかったのです?」とレザノフが問い詰めると「あなたはすでに感づいていたのではないですか」とまるで気がつかない方がおかしいと言いたげな口をきいた。それだけではない、「もしあなた方が十二年もの間、私たちを待たさなければこんなことはなかったのです」と再び責任をロシア側に押しつけた。

ここに到ってレザノフは匙を投げた。天を仰いだまま口を開いた。「わかりました。ところで私たちの出港はいつ頃を希望しますか?」

「会談終了後、早ければ早いほどいい…」と助左衛門が答えた。「こんな無礼な国がこの世にあるだろうか?」レザノフの顔面が充血し真っ赤になった。

商人たちは京阪からも長崎にやって来て貿易を望んでいた。正栄はその商人たちとの仲介をし、白蝋や樟脳をレザノフに売り込もうとした。ロシア人が帰ると決まれば証拠は残らない。どさくさに紛れて取引をしたいというまなざしをレザノフに向けた。

レザノフは長い航海の間に日本人漂流民で善六という日本人を通訳として雇い、同時に彼から日本語を習得し、日常会話ならできるまでになっていた。 そして日本人の警護兵から次のような言葉まで引き出した。

「私たちはずっとあなた方が来るのを待っていました。これは本当です。私たちはあなたが考える以上にロシア人のことが好きなのです。しかし、通詞たちは嘘つきばかりです。彼らはオランダ人の方が好きなのです。彼らはあなた方の外交を妨げようとしています」。こう言われるとレザノフは、日本人の通詞を信用した自分の愚かさに気がついた。

一八〇五年二月二十五日、ようやく江戸から遠山景晋(刺青奉行金さんの父)が部下と共に長崎に到着した。

一行が岩原の宿舎を使うので、下役の大田南畝は荷物をまとめて、西坂町の本蓮寺境内にある一乗寺に引っ越さなければならなくなった。

日ロ会談は三月六日と七日と決まり、レザノフは通詞たちと打ち合わせに入った。正座をする、しないで通詞たちとひと悶着あった末に、足を十字に組んで座布団に座ることで妥協した。

一行が乗った関船が出島の側を通るとき、ヅーフをはじめとしたオランダ人がベランダから挨拶をした。ロシアの使節団は総勢十三名で、ラングスドルフも含まれていた。町中のどの家も閉ざされているか、垂れ幕で覆われて何も見えない。かてて加えて物音ひとつしない。

レザノフひとりだけに駕籠が提供され、一行は立山の奉行所に向かった。日本人の礼服は黒づくめで、まるで葬式の行列を見るようだった。

奉行所に着き、靴を脱ぎ、案内されるままに入っていくと、大部屋にたくさんの役人が並んでいた。遠山景晋、肥田頼常、成瀬正定の両奉行、代官・高木作右衛門、勘定方、徒目付、普請役が列席し、沈黙だけがその場を支配していた。もちろん南畝も末席に列席していた。

遠山景晋が長々と読みあげた要旨はこうである。幕府がラクスマンに渡した信牌には通信を認めてはおらず、幕府としてはレザノフが国書を持ってきたことに驚いている。したがって使節を受け入れることはできないと告げた。通事がそれをレザノフに告げたところ、レザノフは不敵な笑みを浮かべながら遠山をにらみつけた。

「長い間待たされた上に、こんな失礼な応答をされるとは思ってもみなかった。ロシア皇帝も日本の将軍も立場は平等であるのに、一方的に断るとは無礼千万。これは我国を侮辱していることに他ならない」

次第にレザノフの語気が荒くなった。

それと察した肥田奉行が立ち上がり、「使節は日本式の会見に慣れておらず、お疲れの様子なので、今日はこれまでにして、続きは明日ということにいたしましょう」と会談を中断させた。レザノフは「あゝ、結構ですとも。喜んで…」と立ち上がった。つまり喧嘩別れであった。

その夜、レザノフは日本人に攻撃のきっかけを与えたのではないか、と不安で寝つけなかった。入港前に武器を預けたことを後悔した。明け方に天候が急変し、どしゃ降りの雨となり、雷まで鳴りはじめた。会見は延期かと思っていたら、九時ごろには雨がおさまり、午後一時に迎えの船が着いた。

奉行所までの道中に正栄がレザノフの部下・フリードリッヒ少佐に近づき、「もし通商が拒否されたら、戦争になるだろうか?」と声をかけた。相手は「ロシア皇帝にとって日本との貿易などさして重要ではない。むしろ通商のできない日本のことを憐れむであろう」と見得を張った。

その日の会談では、幕府からは国書ならびに献上品はいっさい受け取れないこと、長崎奉行所からは交易は許されないことが告げられた。また帰国するロシア人のために将軍から米百俵と塩二千俵、真綿二千把を賜ることを発表された。

ところがレザノフは「そんなものは必要ない。ここにいる皆さんにさしあげましょう」と叫んだ。通詞たちは「それはできません。日本人は外国人から物を貰うことが禁じられているのです」と答える。

「これほど長々と待たされた挙句に、こんな横柄な態度を押し通すような人々から食べ物を恵んでもらうなど御免こうむる！」

またもやレザノフの顔が紅潮した。通詞たちは周章狼狽した。名村多吉郎はフリードリッヒ少佐に近寄り、「どうか私たちの条件を受け入れるよう使節を説得してください」と泣かんばかりにすがった。

結局、答は出なかった。最後にレザノフが二つの要求を出した。自分たちの帰路の安全保障のことと、今後、日本人がロシア沿岸で救助された場合、どこに届ければいいかを質してきた。それ自身は歓迎されたが、回答は江戸にいちいち問い合わせしなければならない。そうなればロシア人の滞在もさらに伸びることになる。

通詞は、「もう外は暗くなったことだし、これで終わりにしましょう」ということで幕を下ろした。

三日目の最後の会談の日は雨にたたられた。使節団全員が駕籠に乗り奉行所に着いた。会場の全員がそろって鎮痛な面持ちで迎えた。結局、レザノフが幕府からの贈り物を認めるしかなかった。帰国途中の保証は、幕府が津々浦々にお触れを出すことで決着した。ロシアに漂着した日本人は、オランダ人を介して日本に返すように告げられた。こうして会談は終了した。

翌日、五名の役人が仙台の漂流民を引き取りにやってきた。レザノフは漂流民に優しい言葉をかけ、ロシア式に抱き合って接吻を交わした。

最後に通詞数名に限って、ロシアからの贈答品を贈ることが許された。幕府も妥協したのである。

出島のオランダ人にも二メートル近くもある大鏡、シャンデリア、大理石のテーブルなどを贈ることが約束された。

出帆の日が近くなると、小通詞の正栄はいよいよあけすけな態度を見せはじめた。彼はレザノフと二人だけになると、「あと六年すれば、またあなた方と会えるでしょう。その時は私が大通詞として対応します。いいですか。今回のことは両国にとってはじまりに過ぎません」と囁いた。

助左衛門は警護兵や他の通詞たちの目を盗んで、さらに踏み込んだ提案をした。なんとオランダ船を使って通信しようというのである。

「これは国家的な事業になります。よろしいですか。私たちが手紙で『天候は雨』と書いた時は、時期尚早で、『良い天気』と書いたら通商の機会がおとずれたという意味ですから、このことをどうか忘れないように」

そして為八郎は十二年前にさかのぼって説明した。「ラクスマンが信牌を受けとった年（一七九二）に長崎に来ていれば貿易は許可されたでしょう。当時の幕閣の中で三名が貿易許可派でしたが十二年の間に、一人は亡くなりもう一人は引退に追い込まれ、残った一人はもはや力を失ってしまいました」

「現在は通商反対派が権力をにぎり、将軍の通商への思いをとどまらせるために天皇にまで働きかけたのです。その結果、通商交渉は実現しなかったのです。じつはイギリスとの戦争でオランダは長崎に船を送ることができず、一時期、アメリカの船を雇ってまでして通商を続けました。その頃、あなた方が来ていたら…」とエリザ号のことまで暴露して残念がった。

レザノフは自らの来日のタイミングが悪かったことを思い知らされた。

彼は自分の部屋の障子に、「ロシア使節は善良な日本人の友情に感謝する。これを忘れることは決してないだろう」と書き、サインをした。

出帆の前日、米、塩、真綿、豚十頭、鶏五十羽、酒十六樽、卵二百個、鴨十二羽、お茶、酢、たばこ、からしなどが艦に積み込まれた。すべてが幕府のまかないであった。こうして一八〇五年三月十九日、ロシア使節レザノフは長崎を去った。

あとで気がつくと、正栄が非常に高価な象牙と一角クジラの牙とをレザノフの部下に売りつけていたことが判ったが、そのために船を返すことはなかった。

14　レザノフのその後

［一八〇五～一八〇七］

ナゼジダ号の艦長・クルーゼンシュテルンは、ようやく日本を離れられるのがうれしくてならなかった。そもそも艦の目的は世界周航にある。それを達成すればロシア史上に輝く栄光が待っている。だからいつまでも、長崎で油を売っているわけには行かないのだ。

それにしても日本という国は不思議だ。滞在中の水や食料、艦の修理、帰路のことまですべて面倒をみてくれた。それは親切からではない。日本から外国人を遠ざけるためである。

ともかくナゼジダ号の修理に関しては上首尾だった。大型ボートの手入れまでしてもらえるとは思ってもいなかった。非常に得をしたような気がした。長崎を離れると航路を西にとった。

五島列島を測量する積りだったが、荒天と濃霧のために断念した。福江島と男女群島の間を抜けると、航路を北に向け、対馬海峡を抜けて日本海に入った。日本海に外国船が入るのはこれが二度目である。

一七八七年、フランス革命の直前にルイ十六世の下、フランス人ラ・ペルーズが世界周航の途中に日本海を北上した。彼には目的があった。

十六世紀初頭、マゼランが初めて世界周航を果たして以来、世界地図が大きく進歩した。十八世紀に入るとイギリス海軍のジェームス・クックによる三回の世界周航で太平洋上のオーストラリア、ハワイ、ニュージーランドなどが明確になり、未知とされた区域は日本、ロシア、中国の国境線が判然としない所、すなわち北海道から千島列島、そしてサハリン（樺太）周辺であった。

ラ・ペルーズはその未知の区域に挑んだ。日本海を北上し、韃靼海峡を奥へ奥へと進んだ。

七月二十八日、それ以上船では進めないというところで停泊し、ヴォージャ大尉を乗せたボートを降ろした。大尉はさらに北上し、北緯五十・二度を超えた。現在の地図で見ると間宮海峡の目と鼻の先だった。でもそこまでが限界だった。肝心の大陸とサハリンが結ばれているか否かは、確認できなかった。

その後、ラ・ペルーズは艦を引き返してサハリンの西岸を南下して、宗谷海峡を東に抜け、サハリンの南端アニワ湾に入った。だから「宗谷海峡」は日本地図だけであり、国際的には「ラ・ペルーズ海峡」と記されている。

ラ・ペルーズの探検から十年後（一七九七）、今度はイギリス人ブロートンが「プロビデンス号」で本州の東海岸を北上し、津軽海峡を抜けて日本海に出た。そこから韃靼海峡を北上したが、ラ・ペルーズ同様に海峡の奥を見極めることなく引き返した。こうして英仏の二人の有名な探検家があと少しというところまで来ながら、間宮海峡を確認できないまま引き下がっていた。

それから十八年後、一八〇五年四月、ナゼジダ号は日本の西沿岸を測量しながら津軽海峡を越え、北海道の北端、ラ・ペルーズ海峡に面した宗谷岬に投錨した。

ここでしばしアイヌ人や日本人と交流したのち、海峡を渡り、サハリンのアニワ湾に入った。この時、クルーゼンシュテルンはその周辺の日本人の警備のお粗末な様子に気がついた。

その後、ナゼジダ号はアニワ湾の東端・北緯四十八度二十七分まで測量したのち、サハリンを離れオホーツク海に乗り出し千島列島を横切って、六月、カムチャツカに到着した。その船中で一人の天然痘患者が出たが、隔離され、種痘をすることで解決された。

カムチャツカでレザノフはナゼジダ号を降りた。

彼には露米会社の総支配人としての職務が残されていた。一方、クルーゼンシュテルンは再びサハリンを調査するために待機した。その間レザノフは別の船で北アメリカに渡り、以後二人が顔を合わせることはなかった。

八月、ナゼジダ号はサハリンの前回測量が終わった地点まで戻り、そこから北上しながら東沿岸を測量し、最北端の岬をめぐったのち韃靼海峡を南下した。

英仏の探検家が南から調査した海峡を、今度は北から挑もうというのである。しかし、進むにつれて水深が浅くなり、艦から大型のボートをおろした。ここで長崎滞在中に銅板七十枚を貼り付けて船底を補強したボートが役に立った。

ボートの部下たちは、ラ・ペルーズが探検したところまであと百マイル（一六〇キロ）という所まで南下した。しかし潮流のあまりの激しさにそれ以上進むことはできなかった。ただし彼らはその水質が淡水であることを確かめた。

その結果クルーゼンシュテルンは、「もし海峡がひと続きであるなら、海水でなければならない。淡水ということは、アムール河の河口のどこかで大陸とサハリンがつながっているからであろう」と結論した。つまりサハリンを半島であると認識した。

こうして三人の探検家が南北から調査しながら、未知の百マイルは依然として手つかずのままであった。こうして調査が終わると、クルーゼンシュテルはいったんカムチャツカに引き上げ、その後、太平洋を南下して、中国の広東をめざした。

一方レザノフは、六月、オホーツクで建造されたマリア号に乗りかえた。それは七十人乗りの二檣帆船で、イギリスで造られたナゼジダ号とは比較にならないほど貧弱な船だった。甲板の下には積荷が満載され、ハンモックも無く、荷物の隙間に着の身着のままでごろ寝するという状態だった。

食料はカビで変色したパンと、腐れかけた塩漬けの肉なので、常に二十人ほどが病気で動けない状態であった。レザノフは日本で活躍したラングスドルフを引き続き雇い入れ、医者として同行を依頼した。

マリア号には、ロシア海軍から露米会社に雇われたフヴォストフ中尉とダヴィドフ少尉の二人も乗っていた。彼らは軍人で、マリア号の反抗的な船員たちを力づくでおさえこんだ。レザノフは皇帝の侍従なので特別扱いだったが、それでも船内は居心地が良いとはいえなかった。

マリア号はアリューシャン列島に添ってアラスカ（北アメリカ）を目指した。途中、レザノフは皇帝に対日交渉の報告書を仕上げ、イギリスやアメリカに先んじて千島・サハリンに入植することを提案、そのためには対日貿易が不可欠で、幕府に対しても武力を厭わないと主帳した。レザノフは自らの考えをフヴォストフとダヴィドフにも伝え、攻撃の際には自分も参加すると口にした。

八月、マリア号はアラスカのシトカという町に着き、そこで越冬した。ここでレザノフが目にした露米会社の実態は過酷で脆弱過ぎるものであった。

ラッコは無数にいた。それを狩る毛皮狩猟者も大勢いた。だが無頼漢ばかりであった。毛皮を買い取るのは露米会社の支配人ひとりだけで、勘定はすべて彼に任されており、狩猟者たちは彼から借金をし、生活は乱れ、火酒に唯一の慰めを求め、挙句の果てに帰国すらできず現地で亡くなる者がほとんどだった。

最低の食糧は、その地方の支配人から無料で配られるが、その他にいろんなものを食べたいなら、水鳥を撃ったり、魚を釣ったり、貝を拾わなければならなかった。

その年の冬も食料が欠乏した。レザノフはこのままでは餓死者が出ると思い、アメリカ人から中古船・ユノナ号を購入し、フヴォストフを艦長にして食料を調達するために、当時はスペイン領のカルフォルニアを目指し南下した。

翌一八〇六年三月、サンフランシスコに入港した。船内の半数が壊血病などで倒れ、瀕死者も出たので、当局の許可を得る暇もなく港内深く入り投錨したのち、要塞の者に救助を求めた。もしこの時、拒絶されれば全員が餓死するしかなかった。

幸いなことに要塞司令官はレザノフの一行を好意的に迎え入れてくれた。のみならず妻に先立たれたレザノフはその年、四十二歳であったが、司令官の十四歳になる娘・コンチータに一目ぼれで、相思相愛の二人は婚約をかわした。

しかし結婚式はあげられなかった。現地の神父から、ロシア正教徒とは結婚できないと言われたからである。レザノフは、ならば自分が帰国して皇帝を通じてローマ法王から許可を得るとコンチータを説得し、式を延期した。

サンフランシスコから帰途についた彼は、そこから北側はどの国の領土にも属していないことに気がつき、ただちにこの地域を露米会社で占領すべきことを商務大臣に上告した。

レザノフが露米会社にかかわっている間に、ラングスドルフはアリューシャン列島の自然を調べあげると同時に、民族学的な立場からアレウト族の研究をすすめた。

六月、ユノナ号は食料を満載して無事にシトカの港に戻った。人々はレザノフの勇気ある行動を称えた。この成功は長崎で受けた彼の精神的な痛手から、ある程度彼を解放してくれた。

そのせいか彼の考えは変わり、自ら先頭に立ってサハリンを襲う最初の計画を撤回した。そして九月、オホーツクに戻ると、フヴォストフに対して再び北アメリカのシトカに戻り、露米会社の強化に努めるよう命じた。

困ったのはフヴォストフである。日本を襲うべきか或いはいけないのか、いずれの命令が正しいのか、レザノフにただそうとして宿舎を訪ねたが手遅れだった。

レザノフは従者二人を連れてすでに出発していた。一刻も早く首都に戻り、皇帝からコンチータとの結婚の許可を手に入れたかったのである。

フヴォストフは自分で考えぬいた挙句、最初の計画が正しいと考えて、一八〇六年十月、ユノナ号でサハリンのアニワ湾を襲撃した。そこはクルーゼンシュテルンが日本人の防備が手薄であると見ぬいた場所である。

上陸したロシア人三十余名は、略奪と放火の末にロシア語で同地の占領を宣言する言葉を刻んだ真鍮板を弁天社の鳥居に打ちつけて、四名の日本人を人質にし、カムチャツカに連れ戻した挙句そこで越冬した。かたやレザノフはシベリア街道をひた急いだ。

これから冬に向かう最悪のタイミングだった。最初の大河アルダン河の手前六十キロメートルのところで、レザノフは高熱に襲われ意識を失った。従者の手を借りてヤクート人の住居を借りて身体を休めた。

十二日後、再び旅を続け、ようやくヤクーツクに到着した。ここで医者から滞在して療養した方がいいと忠告されたが、レザノフは無視した。道中をひたすら急いだ。目の前には美しいコンチータの顔がほほえんでいる。

しかし凍りついた川で馬がすべって転び振り落とされた際に、氷の刃で片足を深く傷つけてしまった。それでも彼は休もうとはしなかった。

ついにバイカル湖を超え、大河エニセイ河のクラスノヤルスク付近で動けなくなった。医者に診てもらうと壊疽と診断された。すでに毒が全身に行きわたっていた。

一八〇七年三月、レザノフは亡くなり、日露をつなぐ可能性は消えた。

彼の来航はわが国に大きな波紋を投げかけた。近藤重蔵は『辺要分界図考』（一八〇四）に北辺の探検の結果を記した。

大槻玄沢の高弟、山村才助は『露西亜国志』（一六〇五）を著した。そして志筑忠雄は弟子の阿部龍平と共著で、『二国会盟録』（一八〇六）すなわちロシアと清国との間に結ばれたネルチンスク条約の記録を翻訳した。それが忠雄の最後の著書となった。翌一八〇七年、四十七歳で鬼籍に入った。

奉行所の下役として働いた大田南畝は、約一年間を長崎で過ごし、宿舎で忠雄の『鎖国論』を写しとった。それは南畝の周囲の知識人をはじめとして写本され、「鎖国」という言葉を普及せしめた。

一八〇七年春、カムチャツカにあったフヴォストフは、ダヴィドフ率いるアヴォス号と合流し二艦で日本領土・エトロフ島を襲撃した。

戦闘は十日間に渡ったが、南部藩と津軽藩の兵百余名は敗走し責任者は自害した。このときの捕虜になったひとりが陸奥の中川五郎治で、彼はその後五年間シベリアを放浪したあげく、奇しくも日本に初めて種痘を持ち帰ることになる。

続けてフヴォストフとダヴィドフは、サハリンのアニワ湾と利尻島を攻撃、番小屋や倉庫を焼失させた。六月、フヴォストフは日本人捕虜八名を小舟に乗せて解放したが、その際彼らに日本との通商を要求するロシア語の書簡を持たせた。

ロシアによるアニワ湾の事件（一八〇六）と、今回のエトロフ島襲撃（一八〇七）は幕府を震撼させた。すぐさま若年寄・堀田正俊と大目付・中川忠英とを函館に派遣し、状況を視察させるとともに東北諸藩に蝦夷地出兵を命じた。

続いて十一月、蝦夷全体を幕府の直轄地とし、松前藩を陸奥（青森）に転封させ、奉行所を松前に移し松前奉行所として北方の警備を強化した。

こうして日露関係の緊張は極度に達した。巷間にはいまにもロシア人が攻めてくるという噂がひろがった。その影響は長崎にまで及び、大通詞・名村多吉郎、小通詞・馬場為八郎の二人が幕府天文方に召喚され、さらに為八郎は「蝦夷地御用」を命じられ、松前奉行所に出張した。

出島の商館長ヅーフには、松前から送られたロシア語の文面を見せられたがまったく判読できなかった。続いて松前奉行宛てのフランス語の書面を翻訳するよう命じられ、ヅーフは日本人の感情を害さない言葉を選びつつ慎重に翻訳した。

ロシアとの交渉で幕府はオランダよりも大国があることを学んだ。世界はさらに広く、地球規模で捉えなければならないことを悟った。またフランス語の重要性に気がつき、本木正栄をはじめとした六名の通詞をヅーフに就かせてフランス語を学ぶように命じた。

オホーツクに戻ったフヴォストフとダヴィドフの二人は、たちまちロシア当局によって逮捕された。彼らのとった行為は、日露間の良好な関係をさまたげたというのがその理由であった。

ラングスドルフはレザノフと別れたのち、一八〇七年までカムチャッカに滞在し、その後、レザノフの後を追うようにシベリア大陸を横断し、翌年、ペテルブルグに帰還することができた。

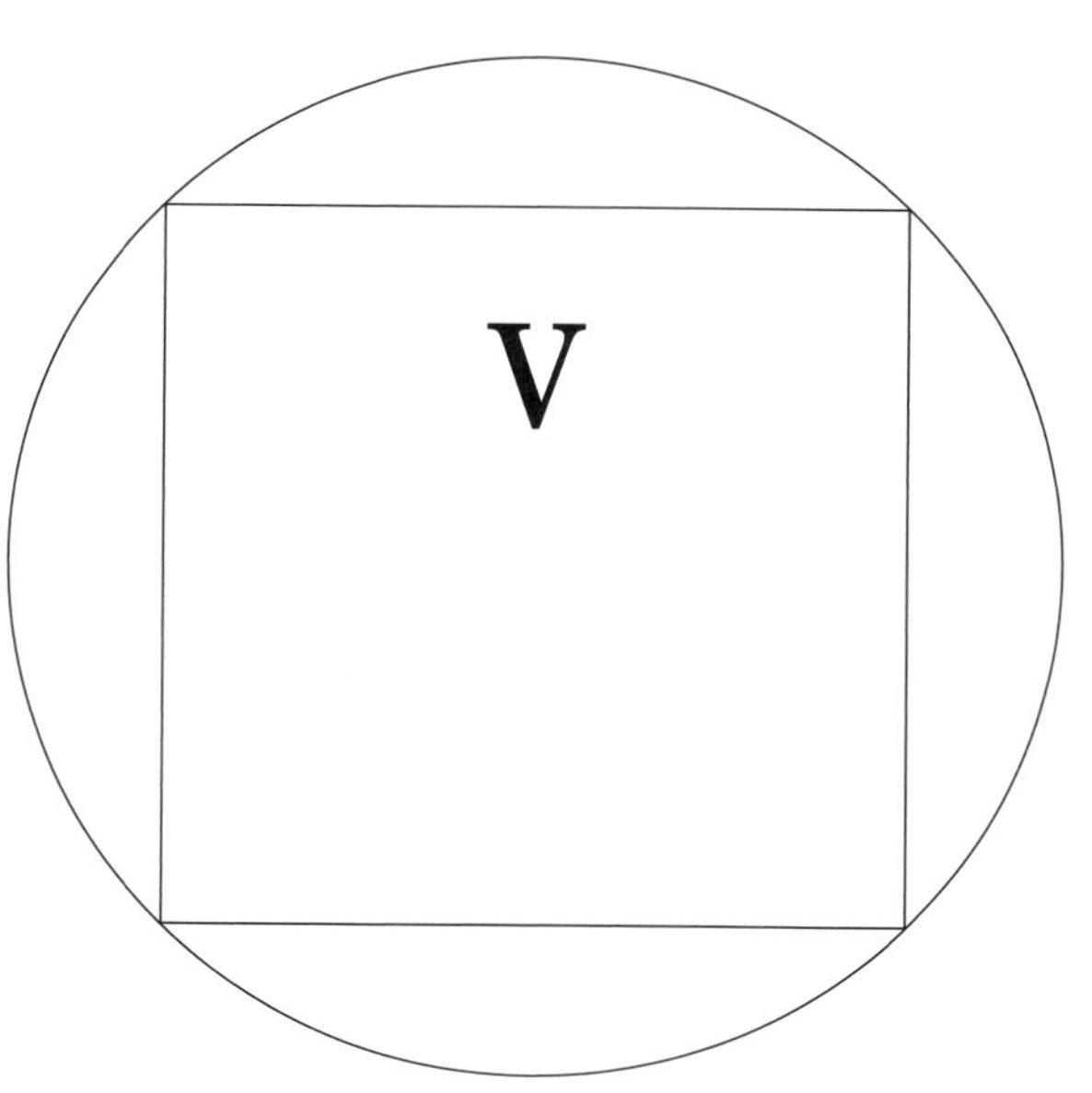
V

15　フェートン号事件

［一八〇四〜一八〇八］

ヨーロッパではナポレオンが生涯の絶頂期を迎えていた。

一八〇四年十二月、ナポレオンはフランス皇帝になった。式典では自らの手で王冠をかむった。招かれていたローマ教皇はそれを見届けるだけであった。

その祝賀行事の一環としてパリから記念の気球が打ち上げられた。ゴンドラのかわりに巨大な王冠が吊るされていた。人々は旗を振ってその気球を見送った。

それは空高く消えて行き、翌日イタリア上空にあらわれた。そして次第に高度を下げながら墓地に墜落した。しかも選りに選ってローマ皇帝・ネロの墓めがけて落下した。あとでそれを聞かされたナポレオンは不機嫌になったという。

彼はかつて気球を軍事利用したことがある。しかし膨らんだ気球を戦場に運ぶのに手間がかかること、さらに高所から探知した情報を地上に伝達する方法がスムーズに行かなかったことなどで断念した。

一方でナポレオンは、敵国イギリスの医学界でエドワード・ジェンナーの種痘が認められると、すぐさまその功績をたたえ、フランスの軍隊にも種痘を導入した。のみならずジェンナーに勲章を贈り彼の功績をたたえた。

独裁者は常に権力の座を狙われるものであり、周囲を身内で固めようとする。ナポレオンも例外ではなかった。兄のジョゼフがナポリ王になり、弟のルイがオランダ国王になった。こうしてバタビア共和国は一八〇六年、「オランダ王国」に名前を変える。

バタビアでは総督がシーベルフからウィーゼに変わっていた。アミアン条約の休戦を利用して本国から海軍がジャワ島に派遣されたが、装備は悪く乗組員も十分ではなかった。

一八〇七年、ナポレオンはオランダの軍人で自分のことを尊敬していたダーンデルスを総督としてジャワ島に派遣し、ウィーゼと交代させた（一八〇八）。こうしてジャワ島はナポレオンの強い影響を受けることになる。

一八〇三年、休戦条約が破棄されると、イギリスはふたたび喜望峰をオランダから取り戻し、インド洋の制海権を手に入れた。さらにエドワード・ペリュー提督は七隻の軍艦でジャワ島を攻撃し一八〇七年、オランダ海軍を殲滅した。うち一隻を「フェートン号」といい、ペリュー提督の十九歳になる長子・フリートウッド・ペリューが率いていた。

当時スペインはすでにナポレオン軍の配下にあった。イベリア半島に残されたポルトガルは大陸同盟を拒否したので、ナポレオンは自国とスペインの兵士を合流させ、大軍をポルトガルに投入した。しかしポルトガル王族や貴族たち六千名は、その前にイギリス海軍の保護の下、植民地ブラジルに逃亡し、ナポレオンは出鼻をくじかれた格好になった。

東洋ではイギリス海軍は、ポルトガル人が占拠しているマカオを自らの保護下に置きたいと願っていた。ジャワ島のオランダ海軍を叩いたのも、背後からの攻撃を避けるためであった。ペリュー提督はさらに長崎にオランダ船が潜んでいる可能性があるとにらんだ。そこでマカオ上陸作戦の前に自分の息子を長崎に向かわせ、オランダ船を拿捕するように命じた。

一八〇八年七月、フェートン号はインドのマドラスを発った、イギリスではすでにクロノメーターの発明により、長崎の緯度・経度は正確に把握されていた。

長崎到着は十月四日の午前であった。艦には偽りのオランダ国旗がはためいていた。ヅーフは蘭船が入航するには遅すぎると思ったが、途中で敵がいたので遅れたのかもしれないと思いなおした。

午後二時ごろ、奉行所の検使・菅谷保次郎と上川伝右衛門、もう一艘にホゼマンとスヒンメル、そして通詞三名を乗せた二艘が入港手続きのために出発した。

ヅーフはその日、気分が悪く商館長部屋に伏していた。火事で焼けて以来商館長部屋は植物園の隅にある建物を使用していた。港に船が入ったというので、床から起きて窓から望むと、確かに船尾にオランダ国旗が認められたのでヅーフはひとまず安心して寝床にもどった。

検使一行を乗せた小舟二艘が近づくと、フェートン号からもボートが降ろされ、近づいてきた。「こんなことは初めてだ」と思っていると、「オランダ人だけ、我々のボートに乗り移れ」と言う。断ると、目の前に白刃のサーベルが光った。悲鳴と同時に、通詞三名が海に飛び込んだ。ひとりは検使の舟にたどり着き、残った二人も泳ぎながら難を逃れた。イギリス兵ともみ合った際、スヒンメルは帽子を海に落とした。

二人のオランダ人は、フェートン号の船室に押し込められたが、何が起きたのかまったく理解できなかった。しばらくすると若い艦長が入ってきて、港内にオランダ船があるか否かを尋ねた。二人は「今年は入っていない」と声をそろえた。

「そうか。我々はこれから港内を探索する。嘘だとわかったら、お前たちの命はないぞ…」と脅し、ボート三艘に艦長自ら乗り込み、港内の隅々まで探策しはじめた。それぞれのボートには武器弾薬が山ほど積まれている。

検使の乗った舟は舳先を変えて大波止にのがれ、奉行所にことの次第を打ちあけた。ヅーフの下に大通詞の中山作三郎がすっ飛んで来て、蘭人が拉致された次第を告げて、「カピタンは、あの船をどこの船だと思うか」と尋ねた。「断定はできないが、イギリスの船だろう」と答えると、彼はすぐに踵を返した。

奉行所が騒がしくなった。冬の暮れは短い。早々と明かりが灯され、人々が駆けずりまわっている。長崎奉行・松平康英は、戻ってきた検使二名に、「此度のこと、唯ではすまされぬ。一刻も早く人質を取り返せ！」と怒りをぶつけた。二人は平身低頭して身体を震わせている。

市内もまた大混乱におちいった。

どこからか「ボートが出島に向かっている」と声が聞こえる。ヅーフはとりあえず朱印状の入った桐の箱と貴重品をまとめ、小脇に抱えると出島の表門から、江戸町を抜けてロシア使節がのぼった坂道を一気に駆けのぼった。奉行所の中にへたり込んだのは夜の七時頃であった。まったくの着の身着のままであった。

ふと、目の前に奉行があらわれた。その姿があまりに普段とは異なっていたので、ヅーフは驚いた。兜を被り、甲冑姿で身を固めている。戦闘態勢である。

彼はヅーフをなだめるように、「安心召されよ。余は貴下のために、必ずやオランダ人を取り返す」と言って、あわただしくその場から消えた。

町中の家という家が明かりを灯していた。三艘のボートは、入り江や浦々を測量しながら隈なくめぐった挙句、十時近くに本船に引き上げた。一般の予想に反して、出島を襲うことも、大波止に上陸することもしなかった。

長崎奉行は策を練った。部下を艦に向かわせ人質の解放と引き換えに水と食料を与えると交渉する。拒絶されたら、その場で相手と刺し違えるという壮絶な案であった。部下も周囲の日本人もそれに同意した。そのあとで奉行はヅーフに意見を乞うた。

ヅーフは血相を変えた。通詞を連れて自ら奉行の部屋に駆け込み、直接訴えた。「それはいけません。そんなことをすれば、貴下の部下が命を失うのみならず、私の二人の部下もまた殺されてしまいます」と。ヅーフの必死の形相に、ようやく奉行も思いとどまった。

夜中の十一時、異国船の近くまで出かけた末永甚左衛門が、スヒンメルとホゼマンからという手紙をもらって戻ってきた。そこには、「船はベンガルから来た。艦長の名前はペリューで、水と食料を要求する」と書かれてあった。

奉行がヅーフに「水と食料を与えれば、人質は解放されるのだろうか」とたずねたので、「それは保証できない…」と答え、「どうでしょう。私が商館長の名にかけて水と食料を保証するという手紙を書きましょうか」と提案した。もはや深夜を過ぎており、船を出すのは翌日ということで、ヅーフも仮眠をとった。

奉行は一睡もしないで、部下たちと様々な攻撃を企んだが、いずれも人手と準備が足りなかった。

二日目、ヅーフが腫れぼったい眼で異国船に目をやると、オランダ国旗が降ろされイギリス国旗に変わっていた。予想は的中し、周囲のヅーフを見る目が変わった。

叱責された二人の検使は、早朝から通詞と一緒にフェートン号の周りを小舟で漂いながら、「頼むから、人質を返してくれーッ！」と繰り返すものの完全に無視されている。

その年の長崎警備は佐賀藩だった。その佐賀藩がここでとんでもない醜態をさらすことになった。十月ともなると警備の山場も過ぎ、ほとんどの兵は佐賀に引き上げていた。千人体制が、実際には百人にも満たない人数しか残っていなかった。長崎奉行は天を仰いだ。

十時、ヅーフが着替えのために出島に戻ると、火縄銃を手にした兵士でいっぱいで、水門には大航海時代に使用された古めかしい大砲が設置されていた。

今度はフェートン号の近くにいた末永甚左衛門が、昼近くになってスヒンメルからの手紙をヅーフにもたらした。「我々は水と食料を要求する。それが手に入れば人質は解放する」とあり、終わりにペリューのサインが入っていた。

奉行はヅーフに、「この要求に応じたとして、人質が返ってくる保証はどれくらいあるだろうか」と尋ねてきた。ヅーフは少し考えて、「それは分かりませんが…試みに水と食料を与えてみるのも、ひとつの方法ではないでしょうか」と答えた。

フェートン号の中では、日本人からの返事がないのでペリュー艦長が苛立っていた。人質に向かって、「このまま出帆もできるが…どうする」と問うてきた。そこでスヒンメルが、「人質は私だけで十分でしょう。どうかホゼマンを解放してもらえないでしょうか。そうすれば彼は必ず約束の品々を持ってこの艦に戻ってきます」と嘆願した。

こうしてホゼマンが神崎の岩場にひとりだけ放置された。彼は覚えたての日本語で、「タスケーッ、タスケーッ！」と力の限りに叫んだ。

ホゼマンは和船に救助され、ヅーフと再会できた。彼が持っていた手紙には、「要求通りの品々が届けられたら、スヒンメルは解放される」とあり、追伸として、「病人が出たので、牛かヤギが数頭欲しい。今晩までにこの要求が通らないなら、我々は明朝、日本と中国の船を焼き払った末に長崎を去る」とあった。

じつはホゼマンと入れ違いに、奉行所ではすでに水、薪、野菜をフェートン号に送り届けていた。そこでホゼマンは追加の牛四頭、ヤギ十一頭、にわとり十羽、梨などを準備してもらい、再びフェートン号に戻ろうとした。

しかしここに来て奉行が異議を唱えた。せっかく戻ってきたホゼマンを帰すわけにはいかないという。何から何まで言いなりになるのが我慢ならなかったのだ。

ヅーフはここぞとばかりに熱弁を振るった。

「よろしいですか。ここでホゼマンを返さなければ、我々はイギリス人を欺くことになります。

たとえ敵国人といえども欺くのは我々のプライドが許しません。なによりも人質がまだひとり、船内に残されているではないですか」

「ここで我々が彼らを裏切れば、ペリュー艦長は必ずやスヒンメルを帆桁に吊るすでしょう。スヒンメルの遺骸がぶら下がった船が港を出ていくのをいったい誰が目にしたいでしょうか」

「もし英艦に戦いを挑んだところで、日本の武器ではとても勝つ見込みありません。あの船は「フリゲート艦」という最新式の軍艦で、四十八門の大砲があり、三百人以上の兵士が乗っている。どんなに日本の軍船が数をたよりに襲い掛ろうが、海はたちまち粉砕された日本の舟と日本人の血で染まることになるでしょう」

説得された奉行はそれでもあきらめきれず、高鉾島と伊王島の間の海峡に石を積んだ小舟を沈め、フェートン号が外海に出て行かれないような計画を練ったが、各藩に舟を割り当てようとしても、時間が足りないのを理由に断られた。

フェートン号から「まだ追加の品々が届いていない」という催促が来た。ヅーフは二、三日前から吹きはじめた東風のことを持ち出して「この風ならいつでも出帆できる。我々は何をするにしても急がなければならない」と結論した。

結局、ホゼマンが追加の品をフェートン号に送り届けることになった。

その結果、夜の九時近くになってオランダ人二人が解放されて無事に戻ってきた。もっとも喜んだのはフェートン号を小船でめぐっていた二人の検使であった。まるで死刑から放免されたかのような喜びようであった。

残された課題は、英艦を港内に引き留め、その間に近隣の兵士をあつめることに尽きた。奉行は翌朝、新たに検使を立てて英艦に乗り込ませ、イギリスとの貿易再開の話に持ち込み、フェートン号をできる限り長く留まらせようと考えた。

三日目に入ると、最も近い諫早と大村からの兵士八百名が到着した、奉行は喜んだ。すぐに会議を開き、小舟三百艘で英艦を襲えば半分が沈められても、残った舟で敵を沈められると提案した。ところがその最中にフェートン号は、ヅーフが予言した通りに、帆を張ってさっさと港外に出てしまった。

すべてに幕がおろされた。

ヅーフは一グラムの火薬も使わないまま長崎を立ち去ったペリュー艦長に感謝した。再び出島に戻れたのは午後二時で、失ったものは何ひとつなかった。

その夜、奉行は親しい者たちと酒を酌み交わしたのち、山茶花(さざんか)の咲きはじめた内庭で自刃した。腹の傷は浅かったが、首を刺した刃は反対側から突き出ていた。

佐賀藩の戸町番所でも二名が切腹、藩主鍋島斉直(なりなお)は謹慎を命じられた。藩主の謹慎はきわめて重い。佐賀藩は火が消えたようになった。

16　紅毛読書達人・馬場佐十郎　［一八〇〇～一八一一］

幕府天文方は高橋至時の子・景保（かげやす）が引き継いだ。

至時は天文暦算を極めるには、中国よりも西洋に学ばなければならないことに気がついた。そのためには蘭学が必須であることも悟った。

同じ天文方でも、景保の時代になると、ロシアの南下など国際環境の大きな変化により、日本が世界のどのような位置にあり、外国との境界はどうなっているかという地理学の方に重点が移りはじめた。至時に師事した伊能忠敬は前年（一七九九）に幕府領となった蝦夷の東海岸の測量に入っていた。

一八〇〇年、その蝦夷で忠敬は、函館にいた間宮林蔵と出会い、当時二十六歳の林蔵に測量術を教えて師弟の約束を交わした（一八〇〇）。こうして林蔵が地図をつくれることは、忠敬を通して江戸の天文方でも知られるようになる。

一八〇二年、林蔵は体調を壊し引退したが、翌年持ち直して復職して東蝦夷や千島の測量に従事する。

レザノフの部下であった軍人フヴォストフとダヴィドフが一八〇七年、エトロフ島を襲撃したとき、林蔵はたまたまその島にあって、ロシア海軍を相手に奮闘したが、旧式の武器ばかりで、敗退を余儀なくされた。

その後、林蔵は松前奉行所に寄宿していたが、やがて同所の松田伝十郎と二名でサハリン探検を命じられた。

このとき林蔵を推挙したのは江戸の忠敬と景保である。忠敬は、将来、日本実測全図を完成するのに林蔵の地図を利用できると考えていたし、景保には幕府から命じられた世界図をつくる上で、サハリンの正確な地理が必要であった。

こうして、伝十郎と林蔵は宗谷で一ヶ月間をかけて探検の準備を行った。このとき林蔵は北辺の探検家としては大のベテランだった最上徳内から、極寒の地で生きるための様々な知恵を教えてもらった。

一八〇八年春、二名はサハリンに渡り、伝十郎（四十歳）は島の西岸を、林蔵（三十四歳）は東岸をそれぞれ別々に北上した。前進が不可能な場合には、中央の山脈を越えて連絡するという約束が交わされていた。

西岸をたどった伝十郎は、北緯五十一度の岬から対岸の大陸の山々を望み、黒龍江の河口も遠望できた。そこで彼はサハリンを離島であると断定した。六月、二人は再会して互いの苦労を語りあった。上役の伝十郎が、「ここから先は困難だ。引き上げよう」と言うので、林蔵も従った。もしこのままで終わっていたら、「間宮海峡」は「松田海峡」と命名されたであろう。

林蔵は引き上げるのが残念でならなかった。そこで宗谷に戻るとすぐに函館奉行に願い出て再調査を依頼した。こうして林蔵は踵を返すように単身で再度、サハリンにもどった。

いったんサハリン西岸の番所で越冬し、明けた一八〇九年、アイヌ人と小舟を進めて、四月に昨年の北限地点に到った。そこでひと月ほど海氷が溶けるのを待ち、五月、ヨーロッパの三大探検家、ラ・ペルーズ、ブロートン、クルーゼンシュテルンが見逃した海峡の百マイルを四日間かけて漕ぎぬき、サハリンの北端に近い五十三度十五分に到達した。

それだけでも地理学上の大発見であったが、林蔵はさらに対岸のシベリア大陸に渡り、黒龍江下流を探査し、周辺の酋長たちと朝貢貿易のために来ていた清国の役人たちとも交歓することができた。こうして一年半の探検を終えて、林蔵が無事に宗谷にもどったのは一八〇九年の秋であった。

世界地図を作成するにはヨーロッパの新知識を蘭書から自在に読める者が必要になる。江戸には大槻玄沢門下に山村才助という逸材がいた。彼は、前野良沢（『解体新書』翻訳の推進役）に師事し、新井白石の世界知識を説いた『采覧異言（さいらんいげん）』をさらに詳しく論じた『増訳采覧異言』という大著を幕府に献上していたので、彼ほどの適任者はいなかった。ところがその彼が、一八〇七年、三十八歳の若さで亡くなってしまった。

そのため若年寄・堀田正敦をはじめとした幕府の中枢が人選を開始した。折から馬場為八郎が蘭書の翻訳を半ばにして松前出張が決まった。そこで翻訳を続けるためにも、「私の弟佐十郎を長崎から呼び寄せてはいかかでしょうか。彼ならロシア語、フランス語も英語も学んでいます」と景保に進言した。

馬場佐十郎は、志筑門下で末次忠助、吉雄権之助、西吉右衛門と共に「四天王」とされ、オランダ語の文法や構造について精通していた。天文方にあった間重富も長崎に出張したとき佐十郎のことを耳にしたし、大槻玄沢の長子・玄幹も長崎遊学中、志筑忠雄に学んだとき佐十郎の実力を目のあたりにしていた。

海外知識を必要とした景保は多言語ができる方がさらに好都合と判断した。こうして弱冠二十二歳の佐十郎に白羽の矢が立った。

もっとも喜んだのは出島の商館長ヅーフだった。ヅーフは佐十郎を「アブラハム」と蘭名で呼び、その才能を愛していた。出府が決まった佐十郎に向かって「これで君の出世は決まったようなものだ」と肩をたたいて送り出した。

英艦フェートン号が入港したのはそれから三ヶ月後で、馬場兄弟は長崎におらず事件のことは何もしらない。

佐十郎が浅草の天文方の官舎に顔を出すと、そこに本木正栄がいた。彼は江戸出府を終えて帰崎するつもりが、たまたまエトロフ島がロシア海軍に襲われ、日本の砲術が古すぎて使い物にならなかったことが判明し、幕府から砲術に関する蘭書の翻訳を命じられ江戸に留まっていた。

それだけではない。正栄はロシア使節レザノフからもらったイギリスの地理学者・アロウスミスの新しい世界地図を天文方にもたらした。そこには英国海軍・ジェームズ・クック船長の三次にわたる探検航海により、南極大陸から切り離されたオーストラリアが描かれており、これから世界地図をつくろうとする景保をどれほど喜ばせたかいうまでもない。

それまでオランダ通詞とは無関係だった天文方は、いまや為八郎、佐十郎そして正栄を迎えて大きく変わろうとしていた。佐十郎の蘭学の実力は群を抜いていた。翻訳を進めるかたわらで、平気で会話を交わすこともできた。

人々は彼のことを「紅毛読書達人」と呼び、佐十郎は自らを「西学博士」と称した。彼の頭の中には、梅ヶ崎のロシア人宿舎で飛び交っていたロシア語、フランス語、英語オランダ語がいまなお渦巻いていた。そしてレザノフの外交文書に使われていた満州語にまで興味をひろげた。

それまでオランダ通詞のことを馬鹿にしてきた江戸蘭学の総裁・杉田玄白も、佐十郎と会って以来、その文法にのっとった読み方を「真法」とみとめ、文法の発見者である佐十郎の師、志筑忠雄を「空前絶後のオランダ通詞」と絶賛した。

ところでロシア語を必要とした天文方は、ロシアから帰国後、番町の御薬園に軟禁されていた大黒屋光太夫に目をつけた。そして光太夫を佐十郎の宿舎に通わせ、二年間ロシア語を学ばせた。

そのころ光太夫は六十歳に近く、よもや自分が身につけたロシア語が役に立つとは思ってもみなかった。相手は記憶力の良い二十四、五歳の若者である。彼は喜々として浅草に足を運び、思い出せる限りのロシア語を佐十郎に注ぎこんだ。

天文方における景保と佐十郎は兄弟のようなものであった。佐十郎は二歳上の景保に堅苦しい作法も言葉使いも必要なかった。二人は研究対象が決まれば兄弟のように語り合った。景保は佐十郎に刺激されて満州語を学びはじめた。

二人の共通した課題は北辺のあいまいな地図にあった。あるときは蝦夷（北海道）が「樺太（サハリン）」と続いていたり、「樺太」と「サハリン」が二島として描かれていたり、或いはアロウスミスの地図のように、二つが合体しているものもあった。

要するに不明瞭なのである。

二人は何故そういうことになったかを歴史的に調べあげた。その結果、北辺に関する最初の地図は、十七世紀、オランダ人・ド・フリースによる探検航海によってつくられ、当時はサハリンについての知識は皆無であったので、蝦夷の続きとして描かれていたことがわかった。

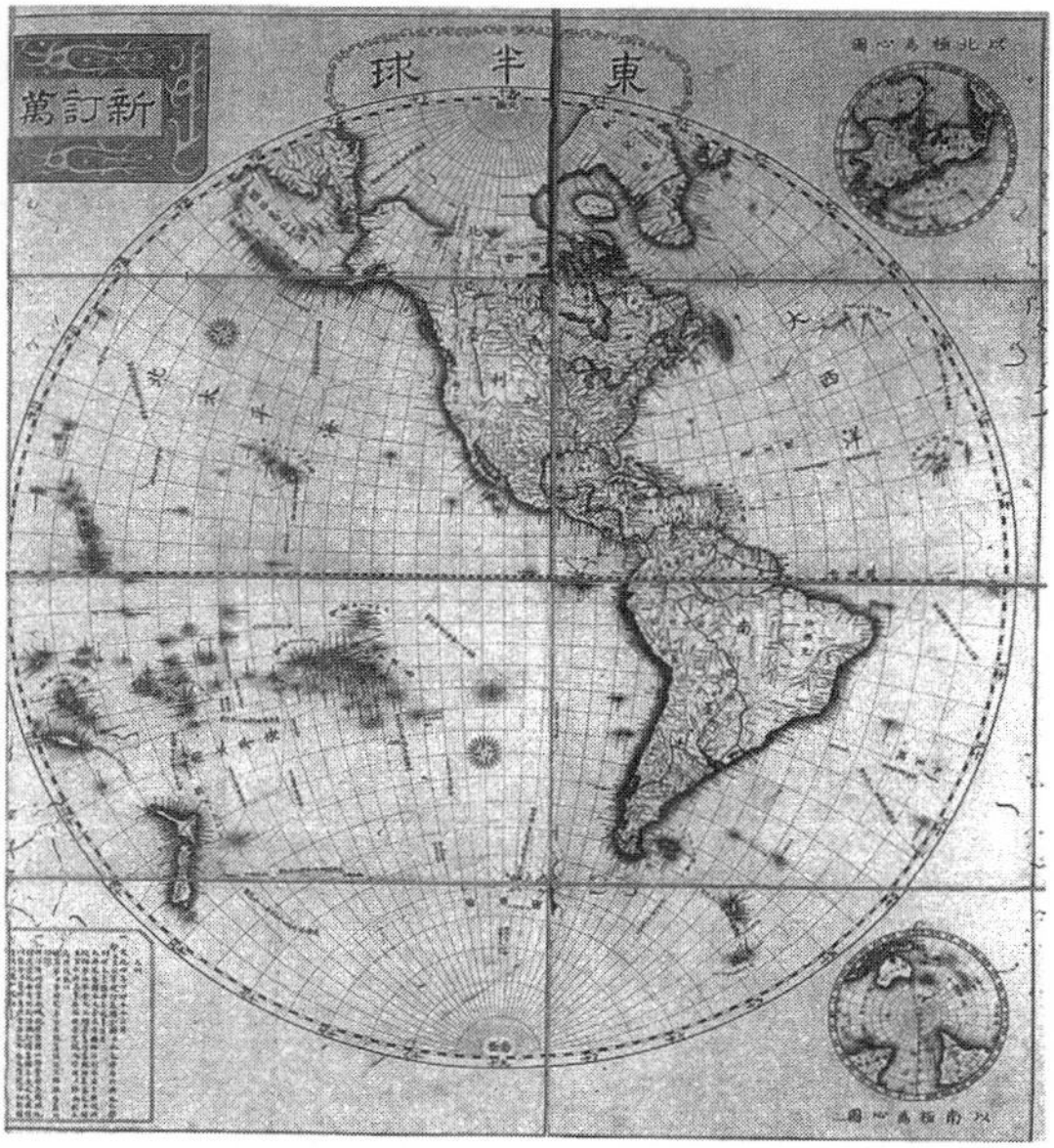

一方、清の康熙帝は満州人測量隊に命じて北辺の地図をつくらせた。それにはサハリンの上半分しか描かれてなかった。それが一島として認知され、残った半分が「樺太」と呼ばれた経過が判明した。

そこで佐十郎は、満州人によって描かれたサハリン北部の地図と、間宮林蔵が作りあげたばかりの樺太南部の地図をつなぎ合わせることで、『新製北辺地図』（一八〇九）を完成させた。それは結果的にアロウスミスのサハリンの図によく似ていたが、正確さにおいて

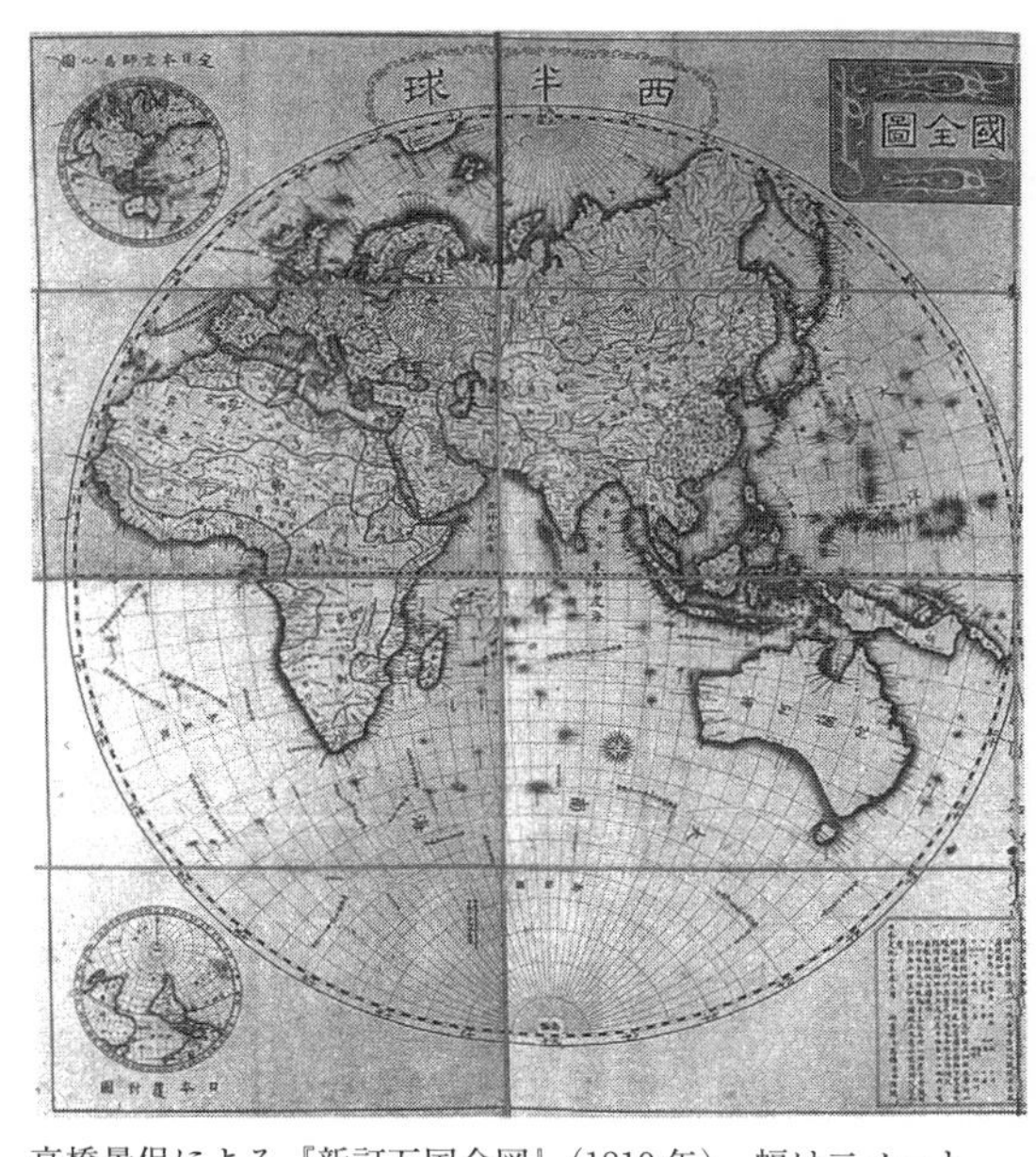

高橋景保による『新訂万国全図』（1810年）。幅は二メートルに及び近世世界図の最高傑作とされる

――『近世日本の世界像』より

それをしのいでいだ。

佐十郎は、蘭書から翻訳した『野作雑記（えぞざっき）』（一八〇九）を完成させ、その「後記」に景保と二人で考察した過程をくわしく述べている。この二人の作業は世界地図の歴史の上で、当時、日本が最先端にあったことを意味していた。

こうして景保は三年を費やし、一八一〇年、幕府に『新訂万国全図』を上呈した。その最大の特色は、従来ヨーロッパを中心につくられた東西両半球図の左右を入れ替えることで、太平洋が中心にきて日本が中央に位置するようにした点にある。つまり真の意味で日本製の世界地図であった。

天文方が世界地理に目を向けているあいだに、天体の運動に関する画期的な啓蒙活動を行った人物がいる。司馬江漢である。

江漢はもともと本木良永に天文学を学び、彼の説くところはすべて良永による。一八〇八年に出版した『刻白爾（こぺる）天文図解』は、「地動説」を一般庶民向けにわかりやすく図解したものであるが、ここで彼のいう「刻白爾」は「コペルニクス」を漢語で書いたつもりでいたが、中国では「ケプラー」のことであった。しかしその大きな誤りを考慮にいれても、彼の著作によって地動説を知った人々は多く、その分野のパイオニアとしての役割は否定できない。ただしニュートンのような力学的裏づけは何もなされていない。

一八一一年、江漢は『春波楼筆記』という随筆の中で、良永のことはそっちのけで、「この日本では自分が最初に地動説をはじめた」と豪語している。また同書のなかで、ロシア使節・レザノフについても次のように触れている。

「半年間も長崎に留めておきながら上陸もさせず、かつ無礼な返事で追い返し、不遜なることはなはだしい。レザノフはロシア王の使者であって、我が国の王となんら変わるところはない。そもそも礼は人道を示してこそはじまるものである。こんなことをしていたら彼らはきっと日本人のことを禽獣のように思うだろう。嘆かわしいことである」

レザノフの魂がそれを読んだらさぞかし喜んだことであろう。

北辺の危機と、長崎で起きたフェートン号事件は太平に慣れきった日本に警鐘を鳴らした。日本人が使用する武器の貧弱さ、それは一世紀も二世紀も遅れていた。ロシア語もフランス語も英語も理解できず、海外の情勢や変化にあまりにも無知であったことが露呈された。遅ればせながらこのままではいけないと気がついた。

フェートン号が去ったあと、幕府から唐通事とオランダ通詞に満州語、ロシア語、英語を習得すべしとの命が下った。唐通詞の神代太十郎、潁川仁十郎、東海安兵衛、彭城仁左衛門、彭城太次衛兵、平井考三郎、揚又四郎、呉定次郎ら八名に満州語の研究が命じられた。

一八一〇年、オランダ通詞の本木正栄、末永甚左衛門、馬場為八郎、西吉右衛門（同年没）、吉雄忠次郎、馬場佐十郎の六名にロシア語と英語の習得が命じられた。つづいてオランダ通詞の岩瀬弥十郎、吉雄権之助、中山得十郎、石橋助十郎、名村茂三郎、志筑竜助、茂土岐次郎、本木庄八郎も同じくロシア語と英語を学ぶように命じられた。

彼らの上に立ち監督するのは高島四郎兵衛である。とはいうもののオランダ通詞は江戸に出張中の者もあり、なによりも在留オランダ人の中にそれを教える者がおらず、「笛吹けど踊らず」の状態で歳月を無為に過ごすしかなかった。

そんなわけで、江戸で翻訳に専念していた馬場兄弟にも長崎奉行から早く帰崎するよう催促があった。こうして本木正栄と為八郎は長崎に戻り、佐十郎だけが残った。

天文方と江戸の蘭学者たちは、佐十郎を手離すわけにいかない。去られると自分たちが困る。そこで一計を案じた。

一八一一年、大槻玄沢は、幕府に発言力のある眼科医・土生玄碩（はぶげんせき）に相談した。その結果、天文方に新たに「和蘭書籍和解御用」という翻訳局をつくることにした。その案は玄碩を通して若年寄・堀田正敦に届けられ、まもなく実現した。こうして佐十郎は長崎に帰らなくてすんだ。

このとき二十五歳の佐十郎は稽古通詞という長崎町人の身分から、いちやく幕臣（御家人）になった。そして玄沢は自ら志願して馬場の「手伝い」をつとめた。このとき玄沢は五十五歳。二人には三十年という年齢差がある。あべこべに見えるこの関係こそが、佐十郎の実力をなによりも如実に示している。

そしてこの「翻訳局（一八一一）」こそが、「洋学所（一八五五）」、「蕃書調所（一八五六）」、「洋書調所（一八六二）」、「開成所（一八六三）」、「大学南校（一八六九）」、「南校（一八七一）」、「東京大学（一八七七）」、「帝国大学（一八八六）」、と名前を変えて、現在の「東京大学」へとつながっていく。

17　商館長にして無類の交渉人　［一八〇八〜一八一〇］

英艦フェートン号が去ったのちヅーフの評判は地に墜ちた。

長崎奉行の切腹を聞いた人々は口を揃えて、「フェートン号はオランダ船を探すために来たのだから、奉行が切腹した原因はオランダ側にある」と言って、オランダ人に不利なうわさが流れた。

それだけではなかった。フェートン号の乗組員が通詞のひとりに、「オランダはフランスのナポレオンによって併合され、その弟ルイが国王になっている」と告げたものだから、奉行所ではその真偽をただしに出島に役人を遣わすという。

ヅーフは自分が窮地にあることを自覚していた。ひと晩中寝ないで考え抜いた挙句、翌日の午前中に通詞たちを前にして次のように話を持ち出した。

「私はオランダ本国がフランスに併合されたという話はにわかに信じられないし、信じたくない。そもそも敵国イギリスの人間が口にした内容をどこまで信用してよいものだろうか」と訴えかけた。

「もうひとつ。私は今回のフェートン号の来航は、イギリス海軍がロシア人の要望に添って長崎を偵察させたものと考える。御承知のとおりロシア人は北辺で日本を襲ったが、今度は西から日本を攻めようとして、前以てイギリス人に長崎の防備を探らせたと思われる。その証拠に彼らは港を隅々まで偵察し測量したではないか。もはやロシアは今回の事件で長崎が手薄であることを知ったに違いない。ということは、いつ長崎が攻められてもおかしくないということだ」と強調した。

このヅーフの見解は一石を投じた。

ヅーフは奉行所に呼び出され、自説について念を押された。さらにそれを文書にするように命じられた。江戸に送るためである。こうしてヅーフは日本人の目をロシアに向けさせることで、自分に不利なうわさから身をかわすことに成功した。

一八〇九年、江戸から翻訳を終え長崎にもどった本木正栄が、「江戸では、ここ数年日本に来航したアメリカ船はすべてイギリスの船ではなかったのかと疑惑が持たれている」とヅーフに伝え、これに対する見解を求めた。一難去ってまた一難である。

ヅーフはことここに到れば、細々と策を練るよりも事実を打ち明けた方がいいと腹をくくった。そして石橋助左衛門と本木正栄を前にぶちまけた。

「そもそも今回のオランダとイギリスの戦争というのは、オランダ議会がイギリスに対して友好な派閥とそうでない派閥に分裂したところからはじまった。ウィレム五世はイギリスに好意を持っていたので、そうでない派閥から嫌われ、ついにはイギリスに庇護を求め脱出した。その後オランダ議会はフランスと同盟を結び、イギリスを敵にまわした。イギリスとロシアは同盟を結び、オランダに攻めこんだ。その際多くの両国の兵士が捕虜になった。その後、停戦になったが、再び戦争になって、ナポレオンはオーストリアとプロイセンを占領し、彼の弟ルイがオランダ国王になったようだ。私はすでに日本にいたから詳しくはわからない」と、オランダについて弁解した。

「それからもうひとつ。この十年近く、長崎にやってきたアメリカ船をすべてイギリス船とする江戸の人々の見方はまちがっている。アメリカ十三州は一七八三年、イギリスとの戦いに勝利して独立した。日本人が知らないだけなのだ。それは日本人が使っている『ヒュブナーの地理書』が古すぎるからそういうことになるのだ」と説明してくれた。

ヅーフは「そうだ。いいことを思いついた」と立ち上がり、机の引き出しからドル硬貨をつまみ出して二人の通詞に見せた。

「いいですか。もし私の言うことが誤りならば、このような硬貨はないだろう。ほら、ここに“United States of America”と書かれてある」と指差した。

それを確かめた正栄が「その通りだ。間違いない」と声をあげた。

「でもアメリカ人がどうしてバタビアに来て、さらに日本にやって来たのかが我々にはわかりづらい」、と正栄が言うので、ヅーフは、「原因はすべて戦争にある。オランダの軍艦はヨーロッパに留まらなければならないし、商船は東インドに来るまで多くの危険をくぐらなければならない。バタビアのオランダ船は自らを守るために動けない。そこで総督府は東インドに砂糖やコーヒーを買いつけに来たアメリカ商船を雇ってまでして日本に船を出したのです」と説明した。

これで二人の通詞は納得した。

ヅーフは、「ですから江戸の方々にはどうか安心するように伝えてください。いま私が明らかにしたことが事実で、長崎に入ってきたアメリカ船はイギリスとは無関係であったと」。ヅーフはすっくと立ち上がり、「これは神に誓っても良い」と、右手を胸に置いた。通詞が商館を去ったのは深夜を過ぎていた。

翌日また二人がやってきて、昨日の話は奉行を感動させたようです、さらに質聞があると言ってきた。

助左衛門と正栄は、奉行所と出島の間を何度も行き来して、ヅーフに質問を重ねた。ある時は、「バタビア総督ダーンデルスという人物はイギリスの軍人ではないのか」と聞いてきた。

「いや、彼は正真正銘のオランダ人です。一時、フランスに亡命して軍人になったが、イギリスとロシアがオランダに攻めてきたときに先頭に立って指揮をとり、大勢を捕虜にした。彼の名声はこのときひろまったのです。その手柄がナポレオンの耳に入り、彼を東インドに遣わしたのです」という明確な答えがきた。

また、「ロシア皇帝がオランダを通して将軍への贈り物をし、日本との貿易を謀ったといううわさは、本当だろうか?」という幕府の疑惑に対しては、「イギリス人とロシア人は友好関係にある。彼らが互いに助け合うことは考えられても、我々がそんなことをするなど絶対にありえない」と断言した。

また「このところしばしば外国船が長崎に貿易を求めにくることに対してどう思っているか」という質問に、「私の考えでは…」としばらく間をおいて、「原因は一七九〇年の貿易の縮小にある」と、とんでもない答を持ち出した。

「そ、それは松平定信公の『半減商売令』のことを指しているのか。いったいどういう意味だ?」と通詞らは気色ばんだ。唯では置かないという雰囲気だ。

ヅーフは、黒坊に三人分のコーヒーを頼んだのち、「まァ、落ち着きなさい。いいですか。貿易が半減されたということは幕府のオランダに対する評価が下がったことに他ならない。そうでなければ貿易はそのまま続いていたはずです」

「確かに…」二人には返す言葉がない。

「オランダの評価が落ちたということは、諸外国にとって今こそ自分たちが貿易に参入できるチャンスが訪れたことに他ならないでしょう」

わかりやすいヅーフの解説に二人は目を見張った。

「ここ数年、外国船が長崎にやって来た原因は他でもない。日本側にあるのです」と、ヅーフは念を押した。

「よろしいですか。貿易が縮小されるまでは、いかなる外国も日本を脅かすことはなかった。貿易が半減したことが知れた一七九二年、ロシア使節・ラックスマンが日本をおとずれます。ところがその後ヨーロッパでは戦争が続き、結局、和平が結ばれた十二年後、つまり一八〇四年にレザノフがおとずれたわけです。あなた方がどのように考えられようと、私にはそうとしか思えない」

ヅーフは日本人の盲点を突いた。二人の通詞は、ヅーフの意見が極めて重要であることに気がついた。それは翌一八一〇年、江戸に届けられ、幕府はそれまで抱いていた外国船に対する疑惑を百パーセント払拭した。その結果、オランダ人の立場に同情する者までが現われはじめた。

一八〇九年、江戸から馬場為八郎が長崎に戻ってきた。

彼は一七九八年の火災から十一年後、ようやく新たに建てられたカピタン部屋に入ることができた。為八郎とヅーフはなにもかも新しい建物の中で、佐十郎が天文方で高い評価を受け、大活躍している様子を互いに喜びあった。

為八郎は自分が極寒の宗谷に百日間ほど滞在した経験を語った。晴れた日は三日に一度しかなく健康には良くない所だと言った。彼の観測によればそこは緯度四十七度半であった。そしてロシアはすぐにでも再来すると思われたが、実際にはやって来なかったこと、また梅ケ崎で熱気球を揚げたラングスドルフが、カムチャツカにいるといううわさを耳にしたことも話した。

その夏、遠見番から久しぶりに異国船が見えるという「白帆注進」が入った。常ならば単純に喜ぶ長崎が、今回は一転して緊張した。出島のオランダ人たちもいつでも奉行所に避難できる態勢に入り、番所の役人たちは武装して身を固めた。

幸いなことにそれは「フーデ・トラウ号」というオランダ船であった。途中、イギリス海軍による追撃を逃れ、かろうじて長崎に入港することができた。もう一隻の「レベッカ号」には新しい商館長が乗っていたが、イギリス船に拿捕され船ごと広東に連行されたという。去年、そして今年とアジアにおけるイギリス海軍の蹂躙がはなはだしい。

その一八〇九年の風説書（海外ニュース）には、「ナポレオンの弟ルイが養子としてオランダ国王になった」と書かれてあった。「養子」にすればオランダは消滅しない。総督府の知恵であった。

荷倉役として出島に上陸したブロンホフは英語が使えたので、奉行所ではすぐさま彼を教師として、正栄をはじめ他の通詞たちに英語の習得を開始させた。

また奉行所は港内の防備があまりに貧弱なので、フーデ・トラウ号の士官二人を残留させ西洋砲術を学ばせることを企画したが、士官なしでの航海は不可能ということを理由に断られた。ときの担当者は高島四郎兵衛で、以後、彼は機会をとらえては西洋砲術に目を向ける。

バタビアの重役たちはヅーフに銅をできるだけ多く積むように指示してきた。そこでヅーフは奉行所に銅の輸出量を「半減商売令」以前の五千トンに戻すべきだという大胆不敵な提案を持ち出した。これには為八郎も正栄も驚いた。

それに対して奉行所の回答は、銅二千五百トン、樟脳七百トンというヅーフの望みをまったく無視した答だった。それまでずっと幕府に従順だったヅーフの態度がここにきて豹変した。

先ず、今は戦時中なので樟脳は必要としない、銅は貨幣にも大砲にもなる。したがってその分を銅に変えるべきだと奉行所に要請した。奉行所は「それはできる。ただし来年、大型船二隻を日本に寄こすと誓約できるだろうか」と問うてきた。ヅーフはその確証はなかったが保証書を提出し、奉行所を安心させた。

こうして銅五百トンが増加され、合わせて三千トンの銅が積まれた。それでも船が安全に航海するには、四千トンを上回る積荷が必要となってくる。これを理由にヅーフはさらに銅の輸出を要求した。それが聞き届けられない場合には、不足分を倉庫に眠っている鉄片や石くずで補うしかないと警告した。

オランダ船にはすでに三千トンの銅が積まれている。奉行所の役人にしてみれば残りを鉄や石で補うという前例は残したくない。かといってそうしなければ船は運用できない。しばらく両者の間の我慢比べがはじまった。

ついに奉行所が折れて、銅の積み出しを許可することを決めた。通詞を遣わして、銅の積み出しの要請書を出すようにとヅーフに命じた。ところがヅーフが、「私はすでに何度も要求した。これ以上幕府に頭を下げるのは私の自尊心が許さない。先日渡した誓約書も返して欲しい」と強硬姿勢に出た。

奉行所側の完敗であった。まもなく銅一千トンが追加されるという知らせがヅーフの下に届いた。こうして全部で四千トンの銅が積み込まれた。残りわずかの分は鉄のバラストを積んで、こうしてフーデ・トラウ号は北風に帆をあげてバタビアに戻っていった。　今回の出来事を目の当たりにした通詞たちはヅーフが只者ではないことを認識した。

一八一〇年ヅーフは、ブロンホフを商館長代理に命じ、医師フェイルケとホゼマンを伴って江戸参府にでかけた。登城の日には、昨年ヅーフが長崎奉行を通じての質問に率直に答弁したことが買われて、表彰された。

四年前の最初の参府のときには、島津重豪と親しくなったが、今回の参府では天文方高橋景保と親密になれた。彼は部下を大勢引き連れて毎日のように長崎屋にやってきた。二年ぶりに佐十郎とも再会することができた。

景保は長崎屋で、ヅーフならびに出島のオランダ人が佐十郎のことを「アブラハム」という愛称で呼んでいたことを聞いて、自分にも蘭名が欲しいと口にした。ヅーフは景保から天体について何度も質問攻めにあっていたので、「グロビウス（天体）」という名前を与えた。

うわさはすぐに広まって、桂川家の五代目・甫賢は「ボタニクス（植物）」、薩摩藩主の弟で中津藩主・奥平昌高には「ヘンドリック（ヅーフの姓名）」と、それぞれ蘭名を与えた。また、ヅーフが携えてきたオランダ語の『家庭用百科事典』は、全巻そろって幕府に高額で買い上げられ、天文方の「翻訳局」で翻訳されることになった。

つまり佐十郎は、平時は天文方で『家庭用百科事典』を翻訳しつつ、対外的な事件がおきた場合、必要な資料を訳出したり、現場に出張するという立場に置かれた。

今回のヅーフの旅行中に、出島ではブロンホフから英語を学んでいた西吉右衛門が急死した。志筑忠雄門下の優秀な通詞であった。

一行が江戸から戻るとまもなく、長崎で赤痢が流行し、多くの子供たちが犠牲になった。ヅーフが園生との間にもうけた長女「おもん」も亡くなった。九歳だった。しかしこの年、ヅーフには新しい愛人・瓜生野（うりうの）がおり、すでに二歳になる長男をもうけていた。

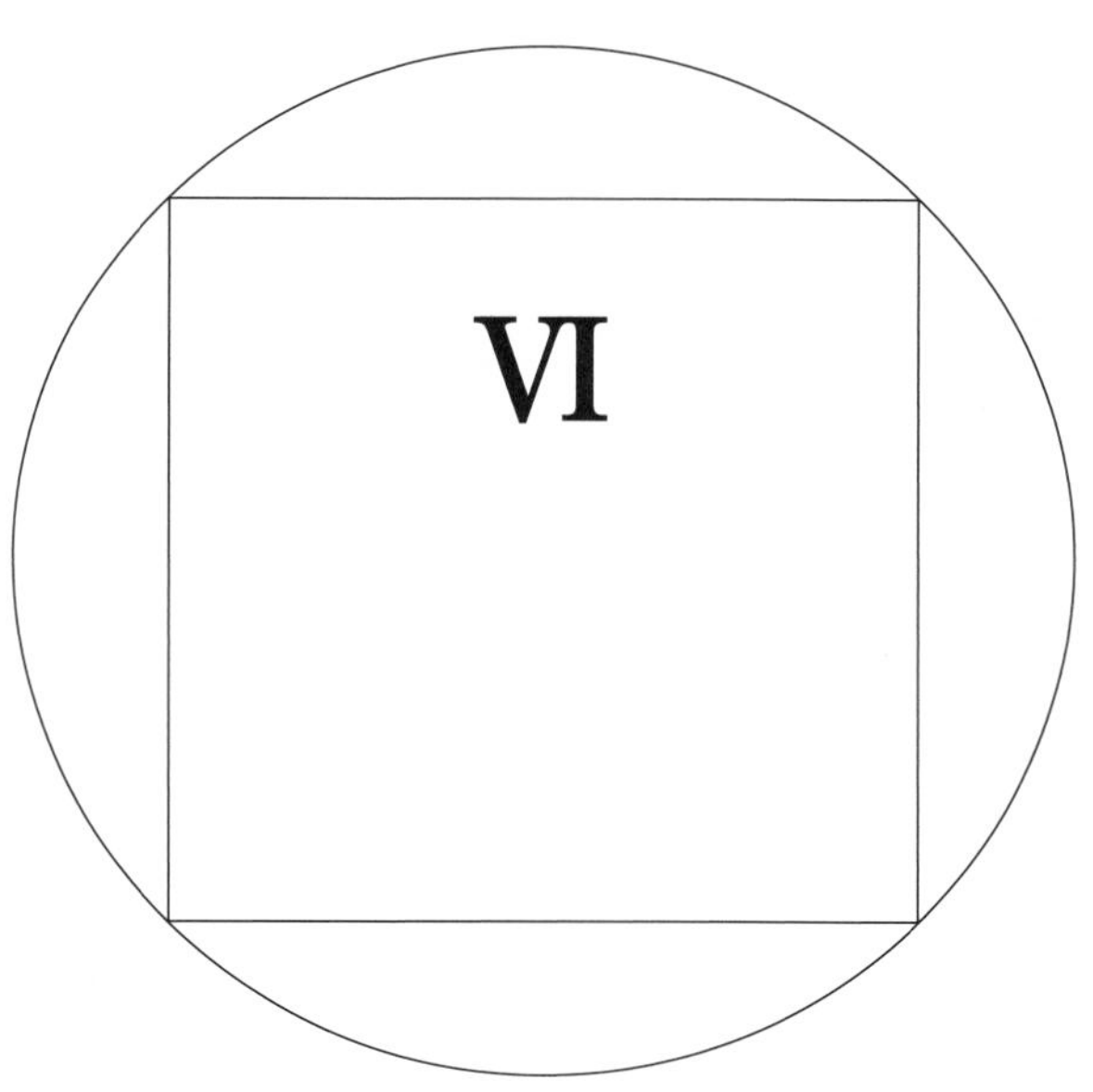
VI

ヅーフはバタビア総督がナポレオンの息のかかったダーンデルスであることは知っていた。フーデ・トラウ号が入港したときにそれを教えてくれた。ただ彼には母国オランダがナポレオンによって併合されたことをどうしても信じたくなかったし、日本人にも知られたくなかった。だから知らぬ顔で通した。

そのダーンデルスが一八〇八年、ジャワ島で最初に行ったことは軍部の強化であった。本国からの軍隊の補充は不可能なので、現地人を採用した。次に幹線道路を拡張し、橋梁を整備した。大きな船はつくれないので、土民の戦闘用の船をかき集めた。マラリアがはびこらないようにバタビアの町の改修にも手をつけた。

そのためには巨額な資金が必要で、保証のない紙幣を発行させたが、その価値は時間と共に下落する一方であった。こうした彼の独裁的な措置は、一方でジャワを強くしてイギリスを近づけなかったが、他方、多くの敵をつくり、わずか三年でナポレオンから召喚を命じられた。

18　蝦夷のロシア人捕囚たち

［一八〇八〜一八一三］

後任は喜望峰をイギリス海軍から追われたオランダ人将軍・ヤンセンスであった。長崎港内の偵察を終えたフェートン号は、その後、イギリス海軍に合流しマカオ攻撃に参加したが、清国が介入して妥協が図られ、戦争には到らなかった。

その後もイギリス海軍の勢力は拡大し、ついにジャワ島を包囲し、一八一一年バタビアに上陸、数回の小競り合いののち、ヤンセンスは無条件降伏を受けいれた。こうしてバタビアはフランスからイギリスの統治に入った。その指揮をとったのはインド副総監・トーマス・ラッフルズであった。ラッフルズはジャワのオランダ人三名を評議会に加え、ジャワに関する調査を開始、それまでのオランダ人の植民地政策を批判し、新しい農業改革に取り組んだ。またジャワの歴史や学芸に興味を持ち「バタビア学芸協会」もつくった。ジャワに種痘を持ち込んだのも彼である。三十歳の彼はジャワの開発に前向きであった。

ロシア人の狼藉と長崎のフェートン号事件は、幕府に危機感を抱かせ、江戸湾防備を強化させた。下総・安房を白川藩に、観音崎・城ヶ島を会津藩にそれぞれ台場を築かせ、藩士を駐屯させた。幕府はフェートン号の時のように艦隊が江戸湾に入るのを何よりも恐れた。

一八一一年、ロシア海軍はクルーゼンシュテルン艦長の千島測量を補完するために、軍艦『ディアナ』号艦長・ゴロウニンと副艦長・リコルドを、北太平洋の千島列島に向かわせた。ゴロウニンはディアナ号でエトロフを経て、クナシリ島に達した。そこは幕府の領域である。ボートを降ろして測量をはじめたところ、日本人の守備兵から砲撃された。

しかしゴロウニンには応戦する意思はまったくなく、アイヌ人の通訳を連れて上陸し、会所で松前奉行支配調べ役と面会した。しかし話は決裂し、ゴロウニンを含めた七名のロシア人は捕縛された。ディアナ号に残っていたリコルドはここで反撃すれば捕虜の命が危ないと考え、ひとます報告するためにカムチャツカへ引き返した。

捕虜になったロシア人は根室に上陸し、陸路を函館へ、さらに松前へと移された。

松前奉行荒尾成章（しげあき）の尋問は、フヴォストフによる襲撃がロシア政府の命令に基づくものであったか否かの一点に絞られた。

ゴロウニンは政府の関与は一切ないと主張した。そこで松前奉行は、捕虜の無罪を江戸に取り次いだ。ところが幕府は、捕虜の帰国を許さないばかりかロシア船が近づいたら打ち払えとの処置を命じた。それを耳にしたゴロウニン一行は悲観して、牢から脱走をこころみたが、すぐに捕らえられてしまった。

翌一八一二年、副艦長・リコルドはゴロウニン救出のために、遠征隊の派遣を政府に要請したが、たまたまナポレオンのモスクワ遠征が控えていたために実現しなかった。

しかし千島測量の継続と、ゴロウニンのその後を調査するためにクナシリに寄港するのは許された。このとき日本側との交渉に同行させられたのがエトロフで捕虜となった中川五郎治であった。しかし、五郎治と共に上陸した日本人水夫が逃亡したために、交渉はこじれてしまった。

リコルドは、新たな捕虜として近くを航海していた和船を拿捕してカムチャツカに連行した。それは海商・高田屋嘉兵衛の船で、嘉兵衛はカムチャツカでその冬をリコルドと生活を共にし、日露間の行き違いの解消に力を尽くした。

一八一三年、リコルドはクナシリに来て嘉兵衛を上陸させた。それでも幕府は捕虜の釈放はしない方針を貫き、松前奉行がそれに異議を唱え両者は対立した。そこで若年寄・堀田正敦が中に入って打開案を示した。すなわち捕虜を釈放するにはロシア高官の弁明書が必要であるとした。

リコルドはこれを受け入れ、いったんクナシリを離れ、オホーツク長官の弁明書を函館に持参すると約束した。その間、嘉兵衛は松前奉行所に顔を出し、リコルドとの交渉内容を報告した。その結果、ロシア人捕虜たちは測量が目的だったことが判明し、囚人扱いから解放された。

同年の春から幕府は天文方から足立佐内と馬場佐十郎を松前に派遣していた。佐内は高橋至時に就いて寛政の改暦に参加した実力者で、ゴロウニンから「アカデミック(学士会々員)」というあだ名をもらっている。

ゴロウニンは最初、佐十郎の使うロシア語があまりにうま過ぎるので警戒した。「このあばた面の男はロシア語がわかるくせに、知らぬふりをしている。スパイかもしれない」と思った。

佐十郎は松前における外交を助けると同時に、ロシア語に磨きをかけるよう命じられていた。彼は、ロシア人の持ち物の中から仏露辞典を見つけ、それを手にロシア人捕虜がいる牢に足しげく通いつめた。

日本人はオランダ語を学ぶ上で、早くから仏蘭辞典を利用していた。辞書の中のフランス語をオランダ語で解説する個所は、平明な単語と例文が並んでいる。それがオランダ語を学ぶ上で非常に役に立った。

佐十郎が見つけた仏露辞典も同様であった。佐十郎は知らないロシア語に出会うと、仏露辞典をめくってすぐに確かめようとした。その熱心さを目にしたゴロウニンは、自分が佐十郎のことを見誤ったことに気がつき、警戒を解いた。こうして二人を隔てる壁が消えた。

そのうちゴロウニンは、佐十郎がヨーロッパ言語の文法に通じているのに気がついた。尋ねるとオランダ語のガラマチーカなら学んだことがあるという。道理で覚えが早いわけだと納得した。はじめのうちは奉行所と牢屋との間を往復していた佐十郎であったが、やがて牢内にいりびたり、ロシア語に明けロシア語に暮れるという生活に変わっていった。ついには昼食をとる時間さえ惜しんで、牢内に昼食を届けさせた。

ゴロウニンは佐十郎のために四ヶ月をかけて、自分が覚えている限りのロシア語の文法を書きあげた。それはのち『露語文法規範』として馬場により翻訳される。

ある日、ゴロウニンは牢内の日本人に乞われてロシアの詩を朗読したことがある。内容は高尚で難解であったにも関わらず、さわりの個所にくると佐十郎ひとりだけが、うっとりとした表情を見せ、ゴロウニンを驚かせた。

ところでゴロウニンは、あるとき「アカデミック」、つまり佐内の学識を試したことがある。ピタゴラスの定理を説明したところ、佐内は「それなら知っている」といい、紙の上にコンパスで図形を描き、三つの大きさの異なる正方形を切り抜いた。短い二辺の方の正方形を折って三角形にして、それを大きな底辺の正方形の上に置くと、ぴたりと重なった。ゴロウニンは何も言うことはなかった。

コペルニクスの太陽中心説（地動説）を確かめてみると、それも正確に理解していたが、土星の外側の天王星までは知っていたが、それ以後の発見については無知なことがわかった。

ロシア人が捕囚から解放されてまもなく、奉行所を通じてペテルブルグ版の『牛痘接種について』という本が佐十郎の下に届けられた。五郎治がロシア人医師からわけてもらった貴重な本である。

本を開いた瞬間、佐十郎はかつて出島でヅーフから聞かされた新聞記事のことを思い出した。そしてこれこそが天然痘を克服するための方法が書かれたものに違いないと確信し、すぐに翻訳を開始した。わからない個所はすぐに質問する。ディアナ号はいつ迎えに来るかわからない。明日かも知れない。

いよいよ翻訳に熱が入った。言語にはその国民でないと理解できない言葉が必ず混じっている。例えば、日本語で下手な役者のことを「大根」というが、これを外国人に納得させるのは極めてむずかしい。

佐十郎は気を入れて言葉を学んでいるので、一字一句をないがしろにしない。その言葉はこういう意味だからこんな所に登場するはずがない、とゴロウニンに抗議する。それを色んな例を引っ張ってきて佐十郎に説明しなければならない。

それはゴロウニンにとって忍耐と寛容を強いられる時間であった。そうやってようやく納得できたとき佐十郎はいつもの癖で、首を傾げたまま、「ウーン言葉…むずかしい…」を繰り返すのであった。

その夏（一八一三）、大型のオランダ船「シャーロット号」と「マリア号」の二隻が長崎に入港したという知らせが松前奉行所にも届いた。たしかにヅーフの約束通りであったが、どこか奇妙なところがあった。商品は豪華なのであるがインド産のものが多く、やたらと英語が多く見られる。船上のオランダ人がいうには、「オランダとイギリスの間に和議が成立したため、今回はインドのベンガル地方の商品を満載してきた」というのであった。

それを耳にした松前奉行所の役人は「ヨーロッパでは、こんなにいとも簡単に和議が結ばれるものなのか」と、ロシア人に尋ねてきた。ゴロウニンは率直に答えた。

「何だって？　オランダとイギリスの間に和議が結ばれたと。それはおかしい。そもそもオランダはフランスに併合されていた筈だ。真相は、イギリス人がバタビアを占領したものの、それが知れたら日本と貿易ができないので、きっとそんな手の混んだ嘘を編み出したのではないか」

日本人には、バタビアがそんなにいとも簡単にイギリスの手に渡ったりするのが信じられない。ところがそのときゴロウニンの部下が、偶然に古い一八一〇年のロシアの新聞の中に次の一行を見つけた。

「アムステルダムをフランスの第三の都市とする」

ナポレオンの布告文であった。つまりナポレオンが弟ルイを退位させフランスに併合した何よりの証拠であった。

さすがに佐十郎も動揺した。「それが本当なら、幕府はイギリスと貿易することになる。そんな長崎貿易が長続きする訳がない」と不安を隠しきれなかった。

さらに彼を驚かせたのは、出島のオランダ人が生活に困窮しているという噂であった。オランダ人は窓ガラスを売ってまでして、食料を手にしているというのである。その夜、佐十郎は兄為八郎に長い手紙を書いた。

長崎に来たオランダ人は同時に、ゴロウニンが胆をつぶすようなニュースも伝えた。それは昨年（一八一二）、ロシアの首都モスクワがナポレオンに攻められたときに、ロシア軍自らの手で首都を焼き払って退却したというものである。

ゴロウニンは軍人なので、「そんなものオランダ人のねつ造に決まっている。断じてありえない」と確信をもって答えたが、でもそれは事実だった。

ナポレオン軍がモスクワに入ったときそこはすでに焼け野原で、軍は深刻な食料不足をきたし、退却を余儀なくされた。そこをさらに「冬将軍」や伝染病が兵士たちを襲い、三十八万人の兵力を失った。ナポレオン軍の完全な敗北であった。

一八一三年九月、ゴロウニンが待ちに待ったディアナ号が函館港外に姿をあらわした。松前奉行所役人の代理として嘉兵衛がディアナ号を訪問した。そしてリコルドからオホーツク港長官の書簡を受けとった。

「当時フヴォストフは露米会社の社員で、同社の商船の船長であった。彼が日本人の村落を襲い乱暴を働いたのは個人的な料簡からで、ロシア政府のあずかり知らぬところである。彼は私の前任者によってすでに処罰されている」という内容であった。

松前奉行はその弁明書を受理し、ゴロウニンら一行をリコルドに引き渡すことが決まり、ここに二年以上に及んだ事件は決着を見た。

ペテルブルグ版の『牛痘接種について』については、ゴロウニンの帰国までになんとか間にあったが、二、三割が正確に理解できなかった。それを強いて訳すれば誤ることになるだろう、佐十郎はそう思って稿をそのまま寝かしていた。

佐十郎はそれを自分の帰路の荷物の中に納めた。一年にも満たない出張であったが、ロシア人との交流を通して予想以上の収穫をおさめることができた。

19　出島乗っ取り作戦　［一八〇九〜一八一三］

松前にいたゴロウニンが、長崎に入港したという二隻の大型オランダ船のことを「怪しい…それはイギリス船ではないか」と、にらんだのは正しかった。

ジャワ島を手中におさめたラッフルズは、一八〇九年以来空白が続いていた日蘭貿易を再開しようと思った。しかし日本人はオランダ人以外との通商は禁じている。遣日使節レザノフもそれを打開しようとして失敗した。

ここはどうしてもオランダ人の手を借りる他はない。船にオランダ人を乗せ長崎に入港したのち、オランダ通詞や役人たちを買収し、商館長をイギリス人に換えればそれで済むと読んだ。ラッフルズは先ず、元商館長でヅーフの上司でもあったワルデナールに目をつけた。今回の計画が失敗しても高額な報酬が保証されるという条件に、ワルデナールは目がくらんだ。そしてイギリス人の走狗となった。

松前にあった馬場佐十郎を驚かせた出島のオランダ人が生活に困窮しているという噂もまた事実であった。一八〇九年のフーデ・トラウ号を最後に三年間オランダ船の来航が絶え、出島のオランダ商館は文字通り糸の切れた凧のような状態になった。

そうなると通詞をはじめ、奉行所や長崎会所の役人たちもまったく出る幕がなく、長崎全体が火が消えたようになった。彼らは持てあました時間で寺社巡りをして、神仏にオランダ船の来航を祈願するのであった。

食パンは長崎町人が焼いていたので問題はなかったが、オランダ人の大好きなチーズが欠乏した。食事につきものの酒類にもこと欠いた。試しに山葡萄を用いてワインを醸造してみたが苦くて駄目だった。『家庭用百科事典』を参考にしながらビールづくりにも挑んでみたが、これも失敗した。長崎にはホップがなかったからである。

衣服や靴にも不自由し、敷布を裂いてはズボンに仕立て、草履の上を粗末な革で包んでは靴とした。彼らの哀れな様子は江戸の司馬江漢の耳にも入り、「蘭船が入津しないものだから、出島のカピタンはじめ蘭人たちの衣服は破れ、食事に窮している」と書かれる始末だった。

長崎奉行はオランダ人の窮状を憐れんで、食料を長崎会所に立替えさせた。でもその金額は年を追ってふくらみ、一八一二年には八万二百六十九両に達し、それと察した江戸から勘定吟味役が貿易事情の調査のために来崎した。

さすがのヅーフもこのときは観念した。自分を含めた七人のオランダ人は残らず唐船で広東に送られ、商館は閉鎖され、これで終わりかと覚悟した。

しかし先年来、幕府の質問に対してヅーフが率直に答弁したことが彼を救った。幕府はヅーフから得た海外情報を高く評価し、フェートン号事件以来彼の存在を必要としていた。幕府は十七世紀の日蘭貿易の最盛期のオランダ人よりも、貿易のもっとも振るわない赤字を抱えたオランダ人を大切に扱ったことになる。

一八一三年はバタビアからの船が途絶して四年目にあたる。ヅーフがいかに蘭船の到来を待ち望んでいたかはいうまでもない。七月、「シャーロット号」と「マリア号」の二隻が姿をみせた。野母から小瀬戸を通じて異国船接近の合図が届き、奉行所に最も近い永昌寺の鐘が打ち鳴らされた。

ヅーフは荷倉役のブロンホフと医師のフェイルケの二人を船に向かわせた。船尾にはオランダの旗が掲げられており、一八〇九年に取り決められた秘密の合図も確認できた。二人はそれが間違いなくオランダ船であることを確信した。シャーロット号にはワルデナールが乗船しており、彼の顔は日本人の役人たちも覚えていた。

ところが乗船したブロンホフがワルデナールに挨拶し会社の書類を受け取ろうとしたら、「これは自分の手でヅーフ君に渡したい」と断られた。「おや？」とブロンホフは違和感を抱いたが、船員名簿と積荷の目録だけを受け取り、出島に引き返した。

ヅーフはワルデナールが来航したことを知り、顔がほころんだ。

「イギリスと講和を結んだ総督府が、経験豊富なワルデナールを遣わすことで、貿易の改善を図ろうとしているのだろう」と推側した。

そしてもう一艘のマリア号にはオランダ人・カッサが乗っているという報告を受け、きっと彼は次期商館長であろうと考えた。

ブロンホフが「でも…商館長。なにか変なのです。オランダ語を話す士官が一人もいないのです」と告げても、「それはアメリカ船をチャーターしたからだろう。大丈夫。気の使いすぎだ」と言って一向に疑おうとはしなかった。

そのあとヅーフは自らワルデナールを歓迎するためにシャーロット号に向かった。彼がいかに上司ワルデナールを信頼していたかは、バタビアにおける自分の全財産の管理をワルデナールに委託していたことでもわかる。

「やァ、ヅーフ君。元気だったかね」と、ワルデナールはヅーフの背中に手を当てて船室に誘った。数名の士官が取り囲むように並んでいる。ところがヅーフは案内された室内に、威圧的な空気を感じた。机上に一通の未開封の書簡が見える。

「これを読むように」とワルデナールは指をさした。ブロンホフには渡さなかった書類である。そのときヅーフは冷静だった。「それは命令でしょうか？」と言い返した。

「とんでもない。ここでの商館長は君だ」。「わかりました。でしたら新しく建てた商館長部屋にあなたを招待したいと思います。書簡はそこで読ませてもらいます」とにこやかに対応した。

ワルデナールはひとりのイギリス人の医師・イーネンを同伴して出島に上陸した。カピタン部屋にはブロンホフが待っていた。二人対二人になったところで、ヅーフは書簡の封を切った。

そこには「出島の商館長たる貴君は知るよしもないだろうが、バタビアはすでにイギリスの保護の下に置かれている。したがって出島商館も私の指揮に従うことになる」とあり、終わりにラッフルズのサインが見えた。

ヅーフは驚かなかった。逆に冷静になってきた。手紙をブロンホフに見せながら、「このラッフルズという人は、いったいどんな人物なのですか」と質問した。

「ベンガル総督・ミントー卿に次ぐジャワ島の副総督だ。オランダ本国はもはやフランスに併合されてしまった。ジャワ島もしかりだ。そこでラッフルズはジャワ島に上陸し、フランス軍を駆逐して、自らの保護下に置いたというわけだ」とブロンホフが答えた。

ヅーフは手紙を封の中に戻し、それをていねいにワルデナールに返した。

「わかりました。そういうことであれば、そのときの総督府の降伏文書を私に見せて欲しいのですが…」とヅーフは要求した。「それはジャワ島にあって、持って来ていない」とワルデナールは肩をすぼめた。

そこでヅーフは、「では言わせてもらいますが、私はこの書簡に書かれてある命令に従うことはできません。たとえジャワ島がイギリスの保護下にあったとしても、ここは出島であってジャワ島ではない。ですから私までが降伏条約に従う義務はどこにもありません」ときっぱりと断った。

ワルデナールはヅーフに、「以前、私は君の昇進に力を貸したではないか。もう、私の恩を忘れたのか」と感情的になった。ヅーフは何もいわない。無視されたワルデナールは焦りはじめた。

「わかった。わかった。ではこうしよう。いいかね。ヅーフ君。君にはそれに見合うだけの報酬を、そしてブロンホフ君には次期商館長の座を約束しようではないか。それで良いだろう…十分とは思わないかね」と二人に答えを要求した。

この時ヅーフは上の空であった。ワルデナールの言葉は一向に耳に入らず、フェートン号事件のことを思い返していた。そして自分がいま極めて有利な立場にあることを確信した。

「あなた方の計画はあまりにも軽率としか言いようがありません。五年前のフェートン号のことをご存じないと見える」。今度はワルデナールが押し黙った。

「その船のためにどれほど多くの日本人が命を失ったことか。長崎奉行をはじめ、警護に当たった多くの日本人が責任をとって自死したのです。いいですか。ここであなた方がイギリス人であることが発覚すればいったいどうなるか。説明するまでもないでしょう」

ワルデナールに苦渋の表情があらわれた。隣にいたイギリス人書記は恐怖で身体が震えはじめた。

「しかもあなた方は今回入港するにあたって日本人を欺いた。それがどういう結果をもたらすか、元商館長のあなたならおわかりのはずだ」

ここでワルデナールは自分たちの方が窮地に立たされていることにはじめて気がついた。妙に腹立たしくなって大声になった。

「良いだろう。良いだろう。今すぐに通詞たちを呼び給え。私の口からジャワ島の現状を説明し、説得してみせようとも」と強がりをのべた。

ヅーフはすました顔で、「それは願ってもない。彼らは近くの部屋に控えているのですぐに呼んできます」と、ブロンホフに二人の監視を頼み、自ら部屋を出た。

こうしてカピタン部屋に石橋助左衛門、中山作三郎、名村多吉郎、本木正栄、そして馬場為八郎の通詞たちが顔を揃えた。彼らはまだ誰ひとりとして事態の重大さに気づいていない。ヅーフはあらたまった表情で通詞に対した。

「じつはたった今、元商館長・ワルデナールからバタビアがイギリス人の手に落ちたことを知らされた。つまり今年港に入った船はオランダ船ではない。二艘ともイギリスの船だ」と宣告した。

五名の通詞は驚きのあまり言葉を失った。為八郎だけは、弟佐十郎の手紙の内容が正しかったこと、そしてオランダ貿易の危機をさとった。

ヅーフは畳みこむように「彼らは、卑劣にもフェートン号事件以後決められた秘密の信号まで使って我々をだまして入港した。よって私はこれ以上卑劣な輩と交渉する積りはまったくない。あなた方はこのことを一刻もはやく長崎奉行に申しあげたほうがいい」と勧めた。

すかさず作三郎が止めに入った。

「カピタン。それはいけません。奉行がこれを知れば船は焼かれ、乗組員は殺され、オランダ人も出島から追放されるでしょう。我々もまた罪に服する他はない。つまり、ここにいる誰も何ひとつ益するものはありません」。

「そうだ。その通りだ」と他の四名もうなずいた。幸いにも奉行所の検使はその場にいない。ここでヅーフはワルデナールに向かって、「どうでしょう？　こうなった以上、二艘ともオランダが雇い入れた船ということにして、平常通りの通商を行う方がいいと私は思うが、如何します」

ワルデナールはヅーフの駆け引きの上手さに感動すら覚えた。「なんという胆の据わった奴だろう。出島に置いておくのがもったいないくらいだ」。ワルデナールは、ことここに到ればヅーフに従うより他はない。自分も馬鹿なことをしたと後悔した。

その結果、すべてはヅーフの思い通りに進んだ。

先ず幕府への風説書であるが、両者打ち合わせの上に次のように決定した。

「ヨーロッパでの戦争はまだ終わっていない。しかし東インドは平和である。ただバタビアの船は本国オランダの防備のために回送させられたので、船が足りず日本との貿易に三年間の空白をつくってしまった。よって本年はさまざまな処置が必要であることを踏まえた上で、特別に元商館長ワルデナールを派遣した。万一ヅーフが亡くなっている可能性のことも考えて、カッサを代理の商館長として同伴したが、幸いにもヅーフは無事でいることがわかったので、彼はワルデナールと一緒に再びバタビアに帰ることになるであろう」

ヅーフの頭には常に長崎会所に負った大きな赤字のことがあった。そこでこれを契機に一気に取り戻そうと図った。

ヅーフ（1777～1835）
――『ヅーフ日本回想録』より

通常の銅一トンに対して十二両のところを、一気に二十五両に引き上げた。そうなると積荷の価格が下がり、日本側には有利になりイギリス側には不利になる。

ワルデナールは、「そりゃひどい。銅の価格を低くしてくれ」と抗議したが、ヅーフは「あなたは自分が置かれている立場をわきまえていない」といって、フェートン号のペリュー艦長が残した「明日の朝、日本船と唐船を焼き捨てる」という手紙を見せ、「これでもあなたには日本人の怒りがわからないのですか」と脅した。

シャーロット号とマリア号が積んできた商品はどれも素晴らしいものばかりだった。

結局、ヅーフは商館が負っていた三年間の負債八万二百六十九両を償却した上に、その年の商館の経費一万五千九十三両も支払い、同時に彼自身の役得料二年分も獲得した。

その年の幕府への献上品は、ピストル二丁、カーペット一枚、西洋鏡十二面、食器セット一揃い、オルガン、望遠鏡四個、時計、そして大きなインド象一頭であった。象だけは運搬するのが困難という理由で、麦百俵をつけて戻された。

残された問題は来年どうするということである。ヅーフはブロンホフと通詞を交えて討議した上で、商館を継続し赤字を増やさないためにも、バタビアのイギリス政庁と通商を継続する必要があると結論した。

その話をワルデナールに持ち込むと、その決定権は自分にはないというので、ブロンホフをヅーフの代理としてバタビアに遣わし、ラッフルズと対で通商交渉をさせることに決めた。

こうして十二月、シャーロット号とマリア号は出帆した。出島の五人の通詞以外の日本人は誰一人として、二艘の船がイギリス船舶であることを知らないままに終わった。ヅーフは、出島に翻るオランダの三色旗を仰いで胸をなでおろした。

20 シャーロット号の再来

［一八一四〜一八一五］

ヅーフが園生との間に生まれたおもんという女の子を亡くしたことはすでに書いた。彼は園生の実家が貧しいことや、おもんが成長した時のことを考えて、長崎会所で高価な砂糖を二十二籠あずかってもらっていた。もちろん換金するためである。そういうところはヅーフは思いやりの深い父親だった。

シャーロット号とマリア号が入港したとき、ヅーフには瓜生野との間にできた五歳になる男の子がいた。名前を「道富丈吉」という。「道富」は「ドウフ」つまり「ヅーフ」に通じる。それを敢えて「みちとみ」と読ませたのは、その方が日本人らしい姓になるからであった。

五歳といえば可愛い盛りである。ヅーフは赤毛で黒い目をした丈吉が可愛くて仕方がなかった。シャーロット号に象が積まれていることを聞くと、さっそく丈吉を連れて行き「これが象さん。象さんだよォ。大きいねェ」と教えるのであった。

丈吉は象の長い鼻がくねくねと動くのを見て大声で泣き出した。対英交渉では辣腕をふるうヅーフも、このときだけは困った表情を見せて周囲の失笑を買った。

日本語といえばヅーフは、日常会話はもちろん、ある程度の日本語なら使えた。本木正栄から手ほどきを受けた俳句もそうである。「五・七・五」の中に季語を折りこむ言葉遊びは日本人にとっても決してやさしいものではないが、実際に彼のつくった俳句が残っている。

それは仙台藩の士由という俳人が長崎に遊んだとき、町年寄の久松熊十郎を通してヅーフに求めた一句で、のち『美佐古鮓（みさこずし）』（一八一六）に載せられた。

春風やアマコマ走る帆かけ舟　　和蘭陀人

この句には、「アマコマとはあれこれということじゃ」という説明がついている。つまり「春風やあちらこちらに帆かけ舟」と言い換えてもいい。外国人にしては「春風」という季語をじつにうまく生かしている。

さらに興味深いのは「アマコマ」という言葉である。これまで「長崎の方言」とされてきたがそうではない。これは鹿児島から琉球にかけての方言である。つまりヅーフの周辺に如何に薩摩言葉が飛び交っていたかを裏づけるもので、図らずも出島と薩摩藩との浅からぬ関係がここに露呈されている。日本人だったらこのような言葉を用いた句は残さなかったに違いない。

一八一三年、シャーロット号とマリア号がバタビアに戻ったとき、ラッフルズはスラバヤに出張して留守だった。彼が戻ったのは翌年（一八一四）の二月で、元商館長・ワルデナールの報告よりも、出島の医師として同行したイギリス人・エインスリーの報告の方に重きを置いた。

エインスリーの報告は、全体として日本人は好意的であったという楽天的なもので、通詞たちも秘密を守るのに協力的で、奉行所もイギリスからの贈り物を受けとったというのである。

しかしそれはあまりにも浅はかな認識だった。日本人がエインスリーを敵視しなかったのは彼のことをアメリカ人だと思いこんでいたからであり、奉行所が異国人から贈り物を受け取ることもない。要するにワルデナールがくわしい事情をエインスリーに伝えなかったからであった。

こうしてラッフルズはイギリスと日本の貿易をさまたげるものは、オランダ人の独占欲と陰謀によるものであると確信し、再度長崎にシャーロット号を送ることに決めた。今度こそ商館長をカッサに交代させることができると考えた。

ところでブロンホフである。

ヅーフの代理として送られた彼も当然ラッフルズと交渉の座に着いた。討議の中心は常に、出島商館を独立したものと認めるか否かという一点にあった。ラッフルズが出島は他の植民地同様にイギリスに服すべきと主張するのに対して、ブロンホフはあくまで出島の独立性を主張し、意見は平行線をたどった。

ブロンホフの強みは昨年決められた秘密の信号であった。これを怠るとシャーロット号は入港できない。イギリス側もそのことに気がついて、ブロンホフを脅してみたが、「秘密は漏らさない。そのために私がどうなろうとも、祖国の名誉の方が大切だ」と一貫して愛国心をつらぬいた。

ラッフルズは仕方なくシャーロット号を出帆させたのち、ブロンホフを戦争捕虜としてイギリス本国に護送した。

一八一四年の八月、白帆注進がはいった。

ヅーフはブロンホフのことを思い、入船を鶴首の思いで待っていた。すぐにポヘットとハルトマンを迎えに行かせたが船にブロンホフの姿はなかった。

しかも昨年取り決めた秘密の合図の旗はなかったという。ヅーフが通詞たちに「どうして船を港に入れたのか」と詰問したところ、「信号はあまり気にしなかった。なぜかといえば船にカッサと、顔見知りの艦長フォールマンがいたから、問題ないと思った」と答えた。せっかくブロンホフが命を懸けて守り抜いた秘密の信号は、結果的に何の役にも立たなかった。

出島に上陸したカッサはヅーフに向かって、「ヨーロッパではナポレオン軍の敗退により、ウィッレム王子がオランダの君主に返り咲いた。したがって我々はもはや敵ではない。そのうちジャワ島もオランダに復帰するは時間の問題である。だから君も我々の命じるところに従ってほしい」と再度、出島の商館長の座を明け渡すよう命じた。

ヅーフは、「それを裏付ける証拠がないと信じられない。それよりもブロンホフはどうして戻ってこなかったのか。その訳を聞かせてほしい」と頼むと、「彼なら病気で床に伏している」とそっけない返事がきた。

ヅーフは嘘だと気がついたがそれ以上追及しなかった。そのかわり奉行所への文書には次のように書いた。

「日本との貿易に通じていた荷倉役ブロンホフは、ジャワ島で病気になり回復の見込みがない。代わりに新商館長としてカッサが来航したが、彼は貿易にはまったく不慣れであるため、今年もなお旧商館長ヅーフを在留させるべきである」と、自分で自分が商館長であり続けることを肯定した。そうでもしなければ出島はイギリスに奪われてしまう。

もちろんカッサはその文書に署名するのを拒んだが、「秘密をばらしてもいいのか」というヅーフの脅しに屈服せざるを得なかった。結局、奉行所からの返答はヅーフの目論見通り、カッサは来年ヅーフと交代すべしとあった。

こうしてヅーフはひとまず安堵はしたものの、それは来年度の自分の更迭が決定されたに等しい。そのとき商館はイギリス人の手に渡るのだろうか、それを思うと、さらに眠れない日々が続いた。

ヅーフはカッサを自分とは別棟の植物園の近くの建物に住まわせていた。

ある日、そこに出入りする遊女から、名村多吉郎と本木正栄が足繁く出入りしていることが報告された。さらに二人はカッサから羅紗や更紗を受けとっていることも明らかにされた。間違いなく賄賂である。実際にヅーフは多吉郎が袂を膨らませたまま、表門への道を歩いているのを見たことがある。

また馬場為八郎に探らせたところ、この二人は奉行所の役人たちにカッサの人柄を必要以上に持ち上げて、ヅーフのことを「日本を知りすぎた不都合な商館長」として難くせをつけていることもわかった。

多吉郎と正栄は、江戸の蘭学者たちを通してオランダ本国が消滅したことに気がついていた。ならばいっそイギリスと貿易をした方が現実的であると考えて、カッサに近づき、またカッサにしてみてもそれは渡りに船であった。

ヅーフはただちに五名を部屋に集めさせ、その場で多吉郎と正栄の不正を暴露した。二人を窮地に追い込んだ上で、そんなイギリス側の工作に乗ってはいけないと念を押し、ラッフルズあてに要請書をつくることを提案した。

真っ先に石橋助左衛門が同意し、為八郎もそれに続いた。しかるに多吉郎と正栄は三日の猶予が欲しいと言いはじめ、中山作三郎は黙秘したままである。

ヅーフは微妙な立場に立たされた。これはまずい。このままでは五分五分だ。いや、ひっくり返される可能性もある。重苦しい空気が流れた。

「わかった」とヅーフは決意した。「私はいますぐ奉行所に出頭し、これまでのことを洗いざらい暴露する」。

そう言い残して足早に部屋を出た。階段をくだる靴音が響く。五名の通詞は後を追った。「カピタン、それはいけません。戻ってください」と必死で呼び止めた。

こうして出島商館からバタビアのラッフルズへの連判状がつくられた。

「現商館長ヅーフは、次期商館長としてカッサではなくブロンホフが交代すべきだと主張している。それが聞き入れられない場合は、これまでのイギリス人の企みをすべて奉行所に暴露するとも言っている。そうなったらイギリスがバタビアから遣わした船はすべて焼却され、乗組員はのこらず殺される」

加えてヅーフはラッフルズ宛ての手紙を書き、シャーロット号の船長に託した。

「オランダ人が徳川将軍から朱印状を貰ってから二百年以上になる。これをやすやすと他国にゆずることはできない。今年、ブロンホフの代わりに商館長肩書のカッサがやって来た。我々との交渉なら商館長の肩書はいらない。書記役で十分である。どうしてもカピタンの肩書を持った者を派遣するというなら私にも覚悟がある。昨年から起きていることを幕府に通告する。これは私のみならず五名の大通詞も同じ思いである。ここにその通詞たちの連判状を同封する」

終わりに助左衛門・為八郎・多吉郎・正栄・作三郎、五名の血判が押されていて、ヅーフの巧妙な駆け引きの勝利を語っていた。

こうして十一月、シャーロット号は出帆し、ヅーフははじめて愁眉を開くことができた。再度、オランダの三色旗がユニオンジャックに換わることはなかった。

その年ヅーフは出島をホゼマンにあずけて三回目の江戸参府をすましていた。前年、シャーロット号とマリア号が運んできた商品をオランダからの贈答品としてすました顔で将軍に贈呈した。そして将軍から時服（葵の紋の入った小袖）と銀百枚とが下賜された。

出島に戻って間もなく、共に辛苦をなめてきた医師フェイルケが病死した。まだ三十五歳であった。フェイルケは絵筆をとるのが趣味で、日本人から墨絵を習っていた。彼は墨の濃淡だけで空間を表現できる表現に惹かれていた。ヅーフは朋友を失ったさみしさを、息子と遊ぶことで紛らわす他なかった。

一八一五年と一六年とつづけて、船は一艘もあらわれなかった。カッサの言葉を信用すれば、ナポレオンの敗北によりオランダは独立できたはずである。だったら次の船でくわしい情報が聞けるに違いないとヅーフは一日千秋の思いでそれを待っていた。でもその船がやって来ない。ヅーフにとって最も辛い空白であった。

「カッサの話は出鱈目だったのかもしれない」と自問自答を繰り返した。たった六名になったオランダ人は極東の小さな人口の島で、何の情報も与えられず、むなしい日々をやり過ごす他なかった。

ところでカッサがヅーフに語ったナポレオンが敗北したという話は事実だった。オランダが独立したのも間違いなかった。彼が「我々は敵同志ではない。いずれジャワ島もオランダに復帰するであろう」と言ったのもつくりごとではなかった。

ヨーロッパの同盟軍は一八一四年、三月、パリを解放し、ナポレオンは皇帝の座を放棄した。オランダはただちに王政復古を宣言して独立した。さらにイギリスと条約を締結し、東アジアの植民地までがオランダに返還されようとしていた。

イギリスの狙いは、東南アジアからフランスの勢力を駆逐するところにあったが、もう一つ産業革命に成功したイギリスにとっては、もはや東アジアとの貿易よりもインドの木綿・中国との紅茶貿易の方がはるかに重要だったからである。

この植民地をオランダに返すという本国の政策を知ったラッフルズは激怒した。長文の意見書を本国に送り激しく抗議した。もとより当局は彼の意見など耳を貸さなかったが、かといってすぐにジャワ島をオランダに返還することもしなかった。

一八一五年、地中海のエルバ島に追放されたナポレオンが島を脱出し、パリで再び皇帝の座に返り咲いた（ナポレオンの百日天下）ので、オランダもまた東アジアのことなどには構っておれなくなった。

ところでラッフルズによって「戦争捕虜」としてイギリスに送られたブロンホフは、その年の十一月、イギリスに到着した。ただちにロンドンのオランダ大使館に向かったが公使不在のため、始末書を総領事に提出し、かつその紹介でイギリス政府のインド総督にもこれを届け、自らの無罪を認めてもらった。こうして身の潔白が明らかにされるとすぐに船で、母国に戻った。

一八一五年、オランダの商務大臣に出島で起きたことの顛末を報告し、出島で商館長・ヅーフが孤軍奮闘している事実を伝えた。すると国王からヅーフと共に「獅子騎士勲章」が授与され、その上に次期商館長の地位まで保証された。

一方、皇帝に返り咲いたナポレオンはワーテルローの戦いに敗れ、今度こそ脱出不可能な大西洋の真ん中の小さなセントヘレナ島に流された。ウィーンではヨーロッパを元のかたちに戻そうとする腹の探り合いの長い議論が交わされた。世間はそれを「会議は踊る。されど進まず」と揶揄した。

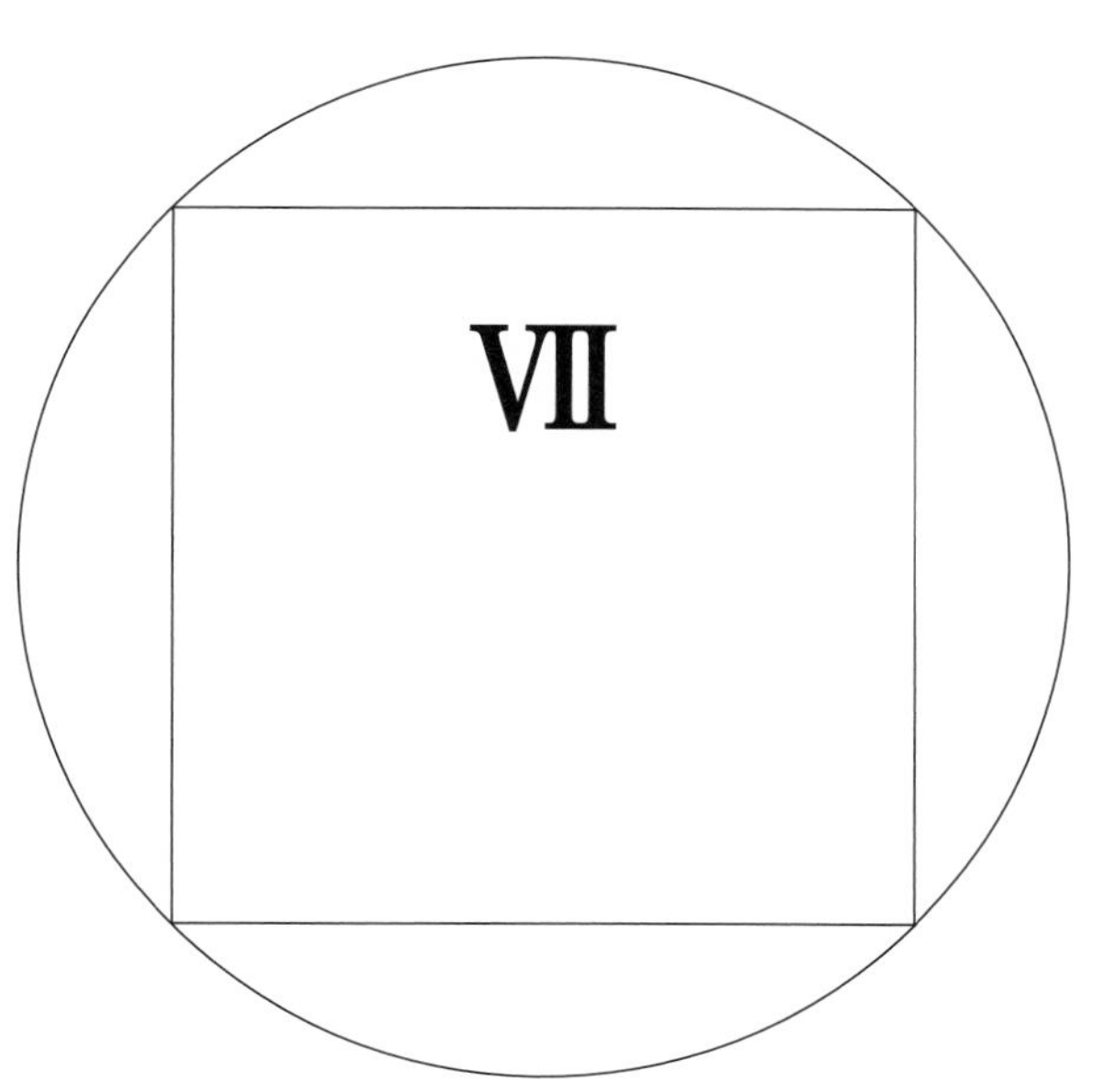
VII

21　ヅーフ・ハルマ

［一八一二〜一八一七］

俳句をたしなむ本木正栄は、ある日、俳句仲間でもある猪俣伝次右衛門から「この句、誰がつくったかわかるか」と問われた。見ると、「稲妻の腕（かひな）を借らむ草枕」と書かれてある。

「うーん、なるほど。『草枕』を据えたところが上手いな」と答え、「これは結構やっている人だろう。さて誰だろう…」と腕組をした。

「へへーッ…。どうだ、降参か」

「負けた。教えてくれ。誰だ。いったい？」

「カピタンだよ。カピタン…」

「なに、ヅーフ？　そんなはずはない。オランダ人にこんな発想はできないだろう」

「嘘だと思えば本人に聞いてみな」

「冗談じゃない。あいつとは金輪際口は聞きたくない。向こうも同じことを考えているよ」

「どうしてそんなに依怙地になるのだ。何かあったのか？」

「いや、いや。何でもない。気にするな。それより、その句がヅーフだとしたら、いったい何処でつくったのだろう?」

「江戸参府の帰りに京都でつくったらしい。祇園さまの鳥居の前に二軒茶屋があって、田楽にするための豆腐切りを見せてくれる店があるだろう」

「あゝ、あれか。『稲妻』というのは、あの女性たちの手の動きと掛けてあるわけか。それにしても良くできている。なかなか艶っぽくもある…」

ヅーフは正栄を感心させるほどの文才にも恵まれていた。日本語もローマ字だったら綴ることができた。彼はフェートン号事件のあと幕府のオランダ人に向けた好意と援助に感謝して、日頃から何らかのかたちで返礼ができればと考えていた。

ある日、馬場為八郎が江戸の蘭学者の間で使われていた『波留麻和解』(江戸ハルマ)という辞書を見せてくれた。ヅーフはそれを手にしておどろいた。アルファベットの部分は木版であるが日本語は手書きであった。手づくりと言っていい。

聞けば八万語ほどが全六十四冊になっているという。オランダ人の助けもなく、自分たちだけでここまでやり遂げた日本人の熱意と努力に胸を打たれた。誤りの個所があってもそれを笑い飛ばすことができなかった。そして思った、「自分ならもっと正確なものがつくれるのに…」と。しかし、オランダ人が日本語を学ぶことは禁じられている。

でも馬場佐十郎が江戸に招かれたように、いま幕府はオランダ語を通して海外の知識を必要としている。だとしたら自分がより正確な辞書を完成すれば、幕府からも喜ばれるし、通詞たちも自分につづく商館長にとっても役立つにちがいない、そして、これこそが自分にできる恩返しになるかもしれないと、そう思った。

それを為八郎に打ち明けたところ、「それは良い考えです。とにかく一部だけでもつくってみて、それを奉行所に提出してみては如何でしょうか」と励ましてくれた。

為八郎はさっそく若い通詞に協力を呼びかけた。先ずは中山得十郎（作三郎の子）と吉雄権之助に声をかけた。二人はまた、西儀十郎や石橋助十郎、名村八太郎などを集めてくれた。こうしてフランソア・ハルマ編の『蘭仏辞典』第二版を基にした辞書づくりが開始された。

とはいうもののヅーフは『蘭仏辞典』をそのまま日本語にするのではなく、不要な個所はこれを捨て、大事なところは補った。訳した日本語は通詞たちのことを考えて長崎の方言で押し通した。どんなに優雅な言葉をつかったところで、分かってもらえなければ意味がない。

単なる語彙の羅列ではなく、品詞名も加えた。ヅーフは「緒言」の中で、この辞書を使いこなすには文法を十分に理解していた方が良いと書いている。またできるだけ例文を挿入した。そうすることでヨーロッパの賢人たちの言葉、あるいは思想、科学、ひいては文化に接することもできる。

言葉に敏感な権之助は、いわゆる翻訳調の文章に引きこまれていった。

たとえば「彼女の目より出る光線が周囲を心酔させる」とか、「響き（音）は空気の娘である」というような表現は、それまで誰も目にしたことのないもので、半世紀を飛び越えて明治時代に書かれたような言い回しであった。権之助は翻訳の面白さにますます夢中になり、我をわすれた。

若い通詞たちにとって辞書づくりは決して単調な作業ではなかった。彼らを熱中させる何かがあった。出島のカピタン部屋には深夜になっても煌々と明かりが灯っていた。四年という歳月があっという間に流れ、彼らの作業は長崎奉行を通して江戸にまで届いた。そして一八一六年、老中・牧野吉備守より、編纂中の蘭和対訳辞書を幕府御用にするという栄誉ある返事が届けられた。

しかしヅーフは慎重だった。それまで脱稿したものはあくまで草稿であって見苦しい。だから、書き改めたものを献上したいと幕府に申し出た。それを耳にした島津重豪は、ならば自分が奉書紙を進呈しようと、ヅーフの下に高級な和紙をどさっと届けてくれた。ここにも薩摩との癒着がある。

こうして主任を得十郎と権之助とし、新たに西儀十郎、石橋助十郎、名村八太郎、名村八十郎、猪俣伝次右衛門、西甚三郎、植村作七郎、志筑長三郎、三島松太郎が加わり、十一名の通詞が輔佐を務めた。ヅーフから反感を買った名村多吉郎と正栄は外されたままであった。

幸か不幸かバタビアからの船はやって来ない。ここ七年間というもの、ヅーフたちオランダ人は故国からの連絡も便りもなく、家族・親類・縁者から引き離され、救出される見込みもないまま過ごしてきた。その辛さは一年ごとに重さを加えていった。

出島では貿易がないので生計の道もなく、毎月長崎会所から支払いを受け、その恩恵によって暮らしていた。ズーフは次の年こそは船が来ると確信を持って日本人に伝えるものの、果たして彼らがどこまで信用しているのかを思えば、暗澹たる絶望の淵におちいるのであった。

唯一の慰めは丈吉の成長であった。祖母の家に預けられた息子が出島に来て、一緒に遊ぶことがどんなに慰めであったことか。彼は丈吉の前では日本語しか使わなかった。息子は年ごとに言葉数が増えて会話を楽しむこともできるようになった。でもこの子とはどうしても離れ離れにならなければならない。

一八一五年、ヅーフは長崎奉行に嘆願書を出した。

「私の息子・丈吉はオランダ人の血を受けているので、養子に欲しいという日本人は現れないでしょう。彼が生涯をどのようにして送るのかと思うと心配でなりません。彼には親しくつき合う者もなく、母親は病身ですし、祖父は亡くなり祖母も高齢で余命いくばくもありません。私が帰国すればたちまち寄る辺のない人間になってしまいます。申し上げるのも恐れ多いことですが、子を思う親の心をくみ取っていただき、丈吉を地役人として召し抱えてもらうわけにはいかないでしょうか。丈吉が必要とする銀としては白砂糖三百籠を長崎会所に託していますので、その利子から年に銀四貫目を与えるようお願いします」

ヅーフの長年の功績が効を奏し、それはまもなく幕府から聞き入れられた。

そして運命の年がやって来た。一八一七年八月十五日、白帆注進が入った。ヅーフにはそれがオランダ船であろうとなかろうと一向に構わなかった。たとえ敵国イギリスの船でさえ大歓迎というのが偽らざる気持ちだった。

夕方になって船からの書類がもたらされた。着いたのは「フラウ・アハタ号」と、「カントン号」で、ヅーフは名簿の中にブロンホフの名前を見つけたとき、「君は生きていてくれたのか…」と瞼が熱くなった。

しかし翌日になっても、二隻は外港の福田に投錨し港内には入ってこなかった。

ブロンホフが彼の妻子を乗船させていたのがわかり、入港が許されなかったのである。ヅーフはすぐに奉行所に抗議をした。かつて台湾にゼーランディア城を築いたオランダ人が鄭成功（ていせいこう）に攻められた時（一六六二）に、子供を含めた三十数名の婦人が出島に避難、上陸したことがある事実を指摘して、オランダ船の入港を要求した。

午後三時までにフラウ・アハタ号が入港した。ヅーフはさっそくブロンホフの家族を迎えに行き、妻・ティシアと子供たちを含めて出島に連れて戻り、植物園の側の建物をあてがった。その日のうちにヅーフは風説書に次のように書いた。

「ナポレオンの弟が養子として長い間オランダ国王になっていたが、亡くなったので、以前のオランダ国王の血筋の者が新たに国王に返り咲いた」と、実際には死んでいないナポレオンの弟を亡くなったことにしてオランダ国王の復帰を報告した。こうしてナポレオン戦争の下でもオランダ国は風説書の上では一度も消滅しないですんだ。

その夜は奉行所の役人も、出島の通詞たちも、また住民たちも戦争が終わったという知らせに陽気になっていた。ブロンホフはさらに良い知らせをもたらした。それは一八一三年と一八一四年のラッフルズの策略を見事に退けたことが国王に認められ、ヅーフにもオランダ獅子騎士勲章が与えられたというのである。ブロンホフは国王の代理として、名誉ある勲章をヅーフの胸に飾ることができた。

ひさしぶりにカピタン部屋が明るくなった。

あらゆるシャンデリアが灯され、乾杯が交わされた。六年間も口にすることができなかったワインとビール、チーズとバターの味もまた格別だった。

その年（一八一七）は幕府も久しぶりに入った蘭船に対して、銅の輸出を例年よりも多く九千二百三十二トンを許可してくれた。ヅーフは奉行所から呼び出され、十八年の間日本に留まり、良く幕命を遵守し、ナゼジダ号の入港やフェートン号の狼藉などの数多くの難局にもかかわらず商館を無事に維持した功労に対して、銀五十枚を与え表彰した。

ひとつだけ頭の痛い問題が残った。ブロンホフに同伴した人々のことである。いったん上陸させたものの、幕府は妻・幼児・乳母・召使いの滞在を許さなかった。ヅーフはここぞとばかりに長文の嘆願書を長崎奉行に提出した。

先ず最初にブロンホフがオランダを離れるときにティツィアと婚約を交わしていたこと。次に彼が日本に五年間滞在し、ようやく帰国できたので、二人がすぐに結婚したこと。子供が生まれると同時にバタビア行きを命じられたこと。バタビアでブロンホフが持病に悩み、介護の少年を雇ってみたものの夫人に勝る者はなく、やむなく子供連れの夫人を一緒に日本に来てもらうことになった経過が、連綿とつづられていた。

しかしヅーフがブロンホフをどのように弁護したところで幕府は聞く耳は持たなかった。いったん幕府が決めたことは変わらない。長崎奉行はそれを承知していたので嘆願書を江戸に送ることさえしなかった。

この件については長崎でも通詞や町年寄を含めて賛否両論に分かれた。それを最も嘆いたのはヨーロッパから命がけで同伴してきたティツィアである。見知らぬ土地で非情な待遇を受けた彼女は、自ら手紙をしたためて表門の役人に奉行所に届けて欲しいと差し出した。

馬場為八郎と石橋助十郎が血相を変えてカピタン部屋に飛び込んできた。ヅーフも驚いてすぐにブロンホフを呼んだ。ブロンホフはそのことを知らなかった。為八郎は彼女の手紙はすでに奉行所に届けられたという。誰もが頭を抱えた。この国では前例のないことをすると只ではすまない。

案の定、検使が二人やってきてブロンホフと妻を前にして、「何度要求されようが、この要求には答えられない。手紙は無かったこととする」と告げられた。

彼女は両手で顔を覆ったまま部屋から走り出た。検使は「今回のことは女のしたことで見逃すが、乗船はヅーフが乗る三日前までに終えること」と、厳命した。一見、非情に思えるこの処置は、裏を返せば出帆までは出島に居てよろしいということで、実際、ブロンホフは三ヶ月半ほどを家族と共に出島で過ごすことができた。

五日後、ヅーフは出島を出て新大工町の丈吉の祖母の家にあった。丈吉は童顔から少年の顔に移ろうとしていた。

「お父さんは仕事でバタビアに行かなければない。でもバタビアはそれほど遠くない。きっと戻る…」と嘘をついた。別れしなに息子を肩車して部屋を巡ったが、ヅーフがよろめくほど重くなっていた。

出島にもどったヅーフは帰り支度にとりかかった。蘭和辞書はAからTの項まで、それぞれ一冊から四冊ほど進んでいた。残りは通詞たちにまかせるしかない。草稿はすべて疑われないように検使の息子に譲り、清書した方は通詞部屋に置いた。

こうして検使を安心させた上で密かに複写させていた辞書を積荷に加えた。そのきわどい作業に手を貸したのは為八郎であった。彼はいったん検使が目を通した荷物を開封し中身を入れ替えた。ヅーフは初めて為八郎に接した時、その鬼瓦のような顔つきに思わず身を引いた。とても親しみが持てる顔とはいえなかった。そのうちアブラハムすなわち佐十郎を通して兄弟であることを知り、為八郎に跡取りがいないので佐十郎を養子にしたという話も聞かされた。やがてその誠実さに気がつき、ついにはヅーフが最も信頼を置く通詞の一人となった。

一八一七年十二月六日の午後、フラウ・アハタ号とカントン号は日本を離れた。多くの日本人が別れを惜しむために来てくれたが、ヅーフと対立した多吉郎と正栄の二人は、ズーフの訴えにより奉行所から通詞を罷免された。

22　シンガポールの生みの親　［一八一六〜一八一九］

バタビア副総督ラッフルズは、イギリス政府が東インドの植民地をそのままオランダに返還するという「ロンドン条約」に失望し、長文の抗議書を提出していた。

しかしジャワ島にいるラッフルズには政治的な力はなく、オランダからの返還の圧力は次第に大きくなる一方で妻にも先立たれ、すっかり健康を害してしまった。そこでオランダによるジャワ島の接収が行われる前年（一八一六）、その地位をフェンダルに譲って帰国することに決めた。

乗船したのちもラッフルズの症状は悪くなる一方で、船中で亡くなるのではないかと危惧されていたが、船が喜望峰を迂回する辺りから徐々に元気を回復した。そしてできることなら航海の途中にあるセントヘレナ島に立寄って、ナポレオンに会いたいものだと口にするまでになった。

それを知った船長はラッフルズを崇拝していたので船を島に寄港させた。しかしかつてエルバ島でナポレオンの脱走を経験していた官憲のガードは固く、水や食料を補給する以外誰ひとりとして上陸は許されなかった。

これには乗船していた誰もが不満を抱いた。

しかし、船中の大佐の一人が島に常駐する提督に手紙を出し、ラッフルズがナポレオンと面会したい旨を告げたところ上陸の許可が下りた。一行はよろこんで提督の屋敷を訪ね、翌朝紹介状を携えてロングウッドの森に出かけた。

ナポレオンはイギリス人・ベルトラン夫人と一緒に庭園を散歩していた。一行はそれに気がつくとそろって帽子を脱ぎその場に立ち止った。ナポレオンもまた一行を認めると、向きを変え、帽子を小脇にかかえたまま足早に近づいた。

「ラッフルズ氏はどなたかな?」と、「ラ」を「L」で発音した。それを耳にした大佐が、「お言葉ですが、『ラッフルズ』は『R』ではじまるので、正しく発音していただきたい」と修正を求めると、ナポレオンは軽くうなずいたのち、ラッフルズに向かってどこで生まれたのか、東インドには何年いたのか、ジャワ島遠征に参加したのか、そのとき指揮は誰がとったのかなど、矢継ぎ早に質問を投げて来た。

さらに、ジャワ島はラッフルズが自分の意志でオランダに譲渡したのか、それとも他の提督の意思なのかを問うてきた。ラッフルズはここぞとばかりに、自分は譲渡したくなかったのだが、政府の決定でやむなくそうなった旨を告げると、深くうなずいてジャワ島の価値に理解を示しているように見えた。

一時的とはいえフランスは東アジアのジャワ島や香料諸島を手に入れたこともあり、ナポレオンにとっても興味のある地域だったに違いない。コーヒーについてのさまざまな情報が交換された。その間ナポレオンは帽子をとっていたので、一行もまた脱帽したままで時間をすごした。ナポレオンに対しても最後まで「将軍」とか「皇帝」という称号は一度も使わなくて済んだ。

その日の体験は本国に着くまでの船中で何度も繰り返し話題にされた。ラッフルズは誰よりもナポレオンの境遇に同情を抱いたようだった。こうして一八一六年の夏、十一年間も離れていた故国の土を踏むことができた。

ラッフルズがロンドンに持ち帰った資料は二百箱を超える膨大なもので、彼はそれを使って、わずか四ヶ月の間に『ジャワ誌』を書き上げた。それは自然・風土そして社会制度や文学・音楽にいたるまで広汎な記述を含んだ『ジャワ誌』であった。そして翌一八一七年に刊行され、ジャワに関する最初の体系的な研究書として位置づけられた。

その後、ラッフルズは再婚し、夫婦二人でヨーロッパ旅行を楽しんだのち、ふたたびイギリス東インド取締役会の任命により、スマトラ島の南西にあるベンクル目指して出帆した。喜望峰をめぐるとき船中で女の子が生まれた。夫妻がベンクルに到着したのは一八一八年の春であった。

ヅーフとブロンホフの家族を乗せたオランダ船が日本を離れると、出島は江戸参府の準備で大忙しだった。

参府に付き添う通詞は、馬場為八郎・加福新右衛門・吉雄権之助の三名で、もっとも若い権之助は為八郎が病身であったことと、新右衛門が未熟であったことを考えて、ブロンホフが自分の負担で参府に同行させた。

一八一八年二月、商館長代理をホゼマンに託して、書記のエンゲレンと医師ハーヘンを加えた一行は長崎街道を北上した。ブロンホフの読みは的中した。冷水峠を越えたところで為八郎が遅れはじめ、飯塚で日本人医師・新宮涼庭の治療を受けた。

のち為八郎は下関で一行に合流することができたが、いささか弱っているように見えた。そこから播磨の室（むろ）までは船である。上陸するとまた為八郎が遅れはじめた。結局、彼が参府の一行に追いついたのは吉田（今の豊橋）であった。

ブロンホフが品川の宿で休憩していると江戸からの出迎えが到着し、その中に為八郎の弟・馬場佐十郎が交じっていた。兄が不調の身体を押してまで参府に来たのはこの弟との再会を果たしたいためであった。

一行はその日のうちに長崎屋に着いたが、ブロンホフにはこの古くさい宿がどうしても好きになれなかった。

検使たちの挨拶が終わった夕方から、ご典医の桂川甫賢、中津藩主奥平昌高、その家臣・神谷源内、大槻玄沢などが挨拶に来た。前商館長ヅーフがオランダ名を授けたこともあって、彼らは揃ってオランダ語を学ぶのに熱心でブロンホフを驚かせた。この夜、佐十郎は妻を同伴して長崎屋に顔を見せた。

ブロンホフの将軍謁見の日は四月二十日であった。

朝六時には宿を出なければならない。オランダ人三名は駕籠で、日本人は歩いて登城した。無事に謁見が終わり控えの間にいると、日本人たちが将軍に捧げるオルゴールが壊れて音が出ないと右往左往している。為八郎は今にも泣きださんばかりの顔をしていた。幸いにも修理をほどこすと音が出るようになった。

翌日は寺社奉行と江戸町奉行の屋敷をたずねた。町中はオランダ人を一目見ようと多くの民衆が押し寄せて身動きできないほどだった。勘定奉行の屋敷をたずねたときには、オランダ人として初めて両国橋を渡った。

江戸滞在中の来客は医者や天文方をはじめとして御三家の人々、島津重豪をはじめとした諸大名、その家臣など押すな押すなの大盛況だった。古賀藩（現・茨城県）の家臣・鷹見泉石（たかみせんせき）には「ダッペル」というオランダ名をさずけた。

天文方・高橋景保は自分が制作した世界地図『新訂万国全図』を見せてくれた。それはブロンホフが見ても出色の出来栄えに思えた。佐十郎は通詞として八面六臂の活躍を見せた。

ここにきて日本人のオランダ人に接する態度に変化が起きたのは、前任のヅーフがつちかった人脈もさることながら、天文方を中心とした江戸蘭学者の海外に向けた知識欲が一挙にたかまり、さらに詳しい情報を得ようとオランダ人に寄せる期待が大きくなったからである。

参府の帰路に大森までくると、薩摩藩主がお忍びでブロンホフの前にあらわれた。この重豪という人は長崎に薩摩の蔵屋敷を構えて以来、琉球を通して入手した輸入品を、長崎会所を通して全国に売りさばく利権までも手にいれていた。それまで貿易を独占してきた長崎会所はこれにより手痛い結果をこうむることとなる。

薩摩の樟脳は品質が良く、高価で買い取られたので、重豪もその増産を図ろうとしていた。二人の間にはさぞかし生臭い会話がささやかれたことであろう。

兵庫に着いたとき一行はすぐに船に乗ろうとしたが、為八郎が船の準備がないのでここで一泊しなければならないと言う。こんな風にして少しでもオランダ人に無駄な費用を使わせようとする日本人の態度にブロンホフは腹が立ち、為八郎に不満をぶつけた。

翌朝もブロンホフは自分から港に出て、たまたま入港した船を雇い入れ、それに乗って下関までもどった。下関には「ファンデンベルク」という蘭名をもらった伊藤杢之丞の定宿がある。次の朝も通詞たちは船の都合がつかないという。ブロンホフは自ら小船を雇って部下と一緒にさっさと九州に渡り、同行の日本人たちを狼狽させた。

こうして四ヶ月と七日を経て江戸参府は終わった。

それから一ヶ月のち通詞の交代があり、末永甚左衛門が大通詞末席に、権之助が小通詞に昇進したという報告が入った。小通詞末席だった権之助の七人抜きの出世はブロンホフを喜ばせた。

そんな出島に江戸から一つの事件が届けられた。

一八一六年の五月十八日、江戸湾入口の浦賀に三本マストの異国船が入ったというのである。四日後、さらに詳しい情報によると異国船にはイギリス人が乗っていて貿易を求めに来たという。それを聞いたブロンホフは、船は日本との貿易を調査するためにイギリス政庁がベンガルから遣わしたものではないかと疑った。

その異国船は英艦「ブラザーズ号」であった。大型のフリゲート艦で、長さ二十間、幅四、五間でベンガルを出て太平洋を横断し、露米会社と毛皮防貿易をしようとアラスカに向かう途中、浦賀に立ち寄った。幕府はただちに浦賀奉行を向かわせたが言葉がまったく通じない。

そこで天文方から足立佐内と佐十郎が派遣された。二人はゴロウニンが捕らえられた松前で共に働いた仲である。ゴードン船長に来航の目的をたずねると、江戸で貿易がしたいという。これに対して、日本は国法でオランダと中国以外の国とは貿易が許されていないので帰帆するように命じた。

ブラザーズ号の浦賀滞在は一週間ほどであったが、その間二人は毎日船を訪れてゴードン船長と世界地図を前に新しい情報を交わした。その結果ロシア人が語ったように、オランダは一時期、ナポレオンによりフランスに併合された事実が明らかにされた。さらにゴードン船長は戦争のあと、東南アジアの植民地がオランダに返却されたが、喜望峰だけはイギリスが押さえていることも教えてくれた。

佐十郎は船内を見せてもらった時に牛痘に関する小冊子を見つけた。船長は日本人がジェンナーの種痘を知っていたことに驚いて、小冊子と痘痂の入ったガラス瓶、並びにそれを粉に擦りつぶすガラス盤をワンセットで佐十郎に譲ると口にした。

そのとき佐十郎は、「これさえあれば自分だって酷いあばた面にはならなくて済んだのだ」と、じっと痘痂に見入っていた。側から佐内が肘で佐十郎を突ついたので、「あ、失礼」と、はじめて我に返った。

船長の親切に礼を言うと同時に、「それは禁止されているので」と断ろうとすると、「黙っているから貰ってはどうだ」と佐内が耳元にささやいた。佐十郎は周囲を見渡して、牛痘のセットをそっと懐と袖に仕舞いこんだ。

英語の小冊子をめくってみた。おおよそ自分が知っている知識と同じことが書かれてあった。そして思い出した。「そういえばロシア語の牛痘接種の翻訳はまだ未完成のままだ。あれをそのまま放置してはならない…」そう思った。

ブラザーズ号が去ると、それまで会津藩と白川藩によって行われていた江戸湾警護が、小田原藩・川越藩と佐倉藩・久留里藩に受け継がれ規模が縮小した。これから多くの異国船が太平洋上にあらわれるというのに、幕府は時代に逆行する処置を選んでしまった。

一八一八年三月、ラッフルズはスマトラ島のベンクルに到着した。そこは不毛の地で、道路は荒れ放題、主要な町も雑草でおおわれていた。「こんな不毛な土地をどれだけ手にしたところで、ひとつのジャワ島にも及ばない。政府は何を考えているのだろう」としみじみ思った。

彼が最初に手をつけたのは奴隷解放と奴隷売買の禁止だった。次に土地改革と教育制度であったが、いずれも植民地からの利益しか眼中にない東インド会社の取締役の目をひくには到らなかった。

スマトラ島での彼の最大の手柄は、ジョゼフ・アーノールド博士と一緒に発見した世界最大の花の発見である。それは二人の名前から「ラフレシア・アルノルディ」と名づけられたが、普通は「ラフレシア」で通っている。

茎も葉もない一メートル近くもある寄生植物は悪臭を放ち、誰もが「人食い花」と呼び、近づこうとはしなかった。最初に花に手を触れたのはラッフルズとされている。

しかしその後、大の親友だった博士も、また愛児さへも亡くしてしまい、ラッフルズは再び帰国を思い立った。

ラッフルズ（1781～1826）
──ウィキペディアより

しかしジャワ島に戻ったオランダ人の高圧的な態度に接するたびに怒りが湧き、黙って見逃すわけにいかなかった。またイギリス本国が東アジアに立脚すべき一坪の土地さえ所有していないことが彼にとっては憤懣やる方なかった。

たとえジャワ島に匹敵するような土地がないとしても、どこかにアジア貿易の拠点が欲しい。ラッフルズは思いあまってベンガルのヘースチングス総督の下をたずねた。総督はスマトラ島をオランダに譲渡することはすでに決めていたが、ラッフルズの見識には共鳴してくれた。そして「君は私のことを信頼してよろしい」と背中を押してくれた。ここにラッフルズの目標は明らかになった。

一八一九年一月、マレー半島の先端に浮かぶ「セント・ジョージ島」に、四隻からなるイギリス艦隊が碇をおろした。たちまち島の人々が小舟に乗って見慣れぬ艦隊を取り巻いた。島民に向かってラッフルズが「島にオランダ人はいるか」と尋ねると、彼らは口を揃えて、「いない」と答えた。

二十九日、ラッフルズが上陸し、ジョホール国王のスルタンとの間にイギリス商館設立の条約を交わされ、五年後の一八二四年、正式にイギリスの植民地となった。

23　出島のアマチュア劇団

〔一八一七〜一八二〇〕

ヅーフを乗せたフラウ・アハタ号は、およそ四十日でバタビアに着いた。

バタビア総督府では、東インド全権特使C・テオドラス・エラウトと、総督・ファン・デル・ブルックが彼を温かく迎えてくれた。もう一人の海軍少将・バイスケスはモルッカ諸島に遠征中で留守だった。

この三名はロンドン条約を実行に移すためにジャワ島に派遣された人々で、いわばラッフルズのライバルであった。ラッフルズは彼らの高圧的な姿勢に孤軍奮闘し、その結果シンガポールを手にいれたことになる。

ナポレオン戦争のあいだ出島商館を守りぬいたヅーフは、いうまでもなくジャワで厚遇された。彼が望めばそれまで以上の地位も与えられたであろう。しかし二十一年間も母国を留守にしていたヅーフは一度ヨーロッパに戻ってみたかった。日本での経験を人々に聞いてもらいたかったし、自らつくりあげた蘭日辞典を国王に贈呈したかった。

一八一八年をバタビアで過ごしたヅーフは、もとより人当たりも良く好男子なので、オランダから来た女性たちが放っておかない。その夏、ステーンボーンという女性と結婚し、翌一八一九年二月、母国に帰ろうと軍艦「エーフェルツェン号」に乗り組んだ。ところがこの選択にはとんでもない疫病神が取りついていた。

三隻の船が同時にバタビアを出帆したが一隻は船足が早く先に失せ、もう一隻は逆に大きく遅れてひと月後には視界から消えた。結局、エーフェルツェン号一隻だけでインド洋を喜望峰目指して進んだ。

艦は絶えず激しいスコールと嵐に襲われた末に帆は破れ、船首の檣まで失った。その取りつけ部から浸水がはじまり修理もできなくなった。船の中の男性は全員が交代でポンプを使って水を汲みださなければならない。ヅーフも四時間つづけてポンプを押しては、四時間休憩した。

船は次第に悲惨な状態におちいって行った。そのとき艦はモーリシャス島からなお四百マイルも離れていた。かといって引き返すこともできない。

ついに艦はいつ沈んでもおかしくない状態に追いつめられた。唯一の希望はその付近にある無人島であった。そこにいけば船がなんとか避難できる港があるはずであった。

四月八日の朝、とつぜんその小島が目の前に現れた。誰もが信じられないという顔をして神に感謝した。ところが帆の破れた船では思い通りに港に入ることができない。せっかくの好運を目の前にしながらみすみす見逃すしかない。

その時たまたま無人島の港から、アメリカ国旗を掲げた二本マストの船があらわれた。天の助け以外の何ものでもなかった。

その船の船長は近づいてエーフェルツェン号に乗り移り、あまりの惨状にあきれていたが、一行を見離すことはしなかった。もしこの時彼に見限られていたら、オランダ船の全員が漂流の果てに溺死したに違いない。

結局、三百四十名は艦を見離してアメリカ船で島に避難することに決めた。その際、場所をとるような荷物は持ち出し禁止となり、ヅーフが十九年間にあつめた日本に関するすべての資料を置き去りにしなければならなかった。

沈みゆく艦とアメリカ船との間をボートが何度も往復した。ヅーフ夫妻に順番がまわってきたのはすでに深夜の一時であった。このとき妻は臨月で、それまでの航海の恐怖と苦悶のためにすっかり憔悴しきっていた。幸いにもアメリカ人船長は親切で、彼女をハンモックで包み大切に取り扱ってくれた。

全員が乗り移ったと思われたそのとき、エーフェルツェン号から突如大砲が鳴った。誰もが驚愕した。幽霊が大砲を放つわけがない。砲手の一人が待たされている間に酒を飲んで寝込んでしまい、目が覚めると自分だけ取り残されたことに気がつき、あわてて大砲を撃ったのである。

こうして最後の砲手までが無事に救出されたのであるが、翌朝になって漂流する艦を見るとなお船体から黒煙がのぼっている。昨日砲手が出鱈目に発射したためにどこかで火災が発生し、沈もうとしているのだった。

アメリカ船に救われた人々は、いったん無人島に上陸し、半数ずつに分かれてモーリシャス島を目指した。ヅーフは最初のグループで出発したが、出港して四日目に妻が臨月の子供と一緒に息を引き取った。彼はのち回想録の中で、「読者はそのときの私の気持ちを察してくれるであろう」と控えめに表現している。

そんな失意のどん底にあったヅーフがモーリシャス島で帰船が来るのを待っていると、ベンガルからロンドンに戻る途中の東インド特使・エラウト閣下を乗せたイギリス船が寄港した。エラウトはヅーフを見つけるとすぐに乗船するようにすすめた。こうしてヅーフは一八一九年十月、無事にロンドンに着き、その後オランダに帰国できた。しかしそれは文字通り「身体ひとつ」で、最愛の妻も誕生するはずだった子供も、たいへんな苦労をして持ち出した蘭日辞典も、何もかも失っていた。

ヅーフがジャワ島にいた一八一八年、日本では水野忠成（ただあきら）が老中になり政権をにぎった。これを機会に松平定信以来、四十年間も若年寄を勤めた堀田正敦が引退した。大槻玄沢が天文方で活躍できたのも、江戸の蘭学者グループが世界情勢に明るくなれたのも正敦がいたからであった。

その夏、出島のブロンホフは、四年前のシャーロット号事件に関わり免職処分を受けていた名村多吉郎と本木正栄が復職したと耳にして、彼らが再び出島で権力をふるうことに神経をとがらせていた。

もとはといえば前商館長ヅーフが多吉郎と正栄に対して抱いた怨恨からはじまったこの対立は、このようにあとを継いだブロンホフにまで影響を及ぼしていた。

そのことに気がついた多吉郎の息子・名村茂三郎が仲に入り、ブロンホフに二人の復職についてくわしく説明した。江戸の天文方から二人に翻訳の依頼が入ったことと、もうひとつ、奉行所が出島の若い通詞を養成するため二人を必要としたことである。それを聞いたブロンホフはようやく態度を和らげた。

一八二〇年、長崎の町に疱瘡が流行し、多くの人々が亡くなった。ことに乳幼児の死亡率が高かった。

疱瘡が伝染病であることは医者の間では知られていたが、世間ではなおそれは悪魔や疫病神の仕業として恐れられ、住吉神社や金比羅山詣でが大流行した。

日本にはワクチンがないことに気がついたブロンホフは、馬場為八郎に「国内に疱瘡にかかった牛はいないか、調べてみる必要がある」とすすめてみた。すると彼は、「はい、私もそう思っていました。でも医者たちは一向に牛痘には関心を示そうとはしません。牛に近づくことさえ汚らわしいと思っているのです」と残念がった。

ブロンホフは日本がそんな次第なら、バタビアから牛痘苗を運んでくれれば、きっと喜ばれるに違いないと思った。


為八郎と佐十郎の兄弟は、もとはと言えば三栖谷（みくりや）という家に生まれた。父は商人だったが通詞であった馬場家の株を買い、息子たちにオランダ通詞としての道をひらいた。

為八郎はわずか九歳にして稽古通詞になっている。長崎蘭学の雄・吉雄耕牛が十三歳で稽古通詞になったことを考えるとこれは異例の早さである。兄弟には十八年という歳の差があり、佐十郎は自分の幼少期の疱瘡の記憶はなかったが、兄の為八郎は良く覚えていた。

ある日突然、弟が高熱を出し身体に赤い発疹ができた。それは文字通り頭のてっぺんから足のつま先まで余すところなくひろがった。

やがてそれは水泡に変わり、豆粒ほどにまで腫れあがると同時に黄色く化膿しはじめる。そのため唇は晴れあがり、瞼は開けられず、耳も鼻も塞がり、家人でさえ顔をそむけたくなるほどに変貌する。

為八郎は弟の様子を目にして恐怖をおぼえた。

頂点を過ぎると熱も下がり腫れも引きはじめる。しかし流れ出た膿が乾燥して茶色のかさぶたに変わる。それは日を追って剥落しはじめるが、そのかゆみに絶えきれず体中を血が出るまでかきむしるので、とうとう弟の両手は縛られた。

ひと月もすれば、かさぶたも落ちて小さな色素班だけが残る。それもまた数か月たてば消えてしまうのであるが、その跡にわずかな凹みが残る。それが「あばた」で、弟は一目でわかる「あばた面」になった。

佐十郎はそのコンプレックスから脱却しようと人一倍蘭学にいそしんだ。最初は兄に、のち志筑忠雄から文法を、そして商館長ヅーフに発音を学んだ。そんな自分が江戸に出て幕府天文方の一員となり、思いがけなくも蝦夷松前に出張を命じられ、ロシア語を学べた上に、牛痘接種についての小冊子まで入手することができた。

それだけでも奇遇なのに、浦賀に入ったイギリス船の船長から実物の痘痂まで分けてもらった。そんな自分と牛痘とのめぐり合わせに彼は運命的なものを感じた。そして天文方から帰宅しては夜遅くまでロシア語の翻訳をはじめからやり直した。

それは一八二〇年の秋に出来上がった。中国では古くから疱瘡のことを「天花」と呼んでいる。「天」がつく以上、「宿命的な病」として捉えられていたのだろう。その「花から遁れる方法」という意味で、『遁花秘訣』と題した。

前書きには、「多くの人々を悩ます病気の中で疱瘡ほど大きいものはない。それによって失われた命は戦争の比ではない」からはじまり、「牛痘についてロシア本から翻訳したのは私が最初である。したがって誤りもあるだろう。訂正は後世に委ねたい」と、敬虔な言葉で終わっている。

しかし佐十郎の『遁花秘訣』がすぐに実用に益することはなかった。それが日の目を浴びるには、なお紆余曲折を経なければならなかった。

同年（一八二〇）夏の長崎には、「ニューウェ・ゼーリュスト号」と「フォルティテュード号」の二隻が入港していた。後者の船には芝居を演じるのが大好きな新任の書記オーフルメール・フィッセルが乗り合わせていた。フィッセルは演劇が好きで、いつか商館長の建物を借りて芝居をやってみたいと機会あるごとに仲間に吹聴していた。

やがて噂は商館長の下にも届き、ブロンホフから庭園の近くにある建物を演劇のために貸しても良いという許可が与えられた。

積荷の積み下ろしの手が空いた九月のこと、出島の積荷方や書記などを含めた六名が素人芝居を演じる日がやってきた。横長の垂れ幕には「Ars longa, vita brevis（芸術は長く人生は短し）」というラテン語の幕が下がっている。

芝居は喜劇「気短な人」ではじまり、「二人の猟師とミルク売りの娘」というオペレッタで終わった。

飾り付けや背景も上手に準備され、演技も舞台の狭さを忘れてしまうほどうまかった。一部の通詞や町乙名のような日本人も招かれていたが、口をそろえて初めて目にしたヨーロッパの演劇におどろき、かつ称賛した。

好評に答えて二回目を開くことになった。前回の芝居を見逃がした通詞たちをまじえて幕府の検使も参加した。検使たちも芝居をほめて「今夜のことは奉行に報告しよう」と満足して帰っていった。

一週間後、ちょうど旧奉行・筒井政憲と新奉行・間宮信興が交代する時期でもあったので、両者を招いて芝居を演じることとなった。

両奉行は開幕までをビリヤード室に案内された。荷蔵役のオランダ人が玉突き棒の使い方を見せてくれた。象牙の玉と玉がぶつかるたびにカツーンと小気味の良い音がする。ブロンホフが二人に玉突き棒を渡すと、最初は緊張していたが、やがてすっかり遊戯に夢中になった。

今回は芝居のあとに歌曲とパントマイムが追加された。フィッセルはその場にふさわしい詩を朗々と詠みあげた。最後にオランダ語で「長崎奉行、万歳！」と書かれた字に照明が当てられ、会場は拍手で満たされた。

舞台装飾・衣装・演技のすべてがうまくいった。とりわけ今回の素人芝居の世話役をつとめたフィッセルは大いに株を上げた。

二日後、最終回の芝居が開かれた。奉行所の秘書官、検使、町年寄、唐通事までが招かれた。二人の唐通事は芝居のあとで、「オランダ人の芝居は言葉がわからなくても理解できる。そこに行くと私たちの芝居は前もって知識がないとわからない。いずれが優れているかは問うまでもない」と感想を述べた。

この日、ひとりの画家が俳優や舞台を熱心にスケッチした。出島で「ブロンホフ家族図」を描きあげた川原慶賀である。その日の絵は完成したのち将軍に見せるために江戸に送られた。

また江戸町奉行に栄転した筒井政憲（のち幕末の対露交渉にも登場）は、その日の芝居のあらすじを翻訳させ、『オランダ演戯記』にまとめた。それは晩年の大田南畝の『一話一言』の中に「阿蘭陀俄狂言二通」として収められ、広く知られることとなった。

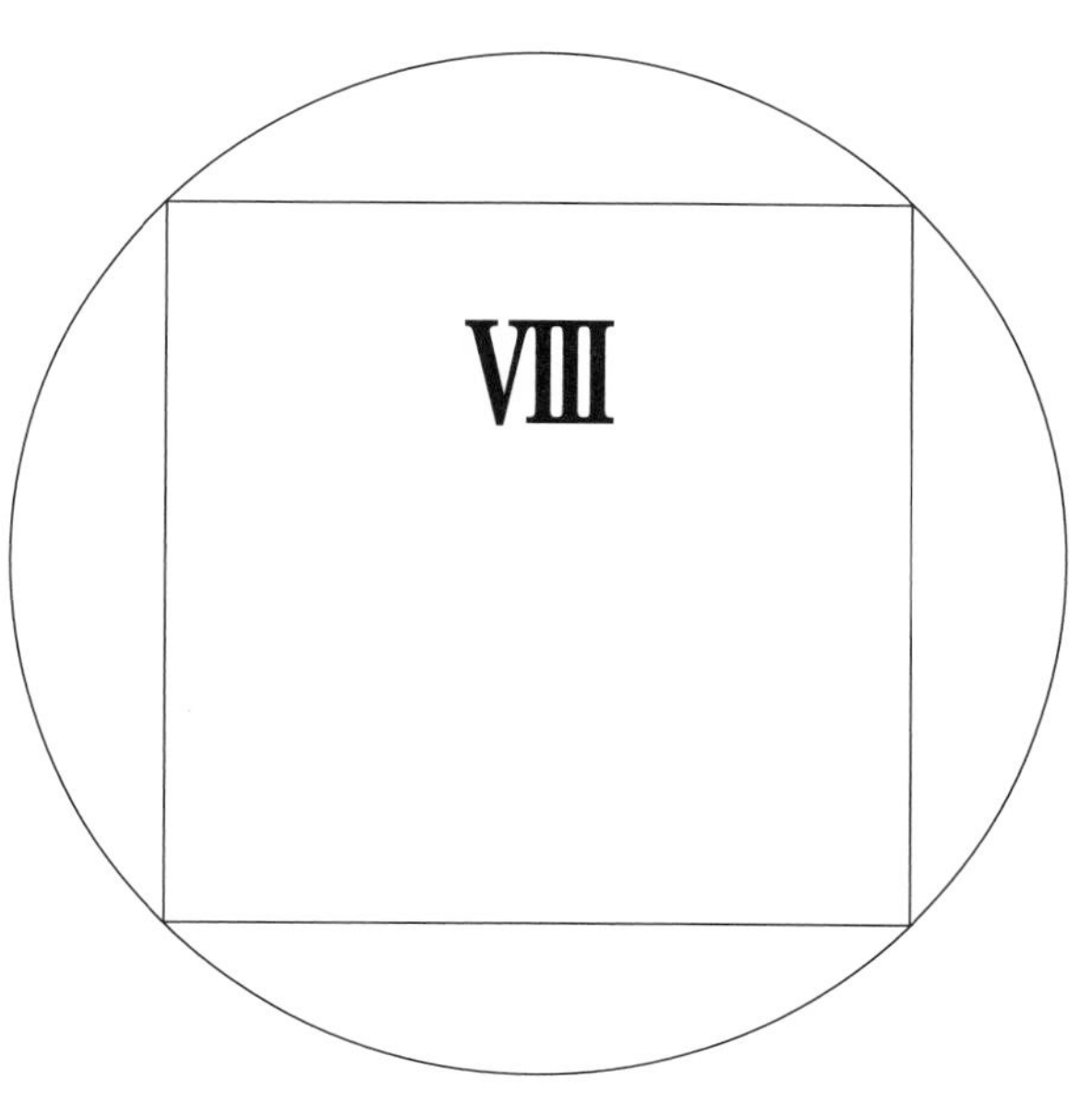
VIII

24　浦賀に入った捕鯨船

［一八二〇〜一八二二］

一八二〇年代に入ると捕鯨船が太平洋に姿を現しはじめる。

捕鯨は北極海でホッキョククジラの捕獲からはじまった。やがて英・蘭の乱獲によりクジラの数が減ると、今度はマッコウクジラやセミクジラを狙ったアメリカ式捕鯨に代わる。当時鯨油は灯火用として大きな需要があった。

捕鯨船はクジラを追って大西洋を南下し、南アメリカのホーン岬を迂回して太平洋にはいった。赤道直下のガラパゴス諸島から西に進み、南下するとニュージーランドとオーストラリアの間、北にのぼれば日本列島の太平洋側の漁場にいたる。特に北太平洋のマッコウクジラの大群が見つかったあたりを、彼らは「ジャパン・グラウンド」と呼んでそこに集結した。

それまでの太平洋といえば、年に一回、フィリピンとメキシコの間をガレオン船が行き交うくらいでのんびりしたものだった。それも一八二一年のメキシコの独立戦争で消滅し太平洋は新しい時代をむかえる。ブラザーズ号のような貿易船が浦賀に寄港したり、イギリスの捕鯨船団が常陸（ひたち）沖に数多く現れる。
当時の捕鯨船団はサンドウィッチ諸島（ハワイ）やグアム島、フィリピンなどを中継基地として、夏から秋にかけて常陸の沖に捕鯨にやって来る。じつはそのことは漁民の間では早くから知られていた。しかし異国船を見たといえば面倒なことになるので彼らは申し合わせて沈黙を守っていた。

一八二一年の夏、長崎に「フォルティテュード号」と「ジャワ号」の二隻が入港した。前者には将軍に献上するためにラクダ二頭が積まれていた。ラクダはアラビア産で牝は四歳、牡は五歳、上陸するとすぐに奉行所に連れていかれた。役人たちは大きなひとつのコブしか持たないラクダを目にしておどろきの声をあげた。

それまで日本ではフタコブラクダしか知られていなかった。十八世紀初頭に刊行された百科事典『和漢三才図絵』には次のようにある。
「頭は羊に似て、頸は長く、背中に鞍のような二つのコブがある。物を食べるといつまでも反芻する。夏になると毛が抜け、それで毛布をつくる。力は強く千斤のものでも背負うことができる」

ひとつだけのコブが確かめられたのち、ラクダは奉行所から出島に戻されたが、途中それを見ようと大勢の人々が押し寄せた。

八月に入ると、一等書記のH・シュミットが亡くなった。昨年、素人芝居を演じたひとりであった。彼の遺体は、尊厳をもって対岸の稲佐の墓地に運ばれ埋葬された。ブロンホフは「我々オランダ人の埋葬がこのように厳粛にあつかわれたのは初めてである」と日記に書きこんだ。

その頃、江戸では伊能忠敬の『大日本沿海輿地全図』が完成した。

大図が二百十四枚、中図が八枚、小図が三枚からなり、本来、西日本は間重富が測量する予定だったが、天文方・高橋至時が亡くなり、重富が十九歳の高橋景保を輔佐しなければならず、西日本の測量もまた忠敬の役目になった。

忠敬は三年前にすでに亡くなり、遺言に添って高橋至時の墓の側にほうむられたが、地図作製の仕事は弟子たちに引き継がれ、一八二一年に仕上がった。しかしながら、この「伊能図」もまた、幕府の紅葉山文庫に秘蔵されたままで、実用には何ら役立つことはなかった。

しかしそれから四十年後（一八六一）、日本が開国して二年目、イギリス海軍が日本を測量に来たとき幕府は伊能図を彼らに見せた。当時イギリスは地図の作成にかけては世界一を誇っていた。そんな彼らが伊能図の正確さに脱帽し、それを参考に日本地図を描いたとされている。

また幕府はこの年（一八二二）、それまで幕府の直轄地としていた蝦夷を、松前藩にさし戻した。ロシアとの外交的な危機が去ったことが表向きの理由であったが、松前藩から老中・水野忠成に巨額のわいろが贈られたのは明らかだった。庶民の間では「水野出て元の田沼にもどりけり」という落首が取り沙汰された。

この蝦夷の松前藩復領は、外交、防衛、流通などを各藩にゆだねることになり、幕府の中央集権を弱める結果を招いた。その影響は長崎会所にもあらわれて、それまで独占していた「俵物」貿易に松前藩が関わることとなった。

そんな貿易政策は中国人たちからも激しい抗議をうけていた。この当時、唐人屋敷では、いざこざが毎月のようにくりかえされ、幕府は大村藩に命じて武力で押さえこもうとした。

その夏（一八二二）に起きた騒動は大荒れに荒れた。出港しようとする唐船から百名ほどがサンパン船（荷漕船）二艘に乗って大浦に上陸した。ただちに大村藩兵が応戦に出たが、中国人は投石や竹槍を持ち出して激しく抵抗した。

藩兵は退却を余儀なくされ、逃げ遅れたひとりが股を竹槍で突かれ死亡した。翌日、中国人はさらに上回る人数で攻め入ろうとしたが、合戦を見ようと大勢の野次馬が繰り出したのを応援兵と見誤って、退却したのでことなきを得た。

長崎奉行所の調べによれば、その年九州から日本海沿岸にかけて中国からの漂着船（密輸船）が三十数ヶ所も記録されている。長崎に行くより、そうした方が利益が出たからに違いない。しかもそれらの積み荷は薩摩藩により、琉球の国産品として全国に売りさばかれた。

薩摩藩は同時に、松前藩から俵物を密買いして中国に売っていることも判明した。このように薩摩藩が権勢をほしいままにできたのは、島津重豪の娘が十一代将軍家斉に嫁ぎ（一七八九）、重豪自身が将軍の岳父になれたことが背景にある。幕末を待つまでもなく薩摩の存在は重く、大きなものとなっていた。

そのころ天文方・馬場佐十郎はゴロウニンの回想録の翻訳に着手した（一八二二）。それは五年前ロシア海軍から出版され、たちまちヨーロッパ各国の言葉に翻訳され評判を呼んだ。ゴロウニンは捕囚の経験を述べるにとどまらず、日本の地理・歴史・国民性・政治体制・商業にまで及んでおり、それまでの出島医師・ケンペルやチュンベリーがもたらした日本情報をしのいでいた。

幕府もまたそれに興味をもち、ブロンホフから借りて複写させ、翻訳を佐十郎に命じた。佐十郎はその中に自分自身が登場するのを知って、嬉しいような面映ゆいような思いがした（佐十郎はその第三巻まで進んだとき病没し、あとを杉田立卿と青地林宗が引き継いで一八二五年に『遭厄日本記事』として脱稿）。

一八二二年はブロンホフの二度目の参府の年である。

この年彼は四十三歳。留守をエンゲレンに預け、フィッセルと医師・チュリングを伴って出発した。連れていく予定だった二頭のラクダは、幕府から移動に経費がかかるという理由で出島に留め置かれた。

肥前佐賀では例年より多い人だかりが見えた。ブロンホフはきっとラクダを見たくて集まった人々であろうと察した。出発して五十日目に無事長崎屋に着いた。いつものように佐十郎と奥平昌高が川崎まで出迎えてくれた。

将軍や閣老たちとの謁見を果たしたのち、ブロンホフは知人との交流に忙しかった。奥平昌高の息子、医者、家臣、馬術指南などにそれぞれオランダ名を与えた。ヅーフがはじめたことがこれほど流行するとは思ってもみなかった。

長崎屋には悲鳴をあげるほどの来客があった。幕府や藩主の医師たち、また天文方の一団など。あまりに客が多すぎてブロンホフは仮病を使わなければならなかった。出発の予定日も延期するはめになった。

参府の帰路、ブロンホフは掛川の天然寺に足を向け、商館長ヘンミーの墓に詣でた。石の囲いが傷んでいたので修復を依頼し、香典を毎年届けさせる約束をした。

京都から大坂に下る高瀬船からの眺めはオランダの風景とよく似ており、ブロンホフをなごませてくれた。

参府は四ヶ月を経て六月五日に終わった。二頭のラクダは無事だったが飼育代が馬鹿にならず、ブロンホフにとって頭の痛い存在となった。

それはちょうどブロンホフが掛川を去った頃のことである。

浦賀沖に再び三本マストの捕鯨船「サラセン号」があらわれた。ただちに役人が同船に漕ぎよせ、手振りでどこから来たのか問うと、「エウローパ」、「エンゲレス」と答えた。

船員は「エド、エド」と叫んでいる。役人たちは言葉が話せないので船を止めることができない。見るに見かねた水主のひとりが船に飛び移り、浦賀の方角を指さして「江戸、江戸」と偽り、まんまと浦賀の港に入らせた。

ふたたび天文方の佐十郎と足立佐内が現場に駆けつけた。

幸いにも捕鯨船にはオランダ語が話せる者が乗っていた。船は捕鯨船で「サラセン号」という。二年半前にロンドンを出て、半年後にはイギリスに帰るのだという。捕鯨船にとってもはや日本は薪水の供給地にしか思えない。

船上には捕鯨用の巨大な銛十本が並べてあり、油を煮詰めるための二つの石の釜も見せてもらった。船内に案内してもらうと、普通なら薄暗くて歩きづらいのに、鯨油で灯されたランプがいたるところにあって、隅々まで明るく照らされていた。

イギリス人の要求通り、薪水・大根・蕗・梅・杏子・鶏・米麦・赤土が供給された。「赤土は何に使うのか？」と佐十郎がただすと、「壊血病になった患者を樽に入れて、腰まで土で埋めると病気が治るのだ」という返事がきた。

船員たちはよほど壊血病を恐れているようで、大根が運び込まれると奪い合うようにしてむさぼり食い、その汁を身体中に塗りまくった。

二人は浦賀から江戸にもどる途中、ものすごい雷鳴、稲妻、そしてどしゃぶりに襲われた。佐十郎は帰宅後、高熱で倒れこんだ。その床の中でも様々な翻訳が課せられていた。

長崎に夏がおとずれた。「ヨーリナ号」と「ヨンゲ・アントネイ号」の二隻が入港した。その年から港の外でいったん碇をおろす規則が免除された。ブロンホフはオランダ船の取り扱いが、簡略化されたことを喜んだ。

でもそれも束の間、前年四月、ブロンホフ夫人がオランダで亡くなったという知らせがもたらされた。いつもなら商館長が船に出向くところを、急遽ホゼマンが代理として船に遣わされた。

ブロンホフは妻が亡くなったことで出島が大騒ぎになることを嫌がった。静かに喪に服したかった。前以てそのことを奉行所にも伝えていた。検使たちもブロンホフの気持ちを尊重して、お悔みの言葉は一切口にしなかった。

貿易品の値組みも終わった十月のこと、奉行所から天文方・佐十郎の急死が告げられた。九月十二日の夜だったという。行年三十六歳。あまりにも早いその死に誰もが驚き、かつ悲しんだ。兄の為八郎は男泣きに泣いた。

弟からの最後の手紙には、「いま、翻訳中のゴロウニンの回想録に私のことが出てきます。私が首を傾げて『むずかしい。言葉むずかしい…』と口にしたというのです。自分では覚えておりませんが、何度読み返しても笑ってしまいます」とあった。

だから為八郎は、弟は笑いながら死んでいったのだと決めつけた。馬場家の跡継ぎはもうひとり下の弟、馬場円次に継がせよう。円次をまたオランダ通詞に仕立てようと、そう思った。

長崎の人々はいつまでも佐十郎の逝去を惜しんではいられなかった。というのは日本で最初のコレラの流行を見たからである。発祥の地は数年前のインドであった。すぐにひろがってマラッカ半島、ボルネオ、中国、朝鮮、対馬を経て長州に達した。

嘔吐にはじまり、下痢を伴い、二、三日で急死するおそろしい病気を人々は「コロリ」と呼んだ。関西でもっとも猖獗を極め、東海道の沼津あたりで終結した。コロリが箱根の山を越えることはなかった。

十一月の末、港外で風待ちをしていたオランダ船二隻から出帆の砲声が響いた。カピタン部屋はすでに夜の闇に包まれている。ブロンホフは二隻の航海が無事であることを神に祈った。

一八二二年九月、オランダのロッテルダムの港から二十六歳の青年が「アドリアーナ号」に乗ってバタビアを目指そうとしていた。名前はフィリップ・フランツ・フォン・シーボルト。

家はドイツでも屈指の名門で、祖父の代から貴族に登録されていた。祖父はドイツで一流の外科医としてウェルツベルク大学の教授を勤め、父も教授を引き継いだ。シーボルトは幼くしてその父を亡くしたが、ウェルツブルク市の司祭だった母方の伯父の手によって養われた。

大学では、医学・地理学・民俗学を学びつつ、同市の解剖学教授・デリンガーの家に寄寓した。それが彼にとって幸いした。というのはその家には様々な分野の有名な教授たちや詩人が出入りし、若いシーボルトに博物学・考古学・美術史など多方面から刺激を与えたからである。

シーボルトは大航海時代に魅了されさまざまな航海記を読むにつれて、東洋の日本に格別の興味を抱きはじめた。

大学卒業後は母のいるウェルツブルク郊外で開業していたが、彼の志を熟知していた伯父や先輩や知人の世話により、彼の東洋への道が開かれた。オランダ国王侍医で軍医総監なる人物から、軍医としてバタビアに行く気があるなら就職を斡旋できるという知らせがあり、シーボルトはこれに飛びついた。

当時オランダの植民地にはオランダ人以外の者は赴任できなかったが、彼はドイツ国籍のままで勤務することが許された。

25 ジャパン・グラウンド

［一八二三～一八四二］

一八二三年の節分を過ぎた頃、江戸から老中の侍医・湊長安と、遊学中の美馬順三がブロンホフに種痘を学びにやってきた。

二人は天然痘の牛が出た天草に行こうとしていたがブロンホフはそれを制止した。日本人はまだ種痘を正しく理解していないからである。その前に彼は出島医師・チュリングから正しい種痘のやり方を学ぶのが先であると主張した。

こうして三月十二日、チュリングは通詞・中山作三郎と外科医・吉雄幸載の立ち合いの下で、二十二歳のオランダ人ひとり、若い男女の日本人二人を選んでそれぞれ両腕にワクチンなしの予防種痘を実施して見せた。シーボルトよりも先に接種のやり方を日本人に教えたのはこのチュリングである。

一年半以上も放置されていたラクダの件であるが、やっと幕府から売却の許可が下りた。売値は五十七ギルダー六十マース（どれくらいかは不明）と決められたが、その後も面倒な手続きを経た末に、ようやく商人・富山屋文右衛門の下に売却された。

その後二頭のラクダは興行師の手に渡り見世物にされ、大坂・京都、木曽路を経て江戸へと連れて行かれた。二頭が描かれた木版画も数種類つくられ、ラクダを目にしたことのない者まで広く人気を博した。夫婦仲良く旅をするのを、「ラクダの夫婦」と言うのはここにはじまる。

その頃、半年ほどの航海を経てシーボルトがジャワ島のバタビアに到着した。

彼は航海中をオランダ語の勉強に費やした。着くとすぐに砲兵連隊の軍医に配属されたが、赤道直下の気候に慣れておらず体調を崩した。総督ファン・デル・カペレンは自分と同じ貴族の出であるシーボルトに興味を持って、馬車で十八時間ほどかかる高地にある別荘に連れて行った。

そこで二人は親密になり、総督はシーボルトの博学に驚き、すぐに彼をバタビア学芸協会会員に推薦し、第二のケンペル、チュンベリーになることを期待した。そして出島医師として赴任するに当たり、日本を総合的に調査研究するよう委託した。そのための費用は年俸とは別に総督府が負担するという、シーボルトにとってはこの上ない有利な条件が与えられた。

そこまでして総督が求めたものは、日本に新たな光を当てることで、新しい日蘭貿易の建て直しを計ることにあった。

シーボルトはまず日本人に誇示するための文明の利器をそろえた。エレキテル・空気ポンプ・六分儀・晴雨計・寒暖計・顕微鏡そしてクロノメーターなど。クロノメーターとは船の揺れにも温度変化に影響されない精密な携帯用ぜんまい時計で、これを用いることでそれまで測ることができなかった「経度」を測ることができた。加えて種痘を含む新しい医療器具、医薬品や小型のピアノまでが含まれた。

次にヨーロッパから学術書を送ってもらうことにした。モンターニュの『日本遣使紀行』、ケンペルの『廻国奇観』、チュンベリーの『日本植物誌』、ラ・ペルースの『世界周航記』、そしてラングスドルフの『世界旅行記』、ロシア人ゴロウニンの『日本幽囚記』等々である。

馬場佐十郎を失った天文方では跡継ぎを探していた。その結果、若くして志筑忠雄に学んだ吉雄忠次郎（吉雄耕牛の別家）が選ばれた。彼は生来の喘息持ちで、出島ではしばしばブロンホフの下に薬を要求していた。

八月「ヘジュステルス号」と「オンデルネーミン号」の二隻が長崎に姿を現した。後者に次期商館長・ストュルレル大佐と医師・シーボルトが乗っていた。検使と一緒に三名の通詞が船に来た。シーボルトは日本人が自分より流暢なオランダ語を使うので、少なからず驚いた。

どぎまぎしながら二、三の質問に答えると、吉雄権之助から「あなたの発音は変ですね」と、あやしまれた。「いや、自分はネーデルランド（低地）人ではなく、ホッホ（高地）オランダ人である」と言い訳すると、相手はにっこりして、「あゝ、そうですか。山オランダからこられたのですね」ということで認めてくれた。ちなみにオランダには山らしい山はない。

若き日のシーボルト（1796～1866）
──『シーボルトと鳴滝塾』より

シーボルトが出島に入るとブロンホフは彼のために、「外科蘭人部屋」の設置を長崎奉行に申請した。シーボルトはそこで日本人医師たちを集め、週三回、医学の講義と指導をはじめた。通訳は吉雄権之助。シーボルトが新しい医療器具や薬品をひろげただけで、日本人は「今度来た医師は違う…」と認識を新たにした。

ブロンホフはシーボルトを出島から外に出すように総督府から命じられていた。でなければ日本研究も植物採集もできない。そこで画家・川原慶賀を利用した。

慶賀は「和蘭名医シーボルト」と題した肖像画入りの木版画を市内に売り出した。これによってシーボルトの評判は一気に高まり市民は彼の診断を切に待ち望んだ。

しかし奉行所はオランダ人の外出を許さなかった。

結局、望みがかなえられないままブロンホフはバタビアに去っていった。それでも医師・楢林栄建と宋建の兄弟はあきらめなかった。シーボルトを自宅だけに限り招くことを条件に、高島四郎兵衛を通して要請した結果、ついに市内出張診察が許された。この出張診察が、のちの「鳴滝塾」へと発展することを思えば楢林兄弟の功績は極めて大きい。

またこの兄弟はシーボルトが渡来してまもなく牛痘接種に失敗したのちも、何度かバタビアから牛痘苗（ワクチン）を運ばせ接種を試みた。しかしそのつど失敗した。はるか日本に届くまでに効力が失われるからであった。

一八二三年の夏、一隻の仙台を出た船が下総の銚子を目指していた。

途中向かい風で方角を見失い、戸惑っているうちにイギリスの捕鯨船が近づき、取り押さえられてしまった。といっても拿捕されたわけではなく、海上をさ迷っていることがわかると、彼らは船室から地図を持ち出して来て、身振り手振りでアレコレ説明してくれた。

要するにこの方角に進めば、月が沈むころには港にたどり着けるというのである。そこで言われた通りに走ってみたところ、時刻も違わず常陸の那珂湊に無事に入ることができた。この話は一挙に漁師の間にひろがり、異国人が如何に海図にくわしいかが取り沙汰された。

一方、これは水戸の漁師・忠五郎の話である。彼は鰹漁に出ようとしていた。ここ二、三年沿岸では鰹が採れないので思い切って沖に出た。するとイギリスの捕鯨船団に出くわした。忠五郎はためらうこともせず、その中に船を入れて漁をしていたが、ひとつの捕鯨船からしきりに声がする。見ると船に上がれと手招きしている。忠五郎が臆せず船に近づくと縄梯子を降ろしてくれた。言葉は分からないが、歓迎されていることはわかる。冷たい水と一緒にビスケットやハムなどが提供された。

彼らは世界地図をひろげて自分たちがイギリスから来たと教えてくれたが、忠五郎にとって世界地図を目にしたのでは初めてで何も理解できなかった。それでも彼らは少しも高ぶったところがなく、対等に扱ってくれたのがうれしかった。

ひとりの乗組員が分厚い図鑑を抱えてきた。表紙は革でつくられている。それを開いて図を指すので、忠五郎はそれを日本語で答えた。そのたびに「オーッ」と喜ばれた。言葉を集めているようであった。

彼は二日の間、捕鯨船に滞在して船の隅から隅まで見せてもらった。鯨を解体するところや、薪を焚いて石の窯で鯨油にするまでの行程をつぶさに目にして帰ってきた。忠五郎にとっての異国人は何ら恐れるものはなく、とても親切な同胞としか思われなかった。

浜に戻ると漁師仲間に自らの体験を語り、再び異国船に戻って煙草や木綿、野菜などと物々交換をはじめた。やがて水戸の商人までがこれに目をつけて木綿や絹織物・和紙などを忠五郎に託してこっそりと商売するのであった。

こうして水戸の町の中に突如、異国の品々が出まわりはじめた。もちろんそんな状態はいつまでも続くはずがない。

翌一八二四年、ことが発覚し三百人以上が逮捕され獄につながれた。漁師たちの言い分はこうである。

「イギリスの船は我々の漁場を荒らしていない。彼らはクジラ漁が目的なので、我々とも何の隔たりもなくつき合ってくれる。我々が沖で風に難義していれば助けてくれるし、炎天下では冷たい水も与えてくれる。にもかかわらず公儀はイギリス人を敵のごとく扱う。その訳がわからない」

これに対して水戸藩士・会沢安(やすし)は、憤懣やる方がない怒りをあらわにした。このような異国の者との接触は絶対に許されない。これを放置しておけば国体が揺らぎかねないと極端な攘夷論を張り、『新論』(一八二五)を著した。それはのち尊王攘夷の志士たちのテキストとなる。

イギリス人との事件はさらに大きくなった。

ある日、捕鯨船から六名乗りのボート二挺が降ろされ大津浜に上陸した。言葉が通じないので十二名はその場で捕えられた。望遠鏡でそれを見ていた捕鯨船では大砲を次々と放って威嚇した。水戸の市民は今にも戦争になるのではないかと恐れおののいた。

つづいて母船からさらにボート九挺が降ろされ、五十名ばかりが浜にやって来て手真似で船員を解放するよう要求した。水戸藩では解放には応じるが、江戸から役人が来るので彼らと交渉するよう申し入れた。

　こうして天文方の足立佐内と吉雄忠次郎（馬場佐十郎の後任）とが到着した。役人の中には蝦夷から戻った間宮林蔵も含まれていた。二人の通詞が事情をたずねると、船中で壊血病の患者が出たので新鮮な野菜を求めて上陸したことが明らかになった。

　水戸藩ではイギリス人に果実や野菜、羊や鶏を与え、一刻も早く立ち去るように命じ、「以後絶対に上陸は許さない。帰国したら捕鯨関係者にもこのことを伝えるように」と言い含めた上で船に帰した。

　天文方の忠次郎は、水戸藩士のひとりに手紙を書いた。

「今回のような事件がたびたび起きれば、通訳がそのつど出張することも不可能になるだろう。かといって武装した者で国を守ろうとしてもかえって良くない。そんな場合は辞書を持ち出し、相手が何を望んでいるかを確かめるのが一番良い。信を通わすことこそが何よりも大切だ」

　忠次郎が予言した通り、ほどなく薩摩のトカラ列島のひとつ「宝島」にまたもやイギリスの捕鯨船の乗組員が上陸した。南方の遠い島なので、天文方も長崎の通詞も足をむけることができない。

　その捕鯨船の乗組員たちは長い間牛肉が欠乏していた。たまたま宝島の近くを航行していたら、黒牛が見えたのでこれを譲ってもらおうと上陸した。彼らは牛が食べたいのであるが、日本人にとって牛は大切な労働力なのでそれはできない。手真似で話すがどうしても理解することができない。

　彼らは諦めたのか、いったん船は姿を消したが翌朝ふたたび現れて、手紙を渡そうとするが字が読めない。島の役人吉村九助が対応すると、ウィスキー・ビスケット・衣類・小刀・剃刀、ハサミ・時計など色んなものを並べて牛と交換したい様子だった。

再度断って、野菜や薩摩芋を渡したところ非常に喜ばれた。ここまでは和やかなうちに終わった。ところが牛肉をあきらめきれなかった彼らは、ふたたび番所のある浜に移動し、大砲で援護射撃をしながら数名を上陸させ、海辺にいた牛一頭を殺し、二頭を持ち去ろうとした。手の空いた三名が番所に向かって走りはじめた。番所にひとり踏みとどまっていた九助が、相手を十分に引きつけたところで火縄銃を放った。先頭のひとりがどっと倒れ、他の者は悲鳴をあげながら船に引き上げた。

その日、島中から女子供の姿が消えた。上陸しそうな場所には逆茂木（さかもぎ）を並べ、土手を築き、徹夜で警戒した。幸いにも船は何事もないまま海上から消えた。

この宝島と緯度のあまり変わらない太平洋上に小笠原諸島がある。最初は無人島であった。そこに一六七〇（寛文一〇）年、一艘の阿波の蜜柑船が漂着した。翌朝六名のうち船長は亡くなったが、残りの乗組員は船を修理して一か八かで下田を目指し、サバイバルに成功した。伊豆半島まで小さな島がこまごまと続いていることが幸いした。

ときあたかも幕府は長崎代官・末次平蔵につくらせた沖乗りのできる唐船を持っていたので、一六七五（延宝三）年、長崎の船頭・島谷（しまや）市左衛門（旧姓塩塚）に無人島の探検航海を命じた。

市左衛門は若い頃、有馬晴信の朱印船で二度の海外渡航の経験があり、南蛮航海術を身につけていた。しかしその後日本が「鎖国」になり、そのノウハウを活かすことはなかった。その年、彼は六十九歳である。あと十年遅かったら、これを達成することはなかったであろう。朱印船の船頭の生き残りによって小笠原諸島が我が国の領土たりえたのである。

こうして無人島は「むにんしま」と命名され日本の領土になった。それはケンペルの『日本誌』にも記され、"Ｂｕｎｅ Ｓｉｍａ"（ブニシマ）としてヨーロッパに紹介された。現在、英語で小笠原諸島を、"Ｂｏｎｉｎ Ｉｓｌａｎｄ"（ボニンアイランド）というのはここに由来する。

しかし幕府はその後無人島を放置したので、一八二四年、イギリスの捕鯨船「トランシット号」が現在の母島に寄港し、周囲に多くの島々を発見した。

三年後の一八二七年、同じくイギリス軍艦「ブロッサム号」が父島の二見港に入り、ビーチー艦長は小笠原諸島がイギリス領土であることを宣言した。

以後、二見港には各国の捕鯨船や軍艦が次々と来航する。そういえば鳥島に漂着した中浜万次郎を救出したのもアメリカの捕鯨船だった（一八四一）。

26　国禁を破った葛飾北斎　［一八二四～一八四五］

日本周辺にイギリスの捕鯨船が姿を現わすたびに、幕府から警護体制を強いられる漁民や農民は家業を休まなければならず、被害は甚大であった。そのことも踏まえた上で、天文方の高橋景保は幕府に建白書を上申した。

その要旨は、「沿岸から十里以内に侵入した異国船に対しては空砲を放って警報する」という平和的なものであった。

だがこれを受けて幕府が発令したものは「無二念打払令」(一八二五)すなわち異国船は見つけ次第撃ち払い、オランダ船といえども長崎以外ならこれを追い払えという強硬な姿勢であった。背景には水戸に上陸したイギリス人を敵視、排斥する姿勢、いいかえると攘夷思想が反映されていた。

一八二四年、長崎ではすでにシーボルの「鳴滝塾」が開かれていた。許可したのは長崎奉行高橋重賢(しげたか)で、彼は蝦夷でゴロウニン釈放の交渉にも関わり、外国人への理解があった。

敷地の購入や建築費はシーボルトの研究費つまり総督府から出た。シーボルトの講義は週に一回で、他の日は吉雄権之助によるオランダ語の講義や、吉雄や楢林による診察が行われた。シーボルトが長崎近郊の植物採集をする時には、通詞・茂伝之進や稲部市五郎が先導をつとめた。

塾長は美馬順三。彼は長崎遊学者としては古参に近く、はじめは中山作三郎宅に寄宿していたが塾ができてからは、岡研介、高良斎(こうりょうさい)、二宮敬作、高野長英ら苦学生と一緒に無料で鳴滝塾に住まわせてもらった。

シーボルトは、日本に関する知識を得るのに塾生たちの論文を利用した。

それらはオランダ語で書かれているので検使たちの目をくぐることもできた。例えば順三の『日本産科問答』はその年のバタビアの学会で取り上げられたのち、翌一八二六年にはドイツやフランスでも発表され、海外における日本人の最初の学術論文となった。

順三は質素な身なりと粗食で通し、人一倍学問に打ち込んだが三十一歳の若さでコレラにかかり急死した（一八二五）。葬儀には二千人の人が集まった。シーボルトにとってもそれは大きな痛手だったが、目の前に控えている最大のイベント、江戸参府の準備にとりかからなければならなかった。

一八二五年の夏、バタビアから画家・フィレネーフェと理化学にたけた薬剤師・ビュルゲルとが出島に上陸した。二人ともシーボルトが江戸参府に同行させる予定で招いたが、オランダ人の江戸参府は三名と限られていたのでフィレネーフェは参加できず、代わりに出島絵師・川原慶賀が参加した。

一八二六年、一行は江戸から来た役人を首長とし、大通詞・末永甚左衛門、小通詞・岩瀬弥十郎、その子弥七郎、名村八太郎が、また研究助手として高良斎を筆頭に二宮敬作、古川将藍、西慶太郎など総勢で百名を越えた。これほど多くの人々が同行する参府はかつてなかった。

さらにその中から有志を募り参府の一行とは別に行動し、資料を収集させた。その中には湊長安、高野長英等もまじっていた。ともかく前例のない大がかりな江戸参府であった。

このときシーボルト三十歳。若さと好奇心いっぱいでとても駕籠の中にじっとしてはおれない。駕籠から抜け出て先立って歩き、沿道のすべてを見聞し、記録しては日本研究のことで頭がいっぱいになる。老通詞たちは、「あなたに歩かれると私たちも駕籠に乗りづらく、非常に迷惑する」とこぼした。

測量のためにシーボルトとビュルゲルが先行してクロノメーターを使用していると、その土地の警護の役人から「何をしている」と咎められた。言葉が通じないので野次馬が二人を取りかこむ。そこに通詞が来て、「使節の旅行を時間通りに行うために、正午ごとに旅行用の時計に合わせているのです」と助け舟を入れた。このように二人の一挙手一頭足はすべて、通詞や理解ある日本人の助けの上に成り立っていた。

関門海峡では海を渡るとき深度測定の錘を降ろしているのが見つかり役人に疑われたが、これまた通詞が来て、「悪気のない物好きがやっている行為ですから…」と弁解し許された。シーボルトは関門海峡を勝手に「ファン・デル・カペレン海峡」と総督の名前を付けてバタビアに報告した。

元軍人だった商館長スチュルレルにはそんなシーボルトの振舞いが疎ましかった。実際にシーボルトのために日程が遅れはじめたので、京都を過ぎた頃から一日に十里以上の強行軍となった。今度はシーボルトが不服だった。予定の遅れなど交渉すれば済むことなのに、総督府から与えられた使命と幕府からのそれと、一体どっちが大事なのかと鬱屈した感情を抱えたままの旅となった。

一行が江戸に着いたのは四月十日で、大森では十七歳のひ孫・島津斉彬（なりあきら）を連れた重豪と中津の奥平昌高が出迎え、品川では桂川甫賢と宇田川榕菴（ようあん）が出迎えた。榕菴は馬場佐十郎に学んだ優秀な蘭学者である。

六日後、七十二歳のひとりの老人が長崎屋をたずねて来た。前もって手紙で連絡していた日本北辺の探検家・最上徳内である。彼は蝦夷とサハリンの地図をシーボルトに贈るに当たり、向こう二十五年は公表しないという条件を付けた。自分の死後にしてくれという意味である。数回の訪問のうちには間宮林蔵も連れてきた。しかし林蔵の望みから紹介はせず、シーボルトとの会話もなかった。

天文方の高橋景保は将軍との謁見が終わった直後、シーボルトをお忍びで日本地図の収まっている紅葉山文庫に案内した。その後、長崎屋をおとずれたときに自分がつくった『日本辺海略図』をシーボルトに見せた。そこに描かれていたサハリンは島として描かれている。ところが島の最北部が点線になっている。林蔵が歩いていないところである。

一方、天文方・吉雄忠次郎はシーボルトが江戸に持参した荷物の中にクルーゼンシュテルンの『世界航海記』と『ナポレオン伝』を認めた。前者には景保垂涎の的であるサハリン全図が、後者には忠次郎が欲したヨーロッパ史が入っている。

そんな両者が互いの知識の不足分を補おうとしたのは自然のなりゆきで、景保からは『日本地図』・『蝦夷図』を、シーボルトからは『クルーゼンシュテルン航海記』・『ナポレオン一世伝』とを交換する約束が交わされた。こうして世界地図というジグソーパズルの最後のピースが埋められる。

シーボルトはその気になればヨーロッパに帰国したとき、すぐにでもその地図を公表できた。だがしなかった。最上徳内との約束を守り、四半世紀という長い期間をじっと沈黙を守りつづけた。

そして一八五一年、日本にペリー提督がくる二年前になってはじめて、刊行中の『日本』の中で地図を公開して世界中を驚かせた。

それを目にしたクルーゼンシュテルンは、地図に描かれた間宮海峡を目にして、「参った。日本人にしてやられた」と完全な敗北を認めた。

ここにもうひとりシーボルトと物々交換をした医師がいる。土生玄碩である。彼は白内障の手術で名を挙げ奥医師にまでなっていた。彼の手術は眼中の瞳孔を拡げるのに鍼先で断たねばならず、それが非常にむずかしかった。

そんな玄碩を前にしてシーボルトは長崎屋で、「ベラドンナ」をいう薬を用いてブタの瞳孔を開き、いとも簡単に白内障の手術をやってのけた。玄碩は驚きかつ喜んだ。

ところが肝心の「ベラドンナ」の正体を教えてくれない。

世故にたけていた玄碩は幾度も長崎屋に通い込んではウナギの蒲焼から春画まで様々な差し入れをした。それでも教えてくれない。あるときシーボルはひとりの通詞から、スチュルレルが徳川家の御紋の入った小袖を手にしたことを耳にした。

すると、シーボルトもそれが欲しいと口にしはじめた。こうして交換条約が成立してベラドンナの正体を教えてもらった。それはナス科の毒草「ハシリドコロ」の根から採れる薬で日本にも自生していた。これで全国の白内障患者がどれほど救われたかいうまでもない。

ところで時服（葵の紋の入った小袖）を要求したオランダ人はそれをどう扱ったのだろう。

商館長ともなれば他にも老中や奉行たちからも絹の紋服などを贈られる。それについてはどんなに扱おうが自由だった。しかし葵の御紋の入ったものはバタビアの総督府に納めなければならなかった。だからシーボルトは自分用の収集品の中にも、それを一枚加えたかったのである。

江戸でシーボルトは新しい手術や種痘の方法も実演してみせた。ガルヴァルニの電気医療器やクロノメーターのような観測機器も用意して日本人を驚かせた。ここでもまた「今度来たオランダ医は違う」と、大きく喧伝され、江戸の蘭学者たちは桂川甫賢の下で、シーボルトの江戸滞在を長引かせる運動が進められた。シーボルト自身もそれを利用して東北地方まで足を伸ばすつもりでいた。ところがそれを反故にしたのがスチュルレルであった。

彼は日蘭貿易についての嘆願書を江戸城内で将軍と謁見したのち、交代で江戸にあった長崎奉行・高橋重賢に直接手渡した。

本来ならば長崎で申し立てるべきことを、江戸でやったのでこれが問題となった。バタビア総督府は貿易再開に当たり、貿易に理解ある重賢に渡すようにスチュルレルに命じていたのが間違いだった。「なんてことをやってくれたのだ…」と寄って集って叱責された。

嘆願書は長大なものであった。「半減商売令」で大きな打撃をこうむった総督府は、その後ワルデナール、ヅーフ、ブロンホフという三代にわたる商館長の努力によって息を吹き返そうとしていた。

実際に日本からの銅の輸出は元に戻った。総督府はそれを維持したくて欲をだしたのが「勇み足」を招いた。その結果、重賢もスチュルレルも処分された。

それをきっかけに保守的な江戸の漢方医たちが勢いづいて、シーボルトの滞在延長は一瞬にして吹き飛んだ。

四月十一日、参府の一行は帰路についた。江戸滞在は三十七日だった。サハリンの地図をくれた徳内は小田原までついてきた。別れるときシーボルトは自分の髪毛を抜いてガラスの小瓶に入れて徳内に贈った。

貿易交渉に失敗したスチュルレルはノイローゼになり、シーボルトとビュルゲルの行動を苦々しく思い、ときには意図的に妨害もした。両者は犬猿の仲のまま出島にもどった。

しかし今回の参府は、それまでは三ヶ月ほどだったものが、五ヶ月という最長記録をつくった。シーボルトは、通詞をはじめとした多くの日本人の協力により、かつてない収穫をあげることができた。彼のコレクションは、まるで時代を丸ごと切り取ったような膨大な量にふくれあがった。

その整理に追われ、鳴滝塾は活気をとりもどした。塾長は岡研介で各地から学ぼうとする者が続々と集まってきた。

そのひとりが尾張の伊藤圭介で幼い頃から植物学を好み、水谷豊文に師事し、参府のときは熱田でシーボルトと会って植物分類学の話を交した。その後日光で榕菴と一緒に植物採集をした時に彼からも長崎遊学をすすめられ、半年間という条件で周囲を説き伏せ、ついに実行することができた。

圭介は吉雄権之助の家に寄宿し、鳴滝塾よりも出島のシーボルトの部室に出入りして植物標本の鑑定と分類にいそしんだ。シーボルトが日本の植物を同定することができたのは、ひとえに圭介の尽力に寄る。のちシーボルトをして「自分は圭介の師であるが、同時に圭介は私の師でもある」と言わしめた。

シーボルトは別れ際に自分が大切にしていたチュンベリーの『日本植物誌』を圭介に譲った。帰郷した圭介はそれを、『泰西本草名疏（そ）』として翻訳、刊行した。こうしてリンネの生物分類体系が日本に根を下ろした。ちなみに彼は明治二十一年、日本最初の理学博士となる。

ところでシーボルトの江戸参府の時期は、浮世絵師・葛飾北斎の旺盛な活動期と重なる。シーボルトは、どういう伝手（つて）を使ったのかわからないが、北斎の下にオランダの西洋紙と川原慶賀の絵を

海の上を飛行している「風船」の図　気球が傘のように見える（『和漢蘭雑話』）(1803)
——『和漢蘭雑話』より

見本として届け、肉筆画を注文している。

北斎はそのことが国禁を犯すことを承知の上で、慶賀をしのぐ作品を十数枚仕上げシーボルトに届けた。現在それはライデン国立民族博物館の「お宝」として保管されている。

北斎はまた、日本に伝来した風船の図を二枚残している。

一枚は黄表紙の『和漢蘭雑話』（一八〇三）の挿画で、海の上を飛行している「風船」に数名の人が乗り、檣にはバルーンの代わりに、巨大な唐傘を閉じたようなものが描かれている。船端には四ヶ所に花型の外輪が取り付けられている。

もうひとつは有名な『北斎漫画』の中にあり、簡略化された唐船に、これまた唐傘を閉じたような檣と、唐子が二人乗っており船縁には巨大な外輪が回っている（本書カバー裏の図を参照）。

いずれも原点は森島中良の『紅毛雑話』で、さらにさかのぼればドゥーミエの「リュクトシキップ」

までさかのぼるが、そもそもからして非合理的なものだったので、いよいよもって歪曲されて訳のわからない「風船」に変化している。

けれども江戸庶民にとってはそんなことはどうでも良く、西洋ではどうやら人間が船（ゴンドラ）に乗って空を飛べる時代に入ったことを認識することができた。

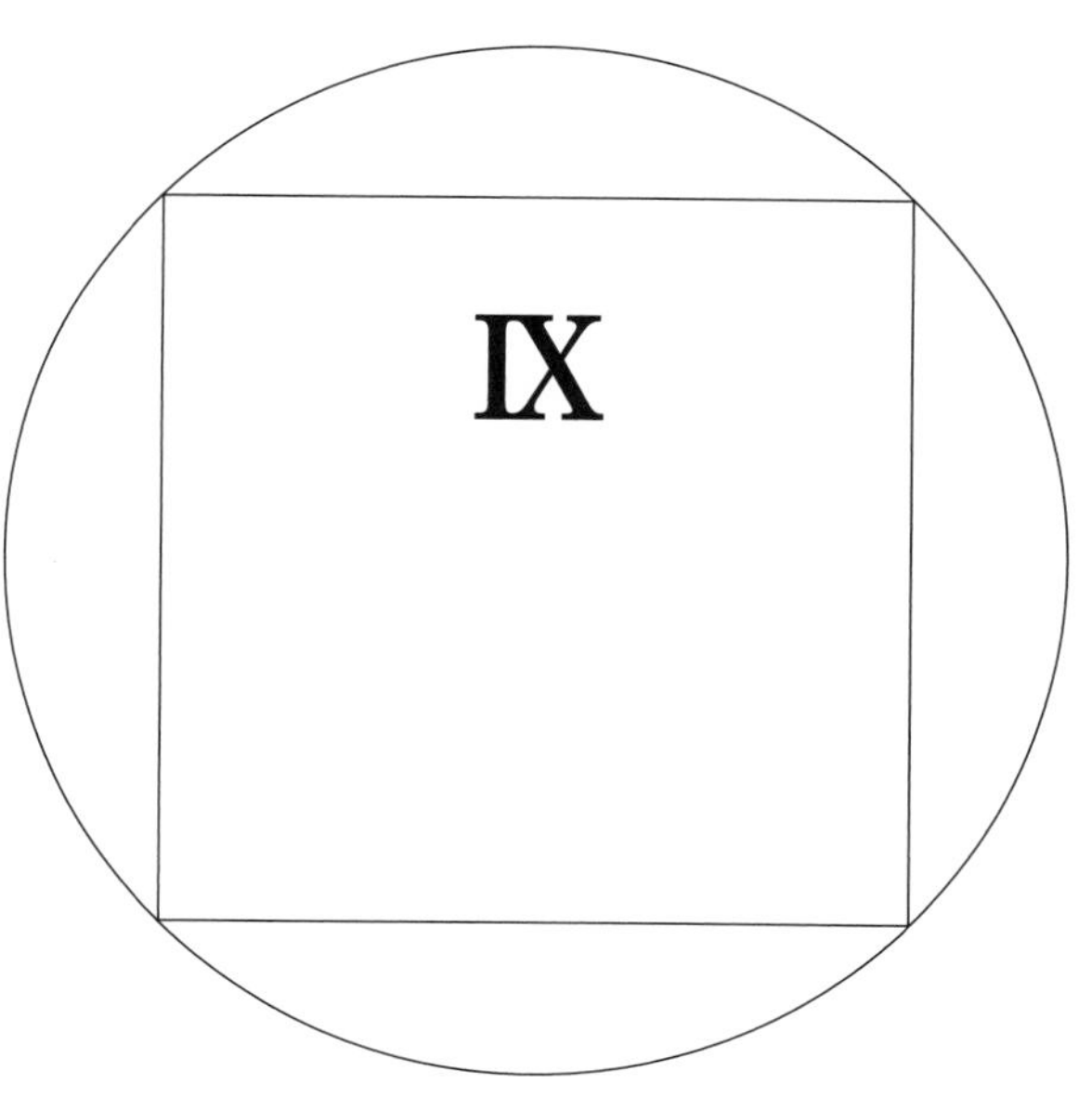
IX

27　シーボルト台風

［一八二六〜一八二九］

一八二六年七月七日、参府の一行は出島にもどった。元軍人のスチュルレルはシーボルトが自分に反抗したことを根に持ち、軍法会議にかけようとした。幸いなことに出島に着いたばかりの商館長メイランが中に入りことなきを得た。

メイランは、バタビアでは総督ファン・デル・カペレンが放漫な財政々策のために失脚したことを告げた。もちろんそこにはシーボルトへの援助金も含まれており、総督府には反シーボルト派が大勢いることもわかった。

ただメイラン自身はシーボルトの資料収集に深い理解を示し、できれば彼の収集品はすべてバタビアに送った方がいいと考えていた。彼のような商館長が現われたのはシーボルトにとって幸いだった。スチュルレルはその年の十一月、オランダ船でバタビアに帰帆した。

同年、吉雄忠次郎は高橋景保と諮った上で、参府を終えたシーボルトとの仲を絶やさぬように天文方を辞した。彼のあとは猪俣源三郎が継いだ。忠次郎は長崎に戻りシーボルトのために翻訳を手伝い、同時に景保との連絡、地図や書籍の送付など極秘でしかも重大な役目を引き受けた。
四月、景保が五名の画工に命じてつくらせた日本地図の写しが完成した。その地図がシーボルトに届くまでの経路は明らかではない。通詞だけでも猪俣源三郎、吉雄忠次郎、馬場為八郎、堀儀左衛門、稲部市五郎等が関わっているが、伊東玄朴のような塾生もいた。しかも彼らが運んだのは地図のみに限らない。おそらく自分が何をしているのか意識した者はいなかったと思われる。

まんまと地図の持ち出しに成功したシーボルトはさらに欲を出した。費用は出すからもう一枚同じ地図が欲しいと手紙で景保に要請した。この虫の良すぎる要求を景保は再度引き受けた。見返りはクロノメーターとプラネタリウム。二つとも天文方にとっては喉から手が出るほど欲しい器具であり装置であった。はやくもこの時点で両者はあきらかに足を踏み外していた。

その夏（一八二七）の定航船でバタビア総督府からシーボルトに帰国命令が届いた。商館長メイランは書簡でシーボルトのコレクションのことを、「門外漢の私が見ても、それらが間違いなく故国の王立博物館の至宝となることを保証します」と説明し、シーボルトの滞在が一年延長された。その年も彼の資料・論文・収集品は全国から集められ、翻訳され、整理されオランダ船に積み込まれた。

一八二八年二月、シーボルトは江戸の天文方に別れの挨拶の小包を送った。景保が開けると、中にもう一つ間宮林蔵あての包みが入っていたので、それを林蔵の下に届けさせた。受け取った林蔵はそれが外国人からの通信物だったので、開封しないまま勘定奉行に届け出た。

立ち合いの下で奉行が開封すると中からハンカチと手紙が出てきた。林蔵に対する敬意が述べられているだけで別に問題はなかった。ただし景保が幕府に届けもしないままに外国人と通信を続けていたことが問題となった。ここから官憲が景保の行動を調査しはじめた。地図の模写を命じられた景保の部下の一人が金銭のことで彼と不仲になっていたこともわかった。

もしシーボルトがその年（一八二八）のオランダ船で予定通り長崎を去っていれば、事件は天文方・景保の引責辞職ぐらいで終わっていたであろう。ところが誰にも予想できない「魔物」が待ちうけていた。

その年のオランダ船はコルネリウス・ハウトマン号一隻で、シーボルトは整理した八十九箱を門人の二宮敬作、高良斎、通詞の忠次郎や稲部市五郎らの手を借りてオランダ船に積み込んだ。植物標本、衣服、什器、大工道具、動植物の標本、商店の看板、相撲の化粧まわし、千社札やお守りまで、日本人にとっては何の変哲もない品々であるがシーボルトにしてみれば捨て難いものばかりであった。

一八二七年九月十七日夕方から翌朝にかけて、記録的な大型台風が長崎を襲った。それは「子(ね)の年の台風（のちシーボルト台風）」と呼ばれ、烈風と大波で海岸の家々はすべて流出。町中の家の瓦が吹き飛んでしまった。出島も波をかぶりカピタン部屋は半壊し、砂糖倉からは俵が流出、植物園も海水で壊滅した。

その夜シーボルトは紅毛医師部屋の二階に家族といたが、瓦が飛んできて窓が破れた。風が入り家が大きく揺れる。急ぎ階下に降りて山積みされた荷物の間に避難した。気がつけば隣の建物から灯が漏れている。そこへ移動したくて外に出た。ところが風雨で目が開けられない。

四つん這いになって道を横切ろうとするが色んなものが転がってくる。結局、泥まみれで元のところに戻り、夜が明けるのをまんじりともせず待つしかなかった。そんな場合、船ならいち早く沖に逃れるか、岸から離れた所で碇綱を伸ばし、漂流や転覆から難を避けるしか方法がない。

港内のハウトマン号も碇綱を伸ばして耐えていたが、いったん沖に避難した唐船二隻が港内に吹き戻されてハウトマン号の碇綱に絡んでしまった。その重さに耐えきれずハウトマン号の綱が切れ、船体は流され対岸の浅瀬に乗り上げ、船底を破損、檣一本は折れ、舳先を庄屋の家の二階に突っ込んだ格好でようやく止まった。

浦々にはハウトマン号の荷物が流れつき、禁制の品々が次々と露見した。もはやシーボルトの罪は白日の下に晒され、長崎奉行はその旨を江戸に報告した。

二ヶ月後十一月十六日夜、江戸浅草の天文台近くにあった景保の屋敷が東西から御用提灯にとりかこまれた。やがて景保は青い網の掛った駕籠に入れられて奉行所に運ばれていった。尋問は徹夜で行われ翌朝にまでおよんだ。

それからひと月もたたない十二月七日、江戸から急使が長崎に到着。奉行所は吉雄忠次郎を尋問し、内々にシーボルトから日本地図を取り戻すように命じた。

忠次郎はシーボルトの部屋に来て、はじめは常のごとく翻訳を手伝っていたがいつもと雰囲気が違う。シーボルトが気配を察して機嫌をとろうとした。

「じつは帰国する前に、君に気圧計を差し上げようと考えている」。

忠次郎はいきなり立ち上がり、『蝦夷草子』を思いっきり床に投げつけた。シーボルトは言葉を失った。忠次郎は、「私は日本人として申し訳ないことをしてしまった…」と唇を噛んだ。握りしめた拳が振るえている。

「何を言うかと思ったら、君は正気か？」とシーボルトがただすと、「正気ですとも。ホントのことを言いましょう。私は先生から地図を返してもらうように奉行所から言い渡されたのです」

今度はシーボルトの顔色が変わった。私は忠次郎を奉行所に帰した。シーボルトは、「地図はここにはない。明日まで待ってくれ」と断ってその日は忠次郎を奉行所に帰した。忠次郎はこの世の終わりが来たかのような足取りで出ていった。奉行所はまるでシーボルトの肩を持つかのようにすぐには動かなかった。

十日たって奉行所の役人が出島に乗り出してきた。検使三名、その他三十名がオランダ商館に入り、商館長メイランやシーボルトを尋問し家宅捜査を行った。

それまでの間に、シーボルトは地図を複写し、ある物は商館の金庫の中に、またある物はペットのサルの檻の二重底に隠し、かさばる物は鉄の大箱に入れたのち植物園に大きな穴を掘って埋め、その中に隠していた。

検使たちは、禁制の書類や物品すべてを押収したと思っていたが、シーボルトは手元の細々としたものに到るまで様々な手を使って隠し通すことができた。したがって失ったものは何もなかった。でも生身の人間はそうはいかない。

一八二九年、一月十六日、馬場為八郎、堀儀左衛門、稲部市五郎、吉雄忠次郎が町年寄に預けられたのち二十八日、入牢の身となった。

三十一日には高良斎、二宮敬作、川原慶賀も獄に入れられた。尋問された門人は全部で五、六十名にも及んだ。シーボルトは国外に出ることが禁じられ出島に幽閉された。この頃江戸から通達があり、幕府はシーボルトが生国をいつわり、ロシアから日本を探りに来たと疑っていることがわかった。

二月、シーボルトは自分に関わった多くの人々が囚われたことを知って、自分は帰国せず日本に帰化したいという請願書を奉行所に提出した。

彼はドイツの貴族の出である。老母も故国に残したままである。そんな中にあって日本に帰化する決心は並大抵のことではない。もちろんそれは幕府としては受け入れられない。するとと次に彼がとった行動は食事を減らしたり、薄着になったり、窓を開け放つなどして自らを傷めつけることであった。このとき病気にならないように特別に愛妻・お滝が側にいるように牢内に呼ばれた。

長崎の町から岡研介、高野長英、伊東玄朴などの塾生たちの姿が次々と消えていった。しかし良斎と敬作はシーボルトに殉ずる覚悟を決めていた。良斎は師の吉雄権之助が心痛のあまり病に伏したことを耳にして、牢内から嘆願書を呈出した。

獄中なので道具もない。小さな炭のかけらを砕いて墨汁とし、箸先をかみ砕いて筆をつくり、粗末な紙の上に自らの心情を吐露した。

「西洋では地図は国禁扱いではなく、誰もが簡単に入手できる。シーボルトがこの度地図を収集したのは学問のためであり、我が国への侵略の意図など微塵もない。シーボルトの滞在中に日本の学問にどれほど貢献したか、それを思って私は先生に学び、その研究に協力してきた。それが国法を犯したというのなら、私は甘んじて裁きを受けよう」

それは鳴滝塾に学んだすべての者に共通した思いであり、同時に鳴滝塾で師を務めた権之助の思いでもあった。良斎は死を賭してそれを断行した。幸いなことに死罪を申し渡されることはなかった。

江戸では三月十七日、牢獄にあった景保が重体に陥り、評定所へ出頭できなくなり、三日後に急死した。

国禁を犯した景保の罪は重く、判決まで死骸を保存しなければならず、肛門から竹筒を入れて内臓を引きずり出したのち、今度は口と肛門から塩八升が遺骸の中に詰め込まれた。さらにそれを甕の中に入れて塩漬けしたままで判決の日まで保存しなければならない。

やがて七月に入ると良斎や敬作を含めた二十三名の出獄が許された。これによりシーボルトの気持ちは少し和らいだ。健康のためにヤギの乳が飲みたいと申し出たものの、本当の狙いはヤギの餌という名目で植物採集を続けるところにあった。その執念たるや尋常ではない。

夏が過ぎ九月になった。江戸の天文方・猪俣源三郎はストレスが重なり、三十五歳の若さで急死した。景保の判決はまだ下りていない。

十月、約一年間の審問が終わりシーボルトに判決が下った。国外追放だった。その年のオランダ船の出帆を考慮にいれて、シーボルトだけに早い判決が下された。残された時間は二ヶ月しかなかった。

彼は先ず、画家としても招いた陸軍病院三等衛生官・フィレネーフェ（当時出島の荷蔵役）を自分の代理人とし、その後も日本との学術交流ができるように図った。フィレネーフェは絵画に長けており、川原慶賀の画法にも影響を与え、また西洋砲術に興味を示した高島秋帆にはナポレオン戦争によって改革された西洋の新しい戦術・戦法を教えた。

次にシーボルトは最愛の妻と娘をわすれないために、螺鈿（らでん）細工師に頼み、蓋のある容器をつくらせ、表と裏に母子像を青貝細工でちりばめ、容器にそれぞれの髪の毛を入れ、何処に行くにも携行した。娘・イネの像はその時、二歳八ヶ月、唐人の子供のような愛くるしい頭髪を結っていた。

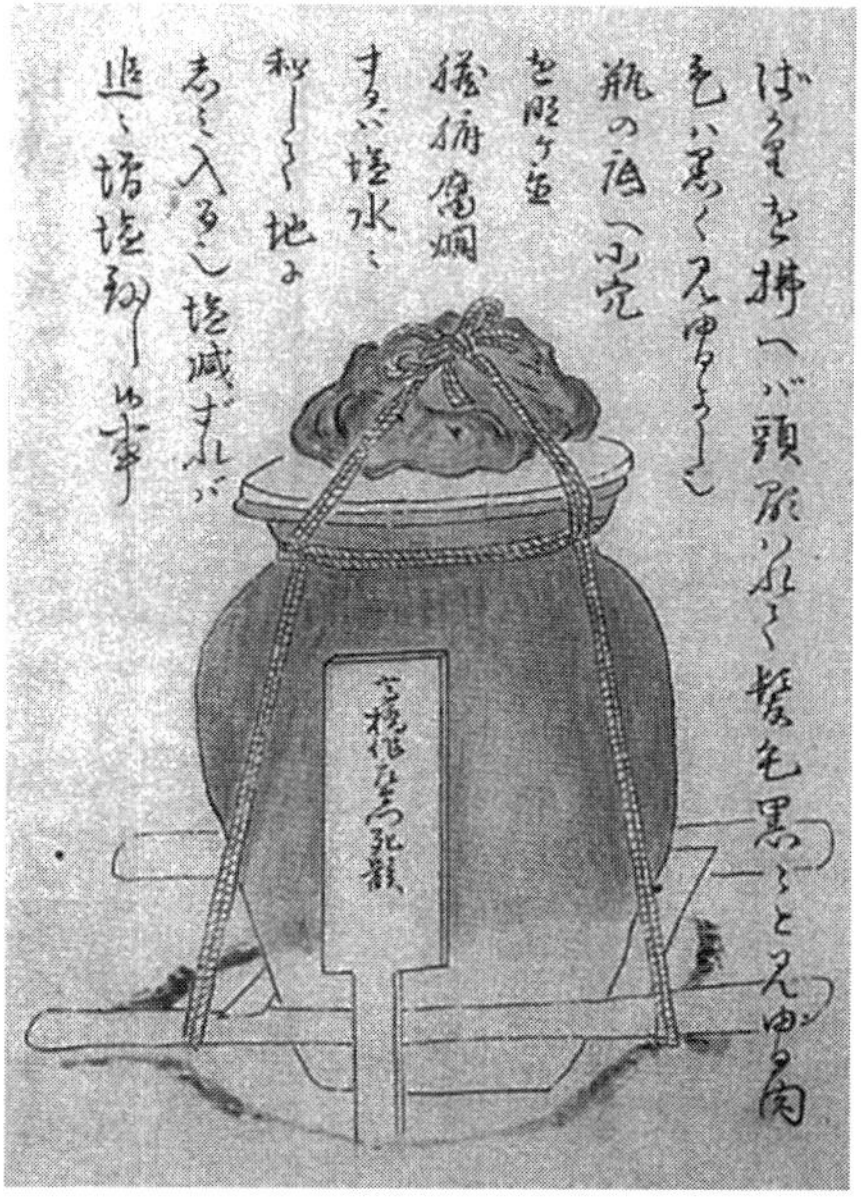

シーボルト事件で重罪を犯した高橋景保の死体は、判決の日まで塩漬けにされた
——「太陽」(1975) より

その容器を胸に恩愛のきずなを涙で断ち切ったシーボルトがコルネリウス・ハウトマン号に乗船したのは一八二九年十二月三十日のことだった。罪人の見送りなど数名の役人だけである。シーボルトは船上から東に英彦山、北に金比羅山そして西に稲佐山を望み、六年間見慣れた山並みの光景を脳裏に焼きつけた。

碇をあげたハウトマン号がゆるゆると動きはじめた。出島の商館長部屋のベランダに数名の人影が見える。しかしその中に妻子の姿はなかった。

オランダ船が港を出て西へ大きく舵をきると、航路をふさぐように一艘の和船が漂っている。船長が望遠鏡をのぞくと複数名が乗り合わせている。二人が立ちあがってしきりに手ぬぐいを振っている。

「シーボルト先生を呼べ」と船長は指示した。シーボルトが確認したところ、漁師に扮した良斎と敬作である。船には其扇とイネの姿もある。長崎からひと山超えた裏側にある大瀬戸から櫓をこいで、オランダ船が来るのを待っていたのである。

船長が小舟を降ろしてくれた。和船とシーボルトの小舟が一緒になった。こうしてシーボルトとその家族の最後の別れが実現した。

「おそらくこの娘の頭には私のことは記憶されないだろう」と言いながら、シーボルトはねんねこにくるまれたイネを何度も何度も腕の中に包みこんだ。

「自分は二度とこの国へは戻れまい。だからこの小さな命を私だと思って育てあげて欲しい」。それが最後の言葉になった。

船にもどったシーボルトは大きく手を振ったのち船室に消えた。

良斎と敬作は「町預り」の身分だったのでこのような勝手な振舞は許されない。二人は、すぐに収監されたが表情は晴れ晴れしていた。

28 流刑人・馬場為八郎

［一八三〇～一八三五］

シーボルトが去った翌一八三〇年、江戸と長崎を合わせて六十名を超える人々が判決を言い渡された。

シーボルトに御紋の入った羽織を贈った奥医師・土生玄碩には蟄居より重く切腹よりも軽い「改易」が申し渡された。老練な彼はいち早く家人に命じて金銀を油樽に入れさせ、深川の高橋の中に沈めさせ、必要なたびに獄中の賄賂や生活費に使った。

その後将軍の眼病を治したことにより、刑が永蟄居に軽減されたが、それでも解放されたときにはもう八十三歳になっていた。

彼は心境を問われると、カラカラと笑いながら「そうさなァ。長い間足の裏にこびりついた飯粒がはがれたようで、せいせいしたわい」と答えた。

高橋景保はすでに亡く、塩漬けの遺骸の入った甕が白洲に担ぎ出され、「生存ならば死罪」と大きな声で言い渡された。景保の長子・作次郎は連座により「遠島」になった。

長崎奉行・土方勝政と高橋重賢は国禁の品々の流出に気がつかなかったという理由で譴責、参府の際の検使・水野平兵衛は道中の荷物の点検に不行き届きがあったとして百日の押込め、長崎屋の主人・源右衛門が取締まり不十分で「手鎖」五十日を言い渡された。

そして今回のシーボルトの参府以降、オランダ人の江戸参府には医師の同行が許されなくなり、オランダ人は二名に限られた。

江戸の蘭学者たち─宇田川玄真・大槻玄幹・宇田川榕庵・杉田立卿・青地林宗などは、いちはやく天文方とは関わりのないことを具申して、処分される者は出なかった。一時は危ぶまれた『家庭用百科事典』の翻訳も続けられた。たかが百科事典と言うなかれ。その意図するところは、ヨーロッパの新知識を導入し、民間に役立てるところにあった。それは江戸時代最大の翻訳事業で、幕末まで続けられた。

一方、長崎では約二十名が処分されたが、ほとんどがオランダ通詞であった。中でも大通詞・馬場為八郎、小通詞・吉雄忠次郎・小通詞末席・稲部市五郎の三名は国事犯として、江戸町奉行へ引き渡しとなった。

シーボルトの通訳として最も活躍し、鳴滝塾で多くの塾生を育てあげた吉雄権之助は、「急度叱（きっと）り」という比較的軽い刑であったが、もはや昔日の勢いはなく『ヅーフハルマ』の編集からも身を引いていた。振り返れば一八一二年に商館長ヅーフが稿を起こしたその辞書は、ヅーフの帰国後もオランダ通詞たちによって連綿と続けられた。その代表的な通詞は権之助から中山得十郎へと移っていた。

ヅーフが商館長の頃には、名村多吉郎・本木正栄は遠ざけられていた。その頃、権之助は上席の中山作三郎（得十郎の父）を抜いて出世して、作三郎は無念の思いを強いられていた。しかしシーボルト事件により立場は一転した。事件の審議の際に被告と奉行所の間にあって信任を得たのは得十郎であった。従ってシーボルト事件が「通詞が通詞を裁いた事件」とされるのもあながち的外れではない。

ヅーフに愛された石橋助左衛門・馬場為八郎・吉雄権之助らは凋落した。その結果、権之助は暗転した運命の闇の中でこの世を去った。四十七歳だった。

江戸に呼び出された大通詞・為八郎、小通詞・吉雄忠次郎・小通詞末席・稲部市五郎の三名は、五月の終わりに長崎を立った。道中の光景はすべてが見納めである。為八郎はその間ずっと考えていたことがある。今回自分を含めた三名が選ばれた理由についてである。

「確かに忠次郎はシーボルトの片腕だった。市五郎は植物にくわしく何度もシーボルトを市中に案内した。この二人は誰が見てもシーボルトと懇意にしていた。そこへ行くと自分は二人ほどシーボルトと親しかった訳ではない」

「しかし、天文方に近いことでいえば自分であろう。江戸に出て（一八〇八）蝦夷地御用を申し渡され、その間の翻訳を手伝わせるために弟の佐十郎を江戸に呼び寄せた。それを受け入れた高橋景保は馬場家にとって出世の恩人と言っていい」

「地図を長崎まで運んだという点では我々三名は連なっている。しかし伊東玄朴のように他にも大勢の人々が関係していたはずだ。自分はシーボルトから頼まれたものは御用筋の品とばかり思っていた。御禁制のものと知っていたらどうして胸を張って運べたろうか」

「いままで自分は悪事をさけて来たし、これからも悪事に手を染めるつもりはない。そんな自分がどうして罪人として江戸に運ばれているのだろう」

駿府に入ると見慣れた長崎の山とは格段に異なる富士山が見えはじめた。あれは山ではないと為八郎は思う。あれは化け物だ。化け物が大きな口を開けて私たち三名のために大声で弁明して欲しい。そんな思いで駿河を通り過ぎた。

一八三〇年、七月初めに一行は江戸に着いた。そして十一日、町奉行から「永牢」が言い渡された。為八郎は羽州の佐竹壱岐守（秋田）へ、忠次郎は羽州米沢の上杉佐渡守（山形）へ、市五郎は前田大和守（栃木）へそれぞれ引き渡された。いずれも長崎から遠くしかもきっと寒いだろう。為八郎は喘息持ちの忠次郎を気の毒に思った。

奉行所から身柄を引き取られた為八郎は、十三日、佐竹壱岐守の一室に留め置きとされた。ところが彼が預けられた佐竹壱岐守という大名は名ばかりで、流人を留め置くほどの余裕がなかった。そこであわただしく裏の「働きかけ」が行われ、同じ羽州の亀田藩主・岩城伊予守へ預け替えになった。幕府がいったん決めたのを変えるのは容易ではない。老中首座・水野出羽守にそれ相応の金品が動いた筈である。

七月二十四日の深夜、為八郎は慌ただしくたたき起こされ、亀田藩の役人五名と足軽八名と共に、二週間かけて移動し、八月八日、亀田城下に着いた。

このとき為八郎は六十一歳。身も心もぼろぼろになった。なんとか辛抱できたのは、幕府が罪人である自分に対して文机をはじめ、蘭書や医学書、辞書、コンプラ瓶、ギヤマンのコップ、デキャンタなどの私物の携帯を許してくれたからである。本当の重罪人ならば私物はゆるされないはずである、そこに彼は唯一「救い」を見出していた。

亀田藩は作事屋敷の北に牢屋を設け、為八郎を監視下に置いた。

番人は、侍一人に足軽二人。三度の食事は一汁一菜。時々は魚類を与えても良い。酒は無用。衣服は木綿。暖房の火は無用。タバコも無用。病気になったら医者を呼んでも構わない。火事のときは見計らって退かせる。髪は小者に結わせ勝手次第。月代は無用。蚊帳は不用。本人が望めば行水や入湯は可。紙は一日一枚、筆墨は許す。団扇は短い柄のものを用い、扇子は無用、という状況に置かれた。

一方、長崎では為八郎の末弟で小通詞の馬場円次が、連座により御役義とり放し・親類預け・出国禁止となった。同時に為八郎の馬町の家屋敷と。丸山の上に持っていた五反一歩の土地も没収された。

ところがわずか一週間後、円次に「捨て宛行(あてがい)二人扶持」が申し渡されたのみならず、兄・為八郎の屋敷も土地も妹のモトに戻された。いったん申し渡されたのち緩められている。これはいったい何を意味するのだろうか。

重罪人ならば、財産没収の上に流刑地への私物はいっさい認められない。今回は幕府が、為八郎が事件の政治的配慮による犠牲者であったことを認め、その代償として認められた処置としてしか受け取ることができない。

亀田では江戸から送られてきた罪人をひと目見ようと物見高い連中が集まってきた。番人のスキを盗んでは為八郎をのぞき込む。為八郎は頬骨が高く吊り目で、決して人好きのする顔ではない。

人々は、「道理で人相が良くない」とか、「どうせ刑場に連れていかれるに決まっている」などと噂した。

為八郎は無頓着をよそおって机に向かっているが、心中おだやかでない。「何という野蛮で田舎臭い所に流されて来たことか」と思う。窓から覗きこむ頭をにらむと、一目散に消え去る。「こんなところではオランダ語を学ぶ者などひとりもいまい」と情けなくなった。

互いに理解できず、背中と背中で向き合った関係を打ち破ったのは、本来なら天文方におちつくはずであったクロノメーターであった。

為八郎がその木蓋を開け、ネジを巻いて針を動かしてみせたとき、周囲の人々はビックリ仰天した。番卒がのぞき込むと、木箱の中に金色の真鍮の円柱があり、上面に白い円盤が見える。そこには誰も目にしたこともないローマ数字が描かれてある。

為八郎がそれを指さしながら、「エーン」、「ドゥエー」、「ドゥリー」、「フィア」、「ゼフ」と順々に十二まで読みあげると番卒の表情が変わった。「この人は死罪になるような悪人ではない」とあらためて畏敬の念を抱いた。

それからというもの、彼らは為八郎に慰めや労りの言葉を掛けるようになった。そして為八郎もまた彼らに長崎やオランダ商館の話などを語るようになった。

藩主・岩城隆善は為八郎から献上されたクロノメーターを見て異例の配慮を示した。藩士の佐藤左門、吉田権蔵、上杉小左衛門の三名を掛役としてつけた。左門は俳諧をよくし、門下に多くの人材を育成した。権蔵もそのひとりで、のち江戸に遊学し帰藩後は藩校の学匠をつとめた。

この三名が為八郎と会い、予想以上の人物であることを確かめた。オランダ語に通じているのはもちろん、当代きっての外国通の知識人であることも分かった。

ここで同年の小笠原諸島について触れておきたい。父島が「ピール島」と呼ばれ、各国の捕鯨船が給水のために立寄る格好の島となっていたのはすでに述べた。

一八三〇年、父島にはすでに難破したイギリスの捕鯨船の船員二名が定住をはじめていたが、サンドイッチ諸島のイギリス領事が小笠原諸島への本格的な移民を計画し、実行に移した。

英国人のリチャード・マイルドチャンプ、イタリア系英国人マテオ・マザロ、米国人ナサニエル・セボレー、米国人オルディン・ビ・チャピン、デンマーク人チャールズ・ジョンソンの五名がポリネシア人十五名を引き連れて、オアフ島からホノルルを出港、六百キロを航海して父島に上陸した。その際、帆船の乗組員三名も下船したので、計二十三名によって父島への定住が開始された。島にはイギリス国旗が掲げられた。

しかしその後、英国人・マザロと米国人・セボレーとの間に長い時間をかけた勢力争いが起きて、結果的にセボレーが島の指導権を握ることになる。

話はヨーロッパに変わって、一八三〇年七月、日本を追放されたシーボルトがオランダのアムステルダムのホテルで荷物の整理にいそしんでいた。

到着して十日目のことであった。彼がホテルのレストランで食事をしながらドイツ語・オランダ語・マレー語を交えながら東洋への旅行の話をまくし立てていると、近くのテーブルに二十六歳の青年が、じっと聞き耳を立てていた。

名前をヨハン・ヨーゼフ・ホフマンと言い、相手の語り口から自分と同じバイエルン地方の訛があるのに気がついた。シーボルトと同じヴュルツブルグの生まれで、美声を活かしてオペラ歌手をめざしていたが思い通りに行かず、たまたまアントワープに足を伸ばし、ルーベンスの絵画などを鑑賞しながら将来のことを思いめぐらしていた。

以前、ホフマンは同郷の人物が東洋へ出かけたことを聞いていたので、テーブルに近づいて思い切って声をかけた。「もしかしてシーボルトさんではないでしょうか?」すると、「あゝ、私だが…君は?」と返事がきた。

二人は話すうちに互いに十年の差がありながら、生まれた月日が同じという極めて稀な偶然に気がついた。それを機に急速に接近し、ホフマンはオペラ歌手への道を断念して、シーボルトの助手となる決心をした。幸いなことに彼は短期間に日本語に熟達し、ヨーロッパにおける「日本研究」の先駆けとなる。

ところで読者は、元商館長・ヅーフが帰国するときオランダ全権特使・エラウトに声をかけられてイギリス船で戻ったことを覚えているだろうか。

船の中でエラウトはヅーフの思い出話に熱心に耳を貸し、「君の話は貴重だから、是非、回想録を出したまえ」と勧めてくれた。

帰国後ヅーフはオランダの貿易会社の顧問になった。自伝の草稿はいちおう書いてみたものの出版にはまだ迷いがあった。

エラウトはその後財務大臣や海軍の植民地担当の内務大臣などを勤めた。二人は帰国後も交際を続けていたが、あるときエラウトが、日本から戻ったシーボルトが近くオランダ語と日本語の対訳辞書を出版するという噂をヅーフに伝えた。

ヅーフは考えた。それが本当なら、必ず自分の『蘭和辞典（ヅーフ・ハルマ）』を参照したに違いないと。しかしシーボルトは、フィッセルの名前は出したもののヅーフの名前にはまったく触れなかった。ここで「フィッセル」というのは、かつて出島で初めて西洋の芝居を演じてみせたあのフィッセルのことである。

フィッセルは一八三〇年に帰国し、政府に蘭和辞書の草稿を提出したが、その際ヅーフの名前を隠し、自分の手柄にした。ここからヅーフと、フィッセルの話を真に受けたシーボルトとの間に激しい論争がはじまった。

その論争の只中に、ヅーフは『日本回想録』を刊行した（一八三三）。

その「序」の中で、ヅーフは出版に踏み切った理由を二つ挙げた。自らが先鞭をつけた蘭和辞書が他人の名義で政府に知られたことへの憤りがひとつ。もう一つはジャワ島がイギリス海軍に征服されたときに出島が二度もラッフルズによって乗っ取られる危機に遭遇した事実が、オランダ国民にほとんど知られていなかったことであった。

ヅーフとシーボルトの論争が決着したのは五年後の一八三五年で、その年ヅーフは安心したかのようにアムステルダムで息をひきとった。五十八歳だった。日本に残した愛児・道富丈吉は十七歳ですでに先立っていた(一八二四)。

29 みちのくの熱気球 [一八三〇〜一八三八]

為八郎が亀田藩に幽閉されて三年の歳月が流れた。

その間に米沢藩に流された吉雄忠次郎が四十五歳で亡くなった(一八三三)。彼は出島にあったときから喘息をわずらっていて、蘭医に診てもらったり、商館長に牛乳や赤ワインやオートミールなどをしばしばねだっていた。したがって米沢に着いたときから病身であった。藩では忠次郎に手厚い看護の手を指し延べたが、獄中生活二年半で失意のうちに病死した。したがって彼が身に着けていた語学や知識は、米沢の人々の間ではほとんど活かされることはなかった。

そこに行くと為八郎は違った。先ず彼は雪国の冬にも耐える頑強な身体の持ち主だった。次に彼には逃亡の恐れもなければ、自殺の懸念など微塵もなかった。

三年間の為八郎の態度を考慮したのち、藩主・岩城隆信は城下にある妙慶寺の境内に新たに小屋を建てさせそこに彼を移した。

それは四畳半一間に小さな土間と台所がついた物置程度の狭いものであったが、すぐそばに近所の人が良く利用する井戸があったので始終にぎやかだった。為八郎は市民との交際が許され、腰縄もつけず城下の往来を認められ、ときには鶴が沢の温泉に行くことさえ許された。これはいったい何を意味するのであろうか。

藩主は、為八郎の持てる学問と知識に目をつけて、城下の有志に摂取させることを期待した。もし幕府から検使が来た場合、「侍十人に医師・足軽・番人を付け厳重にお預かりしている」と答えるように命じられていた。つまり亀田藩主が幕府に内密に罪人・為八郎のためにとった優遇処置であった。

その結果、亀田に伝わったものは何か。

第一に蘭学である。為八郎はレザノフが来航したとき応接通詞として活躍し、ラングスドルフと一緒に熱気球を揚げ、蝦夷地御用で松前に出かけ、レザノフ来航のときにはラングスドルフと協議するなど輝かしい経歴を持つオランダ通詞である。したがってそのオランダ語も正確で発音も本物だった。蘭学の最初の入門者は掛役のひとり佐藤左門である。

亀田藩には「唐船番所」が三ヵ所あった。この場合の唐船は異国船の意味なので、オランダ船も含まれる。となると藩としてもオランダ語が使える人材がいるにこしたことはない。

第二に蘭方すなわちオランダ医学である。

シーボルトの来日の影響で一八三〇年代はオランダ医学が漢方医学に迫る勢いであった。亀田にも江戸に遊学したりしてオランダ医学に関心を向ける医師が出てきてもおかしくない。そういう中にあって為八郎は無視できない存在であった。

ひとつの例として和田杉雪（さんせつ）という人物があげられる。

彼は鍼灸師（しんきゅうし）を生業としていたが人一倍向学心があったと見えて、妙慶寺境内の牢屋に毎日のように通いこみ為八郎から蘭方を学び、のち実際に蘭方医になった。また為八郎も息子ほどの世代の杉雪の人柄が気に入り、蘭書を片手に熱心に翻訳してあげるのが日課となった。

他に目薬の話が残されている。為八郎が足軽の吉田家に伝授した目薬は、その後も町の人々から求められ明治・大正になるまで使用されたという。これは眼の治療にくわしかったシーボルトの影響が考えられる。

また砂糖が高価で貴重だった時代に麦芽糖を使った水飴の製法がある。米を蒸して麦芽と一緒にまぜ合わせ、温度管理の下で三、四日かけて糖化させたもので、そのまま飲めば喉の薬にもなれば、飴、求肥（きゅうひ）や水飴など菓子の原料にも役に立った。

最後に特産の「亀田うどん」のことも欠かせない。当初は麦粉を水でこねるだけだったが、為八郎はつなぎに食油をまぜることをすすめた。これは長崎の「五島うどん」が椿油を用いるのを為八郎が知っていたからであろう。うどんは一八三三年の「天保の飢饉」の際にはとくに重宝がられた。

このように為八郎は土地の人々から慕われて、新しい文化の担い手としてすっかり溶け込んでいった。夏をのぞいて為八郎は、黄八丈の袷をいつも肩にひっ掛けていた。それは黄色の格子縞に天鵞絨（びろうど）の黒襟があり、遠くから見てもすぐに為八郎と分かる。

あるとき杉雪が、「よほどお気に入りなのですね、その袷が」というと、「これか？家内のものでね。江戸送りを申しつけられた時があまりに急だったもので、これを私の代わりにと」とバツが悪そうにつぶやいた。

為八郎は人々から揮毫を求められると、いつも決まって同じオランダ語の文句しか書かなかった。

“Doet wel En Ziet Niet Om Baba Tamefatiero”

直訳すれば「善を為せ、悪を避けよ！」となる。しかしその意味を説明してもらってよくよく考えると、「自分は何も悪いことはしていない」という為八郎の悲憤にも似た声が響いてくるのであった。

さらに四年の歳月が流れた。

雪国の厳しさも人々の優しさも分かるようになった。雪解けが樹木の根まわりから始まるのに気がついたときには、まるで木の中に温かい血が通っているような感じがして嬉しくなった。植物好きのシーボルト先生に報告したいと思った。いわんや薄むらさきのカタクリの花が満面に咲く光景に接したときには、思わず息をのんだ。この世のものとはにわかに信じられないほどの美しさだった。

一八三七年の初秋のことである。境内の井戸から少し離れた空き地で、掻き集めた落葉の山に火を放ち、講義を終えた為八郎と塾生たちが手をかざしてなごやかに雑談していた。

突然、背後にあらわれた番人たちが「殿の御用である。急ぎ、まいられよ」と為八郎を取り囲んだ。引かれて行く為八郎は一言も発しない。杉雪もまた同行を余儀なくされた。二人の後ろ姿を目にした他の学徒たちは顔色を失った。

「馬場先生はキリシタンだったのかもしれない」とか、「シーボルトはオランダ人ではなく、ロシアの間者だったらしい。そのお取り調べではないか」などと、あらぬ噂が亀田城下を駆けめぐった。

しかし二人が連行された先は牢屋でもなければ白洲の上でもなかった。二人は城の一室で下問を受けた。

「じつは今年の春、元大坂の町奉行所の与力・大塩平八郎が謀反を起こした。平八郎は息子と一緒に火薬で自爆したのだが、生きのびてどこかに隠れているという噂が絶えず、幕府が各地に隠密を放ったという話だ。よってほとぼりが冷めるまで、今しばらく牢屋で自重してほしいということがひとつ」

「ハハーッ」と、為八郎は殿の配慮に深く感謝した。

「ところで為八郎。其の方は異国では人間が空を飛んでいると、口にしたそうだな。それについて殿がにわかには信じられぬと申されておる」

「は、は…。恐れ入りながらその件につきましては、嘘いつわりはございませぬ。さよう、あれはレザノフというロシアの使節が長崎に入港したときのこと、ラングスドルフという士官がおりまして、あるとき私が彼に和紙を見せたところ、非常によろこび、『こんな上質な紙ははじめて見た。これなら風船がつくれる』というのです」

「風船？」

「はい、言ってみれば大きな紙袋と思ってくだされば結構です。底に穴が開いておりまして、そこから煙を蓄えるのです。そうすると煙のことですから、天空に向かおうとします。最初は風船を紐でつないで凧のようにして揚げました。そして三回目は紐を切って自由に空に放ちました。それは決して作り話ではございません」

「だが、そんな紙袋で人が空を飛べるはずなどなかろう…」

「はい、仰せの通りです。袋の大きさが尋常ではないのです。フランスという国では天主閣ほどもある大きな紙袋をつくり、その下に船を吊り下げて二人を乗せて空の旅に成功したということでした」

「ほう…。それほど大きいのか」

「でなければ、人を乗せることはできません」

「わかった。その話、しかと殿に伝えておく。下がってよろしい」

こうして二人は妙慶寺にもどった。三ヶ月ほどで謹慎はとけた。

杉雪が為八郎の牢屋をたずねてきた。「馬場先生、大変です。殿が『風船』を揚げてみたいと仰せられたそうです」

「揚げるのは雑作もないが、城下は如何なものか。人目に立ちすぎるし、長崎で起きた通り、落下したところで火事になったら問題であろう」

「大丈夫です。先生は指示されるだけで私どもが動きましょう。それにこの出羽の国には四方を山に囲まれた場所ならたくさんあります」

「よし、わかった。では、まず和紙と竹を準備してもらおうか…」


ここで、いま一度、気球伝来について振り返ってみたい。

もとはといえばリヨン近くのアノネーの製紙会社の息子だったモンゴルフィエ兄弟が熱気球を揚げるのに成功した。しかし彼らは、なぜ熱気球が揚がるのかはうまく説明できなかった。

フランスアカデミー会員のシャルル教授は、モンゴルフィエ兄弟の成功を耳にして自らの考えに基づき水素気球を発明した。熱気球を「モンゴルフィエール」、水素気球を「シャルリエール」と呼ぶのはそこに由来する。皮肉なことにシャルル教授はのち熱気球の飛揚の原理を物理的に解明した。それが「シャルルの法則」である（一七八七）。

数年間はフランス中が気球熱で沸き立った。

一時は気球に乗って宇宙旅行さえも可能であると信じられた。しかし熱気球も水素気球も自ら欲するところへ向かうことができないという根本的な欠陥が露呈された。気球を思うままに操縦するための様々な工夫が試みられ、その一つのアイデアがオランダの新聞に掲載されて日本にもたらされた。

日本人はそれを鵜呑みにするしかなかった。『紅毛雑話』の中の「リュクトシキップ」がそれで、西洋ではそれに乗って人間が空を自由に飛べると想像した。それは庶民から愛された『北斎漫画』の中にまで「風船」として登場する。

十九世紀初めにロシア使節レザノフが長崎に来たとき、ラングスドルフが為八郎の助けを借りて、我が国で最初の熱気球を長崎の空に揚げた。

人々はそれを見て大喜びしたが、落下したとき大きな煙の固まりが吐き出され、火事と勘違いされて気球を水浸しにしてしまった。しかしロシア使節レザノフが去ったあと、「あれは、面白かった」と、ラングスドルフの真似をして熱気球をつくり、それを「オランダ旗」と呼んで、お盆に墓地で揚げはじめた。

さらに時代は下って「シーボルト事件」が起き、為八郎が羽州亀田藩に流刑となる。でも聡明な藩主のお陰で幽囚の身を解かれ、知識人として活躍することができた。こうして亀田藩に熱気球が伝わった。

細かいことをいえば、為八郎が流された亀田城下と、現在「紙風船上げ」で有名な仙北市西木町（秋田藩）の間には六十キロほどの距離がある。私にはその理由を明かすことはできない。それは調べても出てこないであろう。ただ、秋田藩主は佐竹家で、秋田蘭画で有名な「蘭癖大名」であったことを付け加えておきたい。

一八三八年十二月五日、為八郎は愛弟子・和田杉雪に看取られながら七十歳で息をひきとった。流刑者としては長命の方である。その屍は検死が終わるまで妙慶寺に安置された。

為八郎は天文方・高橋景保が獄中で病死したのち内臓をえぐりとられ、甕の中に塩漬けにされたのを聞かされていた。

だから生前に杉雪に何度も念を押した。「私の棺は厚い柏の材でつくり、水漏れのないように漆を塗り、海水と同じ濃度の塩水で浸して欲しい。そうすれば私の身体も検死の日まで保つだろう」と教えた。「塩加減が良い頃に棺の中から取り出して、鰯のように焼いて食べることだけは止しておくれ」と呵々大笑した。

一八三九年春、カタクリの花に見送られるように、為八郎の遺骨が故郷・長崎へ旅立った。杉雪夫妻は酒田から日本海を南下し、小倉から長崎街道をたどり、馬場円次と妹のモトの家をたずねた。

為八郎の葬式は長崎の本蓮寺でおこなわれたのち、夫婦川（ふうふがわ）町の春徳寺に埋葬されたとされているが、その遺骨は今でも行方不明のままである。

【付記】「紙風船上げ」と「オランダばた」

［一八三六〜一八六八］

こうして馬場為八郎と佐十郎の兄弟は歴史から消えて行ったが、とくに佐十郎は天文方にあったので、後世への影響はなおも続いた。そんな彼の余韻のようなもの、そしてシーボルトと小笠原諸島や熱気球のその後を追ってみたい。

馬場佐十郎がはじめた『家庭用百科事典』の翻訳は、主に津山藩の侍医・宇田川玄真に引き継がれる。彼は気球伝来のニュースをオランダ語で記録した宇田川玄随の養子にあたる。若くして才能を買われ、杉田玄白の養子に迎えられたが、あまりの放蕩の激しさに勘当されたという経歴の持ち主でもある。

その後改心して翻訳にエネルギーをそそぎ、日本で最初の内科の書・『内科撰要』十八巻や、『家庭用百科事典』もその四割をひとりで翻訳したという人物である。惜しいことに四十歳で他界している。

そんな宇田川家に十三歳で養子に入ったのが、宇田川榕菴で、最初は佐十郎に学び、佐十郎亡きあとは吉雄俊蔵（耕牛の孫）にオランダ語を学んだ。

彼は『家庭用百科事典』を読んで西洋に植物学があることを知り、長崎屋で商館長・ブロンホフと対話を交し、その紹介で来日したばかりのシーボルトと文通を交している。

この榕菴もまた異能の蘭学者で、知識欲は自然科学や化学にまで及び、それまで志筑忠雄の訳例にならって「実質」「水質」「酸質」とされていたオランダ語を、現代の我々が使用している「元素」「水素」「酸素」に改めた。

また、榕菴著『舎密開宗（せいみかいそう）』二十一巻（一八三七〜四七）はイギリスのウィリアム・ヘンリーの『好事家のための化学』を翻訳したもので、その二巻には次のような下りがある。「水素ガスは大気に比べると非常に軽く、これでシャボン玉を膨らませば、空高く登って決して落ちることはない」。つまり為八郎が亡くなった頃には、一部の知識人は水素気球の原理を正しく把握していたことになる。

しかし実際の西洋では気球はさらに進歩していて、水素ガスではなく「石炭ガス」を使用していた。それはコークスをつくる際に得られるガスで、産業革命下にあったイギリスのチャールズ・グリーンという気球乗りの発想によるものであった（一八二一）。

石炭ガスは水素ガスと比べると浮力は小さいが価格が安かった。

水素気球で一回飛べば二五〇ポンドかかるところが、石炭ガスだと七〇ポンドですんだ。三分の一以下である。ちなみに庶民の年間収入は五〇ポンドという時代である。廉価な石炭ガスのお陰でグリーンは五百回も飛揚でき、一八三六年十月一日には、ロンドンから飛揚して十八時間をかけて、七百六十八キロ離れた、ドイツのヴァイルブルグに着陸するというすばらしい記録を打ち立てている。

その頃東洋では、中国とイギリスの間に貿易をめぐって対立が生まれようとしていた。イギリス人は紅茶を好み、中国からの茶はイギリスに巨額の赤字をもたらした。イギリスは一方的な貿易を解消するためインドのアヘンに目をつけた。清は衰退期に入っており、国民にアヘンを禁止するも何の効果もなく、ついに貿易は逆転し、イギリスは貿易黒字を取りもどした。

イギリス政府は、それまで東インド会社が独占していたアヘンの貿易を自由競争にゆだねた。これに対して清国は一八三九年、林則徐を広東に遣わし、イギリス商館の閉鎖を命じた。険悪な状態の中で沖には英国海軍艦二隻が待機していた。

万一の場合を考えたイギリス人たちは、広東から東方一千キロメートル洋上にある小笠原諸島を避難場所として目をつけた。こうして一八三七年、クイン艦長を乗せた軍艦「ローリー号」が父島に向かい、探検・調査をした。

一八四〇年、アヘン戦争が勃発、二年後イギリスが圧倒的な武力で勝利した。鉄製の蒸気船が木造の中国船を木端みじんに撃ち砕いた。

アヘン戦争による清国の敗北は幕府にとって驚天動地の出来事だった。

幕府は長崎から高島秋帆を江戸に呼び出し、ナポレオン戦争により変革した武器や西洋砲術を臨検した（一八四一）。続いて「無二念打払令」を廃して、「薪水給与令（しんすい）」に変更した（一八四二）。

アヘン戦争はオランダ政府も動かした。一八四四年、日本が清国の二の舞にならないように開国をすすめた国書を軍艦「パレンバン号」で長崎に届けた。国書の原案には『日本』を刊行し世界的に有名になったシーボルトが関わっていた。

そのパレンバン号に自ら乗り込んだ大名がいる。佐賀藩主・鍋島直正である。フェートン号事件でつまずいた佐賀藩だったが、直正公の下で高島秋帆や長崎海軍伝習所（一八四五〜四九）に学び、一挙に近代化のトップランナーに躍り出る。

ところで長崎では失敗続きの牛痘接種が、清国では成功したという知らせが唐船によってもたらされた。出島のオランダ医に言わせれば、バタビアで接種を受けた子供を乳母と一緒に長崎に連れてくればそれで解決するというのだが、鎖国下ではそれができない。

そこでかつてシーボルトの市内診療に奔走した鍋島藩医・楢林宗建が、出島医のモーニッケにそれまでの痘漿（とうしょう）（液体）ではなく痘痂（とうか）（かさぶた）で運んで来ることを提案した。モーニッケもそれに同意して試みたところ、果たして痘痂を蒸気で柔らかくして植え付けた子供のひとりが感伝に成功した。その子の痘漿を三名の子供に分けて植え、こうしてたちまち数百人の種痘に成功した（一八四九）。

江戸にあった医師・利光仙庵はそれを耳にして、かつて自分が長崎遊学中に入手した佐十郎の『遁花秘訣』を行李の底にしまい込んでいたのを思い出した。そして読み返し、今こそ版行のときであると悟り、『魯西亜牛痘全書』とタイトルを改めて刊行した（一八四一）。佐十郎の翻訳から二十一年後であった。

アヘン戦争の避難場所として注目された小笠原諸島は、その後すっかり忘れられていた。そこにひとりのアメリカ人が目をつけた。ペリー提督である。彼は「蒸気船の父」とも称され、将来、蒸気船で中国と貿易を行うには、中継基地が必要であることを承知していた。

そのためにも日本の開国が必要だった。もしそれができなかった場合、小笠原諸島と琉球を担保にしていた。一八五三年、彼は江戸湾入口の浦賀に向かう前に艦隊を那覇から小笠原諸島へ向かわせた。

ペリーと父島の首長・セボレーとは偶然にも同年配であった。渡りに船とばかりにペリーは、父島に蒸気船用の貯炭場を購入し、セボレーをアメリカ海軍の軍籍に入れた。さらに島民たちをサスケハナ号に招き、歓待した上で父島に「自治政府」をつくるように仕向けた。つまり父島を日本から切り離し、海軍の軍政下に置こうとしたのである。

琉球に戻ると那覇にも貯炭所をつくり、それから四隻の軍艦を率いて浦賀に向かった。外交は長崎のみという幕府の鉄則は頭から無視された。ペリーは蒸気軍艦を見せつけることで、幕府を威圧して久里浜に上陸、強引に国書を渡した。そして返事は来年貰いにくると言い残して那覇へ去った。

ペリーは帰路の途中、那覇でプリマス号のケリー艦長に命じて再び父島に向かわせ、自らは香港に戻った。ケリー艦長は父島の「自治政府」が成立したのを見届けたのち、隣の母島にも上陸し、島がアメリカに属することを記したプレートを残した。

これらのアメリカ海軍の動きは、ハワイのイギリス領事と本国の外務省を経て、やがて香港にまで届いた。こうしてイギリスの香港総督が停泊中のサスケハナ号をおとずれて、ペリーに厳重な抗議をした。

ペリーはこの件で両国が深刻な対立関係に発展するのを望まなかった。相手を刺激しないように、ケンペルが触れた島谷市左衛門の探検の史実を持ち出し、小笠原諸島の領有権が日本にあることを示し、父島の二見港が各国に自由に開かれていればそれで良しとする自分の意見を述べた。イギリス側としてもそれ以上の追及を避けた。

黒船が去ると幕府はオランダに軍艦・兵書・武器を注文した。オランダはそれにこたえ、一八五五年、注文された蒸気船（咸臨丸）とは別に、蒸気船スンビン号（観光丸）を幕府に寄贈すると同時に、それを使って西洋式の海軍の伝習を開始した。すなわち「長崎海軍伝習所」である（一八四五～四九）。

もう一つ、幕府は海外情報を増やすために、「蛮書和解御用」から「洋学所」に独立させ、翌年それを「蛮書調所」と改名した。（一八五五）

この蛮書調所で最も活躍したのが津山藩医・箕作阮甫（みつくりげんぽ）で、彼がオランダの雑誌から翻訳した『玉石志林（ぎょくせきしりん）』は、「無人島徒民記」ではじまる。それは小笠原諸島にすでに外国人が住み着いていることを明らかにした。

その三章目に「気球」が顔を出す。それは気球の歴史について書かれており、初めに「パコ」として登場するのはフランシスコ・デ・ラーナのことである。他にキャベンディッシュ、モンゴルフィエ兄弟、ロジェ、シャルル、ロベルト、ブランシャールなどの名前が顔を出す。幕末にすでにこれらの名前が正確に把握されていたとは驚きである。

一八五八年、初代日本総領事であるタウンゼント・ハリスにより、日米修好通商条約が締結された。二年後、幕府は批准書の交換のためにアメリカに使節団を派遣する。このとき副艦として長崎海軍伝習所で航海術を学び終えたばかりの咸臨丸が太平洋を往復し、アメリカ国民を驚かした（一八六〇）。

ワシントンで使節団がブキャナン大統領に接見したのち、フィラデルフィア郊外で歓迎行事の一環として軽気球が揚げられた。ところが通訳が「気球を揚げる（Launch）」を「船の進水」と思い違いしたため正使も副使も出席せず、十一名の日本人だけがそれを目撃した。

水素気球を日本人が目撃するのは、レザノフがロシアから連れ戻した四名の仙台の漂流民に次いでこれが二度目である。その中のひとり、加藤素毛（すもう）が俳句を残している。「月ならで風船高し夕まぐれ」。気球を月に見立てたところはいかにも日本人らしい。

一八五九年、神奈川・長崎・函館が開港されたのをもっとも喜んだのはシーボルトであろう。彼は「オランダ貿易会社」の役員として同年夏、長男のアレキサンダー（十三歳）を伴って三十年振りに長崎に上陸した。娘・イネは三十二歳で医学を学んでいた。

一八六一年、シーボルトは幕府から外交顧問として横浜に招聘された。当時の幕府は江戸に近い神奈川（横浜）開港を嫌い、シーボルトの長崎だけを自由港にする案を望んでいたが、それは諸外国から猛反対され、ついにオランダ領事もシーボルトに退去を命じた。こうしてシーボルトは無念の思いで長男を残して日本を離れた。

遣米使節が米政府から寄贈され持ち帰った『ペリー提督日本遠征記』の中に、小笠原諸島でのペリーの行動が記されており、このままではいけないと察した幕府は一八六二年、無人島を回収・開拓するために咸臨丸を用いて巡検隊を派遣した。

外国奉行・水野忠徳を首長とし、通訳は中浜万次郎。彼は欧米系の島民に呼びかけて島が日本の統治下にあることを認めさせた。島民たちはうすうす島が日本に属することを知っており、反対する者はいなかったという。

また「無人島」という名前では外交上まずいので、徳川家康の時代に配下にあった小笠原貞頼によって発見されたという伝説にもとづき、「小笠原島」にあらためた。

そして島谷市左衛門の探検航海から三百五十年近くの歳月が流れた今日、島谷の事蹟はすっかり忘れ去られ、東京都や小笠原村のＨＰからもその片鱗さえもうかがえない。長崎の歴史文化博物館は島谷のつくった地図を蔵していながら、一般展示されていないのが実状である。

一八六七年、パリの万国博覧会に徳川慶喜の名代として弟の徳川昭武（十四歳）が遣わされた。薩・長両軍がトマス・グラバーから武器を調達したのに対して、幕府軍はナポレオン三世に接近することでイギリスを牽制しようとした。このとき昭武に随行したのが渋沢栄一であった。

パリに到着してまもなく栄一の日記に、「午前十一時、風船を見る。風船は軽気球という」とある。「風船」と「軽気球」が並列して登場するところが面白い。

続いて、「我が国でも往年、仙台の林子平がこの気球の図をあらわし、それなりに工夫したが、このように発達するには至らなかった」と、「リュクトシキップ」のことを思い出している。幕末まで「リュクトシキップ」が生きていた証拠である。

翌一八六八（明治元）年七月三十日、帰国を目前にした昭武は、パリのロンシャン競馬場に出かけ、「巨人」と命名された直径三十メートルを超える大型の係留気球に乗り込んだ。料金を払えば誰もが乗れる観光用で、彼が日本人としてはじめて軽気球に乗った人物となる。

こうして近代の入口まで、風船の歴史を追ってきた私には、ひとつだけ気になることがある。それは長崎における風船のその後である。最初にそれを目撃した長崎の町にその痕跡が何も残らなかったのだろうかと。

今は故人となられた地方史研究家・丹羽漢吉氏は『長崎事典』（長崎文献社）の「風俗・文化編」の中に次のような目撃談を残している。

「子供の頃（大正時代）、お盆の最中に大音寺の上空を、ゆらりゆらりと浮遊する赤くにごった光が飛んでいるのを見たことがあり、人々はそれを『オランダばた（旗）』と呼んでいた」。長崎では「凧」のことを「旗」と呼ぶので「オランダ凧」という意味に他ならない。

それはつまり、レザノフが上陸した梅ヶ崎でラングスドルフが紐を付けて揚げてみせた熱気球が、盆の行事として根付いたものではなかったろうか。残念ながら丹羽氏が大人になった時には火事を起こす恐れから、警察により禁止されていた。

これを事実だとすれば、ヨーロッパから伝わった熱気球は、長崎と秋田でそれぞれ根付いていたことになる。

私は「オランダばた」を目にしたことはないが、今でもお盆に長崎の墓地から空高くまっすぐに打ち上げられる無数の「矢火矢（やびや）」（花火の一種）を思うたびに、「オランダばた」の名残りではないかという気がしてならない。

風船をめぐる年表（★は国外）

一七六九年　明和六　**馬場為三郎、長崎に生まれる。**
一七七三年　安永二　平賀源内が秋田藩で鉱山の調査をする。小野田直武に西洋画法を伝授。
一七七四年　安永三　杉田玄白『解体新書』を刊行する。直武が挿絵を担当する。
一七七六年　安永五　平賀源内がエレキテルを製作し大当りをとる。
　　　　　　　　　　★アメリカ十三州が独立宣言を公布。
一七七八年　　　七　**為八郎、稽古通詞となる（九歳）**。
一七七九年　　　八　平賀源内が刃傷事件を起こし、獄中にて病死。
一七八〇年　　　九　★第四次英蘭戦争（～八四）
一七八三年　天明三　浅間山の大噴火。東北地方で大凶作。
　　　　　　　　　　★アメリカの独立が承認される。フランスで熱気球に続いて水素気球が揚がる。
一七八四年　　　四　★「空の旅」を報じたフランス語の新聞が、商館長ティツィングにより長崎にもたらされる。フランスの新聞に「リュクトシキップ」の図が発表される。

一七八五年　天明五　★ブランシャールの水素気球によるドーバー海峡横断。商館長ロンベルフが、長崎から江戸参府の際、長崎屋で「空の旅」のニュースを発表。

一七八六年　六　大槻玄沢が長崎の吉雄家のオランダ正月に招かれる。「リュクトシキップ」の図が載ったオランダの新聞が長崎から江戸に届く。老中・田沼意次が失脚する。

一七八七年　七　**為八郎の弟、佐十郎が生まれる。**松平定信が老中首座につく。森島中良の『紅毛雑話』に「リュクトシキップ」の図が載る。

一七八八年　八　司馬江漢が長崎に来る。

一七八九年　寛政一　★フランス革命が起きる。

一七九〇年　二　松平定信の「半減商売令」。誤訳事件により吉雄耕牛ら長崎の有力な通詞たちが逮捕される。

一七九一年　三　米船「レディ・ワシントン号」が紀州に立ち寄る。

一七九二年　四　ロシア使節・ラクスマンが伊勢の漂流民・大黒屋光太夫を連れて根室に来航。

一七九三年　五　松平定信が老中を解任される。★第一次対仏大同盟により、イギリスとオランダの関係が悪化する。

一七九四年　六　玄沢ら江戸の蘭学者が光太夫を招き、「オランダ正月」を祝う。

一七九五年　　七　★オランダが「バタビア共和国」となり、ウィッレム五世はイギリスへ亡命する。これを契機にイギリスは多くのオランダの植民地を得る。

一七九六年　寛政八　稲村三伯の「江戸ハルマ」がつくられる。
★エドワード・ジェンナーが種痘に成功。

一七九七年　　九　長崎にスチュワート船長の「エリザ号」が入港。

一七九八年　　十　商館長ヘンミーが掛川宿で死去。近藤重蔵と最上徳内がエトロフ島に日本領土の標柱を建てる。

一七九九年　　十一　東蝦夷を幕府直轄地とする。ヅーフが来日。
★オランダ東インド会社が解散し、「バタビア共和国」の国営として日蘭貿易を続ける。

一八〇〇年　　十二　商館長ワルデナールとヅーフが出島に上陸。為八郎に弟・円次が生まれる。
吉雄耕牛没（七六歳）スチュワート船長三度目の来日。

一八〇一年　享和一　★ロシアのサンクトペテルブルグで仙台漂流民・津太夫ら四名が日本人として初めて水素気球を見る。

一八〇二年　　二　★アミアン条約により英・仏が休戦する。
佐十郎がヅーフからジェンナーの牛痘を知る。幕府が蝦夷奉行を函館奉行とする。

一八〇三年　享和三　ヅーフが商館長になる（二十六歳）。スチュワート船長がナガサキ号で四度目の来崎。

一八〇四年　文化一　ロシア使節レザノフが来日、通商を要求する。大田南畝の来崎。
★ナポレオンがフランス皇帝となる。

一八〇五年　二　為八郎がロシアの博物学者ラングスドルフと一緒に和紙の熱気球を揚げる（三十五歳）。ロシア使節レザノフ長崎を去る。為八郎が小通詞となる（三十六歳）。

一八〇六年　三　志筑忠雄没（四十七歳）。
★ナポレオンの弟のルイが「バタビア共和国」の国王となり、「オランダ王国」になる。

一八〇七年　四　ロシア人フヴォストフがエトロフ島を襲撃する。幕府が函館奉行を廃して松前奉行を置く。為八郎が蝦夷地御用として江戸に上る（三十八歳）。

一八〇八年　五　木正栄が江戸勤務となる。為八郎、蝦夷に出張（三十九歳）。弟の佐十郎が幕府天文方に入る。長崎で「フェートン号事件」が起きる。

一八〇九年　六　**為八郎、帰崎**（**四十歳**）。間宮林蔵のサハリン探検。高橋景保が正栄と佐十郎の助力を得て「日本辺海略図」をつくる。

一八一〇年　七　高橋景保が「新訂万国全図」をつくる。
★ナポレオンが「オランダ王国」を「フランス帝国」に併合。
ナポレオンの全盛時代（〜一二）

一八一一年　八　幕府、天文方に蕃所和解御用を命じ、佐十郎が任務に当たる。「家庭用百科事典」の翻訳開始。ロシア海軍少佐ゴロウニンがクナシリ島で拿捕される。

★イギリス人ラッフルズがジャワ島を占拠。

★ナポレオン、モスクワ遠征で大敗。

一八一二年　九　**為八郎、大通詞になる（四十三歳）**。佐十郎、松前に渡り、ゴロウニンからロシア語の文法を学ぶ。

一八一三年　十　★ラッフルズがワルデナールを使って出島掌握を謀るも、失敗。幕府、ゴロウニンをロシアに引き渡す。

ラッフルズ、再度シャーロット号を長崎に派遣。

一八一四年　十一　★ウィーン会議により「オランダ王国」が復活する。ナポレオンがイタリアのエルバ島に流される。

一八一五年　十二　佐十郎、幕府直参となる。

★ナポレオン、エルバ島を脱出して再び帝位に着くも、ワーテルローの戦いで敗退。大西洋上のセントヘレナ島に流刑。

一八一六年　十三　『ヅーフ・ハルマ』の編纂がはじまる。（〜三三年）。

★ジャワ島がオランダに返還される。ラッフルズがセントヘレナ島でナポレオンと会見する。

一八一七年　十四　岩城隆喜、第七代亀田藩主となる。ブロンホフが家族を同伴して出島に来る。ヅーフ、ジャワ島に帰る。

一八一八年　文政一　★イギリス船「ブラザーズ号」が貿易を求めて浦賀に来るも、佐十郎が出張し、帰帆させる。

一八一九年　二　★日本に近い太平洋でマッコウクジラの大群が報告され、「ジャパングラウンド」とよばれる。

一八二〇年　三　★ラッフルズがシンガポールを獲得。

一八二一年　四　伊能忠敬の「大日本沿海輿地全図」が完成する。蝦夷地が幕府から松前藩に復帰。

一八二二年　五　佐十郎「遁花秘訣」を著わす。出島で西洋の戯曲が演じられる。

一八二三年　六　イギリスの捕鯨船サラセン号が浦賀に来る。佐十郎死去（三十六歳）。後役を吉雄忠次郎が継ぐ。

一八二四年　七　出島医師シーボルト来日。

一八二五年　八　イギリス捕鯨船員が水戸藩の大津浜に上陸。薩摩の宝島ではイギリス捕鯨船員が牛を求めて上陸。

一八二六年　九　「無二念打ち払い令」。会沢安の「新論」成る。

一八二七年　十　シーボルトの江戸参府。スチュッレル、貿易に関する嘆願書を江戸城内で長崎奉行に渡す。

一八二八年　十一　高橋景保がシーボルトに日本地図を贈る。

シーボルト事件。**為八郎入牢**（**五十九歳**）。シーボルトが出島に幽閉される。

一八二九年　十二　高橋景保が獄死。シーボルト日本に帰化を願い出るも国外追放。

一八三〇年　天保一　**為八郎**（六十一歳）・**吉雄忠次郎・稲部市五郎が江戸送りとなる。**三名への判決は永牢。為八郎は佐竹壱岐守義純預かりの身となるが、その後、岩城伊予守隆喜に預け替えとなる。弟の円次は小通詞を罷免。

一八三一年　二　吉雄権之助死去（四十六歳）。

一八三二年　三　★ハワイから欧米系の二十三名が父島に移住。
為八郎が亀田城下妙慶寺境内の囚屋に移される（六十三歳）。
★シーボルトの「日本」がライデンで刊行される。

一八三三年　四　『ヅーフ・ハルマ』をオランダ通詞たちが引き継ぎ完成させる。吉雄忠次郎が米沢で死去（四十七歳）。

一八三四年　五　高島秋帆が「高島流西洋砲術」をうち立てる。

一八三七年　八　大坂で大塩平八郎の乱。**為八郎が亀田藩士に熱気球を伝授。**アメリカ船モリソン号が浦賀に入港。浦賀奉行これを砲撃する。

一八三八年　九　**為八郎死去**（六十九歳）。

一八三九年　十　為八郎の遺骨が長崎に運ばれ、春徳寺に埋葬される。「蛮社の獄」が起きる。

一八四〇年　十一　アヘン戦争起きる。稲部市五郎病没（五十五歳）

一八四一年　十二　高島秋帆、江戸で西洋砲術を披露。

一八四四年　弘化一　オランダ軍艦パレンバン号、国書を携え長崎入港。

一八五三年　嘉永六　ペリー黒船艦隊、浦賀に来航、国書を呈す。
一八五八年　安政五　日米修好通商条約。幕府、外国奉行を置く。
一八五九年　安政六　安政の大獄。シーボルト再来日（〜一八六二）。
一八六一年　文久一　外国奉行水野忠徳が小笠原諸島を調査、在来外国人に島が日本に帰属することを承認させる。
一八六二年　　　二　生麦事件。『玉石志林』この頃刊行される。
一八六三年　　　三　薩英戦争。
一八六六年　慶応二　シーボルト死去。
一八六七年　　　三　渋沢栄一が徳川昭武に随行してヨーロッパへ。徳川慶喜の大政奉還。
一八六八年　明治一　昭武が、パリで日本人として初めて気球に乗る。

あとがき

すでに気づかれたと思うが、本書『風船ことはじめ』は、大きくわけると航空史と洋学史の二つの流れからなる。この二つを組み合わせた近世史は、あまり見かけなかったのではないだろうか。ではどうして私がこの二つにめぐり会ったのか、その経緯を話してみたい。

私がものごころついた頃、朝鮮戦争（昭和二十五年）がはじまった。そのとき長崎上空を飛行機がめったやたらと南から北へと通過した。プロペラ機だったので機影が現われる前に音がする。その度に私はキッと天を仰ぎ、機影をにらみつけたものである。後になって気がつくと、それはいずれも戦場に向かうアメリカの軍用機だった。

私は北へ去った機影を頭に入れて、ロウ石でもって石畳の上にその形を描きはじめた。恐竜図鑑とてなく、少年の好奇心はひたすら飛行機に向けられた。

ある日のこと、小さな機影が爆音を立てないまま空に線を描いた。私は我が目をうたぐった。爆音がしない。すこし遅れてグォーンという響きが届いた。それが音速を超えたジェット機「F86セーバー」との初めての出合いだった。

昭和三十年頃、世の中にプラモデルなるものが登場した。

それまでのソリッドモデルとは異なり、キャノピーは透明でパイロットが座っており、カバーを開けるとエンジンが見え、金属板に添ってビスが並び、タイヤには溝が見える。それは大人も子供も夢中にさせる十分な要素を兼ねていた。

私の航空機との縁はそれだけで終わらなかった。

私が学んだ北九州市立大学は小倉飛行場（旧北九州空港）に近く、入学してまもないオリエンテーションで校庭に実物のグライダーが展示してあった。すぐにキャノピーを開けて座らせてもらい、操縦桿を握りしめることができた。

こうして航空部で四年間を過ごした。そのせいで唯でさえ貧乏な学生生活が部費や合宿費に追われ、輪をかけて貧しくなった。今でも私に向かって「お前の部屋に遊びにいったら、前の日に食べた魚の骨をもう一度焼いて、それをおかずに食べさせられた」と訴える友人がいる。

昭和四十年代初頭のローカル空港は、一日に数便というのどけさで、その合間を縫ってグライダーの練習をするのに十分なゆとりがあった。今から振り返ると、滑走路でグライダーを飛ばしたなんて夢のようである。

ショールダー（緑地）にはヒバリが卵を産み、夏にはトンボが群れ、秋になるとバッタやカマキリが姿をあらわした。雨で滑走路がびしょ濡れになると無数のミミズが滑走路に這い出し、晴れ上がるとたちまち干からびて、そこらじゅうにミミズのミイラが転がっていた。まれに亀がランウェイを横断することもあった。

合宿の五日間は近くの農家を借りる。宿舎までの一キロほどは田んぼや畑が続く牧歌的な光景だった。グライダーには初級（プライマリー）・中級（セカンダリー）・上級（ソアラー）があって、私はその三つとも体験することができた。

卒業後、私は漫画家を目指して上京した。「新宿の若者に石を投げれば漫画家志望に当たる」といわれるほどのブームの中で、プロになる願いは簡単にかなうべくもなく、地べたを這いずりまわるような生活を十年ほど余儀なくされた。

ずるずると三十歳も過ぎ、新人とは呼べない年齢になってしまい、もはやこれまでと腹をくくった。最後に自らのナンセンス漫画集『龍之介のひが目』を出した。タイトルは私がデビューした『面白半分』の編集長・佐藤嘉尚氏がつけたものである。

二百部をつくり、出版社や編集者そしてプロの漫画家などに発送した。十件ほどのお礼の郵便物が返ってきた。それで終わりだった。そんなものかと思った。

ところが一本の電話が入った。漫画集団の大御所・杉浦幸雄先生からで、「君の作品はページをめくる度にまったく意外な方にすっ飛んで行く。そんな漫画家はあまりいないのだよ」と指摘され、「漫画社」という広告代理店を紹介された。まるで死に水を取らされた人間が息を吹き返したような、そんな思いだった。

漫画の原稿を納めた帰りには必ず神田神保町に立ち寄った。古書店めぐりこそが私にとって最も経費のかからない気分転換だった。コーヒーやカレーの匂いは嗅ぐだけで、足が棒になるまで古書店を歩き回った。

古書店には思いの他タイトルに「長崎」という活字の入った本が多かった。ここは長崎でもないのに、いったい何故だろうとめくってみると、そのほとんどが近世の長崎に関する本であった。ここではじめて私は近世長崎の持つ歴史の重さを思い知らされた。そんなことは故郷では考えもしなかった。

ある日、『ヅーフ日本回想録』と出会った。昭和十六年十二月十日、太平洋戦争がはじまった二日後に発行された本であった。

紙質は悪く、表紙の文字は下手な手書きで、箱は売れ残りのものを裏返して使用していた。その割に値段は安くなかった。否、私には高価であった。毎日毎日ためつすがめつしたのち、それこそ清水の舞台から飛び降りる気持ちで購入した。

それは文語体ながらすこぶる面白かった。読み終わると付箋だらけになっていた。翻訳したのは斎藤阿具（あぐ）。斎藤氏は三年間ドイツ・オランダに留学中、自宅を夏目漱石に貸し、漱石はそこで過ごす間に『吾輩は猫である』（明治三十八年）を書いたという曰く付きの人物であった。

それを機に私は一気に洋学史にのめり込んだ。幸田成友の『日欧通交史』や、古賀十二郎の『長崎洋学史』は何度読み返したことか。そしてついに日本初の天文・地理学者・西川如見の『華夷通商考』と出会い、それを漫画化した『江戸の世界聞見録』を蝸牛社から出版した。

それは漫画でありながら学術書に近く、青山学院大学教授で「洋学史研究会」の主宰・片桐一男先生の目に留まり、さそわれて同会員の一人となった。

ところで今でも航空史を紐解くと、気球伝来はどれも一七八四年四月四日、商館長・ロンベルフが長崎屋でフランスの新聞をオランダ語に翻訳しながら発表したということで一致している。しかしこれはおかしいと私は最初から首をひねった。

新聞が報じた気球の搭乗者はシャルル教授とロベルトとあるから一七八三年、十二月一日の出来事である。これは絶対に揺るがない。それがわずか四ヶ月で日本に伝達するはずがない。

オランダ船がアムステルダムを出帆したとして、四ヶ月後にはまだ喜望峰である。百歩ゆずってバタビアに着いたとしよう。そこから日本へ行くには季節風を待たなければならない。さらに出島に着いたとしても、今度は江戸参府の正月を待たなければならない。これらの難関をくぐらなければ江戸には到着しない。

洋学史を学べばそんなことは常識なのであるが、航空史の分野ではそれが理解されていないことが分かった。私はこの問題を『長崎談叢』九十六号に「気球伝来説の再考」と題して発表した。正しい気球伝来の年は長崎には九ヶ月後の一七八四年八月十八日、江戸に伝わったのは翌一七八五年四月（日付は不明）である。

それからもう一つ、気球の飛揚の原理を「浮力」で理解した唯一の人物・志筑忠雄のことである。この人物をもっと多くの人に知ってもらいたいと執筆を思い立ったが、史料が少なすぎてお話にならない。

ところが彼の晩年に遣日ロシア使節に随行したラングスドルフが揚げた気球を目にしたことがわかった。その瞬間、気球伝来と彼の生涯を一緒にすれば何とかカタチになると確信して『長崎蘭学の巨人──志筑忠雄とその時代』（弦書房）を書いた。

その執筆中に、図らずも志筑の実家である中野家の八代にわたる家系図を発見した。それは公益財団法人・三井文庫に眠っていた。それをまず日蘭学会会誌最終号で発表したのち、『洋学史研究』二十六号の「中野家に関するノート」へと発展させた。以後多くの研究者が三井文庫に目を向けて志筑に関する研究が進んでいる。

『長崎蘭学の巨人』は、私が洋学史と航空史の両者を融合させた最初の作品になる。思いがけなくも幾つかの新聞や雑誌が書評に取り上げてくれた。

今回の『風船ことはじめ』は、日蘭交渉史の一番おいしい部分を切り取ったつもりである。個人的にはヅーフの生涯を最後まで挿入できたことがとてもうれしい。

自分としては日葡交渉史を扱った『絹と十字架―長崎開港から鎖国まで』、と本書、そして海軍伝習所を扱った『幕末の奇跡―〈黒船〉を造ったサムライたち』、この三冊をもって「長崎三部作」としたい。

毎回のことながら、原稿が仕上がるのを辛抱強く待ってくれた弦書房の小野静男氏と、私の作品の最初の読者である家内には、この場を借りて心から感謝したい。

二〇二三年　岩谷（いわや）技研の「ふうせん宇宙旅行」を目前にして

松尾龍之介

主要参考文献

『長崎オランダ商館日記』全十巻、日蘭交渉史研究会、雄松堂出版、一九八九年
『連座』吉田昭治、無明舎出版、一九八四年
『世界の歴史』二十一、五十嵐武士・福井憲彦、中央公論社、一九九八年
『詳説世界史研究』木村靖二・岸本美緒・小松久男、山川出版社、二〇一七年
『通航一覧』第八巻、国書刊行会、明治四十五年
『洋学史事典』日蘭学会編、雄松堂出版、昭和五十九年
『新撰洋学年表』大槻如電修、柏林社、昭和二年
『日本とオランダ』板沢武雄、日本歴史新書、至文堂、昭和三十年
『日蘭文化交流史の研究』板沢武雄、吉川弘文館、昭和三十四年
『日蘭交流400年の歴史と展望』日蘭学会、平成十二年
『日蘭貿易の史的研究』吉川弘文館、石田千尋、吉川弘文館、二〇〇四年
『日蘭交渉史の研究』金井圓、思文閣史学叢書、昭和六十一年
『蘭領印度史』村上直次郎・原徹郎、東亞研究所、昭和十七年
『オランダ通詞の研究』片桐一男、吉川弘文館、一九八六年
『年番阿蘭陀通詞史料』片桐一男・服部匡延、近藤出版社、昭和五十二年
『江戸時代の通訳官』片桐一男、吉川弘文館、二〇一六年
『伝播する蘭学』片桐一男、勉誠出版、二〇一七年
『長崎蘭学の巨人――志筑忠雄とその時代』松尾龍之介、弦書房、二〇〇七年
『西洋文化と日本』斎藤阿具、創元社、昭和十七年
『幸田成友著作集』第四巻、中央公論社、昭和四十七年
『開国前夜の世界』横山伊徳、吉川弘文館、二〇一三年
『田沼意次の時代』大石慎三郎、岩波書店、一九九一年
『田沼時代』辻善之助、岩波文庫、一九八〇年
『紅毛雑話』小野忠重編、双林社、昭和十八年
『紅毛雑話・蘭畹摘芳』江戸科学古典叢書、恒和出版、昭和五十五年
『紅毛文化史話』岡本千曳、創元社、二〇〇二年
『おらんだ正月』森銑三、冨山房百科文庫、昭和五十三年
『ヅーフと日本』斎藤阿具、廣文館、大正十一年
『ヅーフ日本回想録』斎藤阿具訳、奥川書房、昭和十六年
『日本滞在日記』大島幹雄訳、岩波文庫、二〇〇〇年
『初めて世界一周をした日本人』加藤九祚、新潮社、一九九三年
『西洋文化と日本』斎藤阿具、昭和十七年、創元社
『蘭学に命をかけ申し候』杉本つとむ、皓星社、一九九九年

『江戸長崎紅毛遊学』杉本つとむ、ひつじ書房、一九九七年
『江戸時代の洋学者たち』緒方富雄、新人物往来社、昭和四十七年
『近世日本の世界像』川村博忠、ぺりかん社、二〇〇三年
『小笠原諸島概史』辻友衛、一九八五年
『小笠原諸島異国船渡来雑記』大熊良一、近藤出版、昭和六十年
『小笠原諸島ゆかりの人々』田畑道夫、文献出版、平成五年
『小笠原諸島をめぐる世界史』松尾龍之介、弦書房、二〇一四年
『はじめに気球ありき』タイム・ライフブックス、一九八一年
『気球の歴史』篠田皎、講談社新書、昭和五十二年
『風船学入門』平凡社カラー新書、礒谷浩・松島駿一郎、一九七五年
『気球の歴史』西山浅次郎訳、大陸書房、昭和五十二年
『幕末航空術伝来記』升本清、「航空情報」、一九六三年七月号
『航空事始』村岡正明、光人社NF文庫、二〇〇三年
『日本飛行船物語』秋元実、光人社NF文庫、二〇〇七年
『気球の夢』喜多尾道冬、朝日新聞社、一九九六年
『シーボルトと鳴滝塾』久米康生、木耳社、一九八九年
「太陽」（特集・江戸の洋学）平凡社、一九七五年
黄表紙『和漢蘭雑話』感和亭鬼武作／葛飾北斎画、一八〇三年、都立中央図書館蔵
『文経論叢』第二十八巻第三号、弘前大学人文学部、一九九三年

［著者略歴］
松尾龍之介（まつお・りゅうのすけ）
昭和二十一年、長崎市生まれ。
昭和四十四年、北九州市立大学外国語学部卒。
昭和四十六年上京。
漫画家・杉浦幸雄に認められる。主に「漫画社」を中心に仕事をする。
平成九年から五年間、「サンデー毎日」の『ヒッチ俳句』を連載。

［主な著書］
『漫画俳句入門』（池田書店）
『江戸の世界聞見録』（蝸牛社）
『なぜなぜ身近な自然の不思議』（河出書房新社）
『マンガＮＨＫためしてガッテン―わが家の常識・非常識』（青春出版社）
『長崎蘭学の巨人 志筑忠雄とその時代』（弦書房）
『長崎を識らずして江戸を語るなかれ』（平凡社）
『江戸の〈長崎〉ものしり帖』
『小笠原諸島をめぐる世界史』
『幕末の奇跡―〈黒船〉を造ったサムライたち』
『鎖国の地球儀―江戸の〈世界〉ものしり帖』
『踏み絵とガリバー《鎖国日本をめぐるオランダとイギリス》』
『絹と十字架《長崎開港から鎖国まで》』（以上、弦書房）
ブログ「松尾龍之介の長崎日和」

風船（ふうせん）ことはじめ

二〇二三年一一月三〇日発行

著　者　松尾龍之介（まつおりゅうのすけ）
発行者　小野静男
発行所　株式会社　弦書房
（〒810・0041）
福岡市中央区大名二―二―四三
ＥＬＫ大名ビル三〇一
電　話　〇九二・七二六・九八八五
ＦＡＸ　〇九二・七二六・九八八六

組版・製作　合同会社キヅキブックス
印刷・製本　シナノ書籍印刷株式会社

ISBN978-4-86329-278-9 C0021

◆弦書房の本

絹と十字架
長崎開港から鎖国まで

松尾龍之介 一五七一年の長崎開港から鎖国までの1世紀をたどる。ポルトガル人来航禁止令（一六三九）の八年後にやってきた最後のポルトガル特使ソウザと、最後の南蛮通詞にして最初のオランダ通詞＝西吉兵衛は、何を語ったのか 〈四六判・320頁〉 2200円

江戸の〈長崎〉ものしり帖

松尾龍之介 京都の医師が長崎遊学で見聞した風物を、当時としては画期的な挿絵入りで紹介した寛政十二年（一八〇三）のロングセラー『長崎聞見録』を口語訳し、わかりやすい解説、新解釈の挿絵を付した現代版の長崎聞見録。 〈A5判・220頁〉 2100円

長崎蘭学の巨人
志筑忠雄（しづきただお）とその時代

松尾龍之介 ケンペルの『鎖国論』を翻訳し〈鎖国〉という語を作った蘭学者・志筑忠雄（1760～1806）。長崎出島の洋書群の翻訳から宇宙を構想し、〈真空〉〈重力〉〈求心力〉等の訳語を創出、独学で世界を読み解いた鬼才の生涯を描く。 〈四六判・260頁〉 1900円

幕末の奇跡
〈黒船〉を造ったサムライたち

松尾龍之介 製鐵と造船、航海術など当時の最先端の西洋科学の英知を集めた〈蒸気船〉から幕末を読み解く。ペリー来航後わずか15年で自らの力で蒸気船（＝黒船）を造り上げた長崎海軍伝習所のサムライたちを描く出色の幕末史。 〈四六判・298頁〉 2200円

鎖国の地球儀
江戸の世界ものしり帖

松尾龍之介 日本で最初の天文地理学者・西川如見の名著『華夷通商考』（一七〇八）の現代版。江戸中期の人々は鎖国の窓から世界をどう見ていたのか。現代文に訳し、わかりやすい解説とイラストで甦る本の地球儀。本を開けば、異国あり。 〈A5判・288頁〉 2300円

＊表示価格は税別

◆弦書房の本

【第37回大佛次郎賞】
【新装版】黒船前夜
ロシア・アイヌ・日本の三国志

渡辺京二 ペリー来航以前、ロシアはどのようにして日本の北辺(蝦夷地)に接近してきたのか。アイヌの魅力を浮き彫りにしながら、通商と防衛の両面でそのアイヌを取り込もうと駆け引きをする日露外交を描いた名著。
〈四六判・430頁〉 **2200円**

蘭学の九州

大島明秀 江戸期を通じて蘭学の最前線を担った〈九州〉という視座から、その歴史を描き直す。西洋を理解するために、改めて日本の言語と文化を追究したオランダ通詞・志筑忠雄の驚くべき業績も具体的に伝える画期的な一冊。
〈四六判・160頁〉 **1600円**

【第44回熊日出版文化賞】
アルメイダ神父とその時代

玉木讓 貿易商、宣教師、医師、社会福祉事業家…さまざまな顔をもつポルトガル人・アルメイダとは何者なのか。イエズス会宣教師の記録をもとに、人間アルメイダの多面性に光をあてる。終焉の地・天草市河浦町から発信する力作評伝。
〈A5判・400頁〉 **2700円**

天草島原一揆後を治めた代官
鈴木重成【改訂版】

田口孝雄 一揆後、疲弊しきった天草と島原で、戦後処理と治国安民を12年にわたって成し遂げた徳川家の側近・鈴木重成とはどのような人物だったのか。重成が実行した特異な復興策とは。
〈A5判 280頁〉 **2200円**

天草キリシタン紀行
﨑津・大江・キリシタンゆかりの地

小林健浩[編]/﨑津・大江・本渡教会主任司祭[監修]
禁教期にも信仰を守り続けた人々の信仰遺産(世界遺産登録)を紹介。貴重なカラー写真二〇〇点と、四五〇年の天草キリスト教史をたどる資料も収録。完全英訳付。
〈B5判・104頁〉 **2100円**

＊表示価格は税別